文化艺术出版社

Culture and Art Publishing House

名 家 · 名 篇 · 名 译

德国·奥地利
经典中篇小说

主编丨盛宁　选编丨冯季庆

THE WORLD

-

CLASSICAL

-

NOVELLAS

序言

盛 宁

十年前，我们曾选编过一套《世界经典短篇小说》，我在那套书的序言里说到，随着现代生活节奏的不断加快，加之各种新兴科技手段和媒体形式的介入，人们在这个世界上的生存方式，包括我们对所处世界的整个认识方式，都已发生了极大的变化。变化带来的负面影响之一，就是一些曾有过辉煌显赫历史的艺术形式无可挽回地式微衰落了，尽管我们费尽心力去抢救，它们仍不以人的意志为转移地飞离我们普通人的日常视野，沦为仅供少数人观赏把玩的"藏品"。于是"文学已经衰亡"，"纸介印刷物必将被数字出版物取代"一类的哀歌，彼落此起地响彻文坛。

这些说法所引发的悲观情绪很快蔓延到了学界。记得那年美国著名的文学批评家 J. 希利斯·米勒曾来华讲演，他很坦诚地诉说了自己五味杂陈的内心感受，那篇讲稿后来在美国著名学刊《辨析》上发表，他又将讲话稿的标题改为"废墟上的文学研究"，其悲悼之情溢于言表。

转眼十年过去。情况又发生了什么变化呢？在千千万万令人眼花缭乱的事件中，移动通讯手段的革命性更新拔得头筹。手机的普及，特别是集通讯、浏览、搜索等功能为一体的 iPhone 的问世，将 2010 年推入所谓的"微博"年。据最新统计，中国网民规模现已达到 4.85 亿，"微博"用户的数量则爆发增长到近 2 亿，成为用户增长最快的互联网应用模式。"微博"突如其来的出现，且规模如此之大，它立刻给大众阅读习惯带来了谁也不曾料到的冲击。几乎就在一夜之间，这种带有"娱乐化"、"碎片化"特点的资讯消费形式，变成了时下最流行的大众阅读方式。所谓"娱乐化"，就是阅读活动除实现资讯传递的目的外，还带有一种搞笑逗乐的"狂欢"色彩；而所谓的"碎片化"，则是指人们在快节奏的日常生活中，利用各种活动的间隙或空当来完成阅读，使阅读一改过去那种连续、专注的特点，而变成一种时断时续、见缝插针式的消遣。

这样的一种阅读形式，对需要长时间静坐默读的长篇小说来说，显然是要排斥的。而从这个角度想下去，传统意义上的文学似乎很快就没有了自己的位置。但实际情况却并没有糟到这般田地。说来也颇值得玩味，据美国全国文学艺术基金会历年的调查报告，自上个世纪80年代起，美国青年和成人中阅读文学作品的读者比例接连二十多年持续下滑，17岁年龄段中完全不读文学书的人数，2004年比1984年足足翻了一番，达到了百分之二十左右；然而，2009年的调查报告称，由于各级教育机构的努力，18～24岁年龄段阅读文学书籍的人数竟在2008年出现了拐点，首次大幅度回升，增加了三百多万人。而中国的情况非但不像文学消亡论者所描述的那么悲观，甚至比上述美国报道更令人鼓舞。仅就最近十年的情况统计看，纸介印刷读物并未显出"退市"的意思，非但没有，这些年的全国图书出版总量还一直保持着10%左右的年增率，其中文学读物年增率也达到了9%。仅以2009年为例，文学类图书出版总数达25万种（其中初版新书为18万种），总码洋8.3亿元，居然还高于经济类的图书。尤其值得注意的是，再版文学书竟占了文学出版总量的四分之一，而据从事文学图书出版的人士说，再版书基本属于文学经典名著一类的"长销书"，也就是说，文学经典名著仍占据四分之一左右的文学类图书市场。

这一串数据有点枯燥，但至少可说明两点：其一，"文学"没有消亡。所谓"消亡"一说，实在是个伪命题。因为"文学"本是个后设的、集合性概念，它是对某一类你认为应该命名为"文学"的文字的界定，既然它的内涵是人为的，流变的，它能不断吐故纳新，所以也就谈不上消亡。而最终会消亡的，只是某个具体的文学形式（体裁、文类），这种文学形式由于存在条件的变化或丧失，则可能发生嬗变或消亡，但没准什么时候它又会重新萌生，中外文学史上可找到许多这样的实例。

其二，以往被笼统看待的大众读者群，现已按接受教育的层次、专业兴趣和审美品味等进一步分化为一个个"小众"读者群。这也就是说，尽管有相当数量的读者投靠新兴媒体，转而采取了网上浏览、微博短信一类新的阅读方式，但这个世界上仍还有相当数量的读者（其中也包括一部分网民读者）保持着通过纸介读物来获取知讯的传统阅读习惯，更何况网上读库中也搜罗了大量的纸介读物的电子版。对于这些电子版读物的读者来说，读物载体发生了变化，读物的内容却未变。由此看来，我们说文学类读物至今仍拥有相当大的读者群也没有什么不对。而每年有一大批文学经典或名著的再版，则说明新生代年轻人中仍有大批喜爱文学的读者，而新生代读者群的逐年更新则为文学经典的传承提供了保证。

正是基于这样的考虑——文学经典仍有不小的市场，新生代读者对文学经典仍有相当大的需求，我们也就满怀信心地选编了这套"外国经典中篇小说"丛书。有读者或许会问，你们将选本称之为"经典"，那你们心目中的"经典"应该是怎样一个标准呢？坦率地说，有关"经典"的定义确实是众说纷纭，要找一个大家都认可的界定还真有点困难。在我所看到的有关"经典"的各种界说中，我最欣赏的是意大利著名作家卡尔维诺对"经典"所作十几条定义中的两条："一部经典作品是一本每次重读都像初读那样带来发现的书；一部经典作品是一本即使我们初读也好像是在重温的书。"前一条定义强调了经典常读常新的特点——经典必须经得起重读，因为它涵义隽永，因此总能新意迭出，让读者获得新的发现；而后一条定义则强调，经典提供的经验必须具有某种普遍、永恒的价值。它所讲述的道理，你也许在别处也曾听说过，但是你读后会发现，你原先所听说的那些道理，其实是由这部经典文本首先说出，而且它比任何后来者都表述得更加全面，更加深刻。

不过严格说来，卡尔维诺的定义或许更是一种对思想理论经典的概括，文学经典恐怕还另有一些自己的特性：它无意直接提出具有永恒意义的理论命题，它更擅长的是在想象的层面，通过故事的叙述和人物的刻画来表现带有普遍性的人类生存经验。因此，衡量和判断一部作品能否跻身于文学经典，最基本的一条必须要讲一个好故事，再就是要看作品是否塑造了扣人魂魄、令人过目不忘的人物形象。除此之外，文学还有另一个与其他类别不同的特点：它是一门语言的艺术。文学的"文"，既是"人文"的"文"，又是"语文"的"文"。古语说："言而无文，行之不远"。文学语言不仅是反映生活的语言，更应该是高于生活、能为生活效仿的语言。在这个意义上，文学经典还必须在语言上具有示范的作用。我们现在的这个选本不是小说原作，而是译作。因此对译文的讲究、推敲，它是否忠于原作，能否再现原作的艺术风格，也就成了我们挑选作品时很重要、很实际的关注。

写到这里，读者或许会觉得我对眼下文学的处境并无太大的忧虑，甚至还隐隐流露出一点激动或亢奋。其实，恰恰相反。尽管从出版数字看文学似乎还有不小的市场，然而我深知，文学在当今社会所发挥的作用，文学对读者所产生的影响，则与过去完全不可同日而语。这其中的道理很简单，我指的是，与广播、电视、电影、流行音乐、特别是现在的互联网这些媒体相比，今天的"文学"在影响人的精神面貌、价值观方面，在向人们的头脑中灌输想象这个世界的各种参照方面，已再也不能像过去那样发挥一种主导性的作用了。也正是在这个意义上，我们说文学已被彻底地边缘化了，这已是毋庸争辩的一个事实。这与文学是否还占有一定的市场实际上毫无关系，因为两者说的根本不是同一个层面的意思。

文学之所以会边缘化，其原因也不难找。主要就是因为"文学"在今天的商业社会中再也不能快速地带来直接的财富，因而遭到了冷落，说得再直白一点，就是"无用"。这些年，不止一次有从事文学研究的青年学者跟我说，他们为申请出国留学基金而去面试时，有些从事自然科学的专家评审官，往往提的第一个问题就是"你这搞文学的，出去有什么用？"毫无疑问，"文学"在他们眼里，就像人身上的阑尾一样，一无所用！然而，他们怎不想想，人之所以为"人"，除了四肢五官以外，更主要是因为人具有任何其他动物都不具有的复杂的思想和崇高的精神！人的气质、禀赋、情怀、修养，人对于真、善、美的洞察力、鉴别力、感悟力，以及人所特有的复杂的语言表达力，等等，所有这些决定人之所以为"人"的素质和能力，都不是从娘胎里带来，而是需要通过后天的陶冶和训练才能习得。而就在人习得上述素质和能力的过程中，"文学"不仅在发挥作用，而且发挥的是一种不可替代的作用。

文学究竟有用无用，有什么用？不妨再听一听两位诺贝尔文学奖的得主是怎么说的。早在 1933 年，T. S. 艾略特在《诗的作用和批评的作用》一文中说："一个不再关心其文学传承的民族就会变得野蛮；一个民族如果停止了生产文学，它的思想和感受力就会止步不前。一个民族的诗歌……代表了它的意识的最高点，代表了它最强大的力量，也代表了它最为纤细敏锐的感受力。"很显然，在艾略特看来，"文学"是衡量一个民族文明程度高低的标识，而一个不再关心自己文学传承的民族，停止了文学生产，就会变得野蛮，变得粗鄙，而当下严酷的社会现实已一再为此提供了有力的佐证。

1987 年诺贝尔文学奖得主约瑟夫·布罗茨基似乎对今日的现状则早就有预见，他在授奖仪式上致答辞时指出，"……尽管我们能够谴责对文学的践踏和压制——对于作家的迫害，文字审查，焚书等，然而，当不读书这种最糟的事情真的来临时，我们则毫无办法了。如若这不读书的罪过是由某个人犯下，那他将终生受到惩罚；如这个罪过是由一个民族犯下，这个民族将为此受到历史的惩罚。"布罗茨基认为，文学总是在不断地创造一种审美的现实，因此它往往是超前的——赶在"进步"之前，赶在"历史"之前。因此他认为，人们在选择自己的领袖时，最好应该先了解一下他们的文学阅读经验，对那些执掌我们未来命运的人，我们应首先问一问他们对司汤达、狄更斯、陀思妥耶夫斯基是什么态度，而不是他们的施政纲领，这样的话，这个世界上的痛苦就会减少许多。

布罗茨基这番话，或许有点让人觉得过于书生气。但我想他的本意并不是要让文学家去从政，充任各国的领导人。他其实只是在用他诗人的方式，来解释文学对于铸造一个人的心灵会起到怎样的作用。我们都知道，司汤达、狄更斯、陀思妥耶夫斯基也好，任何其他文学大师也好，他们并不提供解决社会问题的具体方案，即使退一万步说他们提出了某种方案，生活在特定现实中的我们也不可能去照抄照搬，如法炮制。那么，文学的作用到底是什么呢？我认为，真正能够称得起是"文学"的，它的最大的作用就是它会提问——提出各种对我们具有挑战性、能迫使我们进行思考的问题。所以文学作品能否成为经典，看来还应该加上一条，那就是它的提问是否具有这样一种独特的价值。从这个意义上说，文学的作用就是搭建起一个思想平台，让我们在这个平台上对人性、对道德、对历史、对公民社会、对各种智识性的问题展开论辩，而最难能可贵的是，这种论辩还包括了对我们自身的反省。通过这样的论辩，我们从中找到自己所认为是正确的答案。

关于我们这套丛书所选作品在思想内容上还有什么具体的社会意义，在写作风格和写作技巧上又如何出类拔萃等等，这里就没有必要再一一介绍了，我们还是请读者自己来品尝一下"开卷有益"的乐趣吧。因为我们相信，只要你翻开这套丛书中的任何一本，阅读其中的任何一篇，你都会从中发现一个与你的生活全然不同的世界，它一定会唤起你强烈的求知欲望，而当你阅读了这些作品之后，如果你对所读作品的作者及相关背景还有遏制不住的兴趣，那你完全可以从任何一部文学百科全书或名著导读中，毫不费力地找到所需要的信息。而现在，作为读者的你，只需迈出这关键的第一步：打开丛书，开始阅读吧。

2011 年 8 月 2 日识于蓝旗营

目 录

茵梦湖

[德国] 汉·台·沃尔特森－施托姆　著
高中甫　译

汉·台·沃尔特森－施托姆（Hans Theodor Woldsen Storm，1817—1888）19世纪中叶德国著名的小说家和抒情诗人，德国"诗意"现实主义的杰出代表。出生于德国北部，父亲为律师。施托姆大学时代攻读法律，后从事过律师和法官工作，同时关心家乡人民反对丹麦统治者的斗争。他文学的主要成就在中短篇小说创作，其中代表作《茵梦湖》（1850）广受赞誉。施托姆的小说多以爱情、家庭为题材，反映封建与教会势力双重统治下的社会压抑，尤其对年轻一代的摧残。《茵梦湖》的故事令人感伤：男女主人公赖因哈特、伊丽莎白青梅竹马，情深意切，可在赖因哈特外出求学时，伊丽莎白屈从于母亲的意愿嫁给了一个富家子。两人再度重逢也只能默默听任命运的摆布，在鄙陋的现实环境里痛苦惆怅。《溺殇》（1877）也是一对恋人的爱情悲剧：约翰内斯爱上了卡塔琳娜，两人私下怀有爱的结晶，却因约翰内斯门第不高而被拆散；他们双双遭恶势力迫害殒命，爱子也溺水夭亡。小说哀婉动人，细腻而富有诗意。

老人

晚秋的一个下午，一位衣着得体的老人缓缓地朝街下走来。他看来像是在散步后返家，因为他穿的一双已是过时式样的搭扣鞋上净是灰尘。他胳膊上挎着一根长长的藤手杖，金色的杖柄。他那双深色的眼睛像是流露出业已完全逝去的青春，与雪白的头发形成鲜明的反差。他安详地环视四周或俯望面前静卧在暮霭中的城市。他看来似乎是一个外乡人，因为过路人只有寥寥几个朝他打招呼，尽管有些人不由自主地朝这双严肃的眼睛望来。终于他在一幢山墙高大的房子前静静地停了下来，他又一次朝城市望去，随后就走进门厅。随着门铃的响声，屋子里一扇朝向门厅的小窗上的绿色窗帷拉了开来，窗后露出了一个老妇的面孔。老人用他的藤手杖朝她示意。"还没点灯！"他说，带着些南方的口音。老妇又把窗帷拉上了。老人走过宽大的门厅，然后穿过一间起居室，这溜面靠墙有一个大型的橡树柜，上面摆放着瓷花瓶。他穿过门对面的一个小型的过道，从这儿登上狭窄的楼梯就进入后房的顶层的房间。他缓慢登了上来，打开上面的一扇门，随后就进入一个大小适度的房间。这儿安适、寂静，一面墙上几乎摆满了书架和书柜，另一面墙上挂着人物画和景物画；一张桌子铺着绿色的台布，上面四下摆放着一些打开的书；桌子前面是一只笨重的靠背椅，上面有一个红色的天鹅绒靠垫。老人把帽子和手杖投放到角落里，随后在靠背椅上坐了下来，插起双手，像是散步后的休息。他就这样地坐着，天色慢慢地变得更加暗了起来。终于一束月光透过玻璃窗落到墙上的画上，像是明亮的光带缓缓地移动，老人的眸子情不自禁地跟随着它。月亮落到装在一个简朴的黑色镜框里的一张小型画像上。"伊丽莎白！"老人轻轻地说道。就在他说这句话时，时间起了变化——他回到了他的青年时代。

孩子们

很快就有一个小姑娘的俏丽身影走到他的跟前。她叫伊丽莎白，有五岁了，他比她大一倍。她的脖子上围着一条红色的丝巾，这跟她的一双褐色眸子十分般配。"赖因哈特！"她喊道，"我们放假了，放假了！整天都不用上学了，明天也不去了。"

赖因哈特把夹在胳膊下的演算板麻利地放在房门后面。随后两个孩子就穿过房子跑进庭园，经过庭园大门到了草地。这个意想不到的假期令他们喜出望外。赖因哈特在伊丽莎白的帮助下在这儿用草皮搭了一个房子，他们要在夏日傍晚住在里面。但是还缺少个凳子，于是他立即就干了起来，钉子、锤子和所需的木片都已准备妥当。这其间伊丽莎白便沿着堤边去采集野锦葵的圆形种子，把它们装在她的围裙里，她要用它们结成项链和项圈。当赖因哈特终于用一些弯曲的钉子把板凳做好了并重新来到太阳底下时，伊丽莎白已经走到离草地另一头很远的地方了。

"伊丽莎白！"他喊了起来，"伊丽莎白！"她走了回来，她的鬈发在飘动。"来，"他说，"我们的房子已经盖好了。你太热了，进来，我们坐在我们的新板凳上。我给你讲点什么。"

他们两人走了过去，坐在新板凳上。伊丽莎白从她的围裙里拿出带回来的种子，把它们用长线串在一起，赖因哈特开始讲了起来："从前有三个纺织女人……"

"啊，"伊丽莎白说，"这我都能背出来了，你不能老是讲同一个故事呀。"

赖因哈特只好放下三个纺织女人的故事，他讲起了一个可怜的男人被抛进狮洞的故事。

"那是在夜里，"他说，"你知道吗？黑得不辨五指，狮子都睡着了。但它们睡着时都打哈欠，伸出红红的舌头。这个男人怕得要死，他认为天要亮了。这时突然在他四周升起一道明晃晃的亮光，他仔细一看，竟是一个天使站在他的面前。天使用手召唤他，随后就径直地进岩石里去了。"

伊丽莎白注意在听。"一个天使？"她问道，"那他有翅膀吗？"

"这只是一个故事，"赖因哈特回答说，"根本就没有天使。"

"噢，呸，赖因哈特！"她说，并死死地盯住他的脸。可当他面色阴沉地望她时，她怀疑地问他："那为什么他们总是说有呢？母亲这样说，姑妈这样说，学校里也是这样说！"

"这我不知道。"他回答说。

"但是你说，"伊丽莎白说道，"也没有狮子吗？"

"狮子？有狮子呀！在印度，崇拜偶像的教士用它们拉车，与它们一道穿越沙漠。当我长大了时，我自己就要去那里。那儿要比我们这儿美上几百倍呢。那儿根本就没有冬天。你也要与我一起去。你愿意吗？"

"愿意，"伊丽莎白说，"但是母亲也得去，你的母亲也去。"

"不行，"赖因哈特说，"那时她们都太老了，不能一起去。"

"但是我不可能单独一个人去。"

"你可以单独一个人去，那时你已经是我的妻子了，其他人是不能对你发号施令的。"

"但我的母亲会哭的。"

"我们会回来的呀。"赖因哈特急迫地说道,"你就直说吧,你要不要与我一起去旅行?你不去那我就一个人单独去,并且永远不回来了。"

小姑娘几乎哭了出来。"你不要瞪眼睛这么凶嘛,"她说,"我要和你一起去印度的。"

赖因哈特欣喜若狂地抓住她的双手,把她拽到外边的草地上。"到印度去,到印度去。"他说,并拉着她转起圈圈,她的红丝巾都从脖子上飞了起来。可随后他突然把她放开并一本正经地说道:"这事是办不成的,你没有勇气呀。"

"伊丽莎白!赖因哈特!"现在有人从庭园门口那儿喊了起来。

"在这儿!在这儿!"孩子们回答并手拉手朝家里跑去。

在林中

两个孩子就这样在一起生活,她对他经常是太文静了,而他对她经常却是太急躁了,但他们俩并不因此而分离开来,几乎在所有空闲时间里他们都在一起:冬天呢,是在他们母亲的狭小房间里;夏天呢,是去丛林里去田野里。有一次地理老师当着赖因哈特的面责斥了伊丽莎白,赖因哈特就愤怒地把他的小木板摔到桌子上,想以此把老师的怒气转移到自己身上,可是老师没有注意到。但是赖因哈特因此失去了对地理课的兴趣,代替的呢是他写了一篇长诗。在诗里他把自己比作一只年轻的鹰,把地理老师比作一只灰乌鸦,把伊丽莎白比作一只白鸽。鹰发誓一旦他的翅膀长起来时,他就要向灰乌鸦进行复仇。年轻的诗人眼里饱含泪水,他觉得自己非常高尚。当他回到家里时,他设法制作了一个羊皮封面的小本子,里面有许多白页,在头几页上他精心地写下了他的第一首诗。此后不久他到了另一个学校,在这儿他与一些同年龄的男孩成为了朋友,但他与伊丽莎白的交往并未因此而受到影响。往常他给她讲的和重复讲的童话,现在他开始把那些她最喜欢的都写了下来。这样做的同时,他乐于把自己的某些思想也加了进去;但是他不知道为什么,他总是不能如愿,于是他就把他自己听到的详详细细地写了下来。随后他就把它们送给伊丽莎白,伊丽莎白把它们放进她自己首饰匣的一个抽屉里,精心地保存起来。有时晚上,她当着他的面从他写给她的故事中挑选一些朗读给她的母亲听时,他感到这是一种快意的满足。

少年的时光过去了。赖因哈特为了深造要离开这座城市了。伊丽莎白没有想到过，她要度过一段赖因哈特完全不在身边的日子。有一天，当他告诉她，他要像往常一样给她写故事时，她高兴极了。他要在写给他母亲的信中把这些故事寄给她，可她在随后必须给他写信，告诉他是不是喜欢它们。动身的日子临近了。此前在羊皮本子里还写有一些诗。尽管伊丽莎白本人就是这整个小本和大多数诗歌——它们慢慢地填满了小本子中一大半白页了——的动因，可对她本人还是个秘密。

已经六月了，赖因哈特要在翌日启程。人们要再次集聚一起快快乐乐地玩上一天。为此要到附近的林子里举行一个较大规模的野外聚餐会。人们乘车走了一个小时的路程就到了树林的边上，然后把车上的食品篮取了下来，继续前进。先是得穿过一片枞树林，这儿阴冷昏暗，地上到处散布着精细的松针。半个小时之后，大家就走出了昏暗的枞树林，进入一个清新的丛林地带。这儿一切都是明亮的，碧绿的，透过茂密的树枝时而透进一缕阳光，一只松鼠在他们头上的树丫间跳来跳去。他们到了一个地方停了下来，这儿古老的山毛榉用它们的树冠搭成了一个透亮的弯顶。伊丽莎白的母亲打开了一只篮子，一个老先生充当了食品管理人。"你们这些年轻的小鸟，都朝我围拢过来！"他喊道，"好好听着我给你们讲的话。现在在你们中间每个人得到两块干面包作为早点，黄油留在家里了，你们必须自己去找面包夹的东西。林子里有足够的草莓，这就是说，有办法的人才能找到它。谁笨的话，那他就得吃干面包了，生活中到处都是如此。你们懂得我讲的话吗？"

"懂得！"孩子们都叫了起来。

"好，等等，"老人说道，"可我的话还没有说完。我们老人一生中已经够辛苦的了，因此我们留在家里，这个家就是这儿的这些大树，刮土豆皮、生火和准备饭菜，到了十二点时，还要煮鸡蛋。因此你们要把你们的一半草莓分给我们，这样我们也能有餐后的水果。好了，到东边去或西边去，要老老实实地去做！"

孩子们做出各式各样的怪脸。"停停！"老先生又一次喊了起来，"这或许不必告诉你们，谁没有找到，谁也就不必上交；但是你们可不要忘了，那他也从我们老人这里什么都得不到。你们在这一天会学到足够的东西，如果你们还能看到草莓的话，那你们今天就能一生受益啊。"

孩子们都赞同老人的观点，成双结对地开始上路找草莓去了。

"来，伊丽莎白，"赖因哈特说，"我知道草莓成堆的地方，你不会吃干面包的。"

伊丽莎白把她草帽上的绿色带子结在一起，把帽子挂到胳膊上。"走吧，"她说，"篮子已经准备好了。"

随后他俩朝林子里走去，越走越深。穿过潮湿的透不进光亮的树荫，这儿寂静无声，只有在他们上方看不到的地方，老鹰在空中鸣叫。随后他俩又穿过浓密的灌木丛，那么密，得赖因哈特在前面开路，这里得折断一根枝条，那里得拨开一根藤蔓。可不久他就听到后面的伊丽莎白在喊他的名字，他转过身来。"赖因哈特！"她喊道，"等一等，赖因哈特！"他看不见她，终于他看到了她在稍远地方的灌木丛中挣扎个不停呢，她那秀丽的头部刚好浮动在凤尾草的草尖上方。于是他又走了回来，把她从杂草和灌木中领到一片空地上，这儿蓝色的蝴蝶在寂寞的野花丛中翩翩飞舞。赖因哈特把她湿漉漉的头发从涨红的脸上拨开，然后他要给她戴上草帽，可她不愿意；但是他一再请求她，她也就答应了。

"可你的草莓在哪儿？"她停了下来，深深地喘了一口气，问了一句。

"它们就在这儿，"他说，"但是癞蛤蟆比我们早来了一步，再不就是貂鼠，或者是小精灵了。"

"是啊，"伊丽莎白说道，"叶子还留在这儿，可在这儿别说什么小精灵了。走，我还一点儿不累，我们要继续找。"

一条小溪横在他们面前，那一边又是一片森林。赖因哈特把伊丽莎白抱起来走了过去。少顷之后他俩穿过浓密的树荫重又进入一片林中空地。"这儿一定有草莓，"姑娘说，"这儿有一股甜的气味。"

他俩在阳光照射的地方边走边寻，可什么也没找到。"不对，"赖因哈特说道，"这只是石楠的香味。"

覆盆子和荆棘遍地丛生，混杂一起，石楠和短草相间覆盖着空旷的林中隙地，空气中弥漫着一股石楠的浓烈气味。"这儿这么偏僻，"伊丽莎白说，"其他人都在哪儿？"

赖因哈特没有想到回去。"等等吧，风从哪儿来？"他说，并把手高举起来，但是没有风。

"别说话，"伊丽莎白说，"我觉得我听到他们在说话。朝下面喊一喊。"

赖因哈特拢起双手喊了起来："到这儿来！——到这儿来！"有人在回应。

"他们在回答！"伊丽莎白说，她拍起了巴掌。

"不对，那不是回答，那只是回声。"

伊丽莎白抓紧赖因哈特的手。"我害怕！"她说。

"不要害怕，"赖因哈特说，"这没有什么可怕的。这儿好极了。你坐到那边杂草中间的阴凉地方去。我们要休息一会儿，我们会找到他们的。"

伊丽莎白坐在一棵山毛榉的树荫下面，注意地谛听各方的动静；赖因哈特坐在离她几步远的一个树墩上，他一声不响地朝她望去。太阳恰恰直照着他们，正是炽热的中午时分，一小群闪闪发亮的钢青色小蝇在空中挥动着翅膀，在他们四周响起了细微的嗡嗡声和嘤嘤声，有时还听到密林深处啄木鸟的啄树声和其他林中鸟儿的啼鸣。

"听，"伊丽莎白说道，"有动静。"

"哪儿？"赖因哈特问道。

"在我们下方。你听到了吗？已经中午了。"

"在我们下方是城市，我们沿着这个方向直走过去，那就一定能遇到他们。"

他俩就踏上了归路，放弃了去寻找草莓，因为伊丽莎白累了。终于听到在林间响起同伴们的笑声，随后他俩也看到铺在地上的一条白布在闪光，这就是餐桌，上面摆满了草莓。老先生的纽扣孔上挂了块餐巾，他一面忙于切一块烤肉，一面在给孩子们继续讲他的道德课。

"落伍者来了。"孩子一见到赖因哈特和伊丽莎白从林间出现时便都叫了起来。

"到这儿来！"老先生喊道，"把手帕和帽子里的都抖搂出来！看看你们都找到了什么。"

"是饥饿，是口渴！"赖因哈特说。

"如果就是这些，"老人回答并朝他俩举起一只盛满东西的碗，"那你们也只好忍着了。你们知道我们有约定，这儿没有东西给懒汉吃。"但他终于经不住众人的求请，午餐开始了，佐餐的还有从杜松林中响起的画眉的歌声。

这一天便这样过去了。赖因哈特还是找到了些东西，但不是在森林中生长的草莓。当他回到家中时，他在他那本旧羊皮小本子里写下了一首诗：

> 在这儿的山坡旁边，
> 风儿一声不响；
> 枝丫低垂，

下面坐着一个姑娘。

她坐在百里香花丛中间，
四周馥郁芬芳；
青蝇嗡嗡歌唱，
在空中闪闪发亮。

森林静寂无声，
她聪颖的目光朝林中张望；
她褐色的鬈发四周，
洒满了一片阳光。

杜鹃在远处欢歌，
我心中升起这样的思想：
她有金色的眼睛，
恰和森林女王的一样。

她不仅仅是他要保护的人，她也是他锦绣年华中所有可亲可爱、所有神妙的万事万物的体现。

路边的孩子

圣诞节到了。还在下午时分，赖因哈特与一些大学生围坐在市政厅地下室酒馆的一张老式样木桌四周，墙壁上的灯已经点燃起来。因为这儿下面早已是一片朦胧了。但是客人不多，侍者懒洋洋地靠在墙柱上。在拱形大堂的一个角落里坐着一个提琴手和一个有吉普赛人特征的弹齐特琴的姑娘，他俩把乐器放在怀中，冷漠地向前望着。

在大学生的餐桌旁，一瓶香槟酒的瓶塞砰的一声拔了出来。

"喝吧，我的波希米亚小情人！"一个容克贵族模样的青年喊道，这同时他把一满杯酒朝姑娘递了过去。

"我不喝。"她说，身子动也没动。

"那就唱吧！"这个容克贵族喊了起来，并把一枚银币抛进她的怀里。姑娘用手指慢慢地掠了掠她的黑色头发，这其间提琴手附在她的耳朵上悄声说了几句，但是她把头朝后一甩，把下额支在她的齐特琴上。"我不为这个人演唱。"她说。

赖因哈特手中拿着酒杯，他跳了起来，站在她的面前。

"你要做什么？"她倔强地问道。

"看看你的眼睛。"

"我的眼睛与你有什么相干？"

赖因哈特神采奕奕地端详她。"我知道，他们是错的！"——她用手掌托住她的面颊，不怀好意地凝视着他。赖因哈特把他的酒杯端到嘴边。"为你那双美丽和邪恶的眼睛！"他说，并举杯就喝。她笑了起来，晃了晃头。"拿来！"她说，用她的黑色眸子盯住他的双眼，慢慢地喝下杯中的残酒。随后她拨了一个三和弦，用深沉而充满激情的声音唱了起来：

> 今天，只有今天
> 我才如此俏丽；
> 明天，啊，明天
> 一切都必须逝去！
> 只有这个时刻，
> 你还属于我；
> 死亡，啊，死亡，
> 我要独自一人死亡。

提琴手用快速的节拍奏出了尾声，这时一个新来的人加入到这群人中间。"我去找你，赖因哈特，"他说，"可你早已走了，但圣诞老人已经去过你那里了。"

"圣诞老人？"赖因哈特说，"他不再到我那儿了。"

"说什么呀！你的整个房间都充满了枞树和圣诞饼的香味。"

赖因哈特放下手中的酒杯，拿起他的帽子。

"你要做什么？"姑娘问道。

"我去去就回来。"

她皱起眉头。"留下！"她轻轻叫了一声，亲切地凝视着他。

赖因哈特在犹豫。"我不能。"他说。

她笑着用足尖踢了他一下。"去吧!"她说,"你是没用的人,你们都是些没用的人。"在她转过身期间,赖因哈特已经慢慢地登上了地下室的台阶。

外面大街上暮色苍茫,他感到清新的冬日空气在吹拂着他灼热的前额。从那儿或这儿的窗户里透出光华四射的圣诞树的亮光,不时从里面传出小笛子和铁皮喇叭的响声,其间掺杂着孩子们的欢叫声。一群乞儿从一家走到另一家或登上台阶,并透过窗户朝他们可望而不可即的豪华场景看上一眼。偶尔也会有一扇门突然扯了开来,用责骂声把这样一群小客人从明亮的房前赶到昏黑的胡同里。在一处门厅里响起了一首古老的圣诞之歌,中间有清脆的少女声音。赖因哈特无心去听,他迅疾地走了过去,从一条大街进入另一条大街。当他回到自己住处时,天色已经漆黑一团了,他跌跌绊绊地登上台阶,进入他的房间。一股甜蜜的芬芳扑面而来,这使他感到像是回到了家里,它散发出的味道就如家里过圣诞节时母亲装饰的那间小屋的味道一样。他用颤抖的手点上了灯。一个大型的包裹就摆在桌上,他拆了开来,一些他非常熟悉的圣诞饼就掉了出来。几只上面有用白糖撒成的他的名字的第一个字母,这是伊丽莎白做的,不可能是别人。然后他看到一个包里有精致的绣花衬衫、手帕和袖套,最后还有母亲和伊丽莎白写给他的信。赖因哈特先是打开了伊丽莎白的,她写道:

秀丽的白糖撒成的字母也许就能告诉你,是谁帮忙做这些圣诞饼的,这同一个人给你绣了袖套。我们这里圣诞的晚上十分平静,我的母亲总是在九点半时才把纺车放到角落里。你不在的这个冬天,这儿竟是那么冷清。在上个星期天,你送给我的那只红雀也死了,我大哭了一场,可我一直是很好照料它的呀。它总是下午当太阳照到它的笼子时就歌唱起来。你知道,我母亲每当它唱得欢时,为了让它沉默下来就给笼子罩上一块布。现在家里更安静了,只是你的老友埃里希现在不时来拜访我们。你曾经有次说过,他很像他穿的那件褐色上装。每当他来到我家时,我就总想起你说的这句话,这真是太滑稽了。可你不要跟我母亲说,她很容易生气的。——猜猜,我给你母亲是什么样的圣诞礼物!你猜不到吧?是我自己!埃里希用炭笔给我作画,我得坐在他的面前,都三次了,每次整整一个钟头。我很反感让一个外人那样熟悉我的面孔。我也不愿意,但是母亲劝我,她说,这会使你那善良的母亲感到格外喜悦的。

赖因哈特，你可是食言了，你没有寄童话给我。我经常在你母亲那儿抱怨你；她总是说，你现在有更多的事情要做，不再玩这种小孩子的勾当了。但我不相信，一定有另外的原因。

赖因哈特也读了母亲的来信。他读完两封信并缓缓地重又把信叠好放到一边，这时一种痛苦的乡思涌上了他的心头。他在房间来回踱步，走了好长时间。随后他轻轻地、含糊不清地自言自语：

他几乎迷失道途，
不知路在何方；
路旁的一个孩子，
给他指明了回家的方向！

随后他走到桌旁，拿出一些钱，又朝大街走去。这时街上变得更加寂静，圣诞树上的蜡烛已经燃尽，孩子们的嬉戏已经结束。风儿吹过冷清的街道，老人和孩子都在家里团聚；圣诞夜的第二个阶段开始了。

赖因哈特走近市政厅的地下室酒馆，他听到从下面传来的提琴声和弹齐特琴姑娘的歌声。下方的酒馆大门打开了，一个昏暗的身影摇摇晃晃登上了宽大的灯光暗淡的台阶。赖因哈特进入楼房的阴影之中，迅速地走了过去。少顷之后他到一家灯火辉煌的珠宝商店，买妥了一个红珊瑚制成的小十字架，踏着来时的路又走了回去。

在离他住处不远的地方，他发现一个衣着褴褛的小姑娘站在一家高大的房门旁边，在吃力地想把门打开，可白费气力。"要我来帮你吗？"他说。孩子没有回答，但松开了沉重的门柄。赖因哈特把门打了开来。"不要进去，"他说，"他们会把你赶出来的，跟我来！我给你圣诞饼。"说罢他把门关上，抓住小姑娘的手，她一声不响地随他到了他的家中。

他在出去时就没有把灯熄掉。"这儿有圣诞饼。"他说，把整个一半都给她放到她的衣裙口袋里，可没有给她有白糖字母的。"回家吧，也给你母亲些。"孩子用羞怯的目光朝他望去，她像是不习惯这样的善心好意，不知该说些什么。赖因哈特打开了门，给她照个亮，小姑娘像只小鸟带着她的圣诞礼饼飞下台阶朝家里奔去。

赖因哈特拨亮了炉火，把满是灰尘的墨水瓶摆在书桌上，随后他坐了下来写信，写给母亲，写给伊丽莎白，写了整整一夜。剩下的圣诞饼就在他的旁边，他动也没动。但他系上了伊丽莎白给他做的袖套，这配起他那身白色厚呢上装显得格外好看。当冬日的太阳已升上结满冰花的玻璃窗时，他依旧这样坐着，对面镜中显出了他那苍白和庄重的面庞。

回到家中

已经是复活节了，赖因哈特回到了家乡。在他抵达的翌日清晨他就去伊丽莎白那里。当美丽苗条的姑娘含笑迎向他时，他说道："你长得多高啊！"她面红起来，但没有答话。在欢迎他的到来时，他把她的手握在自己的手中，她试图温柔地把她的手抽回去。他疑惑地望着她，她从前可不是这样的，有某种陌生的东西插入他们中间。他已经在家待了稍长的时间，他每天都去看她，可这种陌生感也还是依然存在。每当他俩单独在一起时，总是出现令他感到难堪的相对无语，他小心翼翼地想避免发生这类令人尴尬的场面。为了在假期中间找件事情来做，他开始教伊丽莎白生物课，这是他在大学生活头几个月里曾一度用心学习过的功课。在任何事情上都习惯于听从他并且十分好学的伊丽莎白，便愉快地学了起来。他俩在一个星期里多次去田野或荒原漫游，中午时便把装满鲜花和野草的绿色生物采集箱带回家中，几个钟头之后赖因哈特再来伊丽莎白这里与她一道把共同收集的标本进行分类。

一天下午，赖因哈特又为此来到伊丽莎白房中，她靠在窗旁已把几枝新鲜的繁缕草插在一个镀金的鸟笼上，往常他一直没看到那儿有这样一个笼子。笼子里面有一只金丝雀，它挥动着翅膀，边叫边啄着伊丽莎白的手指。从前赖因哈特给她的那只鸟就挂在这个地方。"我可怜的红雀死后就变成了一只金雀了？"他蛮有兴致地问道。

"红雀不好养，"坐在靠背椅上纺线的母亲说道，"您的朋友埃里希今天中午从他的庄园来把这只雀送给伊丽莎白的。"

"从谁的庄园？"

"您还不知道？"

"怎么回事？"

"埃里希接管了他父亲在茵梦湖旁的第二座庄园，都一个月了。"

"可您没有跟我提起过一个字啊。"

"唉，"伊丽莎白的母亲说，"您也从来没问起您朋友一个字啊。他是一个很可爱的明白事理的年轻人。"

母亲走出房间去烧咖啡，伊丽莎白背朝赖因哈特，她还在照料她那只小巧的笼子。"再稍等一小会儿，"她说，"我马上就弄完了。"赖因哈特一反常态没有答话，于是她转过身来。在他的眼睛里流露出一种突然出现的苦恼表情，她还从来没有看到过。"你不舒服，赖因哈特?"她问，走到他的身边。

"我?"他漫不经心地答道，两眼梦幻般望着她的眸子。

"你的样子怎么这么忧伤?"

"伊丽莎白，"他说，"我不能忍受这只黄色的鸟儿。"

她惊奇地望着他，她无法理解他。"你怎么这么奇怪?"她说。

他拿起她的双手，她平静地让他握住。少顷她的母亲返了回来。

喝过咖啡之后，伊丽莎白的母亲坐到纺车旁，赖因哈特和伊丽莎白到隔壁的房间去整理他们的植物。他俩数点花蕊，精心地把叶子和花摊平，把每一种都挑出两份夹在一本大型的书本里压干。这个阳光充沛的下午非常寂静，只有邻近房间里纺车的嗡嗡声，有时当赖因哈特在讲解植物的分类或纠正伊丽莎白不熟练的拉丁文名称的发音时，就能听到他低沉的声音。

"我们还缺少铃兰。"整个采集的植物都分门别类整理好了，这时伊丽莎白说道。

赖因哈特从口袋里掏出一个小型的白色羊皮本子。"这里有给你的一枝铃兰花茎。"他说，随即他把这枝半干的花卉拿了出来。

当伊丽莎白看到本子里都写满了字时，她问道："你又写童话了?"

"这不是童话。"他回答说，并把这个本子递给了她。

这都是些纯粹的诗，最长的多半都写满了整整一页。伊丽莎白一页一页翻下去，她似乎只是看标题。《她被老师责备时》、《他们在林中迷路时》、《复活节的童话》、《当她第一次给我写信时》，几乎都是这样的标题。赖因哈特探究地望着她，她一直在翻阅，他看到，到最后在她清澈的脸上泛起一丝温柔的红晕并逐渐成了一片绯红。他要看她的眼睛，但伊丽莎白没有抬起头来，到末了她把小本子默默地放到他的面前。

"不要就这样还给我!"他说。

她从白铁皮匣子里拿出一枝棕色的嫩枝。"我要把你喜欢的花草放在里面。"她说，并把小本子递到他的手里。

假期的最后一天终于到了，翌日就要动身。伊丽莎白请求母亲允许她陪同她的朋友去驿站，那儿离她的家隔着几条马路。当他俩走出家门时，赖因哈特把胳膊递给她挽住。他就这样与窈窕的姑娘并排一起沉默地走着。他们离驿站越近，他就越感到，在长别离之前，他要把憋在心里的一些话说出来，这些话与他未来生活的全部价值和全部柔情密切相关，可他不知怎样说出口来，这使他胆怯，他走得越来越慢了。

"你要迟到的，"她说，"圣·玛丽亚教堂已经响过十点钟了。"

但他并不因此而加快了脚步。终于他结结巴巴地说道："伊丽莎白，你会有两年的时间见不到我了，如果我再回来的话，你还能对我同样好吗，像现在这样？"

她点头并亲切地望着他的面庞。"我也为你辩解过。"少顷之后她说道。

"为我？你在谁面前为我辩解？"

"在我母亲面前。昨天晚上你走了之后，我们还长时间谈论你。她认为，你不再像从前那么好了。"

赖因哈特缄默片刻，但随后他把她的手握到自己手中，同时严肃地望着她孩子似的眼睛，他说："我依然像从前一样好，你一定要相信！你相信吗，伊丽莎白？"

"相信。"她说。他放开她的手，与她疾步穿过最后一条马路。离别的时间越近，他就越是容光焕发。她觉得他走得太快了。

"赖因哈特，你怎么啦？"她问道。

"我有一个秘密，一个美好的秘密！"他说，并用炯炯发亮的眼睛望着她，"当我两年之后再回来时，那你就知道了。"

这其间他们到达了驿站，时间正来得及。赖因哈特再次拿起她的手。"再见！"他说，"再见，伊丽莎白。不要忘了。"

她摇了摇头，"再见！"她说。赖因哈特进入车内，这时马儿便扬蹄奋步动了起来。

当驿车行驶到街角时，他又一次看到她那可爱的身影正缓缓地朝归路走去。

一封信

几乎是在两年之后，赖因哈特坐在灯前，身边摊满了书籍和纸张，他在等候一个与他共同进行研究课题的朋友，有人登上台阶。"进来！"是女房东。"一封您的信，维尔纳先生！"随后她就离去。

赖因哈特自从上次回家拜访伊丽莎白之后没有给她写过信，也没有从她那儿收到过信。这封信也不是她写来的，是他母亲的信。赖因哈特拆开读了起来，信的内容如下：

> 我亲爱的孩子，在你这样的年纪，几乎每一个年头都有它自己的模样，因为青年人不是那么安分的。若是我先前对你的理解不错的话，那这儿的一些变化会使你感到痛苦的。埃里希在最近三个月里两次求婚都遭到了拒绝，昨天他终于从伊丽莎白那里得到了应允。她此前一直没有拿定主意，现在她终于决定了。她还这么年轻。婚礼不久就要举行，随后她母亲也搬过去。

茵梦湖

光阴荏苒，几年的时间过去了。春天的一个下午，一个面呈深褐色的年轻人漫行走在通向下方的一条林荫路上。他用庄重的灰色眼睛紧张地望着远方，好像在等待着单调的小路能出现一种变化似的，可它依然如故。终于从下方慢慢驶来了一辆车子。"哈罗！善良的朋友，"这位行人朝走到跟前的农夫喊道，"这儿是通向茵梦湖的路吗？"

"一直走。"农夫回答并用手碰了碰圆帽示意。

"到那儿还有多远？"

"就在您前面不远。半袋烟的工夫，您就看见湖了，主人家的房子就在跟前。"

农夫走了过去，这位行人急匆匆地沿着大树走去。一刻钟之后，他的左边突然没有了树荫，路通向一个斜坡，百年老橡树的树冠刚好从山坡上露了出来。越过它们，一片开阔的阳光充沛的景色展现在眼前。湖就在下方，静悄悄的，呈深蓝色，几乎被碧绿的洒满阳光的森林所环绕；只有一个地方，森林在那儿分离开来，露出远方的景致，直到被蓝色映着一处白雪般的地方，那儿有正在盛开的果树，再往前，主人的房间就耸立在岸边的高处，白色和红色的砖瓦相间。一只鹳鸟从烟囱上飞起，环湖翱翔。"茵梦湖！"这位行人叫了起来。好像现在他已经到达他的目的地似的，因为他一动不动站在那里，越过他脚下的树梢直望到对岸，主人的房屋的镜像在湖水中轻轻荡漾。随后他突然继续上路了。

现在沿着山坡几乎是陡峭地下行，下方的群树又蔽住了阳光，可这同时也遮住了湖的景色，它只能时而从树枝的空隙中间呈现出来。不久又是缓缓的上坡，左右两边的树林消失了，代之的是沿着路边长满葡萄的丘陵，枝繁叶茂，密密匝匝，两旁是盛开的果树，蜜蜂成群，嗡嗡鸣叫。一个身着棕色上服的魁梧男子迎向这位行人。他快要到他跟前时，就摇动他的帽子并用响亮的嗓音喊了起来：“欢迎，欢迎，赖因哈特，好兄弟！欢迎来茵梦湖庄园！”

“你好，埃里希，谢谢你的欢迎！”对面的人朝他喊道。

随后他们走到跟前，相互握手。“真的是你啊！”他在看了看他的老同学严肃的面孔后说道。

“当然是我了，埃里希，你也是老样子，只是你看起来比从前更快乐了。”

一种愉快的微笑使埃里希的表情在听到这句话时更加快乐了。“是啊，赖因哈特，”他说，他再次把他的手递了过去，“你知道，从那以后我是流年大顺啊。”随后他搓了搓双手，兴致勃勃地喊道：“这是一个惊喜，她不知道等候的是谁，永远也不会知道！”

“一个惊喜？”赖因哈特问道，“谁感到惊喜？”

“伊丽莎白。”

“伊丽莎白！你没有告诉她我的来访？”

“没透露一句话，赖因哈特，她没有想到是你，她的母亲也不会想到。我是秘密地给你写信的，这样就使她更加喜出望外。你知道的，我一向都是有我自己私下的打算的。”

赖因哈特沉思起来，他们离家愈近，他的呼吸就变得愈加沉重起来。在路的左边，现在葡萄园也不见了，现出了一块开阔的菜园，它几乎延伸到湖岸。颧鸟有时落了下去，在菜畦中间大摇大摆地漫步。“啊哈！”埃里希喊叫起来，拍动巴掌，“这个高脚的埃及佬又在偷吃我刚出土的豌豆苗！”颧鸟慢腾腾地飞到一座新房的房顶上。这幢新房建在菜园的尾端，它的墙壁掩映在杏树和桃树的枝丫中间。“这是酿酒作坊，”埃里希说，“我在两年前才把它盖成，庄园的附属用房是我故去的父亲新建的，住宅是我爷爷那时就造好了。财富总是一点一点增加的。"

说话的同时他们到了一处宽大的场地，它的两旁由庄园的附属用房间隔开来，后面是主人的住房，在主人住房的两翼是高高的院墙，墙后是一排排深色的紫杉，丁香树时而这儿时而那儿把它繁花似锦的枝丫探入院内，垂挂下来。一些男人在这块场地上忙来忙去，满脸汗水，面色黧黑，并向两人致意，这当儿埃里希向这个人或那个人交代任务或向他们当日的工作提出问题。——随后他俩到了主人的房前，进入一个高大、阴凉的过厅，到尽头时他们踅入左边的一条有些昏暗的侧廊。在这儿埃里希打开一扇门，他们跨入一间宽大的花厅，对面的几扇窗户被浓密的树叶遮掩，两侧充溢绿色的微光；从窗户之间两扇高大敞开的侧门涌进一片春日太阳的光华，使花园的景色尽收眼底。那儿有圆形的花圃和高大陡直的树墙，中间是一条笔直的宽大的通道，透过这条通道就可以看到茵梦湖和远处对面的森林。他们一走进来，一股芬芳扑面而来。

在花园门前的露台上坐着一个少女般的白衣女人。她站了起来迎向来客，但她刚走了一米路，就像生根似的停步不动，呆呆地凝视着这位外来人。她含着微笑把手递给他。"赖因哈特！"她喊了起来，"赖因哈特！我的上帝，是你呀！我们好久没有见面了。"

"好久没见了。"他说，没能继续说下去。因为他一听到她的声音，就感到一阵揪心的痛苦。他朝她望去，她站在他的面前，温婉可人，光彩依旧，几年前他就是在故乡与她道别的。

埃里希容光焕发地从门旁返了回来。"哪，伊丽莎白，"他说，"怎么样，你想不到是他吧，你永远也不会想到的！"

伊丽莎白用姐妹般的目光望着他。"你太好了，埃里希！"她说道。

他把她纤细的小手爱抚地握在自己的手里。"他到我们这儿了，"他说道，"我们不会那么快就放走他。他在外边待得太久了，我们要让他再有回家的感觉。你看看，他的样子变得多么生疏多么高贵。"

伊丽莎白的羞怯目光掠过赖因哈特的面孔。"这是因为我们没有长时间在一起的缘故。"

这时候伊丽莎白的母亲跨入门内，她胳膊上挂着一个装钥匙的小篮子。当赖因哈特朝她望去时她说道："维尔纳先生！一个意想不到的可爱客人。"他们就在询问和回答中交谈下去。两个女人在继续她们的工作，赖因哈特在品享着给他准备的茶点，埃里希点起他那坚实的海泡石烟斗，坐在那里喷着烟雾，侃侃而谈。

翌日，赖因哈特与埃里希一道外出参观，去庄田里，去葡萄园，去啤酒花种植园，去酿酒作坊。一切井然有序，在田里和在锅炉旁劳作的工人都显得十分健壮和心满意足。中午时一家人聚在花厅，根据主人的忙闲，每天都或长或短地聚在一起。赖因哈特只有晚饭前的时间和上午的早些时候，一人留在自己的房间里工作。几年来他一直热衷于收集民间诗歌，把他收集的宝贵的诗歌进行整理，并且一有可能就在新的地区里去加以丰富。——伊丽莎白在所有时间里都是那样温柔可亲，她对埃里希一向的关怀总是报以一种几乎是谦卑的感激。赖因哈特有时在想，从前那个快乐的女孩竟然成了一个寡言少语的女人。

从来到的第二天起他就习惯晚上沿着湖边散步。这条路紧靠着下边的花园。花园的尽头，在一个突出的棱堡上，有一条凳子安放在一棵高大的梨树下面，伊丽莎白的母亲把它命名为"夕阳凳"，因为这个地方朝西，每当日落时分人们都喜欢来此休闲。一天傍晚，赖因哈特在这条路上散步返回时，突然遇雨，他在水边的一株椴树下躲避，但沉重的雨点很快就透过了树叶。他浑身湿透，就索性在雨中漫步沿着原路返回。天几乎变得漆黑，雨越下越大。当他接近那条夕阳凳时，他似乎在闪闪发亮的梨树中间看到了一个白衣女人。她伫立在那儿，当他去靠近加以辨认时，她朝他转过身来，好像她是在等他似的。他看出来了，是伊丽莎白。他疾步向前，赶到她那里，以便与她一道穿越花园返回家中，但她却慢慢转过身去，消失在昏暗的侧路之中。他感到不是滋味，几乎对伊丽莎白生起气来。可他依然怀疑，那是不是她。但他怯于去问她，是啊，他在回来时没有进入花厅，免得看见伊丽莎白穿过花厅进入房间。

是我母亲的意愿

几天以后，近晚时分，像通常一样，在这个时间全家都聚集在花厅，门都敞了开来。太阳西沉，落入湖的彼岸的森林后面。

赖因哈特在这天下午收到了他在乡下住的一个朋友寄来的几首民歌，大家请求他谈谈。他回到自己房间并随即带着已经誊写清楚的一卷纸返了回来。

大家都坐在桌旁，伊丽莎白坐在赖因哈特这一边。

"我们顺便读几首吧，"他说，"我自己都还没有仔细看过呢。"

伊丽莎白打开手稿。"这儿有乐谱，"她说，"你得唱一唱，赖因哈特。"

赖因哈特先是读了几首梯罗尔的地方小曲，他在读时偶尔就顺口哼哼出优美的旋律，这使大家都兴高采烈起来。"这些优美的歌曲都是谁作的呢?"伊丽莎白在问。

"从内容上就能听得出来，是裁缝学徒和理发匠以及这一类喜欢胡闹的家伙。"埃里希说。

赖因哈特说道："它们根本不是作出来的，它们生长，从空中掉下来，它们飞过像玛里戛仑这样的地方，飞过这里飞到那里，在成千上万的地方同时唱了出来。我们在这些歌曲里找到了我们自己的事情，自己的痛苦，这好像是我们大家都参加了制作似的。"

他拿出另外一首："《我站在高山》……"

"这我熟悉!"伊丽莎白喊道。"定定音，赖因哈特，我帮你唱。"于是他俩唱出了那个谜一样的旋律，人们简直无法相信，它是人所想出来的。伊丽莎白用她有些喑哑的女低音伴同赖因哈特唱了起来。

她的母亲此间正忙于她手上的缝纫活，埃里希交叉着双手，入神地倾听。当歌结束时，赖因哈特沉默地把这张纸放到一旁。——从湖畔传来牛群的项铃声，打破了黄昏的寂静，他们不由自主地谛听。这时他们听到一个清脆的童声在歌唱：

> 我站在高高的山上，
> 望着深深的峡谷……

赖因哈特微然一笑。"你们听到了吗? 就是这样口口相传下来。"

"这个地区经常唱这首歌。"伊丽莎白说。

"是的，"埃里希说，"这是牧童卡斯帕尔唱的，他在赶牛回家。"

他们还听了一会儿，直到牛铃声逐渐在附属房屋的后上方消失。"这是最古老的曲调，"赖因哈特说，"它们沉睡在森林里，上帝知道，是谁把它们找到的。"

他抽出了另一页纸。

天已经变得更暗了，一抹红色的晚霞像泡沫般停落在茵梦湖彼岸的森林上。赖因哈特把纸张摊了开来，伊丽莎白用手按住纸的另一边，仔细地阅着。赖因哈特随之读了起来：

是我母亲的意愿，
要我接纳另一个人，
从前我的所爱，都要从心里忘怀。
我心有不甘。

我把母亲抱怨，
她做的实属不该，
以往的体面，
现已变成罪愆。
我该怎么办！

用我的所有欢乐和骄矜，
得到的只是痛苦和酸辛。
啊，若这事不发生多好，
啊，我情愿行乞讨饭，
走遍褐色的荒原！

在朗读中间赖因哈特感到纸张一丝震颤，当他读完了时，伊丽莎白轻轻地把她的椅子移后，沉默地走到庭院。母亲的目光尾随着她。埃里希要跟去，可伊丽莎白的母亲说道："伊丽莎白到外面有事要做。"他停了下来。

外边，暮色越来越浓，笼罩着庭院和湖面。夜蛾从敞开的门旁嗡嗡飞过，花草和树丛的芳香越来越浓烈地涌入。从小河边响起青蛙的鸣叫，窗下面有一只夜莺在歌唱，庭院里的另一只遥相呼应，发出更深沉的声音。明月在树林上方窥望。伊丽莎白的倩影消失在林荫小径，赖因哈特朝那儿望了片刻。随后他把纸张卷在一起，向在座的示意，就穿过房间向湖边走去。

森林寂静无语，把它的黑暗远远地抛向湖面，湖心闪耀着月亮郁闷的微光。时而一阵飒飒声惊悚地穿过树林，但那不是风声，那只是夏夜的呼吸。离陆地一箭远的地方，他认出一株白色的睡莲。想在近处仔细看看的乐趣促使他走了过去，他脱掉了衣服，步入水中。湖底是平地，锋利的水草和石块刺痛了他的双脚，水不够深，他无法游泳过去。突然他失足踏空，水在他头上旋转，好一会儿他才重新浮出水面。他划动手脚，转个圈子直到他认出他下水的地方。——不久他又看到那株睡莲，它孤寂地卧在巨大而光滑的叶子中间。——他慢慢游过去，时而从水中抬起胳膊，溅起的水珠在月光中闪闪发亮，好像他和睡莲的距离依然如故，当他环视四周时，只有他身后的湖岸在越来越朦胧的氤氲中依稀可辨。他没有放弃他的努力，而是加劲地朝同一个方向游去。终于他游到了睡莲的近旁，都能在月光中清晰地分辨出银白色的花瓣。可在这同时他感到自己像陷入一张网里一样，滑滑的草茎从湖底浮起，缠住他赤裸的四肢。无情的湖水裹挟着他，漆黑一团，他听到身后一条鱼的蹦跳声。蓦地他在这陌生的元素中感到阴森可怖。他拼力扯断水草的纠缠，屏住气息急速游到岸边。当他从这里向湖心回头望去时，睡莲像此前一样遥远而孤寂地浮在黑魆魆的湖面。——他穿上衣服，慢慢地朝家里走去。当他从庭院进入花厅时，他看到埃里希和伊丽莎白的母亲正在准备行装，翌日他们就要动身去进行一次短暂的商务旅行。

"都深夜了，你去了哪儿？"伊丽莎白的母亲朝他问道。

"我？"他回答说，"我要去探望睡莲，但是没有如愿。"

"真是莫名其妙！"埃里希说，"这睡莲与你有什么相干？"

"我从前熟悉它，"赖因哈特说道，"但那是很久以前的事了。"

伊丽莎白

翌日下午，赖因哈特和伊丽莎白在湖的彼岸漫游，他们时而穿越树林，时而徜徉在高高的突出的湖岸。埃里希交代给伊丽莎白一个任务，就是在他和母亲不在期间领赖因哈特去领略附近，即从茵梦湖彼岸直到庄园的最美好的景色。他俩从一处走到另一处，伊丽莎白终于感到累了，她坐在低垂枝丫的阴影中间，赖因哈特倚在她对面的一个树桩上。这时他听到密林深处杜鹃的啼鸣，突然他感到，从前曾一度经历过这样的情景。他微笑着朝她望去，神情有些奇怪。"我们要去寻找草莓吗？"他问道。

"这不是草莓生长的季节。"她说。

"可这季节很快就到了。"

伊丽莎白沉默地摇摇头，随之她站了起来，两人继续他们的漫游。虽说她就走在他的身边，可他把目光一再转向她。她走得那么轻盈，就像被她的衣服托起来似的。他经常不由自主地后退一步，以便能对她饱览一番。他俩来到一处空旷的长满野草的地方，从这儿能望到远方的景色。赖因哈特弯下腰来，从地上摘了一些野花。当他重新抬起头来时，他的脸上流露出炽烈的痛苦表情。"你认识这种花吗？"他说。

她疑惑地望着他。"这是石楠。我经常在林中采摘它。"

"我家里有一个旧册子，"他说，"从前我经常在上面写些歌曲和诗歌。但好久不再这样做了。在页子中间也夹有一枝石楠，但只是一枝枯花。你知道是谁给我的吗？"

她默默地点头，但她垂下眼睛，只是凝视他手中的石楠。他俩就这样伫立了很长时间。当她朝他扬起双眼时，他看到它们饱含泪水。

"伊丽莎白，"他说，"在那棕色的群山后边有我们的青春。如今它在哪儿了？"

他们不再言谈，他们并肩地默默朝湖边走去。空气郁热，从西方升起一团乌云。"要变天了。"伊丽莎白说，她加快了脚步。赖因哈特沉默地点了点头，两人沿湖岸疾行，他们看到了停泊她的小船的地方。

在船划行期间，伊丽莎白把她的手停放在小船的船舷上。他在划船时朝她望去，她却把她的目光从他身边移开，望向远处。他的目光落了下来，停在她的手上。这只苍白的手泄露了她的面庞没有表达出的情感，他在她手上看到了隐痛的细微表象。在她夜间用手抚摸她羸弱的心时，这种表象就乐于在这双美丽的手上浮现出来。——伊丽莎白觉察到他的目光停留在她的手上，于是她慢慢把手从船舷滑入水中。

到达了庭院，他们遇见一个磨剪刀的小推车停在主人的房前。一个垂着黑色鬈发的男人使劲地蹬着车轮，哼哼着一首吉普赛人的旋律，一条拴着的狗蹲在旁边喘着气。在房子的过道上站着一个衣着褴褛的姑娘，俊美的脸上带着惶惶不安的表情。她把乞讨的手朝伊丽莎白伸了过来。

赖因哈特把手伸到口袋，可伊丽莎白抢在他的前头，匆忙地把她钱包里的全部钱都倒进女乞丐张开的手中。随后她迅疾地转过身去，赖因哈特听到她抽泣着登上台阶。

他想拦住她，但他稍作沉思，随即就停在台阶旁边。姑娘还一直站在过道上，一动不动，手上拿着刚得到的施舍。"你还要什么？"赖因哈特问道。

她怔了一下。"我什么都不要了。"她说，随即朝他扬了扬头，用惶惑的双眼目不转睛地望了望，慢慢地朝门口走去。他喊出了一个名字，但是她已听不到了。她垂下头来，双臂交叉胸前，穿过庭院走了出去。

死亡，啊，死亡，
我要独自一人死亡！

一首古老的歌曲传入他的耳际，他屏住呼吸，少顷之后他转身朝他的房间走去。他坐了下来，想工作，但是他思绪茫然。

一个多钟点过去了，虽经努力，可徒劳无功，于是他进入下面的客厅，那里空无一人，只有泛着凉意的绿色微光。在伊丽莎白的缝纫台上有一条红色的丝带，这是她午后脖子上戴的那条。他把它拿到手上，可这使他感到痛苦，他又重新放了下来。他静不下来，就朝湖边走去，他解开小船的缆绳，划了过去，再一次漫步在此前与伊丽莎白一道徜徉过的地方。当他再度回到家中时，天已黑了。在庭院里他遇到正要把马牵到草地去的车夫。旅游者刚刚返回家中。一进入房子的过道他就听到埃里希在花厅来回踱步的声音。他没有朝他走去，他静静地站了一会儿，随后轻轻地登上台阶，进入他的房间。他坐到窗旁的一张靠背椅上，他做出一种姿势，好像他要谛听下面紫荆丛中夜莺的歌唱似的。

但是他听到的只是他自己的心在跳动。他下方的房屋里一切寂静，夜在逝去，可他却没有发觉。——他就这样坐着，几个小时过去了。终于他站了起来，把身子探出敞开的窗户。夜露在树叶中缓缓流动。夜莺已停止歌唱。从东方升起的一片淡黄色的光华逐渐地排挤掉夜的深蓝。一股清风吹来，掠过赖因哈特灼热的额头，第一只云雀欢叫着冲向高空。——赖因哈特倏地转过身来，走到桌旁，抓住一支铅笔。当他握笔在手时，他坐了下来，在一张白纸上写了数行。写完之后，他拿起帽子和手杖，叠好的纸束放在桌上，小心翼翼地打开了门，走下台阶进入过道。——朝霞还弥漫在每个角落，那只巨大的家猫在草垫上伸着懒腰，他漫不经心地向它伸过手去，它便对着他的手弓起腰来。外边花园里的麻雀在树枝中啾唧不停。夜已经过去了。这时他听到上面的房间里的门在响动，有人从台阶上走了下来。当他抬起头向上望时，伊丽莎白已站到了他的面前。她把手放在他的胳膊上，嘴唇在动，但他听不到一个字。"你不会回来了，"她终于说道，"我知道，不要骗我，你永远不会再来了。"

"永远不会了。"他说。她把手垂了下来，再也没说什么。他穿过过道走向大门，可他又一次转过身来。她在老地方伫立不动，用死亡般的眼睛在看他。他向前迈了一步朝她伸出了双臂。随后他果断地转身迈出大门。——外边的世界一片清新晨光，挂在蜘蛛网上的露珠在第一缕阳光中熠熠生辉。他没有回顾，他疾步直行。寂静的庄园在他身后逐渐地隐没，而在他面前升起了一个庞大的开阔的世界。

老人

月亮已经不再照在窗户上了，天已经变得昏黑，但老人依旧坐在靠背椅上，垂着双手，直视着面前的空间。环绕他四周的黑色朦胧慢慢地形成一个宽广的幽暗的大湖，黑糊糊的湖水不停地翻滚，越来越深，越来越远，远得老人的眼睛已不能及，一株白色的睡莲在阔大的叶子中间孤独地浮动着，漂来漂去。

房门打开了，一束明亮的灯光照进房间。"你来了，很好，布里吉塔，"老人说，"你把灯放在桌子上好了。"

随后他把椅子移到书桌旁，拿起一本翻开了的书沉浸于研究之中，从前他把他青年时代的力量都用在学业上了。

溺　殇

［德国］汉·台·沃尔特森－施托姆　著

叶廷芳　译

　　我们这座"御花园"从前是公爵的宫殿，但是已经荒废很久很久了。在我小时候，那曾经按照古代法国风格营建的山毛榉篱垣就已经长成疏疏落落、鬼模怪样的大树而给道路庇荫了；由于它们这期间总还留着些叶子，所以我们这些不常见到树叶的本地人，看到它们这种形状，也仍然觉得它们是值得珍惜的，何况我们这些好思索的人，这个那个总要到那儿去相见。见面时我们一般都要在稀疏的林荫下，朝着那座所谓的"山"漫步，那是花园西北角的一个小小的丘峦，位于一个干涸的养鱼池上方，站在那里可以极目远眺，一览无余。

　　人们多半都喜欢向西眺望，以便观赏一番沼泽地里那嫩绿的景色和远处那银光闪闪的海潮，海潮上那伸展得很长的岛屿舞动的倒影。我们眼睛则不由自主地转向北边，观看那几乎不到一里远的地方的尖塔教堂，它矗立在地势较高然而荒芜的海滨；因为这里是我们青年时代住过的地方之一。

　　那个村子的牧师的儿子曾同我一起上本城的拉丁语学校，我们曾无数次在周末下午一起外出，到那边去玩，然后在星期天晚上或星期一早上返回城里读尼波斯①，后来又读西塞罗②。当时路途中间还有好大一片未开垦的荒地，一边几乎伸展到墙根，另一边也几乎与村庄相接。这里野花香气扑鼻，蜜蜂和灰白色的土蜂在花朵上嗡嗡嘤嘤，美丽的金绿色甲虫在细长的花茎下疾行；这里有别处见不到的蝴蝶，在石楠花和含树脂的灌木丛的香雾中款款飞舞。我那位一心想回到父母家的朋友，每每要费很大的劲才能把他着了迷

---

　　① 尼波斯（Cornelius Nepos，前？—32），罗马史学家。

　　② 西塞罗（Marcus Tullius Cicero，前106—前43），罗马政治家和演说家。其著作为拉丁文的典范性文体。

的同伴从这一切诱人的景致中带走；但假如我们到达已经开垦的田野的话，那就向前走得更加快活。不久，当我们像涉水似的踏上长长的沙路时，我们才能越过深绿色的紫丁香花丛，瞥见牧师家屋的山墙，牧师的书房通过墙上几扇不透明的小玻璃窗，往下俯视，欢迎熟识的客人们。

我的朋友是牧师夫妇的独生子，像我们在这里常说的，我们在牧师家里受到极优厚的款待，至于美味的食物就不用提了。只有那白杨树就像天堂里的苹果树一样，是不让我们去碰的，它是全村最高因而也是最诱人的一棵树，其偌大一部分枝叶在茅屋顶上摇曳，因此我们只能偷偷地攀登；除此以外，就我记得起来的，一切都是准许的，并且按照我们年龄的不同阶段充分加以利用了。

我们活动的主要场地是宽阔的"教士牧场"，花园有一道小门与它相通。在这里我们懂得用男孩子天生的本能去寻找云雀和灰底黄斑鹪的窝巢，找到后我们就几次三番地去探访它们，看看在最近两小时内，鸟蛋和小鸟变得怎么样了；这里，在一个就我现在所知水很深、不亚于爬那棵白杨树那样危险的水池——其周围是密密匝匝的老椰树桩——上，我们还捕捉过那灵巧的黑甲虫，我们称之为"水中法国人"，又有一回，我们在一个特设的船坞上用胡桃壳或盒子盖建造战舰，让它们在水中游弋。在夏末，说不定也会有这样的事：我们从我们玩的牧场出发，对位于水池彼岸、牧师房屋对面的教堂司事的花园进行一次劫掠；因为我从那里的两棵畸形的苹果树上收获了十分之一的果实；自然，有时我们因此要受到那位好心老人家的友好的威吓。——在这个教士牧场上有着如此多的青春的欢乐在增长，而在它的贫瘠的沙土里别的树木是不愿繁茂的；只有那岸壁上成堆地生长着的金扣形的阡陌花的扑鼻香气，今天我回想起来仍余香未断，如果时代在我心目中生动地复活的话。

但我们被这一切所吸引只是暂时的，一种城里所没有的东西却激发了我持久的兴趣。——我说的不是那种到处突出于牲口栏的墙缝的蜂窝建筑，虽然在静观默想的午间看着勤快的小虫儿飞进飞出那是够惬意的；我指的是那宏大得多的、古老而庄严异常的乡村教堂。它从基础到高耸入云的塔顶全是用方块花岗石建造的，巍巍矗立在全村的制高点，远远近近的荒地、海滩和沼泽尽收眼底。——然而，对我来说，最大的吸引力却是教堂的内部；那把似乎是由使徒彼得亲自传下来的巨大钥匙就已经激发了我的想象。事实上，当我们幸运地从老司事手里得到它的时候，它也确实打开了通向许多奇妙物体的门，一种久远的时代从它们身上时而像用阴沉逼人、时而像用天真烂漫的虔敬的眼睛看着我们，但始终神秘莫测地沉默着。教堂中间悬挂着一副令人感到非凡而战栗的耶稣受难像，他那细瘦的肢体和侧垂着的鲜血淋漓的头颅；像的旁边有一座状如鸟巢的雕刻而成的褐色祭坛，固定在一根墙柱上，坛旁由水果和树叶编排成的图案中突出了各种野兽和鬼怪的脸孔。但特别具有吸引力的是教堂圣坛所内的那座雕刻成的巨大的坛柜，上面画有各种图像描述着基督受难的故事；这些奇形怪状的狂暴的面孔在外面的日常生活中是见不到的，他们犹如该亚法①的脸或者像那些士兵的脸，他们为得到被处决者的外套而穿着金色的甲胄去赌博；幸亏有那倒在十字架旁的玛丽亚的柔美的面容与此形成对照，令人慰藉；真的，若不是一个具有更强大的充满神秘的诱惑力一再将我从那儿拉开的话，她就很容易会把我那富有幻想的童心迷住的。

除了这种种稀奇古怪的或不妨说凄惨的事物以外，在教堂的本堂还挂着一个天真无邪的死孩子的画像，那是一个美丽的、约莫五岁左右的男孩，他头枕着绣有花边的枕头，他那苍白的小手握着一朵洁白的睡莲。在他娇嫩的面庞上除了流露着一种像是恳求救命的死的恐怖外，还残存着一种生的动人的痕迹；当我站在这幅画像前面时，一种怜悯之情不禁油然而生。

但此地挂着的不单单是这幅画；紧挨着它的黑木框里是一个神情忧郁、长黑胡子的男子，他戴着教士领，身穿长长的敞口服，眼睛望着远方。我的父亲告诉我，这就是那个美男孩的父亲；今天人们仍然这样传说，这个人自己曾经就是在我们的教士牧场的池子里淹死的。框架上我们看到 1666 的年号；这已经是很久远了。这两幅画一再吸引着我；一种幻想的欲望攫住了我，要从这孩子的生平和死亡中获得更详细的、即使仍然是少得可怜的情况；我甚至要从他父亲那阴郁的脸上——它虽然有教士领，却使我想到祭坛旁的兵卒——察觉出那些情况来。

——在幽暗的旧教堂里进行了这样一番考察之后，这对和善的牧师夫妇的家屋就显得更亲热了。诚然，这房子旧得同样很有些年头了，记得我朋友的父亲曾想盖一幢新房子；但因司事们的住宅也都年久不坚了，所以两头都没有盖。——尽管如此，老房子里的各个房间却舒适得很；冬天住在前厅右边的小卧室，夏天住在左边的大卧室，前厅白垩的墙上挂着从宗教改革年鉴

---

① 该亚法（Kaiphas，前18—36），犹太大祭司，与耶稣为敌。

里摘出的绘画，它们嵌在桃花心木制作的画框里，从西窗望出去，只见远处有一架风磨，除此以外是一望无垠的天空，傍晚玫瑰色的霞光染遍天涯，映得房间里一片辉煌！可爱的牧师夫妇，红色天鹅绒垫褥的靠椅，晚餐桌上响声悦耳的茶壶，——眼前的一切都是明朗的、亲切的。其时我们已经是六年级①的学生。一天晚上我心里浮起一个念头：这些房间过去都有谁住过呢，莫不是那个死孩子曾经带着红彤彤的脸蛋在这里蹦蹦跳跳过，他那画像好像以一种令人忧伤的迷人的传说弥漫着这阴暗的教堂。

这一思考促使我们在一天下午根据我的提议再次造访了教堂，因而在那幅画像的一个暗角下面，发现了四个在此之前为我所忽略了的红色字母。

我跟我朋友的父亲说："那些字母是 C. P. C. S，可是我们猜不出它们的意思。"

他回答说："嗯，这则铭文我大致是明白的；要是借助于传说的解释的话，那么后两个字母可能是 Aquis submersus，也就是'溺毙'，或直译为'殁于水中'之意；只是前面的 C. P 大家还总是莫名其妙！我们司事那位中学四年级文化程度的年轻助手却认为，它们可能是 Casu Periculoso，即'由于危险的不测之事'的意思，可是当时的老绅士们讲得更在理些：如果这男孩在那里溺毙了，那么这不测之事就不单单是危险而已。"

我好奇地听着。"Casu，"我说，"不也可能是'Culpa'的意思吗？"

"Culpa？"牧师重复道，"由于罪过？——但由于谁的罪过呢？"

于是那老教士阴郁的画像出现在我的灵魂前面，没有多加思索我就喊起来："为什么不是 Culpa Patris 呢？"

和善的牧师几乎吓了一跳。"哎，哎，我年轻的朋友，"他说，并警告性地伸出一个手指头指着我。"你是说由于父亲的罪过？——尽管他的神情忧郁，我们也不要把罪过归于我这位已故的同事。他大概也不会让人家写下他这样的事情的。"

后面这句话我这年轻人的理解力是领会得了的；但那铭文的原意毕竟依然是个历史的秘密。

在绘画技艺方面，这两幅画像比起那几张紧挨着的旧的教士画像来更为优越，这我一看便明白了，但绘画里手认出那是古代的一个荷兰大师的得力学生所作，当然我是现在才从我朋友的父亲那里获悉的。然而这样一位画家

---

① 当时德国的中学一般是九年制。

是如何流落到这穷乡僻壤来的，他又是从哪里来的，他叫什么，关于这一切，他对我也无可奉告。这两张画像上既没有署画家姓名，也没有标上画家记号。

好几年过去了。在我上大学期间，和善的牧师死了，我的老同学这期间在别的地方谋得了牧师的职位，他母亲跟他住在一起，我就再也没有机会去那个村子了。——当我自己已经回到本城居住的时候，我为一个亲戚的儿子在良善的市民家里找了一个学生寄宿处。我怀念着自己的青年时代，在一个艳阳天的下午去街上徜徉，走到市场一角时，一幢山墙很高的旧房屋的门楣上，两行用低地德语写的铭文映入眼帘，把它改成高地德语①就是：

> 人生在世，
> 过路烟云。

这两句话对于少年人的眼睛大概是不明显的；因为在我的中小学年代，尽管我常常去住在该地的面包师那里取热腾腾的白面包，我从来都没有看见过它们。我几乎不由自主地走进屋子里去，事实上这里可以找到我表弟的宿舍。和蔼的面包师傅对我说，他们从姨妈手上继承了这座房子和面包铺，姨妈的卧室已经空了许多年了，很久以来他们就想找一个年轻的房客来住。

他引我上了楼，我们走进一间相当低矮的、布置得古色古香的房间，它的两个小玻璃窗子对着广阔的市场。面包师傅说，从前门口有两棵古老的菩提树；但是他让人把它们砍掉了，因为它们严重影响了房屋里的光线，而且把远处的美丽景色也给遮住了。

不久各方面的条件我们都讲妥了；但接着，当我们还想商谈一下房间的适合于现在的设备时，我瞥见了一幅挂在一个柜子阴影中的油画，它突然吸引住了我的全部注意力。画幅还仍然完好无损。画像是一个年龄较大、目光严肃而柔和的男子，身穿一身黑衣服，很像17世纪中叶上流社会中那些主要从事政务和学术而不是从事军事活动的人的穿着。

---

① 在德语中，有所谓"低地德语"和"高地德语"之分，前者流行于北德地带，一般是方言土语；后者流行于南德地带，系标准德语，犹如我国的"普通话"概念。

这位老绅士的头尽管这样美好而动人，画得这样出色，此刻却不是引起我的这种激动之所在；但画家在他的怀抱里放了一个苍白的男孩，他的松软的小手里握着一朵洁白的睡莲；——这个男孩我早就看见过了嘛。这幅画里他大概也是死的，他的眼睛已经紧紧闭上了。

"这幅画是从哪里来的呢？"我终于发问道，因为我突然意识到站在我面前的面包师傅的讲解戛然而止。

他惊讶地望着我。"这幅旧画？这是我姨母留下来的，"他答道，"这是她的曾叔父画的，他是一位画家，一百多年以前在这儿住过。此地还有他别的什物呢。"

他讲这番话的时候，指着一只橡木制作的盒子，箱子上刻着各种各样的极为精致的几何图形。

在我把箱子从柜子上端下来时，箱子弹开了，里面暴露在我眼前的东西中有几页旧得发黄的纸张、写得十分古老的文字。

"我可以看看这几页字吗？"我问道。

"要是您高兴的话，"师傅回答说，"您可以把它们全都带回家去；这是很旧的文书，没有什么用处了。"

但我请求并且也得到允许，当场看一看这些没有用处的文书；当我面对着那幅旧画坐到一张高大齐耳的靠椅上去的时候，师傅离开了房间，虽然还是诧异不已，但仍然留下友好的诺言，说他妻子不久就会端一杯好咖啡来款待我。

但我看起文书来了，看着看着，不久就忘记了周围的一切。

*

于是，我①又回到了我的家乡荷尔施滕；那是公元 1661 年耶稣复活节后的第四个星期日！——我的画具和别的行李都留在城里，现在我心情欢快地沿着那条穿越从海边上升到陆地的山毛榉森林的大道，徒步行走。时不时有几只林中小鸟从我面前掠过，站在车辙的深沟里，享受着饮水解渴的惬意；因为下了一个通宵的毛毛细雨，直到早晨仍下个不停，所以太阳没有照到林中的阴影。

树林稀疏的地方，传来画眉响亮的鸣啭声，它在我心中激起回响。由于

---

① 上面的"我"是作者；这里开始的"我"是故事的主人公。小说采用的是"框形结构"。

我在阿姆斯特丹①逗留的最后几年，我的可贵的师傅凡·得尔·赫尔斯特②替我订了几件工作，所以我一切花钱的操心都一笔勾销了；我口袋里揣着一张汉堡银行的支票，加上我穿得仪表堂堂：我的头发落在有着细软的灰鼠皮毛的外套上，腰间佩着一柄吕蒂③的剑。

可是我的思想却跑在前面；我总是看见我那恩深似海的保护人盖哈杜斯先生如何在他的房门口跟我握手，并亲切地祝愿说："进来吧，我的约翰内斯，上帝赐福给你。"

他曾经和我亲爱的、可惜死得太早的父亲在耶那④学习法律，随后又发奋攻读艺术和科学，所以在已故的弗里德里希公爵在为建立一所州立大学的崇高的、虽因战事而未能成功的努力中，他是公爵的一个有识见的、热心的谋士。他虽是贵族，但却始终忠诚于我亲爱的父亲，在我父亲死后，他仍然在我的青年时代收养了我这个孤儿，照顾得比人家所希望的还要周到，不仅增加了我的经济手段，而且通过他在贵族中的熟人关系，促使尊敬的凡·得尔·赫尔斯特接收我为学生。

我相信这位可敬的人一定在自己的府邸中安然无恙，为此，我对全能的上帝真不知怎么感谢才好；因为那时候我正在国外钻研艺术，在国内到处笼罩着战争⑤的恐怖；而那些开来支援国王抵抗好战的瑞典人的军队几乎比敌人还可恶，甚至许多上帝的仆人⑥也惨遭他们的杀害。现在，虽然由于瑞典的卡洛鲁斯⑦突然归天而实现了和平，但是战争留下的残酷痕迹遍地皆是；好些儿时人们用甜牛奶款待过我的农舍和平民家屋，现在在我清晨散步时看到它们被毁而倒在路旁，昔日在此时长着的绿油油黑麦苗的田野，现在却是一片荒芜。

不过这些现象今天已不使我十分难受了，我只有一个意愿：如何用我的艺术向这位高贵的绅耆证明，他没有把财物和恩惠花费在一个微不足道的人身上；我也没有去想那些流浪汉和自战争以来仍在森林中为非歹的无赖。我所思虑的倒是一件别的事，即是对于伍尔夫公子的想法。他对我从来没有

① 荷兰首都。
② 17世纪荷兰画家。
③ 比利时名城。
④ 耶那（Jena），德国文化名城，今东德境内。耶那大学创办于16世纪。
⑤ 指17世纪中叶丹麦与瑞典的战争。
⑥ 即牧师。
⑦ 指瑞典国王卡尔十世，他卒于1660年。

好过，甚至把他高贵的父亲对待我的那种慷慨好义之举，看做是我对他本人的一种偷盗；我亲爱的父亲死后，我常常在庄上度暑假，他有好几回使我在这美好的日子里困恼、扫兴。他如今是否还耽在他父亲的家里，我不得而知，只风闻在缔结和约①之前，他同瑞典军官在花天酒地中交往，这与正直的荷尔施滕人的那种忠诚是格格不入的。

在我思忖着这件事的时候，我已经走出了山毛榉林带而拐进离府邸不远的枞树林中的直路了。树脂的香气弥漫在我周围，引起我美好的回忆；但不久我就走出了树荫，沐浴在灿烂的阳光之下；道路两旁均为草坪，各以榛树为篱。没有多久，我就走在通向主人邸宅的、两行高大橡树之间的林荫道了。

我不知道，一种什么样的不安的感情突然向我袭来，当时我想不出任何原因；因为周围除了阳光还是阳光，天空传来一阵十分亲切的、令人鼓舞的云雀的歌唱。瞧，庄园管事用以养蜂的场院上，那棵老梨树还在呢，它的嫩叶在蓝空中窃窃私语。

"你好啊！"我轻轻地说，但在说这句话时并没有想到那棵树，却想到那个天仙般动人的女子，像以后所发生的事情那样，她身上融会着我一生中的全部幸福和痛苦以及针扎似的悔恨。她是高贵的盖哈杜斯先生的小女、伍尔夫公子唯一的妹妹。

却说我亲爱的父亲死后不久，我第一次在这里度完整个假期；这时她是个九岁的小姑娘，快活地摆动着两条褐色的发辫；我比她稍大几岁。一天早晨我从门房出来，那位住在入口处的上方、忠实可靠、与我的小卧室为邻的庄园老管事狄德里希给我准备了一把桲木做的弓，并为我用好铅铸了一些箭头，现在我要用这家伙去射击在府邸周围叫得烦人的猛禽；这时她从庭院朝我跳跃而来。

"你知道吗，约翰内斯，"她说，"我告诉你一个鸟窝，在那边空心的梨树上，不过都是些红尾巴的小鸟儿，你可千万别射它们呀。"

说着她就又蹦蹦跳跳地跑到前面去了；但到她离那棵树还有二十来步的时候，我看到她突然静静地站住了。"妖怪，妖怪！"她叫喊着，两只小手像受惊似的在空中挥动。

但那是一只大林枭，它蹲在那棵空心梨树的洞口上面，向下俯视着，看

---

① 17 世纪丹麦与瑞典的战争于 1660 年因瑞典王卡尔十世的死亡而告结束。

能不能捕捉一只飞出窝的小鸟。"妖怪，妖怪!"小家伙又喊起来，"射，约翰内斯，射呀!"——那只大枭由于一心想抓吃的，却什么也听不见，仍一动不动地蹲着，眼睛直盯着那个树洞。于是我拉开桦木弓向它射去，那猛禽应声落地，躺着挣扎；而从那棵树中飞出一只小鸟，唧唧叫着飞上了天空。

打这以后，卡塔琳娜和我成了两个形影不离的好伴侣，在树林和花园里，只要有小姑娘在，也就有我在。但因此我很快就有了一个敌人；这就是库尔特·封·得尔·里希，其父就坐在他富有的府邸里，离这里有一小时的路程。他常常来造访，总是由那位有学问的、盖哈杜斯先生乐于与之攀谈的庄园管事陪同着；由于他比伍尔夫公子年轻，故他总跟我们在一起，但褐发小千金似乎使他格外喜欢。不过这是白搭，她偏偏笑他那弯曲的鹰钩鼻，它长在蓬乱的头发之下和两只圆得出奇的眼睛之间，这在同姓人当中几乎人人皆然。假如她从老远看见他的话，她就伸着她那小巧的脑袋喊道："约翰内斯，妖怪! 妖怪!"于是我们就藏在仓库后头，或者像挨了鞭打似的赶紧跑进树林，树林围着田野成一弓形，其后又向前延伸过去直逼花园的围墙。

因此，当封·得尔·里希察觉这点的时候，往往引起我们互相扭打，但在这场合，由于他主要是性子暴躁，力气并不大，所以优势多半是在我手里。

当我最后一次去外地作短期度假，出发前为了向盖哈杜斯先生告别而在这里逗留的时候，卡塔琳娜已经有点儿像个姑娘了。她那褐色的头发现在被拢在一个金色的发网里；当她把眼睫毛往上一抬，两眼就闪闪发光，简直令我发窘。照料她的是一位年迈体衰的老处女，在家里管她叫"乌塞尔大姐"。她对孩子寸步不离，处处都带着一件毛料长褂陪伴着她。

十月的一天下午，我正和她俩在花园的树篱下来回漫步，一个细高个的人朝我们走上来，他身穿一件织有花边的皮短褂，头戴皮帽子，完全是上世纪法国式的时髦装束；看吧，这就是库尔特公了，我的老对头。我马上发觉，他仍不停地在追求他的美丽的邻人，而这似乎使那位老姑娘格外满意。她开口"男爵先生"，闭口"男爵先生"，同时她以一种令人作呕的、细声细气的声音毕恭毕敬地笑着，鼻子翘得老高，可是如果我插一句话呢，她总是以"您"称我，或者干脆称"约翰内斯"。公子听了眯起他滚圆的眼睛，那样子好像他在从上面看我，虽然我比他高出半个头。

我瞥了卡塔琳娜一眼；她却没有理会我，而是优雅地走在公子的旁边，彬彬有礼地和他攀谈或搭话，时不时地小红嘴一撇，露出嘲弄似的骄傲的微笑，以致我想："你安分些吧，约翰内斯，公子现在使你无足轻重！"我执拗地留下来，让他们三人走在前面。但当他们走进屋内的时候，我还站在屋前盖哈杜斯的花坛旁边，盘算着如何像从前那样去和封·得尔·里希决一雌雄。这时卡塔琳娜突然又跑回来了，她在我旁边从花坛上摘下一朵翠菊，悄悄地对我说："你知道吗，约翰内斯？那妖怪像一只小鹰；这是乌塞尔大姐告诉我的！"旋即又一溜烟跑走了。但是我的一切执拗和愤怒顿时烟消云散。此刻男爵先生与我何干！阳光灿烂，我满心喜悦，爽朗地笑起来，因为在讲这几句高兴异常的话时，我又看到她那甜蜜的眼神。但这回它直接照进我的心坎里去了。

不久之后，盖哈杜斯先生差人叫我去他的房间；他又一次指给我看一张地图，告诉我如何作一次去阿姆斯特丹的长途旅行，递给我几封他写给那里的朋友们的信，然后他以我亲爱的先父之友的身份跟我谈了很久。因为当晚我还得进城，那里有个市民愿意让我搭他的车去汉堡。

于是傍晚时分，我即行告辞。卡塔琳娜挨着刺绣架坐在她下面的房间里；我不禁想起新近在一本铜版画册里见到的希腊美女海伦娜①；我觉得这位姑娘俯首挑花时显露出来的那青春的颈项就犹如彼之美。但是她不是独自一个人，她对面坐着乌塞尔大姐，放声读着一本历史书。当我进去时，她鼻子一翘，对我说："哦，约翰内斯，您莫非向我告别来啦？那么您同样也可以向小姐行礼呀！"——这时卡塔琳娜已经放下手中的活计站了起来；但是，当她把手递给我时，伍尔夫和库尔特两位公子大声喧嚷着走进房间来了；她仅仅说了声："再见了，约翰内斯！"于是我就走了。

我去门房里跟狄德里希老人握手，他已经替我拿手杖和行囊了；接着我就沿着橡树夹道向林中大道走去。可是我又觉得，我不能这样就走；我似乎还得好好告别一下，于是常常静静地站着，朝后头张望。我也不抄枞树林中的直路，而是走远得多的行车大道。但是我眼前晚霞已经染上树林，如果我不想在夜里摸黑，那就该赶紧走。"再见吧，卡塔琳娜，再见！"我轻轻地说，操起手杖，抖擞精神往前走。

在便道与马路相接的地方，我的心在狂喜中仿佛停止了跳动，——她突然出现了；她两颊灼热通红，从阴暗的枞树林中跑了出来，跳过干涸的水沟，使她那丝一般褐色的发浪冲开了金色的发网。我张开双臂，把她拥在怀

---

① 希腊传说中的宙斯的女儿，斯巴达国王梅涅劳斯之妻；西方文艺中被当做女性美的典型。

里。她气喘吁吁，睁着炯炯发光的眼睛凝视着我。"我，我逃脱了他们！"她终于结结巴巴地说，接着把一个小包塞在我手里，轻轻地补充说："收下吧，约翰内斯！可别嫌弃呀！"但转眼之间她脸色阴沉下来；那微微隆起的小嘴还想说什么，可眼泪夺眶而出，忧伤地摇了摇她娇小的头，急切地挣脱了身。我望着她的背影在阴沉沉的枞树林中的小道上渐渐消失，过后我还听到远处枝叶沙沙作响，再过后就是我一个人独自站着。周围是那么寂静，叶落的声音清晰可闻。我把小包儿打开，那是闪闪发亮的压岁钱，她曾多次给我看过；还有一张小纸条，我就在晚霞中看了起来，其中写道："好让你不致发生困难。"——于是我将双臂伸向空中："再见了，卡塔琳娜，再见，再见！"——在寂静的树林里我差不多喊了上百次；——直到夜幕降临我才到达城里。

——自此以后已经五年过去了。——如今我重新看到的这一切又是怎样的呢？

我来到了门房旁边，看到下面庭院里那些老菩提树，府邸西边的尖角山墙已被菩提树后面的淡绿色树叶所掩蔽。但当我要通过门道时，两只戴着钉子项圈的雄性猛狗凶猛地向我直扑过来，它们发出可怕的狂吠，其中一只跳到我跟前，龇牙咧嘴地逼近我的面庞。这样的欢迎我还从来没有遇到过。幸亏这时从小房子或者大门里喊出一种粗哑的、但于我很熟悉的声音："喂！鞑靼，突厥！"两只狗放开了我，我听到有人下台阶的脚步声，接着老狄德里希从门道下面的门里出来。

当我凝望着他的时候，我深深地觉得我在国外太长久了；因为他已是满头白发；他那通常是如此快活的眼睛无力而凄楚地看着我。"约翰内斯！"他终于说话了，并把双手递了过来和我相握。

"您好，狄德里希！"我回答说，"可是您从什么时候开始在院子里养了这样一些像狼似的袭击客人的凶狗呢？"

"是呀，约翰内斯，"老人说，"它们是公子带回来的。"

"公子在家？"

老人点点头。

"现在，"我说，"狗倒是需要的了，战争以来还有许多人在四处流窜。"

"唉，约翰内斯先生！"老人还一直站着，仿佛不愿让我上府邸里去，"您来得不是时候啊！"

我凝视着他，但只说："那自然，狄德里希，现在狼代替了农夫从窗洞里往外瞧；我也看到了这样的情形了；可现在已经和平了呀，府中的好主人是会给予帮助的，他是慷慨大方的。"

我说完这番话就想上府邸中去，虽然这时狗又向我狂吠起来；但老人挡住了我。"约翰内斯先生，"他喊道，"您先别走，且听我说！虽然您的短信随王家邮车确实从汉堡送来了；但它找不到真正的收信人了。"

"狄德里希！狄德里希！"我直喊。

"——是的，是的，约翰内斯先生！这儿的好光景已经过去了，因为我们尊贵的盖哈杜斯先生正躺在那边教堂里的棺材里，棺旁燃着灯台。现在府邸里变样儿了；不过——我是个佣人，我应该沉默。"

我想问："那位小姐呢，卡塔琳娜还在家里吗？"但话到嘴边又停住了。

那边，在府邸后头的翼屋里有一个小教堂，但据我所知，它长期以来是闲着的。因此我说到那里去找盖哈杜斯先生。

我问老门房："小教堂是开着的吗？"他作了肯定的回答，我求他把狗止住；然后我通过庭院，没有遇见任何人；只听见从菩提树的树梢上传来一只莺儿的歌唱。

小教堂的门仅仅虚掩着，我怀着十分不安的心情轻轻地走了进去。这里摆着敞露的棺材，红色的烛光明晃晃地照在我敬爱过的先生的高贵的面庞上。死者躺卧着，死亡的陌生感告诉我，他现在是另一个境界里的伙伴了。但当我正要在尸体旁跪下去祈祷时，在我对面棺材的边缘冒出一张年轻而苍白的脸，几乎恐惧地从黑色的面纱中望着我。

但像是一阵微风吹过，只见脸上微微一动，那对褐色的双眸真诚地凝视着我，接着几乎是一声欢呼："啊，莫非是约翰内斯吗？唉，您来得太晚了！"就在棺材的上方我们的手紧握在一起，互相问候；原来是卡塔琳娜，她变得如此美丽，以致在这死人面前有一股热乎乎的生命脉搏通过我的全身。诚然，眸子里那富有表情的目光此刻被吓回到了深处；可从黑头巾中挤出几绺褐色的小发鬈，那微微隆起的嘴唇在苍白的面容衬托下显得更加红润了。

我几乎迷惘地望着死者，我说："我来这里，原是希望给他画幅肖像，用我的艺术来感谢他，在他面前坐上几个钟头，聆听他那柔和而富有教益的话语。现在就让我来设法保持他这行将消逝的面容吧。"

她泪流满面地默默向我点点头。这时我坐到一张椅子上，在一张我随身带来的白纸上，开始描摹起死者的遗容来。可是我的手发颤；我不知道是否仅仅由于死者的尊严之故。

此刻我听到外头庭院那边传来一种声音，我听得出这是伍尔夫公子的说话声；紧接着一只狗叫了起来，像是挨了一脚踢或被抽了一鞭子；然后是另一个人的笑骂声，这同样是我所熟悉的。

我向卡塔琳娜瞥了一眼，只见她以极为惊恐的眼睛对着窗口发愣；但那说话声和脚步声都过去了。于是她站起来，走到我的身旁，凝神地看着父亲的容颜怎样在我的笔触下产生。没过多久，外边有一个人的脚步声又回来了，在同一瞬间，卡塔琳娜把一只手搭在我肩上，我感觉到她年轻的身体在怎样地战栗。

随即教堂的门被猛烈推开了，我认得出是伍尔夫公子，虽然他平时那苍白的面庞此刻似乎有些儿红肿。

"你老待在棺材旁边干什么！"他向妹妹喊道，"封·得尔·里希公子向我们吊丧来了，你去给他斟酒吧！"

同时他看见了我，用他那一对小眼睛盯着我。——"伍尔夫，"她边说边和我走到他跟前，"这是约翰内斯，伍尔夫。"

公子觉得没有必要和我握手；他只管打量我的紫色短裤，说："你穿着一件花皮裤儿；大家可要称你为'先生'了！"

我们走出教堂上了庭院时，我说："您爱叫我什么就叫我什么好了！虽然在我来的那个地方，人家少不得在我的名字后头加'先生'的。——您大概知道吧，您父亲的儿子对我是拥有特权的。"

他惊异地看着我，然后却说："现在你或许可以让人看看，你用我父亲的金钱学得什么了吧；同时，对于你的工作，工钱是要照给的。"

我说，关于工钱，这我早已预支了。但因为公子回答说，他要照一个有身份的人那样办。于是我问他要我做什么事情。

"你肯定晓得的，"他说着又停住了，锐利地瞥了他妹妹 眼。"假如一位闺秀离别家门的话，那么家里得留下她的画像。"

在他说这句话的时候，我感觉到在我身边的卡塔琳娜就像要晕倒似的猛地抓住我的外套。但我平静地回答："这习俗我是知道的；但您的意思究竟是什么呢？伍尔夫公子！"

"我的意思是，"他口气严厉地、似乎准备着人家反驳地说，"应该让你来画这家女儿的画像！"

我几乎浑身战栗了一下；我不知道是由于这句话的语调呢，还是由于这句话的含义；我也想到，现在恐怕不是开始干这等事的合适时候。

卡塔琳娜沉默不语，但从她的眼睛里向我瞟来一瞥恳求的目光，于是我回答说："要是令妹肯赏脸的话，那么我希望不玷辱令尊的提携和我师傅的栽培。您只需把狄德里希门前通道上面的那间小屋再给我腾出来，那么您的愿望就算实现了。"

公子一口答应，并且吩咐他的妹妹，让人给我弄点点心来。

对于我工作的开端我还想提一个问题；但我把话咽下去了，因为对于我所接受的工作我突然感到喜不自胜，我害怕任何一句话都会把我的心思泄露出来。因此我也没有看见在井畔那边发烫的石头上躺着晒太阳的那两只恶狗。但当我们走近时，它们一跃而起，张开大嘴向我冲来，急得卡塔琳娜一声叫唤，但公子吹了一下尖声的口哨，那两只狗便哼哼着匍匐到他的脚边去。"该死，两个疯狂的家伙，不管是猪尾巴还是佛兰德①布，一概都咬！"

"您看，伍尔夫公子，"——我的话实在憋不住了——"如果要在令尊家里再做一次客的话，那么可得让令犬学点更好的举止才是！"

他用他那双小眼睛扫了我一眼，摸了几下自己的上髭："它们的迎宾礼就是这样的，约翰内斯先生！"他一边说，一边俯下身去，抚摸他的两只畜生，"这样让谁都知道，这里开始了另一种管理；因为，——要是谁跟我过不去的话，我就叫他领教一下魔鬼的嘴巴！"

在他激烈地说出这最后几句话时，他已经站了起来；然后打了一声嗯哨，招呼他那两只狗，穿过院子，朝大门走去。

我对着他的背影望了一会儿。这时卡塔琳娜站在菩提树下，耷拉着脑袋，默默无语；我跟着她走上府邸的台阶，当我们并肩登上宽阔的阶梯，跨进上房，一直走进这里的已故盖哈杜斯的房间时，我们仍然一言不发。房间里凡我以前见到过的一切，都还历历在目，镶着金色花朵的皮质壁毯，墙上的地图，书架上整洁的羊皮纸书籍，写字台上方墙上挂着的老拉斯戴尔②画的秀丽的森林深谷。——还有就是桌前空着的圈手椅。我的目光停留在这张椅子上；就像下面教堂里那长眠者的躯体使我失掉生气一样，现在这间空房似乎也是这样，尽管新春的气息从外面树林里通过窗子透进来，但可以说就像充满死一般寂静。

---

① 佛兰德，比利时地名，以产布著称。
② 拉斯戴尔（1600—1670），荷兰著名风景画家。

在这一瞬间我几乎忘记了卡塔琳娜。当我转过身时，她站在房间当中，毫不动弹，只见她那双小手紧捂着剧烈起伏的胸口。她轻轻地说："这里现在没有人了，除了我哥哥和他的恶狗没有人了，不是吗？"

"卡塔琳娜！"我喊道，"您怎么啦！这儿是令尊的家，您觉得怎么啦？"

"你问什么？约翰内斯？"她几乎猛烈地抓住我的双手；她年轻的眼睛像含着愤怒和痛苦似的闪闪发光，"不，不；先让爸爸在他的坟墓中安息吧！但过后——你得给我画像呢，你将在这里待一段时候——过后，约翰内斯，你要帮助我，为了死者的缘故，你可要帮助我呀！"

听了这番话，我完全为同情和爱情所驱使，在美而甜的人儿面前跪下来，并且向她发誓，尽我的一切力量帮助她。于是一股温柔的泪泉从她眼睛里奔涌而出。我们紧挨着坐在一起，久久地倾谈着关于纪念长眠者的事情。

然后，当我们下了台阶，回到下屋的时候，我也询问到那位老姑娘的情况。

"噢，乌塞尔大姐！你想问候她？是的，她还在呢；她的房间就在下面，因为这些台阶对她来说早就成为困难了。"

于是我们走进一间朝着花园的小房间，花园里绿树篱墙前的花畦上郁金香正破土而出。乌塞尔大姐身穿黑衣服，头戴绉纱巾，块头像是缩小了，她坐在高高的转椅里，面前摆着一副象牙制作的尼姑小棋，据她后来对我说，这是男爵先生——他①父亲一死，现在可成了名副其实的男爵了——为表示对她的敬意从吕贝克②带给她的。

当卡塔琳娜在小心翼翼地挪动着几个小棋子的时候，由于向她说了我的名字，她就说："哦，您又来了吗，约翰内斯？——不，这样不行！O, c'est unjeu frès – com – plìqué！"③

接着她把小棋子弄乱，瞅着我，说："哎，您穿得挺像样的，可是难道您不晓得，您是到了一个有丧事的人家里？"

"我知道的，小姐，"我回答说，"但我进门时并不知道。"

"哦，"她说着，点了点头，以示安慰我，"您本来也不是这家的用人，倒不必计较。"

卡塔琳娜苍白的脸上掠过一丝笑意，这样一来我的任何回答大概都可以

---

① 指伍尔夫。
② 吕贝克（Lübeck），德国北部小城市。
③ 法语："这是一盘很复杂的棋局！"

免了。相反，我倒夸奖起老太太房间的幽雅来了，因为攀附在外面围墙旁边小塔上的常春藤已经蔓延到窗子上了，它的青枝绿蔓隔着玻璃窗摇曳。

但是乌塞尔大姐却说，是呀，要是没有夜莺就好了，它现在又吵得人不得安宁了；不过，就是没有夜莺她也睡不着觉；再说，这地方也实在偏僻，不好监督杂役干活，外面花园里，除年轻园丁在修灌木篱墙和山毛榉花坛外，同样没人干活。

——看望就这样结束了；因为卡塔琳娜提醒我，该是我恢复路途的劳累、养精蓄锐的时候了。

现在我寄住在庭院大门上面的斗室里，这使狄德里希老汉格外高兴；因为节日晚上，我们坐在他的担箱上，就像我童年时代那样，让他给我讲他的生涯。于是他抽着一袋旱烟，——这种风气随着军队也在这里流行开了——叙述着兵荒马乱年月的种种故事，诸如外国军队来到庭院和下面村子里的时候人们所吃的苦头；但有一回，当我把他的话题引到善良的卡塔琳娜小姐的时候，他开始收不住话头，但他还是突然打住了，不停地端详着我。

"您可晓得，约翰内斯先生，"他说，"您不像那边的封·得尔·里希那样有一枚徽章，那是再可惜没有了！"

他见我听了这话满面通红，就用他那硬邦邦的手拍拍我的肩膀，说："唔，唔，约翰内斯先生；这正是我的一句蠢话；当然啰，老天爷把我们安排在哪里，我们就得在哪里。"

我不知道当时是否同意了那句话，但只是问道，封·得尔·里希现在到底成了什么人物了。

老汉诡谲地上下打量着我，一个劲地抽着他的短烟管，仿佛那值钱的烟草是长在田埂上似的。"您想知道吗？约翰内斯先生！"于是他说开了，"他是快快活活的公子哥儿一类的人，他们在基尔年集上射击市民的屋顶；您兴许晓得，他有几支很像样的手枪呢！拉起琴来他就不那么在行了，但因为他迷恋一种可以取乐的乐曲；所以最近在深更半夜去荷尔施滕门楼上用他的剑敲开了一位市议员音乐家的门，连穿衣裤的时间都不给。可是天上挂着的是月亮而不是太阳，那是年集后的第八天①，一切都冰冻了；于是这位音乐家不得不穿着薄薄的衬衣拉着琴穿过市街，而这位公子则拿着剑在后面押

---

① 那是贵族年集，例行为 1 月 6 日。

送！——您还想知道更多这样的事吗，约翰内斯先生？——在他周围的庄稼人，如果老天爷没有赐给他们女儿，他们就谢天谢地。然而，——不过他父亲死后他倒还有钱，可晓得，我们的公子早已把他的遗产花光了。"

我自然一切都明白了；而狄德里希老汉又用他那句格言"但我不过是个佣人"结束了他的谈话。

——现在我已把原来放在城内金狮旅店里的衣物连同我的画具都搬出来了，而按照礼仪，进出都穿着黑衣服。我首先利用白天的时间。在上面府邸中已故主人的房间旁边，有一间又高又大的客厅，几乎挂满了与被画者同样大小的画像，只有壁炉旁边还空着一块挂得下两幅画那样大小的地方。这是盖哈杜斯先生祖先们的画像，多数都是目光严肃而自信的男子和女人，具有一副可信赖的面容；最后是年富力强的主人和死得过早的卡塔琳娜的母亲做了结束。最后的两张画非常出色；出之于我们的同乡埃得尔史太特人盖奥尔格·奥文斯之手，画得刚劲有力；我现在就用我的画笔用心来描摹我的崇高的保护人的面容，诚然，我画的是缩小比例的像，仅供自己观赏；但后来我照它画了一张放大的像，现在它还挂在我孤独的居室里，成了我年迈时的最珍贵的伴侣。而他的女儿的像则是活在我的心坎里。

每当我放下调色板，我还要在那些美丽的画像前流连良久。卡塔琳娜的容貌我又从她双亲的画像上找到了：父亲的上额，母亲双唇周围的魅力；可是伍尔夫公子那冷酷的嘴角，过小的眼睛在哪儿呢？——这必定是从更远的祖先遗传下来的！我沿着那些较古的画像的年代顺序缓步走去，一直追溯到一百多年以前！看呀，在一个被虫豸严重蛀蚀的黑木框里挂着一幅画像，我小时候就在它面前静静地伫立过，仿佛被它拉住了似的。那是一位约莫四十来岁的贵妇人，冷酷的面庞上长着一对小眼睛，目光冷漠而刺人；那张脸在纱巾和白色下颚绷带之间只看得见一半。在这个已经消逝如此之久的灵魂面前，我感到一阵轻微的战栗；我对自己说："在这儿，就是这个人！自然在走着多么不可思议的道路！一百多年来，一代代的血液像在一块盖子底下秘密地奔流着；早已被遗忘了，忽然又出现了，给生者带来不幸。我保护卡塔琳娜，防御的不是高尚的盖哈杜斯的儿子；而是这个女人和由她的血液遗传下来的后裔。"于是我重又走到那两幅年代最近的画像前，它们使我的心情得到恢复。

当时我就这样在静谧的厅堂里、在死者的幽灵中盘旋，那里只有细微的尘埃在阳光照耀下围着我嬉戏。

只有在吃午饭的时候我才见得到卡塔琳娜，老姑娘和伍尔夫公子都在场；但要是乌塞尔大姐不用高嗓门说话，餐桌就始终笼罩着一片寂然和凄愁，弄得我常常难以下咽。原因不是因为悲悼逝者，而是在兄妹之间，好像桌布把他们从中隔断了似的。卡塔琳娜经常没有吃几口饭菜便离开了，几乎都没有用眼睛给我打个招呼；公子呢，只要高兴，就要拉住我陪他喝酒；而我若不愿意超过我的酒量，就得防备他对我进行各种嘲笑。

　　灵柩合上几天之后，便在下面村子的教堂里举行盖哈杜斯先生的殡葬仪式，那里是他祖传的墓地，现在他的遗体就躺在他祖先的旁边，愿上帝有朝一日赐给他们以快乐和复活！

　　但是，参加葬礼的虽然有各种各样的人，有的来自城里，有的来自周围的庄园，然而属于亲族的几乎很少，而且这些人不过是远房的，由于伍尔夫公子是本家系的最后的苗裔，而盖哈杜斯先生的夫人又不是本地人氏；因此在短时间内包括这少数人也统统都回去了。

　　现在公子亲自敦促要我着手他托付给我的任务，为此我就在上面的画像陈列厅里、在一个朝北的窗子旁边挑了一个位子。尽管乌塞尔大姐由于筋骨疼痛，上不了台阶，她说最好是在她的居室或者在附近的房间里画，这样我们俩可以聊天。可我却乐于摆脱这样的干系，坚持说那边太阳西晒不好作画为正当理由，无论她怎么说也无济于事。第二天我就去大厅把侧窗遮起来，支起高高的画架，它是这几天内在狄德里希的帮助下做成的。

　　当我刚把蒙有麻布的画框摆到架上的时候，盖哈杜斯的房门开了，卡塔琳娜走了进来。——出于什么原因，似乎很难说；但我感觉到，这一回我们俩几乎惊恐地面对面站着；她还没有脱掉孝服，那黑色的衣裳衬托着她年轻的面孔，她抬头凝望着我，眼神里充满着甜蜜与迷惘。

　　“卡塔琳娜，”我说，“您知道我得给您画像，您乐意吗？”

　　她褐色的眼珠子一下就潮湿了。她轻声地说：“您为什么要这样问呢？约翰内斯！”

　　像一滴幸福的甘露落进我的心里。“不，不，卡塔琳娜！您说说看，有什么地方我能为您效劳呢？——坐下说吧！免得这样闲着让人惊疑。或者莫不是我已经知道啦。您不用对我说什么了。”

　　但是她不坐下，而走到我的身旁：“你还记得吗，约翰内斯？你曾经用你的弓射下了那只妖怪？这一回可不必那样做了，虽然它又蹲在窝巢上窥视着；因为我不是供它撕裂的小鸟。但是，约翰内斯，——我有一个近亲——

你帮助我对付他吧！"

"您说的是令兄！"

——"我没有别的近亲。——他要把我许给一个我所憎恨的男人做妻子！在我们父亲长期卧病期间，我曾同他争吵得不可开交，直到在父亲的棺材旁边经过反抗才取得他的同意：让我安安静静地吊孝我的父亲；但我知道，他是不会维持这状况的。"

我想到普里茨①修道院院长，她是盖哈杜斯先生唯一的妹妹，我说，是否躲到她那里去，请她保护。

卡塔琳娜点了点头。"你愿意当我的使者吗，约翰内斯？——我已经给她写过信，但回信落在伍尔夫手里，我也不晓得她是怎样回答，只晓得我哥哥发了一场大怒。"要是那弥留的人的耳朵还能听得见世间的声响的话，他一定会听得清清楚楚的；但仁慈的上帝已经给这位心爱的家长安排了最后一觉，让他溘然长逝了。

现在卡塔琳娜根据我的请求终于在我的对面坐下了，我开始在画布上描轮廓。于是我们进行从容的商量；由于我一旦工作有了进展，就得去汉堡向木刻师定做一副框架，因而我们确定，届时绕道去一趟普里茨，以执行我的使命，不过首先还是把工作抓紧。

人的心中往往有一种奇怪的反常现象。公子明明已经知道我站在他的妹妹一边；虽然，他的骄傲令他轻视我，或者他以为开始的一个下马威就足以把我吓住了；但我所担心的事情并没有发生；卡塔琳娜和我无论是第一天，还是以后的日子里，都没有受到他的干扰。尽管有一次他进来了，训斥卡塔琳娜还穿孝衣，但骂完把门用力一甩就走了。不久就听到他在庭院里用口哨吹一支骑兵小调。另一次他来时还带着封·得尔·里希。这时卡塔琳娜异常激动，于是我请她在原位上坐好，继续从容地画下去。出殡那天，我跟库尔特公子冷冷地寒暄了一下，此后他就没有在庭院里露过面；现在他走到跟前，看着画像，说了几句好听的话，但他又说小姐为什么要这样穿戴，而不让她那有着自然发鬈的丝一般轻柔的头发披在脑后，恰如一位英国诗人这样绝妙地描写的"在脑后对着风儿轻轻地相吻"呢？但是一直没有吭声的卡塔琳娜却指着盖哈杜斯的像说："莫非您不知道这是我的父亲了！"

---

① 普里茨（Preetz），德国北部的小城，在基尔以南。

库尔特公子是怎么回答的，我已记不起来了；但他眼前很像完全不存在我这个人，或者说我仅仅像一部机器，通过它可以把像画到画布上。说到画像，他还开始对我的头说长道短；但因为卡塔琳娜不再答理，不久他就告辞，说祝愿女士舒心适意云云。

他说这句话的时候，我还看到一瞥急速的目光从他的眼睛里向我直射过来。

现在我们无须再受别的干扰了。工作也随着时令在进展。外边林间田地里的黑麦正在吐穗，呈现一片银灰色的景象，下面花园里的玫瑰花已经开放；但我们俩——今天我也许可以这样写——现在宁愿静悄悄地度着时光；至于我的出使之行，无论是她或我，哪怕一个字也不敢提。我们所说的话，我几乎都记不起来了；只记得我向她谈了我在异乡的生活，以及我如何经常思念家乡；还谈到在我生病的时候，她的钱如何解决了我的急需，正像她童年时心里所考虑的那样；后来我如何努力，担忧，直到挣了足够的钱把珠宝从当铺里赎回来为止。她听了幸福地微笑着，她那妩媚的面容浮现于画像幽暗的背景上，像绽开的花朵，显得越发甜美，我仿佛觉得这不是我自己的作品。——有时候好像她眼睛里有什么东西在盯着我；于是我很想把它抓住，它却羞涩地飞回去了；然而它通过画笔悄悄地流到画布上，以至于在我不知不觉间产生了一幅具有销魂的魅力的画，无论先前和以后都没从我手中产生过这样的画。——然而终于到时间了，并且确定第二天我动身去出差。卡塔琳娜把她给姑母的信递给我的时候，又在我对面坐了一会儿。今天可不开玩笑了；我们俩说话都很严肃，充满忧愁；这期间我还用画笔东涂一下，西抹一下，我的目光时不时向墙上那些默默无语的上流社会的人们投以一瞥，平时在卡塔琳娜面前我几乎想都没有想到他们。

画着画着，我的目光也落到了那幅旧的女人画像上，它就挂在我的旁边，那两只逼人的灰色眼睛透过白色的面纱直盯着我。我打了个寒噤，差点儿没把椅子给移动了。

但卡塔琳娜那甜蜜的声音冲进我的耳朵："你脸色近乎发白了呢；你想到什么心事了？约翰内斯！"

我用画笔指着那幅画："您认识这个人吗？卡塔琳娜！这双眼睛这些天来都在睥睨着我们呢。"

"这个人吗？——小时候我就怕看见她了，就是大白天我常常也要闭起眼睛从这里跑了过去。她是上几代的盖哈杜斯的夫人；一百多年以前她就住在这里了。"

"她可不像您美丽的母亲，"我回答说，"这副脸孔只有对一个人的任何请求都予以拒绝时才会有的。"

卡塔琳娜严肃地朝我看着，说："大家都这么说呢。听说她把自己唯一的孩子诅咒了一番；第二天早晨人家把那苍白的小姐从花园的池子里拽了上来，那池子后来给填平了。事情发生在灌木篱后面，朝树林的地方。"

"我知道，卡塔琳娜；今天那块地里还长着木贼和灯心草。"

"约翰内斯，难道你也知道，一有祸患快要降临全家的时候，总有一个我们祖先的女魂要出现？人家先是看见她从窗边走过，接着就在花园的池子里不见了。"

我的目光不由得又转到那幅画像的一动不动的眼睛上。我问道："那她为了什么要诅咒她的孩子呢？"

"为了什么？"——卡塔琳娜犹豫了一会儿，千娇百媚地、几乎难为情地瞅着我。"我想，她不愿意嫁给她母亲的表弟吧。"

"难道他是一个这样坏的人吗？"

一瞥像恳求的目光向我飞了过来，她满脸泛起了绯红的玫瑰色。"我不知道。"她压抑地说；接着补充道："说是她爱上了另一个人，而那人的门第跟她不相当。"她说话的声音轻得我几乎听不到。

我放下画笔，因为她低垂着眼睛坐在我的面前；若不是那只小手轻轻地从怀里放到胸口，那么她自己就像一幅没有生命的画。

模样多姣好啊，但我终于说了："这样我就不好画了；您不愿看我了吗，卡塔琳娜？"

此刻，当她的睫毛从褐色的双眸抬起来的时候，就不再有任何隐藏了，目光热烈而坦率地走进我的心坎。"卡塔琳娜！"我跳了起来，"莫非那个女人也诅咒过您？"

她长长地舒了口气。"也咒过我，约翰内斯！"——这时她的头偎在我的胸口，我们紧紧地拥抱着站在这位曾祖母的画像前，她怀着敌意冷冰冰地俯视着我们。

但是卡塔琳娜轻轻地把我拉走。"我们别跟她作对吧，我的约翰内斯！"她说。——此刻，我听到楼梯间有响声，好像有三条腿的什么东西艰难地上楼梯来。当卡塔琳娜和我因此又重新坐到我们的原位上，我又拿起画笔和画板的时候，门开了，乌塞尔大姐拄着拐杖、咳嗽着走来了，我们本来估计她最后也许会来的，她说："听说你要去汉堡办画框，所以我得赶紧来好好看看你的画。"

众所周知，老姑娘在恋爱事情上有极精细的观察力，每每使青年人窘迫难堪，当乌塞尔大姐刚刚瞥见迄今她还未曾见过的卡塔琳娜的画像时，她好不得意地耸动着她那布满皱纹的面孔，立即问我道："小姐也像这画上那样看过您啦？"

我回答说，那正是一种高级的绘画艺术呢，不仅仅描下一副面容而已。但是她必定在我们的眼睛和面颊上发现了她觉得特别的东西，因为她的目光搜索地瞅来瞅去。然后她以最尖的嗓门说："这工作兴许快完了吧？卡塔琳娜，你的眼睛有病光啦；长期坐着对你的健康是不利的。"

我答道，这画像不久便可完工，只是服装上有些个地方还要加加工。

"哦，那您就用不着小姐在跟前了吧！——来，卡塔琳娜，你的臂膀比这笨拐杖好哩！"

于是我不得不眼睁睁地瞧着这干瘪的老处女把我刚刚以为得到的心爱的宝贝给带走了；那双褐色的眼睛几乎连送我一个默默的告别都不能。

第二天，即夏至前的星期一早晨我踏上旅途。我骑着狄德里希为我张罗的一匹马，大清早就出了大门。当我骑马通过枞树林时，公子的一只狗冲了上来，直扑马腿，虽然这马是从马圈里出来的，但因为马鞍上坐着人，仿佛都受到它们嫌疑。尽管如此，我和马都没有受伤，而且晚上天未黑就到达汉堡。

第二天上午我又启程，并且不久就找着一位雕刻匠，画框的边条许多都已做好，只需要把它们拼起来，角上加上装饰品就可以了。师傅答应，交易一经商定以后，一切都负责包装好给我寄来。

虽然对于一个好奇的人在这座名城有许多东西可观看，例如在海盗船员协会有海盗施托尔特贝克尔的银杯子，它被称为该城第二个象征。正如一本书中所说，没有见过这只杯子，就没有资格说他到过汉堡。再如那条有鹰爪子和翅膀的怪鱼，是刚刚在易北河里捕获的。我听人说，汉堡市民把它当做反抗土耳其海贼的预兆，虽然一个真正的旅行者是不会放弃观看这种怪物的，但因为我的心情被忧虑和渴望困扰得不堪，就没有去看。因此，当我在一个老板那里换了一张支票，并在我住宿的旅店结清了账目之后，我便在中午又跨上我的马儿，不久就把大汉堡的一切喧嚣都抛在后头了。

当天下午我即到达普里茨，在修道院向一位十分可敬的女士陈述了来意，很快就被接见。凭她那庄严的仪表，我立刻就认出这是我尊贵的已故盖哈杜斯先生的妹妹；只是，像那些没有结过婚的妇女常有的那样，她的面部表情比她哥哥要严峻一些。我在这里经受了一场长时间的严格考问，甚至在我转交了卡塔琳娜的信以后，也在所难免；但过后她便答应帮忙了，并让我坐到她的写字台旁，这时一位侍女奉命把我领到另一间房间，在那里把我很好地款待了一番。

我继续上路时，已经快傍晚了；虽然我的马儿已经跑了许多路程，但我还想在子夜时分去敲老狄德里希的门呢。我把老女士交我带给卡塔琳娜的信，装在一个小皮夹子里，妥善地藏在胸口短褂里。于是我又跃马前行；眼看黄昏渐渐接近，直到夜幕降临；不久我就想到她了，一个唯一值得想念的人，同时想到一些新的如意的打算，我的心一再收紧。

但这是个炎热的六月之夜；黑暗笼罩的田野散发着野花的气味，绿篱丛中冒出金银花的芳馨；空中和树叶间飞舞着看不见的夜游虫，间或也嗡嗡营营地飞到我那喘着气的马的鼻孔旁边，可是在我头顶上面那宏大的蓝黑色的苍穹的东南方，天鹅宫星座放射着纯洁美丽的光芒。

我终于又到了盖哈杜斯先生的田庄上了，于是又立刻决定，再骑马到位于树林后面大马路旁的村庄去一趟，那里的酒店掌柜汉斯·奥特孙有一辆手推车，要他明天差个人进城，为我取回汉堡的箱子；但我只需敲一下他房间的窗户，就可以把这件事说定。

于是我骑着马沿林边走去，萤火虫围着我穿梭飞舞，我几乎被那绿色的荧光弄得眼花缭乱。教堂的巨大暗影已经在我面前突兀而起，它的围墙里盖哈杜斯先生就安息在他的家人旁边；我听见钟塔里的钟锤刚刚举起，夜半的钟声响进村子里。"但他们全都在睡眠，"我自言自语说，"死者安睡在教堂里，或者星空下这旁边的墓地上，生者躺卧在这些低矮的屋顶下，它们在那边黑暗中默默无语地排列在你的眼前。"我就这样向前骑行，但当我走到可以望见汉斯·奥特孙的酒店的池塘边时，见那边有一种灯光，冲破蒙蒙雾气照到路上，土提琴和木笛的吹奏声清晰可闻。

尽管如此，我还是要同店主说话，就骑马到酒店，把马拴进马圈。然后来到打谷场，只见场上男男女女，人山人海，叫喊、喧哗，乱作一团，这样的场面，我在以往，哪怕在舞会上，都没见过。一盏烛灯悬吊在一根屋梁下的十字木上，灯光从黑暗中照出了某些人脸上的胡子和疤痕，这是一种人们在森林中不愿独自遇见的面孔。——但不单是浪荡子和农家小伙子们在这里自得其乐；在那些奏乐的人们旁边还站着封·得尔·里希公子，乐手们都坐在大房子前面他们家用的木桶上；公子一只胳膊上搭着他的外套，另一只胳膊上则勾着一个粗俗的女人。但他好像不愿意他们奏的那支曲子；因为他从拉提琴的人手上夺下琴来，掷了一把钱在他的桶里，要他们给他演奏新时髦的两步舞曲。乐手们很快照办，奏起音调疯狂的新乐曲来，这时他喊叫着要大家让开，就在密集的人群中跳了起来；农家小伙子目瞪口呆地看着那女人倒在他的怀里，就像兀鹰跟前的一只鸽子一样。

我转身走进后面的小屋子里，去同店主谈话。伍尔夫公子正坐在里面喝酒，身边是年迈的奥特孙。他用各种玩笑，使老人窘迫不堪；——他威胁老人说，要提他的利息；而当那诚惶诚恐的老人叫穷叫苦地请求他开恩、宽容时，他又摇头大笑。——他看见我后，仍不罢休，直到我作为第三个和他们同坐在桌旁时为止！他问起我的外出情形，问我在汉堡是否很快乐；但我仅仅回答说，我刚从那里回来，画框不几天就可运到城里，我要叫汉斯·奥特孙用他的小推车再从那里取回来，不费事的。

在我正同奥特孙商谈这件事的时候，封·得尔·里希也闯进来了，他大声喊着，要店主给他来一杯清凉的饮料。可是舌头已经拨弄不动的伍尔夫公子却一把抓住他的胳膊，把他按在一张空椅子上。

"好啊，库尔特！"他喊道，"你还没有跟你的女人玩饱啊；这叫卡塔琳娜该说什么好呢？来，让我们一起按照时髦打一场规矩的幸福牌吧。"说着，他从短褂里掏出一副牌来。"开始！十加女人！——女人加农夫！"

我还是站着看他们打牌，这在当时已成为一种时髦；我只盼望着夜晚消逝，早晨到来。——但那个醉汉这回却像个智慧过人的超人；封·得尔·里希打的牌一张接一张地都打错了。

"你放心好了，库尔特！"伍尔夫公子说着，同时将硬币聚集成一堆，嬉皮笑脸地说："情场得意，赌场得利，二者独享岂非过甚，可得考虑考虑！让画师在这里跟你讲讲你那漂亮的未婚妻吧，他知道得清清楚楚；你可以了解个透彻了。"

但是，正如我所熟知的那样，那另一个人并没有意会到爱情的幸福；因为他破口大骂拍桌子，向我投来愤怒的目光。

"咳，你嫉妒了，库尔特！"伍尔夫公子愉快地说，仿佛每句话他都要在他那笨重的舌头上尝一番似的，"可是你放心好了，挂像的框子已经办妥了；你的朋友——这位画家刚从汉堡来呢。"

我看到封·得尔·里希一听这话立刻就像嗅觉灵敏的猎犬嗅到气味一样，身子抽搐了一下。"从汉堡来？——那他必定是穿上了浮士德的外套①了吧；因为我的马夫今天中午还看见他在普里茨呢！在修道院里，他拜访你的姑妈去了。"

我的手下意识地摸了摸藏着那封信的小皮夹子的胸口；因为伍尔夫公子的醉眼在盯着我；我感觉到他那神情流露的意思，无非是他看到我的全部秘密都暴露在眼前了。这情状没有持续多久，牌子就"啪"的一声被摞在桌上。"嗬嗬！"他喊道，"在修道院，在我姑妈那里！小子，你干得好一手双重手艺啊！谁派你去干这个差使的？"

"您没有叫我去，伍尔夫公子！"我回答说，"这跟您不相干！"——我想抓我的剑，但它不在；这时我想起它挂在马鞍上因为我事先把马拴进了马厩。

公子又向他年轻的同伴喊了起来："扯开他的短褂，库尔特！以这一堆现钱做赌注；你找出一封你不愿意看到的信件来！"

他话音未落，我就感觉到封·得尔·里希的手已碰到了我身上，于是我们俩开始了猛烈的搏斗，我深知自己的文弱，像孩提时代一样，是打不过他的。但事有凑巧，我恰好抓住了他两只手的手腕，于是他就像被绑着站在我的面前，我们俩没有一个吭声；现在彼此眼睛瞪着眼睛，每一方都明白，站在他面前的是他的死敌。

伍尔夫公子似乎也是这个看法；他好容易地从椅子上站起来，像是要来帮封·得尔·里希一手；但他喝的酒太多了，又跟跟跄跄地回到他的座位上。于是他凭他那僵滞的舌头声嘶力竭地大叫："喂，鞑靼！突厥！你们藏在哪里！鞑靼！突厥！"这时我知道他要叫那两只恶狗扑到我赤裸的喉咙上，我刚才还看见它们懒洋洋地躺在场上的小酒店旁边。我已经听到它们喘着气穿过乱哄哄跳舞的人群，向这边奔来，于是我猛地一推，把我的敌人摞倒在地，然后经由一扇侧门跃出了房间，把门用力关上，这才脱了身。

周围突然间又是宁静的夜；明月当空，星光闪烁，我先不敢到马厩去牵我的马，而是敏捷地跳过篱笆，越野向森林跑去。不久我便到达森林，我又寻找去府邸的方向，因为森林一直伸展到围墙。诚然，天空的亮光被这里的树叶遮蔽了；但我的眼睛不久便适应了黑暗，我精神抖擞地向前摸索；我还

---

① 浮士德的外套，一种传说中的魔衣，穿上它能腾云驾雾，很快就能从甲地到达乙地。

想利用这残夜在我的房间里再休息一会儿，然后同老狄德里希商量应付即将发生的事情；因为我很清楚，以后我不能待在这里了。

有时我也站住细听一会儿，但是我离开的时候，也许用力过猛，结果把门给锁上了。我一跳就跳得这么远，以至关于狗的声音一点也没有听到。我刚从树林里的暗处走到有月光的林间空地上，听到不很远的地方有夜莺在鸣啭，我便朝着它们发出声音的地方举步走去，因为我很清楚，在这一带地方，只有府邸花园的绿篱中有它们的窠巢。现在我也知道了，我在什么地方：离庭院已经不很远了。

于是，我就朝着那美妙的声音走去，那声音从我前面的暗处冲出来，越来越清晰、响亮。突然，一种别的什么东西响了一下，声音迅速地向我趋近，我顿觉毛骨悚然。我不能再怀疑，那两只狗从矮林间窜来了；它们紧跟着我的踪迹冲来了，我已经清楚地听到我身后它们的喘气声和踏在林间枯叶上有力的脚步声。但是天无绝人之路；我从树荫中朝花园的围墙奔去，攀着一支接骨木的树枝翻墙而过。——在这花园里，夜莺们一直还在歌唱；山毛榉绿墙投下浓重的阴影。以前我跟盖哈杜斯先生外出旅游，出发前也曾在这样的月夜来过这里散步。当时他曾说过这样的话："再看一看这里的景致吧，约翰内斯！将来有可能在你回来的时候，在家里找不着我了呢。以后，大门上也不会再写着欢迎你的字样；——但我不愿意你忘记这个地方。"

现在，这番话掠过我的脑海，我只有苦笑；因为我现在在这里是一头被追捕的野兽；外面，伍尔夫公子的两只狗恶狠狠地沿着园墙奔跑，我都听到了。但是我白天还看到，这座围墙并非处处都很高，有些地方猖獗的野兽都能跳过的，而花园里面除了密密丛丛的绿篱和那边房屋对面已故先生的花坛以外，周围什么树都没有。当狗的吠声在园内响起的时候，我在急迫中发现那棵老常春藤，它的粗大的藤干一直攀缘到教堂的塔上；当两只狗穿过绿篱跑到有月光的场地时，我已经爬到相当的高度，狗怎么跳也咬不到我了；只是它们用牙齿扯下了从我肩头向下滑的外套。

但我担心越往上爬越细的枝条不能持久地承受得住我，于是我紧攀着枝条，向周围寻视着，看是否在什么地方有个更好的落脚点；但四周一片黑暗，除了笼罩着我的常春藤叶以外，什么也看不见。——在这紧急关头，上面一扇窗打开了，一个声音向我传来——上帝啊，您就是不久就让人把我从这尘世召唤了去，我也愿意再听一听这声音！——"约翰内斯！"她喊道，声音很轻，但我听得清我的名字，我顺着越来越细弱的枝条继续往上攀缘。

这时，我周围还在睡眠的鸟儿突然惊飞起来。下面的狗仰头向我吼叫。——"卡塔琳娜，真的是您吗，卡塔琳娜！"

一只颤抖着的小手儿向我伸了下来，把我往敞开着的窗口里拉，我看见她的双眸充满惊惧，呆呆地向深处张望。

"来！"她说，"它们会撕掉你的。"这时我一跃跳进她的房间。——可当我进了房间，她的小手松开了我，坐到一张紧挨着窗口的圈手椅上，两眼紧闭。她那粗粗的发辫顺着白色的睡衣，一直下垂到腰间。外面的月亮已上了花园里的绿篱，正好全照进房间里来，让我一切都看得清清楚楚。我像深深着魔似的站在她的跟前；这样可爱而陌生，但又觉得她完全是属于我的。我的眼睛尽情地享受着这一切美丽，直到她隆起胸脯发出一声叹息时，我才对她说："卡塔琳娜，亲爱的卡塔琳娜，您在做着梦吧？"

她脸上掠过一抹痛苦的微笑："我想大概是的吧，约翰内斯！——生活是这样严酷；梦可是甜蜜着呢！"

但是当下面花园里的狗重新朝上面狂吠的时候，她大惊失色，猛地站了起来。"约翰内斯，狗！"她喊道，"这两只狗是怎么一回事？"

"卡塔琳娜，"我说，"要是您要我替您做事的话，那么我想不久就该办了；因为再叫我从大门进这座房子恐怕不可能了。"同时我从小皮夹子里取出了那封信，并且向她讲了我在下面酒店里跟两位公子打架的经过。

她把信拿到明亮的月光底下去看；然后瞪大眼睛凝视着我，我们商量着：明天如何去枞树林里会面；因为卡塔琳娜还要事先打听一下，伍尔夫公子确定在哪一天起程到基尔的夏至市场去。

"嗯，卡塔琳娜，"我说，"您有没有类似武器的家伙，一把铁尺，或诸如此类的东西，我好用它防卫下面那两头畜生？"

她像突然从梦中惊起，"你说什么，约翰内斯！"她喊道；她那双迄今一直放在怀里的手抓住我的手。"不，不要走，不要走！到下面就会死；你一走，我在这里也是死！"

于是，我跪到她的跟前，依偎在她年轻的胸口，我们俩拥抱在一起，内心怀着巨大的伤痛。"唉，凯苔①，"我说，"有了这可怜的恋爱又能怎么样呢！即使您的哥哥伍尔夫不是那样的人又如何；我不是贵族，不准向您求婚的啊。"

---

① 凯苔，仁塔琳娜的爱称。

她非常甜蜜而忧虑地凝视着我；但接着她像要赖似的说出一些语无伦次的话："你不是贵族，约翰内斯？——我想，你也是贵族嘛！但是——唉，不是！你父亲仅仅是我父亲的朋友——在这个世界，这是不行的！"

"是的，凯苔，这是行不通的，在这里肯定行不通。"我一边回答说，一边把她那少女的身体搂得更紧。"但是在荷兰是行的，那里一个能干的画家顶得上一个德国的贵族；头号贵族跨进阿姆斯特丹凡·戴克府邸①的门槛也是很荣耀的事。人家本来要我留在那边，我的师傅凡·得尔·赫尔斯特和其他人都有这个意思。如果我回到那里，一年或者两年；然后，我们就可以从这里走了；您留下来就替我坚决对付你们那蛮横的公子好了！"

卡塔琳娜那白皙的双手抚摸着我的鬈发；她搂着我轻轻地说："既然我已经留过你在我房间里了，因此，我也一定要做你的妻子。"

——她也许没有意识到，这句话在我的血管里注进了一种什么样的火流，本来我的血管里已经是热血奔腾了。——我是个被愤怒、死的恐惧和爱情这三个妖魔所追赶的男人，现在我的头埋在我深深爱着的女人的怀里。

这时，响起了一声响亮的哨声，下面的狗吠声戛然而止，接着又是一声，我听到它们发疯似的狂奔开去。

从庭院方向响起了脚步声，我们屏住呼吸，悉心谛听。但不久那边的一道门打开又关上，然后上了门闩。"这是伍尔夫，"卡塔琳娜轻轻地说，"他把两只狗关进狗窝里去了。"——不久我们也听到了楼下前厅的门开了，有人转动钥匙，此后，脚步声消失在伍尔夫公子房门口的过道里。而后万籁俱寂。

现在终于安全了，完全安全了；但是我们的聊天也突然停止。卡塔琳娜将头往后靠，我只听到我们俩的心在欢跳。

"现在我该走了吗？卡塔琳娜？"我终于说道。

但是两只柔嫩的手臂默默地把我拉到她的唇边；我不走了。

花园深处夜莺在鸣唱，后面的小河绕着绿篱潺潺流淌，除此以外，再没有别的声音了——

如果说，那美丽的异端女人维纳斯②真像歌谣里所说的那样，有时在夜间还要复活，到处游荡，以迷乱那可怜的人们的心的话，那么，此刻就是这

---

① 凡·戴克（Anton Van Dyck，1599—1641），荷兰著名画家；为鲁本斯的高徒；1632年以后被聘为英国宫廷画家。

② 维纳斯（Venus），罗马神话中的爱神。

样的一个夜晚。月亮在天边消失了，一阵闷热的花香向窗子里面袭来，那边森林上方，夜在默默的星光闪烁中嬉戏着。——啊，守夜人，守夜人，难道你的呼唤那么遥远吗？

——我还分明知道，庭院那边雄鸡突然发出尖锐的啼叫，知道我的怀里还有一个脸色苍白、正在哭泣的女人，她不愿放我走，虽然花园上空晨曦朦胧，霞光已射进我们的房间，但后来她意识到了，像受了死的恐怖的惊吓，她赶我走了。

再接一个吻，再接了一百个吻；还匆匆说了一句：什么时候听到打钟叫仆人吃午饭，我们就什么时候在枞树林里碰头，而后——我自己几乎都不知道是怎么发生的——我站在花园里，下面有一种清晨的凉意。

当我捡起我那被狗撕破的外套时，我又向楼上看了一回，我见到一只苍白的小手儿向我挥别。当我的眼睛在回顾园中小路偶然扫了一眼塔旁下面的那排窗子时，我几乎吓了一跳；因为我觉得仿佛在一个类似的窗子后头看到同样的一只手。但是它伸出一个指头威胁我，我觉得它毫无血色，瘦骨嶙峋，犹如一只死人的手。然而这样的景象在我眼前一刹那就过去了。诚然，我首先想到远祖显灵的童话；但我心里想，这也许只是我自己心绪紊乱所造成的幻景吧。

于是，我不再去注意它，连忙穿过花园，但不久便发觉我由于匆忙走到长灯草的池沼上，陷进一只脚，没了踝骨，仿佛有什么东西在把它往下拖似的。"唉，"我想，"家鬼到底在捉拿你了！"但我拔出脚来，翻墙跳进树林里去了。

密林的黑暗宽慰着我的心绪；这里是我的情感不能摆脱的幸福的夜。——一直到我许久以后，从林边走到空旷的田野上时，我才完全清醒过来。不远处有一小群牝鹿站在那里，它们的周围是一片银灰色的露水。我头顶的上空云雀在唱恋人破晓离别歌。于是，我的一切无用的梦一扫而光；但在同一瞬间，这一问题像恼人的急事浮上我的脑际；"下一步怎么办呢，约翰内斯？你已获得了一条宝贵的生命；要知道，你的生命和她的生命是休戚相关的！"

我确实在反复考虑，觉得最为上策的办法是：卡塔琳娜在修道院找个安全的藏身之处，然后我回荷兰，在那里取得朋友的帮助，再立即回头来接她。也许她能博得老姑母的同情，万一不成——那也要不顾一切地去干！

我已经看见我们坐在一只欢乐的小船里，在绿色的翠得湖的波浪上航行，我已听到了阿姆斯特丹的市府大厦钟楼上的钟声的旋律，我看见码头上我的朋友们从拥挤的人群中挤出来，高声呼喊着欢迎我和我漂亮的太太，在恭喜、祝贺声中领我们去窄小而称心的家中。我的心里充满了勇气和希望，我矫健而迅速地大步走去，好像马上我就可以得到这幸福似的。

——但事实并非如此。

我心里思忖着，慢慢往下走去，到达村里，走进汉斯·奥特孙的酒店，就是我夜间不得不从那里逃跑的地方。——"哎，约翰内斯画师，"老人在打谷场上向我喊道，"昨天您同我们的公子先生发生什么事了？当时我正在外屋站柜台；但等我回到里屋时，他们正在骂你，骂得很凶；那两只狗也在您走时用力关死的门边狂吠。"

我从这几句话里听出，老人还不明白我们吵架的事情，所以我只回答说："封·得尔·里希和我，您是认识的，我们从小动不动就打架；昨天的事还是那样一种余味吧。"

"晓得，晓得！"老人说，"但公子今天就在他父亲的庄上；您要当心，约翰内斯先生；跟这号先生可不是容易相处的。"

我没有找理由去反驳他的话，而让他给我拿面包和饮料来，然后去马厩取我的剑，又从背囊里取出铅笔和小本写生簿。

离中午打钟的时间还很早。我就请汉斯·奥特孙叫他儿子把我的马送到府邸去；他答应了，我就出了酒店，又向森林走去。我一直走到那个荒丘上，从那里可以见到府邸的两面山墙高高突出在园篱之上。我已经选择了这一景致作为卡塔琳娜画像的背景。这时我想，她一旦意外到了异乡，不能再进父亲的家屋，可也不能完全忘记房子的模样；于是我拿出铅笔，开始画起来，凡是她的目光曾经有可能留驻过的每一个小角，我都十分仔细地画上，然后到了阿姆斯特丹进行着色、加工，以便我在那里把她领进我的房间的时候，它马上就迎面欢迎她。我还画了一只唧唧喳喳的小鸟儿在上面飞，像在祝贺；然后我就去找我们约定会面的林间空地，在附近一棵叶子茂密的山毛榉树荫下，我伸展一下四肢，渴望见面时刻的到来。

我虽然有点眯盹了，远处一种响声却把我唤醒，我知道那是庄上在敲午餐钟。太阳已经热得发烫，照射在覆盖着林间空地的覆盆子上，使它的气味弥漫开来。我想起以前卡塔琳娜和我在这儿散步时采摘甜果子的情景；于是我进入一种奇异的幻想境界；一会儿见她那纤弱的孩子形体出现在那边灌木丛中，一会儿站在我的面前，以一种幸福的女性眼睛睇视着我，我是怎样到了最后才看见她。现在，再过片刻我马上就要把她搂在我跳动着的心口。

这时，像一种恐怖的情绪突然向我袭来。她在哪儿呢？钟声已经过去好久了。我一跃而起，急得团团转。透过树木向四面八方窥视；恐惧爬到我的心头；但卡塔琳娜没有来；树林中没有脚步声；只有上面，夏风吹拂着山毛榉树梢，沙沙作响。

我怀着不祥的预感终于离开了，绕道向府邸走去。到了离大门不远的橡树中间，我遇到了狄德里希。"约翰内斯先生，"他说着，匆匆向我走来，"您夜里到汉斯·奥特孙酒店去过了吧；他男孩把您的马给我送回来了；您跟我们那两位公子发生什么事了？"

"你为什么要问？狄德里希！"

"为什么，约翰内斯？——因为我要防止你们闯祸。"

"这话是什么意思？狄德里希！"我又问道；但我感到压抑得很，仿佛这句话把我的喉咙堵住了。

"您自己就知道嘛，约翰内斯先生！"老人答道，"约莫一个钟头以前，风给我吹来了这么一种声音；我想去园中篱笆旁喊那在打扫的小伙子，当我走到我们小姐房间所在的那幢塔楼旁边时，我看见那边老乌塞尔大姐和我们的公子紧挨着站在一起。他双臂交搭着，一声不吭；可老大姐一个劲地讲了那么一大堆，提着她那又尖又细的嗓门直唉声叹气。她忽儿向下指指地面，忽儿朝上指指长在塔楼墙上的常春藤。——约翰内斯先生，这一切情形我啥也不明白；但接着——您留点神吧——她用她皮包骨头的手拿着东西举到公子眼前，像是在威吓他；于是我近前一看，那是一块灰布片，跟您现在拿着的外套的布一模一样。"

"往下说吧，狄德里希！"我说，因为这时老人的眼睛看着我胳膊上提着的那件扯破了的外套。

"没有更多的可说的了，"他回答说，"因为公子突然转过身来问我：什么地方可以碰到您？您请相信吧，他要是真的是只狼①，眼睛也不会比他更冒血光。"

于是我问："公子在家里吗？狄德里希？"

——"在家里吗？我想八成是的。但您在想什么呀？约翰内斯先生！"

"狄德里希，我想我得马上跟他谈谈去。"

---

① 德语里的狼"沃尔夫"（Wolf）跟公子的名字伍尔夫（Wulf）是谐音。

可是狄德里希抓住我的两只手，急切地说："别去，约翰内斯，您至少得跟我谈谈发生了什么事；我老汉平时不也给您出过好主意的嘛！"

"以后再说吧，狄德里希，以后再说吧！"我回答说。说着，我把我的手从他手里挣脱出来。

老人摇了摇头，说："约翰内斯，以后的事，这只有我们的老天爷晓得了！"

我越过庭院向府邸走去。——一个侍女说，公子正在他房间里，于是我就在过道上停留下来。

楼下的这间房间从前我只进去过一次。这里代替他父亲年代的书籍和地图的是各种各样的武器：手枪和抬枪等，墙上还挂着五花八门的猎具；此外没有任何装饰。这本身让人看出，谁也没有有心有意在这里久留过。

当我听得公子一声"进来"而把门打开的时候，我差点儿没从门槛上退回来；因为当他从窗门向我转过身来的时候，我看见他手里拿着一支马枪，他正在扣着扳机。他瞪大眼睛瞅着我，好像我刚发过疯似的。他慢慢开口道："真的是你？约翰内斯先生！但愿不会是你的幽灵吧！"

"伍尔夫公子，"我一边回答，一边向他走过去，"您以为除了到您这间房间里来，难道我还有别的路子可走吗？"

——"我确是这样想的，约翰内斯先生！你多能猜呀！但你来得正好，我已叫人找你去了！"

他声音里颤动着一种东西，好像一只虎视眈眈的猛兽正要起跳的样子，以致我不由自主地摸了摸我的剑。然后我说："听着，公子先生，让我不慌不忙地讲一句话吧。"

但他打断我的话："你还是先把我的话听完再说吧！"他那起初说得很慢的话，这时变得像一种咆哮。——"几个钟头以前，当我带着沉重的头醒过来的时候，我想起自己，感到很后悔，当时像个傻瓜，在醉醺醺中竟嗾使那猛狗去追你，——但是，自从乌塞尔大姐把她从你的外套上撕下的布片给我看以后，——真是活见鬼！我只是懊悔，两只狗没有把你撕成一块块，而把这工作留给了我！"

我又想说话，因为公子不吭声了，所以我想，他也许会听听的。"伍尔夫公子，"我说，"我不是贵族，这是确实的，但在艺术中我却不是卑微的人，而且希望跟大画家们再比比高低；因此我请求您把您的妹妹给我做夫人——"

话到口边却停住了。从他苍白的脸上，那幅旧画像的眼睛凝视着我；一种响亮的笑声直入我的耳朵，一声枪响——我应声倒下。还只听得，我在无意中几乎抽出了宝剑，它又怎样"咣啷"一声从手上掉落在地上。

几个星期之后，我在业已变得惨淡的日光中，坐在村子最后一幢房子前的小凳子上，用疲乏的目光望着森林，森林的那一边边缘便是府邸。我那双呆滞的眼睛一再重新寻找那块我所想象的地方，即卡塔琳娜的小房间对过那已经秋黄的树梢；因为关于她本人我没有得到任何消息。

我受伤后，人家把我送到公子家的守林人住的房子里，除了守林人和他的妻子以及一个我不认识的外科医生外，在我长期卧床期间，没有一个人来过我这里。——我的胸口是什么时候中了子弹的，关于这件事没有人问过我，我也不曾告诉过任何人。上诉公爵法庭来审判盖哈杜斯先生的儿子和卡塔琳娜的哥哥，这样的念头我从来都没有产生过。兴许他也知道我不会去告他；再说，就是告他，他也会对这一切事情置之不理的。

只有一次，我的好狄德里希来过；他受公子的指派给我带来两卷匈牙利金币作为给卡塔琳娜画像的工钱，我收下了钱，心想，这也许是她那份遗产的一部分，往后她作为我的妻子大概是不会得到很多的。我想跟狄德里希推心置腹地谈一谈，但没有成。因为我主人那发黄的狐狸脸随时都在朝我房间里看；但我总算获悉：公子没有去基尔。卡塔琳娜打那以后，谁也没有见她在庭院或花园里露过面。我勉强地请求老人，如果见到小姐的话，替我向她问候，并告诉她我不久便去荷兰，但很快就回来。他答应我一定把这一切原原本本转告给她。

可是这以后我心急如焚，以致违背了外科医生的意志，在那边森林里树叶还没有落尽时，我就上路了；很短时期内，就平安抵达荷兰首都。我的朋友们十分亲热地迎接我。此外还有一个可喜的预兆，即我留在那里的两幅画，由于我尊贵的师父凡·得尔·赫尔斯特的帮忙推荐，卖了很高的价钱。还不止这一件呢，一个从前就跟我很熟的老板让人告诉我，他一直在等着我，要我给他的嫁到海牙的小女儿画张像，并且答应立即给我一笔优厚的酬金。我想，要是我完成这一幅画，那我手中就有了足够用的钱钞，无须再想别的办法，就可以把卡塔琳娜接到一幢装饰得很像样的家屋里了。

由于我那友好的资助者也是这个意思，所以我赶紧就干了起来，于是不久我就高高兴兴地看到起程的日子临近了，而且越来越近了，哪怕那边还需要同什么恶劣的障碍进行战斗，全不去管它。

但是人的眼睛是看不到他眼前的黑暗的。——画是完成了，备受称赞，得钱甚多，这时我却走不了了。我在工作中没有顾及我虚弱的身体，那没有痊愈的伤口又把我撂倒了。正值圣诞节前夕，各街头的薄脆饼小铺开张了，病魔却开始上了我的身了，而且比第一次缠得更久。虽然医术十分高明，朋友的亲切照料无微不至，但是惶惶然眼看着一天一天过去，没有消息从她那边来，也没有消息到她那边去。

当严寒的冬天终于过去，翠得湖又泛绿波的时候，朋友们陪我去码头；但我带上船去的不是欢乐的勇气，而是沉重的心事。不过旅行事项倒进行得又快又妥善。

从汉堡出发时，我乘的是皇家的邮车；而后像将近一年前一样，我徒步走过那刚刚吐绿的森林。虽然莺鸟和颊白鸟都在练唱它们的阳春歌，但是今天它们跟我有什么相干呢！——我没有朝盖哈杜斯的邸宅的方向走，尽管我的心跳得这样厉害；我拐了个弯，沿着林边向村子走去。于是不久就到了汉斯·奥特孙酒店，而且遇到他本人。

老人家奇怪地凝视着我，但接着就说我精神很好。"不过，"他接着说，"往后您不可再玩步枪了，它造成的斑斑点点，比画笔弄得还要令人恼火。"

我发觉这种看法在这里很普遍，就随它去，而首先询问关于老狄德里希的消息。

这时我听说，还在入冬的第一场雪时，（像有些强壮的人也可能发生的那样）他就猝然而平静地死去了。汉斯·奥特孙说："他高兴到上边他的老主人那里去，这对他也更好些。"

"阿门！①"我说，"我心爱的老狄德里希！"

但我一心只想打听卡塔琳娜的消息，我叹着气，心里越来越紧张，我可怕的舌头绕了一个圈，窘迫地说："您的街坊封·得尔·里希在做什么？"

"噢嗬，"老人家笑道，"他娶了一个老婆，一个会教他走正道的女人。"

只是在最初的一瞬间我吃了一惊，因为我对自己说，他可别讲到卡塔琳娜，后来他说出了姓名，原来是邻里的一位年岁大但很富有的小姐；于是我壮胆继续探听，那边盖哈杜斯家的情况怎样，小姐和公子俩的情况怎样。

老人家又用奇怪的目光打量我，说："您大概以为，高楼大院是关得住风声的吧！"

_____

① 阿门，宗教仪式中祈祷结束时的用语。

"这话是什么意思?"我喊道,但它使我心情沉重。

"哦,约翰内斯,"老人家十分信任地看着我的眼睛,"小姐上哪儿去了,这您最清楚嘛!去年秋天您并不是最后一次来这里。只是我很奇怪:您又来了;因为我想,伍尔夫公子对于坏事情是不给好脸色看的。"

我凝视着这位老人,仿佛自己懂了似的;但接着我突然清醒了。"您这个报凶道祸的人,"我喊道,"难道您以为卡塔琳娜小姐已经成了我的妻子了吗?"

"哦,放开我吧!"老人家答道,——因为我摇着他的双肩。——"这跟我有什么相干!大家都这么说呗!新年以来小姐在府邸就不见了。"

我向他发誓说,当时我正卧病在荷兰,这一切我一无所知。

他是否相信,我说不准;他只是告诉我,说那天夜间有一个不认识的牧师十分神秘地来到府邸;尽管乌塞尔大姐当时把用人们都赶进她的房间里去了;但一个侍女从门缝里窥见,说我通过过道向楼梯走去;后来他们清楚地听到一辆车子从门房开出去。从这一夜以来,就只有乌塞尔大姐和公子还在府邸中了。

——打这时候起,为了找到卡塔琳娜或者哪怕一点儿蛛丝马迹,我什么都干了,但总是徒劳一场,这个我就不在这里一一描述了。村子里净是些胡扯的闲话,汉斯·奥特孙讲了一些给我听了;因此我就动身去盖哈杜斯先生的妹妹的修道院;但那位女士不让我见她。此外也有人告诉我,没有见到任何年轻的女人到那里去过。于是我又回来,忍声吞气地向封·得尔·里希的家走去,以一个请求者的身份走到这个老对头跟前。他讥讽地说,妖怪把小鸟带走了,我没有目送;他同盖哈杜斯先生府上的人也不再有什么来往了。

伍尔夫公子听说我来了,就差人到汉斯·奥特孙酒店去说:如果我再胆敢到他那儿去的话,他还要嗾使两只狗来咬我。——于是我走进森林,像个灌木丛中的小偷,在路旁窥视着他。双方的剑都出了鞘;我们厮打起来,直到我砍伤了他的手,他的剑飞进了灌木丛为止。但他以他那凶恶的眼睛直瞪着我;他没有说话。——最后我在汉堡逗留更长的时间,我打算在那里毫不犹豫地、更加周密地进行我的调查。

然而一切都是徒劳。

可是,我现在首先要搁一搁笔了。因为我面前摆着你——我亲爱的约西亚斯——的信,要我认姐姐的小孙女为我的干女儿。——我在旅行中将从盖哈杜斯先生府邸后面的森林旁边经过。但是一切都属于过去的了。

手迹的第一册到此结束了。——我们希望作者过一个愉快的干女儿洗礼节，希望他通过目前的新友谊让自己的心田清爽一下。

我的眼睛停留在面前那张旧画像上，毋庸置疑，这位美丽严肃的男子是盖哈杜斯先生。但是这个这样温柔地躺在约翰内斯怀里的死男孩是谁呢？——我一边这样想着，一边拿起第二册，也是最后一册，它的字迹有点儿不稳。写的是：

> 人生在世，
> 过路云烟。

刻有这两句话的石碑竖立在一所旧房子的门楣上。当我从这所房子旁边走过时，我总要看看它，后来在我每次孤独的遨游中，这两句格言经常是我长久的伴侣。去年秋天他们把那幢房子拆了，我就从瓦砾中把这块石碑买了下来，今天它同样嵌在我房子的门框上面，在我死后，它还可能使某些路过这里的人想到尘世的虚妄。但在我的生命的指针停止走动以前，它仍是我的训诫，继续记录着我的生活。因为你，我亲爱的姐姐的儿子，如今你不久便要成为我的继承人了，那时你可以把我少量的人世的财产以及我的人世的痛苦一起带了去，在我一生中，我没有把我的这种痛苦告诉任何人，也没有告诉过最亲爱的你。

此外：公元 1666 年我第一次来到这座靠近北海的城市；一个酿造烧酒的寡妇委托我画一幅拉撒路①复活图，她想用这张图作为对她亡夫的情意的纪念，并捐给这里的教堂作为装饰用。由于这个缘故，所以这张图今天仍然挂在刻有四个使徒的洗礼盆的上面，供人观赏。同时，当年在汉堡认识的前汉堡僧会会员、现任市长蒂图斯·阿克孙先生希望我给他画张像，所以我在这里要做的这些事情得花很长时间。我住在我唯一的哥哥家里，他长期以来就在市秘书厅工作；他是单身汉，住的房子又高又宽敞，它有两棵菩提树，挨近市场和杂货街的一角。在我的亲兄长过世以后，我继承了这所房子，现在我也老了，仍住在里面，老老实实地等着和已故的亲人们一起到阴间去。

---

① 拉撒路（Lazaruk），典出《圣经》，耶稣曾使他从坟墓中复活。

我在寡妇的大厅里为自己辟了一个工场，那里有个便于画画的天窗，凡是我需要的一切应有尽有。只是这位好太太喜欢亲临现场；她手里拿着铁皮量酒器，随时从外面的酒柜旁跑到我跟前；她胖胖的身体把我挤到画架上，对着我的画东闻闻，西嗅嗅。一天上午，我刚刚在拉撒路的头部涂上了底色，她说了许多多余的话，要我把这个复活的人面貌画成她那亡夫的模样，可我一次也没有见过那个死者的面，只听我哥哥说过，此人跟普通酿造烧酒的人一样，有个职业的记号，就是脸上那个青红色的鼻子。于是，不出人们之所料，我不得不用力来抵拒这个不明智的女人。后来外屋又有新顾客喊她，并用量酒器敲柜台，她这才不得不离开我。这时，我那握着画笔的手下垂到怀里，我不由得突然想到我用铅笔描摹着完全是另一个已故者的面容的那一天，当时是谁在小教堂里这样静止地站在我的身边。——我一边这样回忆着，一边又拿起画笔；但这样思来想去过了一会儿以后，我惊讶地发现：我把高尚的盖哈杜斯先生的画容画到拉撒路的脸上去了。从他的尸布里，死者的脸仿佛在默默地向我诉苦。我想：有朝一日他在来世是要这样向你走来的！

今天我画不下去了，便离开这里，悄悄地回到我那间位于上面的小屋，倚窗坐下，通过菩提树的间隙俯瞰市场。只见那里人山人海，拥挤不堪，直到市秤室旁，甚至直到教堂，到处车水马龙，人头攒动；原来这天是星期四，而且是个供外乡人互相买卖的日子里，故市里的杂役和市场警察都闲散地坐在我的邻舍的台阶上，因为眼前抓不到违法行为。东村的妇女穿着红短衫，岛上的姑娘裹着头巾，佩戴着精致的银饰；她们中间穿插着堆得高高的运粮车，上面坐着穿着黄皮裤的农人们，——这一切若用一个画家的眼光来看，那真是一幅画，何况像我又是在荷兰人那里学过画的；无奈我的心情沉重，这五颜六色的景象只有使我郁郁不乐。但我并不懊悔先前的所为；一种相思的痛苦有增无减；它用凶猛的利爪撕裂着我的心，又用妩媚的眼睛凝视着我。下面人群密集的市场上是一片午间明亮的阳光，但在我的眼前却是夜间银色朦胧的月辉，几座锯齿形的山墙宛如阴影似的升起，一扇窗扉发出响声，旋即又仿佛从梦中听见远处的夜莺轻轻啼鸣。啊，我的上帝呀，我的大慈大悲的救主，您请见怜：此时此刻她在何处呢，我的灵魂当在何处去寻找她呢？

这时我听见外面窗下一个生硬的声音唤我的名字，我往窗外一看，只见一个瘦高个儿，身穿牧师的日常服装，一头黑发，满脸横肉，脸色阴沉，鼻梁上有一道很深的伤痕，像是当兵出身。他用手杖向一个模样像农夫、但和他穿一样的黑棉袜和扣鞋的矮胖子指指我们的大门口，自己就穿过市场上的人群走开了。

接着我马上听到了门铃声，我下楼去把陌生人请进卧室，我让他坐在椅子上，于是他仔细地、聚精会神地打量着我。

原来他是城北一个村庄教堂的司事，不久我便得知，那里需要一位画师，因为人们想把牧师的像画下来捐献给教堂。我稍稍探问了一下：这位牧师为本教区做过什么样的贡献，使大家这么尊敬他，因为按他的年龄，他在职时间并不太长；可司事说，牧师曾因一块耕地同教区打过一场官司，此外是否有过什么特别的事，他就不知道了，不过教堂里已经挂着三位前任牧师的像，由于人们听说我很会画像，就想乘此机会把第四位牧师的像也挂进去，牧师本人当然对这类事情并不怎么在意。

我听着这一切；由于我很想把我的拉撒路像搁一搁，蒂图斯·阿克孙则因正在害病，他的像无法着手进行，所以我开始详细地打听委托的事。

他们向我提的这件工作的酬金是微乎其微的，所以起初我想：他们把你当做只值几分钱的画师呢，就好比那种随着军队迁徙，专为士兵画像，以供他们留在家里的情人留念的画师一样；但我突然开朗起来，因为我想到这样可以在一个时期内，每天清晨沐浴着秋日金色的阳光，在荒郊的路上徜徉，漫步到离城只有一小时路程的村庄。于是我答应了，只是有个条件：画像的事得在外边的村上进行，因为这儿是我哥哥的家，不具备画画的合适条件。

司事显得很高兴，说一切都已有安排；牧师也为此作了准备；并已选定司事用房里的课堂作为画室；说这是村子里第二幢好房子，离牧师的住所很近，只是后边隔着教士牧场，所以牧师也是容易过来的。孩子们夏天里反正学不了什么，叫他们回家就是了。

于是我们握手告别，由于司事做事心细，把画像的尺寸也带来了，所以我需要的一切画具在当天下午就用教士的车子运出去了。

我哥哥直到下午很晚才回家，因为正直人都不愿把一个恶棍的尸体抬去埋葬，弄得一位受人尊敬的某参事焦头烂额；哥哥说，我将要画的是一个穿教士服的人身上不常有的头，叫我不妨把黑色和赤褐色的颜料带上；他还说，此人是跟勃兰登堡人一起来到本地的随军牧师，据说他身为牧师，行为却几乎比军官们还粗暴，再说他现在是上帝的一个能言善辩的人，他是善于对付庄稼人的老手。我哥哥还说，据称这个人来到我们地区任职是靠了荷尔施坦方面的一个贵族的说项的结果；这件事是副主教在修道院查账时透露出来的。但详情我哥哥也不得而知。

于是，第二天早晨我就迎着朝阳精神抖擞地大步走在荒野上；遗憾的是，荒野已耗尽了最后的红装和芳香，因而这地带已经失去了它全部旧日的打扮；因为极目远眺，也不见绿树；唯有我向它迈进的村中尖顶教堂突入我的眼帘——已经可以看出，它是用方块的花岗石建造起来的——在十月的湛蓝晴空下，它在我面前越升越高。在教堂脚下的灰暗的茅屋之间，只有低矮的残枝败叶；因为从海里吹上这儿来的西北风要走空旷的路。

当我到达村庄并很快找到司事住宅时，全校学生立即爆发出欢呼，一齐向我涌来；但司事在家门口欢迎我。他说："您看见了吧，他们离开识字课本奔跑得多欢！其中一个叫本格尔的，从窗子里就看见您来了。"

紧接着马上进屋的那个牧师，我一见便认出是前一天就已经见到过的那个人，但在他那阴暗的外表上，今天仿佛安上了一盏灯，这便是他手上牵着的一个俊美而苍白的男孩，孩子约莫四岁，在这个大人的高大骨架的形体对照之下，显得小而又小。

因为我想看一看以前几个牧师的画像，所以我们一同进入教堂，教堂的地基很高，向东、南、北三个方向可以越过沼泽和荒野纵目远眺；向西则可以俯视不太远的海滩。此刻那里必定在涨潮；因为海边的淤泥泛滥着，大海像一片发亮的白银。我说，海面上陆地的尖端与那边海岛的尖端互相对伸着，司事就指着中间的那片海面说："那块从前是我父母的房子所在地，但公元三四年①涨大潮时，它和其他成百幢房子一样，被卷进狂澜里去了；我在屋顶的这一边被抛到这个海滩上，另一边我父亲和我兄弟就永远去阴间了。"

我想："这样看来，教堂的地点倒也合适。这里不用牧师也一定能听到上帝的布道。"

牧师抱在怀里的男孩用一双小手紧箍住自己的脖子，把他的小脸蛋紧贴在大人那胡子拉碴的脸上，仿佛他面对那使他害怕的、在我们面前无限展开的大海在寻找保护似的。

我们走进教堂的中殿时，我仔细看了看那些旧画像，见当中也有一个头像，不愧为出自一个能手的画笔；然而统统都属于"几分钱的画"，据说

----

① 从故事发生的时代推断，这里指的是 1634 年。

凡·得尔·赫尔斯特的学生就是这样来到这里的特别绘图圈子中来的。

我出于虚荣心正这样想着的时候，身旁牧师用粗硬的声音说道："如果上帝的呼吸离开了现象，则尘世的现象就久留下去；这不是我的意思，但我也不想违拗公众的愿望；不过，画师，你就赶快画吧；我还有更要紧的事要办呢。"

虽然这个人相貌阴沉，但对我的艺术还是蛮有意思的；当我答应他尽最大的努力来把他画好以后，我就向他询问一幅我哥哥对我称赞过的玛丽亚的雕像。

牧师脸上掠过一种几乎含有轻蔑意味的微笑，说："您来晚了，我让人把它从教堂里搬出来时就弄坏了。"

我近于吃惊地盯着他："难道您容不得救世主的母亲在您教堂里吗？"

他回答说："救世主母亲的面容没有保留下来。"

——"但是您不愿意画家出于虔诚画一个作为艺术品的圣母像吗？"

他阴沉地俯看了我一会儿；因为，虽然我不算是个矮个儿，但他毕竟比我高出半个头；——然后他激烈地说："国王不是把那里的荷兰天主教徒召到被冲坏的岛上，以便用人工的堤坝来抵抗上帝的惩罚吗？不是最近还有那边城里的教堂长老让人在他们的座椅上刻了两个圣徒像吗？祈祷吧！警醒吧！因为这里恶魔也是挨门串户的！这些玛丽亚圣母像无非是感官之欲和天主教至上论的乳母；艺术在任何时代都是趋奉于世人的！"

他的眼睛里燃着一团暗火，但他的一只手在那俯伏在他膝盖上的苍白男孩的头上抚摸。

我忘记回答上述牧师的话了，但我提醒回司事住宅去，不久我就要在这位艺术敌视者身上试作我的崇高艺术。

于是我几乎每天早晨都步行经过荒郊去村庄，牧师每次都在那里等我。我们之间很少说话，但画像却因此进展得更快。司事坐在我们旁边，用橡木利索地雕刻着各种器具，这类家庭艺术的活计在本地随处可见；我从他这期间做成的盒子中买了一只，前些年我把这篇札记的前部分稿子装在里面，只要上帝允许我再活一些年，我也将把后部分一起放进去。

牧师没有请过我进他的住宅，我也不曾涉足其间；男孩时刻都跟着他在司事的屋子里；他傍着他的膝盖站着，要不，就在房间的犄角里玩着小石子。一次我问这孩子叫什么名字，他回答："约翰内斯！"——"约翰内斯？"我说，"我也叫约翰内斯呀！"——他瞪大眼睛看着我，但一句话也不说了。

这对眼睛为什么这样触动我的心灵呢？——有一回牧师的阴郁的目光使我好不惊奇，以致我的画笔在画布上懒懒地停了下来。这孩子的面容上有一种不可能从他很短的生命中产生的东西，但那不是快乐的表情。于是我想，这样的孩子是在沉重的忧患中长大的。我常常恨不得张开双臂将他抱起来，但面前这硬汉子马上就显出像要保护一件宝贝似的，因此我不敢。不过我常想道："这孩子的母亲该是怎样的一个妇女呢？"

我曾经向司事的老妈子问起牧师的妻子；但她回答得很简单："大家都不知道她，农人家请吃洗礼酒和办婚事，她几乎都不来。"——牧师自己没有谈到过。有一回，我从长着一片密密的紫丁香的司事花园里，看见她缓步经过教士牧场，向她的家走去；但是她背朝着我，这样我只能看到她苗条、年轻的身姿，此外有几绺通常只有贵妇人才有的发鬟，它们在她的太阳穴上被风吹拂着。我心里浮现起她那阴沉的丈夫的形象，觉得这一对儿很不谐调。

——在我不外出的那些日子里，我又画起拉撒路的像来，所以过了若干时日，这两幅画像几乎同时竣工。

一天晚上，我忙完了一整天的工作之后，和我哥哥坐在楼下我们的起居室里。炉旁桌上的蜡烛快要燃尽了。荷兰的报时钟已经警告十一点；可我们坐在窗旁却忘记了现在；因为我们在回忆着双亲健在时一起度过的那些短暂的日子；也怀念着我们可爱的妹妹，她在第一胎分娩时就死了，而长期以来，她都同父母一心期待着愉快生活的复活。——我们没有关上窗门；因为透过外面笼罩在全市房屋上面的黑暗，仰望永恒苍穹的点点繁星，那是很惬意的。

最后我们俩都沉默了，我的思绪就像在一条暗流上向她漂去，随时在她那里得到安慰与烦恼。——这时，像一颗星星从看不见的高空突然掉进我的心胸：那苍白而美丽的眼睛正是她的眼睛！当时我怎么竟没有想到这一点呢！——但如果是她，那我就已经看见她本人了！多么可怕的念头冲击着我的心头！

我哥哥一只手搁在我的肩头，另一只手指着外面黑暗的市场，那里眼下却有一道亮光正向我们摇摇晃晃而来。"您瞧！"他说，"我们用沙子和野草把石子路给填平了，多好！他们刚吃完铸钟匠的喜酒回来；但从他们提的灯可以看出，他们简直在跌跌撞撞地走路。"

我哥哥说得对。那些像跳舞似的灯光明显地证明了喜酒的出色；它们来到离我们这样近的地方，以至于灯笼上那两块描画的窗玻璃——最近我哥哥把它们作为一个玻璃匠的杰作买了来——由于色彩饱和，就像在火中燃烧一样。但是后来当这一群人大声说着话，经过我们家门口，拐进摊贩街的时候，我听到他们中的一个人说："唉，我们活见鬼！我一生都想有朝一日听见一个真正的巫婆在火焰熊熊中说唱！"

灯光和欢乐的人们走远了，外面，城市又处于宁静和黑暗之中。

"呵，真可悲！"我哥哥说，"我为之宽慰的事，却使他扫兴。"

这时候，我才重又想起明天上午本市有一件骇人听闻的事件。一位年轻的女子，由于自称和恶魔结盟，要被烧成灰烬。今天早晨，看守发现她已经死在狱中；但尽管如此，她的尸首仍必须受到应得的折磨。

此事对于许多人好比面对一碗刚端上来的冷汤，大为败兴。中午我去书籍推销人利卜尼克寡妇（她在教堂钟楼下有绿色书柜）那里取报纸，她怨气满腹，说她事先为这事作好了歌曲并交付印刷，可现在就像拳头放在眼上，八成不适用了。但是我和我那异常亲爱的哥哥一样，对于巫女的事有自己的看法，我很高兴：我们的上帝——想必一定是它——多么仁慈地把这可怜的年轻人抱了去。

我哥哥毕竟是个软心肠的人，他开始抱怨起自己的职务来；因为一俟刽子手把死尸推到市府大楼前面时，他就必须在大楼台阶上宣读判决书，事后还要亲自帮助处决。"现在我已经是心如刀绞了，"他说，"当他们把运尸车推下街道时，还有那可怕的喊叫声；因为学校将把孩子们放出来，行会会长也放出他的徒弟们。——若处在你的地位，自由自在，我就去村上继续画黑牧师的像去啦！"

虽然我原定后天才继续出城，但我哥哥劝我早走，却不知道他如何在我心中搅起不耐烦的情绪。因此，凡是我忠实地写下的这些页东西，一切都应验了。

第二天早晨，当我房间前面那教堂塔顶的风信鸡刚刚在朝霞中闪光时，我就已经从我的床上一跃而起；不久，大步走过市场，那里面包师们在期待着许多顾客，已经打开了面包的柜台；我也看到市府近旁的警卫队长和士兵怎样在活动。其中有一个把一块黑地毯晾在大台阶的栏杆上；我则穿过市府大楼下的门洞赶紧出了城。

当我走到"御花园"后面的小路上时，看到那边他们用以安装新绞架的土坑附近堆放着偌大的一堆木头。有几个人还在那里忙活，大概是法院的差役及其手下人，他们正把易燃材料放进木头当中；但是头一批孩子已经出了城，越过田野向他们跑来。——我不管这些了，只顾一个劲地往前走。当我走出树林后面时，只见旭日染红了左边的大海；红日从东方冉冉升起，照耀着荒野。这时我不由得合掌祈祷：

> 主啊，我的上帝和基督，
> 你对我们一切遭罪的人
> 都施以怜悯，
> 你呀，你是爱的化身！——

当我在城外上了通过荒野的宽阔大道时，遇到各种各样的庄稼人，他们手里牵着男男女女的小孩子，一同往前走。

"你们这样急急忙忙，到底上哪儿去呀？"我问其中的一堆人，"今天可不是城里赶集的日子呀。"

果然不出我所料，他们要观看烧巫女，那个年轻的恶魔同类人。

"可巫女已经死了！"

"自然，这是令人讨厌的，"他们说，"但她是我们的接生婆西本齐斯老妈妈的妹妹的女儿；我们不能待在城外，得去看看尸体，这样就遂了心意啦。"

不断有新的人群走过来，现在大车也已从晨雾中出现，今天它们运的不是粮食，而是装满了人。——于是我离开大路，在荒地上走，尽管这时野草上还滴落着露水；因为我的心情要求孤单；我往远处一看，一路上全村的人都在向城里开拔。当我来到位于荒野腹地的巨人冈时，顿时产生一个念头，似乎我也得回城里去，或者从左边往下走，去海边，再不，去那边下面紧挨着海滩的小村。可是在我眼前的空中好像浮现出某种幸福、某种强烈的希望的东西，我的两腿发颤，我的牙齿紧磨。"要是我新近亲眼看见那个人真的是她，那么今天——"我的心就像一把锤子打击着我的肋骨；我绕了一个大圈走过了荒郊，我不想再看牧师是否也驱车往城里奔。——但我终于还是向他的村子走去了。

一到村里，我便急忙向司事住宅的门走去。

门锁着。我犹豫了一会儿，然后用拳头敲门，里面毫无动静；但当我用力敲时，司事的一个半瞎的老妈子特利恩克从邻家出来了。

"司事在哪儿？"我问道。

"司事吗？和牧师坐车进城去了。"

我呆呆地凝望着老太太，仿佛被雷劈了一下。

"您有点儿不舒服吗？画师先生！"

我摇摇头，只说了一句："那么今天不上课了？特利恩克！"

"就是呗！今天不是烧巫女吗！"

我让老人家给我把门打开后，就去司事卧室把我的画具和那幅接近完工的画像拿出来，和平常一样，在空空的教室里支起我的画架。我在画像的服装上抹了几笔；我这样做不过是聊以排遣而已；我没有心事作画；我根本就不是为画画而到这里来的。

老太太跑着进来，对于这恶劣的时世唉声叹气，谈论着那些我不懂的庄稼人和村子里的事情；我自己感到急迫的，是想再向她询问一下关于牧师的妻子，她年龄是大是小；还想问一下她是从哪里来的，只是话说不出口。相反，老妈子却大谈特谈那巫女及其在村子里的亲戚关系，以及西本齐格老妈妈常常见到鬼魂的事情；她还说，就在西本齐格风湿性关节炎痛得不能入睡的那天夜间，她看见三条尸布飞过牧师的屋顶，可是这样的现象随时都会应验的，骄矜就要栽跟斗，因为牧师太太尽管高贵，却是个脸色苍白、弱不禁风的人。

我实在不想听这样的闲扯了。就从屋里走了出去，到了牧师住宅正面对着村庄大道的那条路上去转悠；心里既害怕又渴望，我的眼睛还是转向那些白色的窗户，但是除了几盆花之外，那窗玻璃却一片模糊，里面什么也看不见，处处如此。——我真想往回走，但我还是继续往前走去。当我来到坟地上的时候，城里的钟声顺着风传到我耳边；我转过身去，朝西边往下看，那里仍是银光闪闪的大海，它滚滚涌向天际，那是个曾经发生过狂暴的灾祸的地方：一天夜间，老天爷一手把几千条人命抛进这儿的海里。当时我吓得像蛆虫似的蜷缩成一团，又有什么办法？——老天爷要干什么，我们是看不到的。

我再也不知道我的两只脚该向哪里迈，我只知道我在团团转；直到太阳快到中午了，我才重新回到司事的住宅。但我没有进教室到我的画架旁，而是经后面的小门又出去了。

这座小花园我是忘不了的，虽然从那天以来我就没有再见到它，它与另一边牧师家的小花园一样，像一根宽带子与教士牧场相接；但在两个花园之间，有一蓬密密的柳树，想必是用去围住一个水池子的；因为我曾经看见过一个侍女提着满满一桶水，好像是从低处上来的。

我没有多想什么，只是心绪难宁，无法控制；当我从司事那已经摘完了的豆畦旁边走过时，外头牧场那边传来一个女人的声音，非常动听，她在亲昵地对一个孩子说话。

我身不由己地朝那声音方向大步走去；就像往昔希腊的异教神用一根棒把死人往自己身边牵引。当我走到那边紫丁香（它在这里没有篱笆，一直长到牧场）的边缘时，只见小约翰内斯用一只小胳膊满抱着生长在这一带贫瘠的草地上的青苔，朝对面的柳树后头走去；他没准要用儿童的方式，用它在那里造一座小花园。那动人的声音又传到我的耳边："现在你就开始造吧；你已经有了一大堆啦！是啰，是啰；我还要给你多多地找些儿来；那边紫丁香旁边长得多着呢！"

接着她自己从柳树后头走出来；我早就没有怀疑了。她一边眼睛朝地上搜寻，一边向我快步走来，于是我可以安安静静地打量着她；我觉得如今以前那个我为她从树上射下"妖怪"的孩子又奇怪地重现了；不过今天这个孩子的面容是苍白的，既看不出幸福，也看不出勇气。

她这样一步步向我接近，没有看见我；然后她在一片长在树丛下的青苔边跪了下去，但并没用手去采，却让头垂在胸前，仿佛她要在痛苦中歇息，而又不让孩子看见。

这时我轻轻喊道："卡塔琳娜！"

她抬起头来看我；我抓住了她的手，她像个没有意志的人，我把她牵到灌木树荫下，拉在我身边。现在我终于找到她了，默默地站在她的面前，但这时她的眼睛却避开了我，用一种几乎陌生的声音说："事到如今，只能这样了，约翰内斯！我只知道你是外地的画师，却没有想到你今天会来。"

我听了她这几句话后说："卡塔琳娜，——那么您是牧师的妻子了？"

她没有点头，发呆而痛苦地凝视着我。她说："他娶了我才得到这个职务，你的孩子也得到一个名正言顺的名字。"①

---

① 当时欧洲人的习俗：凡婚生的孩子都要举行洗礼仪式，同时正式起名字。但私生子没有这个资格。

——"我的孩子？卡塔琳娜！"

"你没有感觉到吗？他曾经在你怀里坐过；坐过一回，这是他自己对我说的。"

这样凄楚的事儿怎不叫人心碎！——"那么您，您和我的孩子，你们怎能没有我呀！"

她看着我，没有哭，只是脸色完全像死人一样苍白。

"我不愿这样！"她喊道，"我要……"

一阵狂乱的思想斗争在我脑海里疾速而过。

但是她的小手放在我的额上，犹如一片清凉的叶子，她苍白的脸上那双褐色的眸子恳求地凝望着我："你，约翰内斯，你不愿做那种要把我弄得更不亦乐乎的人吧。"

"难道您能这样生活下去吗？卡塔琳娜！"

"生活？——不过那倒是一件幸事；他爱这孩子；——难道还应该要求更多吗？"

"那么他知道我们，知道我们从前的事吗？"

"不，不！"她使劲地喊道，"他娶了个犯罪女人做老婆，其他都不知道。啊，上帝，我每天都归他所有，难道这还不够吗！"

在这一瞬间，一曲悠扬的歌声向我们传来。"孩子，"她说，"我得到孩子那边去；他会闯祸的！"

但我的心事仅仅放在一个我所渴慕过的女人身上。

"别走，"我说，"他在那边高高兴兴地玩着青苔呢。"

她已经到了灌木丛的边缘，在向外谛听。秋天的太阳投下金色的阳光，温暖宜人，从海面吹上来的风儿很轻很轻。这时我们隔着柳树听到我们的孩子在那边歌唱的声音：

> 两个小天使替我盖被，
> 两个小天使帮我伸腿，
> 还有两个向我指示，
> 通向天堂的路碑。

卡塔琳娜走回来，她睁着大眼，幽灵似的看着我。"保重吧，约翰内斯，"她轻声地说，"在这个地球上永不再见了！"

我想把她拉向身边，向她伸出双臂；但她拒绝我，温柔地说："我是另一个男人的妻子了，别忘了这点。"

听了这话我几乎暴怒起来，我粗声粗气地说："卡塔琳娜，在成为他的妻子以前，您是谁的妻子呢？"

她痛楚地深深叹了一口气，用双手捂住脸，喊道："可悲呀！啊，我这个被污辱的可怜人真可悲啊！"

我完全不能控制自己了；我一下把她拉到我胸前，我的手像铁钳似的把她紧紧抱住。她终于、终于又是我的了！她的眼睛睇视着我的眼睛，她的红唇紧贴着我的嘴唇；我们热烈地拥抱在一起；我恨不得把她杀死，如果因此而能够一起死的话。她被我吻得几乎透不过气来；后来当我充满幸福感的目光欣赏着她的面容时，她说道："这是漫长而担惊受怕的幽会啊！哦，耶稣基督，您宽恕我这一时辰吧！"

——有人喊了；但那是那个男人的严厉的声音，从他的口中我现在第一次听到她的名字。喊声是从牧师花园那边来的，又喊了一声，声音更加严厉："卡塔琳娜！"

于是幸福过去了；她以绝望的目光看着我，然后像影子似的悄悄离开了。

——当我走进司事住宅时，司事也已经回来了。他立刻开始向我讲解惩治那可怜的巫女的事情。"您大概不把这当做一回事吧，"他说，"否则今天您就不会到村子来；牧师先生今天把全村的农人和妇女统统赶到城里去了。"

我没有来得及回答，一声刺耳的喊叫划破外面的空寂；我一辈子耳朵里都不会消失这声音。

"什么事？司事！"我喊道。

他用力打开一扇窗门，朝外面听了听，但不再有任何动静。"苍天在上，"他说，"发这喊叫的是一个女人；是从教士牧场那边传过来的。"

这时，老特利恩克也进门来了。"听到了吗？先生！"她冲着我喊道，"尸布落到牧师的屋顶上了！"

——"这是什么意思？特利恩克！"

"这就是说，他们刚刚把牧师的小约翰内斯从水里捞上来。"

我冲出房间，穿过花园直奔教士牧场；但我只看到柳树下那幽暗的池水和附近草地上湿泥巴的痕迹。——我没有想到要进牧师的花园，却不知不觉地经过那道白色的小门进去了。我正要进屋，他自己却迎面走来了。

这个骨架高大的人看起来像个野人；他的两眼发红，一头黑发杂乱地披挂在前额。"您想干什么？"他说。

我两眼发呆地直看着他；因为我没有话可说。的确，我究竟要干什么呢？

"我认识您！"他接着说，"女人终于把一切都说出来了。"

他这一说使我的舌头自由了。"我的孩子在哪里？"我喊道。

他说："他的双亲已经让他淹死了。"①

——"那么让我到死了的孩子那里去！"

然而，当我要从他的身边走进门廊的时候，他阻止我过去，说："女人正躺在那尸首旁边，从她的罪孽中解脱出来，到上帝那里去。为了她那可怜的灵魂的幸福，您不应该去！"

我当时自己讲了些什么，如今已全忘了；但牧师的话却深深埋在我的记忆里。"听着！"他说，"我从心里憎恨您，这一点将来要受到上帝的宽大惩罚。您八成也恨我，——还剩下一件事是我们共同的。——现在回去准备一块木板或一幅画布！明天一早把它带来，将这死了的孩子的像画在上面。画好以后不是把像给我或我的家，您可以把它捐献给教堂，捐献给他在这里度过了短暂而无辜的一生的教堂。让这幅画在那里警告世人：在死神的面前一切都是尘埃②！"

我抬眼望着这位不久前曾把崇高的绘画艺术骂为世人的情妇的男子；但我对他说：一切就这样办吧。

这期间家里有个消息正等着我，于是我一生中的罪与罚犹如一道闪电突然从黑暗中出现，以至于我看到了整个链条一环一环地在我眼前闪耀。

我哥哥由于不得不帮助那惨不忍睹的行刑示众，他那虚弱的身体受到沉重的打击，已经卧病在床。当我走到他面前时，他坐了起来，"我还得休息一阵子，"他一边说，一边把一张周报递到我手里，"但是你看一下这一条吧！你会知道，由于伍尔夫公子没有妻子儿女，被一条疯狗咬伤，很惨地死了，盖哈杜斯先生的府邸正落到外人的手里。"

我一把抓过我哥哥递来的报纸；但是我差点儿没晕过去。获悉这个可怕的消息，仿佛天堂的大门在我面前弹开了，可是我却看见天使手持火剑站在

① 指约翰内斯和卡塔琳娜由于幽会，使孩子一时失去看管，不幸落水淹死。
② 这句话源出一句宗教格言：一切由尘埃造成。一切又将化为尘埃。

门口，我又打心坎里喊出：啊，守护者，守护者，你的呼声何其遥远！这个人的死本来是可以变成我们的新生的；现在却是恐怖又加上恐怖。

我坐在我楼上的斗室里。看着天近黄昏，看着夜幕降临；我们望着永恒的星空，最后我也找个床位睡觉了。但是我没分享到睡香甜觉的福分。在我激动的意念里，有一种十分奇怪的感觉，好像那边的教堂塔楼在向我的窗子推近；我感觉到钟声通过我床架的木头隆隆作响，我通宵就数着这钟点声。但终于黎明了。那天花板旁的梁木仍像阴影似的悬在我的上面。于是我一跃而起，在第一只云雀从刚割过的麦地里飞起之前，我就已经出了城了。

但尽管我出来得这样早，当我见到牧师时，他已经站在他的家门口了。他陪我到过道里，说木板已经准备停当，还有我的画架和其他画具也从司事住宅搬来了。然后他把他的一只手搁在斗室的门把上。

然而我阻拦他，对他说："既然在这个房间里画，那就请允许我，让我一个人留在这里来完成我这一沉重的工作吧！"

"没有谁会打扰您的，"他说着，把手抽了回去，"如果您需要滋补一下身体的话，就到那一间房间里去拿好了。"他指着过道另一边的一道门。接着他离开了我。

现在放在门把上的不是牧师的手，而是我的手了，屋子里死一般寂静。在我开门之前，我必须把精神集中一会儿。

那是一个宽大、几乎空无一物的房间，大概是用来上行坚洗礼课的，光溜溜的墙壁粉刷成白垩色。窗外越过荒凉的田野，可以看到远方的海滩。房间的中间摆着一张白卧榻。枕头上枕着一张苍白的面庞，两眼紧闭；小牙齿像珍珠似的从没有血色的嘴唇中闪闪发亮。

我在我孩子的尸体旁跪下，讲了一番热烈祈祷的话。然后准备好绘画所需的一切，接着我就画了起来，像人们画死人那样迅速，因为死人在不同时间内是不会有同一面容的。有时候我仿佛被极度的寂静所惊起；但如果我停下来仔细谛听一下，那么很快就明白过来：什么事也没有。有一回好像有轻微的呼吸声直逼我的耳根。——我走到死者的床边，但当我朝那苍白的小嘴俯身下去的时候，我的脸颊所碰到的是死的冰冷。

我环顾了一下周围，房间里还有一道门，可能是通卧室的，说不定那声音就是从那儿来的吧！可是我竖起耳朵来听，却再也听不见什么了；大概是我自己的神志在捉弄我吧。

于是我又坐了下来，看着那小尸体继续画下去；当我看着这双放在布单上的小手，我就想："你应该给你的孩子一件小礼物！"我在他的像上画了一朵洁白的睡莲，让他握在手里，仿佛他是玩着这朵花而睡觉的。这种花在这一带是很少见的，因此不妨把它作为一件他所希望的礼物。

饥饿终于把我从工作上赶起来，我疲惫不堪的身体要求食物补给。接着我放下画笔和调色板，经由过道，朝牧师指给我的那个房间走去。但当我正往里走的时候，我不觉惊讶万分，差点儿退了回来；因为卡塔琳娜迎面站着，虽然身穿黑色的丧服，却具有异常的魅力，一个女人的容貌里，竟能产生这样的幸福和爱情。

咳，我马上就知道了；我这里所看见的，原来是我自己从前给她画的那个像。在她父亲的家里，这张像也不再有立足之地。——但是她本人到底在哪里呢？是人家把她带走了，或是把她也禁闭在这里？——我久久地、久久地凝视着这张像；昔日的光景浮上我的脑海，折磨着我的心。无奈，我终于掰了一块面包，灌下几杯酒；然后回到我们的死孩子的身边。

当我走进那边的房间，正要画画的时候，发现那小面庞上的两只眼睛的眼睑有点儿张开了。于是我俯下身去，妄想着再得到我的孩子的一瞥；但当我看到那一动不动的冷冷的眼珠子的时候，不觉一阵战栗；我仿佛看到了那一代祖先的眼睛，好像他们还要在这里当着我孩子的尸体的面容宣告说："我的咒语到底把你们两个人抓住了。"——但同时——无论如何我是不能放走它的——我用两只胳膊抱起这苍白的小尸体，把它贴在我的胸口，在辛酸的苦泪下，第一次亲我心爱的孩子。"不，不，我可怜的孩子，你的灵魂迫使那个阴沉的人去爱你，你的灵魂不是从这样的眼睛里表露出来的，这里所看到的唯独是死亡。你的死不是由于那可怕的昔日的深渊，而完全是由于你父亲的罪过；他的罪过把我们大家统统拉下黑暗的潮流中去了。"

接着，我小心翼翼地将我的孩子重新放回他的垫褥中，并轻柔地把他的双目闭上。然后我将画笔蘸满深红色的墨水，在画像下面的阴影处写上这几个字母：C. P. A. S，意思是：Culpa patris Aquis Sudmersus，即"因父之过，落水溺殇"。

这两句话犹如锋利的剑刺穿我的灵魂；我的耳朵里回响着这样的话音，把像画完。

在我工作期间，屋子里又持续着宁静，只是在最后一刻，一种轻微的响声再次通过那道我曾猜想它后面是一间卧室的门挤了进来。——莫非那是卡塔琳娜，在我沉重的工作之时，悄悄来到我的近旁？我解不开这个谜。

已经傍晚了。我画完了像，想转身走开；但我感到好像还得告别一下，不然我就离不开这里似的。

就这样，我犹犹豫豫地站着，望着窗外荒凉的原野，那里天色已经昏暗下来；这时过道那边门开了，牧师朝我走了进来。

他默默地向我致意；然后合掌仁立着，看看画像上的面容，又看看面前小尸体的面容，好像在进行仔细的比较。但当他的目光落到画像上孩子手中的那朵睡莲时，他痛苦地举起双手，我看到，他的丰富的泪泉突然涌出他的两眼。

于是我也向死者伸出双臂，高声喊道："再见吧，我的孩子！啊，我的约翰内斯，再见！"

但就在同一瞬间，我听到隔壁房间里轻微的脚步声，好像在用小手摸门似的；我清清楚楚听到喊我的名字——要不那是死孩子的名字？——接着仿佛是妇女的服装擦着门板，往下窸窣作响，身体倒下的声音清晰可闻。

"卡塔琳娜！"我喊道。说时迟，那时快，我已经跳了过去，摇动着那紧锁着的门上的把手；这时牧师的手搭在我的胳膊上："这是我的事情！"他说，"现在走吧！但是和平地走；愿上帝降福我们大家！"

——后来我真的走了；在我自己弄明白这件事以前，我就已经到了荒郊，上了进城的路了。

我又一次回头看了看村子，它还只像个阴影矗立在昏暗的暮色之中。那里躺着我的死孩子——卡塔琳娜——我的一切的一切！——我的老伤口在我胸中灼痛；奇怪的是，我从来没在这里听到过什么，此刻我突然觉晓：我听到了遥远的海滩那边波涛汹涌，怒号不已。没有人遇到我，我没有听到任何鸟叫；但从大海呼啸的闷声中，始终有一种声音在我耳际盘旋，像一首凄恻的摇篮曲：溺殇——溺殇！

* * *

手稿写到这里结束。

它的主人曾经踌躇满志，希望有朝一日他也要在艺术上与那些更有名的大师并驾齐驱。但这不过是一句空话罢了。

他的名字不属于名人之列；好容易可以在一本艺术家词典中找得到；甚至在他故乡那个小地方也没有人知道有一个这样名字的画家。他画的那幅大拉撒路像虽然在本城的地方志中还被提到，但这幅画本身却在本世纪初，在我们的旧教堂拆毁之后，同这个教堂的其他艺术珍品一样被糟蹋而不知下落了。

埃尔瑟小姐

[奥地利] 阿·施尼茨勒　著
高中甫　译

阿尔图尔·施尼茨勒（Arthur Schnitzler，1862—1931）奥地利著名剧作家、小说家，享有"奥地利现代文学之父"的美誉。生于维也纳一个犹太医生家庭。1885 年获维也纳大学医学博士学位后行医、从事医学研究多年，写有大量医学论文，对精神病尤有专门的研究。他也是 19 世纪末奥匈帝国社会与发展的最有影响力的批评家之一，是"青年维也纳"作家群的主要代表之一。主要文学作品有戏剧《阿那托尔》（1893）、《轮舞》（1903）、《贝恩哈特教授》（1912）；小说《古斯特少尉》（1901）、《通往旷野的路》（1908）、《埃尔瑟小姐》（1920）等。施尼茨勒的创作在奥匈帝国解体时代的背景下，勾勒并质疑现实社会中的方方面面，情节大多置于世纪转折点的维也纳，人物则是典型的维也纳官员、医生、艺术家、记者、演员和纨绔子弟。医学博士的背景和作家的敏感使施尼茨勒对人物心理有细致的观察和精深的分析，《埃尔瑟小姐》以内心独白的手法探究人物内在矛盾，描写了人物精神异常时的复杂心理状态。

"你真的不再玩了吗，埃尔瑟?"——"不了，保尔，我不能再玩了。Adieu①，亲爱的夫人。"——"啊，埃尔瑟，您就叫我茜希夫人——或者最好简单叫茜希好了。"——"再见，茜希夫人。"——"可您为什么现在就

---

① 法语：再见。

走，埃尔瑟？离吃饭还有整整两个小时呢。"——"您和保尔玩单打好了，茜希夫人，我今天真的没有什么兴致了。"——"让她走吧，亲爱的夫人，她今天心绪不佳。——埃尔瑟，你都挂在脸上了，我是说心绪不佳。——红色套头衫更好一些。"——"保尔，但愿你在蓝色的那儿能找到心绪更佳一些的。Adieu。"

这样分手太好了。但愿他俩不要认为我在嫉妒他们。——茜希·莫尔和表哥保尔，他俩之间一定有些什么关系，我可以赌咒。世上没有什么比这更令我无所谓的了。——现在我再次回过身去向他们挥手。挥手和微笑。现在我看起来高兴了吧？——啊，上帝，他俩又玩起来了。我玩得本来就比茜希·莫尔要好；保尔也不是玩得怎么了不起，可是他看起来蛮漂亮——大翻领和坏孩子似的脸。要是再少一些忸怩作态就好了。埃玛姨妈，你没有什么可害怕的……

这是一个多么美好的傍晚！今天的天气本是该到罗赛塔茅屋那儿去旅行的。西蒙纳崖那么挺拔地直耸向天空！——早晨五点钟就该上路。一开头我当然会像通常那样，觉得不愉快，但是这会消失的啊。——再没有比在黎明中漫游更惬意的了。——那个独眼的美国人在罗赛塔看起来像个拳击手。他的眼睛也许就是在拳击时被人打出来的。我倒是十分愿意到美国去结婚，可不是和一个美国人。或者我同一个美国人结婚，可我们得在欧洲生活，在里维拉①有一幢别墅，大理石台阶直伸入海里，我一丝不挂地躺在大理石上。——我们在梅东住过，到现在有多久了？七年或者八年。我十三岁或者十四岁。是啊，那个时候我们的家境还很好呢。——推迟这次远游，真是毫无道理。否则，无论怎么说我们现在也回来了。——四点钟，我去打网球的时候，妈妈电报告知的那封信还没有到。谁知道现在是不是到了。我本来还能再打一局的。——为什么这两个年轻人向我打招呼？我根本不认识他们。他们是昨天住进饭店的，吃饭时坐在左边窗户那儿，过去那儿是几个荷兰人坐的。我这样想不友好吧？或者是太傲慢了？我根本不是这样的。在看完《科里奥兰》回家的路上，弗莱德是怎么说的来着？心情愉快，不，是说快乐自信。您是快乐自信，不是刚愎自用，埃尔瑟。——一个多美的词儿。他总是能找到美的词儿。——我为什么走这么慢？说到底是我害怕妈妈的信？当然啦，信里不会有什么愉快的事。快信！也许我又得返回去。噢，痛苦

---

① 法国南部滨海区，为疗养胜地。

啊。这是什么样的生活——虽说有丝制的套头衫和丝袜子。三双！穷亲戚，得到有钱的姨妈的邀请。她现在一定后悔了。尊敬的姨妈，我该给你写信说我在梦中没有想到保尔？啊，我什么人也不想。我现在没有爱上什么人，不爱任何人。我过去也没有爱过。就是阿尔伯特我也没有爱过，尽管有八天的时间我以为自己爱上他了。我相信，我不能爱上什么人。这确实是奇怪的，我肯定是充满了欲念。但我也是快乐自信的，心绪不佳，上帝保佑。也许十三岁那年我是唯一的一次爱上了人。爱上了万戴克——或者爱上了修道院院长德·格里欧，也爱上了雷纳尔德。我十六岁的时候，是在威尔特湖。——不，这不算什么。我为什么去想这些，我又不是去写回忆录，也从不像贝尔塔那样去写日记。弗莱德是引起了我的好感，仅此而已。若是他再漂亮一些，也许会的。我真是一个装腔作势的人。爸爸是这样说我的，并嘲笑我。啊，亲爱的爸爸，你太使我操心了。他是不是欺骗过妈妈一次？肯定欺骗过，经常欺骗，妈妈太傻了。她对我一无所知，对别人也是这样。弗莱德呢？——也就是知道一点。——多美的傍晚。饭店看起来富丽堂皇，让人感觉到那些喧闹的人都无忧无虑，心满意足。以我为例吧。哈哈！太遗憾了。我要是生来就过一种无忧无虑的生活就好了。那就会这样美好。太遗憾了。——西蒙纳崖披上一层红色的光辉。保尔会说，阿尔卑斯在燃烧。早就没有阿尔卑斯的燃烧。笑起来就美了。啊，为什么一定要返回城里！

"晚安，埃尔瑟小姐。"——"您好，亲爱的夫人。"——"打网球了？"——她看出来了，可为什么她还要问？"是的，亲爱的夫人。我们几乎玩了三个小时。——亲爱的夫人，还要去散步？"——"是的，我习惯傍晚散散步。在罗尔大道，在草地中间散步真美，白天散步太阳太厉害了。"——"是啊，这儿的草地真的好极了。在月光里从我的窗户看特别美。"——

"晚安，埃尔瑟小姐。"——"您好，亲爱的夫人。"——"晚安，冯·道斯戴先生。"——"打网球了，埃尔瑟小姐？"——"您的眼光多么锋利啊，冯·道斯戴先生。"——"您不要取笑，埃尔瑟。"——他为什么不说"埃尔瑟小姐"了呢？——"若是拿着网球拍看上去能如此娇美，那某种程度上人们也可以把它当做装饰品戴上了。"——这蠢驴，我根本不去回答他。"我们玩了整个下午。遗憾的是只有三个人。保尔、莫尔夫人和我。"——"我以前是一个非常喜欢打网球的人。"——"现在不再喜欢了？"——"现在我年纪太大了。"——"怎么说太大呢，在玛里恩利斯特，有一个六十五岁的瑞典人，他每天晚上从六点一直打到八点。一年以前他甚至还参加了一次比赛呢。"——"咴，上帝保佑，我现在还不到六十五岁，但遗憾的是我不是一个瑞典人。"——为什么说遗憾呢？也许他认为这样说是俏皮。最好我客气地笑笑，然后走开。"您好，亲爱的夫人。再见，道斯戴先生。"他把腰弯得这么低，眼睛睁得这么大。牛眼睛。我提起那个六十五岁的瑞典人，这难道伤害了他？没有什么了不起的。魏纳沃夫人一定是个不幸的女人，肯定快五十岁了，那对泪囊——像是经常哭似的。啊，这么苍老，太可怕了。道斯戴先生照顾着她。他走在她旁边。他留着灰白的尖胡子，可看起来还一直很帅。但是他不讨人喜欢，装腔作势。您的这身上好服装有什么用，冯·道斯戴先生？道斯戴！您过去肯定叫别的名字。——茜希的小女儿和她的保姆来了。——"您好，弗莉茨。Bonsoir, Mademoiselle. Vous allez bien?"① ——"Merci, Mademoiselle. Etvous?"② ——"弗莉茨，你这是怎么了，拿一根登山杖。难道你要登上西蒙纳崖？"——"不是，还不许我上那么高。"——"明年你就可以了。弗莉茨。Abientot, Mademoiselle."③ ——"Bonsoir, Mademoiselle."④

一表人才。她为什么是一个保姆？而且还是在茜希家。命真不好啊。上帝，我将来也会变得这样。不，无论如何我得好些。好些？——多美的夜晚。空气像香槟酒，昨天瓦尔德伯格大夫这样说。前天也有一个人说过。——为什么这么好的天气人们都坐在大厅里？不可理解。或者是每个人都在等一封快信？门房已经看见我了，若是有我的一封快信的话，那他会立刻就给我送来的。那么说是没有啦，感谢上帝。在晚饭之前我还可以躺一会儿。为什么茜希说晚饭这个词用 diner⑤？愚蠢的装腔作势。茜希和保尔，这两个人太般配了。——啊，信若是到了就好了。反正在晚饭时会到的。若是它不到的话，那我这一夜不会安生的。可是昨天夜里我睡得太糟了。当然啦，这些天来都是这样，就是因此腿才抽筋。今天是九月三日，那么说也许要在九月六日到了。今天我要服安眠药。哦，我不会养成习惯的。不，亲爱的弗莱德，你不必操心。我脑子里总是由于你才想到它的。——人总得什么

---

① 法语：您好，小姐。
② 法语：谢谢，小姐，您呢？
③ 法语：一会儿见，小姐。
④ 法语：您好，小姐。
⑤ 英语：晚餐。

都试试——就是大麻也要尝尝。我想，海军中士布兰德尔是从中国把大麻带回来的。大麻是喝还是抽？这东西说是会使人产生美妙的幻觉。布兰德尔曾邀请过我同他去喝大麻，或者是去抽。这是一个不要脸的家伙，但是长得很漂亮。

"小姐，您的一封信。"——门房！那么说真有信了！我非常从容地转过身去。也可能是卡洛琳来的信，或者是贝尔塔或者是弗莱德或者是杰克逊小姐来的信？"谢谢。"真的是妈妈来的信，快信。他为什么不立刻就说是一封快信？"哦，一封快信！"我回房间再拆开它，安安静静地读。——侯爵夫人。她在暮色朦胧中显得多么年轻。肯定有四十五岁了，我四十五岁时会在什么地方呢？也许早就死了，但愿如此。她朝我微笑，像通常一样地可亲。让她从身边走过去，稍微点点头——不要以为一个侯爵夫人朝我微笑，我就会把这看成是一种了不起的光荣。—— "Buona sera."① 她向我说 Buona sera。现在我至少总得躬身答礼了。是不是躬得太低了？她年纪比我大很多。她的举止是多么优雅。她离婚了吗？我的举止也是很美的。但是——我是知道的。是啊，这就是不同之处。——一个意大利人可能对我是危险的。可惜，那个长有罗马人脑袋的黑人又走开了。他看起来像一个滑头，保尔这样说。啊，上帝，我对这个滑头没什么恶感，正相反。——到了。七十七号，这是一个幸运的数字。漂亮的房间，松木家具。那儿是我的处女之床。——阿尔卑斯真的是在燃烧，可我不能向保尔承认。保尔是个怕羞的人，一个医生，还是一个妇科医生！也许正是因为这样。前天在森林里，我们已走得很远了，他本来是可以胆子大些的，但这样也许对他没什么好处。还没有人对我放肆过呢。顶多说是三年前在威尔特湖浴场里的那次。大胆吗？不，他不规矩。但是多好啊。伯尔维德的阿波罗。我当时真的不完全明白是怎么回事。咳，是啊，我才十六岁。我那美丽的草地！我那！——若是能把它带回到维也纳就好了。轻柔的薄雾。秋天？是啊，九月三日，在高山地带。

咳，埃尔瑟小姐，难道您没有下定决心读这封信吗？它一定是与爸爸没有关系的。难道不可能与我的哥哥有关？也许他与他的一个情人订婚了？与一个合唱队的歌女还是与一个手套铺里的姑娘。啊，不，他在这种事情上是有主见的。再说我对他的事知道得根本不多。我十六岁他二十一岁的时候，我们有一段时间相处得很好。他向我谈了许多关于一个名叫绿蒂的姑娘的

---

① 意大利语：晚安。

事，随后他突然就不再谈起了。这个绿蒂一定伤害了他。从那以后他就再也不跟我谈什么了。——唉，信打开了，我根本没有注意到就把它打开了。我坐在窗沿上，读信。注意，我可别摔下去。从圣·玛弟诺我们得知，在那儿的弗拉塔查饭店发生了一桩可悲的不幸事故。埃尔瑟小姐，一位十九岁的漂亮姑娘，著名律师之女……当然会说是，我由于不幸的爱情而轻生，或者说我因为怀有身孕。不幸的爱情，啊，不。

　　"我亲爱的孩子……"——我得先看看结尾。——"再说一遍，不要生我们的气，我亲爱的好孩子，千万……"上帝啊，他们并没有自寻短见呀！如果真这样的话，那卢狄会发一个电报来的。——"我亲爱的孩子，我打搅了你美好的假期，你该相信我，我是多么痛苦……"仿佛我总是在度假似的，遗憾的是并非如此。　"……给你带来了这样一个令人不愉快的消息。"——妈妈的文风真是可怕。——"但经过深思熟虑，我的确舍此无他。简短地说吧，爸爸的事情变得危急了。我不知道怎么办，也无法可想。"——干吗说这话？——"事关一笔相当可笑的款项：三万古尔登……"——可笑？——"必须在三日之内筹措到，否则一切都完了。"——上帝啊，这是什么意思？——"你想想看，我亲爱的孩子，霍宁男爵……"——是那个检察官？——"今天清晨召你爸爸前去。你是知道的，男爵是何等敬重爸爸，甚至可以说是热爱的。在一年半之前，那时，也是事临紧急关头，他亲自与主要债权人磋商，在最后的瞬间把事情安排妥当。可这次，如果钱不能筹到，那一切就无法可想了。我们不仅完全破产，而且这是前所未有的一件丑闻。你想想看，一个律师，一个著名的律师，他——不，我根本无法写下去。我一直在与眼泪作斗争。你是知道的，孩子，你是聪明的，我们过去，上帝啊，也有几次陷入类似的境地，家族总是予以救助。最近一次是一笔十二万古尔登，但是那时他必须签署一份保证书，他不能再去求助亲属，特别是伯恩哈特叔叔。"——唉，继续下去，继续下去，要写到哪儿呢？要我做些什么呢？——"还能想到的唯一的一个人是维克多叔叔，可不巧的是他正在北岬或苏格兰旅行……"——是啊，他倒好，这个令人作呕的家伙。——"……根本无法联系上，至少在眼下。至于向同事们，特别是S博士，他曾多次帮助过爸爸……"——我们怎么到了这种地步。——"……自从他再婚之后，也已是不再可能的了。"——那么，你们究竟，究竟是要我做什么呢？——"收到了你的来信，我亲爱的孩子，你在信中提到一些人，其中有道斯戴，他也住在弗拉塔查，这简直像命运在朝我们示意。你是知道的，早年他经常到我们家来。"——嗯，太经常了。——"近两三年他很少露面，这纯粹是偶然的；应当与他有相当密切的联系——在我们中间，没有什么避讳的。"——为什么是"在我们中间"？——"在首都俱乐部爸爸每个星期四还一直同他玩惠斯特牌，去年冬天在一个控告艺术古玩商的案件中，爸爸为他挽救了一笔可观的金钱。再说，你为什么不该知道，他过去曾救助过爸爸。"——难道我这样想过吗？——"当时是一笔区区小数：八千古尔登——但总的来说：三万古尔登对道斯戴也是小事一桩。因此我在想，你是否看在我们的面上去同道斯戴谈谈。"——什么？——"他对你一直怀有特殊好感。"——我从来没有注意到。他曾抚摩过我的面颊，那时我十二岁或是十三岁：是个大姑娘了。——"好在爸爸从那次八千古尔登之后再没有向他求助过。他不会拒绝这次帮忙的。最近他把一幅鲁本斯①的画卖到美国，仅从这上面就赚了八万古尔登。当然你不必提及这件事。"——妈妈，难道你认为我是一个笨鹅？——"但其他事情你完全可以和他坦率地交谈，就是霍宁男爵召见爸爸的事，倘若有机会，你也可以谈。有了三万古尔登就能防止最坏的局面，不仅是在眼下，而且，上帝保佑，是永远。"——妈妈，你真的相信吗？——"因为埃尔伯斯哈依默的诉讼案正在顺利地进行，爸爸肯定会得到十万古尔登，当然他在这个阶段是不能向埃尔伯斯哈依默提出什么要求的。孩子，我请你同道斯戴谈谈。我向你保证，不会有什么问题的。爸爸本想简单地给他打个电报，我们经过再三的考虑，孩子，如果你能同他亲自面谈，那事情就会变得全然不同。这笔钱必须在五日十二点汇到。费博士……"——费博士是谁？啊，是费阿拉。——"……是不讲情面的。当然这其中也有私人的好恶成分在内。但不幸的是此事涉及被监护人的财产……"——我的上帝！爸爸，你都干了些什么呀？——"对此人们是无能为力的。如果费阿拉在五日中午十二时收不到这笔钱的话，那就要发出逮捕令，拖到这个时间是霍宁男爵唯一能办到的。这就是说，道斯戴必须把这笔钱通过银行电汇给费博士，那时我们便得救了。否则，会发生什么事，那只有上帝知道了。我亲爱的孩子，相信我，你不会失去任何体面的。爸爸起初考虑过了，他甚至在两个不同方面做过努力，却失望而返。"——爸爸居然会感到失望？——"也许从来不是金钱的缘故，而是因为人们待他太下流了。其中一个曾是爸爸最好的朋友。你可以

---

① 鲁本斯（1577—1640）：佛兰德斯画家。

想到我指的是谁。"——我根本什么都不想。爸爸有过那么多的要好朋友，可实际上一个也没有。也许指的是瓦伦斯多夫？——"爸爸是一点钟回家的，现在是清晨四点。他现在终于睡着了，上帝保佑！"——若是他一睡不醒的话，那对他也许是最好的了。——"我一大清早亲自到邮局发这封信。快信，这样你在三日上午就可能收到。"——妈妈怎么会这样想？她在这一类事情上向来是一无所知的。——"你马上同道斯戴谈，我恳求你了，立刻电告结果。你千万不要让埃玛姨妈看出什么来，在这种情况下不能去求助自己的亲姐妹，这已经够可悲的了，求助她不如去求助一块石头。我亲爱的孩子，在你年纪轻轻的岁月，我就不得不把你扯进这类事情里，我感到非常抱歉，但相信我，爸爸本人对此是没有多少过错的。"——那又是谁的过错呢，妈妈？——"让我们祈求上帝，埃尔伯斯哈依默诉讼案在任何一种意义上为我们的生活开辟了一个新的阶段。我们必定能度过这一两个星期。若是因为这三万古尔登而发生不幸的话，那不就成了一种真正的嘲弄？"——她真的不认为，爸爸这个人……但就算这样的话，换一种样子还能更坏吗？——"我的孩子，我就此搁笔了，我希望，无论如何……"——无论如何？——"……你能在圣·玛狄诺度完假日，至少逗留到八日或九日。向姨妈问好，对她要好一些。再说一遍，不要生我们的气，我亲爱的好孩子，千万……"——是啊，我已经知道了。

这么说，我要向道斯戴先生去借钱了……简直是发疯。妈妈这是怎么想的？为什么爸爸不直接乘上火车到这儿来？——这难道不是跟快信一样快吗？也许是他们看到他在火车站会怀疑他要逃跑……可怕，可怕！就是有了三万古尔登我们也不会得救的。总是这一类的事情！七年了！不——还要长些。有谁在我脸上看得出来呢？没有人从我脸上看得出来，就是在爸爸脸上也看不出来。可是所有人都知道，不可理解的是我们还一直维持到现在。人们对什么都习以为常了！我们生活得还蛮不错。妈妈真是一个艺术家。去年新年举行了十四人的宴会——无法理解。但是为了我买两双舞会用的手套，竟大闹了一场。卢狄需要三百古尔登，这几乎使妈妈哭了起来，可爸爸倒一直兴致勃勃。一直是？不，不是这样。那次看歌剧《费加罗》时，他的目光——突然完全发呆了——我惊慌起来，他变得像一个陌生人。可随后我们在大饭店用餐，他又完全像以前一样兴致勃勃起来。

我手里拿着这封信，这封信简直是胡闹。我要去同道斯戴谈？那我会羞死的——羞，我害羞？为什么？这并不是我的过错。——若是我同埃玛姨妈谈呢？胡闹。她看来根本就没有这么多钱。姨父是个吝啬鬼。上帝，为什么我没有钱？为什么我还什么也赚不到？为什么我什么都不会？哦，我学过点什么！谁敢说我什么都不会呢？我会弹钢琴，我能说法语、英语，也会说一些意大利语，听过艺术史课。——哈哈！就算我学得更精通，那对我又有什么用呢？我绝对积蓄不了三万古尔登。

阿尔卑斯的燃烧已经熄灭了，傍晚不再是那么美好了，周围的一切都是可悲的。不，不是周围的一切，但生活是可悲的。我安静地坐在窗台上。爸爸该被关起来。不，决不，永远不，不能这样。我要救他。是的，爸爸，我会救你的。事情很简单，一两句漫不经心的话，这就是我要做的，"快乐自信"——哈哈，我去同道斯戴先生打交道，仿佛他借给我们钱对他是一种荣誉似的。这确也是一种荣誉。——冯·道斯戴先生，也许您有时间和我谈谈吗？我刚从妈妈那里收到一封信，她眼下正处于窘境之中——也许该说是爸爸。——当然了，小姐，非常高兴效劳。究竟是多少呢？——若是他对我不怀好意呢？还有，他会怎样看我。不，道斯戴先生，我不相信您的文雅，不相信您的单片眼镜，不相信您的高贵。您能买卖破烂衣服像买卖古画一样。——埃尔瑟！埃尔瑟，你想到哪里去了。——哦，我可以这样去想。没有人能从我脸上看得出来。我甚至是金发，带点红的金发，卢狄看起来像一个贵族，妈妈看起来也是一样，至少在言谈上。爸爸却完全不是这样，再说他们也该看到。我决不否认，卢狄也不会。恰恰相反，若是爸爸被关了起来，卢狄会怎样呢？他会自杀？胡思乱想！开枪和犯罪，根本就没有这类事情，只是报纸上才有。

空气像香槟酒一样。再过一个小时就要吃晚饭了，"diner"。我不喜欢茜希，她根本就不关心她的女儿。我穿什么样的衣服？蓝色的还是黑色的？也许今天穿黑的更好些。太露了吧？在法国小说里叫做 Toilette de circon-stance①。若是我同道斯戴谈话，反正得穿得诱人。在晚饭之后，装做无所谓的样子。他的眼睛会盯住我的祖露之处。讨厌的家伙，我恨他，我恨所有的人。为什么偏偏是道斯戴？难道在这个世界上就真的只有这个道斯戴才有三万古尔登？若是我同保尔谈呢？若是他同姨妈说，他输了钱，那她肯定会给他弄到钱的。

天就要黑了。夜，坟墓之夜。我最好是死掉。——这样根本不是真的。

————————————

① 法语：祖胸露背的服装。

若是我现在就下楼去，在晚饭前和道斯戴谈呢？啊，这多么可怕！——保尔，若是你能给我弄到三万古尔登，那你想从我这里要什么我都给你。这又是一本小说里的故事，高贵的女儿为了所爱的父亲而出卖自己，最终皆大欢喜。见鬼！不，保尔，你就是有三万古尔登也不能从我这里得到什么，没有人能够。但是一百万呢？——一座宫殿呢？一串珍珠项链呢？若是我结过婚了，那我也许要价便宜一些。事情真的就那么糟？芳妮到最后也是出卖了自己，她自己跟我说过，她在她丈夫面前害怕。唉，爸爸，若是我今天晚上拍卖自己，你看怎样？为的是把你从监狱里救出来。耸人听闻吧！我发烧了，肯定是发烧了。要不是我不舒服了？不，我是发烧了。也许是由于空气的缘故。像香槟酒。——若是弗莱德在这儿，他能给我出主意吗？我不需要任何主意，也根本没有什么主意好出。我要去同来自埃培里斯的道斯戴谈，去向他借钱，我，一个快乐自信的人，一个贵族，一个女侯爵，一个女乞丐，一个赌徒的女儿。我怎么落到这步田地？我怎么落到这步田地？没有一个女人爬山能像我这样，没有一个女人有像我这样的胆量——Sportinggirl①，在英国我早该出人头地或者成个女伯爵了。

衣服都挂在柜子里！妈妈，那件绿罗登绒衣服付过钱了吗？我想只是付了定金。我穿那件黑的。昨天朝我瞪大了眼睛的就是那位戴着一副金丝夹鼻眼镜的面色苍白的矮小绅士。我固然不漂亮，但是动人。我真应该去做演员。贝尔塔有三个情人，没有一个认为她有什么不好……在杜塞尔多夫的那个是经理。在汉堡她同一个结了婚的男人在一起，住在阿特兰大饭店，开了一套有浴室的房间。我甚至相信她为此感到骄傲呢。他们所有的人都是愚蠢的。我会有一百个情人，一千个，为什么不呢？领口还不够低；若是我结婚了，可以再低一些。——很好，冯·道斯戴先生，我见到了您，我刚刚从维也纳收到一封信……这封信我无论怎样是要带在身上的。我该摇铃叫侍女吗？不，我自己来穿戴好了。穿这套黑色衣服不需要别人。我若是有钱的话，那我旅行时是不会不带女仆的。

我得点上灯。天变得凉起来了，关上窗，要把窗帘拉上吗？——多此一举。在那边山上不会有人带望远镜的。遗憾。——偏赶上收到一封信，冯·道斯戴先生。——也许在晚饭后谈好一些，那时气氛比较轻松，就是道斯戴先生也是一样——事先我先喝上一杯酒。但若是事情在晚饭前谈妥的话，那

---

① 英语：运动员型的少女。

晚饭就会更合我胃口。Pudding a la merveille，fromage et fruits divers.① 若是
冯·道斯戴先生说不行呢？——或者他动手动脚呢？啊，不，还没有人敢跟
我动手动脚过。这是说，只有那个海军少尉布兰德尔，但那没有什么恶
意。——我又瘦了一些，我更苗条了。——黄昏从外面盯着我，它像一个幽
灵死盯着我，像成百个幽灵，幽灵们从我的草地上升起来。维也纳离这有多
远？我离开那里有多久了？我在那儿多么寂寞！我没有女友，也没有男友。
他们大家都在哪儿？我会同谁结婚？谁会和一个赌徒的女儿结婚？——我刚
收到一封信，冯·道斯戴先生。——根本不成问题，埃尔瑟小姐，昨天我刚
卖掉了一幅伦勃朗的画，您不要害羞，埃尔瑟小姐。现在他从他的支票簿上
撕下一张，用他的包金的自来水笔签上他的名字，明天一早我带着这张支票
回维也纳。不管怎样，没有支票我也回去，我不会再待在这儿了。我不能
够，也不可以。我在这儿生活得像一个高贵的年轻夫人，可爸爸一只脚踏在
坟墓里——不，是踏在监狱里。除了这双丝袜还只剩一双了，正好是膝盖下
有一条小裂缝，不会有人看见。不会有人？谁知道呢。可不能马虎大意，埃
尔瑟。——贝尔塔可是一个滑头，难道克里斯蒂涅就好一点吗？她的未来丈
夫为自己感到庆幸。妈妈肯定一向是一个忠实的妻子，我不会忠实的。我快
乐自信，但我不会忠实。滑头们对我都是危险的。侯爵夫人肯定有一个滑头
做她的情夫。若是弗莱德真的了解我的话，那他对我的尊敬便化为乌有
了。——小姐，您有多方面的才能，能成为一个钢琴家、一个会计、一个演
员，您有许多机会，但是您的生活一向过于优越了，过于优越了。哈哈，弗
莱德对我的评价过高了，我根本就没有什么才能。——谁知道？我也能像贝
尔塔那样，但是我缺少力量。出身上流人家的年轻女人。哈哈，上流人家。
父亲盗用了保证金。你为什么对我来这一手，爸爸？这对你有什么好处！把
钱全都输光了！值得吗？这三万古尔登也不会有什么帮助的。也许一个季度
之内还行。到最后他还是控制不住自己的。过一年半事情又会到这种地步
的，又是来了救助。但这种救助总有一天会没有的——那我们会怎么样呢？
卢狄会前往鹿特丹，去万代尔胡斯特银行。可是我呢？跟有钱人结婚。哦，
若是我愿意的话，那会的！我今天真的漂亮极了。这一定会引起轰动的。我
这么漂亮为了谁？若是弗莱德在这儿的话，那我会更快乐吗？啊，弗莱德我
根本就看不上眼。他不是一个滑头！可若是他有钱的话，那我就挑选他。随

---

① 法语：布丁好极了，奶酪加水果的。

后会来一个滑头——于是不幸就会结束了。——您愿意成为一个滑头，冯·道斯戴先生？——从老远的地方看，您也像个滑头，像一位色迷迷的子爵，像唐璜——戴着您的愚蠢样子的单片眼镜，穿着您那身法兰绒服装。但是您还远够不上是一个滑头。——我穿戴完了吗？能去吃晚餐了吗？——若是我遇不到道斯戴先生，那这一个钟点我可以做什么呢？若是他同那个不幸的魏纳沃夫人去散步呢？啊，她根本不是不幸的，她不需要三万古尔登。那么我就到大厅去，堂而皇之地坐在靠背椅上，看画报上的新闻和 Vieparisienne①，把一条腿搭在另一条腿上，这样膝盖下面的那条裂缝人们就看不见了。也许正巧来了一位百万富翁。——披它还是什么也不披。——我披这件白色披肩，配我正好。我随便地把它披在我那漂亮的双肩上。我这漂亮的肩膀是为谁准备的？我能使一个男人非常幸福呢，若是有个中意的男人在这儿就好了。可是我不要有孩子，我不是做母亲的材料，玛丽·魏尔是做母亲的材料，妈妈是做母亲的材料，伊琳娜姑妈是做母亲的材料。我有一个高贵的前额和一副标致的体型。——埃尔瑟小姐，若是允许的话，我真想给您画像。——好啊，您想的倒不错。他的名字我记不起来了。肯定他不叫提香②，这样说是一种无礼。——我刚收到一封信，冯·道斯戴先生。——脖颈上要扑上香粉，手帕上要滴上一滴香水，把衣柜关上，把窗户重新打开，啊，多美啊！真想哭。我神经病了。啊，在这种情况下可不应该发神经病。装味罗那③的小盒放在衬衣旁边，我也需要新的衬衣，买新衬衣，这又要成为一桩大事哩。啊，上帝呀。

阴森森的、矗立的西蒙纳像是要朝我倒下来似的！天上还没有星星，空气像香槟酒。草原的芬芳！我要到乡下生活，我同一个地主结婚，我不要生孩子。弗罗利普博士也许是唯一会使我感到幸福的人。那连续的两个晚上是多美，第一个晚上是在酒吧里，第二个晚上是在艺术家舞台上。为什么他突然就不见了呢？——至少是为了我吧？也许是因为爸爸？可能。在我下楼置身在这群无赖中间之前，我想向空中致意。可这是向谁致意呢？我是孤身一人。我是如此可怕的孤身一人，没有人能想象得出。向你致意，我亲爱的。是谁？向你致意，我的未婚夫！是谁？向你致意，我的朋友！是谁？——是弗莱德？——可是没有任何迹象。好了，让窗户就这样开着。天气凉也没关

---

① 《巴黎生活》，是一份画报。
② 提香（1490—1576）：意大利文艺复兴时期的著名画家。
③ Veronal，一种镇静剂，安眠药。

系。把灯关掉。好了。——对，那封信。不管怎样我得把它带在身边。床头柜上的那本书，今天夜里还要读《我们的心》，绝对要读，不管发生什么。晚安，镜中娇美的小姐，愿我给您留下好的印象，再见……

我为什么把门关上？这儿可没什么好偷的。茜希是不是夜里不关门？或者当他来敲门时她才把门打开？真的是这样吗？当然啦。然后他俩一起躺在床上，令人恶心。我是不会与我的丈夫和我那成千个情人同一个卧室的。——楼梯上空无一人！在这个时候总是这样。我的脚步在响，我现在在这儿已经三个星期了。我是在八月十二日从格蒙顿动身的，格蒙顿单调乏味。爸爸是从哪儿弄的钱把我和妈妈打发到乡下来？卢狄甚至做了四周的旅行，上帝才知道是从哪儿弄到的。在这段时间他就写了一封信，连第二封都没有。我不明白我们的境况是怎么回事，妈妈再也没有首饰了。为什么弗莱德只在格蒙顿待了两天？肯定他也有了一个情人！可我想象不出。我根本什么也想象不出。有八天了，他没有给我写信。他信写得很美。——坐在那儿小桌旁边的是谁？不，不是道斯戴。上帝保佑。现在在晚饭前同他谈点什么是不可能的。——为什么门房那么奇怪地看着我？难道他也读了妈妈的来信？我觉得我是发疯了。下次我一定得再给他一笔小费。——那个金发女人也是穿戴好来吃晚饭。怎么可以长得这么胖呢！——我得到饭店外边走走，或者到音乐室去？那儿不是有人在弹琴吗？一首贝多芬的奏鸣曲！怎么能在这儿弹贝多芬的奏鸣曲！我荒废了我的钢琴。在维也纳我还要按时练习，得开始一个新的生活，我们大家都必须这样，再不能这样继续下去了。我得跟爸爸严肃地谈一谈——只要有这样的机会。会有的，会有的。我为什么还没有这样做过？在我们家里，一切都毁在嘻嘻哈哈上，谁也没有这份开玩笑的心情。每个人都害怕别人，每个人都是孤独的。妈妈是孤独的，因为她太笨了，对别人一无所知，对我是这样，对卢狄是这样，对爸爸也是这样。她什么都觉察不到，卢狄也是什么都觉察不到。他是一个可爱的英俊小伙子，二十一岁时就看出他大有出息。若是他到荷兰去，那对他会有好处的。可是我到哪儿去？我到远方去旅行，愿做什么就做什么。若是爸爸到美国去，那我陪着他。我简直是糊里糊涂了……门房看到我坐在靠背椅上两眼发呆，那他会把我看成是疯子。我要给自己点上一支烟。我的香烟盒放到哪里去了？楼上。可在哪儿？镇静剂是和衬衣放在一起的，可是我把烟盒放到哪儿了？茜希和保尔来了。是啊，他们吃晚饭时总得换衣服，否则他们会一直玩到天黑的。——他们没有看到我。他在跟她说些什么？她为什么这样傻笑？若是给她丈夫写封匿名信寄到维也纳，那倒好玩呢。我能做这样的事？不会。谁知道呢？现在他们看到我了，我朝他们点头。我看起来这样标致，这使她感到恼火，她是多么窘迫不安。

"喂，埃尔瑟，您已经准备好去吃晚饭了？"——她为什么晚饭这个字不用英文了。她这个人从不前后一致。——"是这样，茜希夫人。"——"你看起来真迷人，埃尔瑟，我真的想能得到你的欢心。"——"你别费力气了。保尔，你最好给我一支烟。"——"非常高兴。"——"谢谢。单打的结果如何？"——"茜希夫人一连三局都把我击败了。"——"他完全是心不在焉。埃尔瑟，您知道明天希腊王储到达此地的事吗？"——希腊王储与我有何相干？——"这样，真的吗？"——哦，上帝啊，道斯戴和魏纳沃太太在一起！他俩致意，他们继续走了。我回答他们的致意过于谦恭了。是啊，完全与往常不一样。哦，我成了一个什么人。——"埃尔瑟，你的烟没有点上？"——"那再给我个火儿。谢谢。"——"您的披肩真漂亮，埃尔瑟，跟您的黑色衣服太相称了。我现在也得去换衣服了。"——她最好现在不要走开，我害怕道斯戴。——"我约好了女理发师等我，她能干极了，她冬天在米兰。再会，埃尔瑟，再会，保尔。"——"再见，亲爱的夫人。"——"再会，茜希夫人。"——她走了。好呀，至少保尔还留在这儿。——"我可以在你身边稍坐一会儿吗，埃尔瑟？或者我扰了你的清梦？"——"为什么说我的清梦？也许是我的现实。"这根本没有什么，他最好是走开，我必须要同道斯戴谈。他还一直同那个不幸的魏纳沃夫人站在那儿，他感到无聊，我看得出来，他要向我这儿走来。——"难道有那种你不会受到打扰的现实吗？"——他说些什么？他应该见鬼去。为什么我朝他这样微微媚笑？我这根本不是对他的。道斯戴正斜眼看我。我是在哪儿？我是在哪儿？——"你今天怎么了，埃尔瑟？"——"我能怎么呢？"——"你那么神秘，富有魔力，充满诱惑。"——"别讲蠢话，保尔。"——"若是人们看到你，那一定会发疯的。"——他在想些什么？他在对我怎么讲话啊？他蛮可爱。我喷出的烟雾都缠绕到他的头发上了。可我现在不需要他。——"你怎么眼睛连看都不看我。为什么这样，埃尔瑟？"——我不予回答。我现在不需要他。我做出他令我讨嫌的表情。现在不同他交谈。——"你的思想完全跑到别处去了。"——"这倒是对的。"对于我来说他是空气。道斯戴注意到我在等他吗？我不去看他，但是我知道他在看我。——"算了，再见吧，埃尔瑟。"——谢天谢地。他吻了我的手。往常他不这样做的。"再见，保尔。"

我的声音怎么这样圆润？也走了，这个说谎者。也许他今天晚上同茜希有什么约会，祝他愉快。我用披肩围住肩膀，站了起来，朝饭店走去。气候当然有些冷了，遗憾的是我把我的大衣……啊，我今天早上把它挂在门房那儿了。我觉察道斯戴的目光透过披肩看到了我的颈部。魏纳沃夫人现在到楼上自己的房间去了。我怎么知道是这样？心灵感应。 "劳您驾，门房先生"——"小姐需要大衣？"——"是的，劳驾。"——"晚间有点凉了，小姐。这在我们这儿很突然。"——"谢谢。"我真的该到饭店前去吗？肯定，要不怎么办？不管怎么说也得朝门那儿走去。现在人都一个接一个回来了。那个戴金边夹鼻眼镜的绅士，穿绿背心长有满头金发的男人，他们都在看我。这个日内瓦小姑娘蛮可爱。不，她是来自洛桑。天气本来就一点不凉。

"晚安，埃尔瑟小姐。"——上帝啊；果然是他。我不提爸爸的事，一句也不提，到饭后再说。或者我明天回维也纳去，我亲自去找费阿拉博士。我为什么不一开始就想到呢？我转过身去得带着一种我不知道是谁站在我身后的表情。"啊，冯·道斯戴先生。"——"您还打算散一会儿步，埃尔瑟小姐？"——"哦，不是散步，只是晚饭前稍微走动走动。"——"离吃饭还有一个小时呢。"——"真的？"天一点儿也不凉，山都是蓝色的。若是他突然向我求婚，那倒是蛮好玩的。——"在世界上没有一个地方能像这儿这样美。"——"您是这样认为的，冯·道斯戴先生？但是，您不要说这儿的空气像香槟酒。"——"不，埃尔瑟小姐，我是指两千米高的地方。而我们站的这儿海拔还不到六百五十米。"——"会有这么大的区别？"——"当然。您到过恩卡汀？"——"没有，还没有到过。那么说那儿的空气真的像香槟酒了？"——"几乎可以这样说，但是我并不喜欢喝香槟酒，我喜欢的是这个地方，是因为这片美妙的森林。"——他是多么令人乏味。难道他没有发觉这点吗？他明显地不知道他该跟我谈些什么，若是跟一个结了婚的女人谈，那当然简单得多了。说几句无伤大雅的粗话，聊聊天。——"埃尔瑟小姐，您还要在圣·玛狄诺待很长时间吗？"——笨蛋。我为什么这样讨好地看着他？他已经微笑了。不，男人们是多么愚蠢。"这部分取决于我姨妈的安排。"这话根本不是真的，我能自己一个人回维也纳。"也许要待到十号。"——"妈妈还在格蒙顿吧？"——"不，冯·道斯戴先生，早已在维也纳了，都三个星期了。爸爸也在维也纳，他度了还不到八天的假。我想埃尔伯斯哈依默案子费了他不少力气。"——"这我可以想象得到。可是您的爸爸是唯一能把埃尔伯斯哈依默救出火坑的人……把这个案子变成一项民事案，这已是一个成就了。"——这很好，这很好。"听到您也有这样乐观的预感，使我感到愉快。"——"预感？到什么程度？"——"是啊，爸爸会在这个案子上胜利的。"——"这我不想把话说死。"——怎么，他后退了？不能让他得逞。"哦，我有某种预感和猜想。您想吧，冯·道斯戴先生，正巧我今天收到一封家信。"这不是太聪明。他的表情显得有些惊讶。继续说下去，不要停住。他是爸爸的一个老友，好友。前进。要不现在讲，要不就不讲。"冯·道斯戴先生，您刚才那样亲切地谈到了我爸爸，如果我对您不完全坦率的话，那我就太可鄙了。"他怎么瞪大了牛一样的眼睛？哦，糟糕，他看出来了。继续下去，继续下去。"在信中也提及了您，冯·道斯戴先生。这封信是妈妈写来的。"——"是这样。"——"这是一封十分可悲的信。您对我们家的情况是熟悉的，冯·道斯戴先生。"——我的上帝，怎么搞的，我说话带有哭声了。前进，前进，现在是无路可退了。上帝保佑。"简短地说，冯·道斯戴先生，我们又一次陷入了窘境。"——他现在最好是一走了之。"这是小事一桩。真的只是一桩小事，冯·道斯戴先生。可是，正如妈妈信中所说，事关重大。"我讲得这么傻，像条蠢牛。——"您不要激动，埃尔瑟小姐。"——这句话他说得很亲切，但是我不需要他因此而来摸我的胳膊。——"埃尔瑟小姐，那究竟是怎么回事？妈妈的那封可悲的信中都说了些什么？"——"冯·道斯戴先生，爸爸他……"两个膝盖在发抖。"妈妈告诉我，爸爸他……"——"上帝啊，埃尔瑟，您怎么啦？您是不是最好——这儿有张椅子。我可以把大衣给您披上吗？天有些凉了。"——"谢谢，冯·道斯戴先生，噢，没什么，真的没什么大不了的。"我突然坐在椅子上。朝这边走来的那个女人是准？我根本不认识她。我若是不继续讲下去就好了。他在怎么看我呀！爸爸，你怎么能要求我做这种事？你这样做是不对的啊，爸爸。事已至此，我本应当等到饭后讲的。——"哦，还有什么，埃尔瑟小姐？"——他的单片眼镜摇晃起来，这看起来是一副蠢相。我要回答他吗？我必须回答，越快越好，说完了，事情也就过去了。能把我怎么样吗？他是爸爸的一个朋友。"上帝啊，冯·道斯戴先生，您可是我们家的一位老朋友。"我这句话说得非常得体。"如果我告诉您，我爸爸再次处于一种不愉快的境地，那您也许不会感到意外的。"我的声音听起来多么奇怪。说话的人难道是我吗？也许我在做梦？我的面孔现在肯定与往常大不一样。——"我当然不会感到过分意外。您说得对，亲爱的埃尔瑟小姐——我为此也深为遗憾。"——我为什么这么祈求地望着他？微笑，微笑。行了，就这样。——"我对您的爸爸和您的全家怀有诚挚的友好之情。"——他不应该这样看我，这是不礼貌的。我要换种态度对他讲话，不要微笑。我必须举止更为端庄。"唉，冯·道斯戴先生，现在您有机会表示您对我父亲的友谊了。"谢天谢地，我的声音又和过去一样了。"事情是，冯·道斯戴先生，我们的亲戚朋友……大多数都不在维也纳，否则的话，妈妈大概是不会想到……前不久我在给妈妈的信中偶然地提到了您在圣·玛狄诺这儿——当然也提到了其他人。"——"我马上猜到了，埃尔瑟小姐，我绝不是您和妈妈通信中的唯一的话题。"——他站在我面前，为什么用他的膝盖挤压我的膝盖？啊，就让他这样好了。这有什么关系！当一个人陷入如此狼狈的境地又能怎样。——"事情是这样的。费阿拉博士这次好像对爸爸特别为难。"——"啊，费阿拉博士。"——显然他也知道，这个费阿拉是怎样的人。"是的，是费阿拉博士。所涉及的这笔钱应当在五号，也就是后天中午十二点，汇到他的名下，若不是霍宁男爵的话——是啊，您想想看，男爵叫人请爸爸到他那儿去，私下会面，他是非常看重爸爸的。"我为什么谈起霍宁了，这根本没有必要。——"您是想说，埃尔瑟，否则逮捕是不可避免的了？"——他为什么说得这样冷酷？我不回答，我只点点头。"是的。"我还是说了句是的。——"唉，这事不妙，这事确实是非常的——这个有才能的、有天分的人。——究竟是一笔多大数目的钱，埃尔瑟小姐？"——为什么他微微一笑？他觉得事情糟糕就笑了。他的这种微笑是什么意思？多少钱，这是无所谓吗？他若是说不就好了！若是他说不的话，那我就去自杀。那么说，我应当把数目说出来。"怎么，冯·道斯戴先生，我还没有说出是多少吗？一百万。"我为什么这样说？现在不是开玩笑的时候嘛。若是我告诉他的数目比实际的要少一些，那他一定会高兴的。他把眼睛瞪得多大呀？难道他真的会认为爸爸要他帮助一百万……"请您原谅，冯·道斯戴先生，我在这种时刻开了个玩笑。我现在确实没有心情开玩笑的。"——好啊，好啊，你就把膝盖挤紧吧，你可以允许自己这样做。"数目当然不会是一百万，是三万古尔登，冯·道斯戴先生，这笔钱必须在后天中午十二点寄到费阿拉博士先生的手里。是啊，妈妈写信给我，爸爸业已四处想方设法，然而，如信中所说的那样，所指望的亲朋好友眼下都不在维也纳。"——噢，上帝啊，我多么卑下啊。——"否则的话爸爸不会想到求助于您，冯·道斯戴先生，确切地说由我出面。"——他为什么不说话？为什么他一点儿表情都没有？

他为什么不说是？支票簿和钢笔在哪儿？看在上帝的分上，他不会说不吧？我应把我的膝盖伸到他的面前吗？噢，上帝！噢，上帝。

"您是说，在五号，埃尔瑟小姐？"——上帝啊，他说话了。"是的，后天，冯·道斯戴先生，中午十二点，时间很紧迫了——我想写信几乎都来不及办了。"——"当然来不及了，埃尔瑟小姐，我们必须通过电报这个途径……"——"我们"，这好，这很好。——"哎，至少得这样。埃尔瑟，您说是多少？"——他已经听我说过了，为什么要折磨我？"三万，冯·道斯戴先生。区区小数。"我为什么要这样说？太蠢了！但是他微笑了。他在想，蠢丫头。他笑得可爱，爸爸得救了，他本该向他借五万，我们反正是有用的。我要给自己买些新的衬衣，我多么下贱啊，变成了这样。——"不完全是区区小数，亲爱的孩子……"——为什么他说"亲爱的孩子"？这是好还是不好？——"……这您可以想象得到，就是三万古尔登也是得去赚啊。"——"请您原谅，冯·道斯戴先生，我不是这样的意思。我只是想，爸爸因为这样一笔数目，因为这样一件无足轻重的小事而……这是多么可悲。"——啊，上帝，我怎么颠三倒四起来。"您想象不出，冯·道斯戴先生——如果您对我们的处境也有一丝了解的话，那您就知道这对于我，特别是对于妈妈该是多么可怕。"——他把一只脚放到长椅上。这是时髦还是什么？"哦，我能够想象得到，亲爱的埃尔瑟。"——他的声调怎么变样了，奇怪。——"我有时想到，这个有才能的人令人感到惋惜，感到惋惜。"——他为什么说"惋惜"？难道他不想借这笔钱，不，他只是就一般而论罢了。他为什么始终不说好呢？或者他认为这是理所当然的？他在怎么看着我呀！他为什么不继续说下去了？啊，因为两个匈牙利女人正从旁边路过。可他至少重新站得规矩一些了，脚不再放在长椅上。一个这样大年纪的人戴这样一副领带太刺眼了，是他的情妇给他挑选的吧？妈妈在信中说，"在我们之间"是没有什么可避讳的。三万古尔登！我朝他微笑起来。我为什么要微笑呢？噢，我怯懦了。——"我亲爱的埃尔瑟小姐，真的可以认为这笔钱会有什么用处吗？但是——您是一个聪明过人的人，埃尔瑟，这三万古尔登是什么呢？杯水车薪。"——我的上帝啊，他不想借这笔钱？我不应当流露出如此惊讶的表情。事到紧急关头了，现在我必须说得理智，说得坚决有力。"哦，不，道斯戴先生，这次可不是杯水车薪。冯·道斯戴先生，您不要忘记，埃尔伯斯哈依默案件进展顺利，胜利在望。您本人也是这样认为的，冯·道斯戴先生。爸爸也还有别的案子要办。除此，我要同爸爸，您不要笑，冯·道斯戴先生，我要同爸爸谈一谈，非常严肃地谈一谈，他是信赖我的。我可以这样说，如果有人对他有一定影响的话，那这个人就是我了。"——"埃尔瑟小姐，您真是一个动人的、妩媚的人儿。"——他又来了这种语调。在男人们那儿若是开始用这种语调讲话，是多么令我反感。就是弗莱德这样我也不喜欢。——"一个妩媚的人儿，真的。"——为什么他说"真的"？无聊。这种话只能在城堡剧院才听到。——"我很愿意和您一样乐观——现在事情已落到如此难堪的地步。"——"他不是这样的，冯·道斯戴先生。若是我不相信爸爸，若是我不是完全确信，这三万古尔登……"——我不知道我该继续说些什么，我总不能毫不掩饰地乞求啊。他在考虑，明显看得出。也许他不知道费阿拉的地址？傻话，这种情况是不可能的。我坐在这儿像一个可怜的罪人。他站在我面前，透过单片眼镜直盯住我的额头，一声不响。我现在要站起来，这是最明智的了。我不能让人这样对待我。爸爸是要我死啊，我这也是自己找死啊。一种耻辱，这种生活。最好是从那儿的山崖上一跳了事，一切就都结束了。理该如此。我站了起来。——"埃尔瑟小姐。"——"请您原谅，冯·道斯戴先生，在这种情况下我为您添了不少麻烦。我当然完全能够理解您的拒绝态度。"——就这样，完了，我走了。——"您等一等，埃尔瑟小姐。"——他是说，您等一等？我为什么要等一等？他要给钱了，肯定是这样，他必须答应，但是我不必再次坐下来。我站着，仿佛只准备半秒钟的样子。我的个子比他高一点。——"您还没等我把话说完，埃尔瑟。我曾一度，请您原谅，埃尔瑟，在这种场合下提起这件事……"——他不必老是说埃尔瑟嘛。——"……帮助过您爸爸从窘迫的境地中脱身，当然是一笔比这次更加微不足道的区区小数，而我亦不存有重新得到这笔钱的希望——这当然不是我对这次帮助保持沉默的理由。又何况是像您，埃尔瑟，这样一位年轻的姑娘，亲自在我的面前提出请求……" ——他要干什么？他的声调不再是那样的了，或者变了样。他在用什么眼光看我？他该当心！！——"这样吧，埃尔瑟，我准备——费阿拉博士后天中午十二点收到三万古尔登——但有一个条件。"——他不该再讲下去，他不该再讲了。"冯·道斯戴先生，我，我本人为此作保，一旦我父亲从埃尔伯斯哈依默那儿拿到报酬的话，他一定会归还这笔钱的。埃尔伯斯哈依默直到现在还什么都没有付过，连一笔预付金都没交。妈妈在信中告诉我……"——"您不必说了，埃尔瑟，一个人绝对不能为别人打保票——连为自己都不能的。"——他要什么？他的声调又变得那种样子了，从没有人这样盯着我。我猜想,他要摊牌了,这个坏家伙! ——"一小时之前,在这种情况下我会想到提出一个条件吗?我认为是不可能的,现在我要这样做了。是啊,埃尔瑟,我毕竟是一个男人,而您是如此之美,那这不是我的过错,埃尔瑟。"——他要什么?他要什么? ——"或许我该在今天或明天向您提出我现在要提出的请求,即使是您希望于我的不是一百万,请原谅,而是三万古尔登。但是,当然啰,在其他的情况下,您大概几乎不会给予我这样一种荣幸,如此长时间地私下交谈。"——"哦,我确实过多地占用了您的时间,冯·道斯戴先生。"我说这句话很得体,弗莱德会满意的。这是怎么啦?他要抓我的手?他在想些什么? ——"难道您不是早就知道了吗,埃尔瑟。"——他该放开我的手?唉,上帝保佑,他放开了。不要这样近,不要这样近。——"埃尔瑟,如果您看不出来的话,那您就不是一个女人啰。Jevous desire."① ——他这句话本可以用德语说嘛,子爵先生。——"难道我还要说得更多吗?"——"您说的已经够多的了,道斯戴先生。"我还站在这儿,为什么?我走了,不打招呼就走。——"埃尔瑟!埃尔瑟!"——他又到了我跟前。——"请您原谅我,埃尔瑟。我也只是开个玩笑,正如您刚才说一百万古尔登时一样,我提出的要求也并不像您所担心的那么高——我感到抱歉,不得不说出来——那更低一些的要求或许您会感到意外吧。埃尔瑟,请您留步。"——我真的停下了脚步。为什么呢?我们面对面站着。我要直接打他一记耳光该多好?现在还有时间这样做?两个英国人走了过来,现在正是时候,正赶上有人在场。我为什么不这样做?我怯懦,我被击败了,我被打垮了。那么他那不是一百万的要求是什么呢?也许是一个吻?让他讲下去好了。一百万同三万之比就像——可笑的等式。——"如果您真的需要一百万的话,埃尔瑟——我虽然不是一个富翁——那我倒要设法。但这次我像您一样,容易满足。这次我不要求别的,埃尔瑟,只是要——看看您。"——他发疯了?他不是在看我吗? ——啊,他是那个意思,是这样!我为什么不打他一记耳光,这个流氓!我脸是变红了还是变白了?他是要看我的裸体?有些人喜欢这样。我裸体的时候是漂亮的。我为什么不打他的耳光?他的脸那么大。为什么站这么近,你这个流氓?我不要你的呼吸碰到我的面颊。我为什么不让他一个人站在这儿?是他的目光吸引住我?我们像死敌一样看着对方。我想骂他一声流氓,但是我不能,或者我不想? ——"埃

---

① 法语:我非常想你。

尔瑟，您这样看我，好像我发疯了似的。我也许是有一点儿发疯，因为从您身上散发出一种魔力，埃尔瑟，这是您本人所想象不出的。您必须认为，埃尔瑟，我的请求决不意味着是一种侮辱。对，我是说'请求'，即使是这种请求会被怀疑为一种敲诈的话。但我不是一个敲诈者，我只是一个人，一个有着某些经验的人——这其中我懂得，世界上的任何东西都有它的价格，任何一个人，如果他能得到报酬却白白花掉他的金钱的话，那他是一个十足的傻瓜。再说，我这次要给自己买到的，埃尔瑟，不管它是多么多，您却绝不会因此而使您出卖的东西有一丁点儿减少。这将成为你我之间的一个秘密，这一点我向您发誓，埃尔瑟，您的裸露，这种魅力定会使我欣喜。"——他从哪学会这样讲话？听起来像是从一本书里。——"我向您发誓，我决不利用这个机会做我们协定之外的事。除了在您的艳美之前有一刻钟的凝视之外，我对您没有任何其他要求。我们的房间在同一层，埃尔瑟，是六十五号，很容易记住。那个您今天谈起过的瑞典网球运动员不正是六十五岁吗？"——他疯了！我为什么还让他继续讲下去？我麻木了。——"但是，如果您出于某种理由觉得不宜到六十五号房间去拜访我，埃尔瑟，那我建议您在晚饭后作一次短暂的散步。在林中有一块空地，这是近来我偶尔发现的，离我们旅馆走路几乎用不到五分钟的时间。——今晚会是一个奇妙的夏夜，几乎可以说是温暖的，星光将成为您华丽的衣服。"——他像是在对一个女奴说话，我要往他脸上吐唾沫。——"您不要马上回答我，埃尔瑟。您考虑考虑，晚饭后您可以从容地把您的决定通知我。"——为什么他说"通知"？这是一个多么讨厌的字眼：通知。——"您要三思。您也许会觉得，我向您提出的，这不单纯是一笔交易。"——那能是什么，你这个坏蛋！——"您最好这样去想，同您讲话的这个人，是十分寂寞的，而且并不怎么幸福，这个人也许是值得同情的。"——装腔作势的流氓，说起话来像一个蹩脚的演员。他那修饰过的手指看起来像是利爪。不，不，我不愿意。我为什么不说出来？爸爸，你自杀吧！他拿起我的手，要做什么？我的胳膊完全瘫软了。他把我的手放到他的嘴唇上。炙热的嘴唇。呸！我的手是冰冷的。我真想把他的帽子打掉。嗨，那该会多么可笑啊。吻够了吗，你这个流氓？——饭店前的弓形路灯已经亮了。四层楼中的两扇窗户敞开着。那面窗帷在动的是我的房间。衣橱顶上有什么在闪闪发光。上面没有什么，那只是黄铜饰片。——"那么，再见吧，埃尔瑟。"——我什么也没有回答。我一动不动地站在这儿，他直盯着我的双眼，我的面孔是无从捉摸的。他什么也看不出来，他不会知道我是去还是不去，我自己也不知道。我只知道，一切都完了，我已经半死不活了。他走了，稍微躬着身。流氓！他感觉我是在望着他的后背。他在向谁打招呼？两位太太。他那样致意，仿佛是一位伯爵似的。保尔应该向他挑战，把他杀死。若不是卢狄。他究竟在想些什么呀？这个不知羞耻的家伙！不，永远不。爸爸，你无路可走了，你必须自杀。——这两个人显然是郊游回来，两个人都很漂亮，男的和女的。他们还有时间晚饭前换装吗？他俩肯定是蜜月旅行，或者根本就没有结婚。我不会有蜜月旅行的机会了。三万古尔登。不，不，不！难道在这个世界上就没有三万古尔登？我要到费阿拉那儿去，我还来得及。求求您，求求您，费阿拉博士先生。很高兴，我的小姐，请您到我的卧室里去。——保尔，行行好事，从你父亲那儿要三万古尔登。你就说你赌博时输了钱，否则就得自杀。很愿意，亲爱的表妹。我的房间号码是多少，午夜时我等着你，噢，冯·道斯戴先生，您多么谦逊啊。暂时的。现在他换上了衣服，晚礼服。那么说我们是定下来了。是在月光下还是在六十五号房间？他要穿晚礼服陪我到林中去？

离晚饭还有一段时间。散一小会儿步，静下来把事情考虑考虑。我是一个孤独的老人，哈哈。空气像香槟酒，不再那么清凉了——三万……三万……我现在必须在这辽阔的大自然里显出非常妩媚的样子。遗憾的是，外面不再有什么人了。树林旁边的一位先生很明显地十分喜欢我。哦，我的先生，我裸着身体会更美丽，可这只值一笔可笑的价钱，三万古尔登。也许您能把您的朋友带来，那能更便宜一些。但愿您的朋友都是英俊的，会比冯·道斯戴先生要英俊得多，年轻得多吧？您认识冯·道斯戴先生吗？他是一个流氓，一个卑劣的流氓……

那么考虑，考虑……这关系到一个人的生命，爸爸的生命。不，他不会自杀，他宁愿让人关进监狱。三年徒刑或者五年，有五年或者十年的时间他一直生活于这种没完没了的恐惧之中……由监护人保管的被监护人的财产……妈妈是这样，我也是这样。——下一次我又该在谁的面前脱光衣服？或许为了省事起见就在道斯戴先生面前？私下里说，他现在的情妇并不标致，他当然是会更喜欢我了。问题完全不在于我是否更标致。埃尔瑟小姐，这是不高尚的，我能谈谈关于您的一些故事……比方说您做的一次梦吧，这种梦您已经做过三次了，可您连跟您的女友贝尔塔一次都没有谈过，可她是猜得出的。我高贵的埃尔瑟小姐，那次在格蒙顿清晨六点钟时您在阳台上干什么来着？难道您没有注意到小船上两个注视您的年轻人吗？当然他们从湖上看不清我的脸，但是我穿着内衣，这他们是看清了的。我很高兴。啊，比高兴还要甚。我像着迷一样。我用两只手抚摸着自己的臀部，我这样做，仿佛不知道有人在注视我。小船在那儿纹丝不动。是啊，我是这样一个人，我是这样一个人。一个轻佻的人，是啊，他们大家都觉察到了，保尔也觉察到了。当然了，他是一个妇科医生。那个海军少尉觉察到了，那个画家也觉察到了。只有弗莱德，这个蠢家伙，他没有觉察到。因此他爱上我，但是我却在他面前不愿赤身裸体，不，永远不。我根本没有兴趣。我感到羞愧。但是在那个长有罗马人脑袋的滑头面前呢……我太高兴了。最喜欢在他的面前，即使随后我不得不死也愿意。但是随后就去死，这大可不必。能活下去，比贝尔塔活得更长。当保尔溜过房门到茜希那儿时，她肯定也是赤身裸体的，就像我今天晚上要溜进冯·道斯戴先生那儿去时一样。

不，不，我不愿意。在其他人面前，但不是在他的面前。我愿意在保尔面前，或者今天晚饭时我给自己找一个，反正都是一样的。但是我却无法对每个人说，我为此需要三万古尔登！那我就成了凯特涅尔大街上的女人了。不，我不出卖自己，永远不。我将来也不出卖自己，我奉献出我自己。是的，如果我找到合适的，那我奉献出我自己，但是我不出卖我自己。我要成为一个放荡的女人，但是我不做妓女，您打错了算盘，冯·道斯戴先生。爸爸你也错了。是啊，他也打错了算盘，他在事前就应当看到这点。他是懂得人的嘛。他该清楚冯·道斯戴先生的为人。他是能想到道斯戴先生是无利不起早的，没有好处他是分文不出的……否则他就会给他打电报或者亲自前来的。这倒是舒舒服服安全方便啊，不是吗，爸爸？若是有这么一个漂亮的女儿，那还用得着去监狱里散步兜风？还有妈妈，蠢到了极点，坐在那儿就把信写了。爸爸是不敢这样做的，这我立刻就看得出来。但你们是不会成功的。不，爸爸，你在用你女儿的温柔顺从进行投机，你就那么有把握，认为我宁愿自己去忍受任何一种下流行径，而不会让你去承担你犯罪般的轻率所造成的恶果？你是一个天才，冯·道斯戴先生这样说，所有其他人也这样说，但这对我毫无用处。费阿拉是个零，但是他不挪用被监护人的钱财，甚至瓦尔德海姆也无法与你相提并论……是谁这样说来着？是弗罗里普特博士。您的爸爸是个天才。——我有一次听到他讲话！——去年在刑事陪审法庭的大厅里——第一次，也是最后一次！精彩极了！我的眼泪夺眶而出。那个可怜的汉子，那个他为之辩护的汉子，被宣判无罪释放。他也许根本就不是那么可怜。不管怎样，他只是进行过偷盗，而没有盗用被监护人的金钱去进行赌博，去交易所进行投机。现在爸爸本人站到了陪审官的面前，登在所有的报纸上，人们都能读到。第二次开庭，第三次开庭，辩护律师起来进行辩护。谁会做他的辩护律师呢？没有天才了。什么也救助不了他。一致认为他有罪，判处五年徒刑。石头，囚衣，被剃光了头发，一个月只能去探亲一次。我同妈妈外出，乘三等车。我们没有钱，没有人借给我们。住到云雀地大街的狭小住房里，就像我十年前去过的那间女裁缝住的房子一样。我们给他送点吃的，可从哪儿来钱？我们自己也什么都没有了。维克多叔叔会给我们一笔年金。每月三百古尔登。卢狄会到荷兰万代尔胡斯特银行去——若是他们要他的话。囚犯的孩子！泰麦尔的三卷本的长篇小说。爸爸穿着囚衣会见我们，他看起来并不恼怒，只是悲哀罢了。他看起来根本就不恼怒。——埃尔瑟，当时你要是能筹措到钱就好了，他会这样想的，但他不会说出来的。他不忍心责备我，他是一个心地善良的人，只是轻率而已。他的不幸在于嗜赌如命，他无法控制自己，这是一种疯狂。也许会因为他是疯子而无罪开释他的。就是这封信他事先也没有考虑过，也许他根本就没有想到道斯戴会趁机向我提出这样下流的要求。他是我们家的一个好朋友，他曾借给爸爸八千古尔登。怎么会是那样一个人呢？起初爸爸向各处筹措，想过办法。他不知碰了什么样的钉子，这才使妈妈给我写这封信。从这一个人到另一个人，跑来跑去，从瓦特多夫到布林，从布林到维特哈姆斯坦，上帝知道他还到谁那儿去了，他肯定也到卡尔叔叔那儿去了，所有的人都对他置之不理。这就是所谓的朋友。于是道斯戴就成了他的希望，他最后的希望。若是弄不到这笔钱，他会自杀的，他肯定会自杀的。他决不会让人关进监狱里去。拘捕，审讯，刑事陪审法庭，被判入狱，囚衣。不，不！一当逮捕令传到时，他不是开枪自杀就是上吊而死，他会吊在窗楣上。对面楼房的人会来通知，锁匠打开门锁，而罪过在于我。现在他和妈妈坐在同一间房子里，而后天他就要吊死在这里，一支哈瓦那雪茄还在冒烟。他从哪还能弄到哈瓦那雪茄？我听他说话，他在安慰妈妈。你放心好了，道斯戴会汇钱来的。你想想吧，冬天时由于我的干预而为他挽救了一笔很大数目的金钱，再说埃尔伯斯哈依默案子现在进行得……——真的。——我听到他在说话。心灵感应！奇怪，在这瞬间我也看到了弗莱德，他同一个姑娘在城市公园里，他们从疗养所旁走了过去。她穿了一身浅蓝色的连衣裙和一双色泽明亮的鞋，她的声音有些嘶哑。这一切我知道得是那么准确。等我回维也纳时，我要问问弗莱德，他是否九月三号这天，在七点半到八点之间同他的恋人在城市公园里来着。

我还要走到哪儿去？我这是怎么了？天快完全黑了。多美啊，多安静啊。四下里空无一人。他们都在吃晚饭。心灵感应？不，这还不是心灵感应。早些时候我还听到鼓声。埃尔瑟在哪，保尔会想到的。若是我在餐前小吃时还没有出现，那他们都会注意到的。他们会派人叫我。埃尔瑟怎么了？她一向是准时的嘛。靠窗户的那两位先生会想：那位满头红金头发的漂亮姑娘今天哪儿去了？冯·道斯戴先生会感到恐惧，他一定是个胆小鬼。放心吧，冯·道斯戴先生，您不会发生什么事的。我是那么蔑视您。若是我愿意的话，那您明天晚上就会成为一个死人。——我肯定保尔会同您决斗，若是我把事情讲给他听的话。我饶您一条命，冯·道斯戴先生。

草地一望无际，群山黑魆魆，那么高大。几乎没有一颗星星，还是有啊，三颗、四颗——越来越多。我身后的树林是如此寂静。坐在树林边的长椅上，真美啊。饭店是那么遥远，那么遥远，它闪烁着童话般的光辉。那里面都坐着一群什么样的流氓啊。啊，不，是一群人，一群可怜的人，我真为他们感到难过。我也为那位侯爵夫人感到难过，我不知道为什么，还有魏纳沃太太和茜希的保姆，她没有坐在餐桌旁，她已经提前和弗莉茨吃完饭了。茜希会问，埃尔瑟怎么了？什么，她也不在自己的房间里？他们都为我担心起来，肯定是这样的。可我一点儿也不担心。是啊，我在第·卡斯特洛查的圣·玛狄诺，坐在树林边的一张长椅上，空气像香槟酒一样，我觉得我哭了。是的，可我为什么哭呢？没有理由去哭嘛。这是神经质。我必须控制自己。我不可以这样顺其自然。但是哭泣可不是不舒服啊。哭使我感到愉快。过去我去医院探望我们的那个年老的法国女友，她后来死了，当时我也哭过。在祖母的葬礼上，贝尔塔去纽伦堡旅行间，阿卡塔的小孩死时，在剧院看《茶花女》演出时，我都哭过。当我死的时候，有谁会哭呢？噢，死是多美啊。我被搁放在大厅的灵床上，燃起蜡烛，长长的十字架，十二支长长的蜡烛，下面是灵车，人们伫立在房前。她多大岁数？才十九岁。真的才十九岁？——您想想吧，她的爸爸在监狱里。她为什么要自杀呢？是因为不幸地爱上了一个滑头。可你们想到哪去了？她是因为生孩子。不对，她是从西蒙纳山上摔下来的。是一次不幸的事故。您好，道斯戴先生。您也要向小埃尔瑟表示最后的哀悼？小埃尔瑟，这个老女人是这样说的。——可为什么呢？当然啰，我必须向她表示最后的哀悼，我也是最先对她施加侮辱的人。哦，这是值得的，魏纳沃太太，我还从来没有见到过这样美丽的肉体。我只花了三万，一幅鲁本斯的画要比这贵三倍。她是服了大麻而死的，她本来只是寻求美的刺激，可她服过量了，于是就再没有醒过来。这位道斯戴先生，为什么戴的是红色的单片眼镜？他用手帕在同谁打招呼呢？妈妈从楼梯上走下来，吻他的手。呸，呸，现在他俩在窃窃私语。我什么也听不懂，因为我躺在灵床上。我额头上的紫罗兰花冠是保尔放的，饰带直落到地上，没有一个人敢进入房内。我最好是站起来，向窗外眺望。多么美的一个蓝色的大湖啊！数以百计的船，黄色的帆——波浪在粼粼闪光，那么多的阳光。划船比赛，男运动员都穿着紧身衣，女运动员都穿游泳装，这是不礼貌的。他们以为我赤身裸体。他们多愚蠢啊，我是穿着黑色的丧服的，因为我是死人。我要向你们表明这点。我要立即重新躺倒在灵床上，可灵床哪去了？它没有了。人们把它抬走了，有人把它侵占了。爸爸就是因为侵吞钱财而被关了起来，可他们判他缓刑三年，陪审官都接受了费阿拉的贿赂。我现在得赤着脚到墓地去，妈妈可以省掉一笔葬礼费。我们必须节约。我走得这样快，没有一个人能跟得上。啊，我能走得多么快啊。他们都站在马路上，感到惊奇。怎么可以这样看一个业已死了的人呢！这太过分了。我宁愿在田野上走，那上面的勿忘我花和紫罗兰花是那样的一片澄蓝。海军军官们列队两旁。早安，先生们。请您开开门，斗牛士先生。您不认识我了？我现在是一个死人……因此您不必吻我的手了……我的墓穴在哪？难道有人也把它侵占了吗？上帝保佑，这根本不是墓，这是蒙托纳的公园。我没有被埋葬，爸爸一定会高兴的。我不怕蛇，只要别咬我的脚就行了。噢，痛啊。

这是怎么了？我这是在哪？我是睡着了？是的，我是睡着了。我甚至做了梦。我的脚怎么这样凉，我觉得是右脚凉，是怎么回事？是袜子上的踝骨部位的那个小洞。我为什么还坐在树林里？晚饭的铃声早就响过了。晚饭。

噢，上帝，我这是在哪儿？我走了这么远。我梦见了什么？我相信，我已经死了。我再没有什么犹豫了，不必再绞尽脑汁了。三万，三万……我还没有弄到。我必须自己去赚这笔钱。我独自一人坐在树林边，饭店的灯光直照到这里，我必须回去。我不得不回去，这太可怕了。但现在不能再耽误时间了，冯·道斯戴先生在等我的决定！决定，决定！不，不，冯·道斯戴先生，一句话，不。您在开玩笑，冯·道斯戴先生，真的。对，我要这样对他说。哦，这妙极了。您的玩笑太不高雅了，冯·道斯戴先生，但是我可以原谅您。明早我打电报给爸爸，冯·道斯戴先生，说钱会准时汇给费阿拉博士。妙极了，我这样对他说，这样他除了必须汇钱之外，无路可走。必须？他必须？为什么他必须汇钱？如果他这样做了，那他必然会设法报复的。他会把钱晚些时候寄出，或者他会汇出这笔款，然后就到处宣扬，说他得到了我。但是他根本就不会寄出这笔钱的。不，埃尔瑟小姐，我们不是这样讲定的。您要给您爸爸打电报，这随您的便，但是我是不会寄这笔钱的。您不要打错算盘，埃尔瑟小姐，我不会受这样一个小姑娘的蒙骗的，我是埃彼利斯的子爵。

　　我走路得小心。路黑得很。真奇怪，我觉得现在比刚才好受多了。情况一点儿也没有变化，可我好受多了。我梦见了什么呢？梦见一个斗牛士？一个什么样的斗牛士？离饭店这样远，比我想的远多了。他们一定都还在吃晚餐。我要静静地走到饭桌旁坐下，对他们说我刚才偏头痛，吃饭时来晚一些。冯·道斯戴先生饭后会单独到我跟前，对我说，这一切都只是开开玩笑而已。埃尔瑟小姐，请您原谅，请您原谅我开的这个粗俗的玩笑，我已经给我的银行发了电报。但是他不会这样说的，他没有发电报。一切仍如从前一样，他在等待。冯·道斯戴先生在等待。不，我不要见到他。我不能再见到他。我不要见到任何人。我不要再进到饭店里去，我不要再回到家里，我不要回维也纳，我不要见任何人，谁都不见，不见爸爸，不见妈妈，不见卢狄，不见弗莱德，不见贝尔塔，不见伊伦娜姨妈。她是个好人，会理解这一切的。但是我同她，同任何人都再没有什么关系了。若是我会魔术，那我就到世界的另一个地方去。在地中海上乘一艘华丽的船，但不是独自一人。比方说和保尔在一起。对，这我完全可以想象得出的。或者我住在海滨的一座别墅里，我们躺在通向海水的大理石台阶上，他紧紧地用胳膊搂住我，咬着我的嘴唇，就像两年前阿尔伯特在钢琴旁做的那样，这个不知羞耻的家伙。不，我可以单独一个人躺在海边的大理石台阶上等待。总归是会来一个人或一群人的，那我可以选择，至于其他让我甩掉的，他们由于绝望而纷纷跳进海里，或者他们得耐心等到第二天。啊，这该是多么美好的生活。我美丽的双肩和漂亮细长的大腿是干什么用的呢？我来这个世界是为了什么呢？他们，他们所有的人就是在教我出卖自己，他们觉得这样才称心。他们对戏剧一无所知，他们笑我。在去年，若是我和就要五十岁的威罗米切博士结婚，那他们会感到心满意足的，只是他们没有劝说我。爸爸是感到难堪的，但是妈妈却做了不少暗示，意思十分清楚。

　　饭店立在那儿是多么巨大，像一座硕大无朋的魔堡。一切都是这样巨大，群山也是如此。真叫人感到可怖，它们从没有这样一团漆黑过。月亮还没有出来，它在演出的时候才升起，当冯·道斯戴先生让他的女奴裸身跳舞时，这是草地上的一场伟大的演出。道斯戴先生与我有何相干？咴，埃尔瑟小姐，您这是玩的什么名堂？您是准备好了成为许多陌生男人的情妇的，从一个男人那里再到另一个男人那里。而冯·道斯戴先生向您要求的区区小事又何足为虑？为了一串珍珠项链，为了漂亮的衣服，为了一座海滨别墅，您不是准备出卖自己吗？难道您父亲的性命对您来说不是值得更多？这或许恰巧是正确的开头。随之其他的一切都可以找到辩解的理由了。你们等着吧，我要说，是你们把我弄到这步田地的，我变成这样的人，那是你们所有人的过错。不仅是爸爸，不仅是妈妈，卢狄也是有错的，还有弗莱德和所有的人，所有的人，因为没有人关怀另一个人。当人的模样长得可爱时，那就显得温柔，当他在发烧时，那就显得忧心忡忡，他们把一个人送到学校念书，在家学习弹琴，学习法语，过生日时得到礼物，吃饭时他们东拉西扯。可是我心里在想什么，什么在使我伤脑筋，什么使我畏惧，你们关心过吗？爸爸的目光里有时有所流露，但转瞬即逝，随之又是职业上的事务，忧虑和交易所的赌博——也许还非常秘密地养着某个女人，"在我们之间是没有什么避讳的"，于是我又孤独一人。咴，若是我不在这儿，爸爸，你干什么呢？你今天在干什么呢？我站在这儿，是呀，我站在饭店门前。——真可怕，得从这儿进去，看到所有的人，看到冯·道斯戴先生，姨妈，茜希。刚才，我死去的时候，坐在林边的长椅上多美啊。斗牛士——若是记起来就好了，什么呢……一场划船比赛，对，我从窗户朝外望。可那个斗牛士是谁？——若是那时我不这么疲惫就好了，我疲乏得要命啊。难道我要站在这儿直到深夜，然后偷偷地溜进冯·道斯戴先生的房间不成？或许在过道里遇上茜希。当她到他那儿，她睡衣里面穿什么了吗？若是在这种事情上没有过经验，那可真难为情哪。我应该去茜希那儿求教？当然我不会说是去道斯戴那儿，但是她一定会想到，我是同这儿饭店里的一个英俊的年轻人夜间幽会。比如说同那个有着长长的金发和一双炯炯有神的眼睛的人，但是那个人已经不在这儿了，他突然就消失不见了。可是我直到刚才那瞬间，还根本没有想到过他。真遗憾，不是那个有着长长的金发和一双炯炯有神眼睛的人，也不是保尔，而是冯·道斯戴先生。我该怎么做呢？我对他说什么？就简单地去了？我不能到道斯戴先生的房间里去。他一定在盥洗台上放着别致的香水瓶，房间里充满着法国香水的味道。不，死也不到他那儿去，宁愿到外面去。他与我毫不相干。天空是那么高，草原是那么大。我根本不该去想道斯戴先生，我连一眼都不要看他。若是他敢动我的话，我就用我光着的脚踢他。啊，若是另一个人就好了，任何另外一个人都好。任何一个人，在今天夜里，一切都可以从我这里得到，谁都行，就是道斯戴不行。可偏偏是这个人！偏偏是这个人！他的眼睛死死地盯着我看。他会戴着单片眼镜站在那儿狞笑。不，他不会狞笑，他会做出一副高贵的表情。优雅，他对这种事情习以为常。他已经看过多少人了？一百或者一千？难道我就是这其中的一个？不，肯定不。我将对他说，他不是第一个这样看到我的人。我将对他说，我有一个情人。当他把三万古尔登寄给费阿拉时，我才让他看。然后我会对他说，他是一个傻瓜，用这样一笔钱他本来是可以得到我的。——我已经有了十个情夫了，二十个，一百个。——但是他不会什么都相信我的。——就算他相信我了，这对我有什么帮助吗？——只要我能败坏他的兴致就好了。若是还有一个人在场呢？为什么不呢？他并没有说过他只能与我单独在一起嘛。啊，冯·道斯戴先生，我怕您呀。难道您不能对我友好一些，允许我带一个好朋友来？噢，这并不是毁约，冯·道斯戴先生。若是按我的意愿，我可以把整个饭店的人都请来，即使如此，您也有义务寄出三万古尔登。但是我只要把我的表哥保尔带来就满意了。或者您宁愿挑选另外一个人？遗憾的是那个满头长长金发的人不在这儿了，那个长着罗马人脑袋的滑头也不在了，但是我还能找到另外的人。您害怕事情泄露出去？这是无关紧要的。我不怕泄露出去。若是一个人到了像我这种地步，那一切也都无所谓了。今天只是一个开始，或者您认为，在这次事情之后，我重新回到家中还装做是良家闺秀？不，既非良家亦非闺秀，这都完结了。我现在是靠自己，我有漂亮的大腿，冯·道斯戴先生，您和这次约会的其他参加者不久就会有机会看到的。事情一切就绪，冯·道斯戴先生。十点钟，当所有的人还坐在大厅里时，我们在月光中越过草地，穿过树林，前去您发现的那块著名的空地。不管怎样，您得把发给银行的电报带来，因为像您这样一个无赖，我大概是可以要求您做出保证的。在午夜时分您重新回到您的房间去，我要在月光中同我的表哥或者别的什么人留在草地里。您没什么可反对的吧，冯·道斯戴先生？您根本不应反对。若是清晨我偶然死了的话，那他们就没什么大惊小怪的。随后保尔会把电报发出，这是要做好安排的。但是，您千万不要认为，是您，可怜的家伙，把我逼上死路的。我老早就知道我会是这样一个结局，您不妨问问我的朋友弗莱德，我是不是经常对他提起此事。弗莱德，也就是弗莱德·温克海姆先生，他是我生平所认识的唯一的正派人。他是我应该去爱的唯一的人，若是他不是那样一个正儿八经的人就好了。是啊，我成了这样一个卑贱的人。我命中注定不会有资产阶级的生活，我也没有才能。对我们这样的家庭来说，最好是让它死绝了。卢狄也是要倒霉的，他会为一个荷兰歌女而负债累累，随之会侵吞万代尔胡斯特银行的钱款。我们家就是这样的。父亲的最小的弟弟，十五岁时就自杀身亡，没有一个人知道是为什么。我没有见过他，要拿照片给您看吗，冯·道斯戴先生？我们在一本相册里有照片……我看起来和他相似。没有人知道他为什么要自寻短见，也没有人知道我为什么。绝对不是因为您，冯·道斯戴先生。我不会给您这份光荣的。不管是十九岁还是二十一岁，这都是一样的。我做一个保姆兼教师还是一个电话接线员？同维络密茨先生结婚还是受您赡养？这都同样令人作呕，我绝不同您一道去草地。不，这太强人所难，太愚蠢，太使人厌恶了。若是我死了，您会发善心，给我爸爸寄去一两千古尔登，因为当人们把我的尸体运回维也纳那天，他恰巧在同一天被捕，那是够悲惨的了。但我会留下一封信，附有我的遗嘱：冯·道斯戴先生有权利看我的尸体。我美丽的、一丝不挂的少女尸体。这样您就不必抱怨，冯·道斯戴先生，说我欺骗了您。您毕竟有所得，没有白花钱。一定得我活着时才算，这一点并没有列入我们的契约。噢，不，这都没有写下来。那么就这样，我的遗嘱是艺术商人道斯戴得以欣赏我的尸体，弗莱德·温克海姆得到我十七岁时写的日记——以后我没有继续写下去——我在年前从瑞士带回的五枚二十法郎的硬币留给茜希家的保姆。它们放在书桌里，靠在书信旁边。我的那身黑色晚礼服留给贝尔塔。所有的书送给阿卡塔。而我的表哥保尔，他得以在我苍白的嘴唇上印上一吻。茜希得到我的网球拍。人们应该把我埋葬在这儿，卡斯特洛查的圣·玛狄诺，葬在一座漂亮的小公墓里。我不要再回到家里，就是死了也不要再回到家里。爸爸和妈妈不必伤心，我觉得我比他们更好，我原谅他们。没有什么可为我感到惋惜的。——哈哈，这是一个多么滑稽可笑的遗嘱。我真的感动了。当我想到，明天的这个时候，他们都坐下用晚餐时，而我业已死去，该是怎样的情形？——当然啰，埃玛姨妈不会下来吃晚饭，保尔也不会，他们会让人把饭送到房间去。茜希会是什么态度，这太令人好奇了，我真想知道。遗憾的是我无从得知了，或者只要没有被埋葬，那也许还什么都能知道？终归来说我只是装死。当冯·道斯戴先生靠近我的尸体时，我会苏醒过来，睁开眼睛，他会惊骇得把单片眼镜掉到地上。

但遗憾的是这一切都不是真实的。我不会装死，也不会死去。我根本不会自杀，我太胆小了。即使我是一个敢于攀高的人，那我还是胆怯啊。也许我没有一次服了足量的味罗那，究竟该服几包药粉？六包，我想是，但是十包那肯定是保险的。我想，还有十包，是呀，这够用的了。

　　绕着饭店我现在已经走多少遍了？现在怎么办？我站在门前，大厅里还空无一人。当然啰——他们都还在用晚餐。大厅里一个人也没有，显得古怪。那边的扶手椅上放着一顶帽子，一顶旅行帽，蛮可爱的，漂亮的雄羚羊毛①。那儿靠背椅上坐着一位老先生，他也许没有什么胃口，他在读报，他过得很惬意，他没有苦恼。他安静地读着报，可我却在绞尽脑汁，怎么才能给爸爸弄三万古尔登。不对，我知道怎么去弄。这太简单了，简单得令人可怕。我该怎么办？我该怎么办？我在大厅里做什么呢？他们马上都会从饭厅里回来的。我该怎么办呢？冯·道斯戴先生肯定是如坐针毡。他在想，她在哪儿呢？难道她真的自杀了？或者她在找人来谋害我？或者她在鼓动她的表哥保尔来向我挑衅？冯·道斯戴先生，您不必害怕，我不是这样一个危险人物。我是一个渺小的下贱女人，除此什么也不是。为了您的恐惧，您也应当得到您的报酬。十二点，六十五号房间。到林中空地我觉得太凉了。冯·道斯戴先生，从您那儿出来，我直接就到我的表哥保尔那里去。您不会反对吧，冯·道斯戴先生？

　　"埃尔瑟！埃尔瑟！"

　　怎么？什么？这是保尔的声音。晚餐已经结束了？——"埃尔瑟！"——"啊，保尔，有什么事，保尔？"——我装做是一副天真烂漫的样子。——"你躲到哪儿去了，埃尔瑟？"——"我能躲到哪儿？我刚才散步去了。"——"现在，在晚饭的时候？"——"咦，那什么时候？这可是最好的时候。"——我在讲傻话。——"妈妈什么可能的地方都想过了。我到过你的房门那儿，敲过门。"——"我什么也没听到。"——"说真的，埃尔瑟，你怎么能这样使我们不放心呢！你至少应该告诉妈妈你不去吃饭。"——"你说得对，保尔，但是你要知道我头痛得多么厉害就好了。"我说得这么动听，哦，我这下贱的女人。——"你现在好一点了吧？"——"还不能这样说。"——"那我先要告诉妈妈……"——"算了，保尔，先不要。请为我在姨妈那儿道歉，我要在自己房间里待几分钟，稍微打扮一下。随后就立刻下来，吃点东西。"——"埃尔瑟，你脸色怎么这样苍白？——要我叫妈妈到你那儿去吗？"——"保尔，别做傻事了，不要这样

---

① 雄羚羊毛用来做帽饰。

看我。难道你还从来没有见过患头痛的女人吗？我肯定要下楼来，十分钟以后。再见，保尔。"——"那好，再见，埃尔瑟。"——上帝保佑，他总算走了。愚蠢的孩子，但是可爱。门房找我有什么事？怎么，一封电报？"谢谢。门房先生，电报是什么时候来的？"——"在一刻钟之前，小姐。"——他为什么这样看我，这样——怜悯地。上帝啊，电报上写的什么？我得上楼再打开它，要不我也许会瘫倒在地的。爸爸——若是他死了，那就一了百了，那我就不必同冯·道斯戴先生到草地去……哦，我这不幸的人。亲爱的上帝，保佑我爸爸活着。因为我的缘故而被捕，只是不要死。若是电报里没有什么坏消息，那我愿意作出牺牲。我去做保姆，去某间办公室找个职业。爸爸，你不要去死。我做好了准备，只要你要我做，那我什么都干……

上帝保佑，我到了楼上。打开灯，打开灯。天气变得冷了起来，窗户开的时间太长了。鼓起勇气，勇气。哈，也许电报里说事情都已解决了，也许伯恩哈特叔父给了一笔钱，他们打电报通知我：无须同道斯戴相商。我马上就能看到。若是我望着天花板，那我当然是不能看到电报上写的什么。鼓起勇气，勇气。一定是这样的。"再次恳求与道斯戴相商。数目不是三万，而是五万。否则于事无补。仍寄费阿拉。"——而是五万。否则于事无补。勇气，勇气。五万。仍寄费阿拉，当然啰，不管是五万还是三万，这已经都无所谓了。就是对冯·道斯戴先生也是一样。味罗那放在衬衣里面，以备万一。我为什么不说五万。我当时确实是想过的！否则于事无补。那就下楼去，快一点，不要老是坐在床上。一个小小的错误，冯·道斯戴先生，请您原谅。不是三万，而是五万，否则于事无补。仍寄费阿拉。——您大概把我当成傻瓜了，埃尔瑟小姐？绝对不是，子爵先生，我怎么会呢。若是五万那我无论怎样会相应地要求更多了，小姐。否则于事无补。仍寄费阿拉。随您的意，冯·道斯戴先生。请吧，您只要下个命令就行。但首先您得写下发给您的银行的电报，当然啰，否则我没有把握。

是的，我要这样做。我要到他的房间里去，只有他当着我的面拟好电报——那我才脱光衣服。我要把电报拿在手中。哈，多么倒胃口啊。那我该把我的衣服挂到哪儿呢？不，不，我在这儿就脱光，披上那件黑色的长大衣，它会把我完全裹住的。这样更舒服些，对双方都同样。仍寄费阿拉。我的牙齿在发抖，窗户还开着。关上。到林中空地去？那我宁愿死去。流氓！五万。他不能说不。六十五号房间。但是事前我要告诉保尔，他要在他的房间里等我。从道斯戴那儿我直接到保尔那里，把一切都告诉他。随后让保尔去打他的耳光。对，就在今天晚上，多么丰富的节目。然后味罗那上场。不，为什么这样做呢？为什么要死呢？毫无迹象嘛。高兴，高兴，生活现在才开始呀。你们应该有你们的乐趣你们应该为你们的宝贝女儿感到骄傲。我要成为一个下贱的人，世界还没看到过的一个下贱的人。仍寄费阿拉。你会得到这五万古尔登的，爸爸。但是我以后赚到的钱，我要为自己买新的睡衣，有花边的，完全透明的，买昂贵的长袜。人只能活一次，一个人长得像我这样美丽是为了什么呀。打开灯——我把镜子上的灯打开。我的金发和我的双肩是多么漂亮，我的眼睛也不难看呀。嘘，它们多么大啊。我若是死了，人们会为我感到惋惜的。服味罗那总是来得及的。——但是我得下楼去了，到下面去。道斯戴先生在等待，他还不知道，这期间已变成五万了。是的，冯·道斯戴先生，我的价格涨了。我得把电报拿给他看，要不他无论如何是不相信的，还会以为我在拿这种事做生意哩。我叫人把电报送到他的房间，上面写上几句。我深为遗憾，现在数额已改为五万，冯·道斯戴先生，这对您反正是无所谓的。我肯定地认为，您提出的要求绝不是那么认真的，因为您是一位子爵，一位绅士。明晨您会把这笔事关我父亲生命的五万古尔登直寄费阿拉。我相信您。——毫无疑问，小姐，我无论如何会立即寄出十万古尔登，不要任何报答，除此之外，从今天起我负有赡养您的全家的义务，偿还您爸爸在交易所的债务，并补偿上挪用的全部保证金。仍寄费阿拉。哈哈哈，哈哈！对，这才像埃帕利斯的子爵。这全都是胡思乱想。我还有什么路好走？我只能同意，我只能这样去做，冯·道斯戴先生要求什么，那我就得做什么，这样爸爸明天才能有钱，这样他才不会被关进监狱，这样他才不会自杀。我也会这样去做的。是的，我会去做的，尽管这一切都是白费劲。过不了半年我们又会像今天一样！用不了半年，四个星期！——但到那时一切就与我无关了。我成了 个牺牲品——再就没有什么了。不，不，绝不能再这样。对，我要告诉爸爸，一回到维也纳就告诉他。然后我就离家出走，不管到哪。我要同弗莱德结婚，他是我唯一真正喜欢的人。但是我现在还没有走得这么远。我不是在维也纳，我还在卡斯特洛查的圣·玛狄诺。什么事还没有发生。那么怎么样呢？什么？电报。我拿这封电报怎么办呢？我已经知道该怎么办了。我必须让人把电报送到他的房间里去，是呀，我要给他写点什么呢？请在十二点等我。不，不，不！不应该让他得到这种胜利，我不愿意，不愿意，不愿意。感谢上帝，我还有药粉。这是唯一的救星。放到哪儿了？上帝呀，可不要被人偷走呵。没有，它们在这儿，在小盒里。它们还都在吧？是的，它们都在。一包、两包、三包、四包、五包、六包。我要看看它们，可爱的药粉。它不负有责任，就是我把它倒进玻璃杯里，它也不负有责任，一包、两包——我这肯定不是自杀。这根本不是去想死。三包、四包、五包——这也还是死不了人的。若是我手头没有味罗那，该是多么可怕。那我就得从窗户里跳下去，可我没有这份勇气。这味罗那——慢慢地入睡，不再醒来，没有苦恼，没有痛苦。躺到床上去，一口把它喝下去，进入梦乡，一切就都结束了。前天我也服过药粉，甚至服了两包。嘘，不要告诉任何人。今天服的量多了一些。这只是为了以防万一。若是发生了什么事，那定会使我感到可怕的。但是这会使我感到可怕吗？若是他碰我，那我就往他的脸上吐唾沫。很简单。

可是我怎么能使他收到这封电报和信束呢？我总不能让女仆送一封信给冯·道斯戴先生。最好是我下楼同他谈，把电报拿给他看。无论怎样我得下楼，我不能总是待在上面自己的房间里。三个小时，直待到那个时刻，毕竟不是回事呀。就是为了姨妈的缘故我也得下楼。哈哈，姨妈与我有何相干，这些人与我有何相干。你们看吧，先生们，这儿的玻璃杯里有味罗那。现在我把它拿在手里。现在我把它放到唇边。对，每一瞬间我都可能到彼岸去，那儿没有姨妈，没有道斯戴，没有父亲，侵吞保证金的父亲……

但是我不会自杀，我没有必要自杀。我也不到冯·道斯戴先生的房间去，我根本不想去。我不愿为了五万古尔登赤身裸体地站在一个老花花公子前，以此去挽救一个无赖的名声。不，不，既不那样做——也不这样做。怎么能是冯·道斯戴先生呢？偏偏是他？若是一个人看到了我，那另外的人也可以看。是呀！——多么了不起的念头！——所有的人都可以看，整个世界的人都可以看。随后呢，是味罗那。不，不是味罗那——为什么要这样呢?！随后是带有大理石台阶的别墅，英俊的年轻人，自由和广阔的世界！晚安，埃尔瑟小姐。我真喜欢你。哈哈。在楼下，他们认为我成了疯子。但是我还从来没有这样理智过。所有的人，所有的人都该看我！——以后就没有退路了，不能回家去看爸爸，去看妈妈，去看叔叔伯伯，去看婶婶姨妈。以后我就不再是要介绍给某一个维洛密茨博士的埃尔瑟小姐了，我把他们所有的人当做傻瓜玩弄——首先是那个流氓道斯戴——我第二次来到这个世界……否则于事无补。——仍寄费阿拉。哈哈！

不能再耽误时间了，不再怯懦了。脱下衣服。谁会是第一个呢？会是你吗，保尔表哥？那个长着罗马人脑袋的人不在这里了，这是你的幸运。你今天晚上会亲吻这美丽的乳房？啊，我是多么漂亮。贝尔塔有一件黑色的丝衬衣。精致。我会有更为精致的。富丽的生活。脱掉这双袜子，这不像样子。脱光，完全脱光。茜希该会怎么嫉妒我啊！其他的女人也会嫉妒。但是她们不敢，她们都喜欢这样。给你们做个榜样。我，处女，我敢。我会把道斯戴嘲笑死的。这就是我，冯·道斯戴先生。快到邮局去，五万，花这么多钱值得吧？

美，我多美！夜，你看我吧！山，你看我吧！天空，你看我吧，我是多么美。可你们都是瞎子。我向你们有何求呢。楼下的那些人才有眼睛呢。我要把头发散开？不，那样我看起来就像一个疯子了。但你们不应该把我当成疯子，你们只能把我看成一个不知羞耻的人，看成一个贱货。电报在哪？上帝啊，我把电报放哪儿了？在这啊，放在味罗那旁边，一动不动。再次恳求——五万——否则于事无补。仍寄费阿拉。是啊，这就是电报。这是一张纸，上面有字，四点半发自维也纳。不，我没有做梦，这一切都是真实的。他们在家里等着这五万古尔登。冯·道斯戴先生也在等。让他等好了。我们有时间。啊，脱光了在房间里走来走去，这多么惬意啊。我真的像镜子里那么美？啊，您走近一些，美丽的小姐。我要吻您的血红的嘴唇。我要把你的乳房紧压在我的乳房上。多么遗憾，这镜子，这冰冷的玻璃把我们隔开。若是我们俩彼此订立个协定就好了。不是吗？我们不需要别的什么人，也许根本就没有别人。只有电报、饭店、车站和树林，可是没有人。我只是梦到了他们，只有费阿拉博士和他的地址。老是这同一个东西。噢，我真的没有疯。我只是稍微有些激动。在一个人第二次来到世界之前，这完全是不言而喻的，因为从前那个埃尔瑟已经死了。对，我肯定是死了。这就不需要味罗那了。我不该把它倒掉吗？侍女会由于疏忽而把它喝掉。我要放上一张纸条，上面写着：毒品。不，最好写上：药品——这样侍女就不会出事了。我多么高尚啊。对，药品，画上两条横线，打上三个惊叹号。现在不会出事了。等我上来，没有兴趣自杀，而只是想睡觉时，那我就不要把它全部喝掉，只喝四分之一或者更少一些就行了。很简单，一切都由我掌握。还要简单的是我跑下去，就这个样子，穿过走廊和楼梯。但是不，那我在跑下去之前，就会被拦住——我得有把握，冯·道斯戴先生在场才行！否则他当然是不会寄钱的，这个下流胚。——但是我还必须给他写个纸条。这是至关紧要的。噢，椅背是这么凉，但是很舒服。若是我的别墅坐落在意大利海滨，那我就老是脱得光光的在我的庭院里散步……自来水笔我留给弗莱德，若是我死了的话。但眼下我可有比死更要紧的事去做。非常尊敬的子爵先生——埃尔瑟，可要理智啊，不要写什么称呼，既不写得非常尊敬也不写得非常卑贱。您的条件，冯·道斯戴先生，得到了满足。——在这一瞬间，即在您读这个字条的时候，冯·道斯戴先生，您的条件得到了满足，即使是不完全按照您预想的方式。——不，爸爸会说，这个姑娘真会措辞。——因此我认为，在您那一方面应履行诺言，会立即将五万古尔登电汇已告知的地址。埃尔瑟。不，不要写上埃尔瑟。完全不要落款。就这样。我的漂亮的黄色信纸啊！这是我圣诞节得到的，可惜了。这样——现在把电报和信都放进信封里去。——冯·道斯戴先生，六十五号房间。干吗要写房间号码呢？我在路过时放在他的门前就行了。但是我不必这样，我根本就不必这样做。若是我高兴的话，我现在就躺在床上睡觉，我什么也不去操心。长条的囚服也很时髦呢，自杀的人多着呢，再说我们所有的人都是要死的。

但是眼下你确实是没有这种必要，爸爸。你有一个长得这样出色的女儿，地址仍寄费阿拉。我要去募集。我端一个盘子到每人面前去。为什么只该冯·道斯戴先生一人付钱？这是没有道理的。每个人都要尽力而为。保尔会放多少钱到盘子上？那个戴金丝夹鼻眼镜的会放多少？但是你们不要梦想会长时间地大饱眼福。我要立即重新围上大衣，跑上楼，回到自己的房间，把自己关在里面。若是我高兴的话，我就一口把整杯药喝下去。但是我不高兴这样做。这会是出于胆怯吗？你们根本不配受人尊敬，流氓们。在你们面前感到羞耻？我会在某一个人面前感到羞耻？我根本就大可不必。美丽的埃尔瑟，你再次看看自己吧。若是有人靠近跟前的话，你该瞪大眼睛！我要，我要其中一个人吻我的眼睛，吻我血红的嘴唇。我的大衣还不到踝骨。你们会看到我是光着脚的，这有什么，他们还要看得更多呢！但是我没有这份义务。在我还没下楼之前，我可立刻就返回来，到一楼时还能返回来。我根本就不必下楼去，但是我要去的，我高兴这样做。在我整个一生中我不是一直就有这种希望吗？

我还等什么呢？我已经准备好了嘛。表演可以开始了，不要把信忘掉。弗莱德说过，一种贵族式的文体。再见吧，埃尔瑟。你穿着大衣显得多美。那些佛罗伦萨女人就是这样让人画像的。在画廊里挂着她们的画像，这对于她们是一种荣誉。——我穿着大衣，他们什么也看不出来。只有脚，只有脚。我穿一双漆皮皮鞋，那他们就会认为我穿的是一双肉色的袜子。我就这样穿过大厅，不会有一个人想到大衣里面我一丝不挂，赤身裸体。然后我就一直向上走……谁在下面弹钢琴，弹得那么好呢？肖邦的曲子？——冯·道斯戴先生的神经会有些紧张的，也许他害怕保尔。只要忍耐，忍耐，一切都会顺利的。我还什么都不知道，冯·道斯戴先生，我自己也紧张得要死。关上灯！我房间里都一切正常吧？永别了，味罗那，再见。永别了，我酷爱的镜中的我，你在暗中闪闪发亮。我已经习惯了，光着身子穿大衣，非常舒适。有谁知道，是不是某些女人坐在大厅里也是这样，没有一个人会知道吧？是不是某些女人也是这样上剧院，这样坐在她们的包厢里——出于开心或者另有原因。

　　我要把门关上吗？为什么？这儿没有什么可偷的。即使有——我也不再需要什么了。算了……六十五号在哪？过道上一个人也没有，都在下面吃晚饭。六十一……六十二……摆在门前的是些大得出奇的登山鞋。衣钩上挂着一条裤子，多么不雅观。六十四……六十五。就是这里，他就住在这儿，子爵……我把信立在下面，靠着门。那他就会马上看到的。不会有人把信偷走吧？好了，放在这儿……没关系……我还是能够想做什么就做什么。我简直把他当成傻瓜了……只是现在别在楼梯上遇到他。他来了……不，那不是他！——这个人比冯·道斯戴先生可爱多了，非常时髦，留着小黑胡子。这个人是什么时候来的？我可以做一个小小的试验——把大衣稍微敞开一点。我对此的兴趣挺大。您看看我，先生，您不会想到谁在您的身边走过。真遗憾，您现在上楼了。您为什么不留在大厅里？您错过了机会，一场伟大的演出。您为什么不拦住我？我的命运掌握在您的手里。如果您向我打招呼，那我就返回去。您朝我打招呼嘛，我看您非常可爱……他没有朝我打招呼。他从身边走了过去。他转过身来，我觉察到了。您喊呀，您打招呼呀！您救救我！也许对我的死你是有罪的，我的先生！但是您永远不会知道。地址仍寄费阿拉……

　　我在哪儿？已经到大厅了？我怎么来到了这儿？这么少的人，那么多不认识的人。或者是我看不清楚？道斯戴在哪儿？他不在这儿。这难道是命运的示意？我要回去。我要给道斯戴另写一封信。午夜时分我在自己的房间里等您。把您发给银行的电报带来。不，他会把这看成是一个陷阱，也可能是一个陷阱。我可以把保尔藏在我这儿，他能够用手枪逼他把电报交给我们。敲诈，一对罪犯。道斯戴在哪儿？道斯戴，你在哪儿？也许他因为我的死感到负疚而自杀？他会在娱乐室里，肯定在那儿。他会坐在一张桌旁玩牌，那我就在门口用眼睛向他示意，他会当即立起身来。我在这儿，小姐。他的声音会很响亮。道斯戴先生，我们稍微散一会儿步好吗？埃尔瑟小姐，很高兴。我们穿过玛丽大道，向树林走去。我们单独在一起了。我放开大衣。五万古尔登就到手了。天气很凉，我得了肺炎，死了……为什么那两个女人在看我？她们发现了什么？我为什么在这儿？我疯了不成？我要回到我的房间里去，马上穿上衣服，那套蓝色的，再把大衣套上，像现在一样，但要敞开，这样就不会有人相信，我刚才里面一丝不挂……我不能回去。我也不要回去。保尔在哪儿？埃玛姨妈在哪儿？茜希在哪儿？他们大家都在哪儿？没有一个人会觉察出来……人们根本觉察不到。谁弹得那么好？肖邦？不，舒曼。

我像是一只蝙蝠在大厅里撞来撞去。五万！时间过去了。我必须找到这个该死的冯·道斯戴先生。不，我必须回到我的房间……我去喝味罗那。可只喝一小口，那我就能睡个好觉……工作之后要好好休息……可我工作还没有做呢……若是这个侍者把黑咖啡端给那边的那位老先生，那就意味着一切顺利。若是他把咖啡端给角落里的那对年轻夫妇，那一切就完了。怎么？这说明什么？他把咖啡端给了老先生。胜利了！一切顺利。哈，茜希和保尔！他们在饭店外面，在门前走来走去。他们谈得多么开心。我头痛时他并不显得特别不安。骗子！……茜希可没有像我这么美的乳房。当然了，她已经有了一个孩子……这两个人讲些什么？若是能听到就好了！他们讲什么与我有何相干？但是我也能到饭店外去，向他祝个晚安，然后走下去，越过草地，向树林走去，向上走，攀登，越来越高，直爬到西蒙纳顶端，躺在那儿，睡过去，冻死。维也纳社交界一个年轻的姑娘神秘地自杀身亡。只穿一件黑色的大衣，美丽少女的尸体是在西蒙纳顶峰一个人迹罕至的地方发现的……但是也许人们找不到我……或者在下一年才发现，或许还要更晚。腐烂了。一副骷髅。在这儿灼热的大厅，不会冻死，这更好一些。呶，冯·道斯戴先生，您到底藏到哪儿去了？我有义务等您？该您来找我，而不是我找您。我还要到饭厅里看一看去。若是他不在那儿，那他就丧失了他的权利。我给他写信：找不到您，冯·道斯戴先生，您自愿放弃了，这并不能取消您立即寄钱的义务。钱。这是一笔什么样的钱？这与我有何相干？他寄钱还是不寄，这对我无所谓。我对爸爸再没有丝毫同情，我对任何人都没有同情，就是对自己也没有。我的心已经死了。我相信，它根本就不再跳动了。也许我已经喝了味罗那……为什么那一家荷兰人这样看我？他们是不可能觉察出来的。

那个门房也那样狐疑地看我。也许又来了一封电报？变成八万？十万？地址仍寄费阿拉。若是有电报的话，那他会告诉我的。他那么尊敬地看着我，他不知道我大衣里面一丝不挂，没有人知道。我现在回自己房间去。回去，回去，回去！若是我在楼梯上跌倒了，那倒是要出大笑话的。三年前在沃尔特湖就有一个女人脱光了游泳，但就在同一天下午她就动身走了。妈妈说，那是一个从柏林来的轻歌剧歌唱演员。舒曼？对，是他的《狂欢节》。弹得真不错，是女的还是男的？右边可是娱乐室。最后的机会了，冯·道斯戴先生。若是他在那儿，那我就用目光示意他到我这儿来，告诉他，午夜时分我到他那儿去，您是个流氓。——不，我不说他是流氓。但是事后我要对他说……有人跟在我后面。我不要转身。不，不。

　　"埃尔瑟！"——上帝呀，是姨妈在叫我。继续走，继续走！——"埃尔瑟！"——我必须回过头来，这对我毫无用处。"噢，晚安，姨妈。"——"埃尔瑟，你这是怎么啦？我正要到上面看你去。保尔告诉我……是啊，你脸色怎么这样？"——"我脸色怎么啦。姨妈？我很好。我也吃了一点东西。"她觉察出什么了，她觉察出什么了。"埃尔瑟——你怎么——没穿袜子啊！"——"你说什么，姨妈？天啊，我没有穿袜子，不！"——"你不舒服，埃尔瑟？你的眼睛——你在发烧。"——"发烧？我不相信。我只是头痛得厉害，一生中还从没有这样厉害过。"——"你得马上卧床休息，孩子，你苍白得要命。"——"这是灯光的关系，姨妈。在大厅里，这儿所有的人看起来都是这样苍白。"她那么奇怪地朝下看我，她不会发觉什么吧？现在只要保持镇静就行了。若是我控制不住自己，那爸爸就算完了。我必须谈点什么。"你知道我在维也纳发生的一件事吗，姨妈？我有一次上街一只脚穿黄鞋一只脚穿黑鞋。"这是在说假话。我必须讲下去，我讲什么？"你知道吗，姨妈，我在偏头痛之后，有时就会出现这种精神恍惚的情况。妈妈以前也有过这样的事情。"一句话也不是真的。——"不管怎样我得叫个医生来。"——"我求求你，姨妈，饭店里没有医生，那得到另一个地方去请。因为我没穿袜子，而让人把他请来，那他会发笑的，哈哈。"我不该这样大声地笑。姨妈的脸由于恐惧而扭曲起来，她觉得事情可怕，眼睛瞪得要掉出来。——"埃尔瑟，告诉我，你没有看到过保尔吗？"——啊，她要找人帮忙了。镇静，事到紧急关头。"若是我没有看错的话，他和茜希·莫尔在饭店门前散步。"——"在饭店门前？我要他俩进来。我们一起喝茶，好吗？"——"好的。"她做出一副多么愚蠢的表情。我朝她非常亲切而无邪地点了点头。她走了。我现在要回自己的房间去。不，我回自己的房间做什么？最后关头，最后关头。五万，五万。我为什么要跑呢？要慢，要慢……我要什么呢？这个人叫什么？冯·道斯戴先生，滑稽的名字……这是游艺室。门上挂着绿色的门帘，什么也看不到。我踮起脚尖。玩惠斯特牌，每天晚上都玩。那儿有两位先生在下棋。冯·道斯戴先生不在这儿。胜利啦，得救了！为什么呢？我得继续找下去。我命中注定要去寻找冯·道斯戴先生，直到我生命的终结。他肯定也在找我，我们老是相互错过。也许他在楼上找我，我们会在楼梯上相遇的。那些荷兰人又注意起我了，他们的女儿长得很漂亮。那个老先生戴着一副眼镜，一副眼镜，一副眼镜……五万，并不是那么多。五万，冯·道斯戴先生。舒曼？对，是他的《狂欢节》……我有一次也弹过。她在弹。为什么是她？也许是一个男的在弹，也许是一个女演奏家？我要到音乐室去望一眼。

这儿是门。——道斯戴！我晕了。道斯戴！他站在窗前听。这怎么可能呢？我瘫软无力了——我要发疯了——我死了——他在听一个陌生的女人弹钢琴。那边沙发上坐着两位绅士，黄头发的今天才到。我看见他走出车门的。这个女人根本就不年轻了，她来这儿已经两三天了，我不知道她竟然琴弹得这样好。她过得快活，所有的人都过得快活……就是我在受罪……道斯戴！道斯戴！真的是他吗？他没有看到我，现在他看起来像一个正人君子，他在听。

五万！要么现在，要么永远不。轻轻开开门。冯·道斯戴先生，我在这儿！他没有看到我。我现在只要朝他示意一下，然后我就把大衣敞开少许，这就够了。我毕竟是一个年轻的姑娘，是出身名门的一位端庄少女。我不是妓女……我要离开，我要服味罗那，要入睡。您错了，冯·道斯戴先生，我不是妓女。永别了，永别了！……哈，他看见我了。冯·道斯戴先生，我在这儿。他是怎样的目光啊！他不会想到，我大衣里面一丝不挂。您放我走，您放我走！他的眼睛在冒火，他的眼睛在威胁，您要我做什么？您是一个流氓，除了他没有人看我，他们在听。冯·道斯戴先生，您来呀！您什么也觉察不出来？那儿，在靠背椅上——上帝啊；在靠背椅——就是那个滑头！老天，我感谢你。他又来到这儿，他又来到这儿！他是在旅游！现在又回到这儿。长有罗马人脑袋的又在这儿了，我的未婚夫，我的情人。可他没有看见我，他也不应当看见我。冯·道斯戴先生，您要什么呢？他在注视我，仿佛我是您的女奴似的，我不是您的女奴。五万！冯·道斯戴先生，我们的协议有效吧？我准备好了。我在这儿。我非常平静。我在微笑。您懂得我的目光吗？他的眼睛在向我说：来吧！他的眼睛在说：我要看你的裸体。咦，你这个流氓，我是裸体的。你还要什么？发出电报……马上……我的皮肤在发颤。那个女人在继续弹琴。

皮肤颤抖得多么舒适。裸着身体是多么美妙。那个女人在继续弹，她不知道这儿发生了什么事，没有人知道。还没有一个人看到我。那个滑头，那个滑头！我裸体站在这儿。道斯戴瞪大了眼睛。现在他终于相信了。那个滑头立起身来，他的眼睛在闪光。你理解我，漂亮的小伙子。"哈哈！"那个女人不再弹了。爸爸得救了。五万！地址仍寄费阿拉！"哈哈哈！"是谁在笑？是我自己？"哈哈哈！"我周围都是些什么样的面孔呀？"哈哈哈！"真蠢，我怎么笑了起来。我不要笑，我不要。"哈哈！"——"埃尔瑟！"——谁在喊埃尔瑟？这是保尔。他一定是跟在我的身后。我觉得一股气浪吹过我赤裸的后背，我的耳朵里嗡嗡直响。也许我已经死了？冯·道斯戴先生，您要什么呢？您为什么这么高大，冲我而来，跌倒在我的身上？"哈哈哈！"

我究竟干了些什么？我干了些什么？我干了些什么？我栽倒了，一切都过去了。为什么音乐没有了？一条胳膊挽住了我的颈部。这是保尔。那个滑头在哪？我躺在这儿。"哈哈哈！"大衣盖在我的身上，我躺在这儿，人们认为我昏厥过去。不，我没有昏厥，我非常清醒。我上百倍，上千倍地清醒，我得永远大笑。"哈哈哈！"现在你遂了意愿，冯·道斯戴先生，您必须把给爸爸的钱寄出去，马上。"哈哈哈哈哈！"我不要叫喊，我不得不永远叫喊。我为什么一定得叫喊。——我闭起眼睛，没有人能看到我。爸爸得救了。——"埃尔瑟！"——这是姨妈的声音。——"埃尔瑟！埃尔瑟！"——"找个医生来，找个医生来！"——"快到门房那里去！"——"发生了什么事？"——"这简直不可想象。"——"可怜的孩子。"——他们在这儿讲些什么？他们在这儿嘟囔些什么？我不是一个可怜的孩子，我是幸福的，那个滑头看见了我的裸体。哦，我真羞死了。我做了些什么？我再不要睁开眼睛。——"请把门关上。"——为什么要关上门？干吗吵吵嚷嚷的。有上千人围着我，他们都认为我昏厥过去了。我没有昏厥，我只是在做梦。——"您镇静些，尊敬的夫人。"——"去派人找医生了吗？"——"这是昏厥。"——他们怎么都离那么远，他们都是在西蒙纳山下说话。"不能让她躺在地上。"——"这儿有条毛毯。"——"一条被子。"——"被子和毯子都一样。"——"请安静。"——"放到沙发上。"——"请把门关上嘛。"——"不要这样神经质，门已经关上了。"——"埃尔瑟！埃尔瑟！"——姨妈干吗不安静安静！——"你听到我说话吗，埃尔瑟？"——"你看到了，妈妈。她已经昏厥过去了，"——是呀，上帝保佑，在你们看来我昏厥过去了。那我就昏厥过去好了。——"我们得把她送回自己的房间去。"——"发生了什么事？我的上帝啊！"——是茜希。茜希怎么到草地来了。啊，这不是草地。——"埃尔瑟！"——"请安静。"——"请往后退一退。"——手，我身下的手。他们要干什么？我是多重呵，保尔的手。走了，走了。那个滑头在我身边，我感觉到了。道斯戴离开了，必须找到他，在寄出五万古尔登之前，他不可以自杀。诸位，他欠我钱，抓住他。——"保尔，你知道电报是谁打来的吗？"——"晚安，先生们，女士们。"——"埃尔瑟，听到我说话吗？"——"您让她安静，茜希太太。"——"啊，保尔。"——"经理说，得等四个小时大夫才能来。"——"她好像睡着了。"——我躺在沙发上，保尔握住我的手，他在摸我的脉搏。

对，他是医生啊。——"没有任何危险，妈妈，一种突然发作的昏厥。"——"我一天也不要在饭店住下去了。"——"妈妈，求你。"——"明天一早我们动身。"——"直接走仆役们用的楼梯，担架马上就来了。"——担架？我今天不是在担架上躺过一次了吗？难道我没有死？我得再死一次？——"经理先生，难道您不能让人离开门远一些吗？"——"妈妈，你不要激动。"——"怎么这样不识相。"——为什么她们都窃窃私语？像在停尸间，担架马上就到。打开门，斗牛士！——"过道可以走了。"——"这些人总得识相一些嘛。"——"妈妈，我求你，你别激动。"——"请吧，尊敬的夫人。""茜希夫人，您能稍微照顾一下我的母亲吗？"——她是他的情人，但是她没有我漂亮。又怎么了？这儿发生了什么事？他们带来担架，我闭着眼睛就看到了。这是担架，他们用它抬不幸的人。西格蒙第博士也被放到这上面，他是从西蒙纳跌下来的。现在我要躺在这上面了，我也是跌下来的。"哈！"不，我不要再叫喊了。他们在窃窃私语。谁俯在我的头上，有手在我的后背上，在我的大腿上。走了，走了，不动我了。我是裸体的。呸，呸。你们要干什么？让我安静。这都是为了爸爸。——"请小心，慢一点。"——"毛毯？"——"对，谢谢，茜希夫人。"——他为什么要谢谢她？她做了什么事？我这是怎么啦？啊，好极了，好极了。我飘了起来，我飘了起来。我飘过去了。他们抬着我，他们抬着我，他们抬我到坟地。——"我能行，经理先生。我抬过更重的呢，去年秋天有一次上面同时放两个人。"——"嘘，嘘。"——"茜希夫人，也许您能先走几步，去看看埃尔瑟房间里是不是一切整顿好了。"——茜希到我的房间里干什么？味罗那，味罗那！它们可不要倒掉。那样我就不得不跳窗户了。——"谢谢，经理先生，您不必再麻烦了。"——"请允许我过会儿再来探问。"——楼梯嘎嘎在响，抬担架的人都穿着沉重的山地长靴。我的漆皮鞋在哪儿？留在音乐室了，那会被人偷走的，我要把它遗赠给阿卡塔，自来水笔留给弗莱德。他们抬着我，他们抬着我。送葬的队伍。道斯戴在哪儿，这个杀人犯？他跑掉了。那个滑头也走了，他又漫游去了。他这次回来只是为了看一看我的乳房。现在他又走掉了。他走在悬崖和深谷之间的一条令人头晕目眩的路上——永别了，永别了。——我在飘，我在飘。他们抬着我向上，一直向上，直到房顶，直到天空。这么舒服呀。——"我看出来了，保尔。"——姨妈看出来什么啦？——"最近这几天我看出来情况有些不对头，她反常得很，当然得把她送进医院里去。"——"妈妈，现在不是谈这种事的时候。"——医院?——医院?——"保尔,你不要指望我会同她坐同一节车厢回维也纳。那人们该瞧热闹了。"——"妈妈,不会有任何一点事情发生的。我向你保证,你不会有任何麻烦的。"——"你怎么能够保证?"——不,姨妈,我不会给你添任何麻烦的,任何人都不会有麻烦的,冯·道斯戴先生也不会的。我们这是在哪?我们停下了,我们是在二楼。我眯缝眼睛看,茜希站在门口同保尔说话。——"请抬到这儿,谢谢。把担架靠近床边。"——他们抬高了担架,他们抬起了我。我又回到房间了。啊!——"谢谢。对,就这样。请把门关上。——劳您的驾,请帮我一下,茜希。"——"噢,好的,大夫先生。"——"慢些,请慢些。这儿,请吧,茜希,请您按住,按住腿。注意。呐——埃尔瑟?——你听到我说话吗,埃尔瑟?"——我当然听到你了,保尔,我什么都听到了。但是你们与我有什么相干?昏厥过去,这多美啊。啊,随你们的便吧。——"保尔!"——"尊敬的夫人,您有何?——""你真的相信她失去了知觉,保尔?"——你?她对他称你。这下我可抓住你们了!她对他称你!——"对,她完全没有知觉了。这类昏厥之后通常是这样的。"——"不对,保尔,若是你长大了这样做医生,那会叫人笑死的。"——我抓住了你们,一对骗子!我抓住了?——"别说话,茜希。"——"为什么?若是她什么也听不到,那怕什么?!"——发生了什么事?我躺在床上,盖一条被,身上一丝不挂。他们怎么把我弄成这样?——"哎,怎么样了?好些了吧?"——这是姨妈的声音。她在这儿干吗?——"还一直没有醒过来吗?"——她到了我脚尖那儿,她见鬼去吧。我不要被人送进医院去,我没有神经错乱。——"不能使她恢复知觉吗?"——"她会很快就醒过来的,妈妈,现在她不需要别的,就需要安静。你也需要安静,妈妈。你不要去睡觉吗?绝对没有任何危险,夜里我同茜希一道照看埃尔瑟。"——"是的,尊敬的夫人,我是个女卫兵,或者埃尔瑟是呢。"——这个可悲的女人。我躺在这儿昏迷不醒,可她在开心取乐。——"保尔,等医生来了,你到时要把我唤醒。"——"妈妈,医生不会一清早就来的。"——"看样子她好像睡着了,呼吸很平稳。"——"这也是一种睡眠呢,妈妈。"——"我还一直没法理解,保尔,这是一种丑闻!——你会看到,要上报纸的!"——"妈妈!"——"她没有知觉,那她是什么也听不到的。我们讲话的声音很轻。"——"在这种情况下,感官有时是异常敏锐的。"——"尊敬的夫人,您有一个如此学识渊博的儿子。"——"妈妈,请你睡觉去吧。"——"不管怎样,我们明天动身。在波森我们给埃尔瑟找一个女看护。"——什么？一个女看护？这你们可错了。——"这些事我们明早谈，妈妈。晚安，妈妈。"——"我要让人送杯茶到房间去，一刻钟之内我再来看一看。"——"这毫无必要，妈妈。"——不，这没有必要。你该见鬼去。味罗那在哪儿？我必须等待。他俩把姨妈送到门口。现在没有人看我。药一定是放在床头柜上，那个装味罗那的杯子。当我一饮而尽，那一切就结束了。我立刻就喝，姨妈走开了。保尔和茜希还站在门口。哈！她在吻他，她吻他。我躺在这儿一丝不挂。难道你们一点儿都不感到羞耻吗？她又吻他了。难道你们不感到羞耻吗？——"你看，保尔，现在我知道了，她是没有知觉的。否则的话，她一定要跳起来扼住我的喉咙的。"——"茜希，你做点好事，别说话好吗？"——"你要做什么，保尔？她要不是真的没有知觉，那她就在把我们当傻瓜。她没有知觉，那她什么也听不到，什么也看不到。她要是把我们当傻瓜，那说明发生在她身上的事是正常的。"——"有人敲门吧，茜希？"——"我也觉得是有人敲门。"——"我轻轻开开门，看看是谁。——晚安，冯·道斯戴先生。"——"请您原谅，我只是想问问，病人怎么样了……"——道斯戴！道斯戴！他真的敢来？所有的禽兽都放走了。他在哪儿？我听见他们在门口悄声讲话，保尔和道斯戴。茜希站在穿衣镜前。您在镜子前做什么？那是我的镜子。——我的影像还在里面吗？保尔和道斯戴，他们在门外讲些什么？她要做什么？为什么她靠得那么近？救命啊！救命啊！我喊了起来，可没人听我的。茜希，您在我床边要做什么?! 您为什么俯下身来？您要掐死我？我不能动弹。——"埃尔瑟！"——她要做什么？"埃尔瑟！您听到我讲话吗，埃尔瑟？"——我听到了，但是我不说话。我昏厥过去了，我必须沉默。"埃尔瑟，您可真把我们吓了一跳。"——她在同我说话。她在同我说话，好像我是醒着似的。她要做什么呢？——"埃尔瑟，您知道您干了些什么吗？您想一想，只穿了一件大衣就进了音乐室，突然就一丝不挂地站在众人面前，随后您就昏厥过去。会说这是一种歇斯底里发作。可我一个字也不相信，我也不相信您失去了知觉。我敢打赌，我讲的每句话您都听得清清楚楚。"——对，我听到了，对，对，对。但是她听不到我说的话。为什么听不到？我的嘴唇不能动弹。因此她听不到我说的话。我不能动弹。我这是怎么了？我死了？我这是装死？我在做梦？味罗那在哪儿？我想喝我的味罗那，可我不能把胳膊伸出来。茜希，您走开吧。她为什么俯在我身上？走开，走开！她决不会知道我听见她说什么。没有人会知道。我不会再告诉给另一个人的。我不会再醒过来的。她到门口去了,她还又一次转过头来看我,她开开了门。道斯戴!他站在那儿,我闭着眼睛就看见了他。不,我真的看见了他,我睁开了眼睛。门虚掩着,茜希也到了门外。他们在轻声低语。我孤独一人。若是我现在能动就好了。

哈,我能动,对,我能动。我活动一下手,我动动手指,我伸伸胳膊,我把眼睛睁得大大的。我看到了,我看见了。我的杯子在那儿。快,在他们重新回到房间之前,我拿到手。药粉的分量够吗?!我决不可以再醒过来。在这个世界上我必须要做的,我已经做了。爸爸得救了,我再不能够在人们中间走动了。保尔从门缝往里看,他认为我还是昏迷不醒。他没有看到,我的胳膊几乎伸了出来。他们三个人又都站在门外边,杀人犯!——他们都是杀人犯。道斯戴,茜希,还有保尔,弗莱德也是一个杀人犯,妈妈是一个杀人犯。他们杀害了我,可装作什么也不知道。他们会说,是她自己自杀的。你们杀害了我,你们,你们所有的人,你们大家。我终于拿到杯子了吗?快,快!我必须拿到。一点儿也别洒出来。就这样。快。味道很好。喝下去,喝下去。这根本不是毒药。我还从来没喝到这么好喝的东西!晚安,我的杯子。咣啷一声!怎么回事?杯子掉在地上了,它在下面,晚安。——"埃尔瑟!埃尔瑟!"——你们要做什么?——"埃尔瑟!"——你们又回来了?早安。我昏迷不醒地躺在这儿,闭起双眼。你们再不会看到我的眼睛。——"她一定动弹过了,保尔,若不杯子怎么会掉到了地上?"——"一种无意识的动作,这是可能的。"——"若是她没有醒过来,那当然是的。"——"你想到哪儿去了,茜希。你倒看看她嘛。"——我喝了味罗那,我要死去。可是感觉跟刚才完全一样,也许是药量不够……保尔握住我的手。——"脉搏平稳。不要哭,茜希。可怜的孩子。"——"若是我在音乐室一丝不挂地站在那儿,你是不是也叫我是一个可怜的孩子?"——"别说话,茜希。"——"完全听你的好了,我的先生。也许我应当离开此地,留下你和裸体的小姐在一起。但是请你不要感到不自在。你就权当我不在好了。"——我喝了味罗那,这很好,我会死去。感谢上帝。——"再有,你知道我是怎么想的吗?这位冯·道斯戴先生爱上了这位裸体的小姐。他是那么激动,好像这件事与他本人有关似的。"——道斯戴,道斯戴!这是,是五万!他会把钱寄出吗?上帝啊,若是他不寄呢?我一定把这件事告诉他俩。他们必须向他施加压力。上帝啊,若是这一切都没用呢?现在他们还是能把我救过来的。保尔!茜希!为什么你们听不见我说话呢?你们不知道我死了吗？但是我什么也感觉不到，我只是疲倦，保尔。我的嘴唇张不开，我的舌头不能动，但是我还没有死，这是味罗那，你们在哪儿？我就要睡过去了。那时就太迟了！我根本听不见他们讲话，他们讲话，可我不知道讲的什么。你们的声音嗡嗡在响。救救我啊，保尔！我的舌头是那么重。——"我相信，茜希，她不久就会醒过来！好像她在费力地张开眼睛。但是茜希，你做什么？"——"哎，我拥抱你。为什么不呢？她也不会在意的。"——对，我是不会在意的。我一丝不挂地站在许多人面前。只要我能讲话，那你们就懂得为什么了——保尔！保尔！我要你听到我说话。我喝了味罗那，保尔，十包药粉，一百包。我不想这样做的，我疯了，我不想死。你应该救救我，保尔。你是医生啊，救救我！——"现在她好像又完全平静下来。脉搏——脉搏相当正常。"——救救我，保尔。我向你发誓，不要让我死去，现在还来得及，但是我会睡过去的，那你们就不会知道了。我不要死，救救我吧。这都是因为爸爸，道斯戴要我这样做，保尔！保尔！——"你看，茜希，你不觉得她在微笑吗？"——"保尔，你老是这样温柔地握住她的手，那她为什么不该微笑呢？"——茜希，茜希，我做了什么对不起你的事，你对我这样凶。抓紧你的保尔好了——但是不要让我死啊，我还这样年轻，妈妈会伤心的。我还要爬许多山，我还要跳舞，我也要结一次婚，我也要旅行。明天我们在西蒙纳山上聚会，明天是一个好日子，那个滑头也一道来，我谦卑地邀请他。跟上他，保尔，他走的是一条这样令人头晕目眩的路。他会碰上爸爸的。地址仍寄费阿拉，别忘了。只要五万，那一切就安然无事了。他们全都穿着囚服，唱着歌。开开门，斗牛士！这一切只是一个梦。弗莱德同一个嘶哑的小姐在那儿，钢琴就放在光天化日之下。钢琴调音师住在巴尔顿斯坦大街，妈妈！你为什么不给他写信，孩子？你把一切都忘掉了。您应当多练习音阶，埃尔瑟。一个十三岁的姑娘应当更勤奋些。——卢狄在化装舞会上，直到早晨八点才回到家里。你给我带回来了什么，爸爸？三万个木偶。我需要一座自己的房子，它们也能在庭院里散步，或者与卢狄一道去参加化装舞会。欢迎你，埃尔瑟。啊，贝尔塔，你又从拿波里回来了。对，从西西里，请允许我向你介绍我的丈夫，埃尔瑟。非常高兴，先生。——"埃尔瑟，你听到我说话了吗，埃尔瑟？我是保尔。"——哈哈，保尔。你为什么玩旋转木马时骑在长颈鹿上？——"埃尔瑟，埃尔瑟！"——你不要就这样离开我。若是你这样快穿过林荫大道，那你就听不到我的声音了。你应当救救我，我喝了味罗那，它已经到了大腿上，左边的，右边的，像蚂蚁一样。

对，要抓住他，冯·道斯戴先生。他在那儿跑，难道你看不见他？他跳过池塘。他谋害爸爸，跟住他，我要一同去。他们把我背朝下捆在担架上，可我还是要去。我的乳房在颤抖。但是我要一同去。你在哪儿，保尔？弗莱德，你在哪？妈妈，你在哪？茜希呢？为什么你们要我独自一人穿越沙漠？我单独一个人感到害怕。我最好是飞。我知道了，我能飞。

"埃尔瑟！"……

"埃尔瑟！"……

你们在哪？我听到了，可我看不见。

"埃尔瑟！"……

"埃尔瑟！"……

"埃尔瑟！"……

这是什么？一个完整的合唱队？也有管风琴？我要一同唱。这是首什么歌？大家都唱起来。森林也在唱，还有群山和星星。我从没有听过这么美的歌。我还从没有看见这样明亮的夜。给我手，爸爸，我们一起飞。人若是能飞，那世界是多么美好，不要吻我的手，我是你的孩子呀，爸爸。

"埃尔瑟！埃尔瑟！"

他们从那么远喊我！你们要做什么？不要喊醒我，我睡得这么好。明天清晨。我做梦，我在飞。我飞……飞……飞……睡眠，做梦……飞……不要喊醒……明天清晨……

"埃尔……"

我飞……我做梦……我睡……我做……做梦……我飞……

死于威尼斯

[德国] 托马斯·曼　著
王德峰　译

　　托马斯·曼（Thomas Mann, 1875—1955）德国作家，生于德国北部一个中产阶级家庭。其父是经营粮食贸易的富商，也是吕贝克市的参议员。为作家带来巨大声誉的长篇小说《布登勃洛克一家》（1901）的人物、素材大量取材于其家族的历史和人物现实关系。小说对上世纪末吕贝克市的社会风情、人文地理、重要历史事件和商业活动做了精细描摹，通过一个家庭从繁荣走向没落，写出了一段德国市民阶层乃至欧洲市民阶层的心灵史，一种以生理退化为代价的精神进化进程，成为德国社会从 19 世纪 30 年代至 90 年代发展的缩影。《魔山》（1924）是曼的另一部重要作品，通过对瑞士一家疗养院里病人的描述，象征一个濒临死亡的没落社会的末日景象。1929 年托马斯·曼获诺贝尔文学奖。《死于威尼斯》（1912）是托马斯·曼最负盛名的中篇小说，是作家对关于艺术家问题的思考和总结，写一个醉心于艺术的中年名作家被一个美貌的贵族少年所吸引，实则为美的化身所吸引，由此引发的情感倒错让艺术家神魂颠倒，不顾威尼斯疫病流行，固守在美少年身旁，终致死于海滩边。小说文字优美，充满诗情画意。

一

　　他叫古斯塔夫·阿申巴赫，五十岁生日之后被官方正式命名为古斯塔夫·冯·阿申巴赫，在公元二十世纪的某一个春天的下午，他一个人从慕尼黑摄政王大街的一所住宅里出来，沿着大街漫步。几个月以来天空一直阴沉沉的，我们的欧洲大陆一直笼罩在一种叫人觉得仿佛有某种危险就要到来的气氛里，就像预示着某种灾难即将来临似的。整个上午，他已经辛苦地工作了好几个小时，他的工作是非常繁重而艰难的，要求他格外小心谨慎，而且要深入细致、思维缜密。他作为一名作家，又感到有一种创作的激情在内心涌动，正是那种所谓的"motus animi continuus"①。按照西塞罗②的说法，雄辩术的精髓就在于此。这种激情和冲动，在他吃完午饭之后似乎也并没有停下来。他通常每天午饭后要稍微躺一会儿的睡意，这次也没有出现。上午过分繁重的工作消耗掉他很多精力，在通常情况下，吃完中饭躺一会儿对他来说已经形成了不可或缺的习惯。今天他喝罢茶之后，到外面去走走，呼吸一下新鲜空气，希望外面的空气和散步运动能够帮助他恢复体力，消除疲劳，他想用这种办法来养精蓄锐，以便晚上再全力投入工作。

正是五月初的时候，在一连好几个星期的潮湿、阴冷之后，突然来了一个像盛夏一样的日子，叫人都不敢相信，甚至都以为盛夏并没有真的到来。英国公园里，虽然树叶刚刚开始长大，但是天气却像八月里那样潮湿，令人感到闷热。城市附近到处都停满了车辆，到处都是散步的人。通往奥迈斯特的路上，倒是安静了许多。阿申巴赫在奥迈斯特停留了一会儿，看了看以有着浓烈民俗气氛闻名的公园餐馆。餐馆旁边停着几辆普通的出租马车和装饰得非常华丽的私人马车。太阳已经西斜，他就从那里，在落日的余晖中，绕过公园，穿过开阔的田野，打道回府。但是当走到北郊墓地旁边时，他觉得自己有些累了，而且在弗林大街的上空又出现了预示暴风雨即将来临的黑云。于是阿申巴赫放弃了安步当车的打算，在那里等待电车，刚好在这里经过的电车可以把他顺利地送回城里。

想不到他发现电车站及其周围居然除了他之外再也没有别人。无论是在路面铺上鹅卵石的翁格勒大街上，它上面铺着铁轨，从慕尼黑一直通向施瓦平；还是在弗林大街上，都是既没有一个人影，也看不到任何车辆。在石匠铺的篱笆墙后面，堆着待出售的十字架，纪念性的墓碑和灵位牌等，这些东西构成了一个尚未安葬死者的又一个墓地。在这里一切都是死一般的沉寂。对面有一座拜占庭式的建筑物，那是这个墓地里的殡仪馆。它也静静地站立

---

① 拉丁文，是指连续不断的思想活动或者是心灵活动，此处有心潮起伏不定，激情涌动的意思。——译者注
② CICERO（前106—前43），古罗马的政治家和演说家。——译者注

在苍茫的暮色之中。殡仪馆的正面有许多希腊式的十字架和模仿古埃及书法的浅色图案，上面有对称排列着的几行金字，内容均同来世有关，比方说有"尔等已经升入天堂"，或者是"愿永恒之光永远照耀着他们"；正在那里等车的阿申巴赫全神贯注地在读着那上面的文字，他的整个心灵都已经浸入到这些文字所包含着的高深莫测的丰富内涵当中。但是就在这个时候，他发现，在护卫阶梯口的两只神兽中间的门廊里，站着一个人。阿申巴赫顿时从沉思中惊醒过来。这个人在这种时候出现，意义非同一般，阿申巴赫的整个思路被引到了完全另外的一个方向。

这个人究竟是从殡仪馆的青铜大门里到那里的呢，还是从外面神不知鬼不觉地悄悄进来走到那里去的呢，对这个问题他不得而知。阿申巴赫也没有去多想它，他更多的是倾向于认为此人是从殡仪馆的青铜大门里走到那里的。阿申巴赫看到，站在那里的那个人并不是很高，瘦瘦的，没有留胡子，有个非常明显的塌鼻子。他是那种红头发类型的人，脸上的皮肤却是乳白色，上面还有不少雀斑。很显然，从他身上看不出来任何巴伐利亚人的特点来：至少是他头上戴着的那顶用坚韧的植物纤维编织而成，帽檐又宽又平的帽子颇具异国风情，这就可以表明他是从很远的地方过来的外乡人。当然，他肩上挎着的却是当地人普遍喜欢背的背包。他穿着一套黄色呢绒料子做的，有腰带的裤子和上衣，左胳膊上搭着一件带帽子的灰色风衣，并且还把左手叉在腰间；右边的小臂上则挂着一把带着铁皮包头的手杖，他把手杖斜着撑在地上，腰部靠在手杖的上端，两只脚交叉站着。他的头部高高昂起，这样一来，他的那根从宽松的运动衫里露出来的本来就够细长的脖子显得更细、更长了，脖子上的喉结显得尤其突出，好像比别人的要大得多。他那红色眉毛遮盖下黯然无光的眼睛凝视着远方，在两只眼睛的下面，有两道明显的皱纹，垂直向下，同他的那个短小而低平的塌鼻子搭配在一起，更是叫人觉得古怪。或许是因为他所站的地方地势较高，才使阿申巴赫对他得出了这样的印象：他目空一切，盛气凌人，甚至是狂妄自大，不知天高地厚。也或许是夕阳的余晖照得他眼花缭乱，因而面部表情古怪，甚至让人觉得他的面部变了形。比方说他的嘴唇显得太短，而且向后缩，简直连他的牙齿都遮盖不住；他的牙齿暴露在外面，在红色的牙龈上面白色的牙齿闪闪发光。

阿申巴赫一面漫不经心地，一面又有点认真地打量着那个有点古怪的人。正因为如此，所以他没有想到那个人竟然会回头看他，而且是带着一种充满敌意、非常凶狠的目光。他的目光里像一把咄咄逼人的利剑，刺痛了阿申巴赫，于是气氛一下子变得紧张起来；他逼迫阿申巴赫不得不赶紧收回自己的目光，并且从内心里感到一种难言的烦恼。阿申巴赫转过身去，开始沿着篱笆旁边的小道走开。他同时还暂时暗下决心，对这个人，再也不要去注意他。没有过几分钟，他就把那个怪人给忘记了。或许是那个漫游者异国打扮的样子对阿申巴赫的想象力产生了影响，或者是某种肉体或心灵上的影响产生了作用，他觉得自己内心出现了少有的豁然开朗之感，突然意识到在自己的内心深处有一种躁动不安，一种要求到外地，到远方去的青年人的热烈冲动；有一种按捺不住的激情，而且是那样的强烈，对外界充满新奇。当然这样的感情冲动他以往也曾经有过的，只不过后来都消失，被淡忘了。他把双手倒背在身后，目光呆滞地望着地面，像被锁定在那里一样，他在想自己的心事，在审视自己的意向和目标。

　　这只不过是渴望到外地去旅游罢了，仅此而已，并没有别的什么意思；但是这种想法来得非常突然，叫他感到异常兴奋，激情涌动，甚至出现了幻觉。他的强烈欲望现在已经是显而易见的了，他从早上工作开始时就表现出来的那种非同一般的丰富想象、构思的能力和伴之而来的激情，直到现在也未能够停顿下来——他还在为大千世界创造奇迹和惊恐的范例，并且想一下子就完成自己的这个心愿，大有不达目的誓不罢休的架势：他看到，看到了在彤云密布的天空之下的一片热带沼泽地，到处都是湿漉漉的，各种热带植物葱茏茂密，有柔软的草地，也有参天的树林；这里是一片由小岛、沼泽以及流淌着泥水的沟渠形成的原始热带荒野。在长满茂密蕨类植物的热带丛林里，在生长着绿油油，非常粗壮的，看起来有些怪异的花草树木的土地上，到处都可以看见耸立着一株株毛茸茸的棕榈树，还有一种怪树，树根竟然长在离开地面的树干上，然后经过一段很长的距离才扎到泥土里，有的插入静静的水里，绿色的世界倒映在静静的水面上，使那里的绿色显得更加凝重；水面上各种各样的水中鲜花点缀其间，有的呈乳白色，有的有碗口那么大，像白色的盘子漂在宁静的水面上；有一种鸟也是非常罕见的，它有着高高耸起的肩头，嘴巴更是奇形怪状，站在一个水浅的地方，把头偏向一边，目不转睛地看着。在粗壮的竹林的空隙里，一只老虎蹲伏在那里，从老虎眼里射出凶狠的光芒——它在伺机欲动，随时准备扑向自己的猎物。他由于惊恐心怦怦地跳了起来，也或许还有某种强烈的，莫名其妙的渴望。幻想消失了。他转过脸；阿申巴赫又沿着石匠铺的篱笆旁边的小路往前走去，一面不住地摇着脑袋。

他在过去，至少是从他有条件自由自在地享受社交活动所带来的好处时起，曾经把到世界各地去旅游看做是一个健体强身的措施，有时候去旅游一下并非心甘情愿，而是不得已而为之。他自己和欧洲的人们为他提出的任务实在是过于繁重，创作的责任感压得他几乎透不过气来，以致他对于消遣娱乐十分反感，根本不喜欢外面五光十色的花花世界。他满足于这样一种观点，每个人都能够从周围世界的表面得到有价值的见识，不必离开自己的生活圈子。所以他从来就没有考虑离开欧洲去周游世界的问题。特别是在他的生命力出现逐渐衰竭的现象以来，在他心目中产生的那种壮志未酬身先衰的担忧心理，也就是那种担心事业未竟、未能为事业献出毕生精力便撒手人寰的不安心理之后，这种担心就无论怎样也不能完全消除掉的。正是出于这样的担心，所以他才夜以继日地工作，除此而外也就是出来在自己的家乡城市里散散步而已。夏天多雨的日子里，他还到自己在山里面建造的别墅里去住上一阵子，但其足迹也就是局限在别墅的范围之内。

　　但是他刚才的那种发自内心的，来得既晚且突兀的春潮般的冲动，很快就被理智和从小就养成的自我克制能力抑制住了，他的心情现在重又恢复了往日的平静。他本来有过这样的考虑，即在他离开城里到乡下去之前，要把他的工作——工作是他生命意义之所在——先告一段落。至于到世界各地去旅游的想法，他觉得这是个不能去认真考虑的问题，因为一旦真的进行这样的旅游，就是那种放松自己、违背原先计划的旅游，那势必会使自己的被视为生命的文学创作事业，受到至少是几个月的影响。但是这些倒并不是他对旅游如此反感，乃至于深恶痛绝的真正原因。他之所以这样反对旅游，真正的原因在哪里，他心知肚明。他有一种摆脱过去生活的强烈愿望。他承认自己有这种强烈的愿望，承认自己向往一种远方的新的生活，希望自己能得到解放，能够甩掉迄今为止对自己的种种束缚、羁绊，释去重负，忘掉过去，他向往着远离工作，远离那种呆板、冷漠，令人痛苦的日常生活。但是从另一个角度来看，他又十分热爱着现在的工作，喜欢那种虽然每天都得叫人神经紧张，但是却总能给人带来新鲜之感的工作。这种工作，实际上就是一种意志，一种坚韧，令人自豪，经常经受得住考验的意志同日益严重的厌倦情绪之间的斗争。而这种厌倦情绪是别人无法知道的，而在这种厌倦情绪下所产生的作品，又不会以任何形式表现出他在创作过程中曾因为厌倦而流露出来的心态失常以及懒散情绪。但是不能把弦绷得太紧，这也是可以理解的；不过对于正在不断向外迸发的强烈需求，同样也不能不顾一切地进行压制。

这也是情理之中的事情。他想到了他的工作，想到本来昨天就应该离开，而今天不得不离开的地方，因为无论你怎么样煞费苦心，无论可能突然间出现什么变故，都无济于事，你怎么样也都是要离开那个地方的。他又重新考虑一下，想突破这种障碍，想找出这个难题的答案。但是最后他还是怀着极不情愿的心情退缩了。这里其实并没有什么了不起的困难，但是却有一种足以使他意志消沉、丧失活力的东西，这就是对自己行为产生的疑虑使他失去兴趣。这种不感兴趣或者说是反感，是用任何东西都无法填满的欲壑。他的这种永不满足的精神，是从小就培养起来的。他还很小的时候，这种不满足的性格就被认为是他内在的气质和聪颖过人天分的表现。正因为有这种永不满足和总是谋求开拓进取的精神，所以他能够控制自己，使自己保持冷静。因为他清楚地知道，人们是容易得到满足的，哪怕有了些许成就，甚至还没有成功的时候就沾沾自喜。难道是那种被压抑的感觉现在开始报复了吗？离开他，今后不再带有他的艺术性，拒绝再去为加速他的发展步伐而做出努力，同时把所有的兴趣，所有的激情、爱好也都随之从表现形式和内容上统统去掉——难道这就是所说的报复吗？其实他所创作出来的东西都是不错的：至少这是他在那些年月里的长处，在那些年月里，他随时都能感觉到自己的独具匠心之处，随时可以奉献出类拔萃的杰作来。但是，就是在全民族都在为他感到骄傲，都在对他顶礼膜拜的时候，他也并没有因此而感到高兴，他好像觉得自己的作品中缺少那种烈火般燃烧的情绪，这种烈火般的情绪是高兴、愉快的产物，远比文章的内容要重要得多，它是一种更为重要的优势，它能够使欣赏文学作品的广大读者受到鼓舞，使他们感到高兴、欢乐。他害怕自己夏天在乡间别墅的小屋子里单独同那个为他做饭的女佣人以及和照顾他生活起居的男佣人在一起；害怕面对着那座已经见惯了的山顶和山坡，他总觉得这些东西又会把他给包围起来，使他再次感到孤独，使他慢慢地又产生那种不满足的情绪。于是这就需要增加些什么新的花样，随时想到的那些能够给人以新的刺激，使人感到新奇，比方说发现有人偷东西之类的事情。总之，他要呼吸远方的新鲜空气，要吸收新鲜血液。这样才能够使夏天好过些，才能够有所收获。那好，到外地去旅游去。他对自己的这个想法和决定感到非常满意。当然这次旅游不要去太远的地方，用不着去到老虎蹲伏着的地方。坐一夜的火车卧铺，到令人感到亲切的南方，随便一个什么游乐场里，痛痛快快地玩上三四个星期……

他正在遐想的时候，丁当作响的电车向着翁格大街车站开过来了。他登上这辆马上就要到站的电车回城。在车上他决定就在今天晚上好好研究一下自己到南方旅游的地图和有关旅游指南，也算是开始在为他的南方之旅做些必要的准备吧。上车的时候他突然又想起了刚才的那位头戴奇怪帽子的旅游者，就是因为自己在这里的短暂逗留中见到了他，才使自己产生了要到南方去旅游的想法，这毕竟是一种收获。他往四周看了一眼，但是并没有看到他。这个人的去向已经不很清楚了。因为无论是他刚才等车的地方，还是下一个车站，乃至在他所在的车厢里也都没有那个人的影子。

二

他是描写普鲁士腓特烈大帝生平的那部风格明快、影响巨大的散文体叙事诗的作者；一位非常稳健的艺术家，在长年累月的辛勤笔耕过程中，他写出了人物形象鲜明生动，把各种各样人物的命运集中到一个主题下的长篇小说，取名为《幻》。他还是另一部影响巨大且深远的小说的作者，他给这部小说加了个标题，叫做《一个不幸的人》。他向需要感谢他的整个年轻一代指明了从道德上决心达到知识彼岸的可能性；这位作者最后（这里使用"最后"这个词，是想以此来简单地表明他的作品成熟的时代已经到来）还完成了那部激情澎湃的论著《精神和艺术》。该书的条理清楚，逻辑性强，对照法的雄辩性使其具有强大的说服力，严肃的评论家们把它同席勒的著名论著《论朴素的诗与感伤的诗》相提并论——这个人就是古斯塔夫·阿申巴赫，或者是古斯塔夫·冯·阿申巴赫。古斯塔夫·阿申巴赫出生在西里西亚省的L县的县城里，他父亲是当时的一名高级法官。他的祖辈都是军官、法官、行政长官之类的上层人物，他们为国王，为国家服务，但是却都过着严谨、正派、同时有时又是非常简朴的生活。在他的祖辈人中，只有一个人热忱、比较有爱心，那是一位传教士；至于这个家族遗传的机敏，富有情感的性格特征，则来自于作者的母亲。她是一位波西米亚乐队指挥的女儿。她的儿子从她身上继承异国特征的遗传基因，外貌上有某些外国人的特征。工作上明显的认真作风，同一种不那么明显，但却充满火热激情的性格的紧密结合，便造就了一位艺术家，就是这位不同凡响的艺术家。

阿申巴赫一心追求成名，他虽然并不早熟，但是他的情况已经向世人表明，由于他笔锋犀利，见解精辟，人们早就领略他的才华和聪慧，对于公众来说他早就成熟了。他还是中学生的时候差不多可以说就已经出名了。十年之后，他学会了坐在写字台前用优美、华丽而同时又寓意深刻、耐人回味的辞藻，来回复大量各种函件。回信虽然很短，然而内涵却要十分丰富。这便是人们对一位有成就的作家所提出的非同寻常的要求。他成功地做到了这些，从而保住自己的名声并使其不断增大。四十岁的时候，他已经被实际工作的紧张繁重和各种变迁弄得疲惫不堪，心力交瘁了，但是他还得处理那些来自世界各地的函件。在这些函件中，绝大多数都是受到他作品的鼓舞、从而对其大加赞扬的信件。

他的才能在当时可以说是不同凡响，是出类拔萃的，但是他虽然天分很高却又不是那种不可思议的怪僻之人，阿申巴赫从来没有什么荒诞离奇的举动。因此他深受广大读者的信任和拥戴，就是那些喜欢挑剔的评论家，也都对他表示钦佩，给他以鼓励和支持。这就是说，他从年少的时候起，就生活在一片褒奖声中，各方面的人们都希望他出类拔萃，鹤立鸡群，成就一番常人所不能够成就的伟大事业。就是这种希冀和期盼，使他从很小的时候起就从来没有敢让自己有青年人所喜欢的懒散，从来不敢放松自己一下，从来没有无忧无虑地轻松过。三十五岁的时候，他在维也纳被累得病倒了。一位同他要好的朋友在对他进行细致观察之后，语重心长地对别人说："你们看见了吗？阿申巴赫一直就是这样生活。"说到这里时，那位朋友把自己左手的指头慢慢地拳起来，最后攥成拳头："从来没有这样过。"这时他把拳头张开，然后又把那只手舒舒服服地放到了圈手椅的背上，让它随便耷拉在那里。他说的和所比划的简直是太中肯，太符合阿申巴赫的实际情况了。阿申巴赫的身体可能是先天不足，所以他生来就不是显得很结实、健康。正因为如此，他的努力工作和丰硕成就，才更加说明他从道德上来看是位了不起的勇敢人物。因为他这样做是出于一种社会责任，并不是说他天生就有这样强健的体魄，能够做出如此成就来。

遵从医生的关照，阿申巴赫很小的时候就不去学校上学了。他的身体健康状况使他只能够在家里接受教育。他是在一个人，就是说在没有伙伴的情况下成长起来的，从很小的时候起，他就不得不认识到，自己属于那种不是没有天分，而是没有那种可以使天分得以发挥的身体基础，要想使自己的天才能够成就某种事业，这样的身体条件是不可或缺的；他是那种早年就才华横溢、成就卓著并从而崭露头角的后起之秀，然而由于体质太差，这种辉煌的日子很难持续下去——他属于这样的一种人。他惯常喜欢说的一句话是"坚持下去"。在他的那本描述腓特烈大帝的小说里，他所看到的就是"坚持到底"这句话的神圣威力，他把这句话看成是一个人在艰苦困难面前英勇不屈、坚忍不拔精神的集中体现。他又何尝不想在人世间多活上几年，因为他很早就一直认为，一个艺术家只有当他经历了人生各个时期，并且在每个阶段都取得辉煌成就之后，他的艺术造诣才能够无愧于伟大的，对各种人来说都真正具有普遍意义的精神财富，他的作品才能成为不朽的传世之作。

天才赋予他神圣的使命，然而这神圣而又繁重的任务却只能放在他那副瘦削、脆弱的肩膀上。而他又想向人类成就的顶峰不停地攀登，这就要求他受到严格的约束，不能放任自己，更不允许自己为所欲为。所幸的是他的家族向来有克制、约束自己的传统，他从父辈那里继承了这方面的遗传基因。人到四五十岁年纪的时候，一般都会是挥霍无度，花天酒地，纸醉金迷；在重大任务面前踟蹰不前，缺乏勇气和决心。但是他却并非如此。他每天一大早就起来洗冷水浴，用冷水往自己的头上、身上浇，然后便点起银质烛台上的蜡烛，在烛光之下开始写作，把他经过一夜睡眠、休息积攒起来的力量以这种形式散发出来，他每天早上都要在稿纸上这样奋笔疾书大约两到三个小时，为艺术做出自己的牺牲。有些人认为，在《幻》中所描绘的各种人物、场景，在关于腓特烈大帝的小说中对这位伟大人物的英雄业绩的描述，是他阿申巴赫在某种巨大力量的驱使下一气呵成的，是一种精神力量的作用，是道德上的胜利。这样的看法固然是可以理解的，但是确实是与事实不相符合的。实际上，他的长篇巨著，都是他每天辛勤笔耕的结果，是他每天的创作灵感的产物，是涓涓细水积聚成的大河。正因为如此，他作品中的每个地方都是那样超凡脱俗，脍炙人口，闪耀着作者的才华。这是因为作者是用顽强的意志和不屈不挠的精神（这是那些征服了自己出生地西里西亚的人所具有的精神），为一部长篇巨著呕心沥血，经年之久，在紧张和重压之下专心致志，把自己的精力投入到创作当中去，坚持到辉煌巨著问世。这就是阿申巴赫的难能可贵的过人之处。

一部杰出的作品，要想能够很快就发挥广泛而深远的巨大影响，在作者个人的命运和广大同时代的普通人民大众之间，要有一种隐秘的内在联系，一种广泛的一致：作者的作品得到广大读者的认同，在他们的心灵深处引起共鸣，从而产生巨大反响。人们往往并不知道他们为什么要对某种文艺作品或者艺术创作给以崇高评价，从内心里加以赞赏。他们实际上还不具有鉴别、欣赏艺术作品的能力，不是真正懂行的人；他们只是以为自己看到了艺术作品这样那样的优点，就对作品产生兴趣，交口称赞。究其根本原因，那是一种只可意会而不可言传的好感，是难以捉摸的。一次，阿申巴赫在一个不怎么引人注目的地方直截了当地发表了这样的看法：几乎所有伟大事物都是坚忍不拔，敢于蔑视，敢于挑战的；它不顾忧伤和烦恼，不顾贫穷，不顾孤独，体弱，恶习以及激情等诸多因素的干扰，它依然出现了，屹立在那里。这不光是一种看法，见解，更多是一种阅历和经验，这些恰恰就是他的生活准则，是他取得荣誉、饮誉世界的法度，是他成功的关键因素。如果说这些都体现出他具有个人特色的道德品质和形体风貌的话，难道还会有人感到惊奇吗？

关于那种新的，在作品中以形形色色个人形象出现的英雄类型，是这位作家乐意选用的形象。对于这样的形象，一位英明、智慧的分析评论家早就这样写道："他构思的人物形象应该是'聪明智慧、年轻英俊的男子汉大丈夫'的形象。"同时还应该是"能够在刀光剑影、乃至万箭穿身的情况下，昂首挺胸，咬紧牙关，临危不惧，视死如归的英雄形象"。他是非常英俊的，才气过人，非常精干的，尽管给人以一种过于被动的印象。在命运中能够镇定自若，保持冷静正确的态度；在遭遇痛苦、困难的逆境里能够保持自己固有的风姿，这样的态度不仅是消极的忍受；它还是积极的结果，是经过艰苦卓绝努力之后所取得的胜利成果。塞巴斯蒂安①的形象，被认为是艺术中最美的象征，如果说就整个艺术来说不是这种情况的话，那么在这里正在谈论着的艺术肯定是这样的。如果我们看一下所描述的世界内幕的话，那么我们就会看到：一种完美的自制能力，能够在世人面前巧妙掩饰自己内心空虚和腐化堕落，而且一直能掩饰到最后一刻；看到因肉欲不能得到满足而变得枯黄的丑陋，这种丑陋能够把没有完全熄灭的情欲变成纯洁的火焰，是的，它甚至升华为在美的王国里的占有至高无上的地位；那种苍白无力的状况，能从炽热的心灵深处汲取力量，能够使拜倒在十字架前面的傲慢的整个民族，全都拜倒在苍白无力的形象面前；在从事紧张又枯燥无味的工作过程中，仍旧能够保持着亲切优雅的言谈举止；诈骗成性的人那种虚伪，而又危险的生活，以及使人很快精神麻痹的思念和艺术——如果人们看到这些命运和许多诸如此类的命运之后，那么人们就有资格怀疑：除了"弱者们"的英雄主义之外，世界上还有没有什么别的英雄主义？还又有什么英雄主义比这种英雄

---

① SEBASTIAN (255—288)：基督教的圣徒和殉难者，因被告发其教徒身份而被判处死刑。但是在弓箭手行刑时箭未射中致命部位，所以虽伤未死。后来被一名叫做艾琳的女人救活。然后他又到皇帝面前去讨回公道，结果反被乱棍打死。——译者注

主义更符合这个时代精神的呢？古斯塔夫·阿申巴赫只是这样一些作家当中的一位，他们努力工作，不堪重负，已经是心力交瘁，但是却仍然坚持着，有那种就是泰山压顶也压不垮的钢筋铁骨的精神；他是那些业绩辉煌、道德高尚的社会精英们当中的一个，这些人虽然体弱多病，囊中羞涩，但是却通过他们坚强的意志和无穷的智慧，创造出辉煌的成就，如果说他们的业绩不是流传百世的话，那么至少在他们所处的时代里还算得上是光彩耀人、影响普遍而深刻的。这样的时代精英很多。他们都在他的作品中得到重现，他们在他的作品中得到表现，他们在作品中被充分肯定，被大加赞扬，被深情地歌颂；他们都知道对他进行感谢，他们到处在传诵着他的美名。

他年轻幼稚，有一种初生牛犊不怕虎的鲁莽劲头。在当时的时代里，他得不到名师指点，他在众人面前跌过跤，也干过不该干的蠢事、错事，暴露过自己的弱点和不足之处，说过一些有悖常理的话，作过一些有悖常理的事情。这些错话和错事，在自己的言论和作品中都有不同程度的反映。但是他却获得了给他形象增辉的荣誉。正如他自己所强调的那样，追求这种荣誉，是每个天才与生俱来的本能，天性。是的，人们简直就可以这样说，他阿申巴赫一生的发展成长过程，就是一个有意识地，不顾所有艰难险阻，冲破一切疑虑、讥讽的阻挠、羁绊，使自己终于达到荣誉高峰的奋斗过程。

普通市民们所对他作品最为满意的是，他作品中的那些生动活泼、思想上不受束缚、真实、可触摸的人物形象；而最能够使那些血气方刚、放荡不羁的年轻人感动并在他们中间引起共鸣的，则是他在其作品中所提出的各种寓意深刻的问题。在青年人看来，阿申巴赫善于提出质疑，他像青年人一样，挑战世俗观念，努力追求真理，不受约束，放荡不羁。他沉湎于那种滥用知识的精神，他喜欢把种子碾碎，仔细琢磨自己的收获，喜欢把秘密暴露给世人，他怀疑天才，亵渎艺术——是的，正当对他崇拜备至的人在谈论，赞扬他的杰作，并为他的作品受到鼓舞的时候，而他，这位还像青年一样的艺术家，则对值得争论的艺术的本质和艺术家气质问题，发表了一些玩世不恭的见解，从而使那些二十几岁的小青年目瞪口呆，大惊失色。

但是看起来好像是这样的，一种高贵的，能干的精神，在对付别的什么东西时可能还会非常锋利，所向披靡，但是在遇到尖锐犀利的知识的抵抗时，却往往会很快就显得迟钝了；诚然，年轻人在追求知识的时候，态度是非常认真的，但是，如果拿青年人的态度同那些已经成为大师的人对知识的态度相比，年轻人自然要显得肤浅得多。大师们在知识面前往往是抱着否认、拒绝、趾高气扬、不屑一顾的态度，哪怕是这些知识仅仅是有可能，即甚至只是在很小的程度上能使他们的意志，行为，情感，甚至是激情受到打击，使之瘫痪，丧气，或者是被诋毁。《一个不幸的人》那部小说不是非常有名吗，难道不是对当代的不健康心理的猛烈抨击吗？他的这种对当时社会弊端的攻击，在小说中是通过一个人物体现出来的，这是一个软弱、愚钝、呆傻的半流氓、半无赖的人物，他屈从于命运的摆弄，由于无能，由于放荡和堕落以及道德上的败坏，他把自己的妻子推到一个嘴上没毛，办事不牢的年轻小伙子怀里。难道他因为没有起码的尊严就可以这样做吗？作者在这里使用了充满盛怒情绪的言辞，对这个道德败坏的人进行了猛烈的抨击。通过这些严厉的词语，宣布他抛弃道德上令人产生疑虑的东西，对道德上的堕落、失足者不给予任何同情，对那种毫无原则的所谓"理解的东西就要给予同情"之类的妇人之仁，他一律嗤之以鼻。这里所酝酿着的，或者说已经展现出来的，是"再现毫无偏见，毫无拘束的奇迹"。在稍后不久同作者的一次对话中，他就明确地，同时还带有某种神秘色彩地强调了这一点。这中间该有一种多么奇特的关系！难道正是由于这种重现所带来的精神方面的后果，是新的尊严和新的努力所带来的成就，致使人们在这个时候能够看到对美的感悟竟然有了如此之大的增强，那种高贵的纯洁性，简洁、匀称、得体的形式，使他的作品从那个时候起便有了明显的大师般的经典的特色？然而，那种超了知识界限的道德坚定性，超过了起解体和阻碍作用的知识界限的道德坚定性，难道是又一种简单化吗，不又意味着把世界和心灵在道德上看得过于简单吗？这同时也就是说，这样做的结果不是又会鼓励人们去作恶，去从事一些违禁的事情，去做一些按照伦理道德观念来看是不该做、不能够去做的事情吗？这样从形式上来看不是有两重性了吗？这样一来不就是道德和不道德同时并存了吗——道德是教育、约束的结果和表现，而不道德甚至是违反道德（只要从本质上来看具有对道德观念抱着无视的态度，甚至从其言行举止上来看基本就是这样做的）则是把道德置于他们的傲慢的，无限制的统治权之下？

别管是什么人，能否发展以及发展得怎么样，这都是一种命运；那些受到广大公众同情、支持，为他们所信任的人，他们的发展进程为什么不应该比那些没有什么突出成就，没有什么像样建树、荣誉的人更好些呢？当一位伟大的天才脱颖而出的时候，他习惯于明确表示意识到了自己的天才的荣誉和价值，做出一副孤芳自赏的姿态。这种孤芳自赏，实际上是一种无法找人商量的，强烈的内心痛苦与斗争。当然，他还是力图让广大民众了解他的影响力和声望——在他这样做的时候，只有那种永远漂泊不定的流浪思想，才会认为这样是无聊的，甚至是可笑的。另外，在天才自我形成的过程中又有多少酸甜苦辣、喜怒哀乐？！随着时间的流逝，在古斯塔夫·阿申巴赫的文章里出现了一种打官腔、教训人的味道，到了后来在他的作品中失去了原先的那种敢想敢说、真诚坦率的泼辣风格，同时也没有了当年的那种明快和清新的特色，而是由于过分重视精雕细凿，过于墨守成规而显得呆板，没有生气，甚至让人觉得有些格式化。正像流传下来的关于路易十四①的情况那样，这位年纪越来越大的作家，作品风格有了日渐明显的变化，在他后来的作品中很难找到通俗易懂的普通句子；但是正是在这种时候，主管学校教育当局，把他的一些作品选为学校教科书的内容，当做教材使用。当一位刚刚即位的公爵给他，腓特烈大帝英雄史诗的作者，在其五十大寿之际授予他贵族身份时，他坦然地接受了，认为自己受之有理，当之无愧。

在经过数年的奔波之后，他虽然尝试过在这里或者那里逗留一些时日，但是他都觉得不尽如人意，最后还是决定及早在慕尼黑定居下来。他在慕尼黑住下来之后，在那里享受到人们对社会名流们发自内心的尊重。他还年轻的时候，就和一位书香门第的大家闺秀结为夫妻，婚后的家庭生活也十分美满幸福，但是好景不长，没有过多久夫人便撒手人寰了。夫人给他留下了一个女儿，现在已经长大成人，结婚成家了。他没有儿子，从来都没有过儿子。

古斯塔夫·阿申巴赫个子不高，在中等身材的人当中他还得算是矮些的。皮肤黝黑，不留胡子，他的身材比较纤弱，相比之下脑袋显得大了些。他把头发梳向后面，中间还分开，显得有些稀疏，露出了白色的头皮；但是在鬓角的地方则毛发浓密，不过已经是花白颜色了。在两鬓花白毛发之间是高高的前额，额头上满是深深的皱纹，看起来就像是伤疤一样。他戴着一副金丝眼镜，镜片的周围没有镶边。金丝眼镜就架在他的那副敦实而又有些弯曲的鼻梁上方，看起来还是显得蛮气派的。他的嘴巴很大，常常很松弛，但有时候突然抿得紧紧的；面部很瘦，而且也布满皱纹；下巴倒是很好看，只不过显得有点儿向两边裂开。看来，坎坷的命运已经在他身上留下了岁月的印记，他那个经受了太多痛苦的脑袋已经不得不总是歪向一旁。但是使他的

---

① 法国国王，1643 年到 1715 年期间统治法国。——译者注

相貌发生如此变化的是艺术，正是艺术使他过上那种艰难的，漂泊不定的生活，才使他未老先衰，满脸皱纹。他的前额后面的脑海里，蕴藏着伏尔泰①和腓特烈大帝对战争问题的精辟见解和激烈的辩论；他的那对疲倦，因而深深陷进去的眼睛，透过玻璃镜片向外面凝视着。就是这双眼睛，曾经看到过七年战争期间野战医院里的鲜血淋淋的可怕场景。是的，从他个人的角度来看，艺术也是一种更高层次的生活。它给人以更深层次的喜悦和快乐，但是它也耗费掉人的更多的心血和精力，从而更快地使人衰老。艺术在它仆人的面部镌刻上幻想和心灵冒险的痕迹；它使它的仆人、信徒和崇拜者们，即使在寺院般的寂静中，天长日久也养成了一种爱挑剔的毛病，那就是总是要求尽善尽美，要求追求新奇直至筋疲力尽。那些激情四溢，放纵自己，尽情享受的人，恐怕几乎就不会是这样的。

三

从那次散步之后，一些生活中和文学方面各种繁杂的事情就一直在困扰着这位已经对旅游很感兴趣的人，他虽然很想马上成行，但是却还不得不再在慕尼黑停留一些日子。他终于能够通知乡下做好准备，说他四个星期之内将进驻他的乡间别墅，并打算在五月中旬到月底期间的某一天，乘夜车去亚德里亚海的一个叫做里亚斯特的海湾城市。但是他在里亚斯特只停留二十四个小时，第二天一早便乘船前往波拉。

他所追求的只是那种充满新奇，毫无牵连的意境，找到这种意境之后，他就将在亚德里亚海一个近年来很有名气的小岛上住下来。这个地方离伊斯特拉海岸不远，岛上的居民衣衫褴褛，但是却五光十色，什么样的都有；他们说当地的土话，自然听起来怪腔怪调的。那里有陡峭的海岸，海岸前面就是敞开胸怀，宽阔浩瀚的大海。经常是淫雨纷飞的日子，空气潮湿；旅店里住着一些见识不多，消息闭塞的奥地利游客。而且这里缺少那种与大海安详、亲密的联系，只有从一条松软的沙滩上走过去才能接近大海。所有这些使他产生一种很不愉快的心情，他觉得这里似乎并不是他决定要来的地方。他内心里很不平静，他不知道自己应该何去何从，这使他焦躁不安。他仔细地研究当地航线的情况，认真专注地观察周围环境，突然间出人意料的一个

---

①　18 世纪法国著名文学家和哲学家。——译者注

去处出现在他的眼前，那就是他要去的地方。如果人们一夜之间能够想出来一个无与伦比的，具有童话般吸引力的地方，那么他还能到别的什么地方去吗？这是非常清楚的，他只有到这个地方去了。他到这里来干什么呢，他来这里是来错了吗！他原本想去的是另外的一个地方。他毫不迟疑地结束了在这里的停留。在他来到这个小岛后的一个半星期之后，一艘速度极快的摩托艇，在一个雾气蒙蒙的早上，带上他和他的行李，越过海面又回到了军港。他到军港之后，便从那里上岸，经过一条栈桥，踏上一艘轮船的湿漉漉的甲板。这艘客轮正冒着浓烟，准备开往威尼斯。

　　这是一艘业已使用了很久的意大利轮船，看上去很脏，被煤烟给熏得很黑，已经是很破旧了。古斯塔夫·阿申巴赫上了船之后，就有一个驼背的船员，浑身脏兮兮的，脸上硬装出客气的笑容，把他引到船舱里一个像洞穴似的小房间里，那里即使是大白天也得用灯光照明。阿申巴赫看到，有一个人坐在一张桌子后面，把帽子拉得很低，连额头都盖上了。他嘴角上还叼着一根雪茄的尾巴，留着一撮山羊胡子，从外表上来看，他很像是一个旧马戏团的老板或者是团长之类的人物。他用生意人那种装腔作势的姿态接待旅客，给他们签发船票。"去威尼斯?!"他重复了一遍阿申巴赫的提出的买票要求，一面伸出手臂，拿起笔，并把它斜插到面前的墨水瓶里，瓶子里的墨汁都已经稠得像米粥一样了，"去威尼斯，一等舱。行了，您的事情办完了，先生。"他在纸上写了些什么，鬼能看懂才怪呢。然后他从一个小盒子里拿出一些蓝色的沙粒撒在他刚刚写过的字上，然后又把沙子放到陶瓷盘子里去，用他的那发黄的，瘦骨嶙峋的手指头把纸叠好，在纸上面再重新写些什么。"去威尼斯旅游，这个地方选得太好了!"这时他还一面喋喋不休地说着，"威尼斯！多么美丽的城市！对那些受过教育，有知识、有教养的人来说，有着不可抗拒的吸引力，威尼斯的历史，以及它现在的许多迷人的地方，都使人们向往!"他的动作很麻利，他嘴上还说个不停，有点儿像江湖骗子在卖自己的狗皮膏药，好像他担心有人会突然动摇了去威尼斯的决心并从买票的队伍中走掉那样。他匆忙地算着账，收钱，找给顾客零钱，而且就把钱放在很脏的桌布上。"先生，祝您旅途愉快!"他一面说着，一面还像演员那样深深地鞠了一躬，"能够为您服务真是我三生有幸……下一位先生请!"他接着大声地喊道，并且还做着手势，好像有好多人排在那里等着买票似的。其实是后面连一个买票的人都没有了。阿申巴赫回到甲板上。

　　他把一只胳膊放到甲板的栏杆上，看着那些到码头来看热闹，看轮船起锚开动的无事可干的人群，还有那些站在甲板上与他同行的旅客。那些二等舱的旅客，男的和女的都蹲在甲板上，有的把旅行箱子和行李卷当做凳子，坐在上面。在头等舱的甲板上，有一群年轻人组成的旅游团，他们看起来像是波勒赞商贸部门的伙计。他们好像是一起去意大利旅游，情绪非常激动，一副十分高兴的样子。他们很不安分，他们大说大笑。甚至大喊大叫，对自己的言行举止非常欣赏，而且还大声地招呼那些夹着公文包，沿着港口大街去执行公务的同事们；那些同事则对这些欢快的人们举起手杖，装作威胁的样子。这伙年轻人趴在栏杆上相互打趣，油腔滑调地胡说八道。其中有一个人，穿着剪裁式样有些过时的夏季服装，打着一条红色的领带，还大胆地戴上一顶巴拿马草帽，他情绪特别激动，显得特别活跃，拉开像乌鸦一样的嗓门不停地大喊大叫，他的声音好像把别的声音都压下去了。但阿申巴赫较为仔细地看了他一下之后惊奇地发现，那个人并不是什么青年人，那是一位上了年纪的人，这是用不着怀疑的。他的嘴角和眼角上，都已经出现了明显的皱纹。他面颊上的那层淡红色，只不过是他涂上去的胭脂，在那顶有彩色花边的草帽下面的棕色头发，其实是个假发套。他脖子上老筋纵横，十分明显。他嘴唇上撅起的髭须和下巴上那一小撮胡子，都统统是染的；他笑起来时露出的一口黄牙，也是花很便宜的钱镶的一口假牙；他两只手的两个食指上还戴着两只上面有印章的戒指，那双手也完全是老人的手。阿申巴赫看着这个家伙和他的同类，一种不快乃至厌烦的感觉油然从心中升起。难道说他们就看不出来他已经是一位老人，已经是大大不适于穿着打扮，更不宜穿红戴绿，把自己装扮得像妖精一样，不宜于把自己当做个青年人同他们混在一起，同他们一样疯疯癫癫没有个正形？看起来他们已经没有谁还会去想这样的问题，他们对他们中间的这个老头儿似乎已经司空见惯，习以为常了。他们允许他混在他们中间，他们乐意把他看成是自己的同类。在老头儿用胳膊肘子开玩笑地捅捅他们的肋部时，他们都并不反感，更没有表现出不满或者是厌烦的神情来。怎么竟然会是这样呢？阿申巴赫用手把自己的额头遮盖起来，同时闭上了眼睛，他觉得自己的眼睛有点儿热，可能是因为睡眠太少的缘故。他觉得，这眼前的一切似乎并不太正常，好像世界变得陌生了，像在梦幻中一样，自己周围的世界变样了，变得离奇，变得他不认识了。但是当他把脸部稍稍遮挡一会儿之后，然后再向四周看过去时，好像奇特的一切都又停了下来，甚至销声匿迹，不复存在了。在这一刻他突然有一种漂浮在水面上的感觉。他感到非常吃惊，赶忙抬起眼睛往四周看去，他发现，自己乘坐的那条笨重的黑乎乎轮船，开始慢慢地离开了石头砌的码头。轮船的发动机不停地往复转动，码头与轮船之间出现了一条又脏又黑，然而却闪闪发光的水波，水波一点点加宽。船头经过一番费劲的调头之后，轮船终于调正了方向，向着大海昂首挺胸，向前航行了。阿申巴赫走到船的右侧，那个驼背的船员已经在那里为他放好了一把躺椅。一位穿着油迹斑斑工作服的服务人员走了过来，问他有什么吩咐。

天空是灰蒙蒙的一片，潮湿的海风在不停地刮着。海岸和那个小岛已经被留在了后面。地面上的一切都很快地消失在远处灰蒙蒙、雾蒙蒙的地平线后面了。空中有从烟囱里冒出的阵阵黑烟，黑烟中还夹杂着未充分燃烧的煤末，随风飘来，带着潮湿落在刚刚打扫过的甲板上。甲板也是潮乎乎的，总也不能干透。一个小时之后，甲板上已经张起了篷布，因为天空开始稀稀拉拉下起雨来了。

阿申巴赫把大衣紧紧裹在身上，把书放在怀里，躺在那里休息了。时间在流逝，而他却并没有觉察。几个小时之后，雨开始停下来了。人们开始把麻布篷布放下来。这时人们才真正意识到什么叫做海阔天空。灰暗的苍穹之下，茫茫的大海无边无际、空旷寥廓。在这种广袤无垠、浑然一体的空间当中，人们的时间观念似乎也淡漠了。我们在一片朦胧、混沌中糊里糊涂。一些模模糊糊的形象在阿申巴赫的脑际萦回，那个滑稽可笑的老头儿，那个内舱里的留着山羊胡子的管理人员，都在以千奇百怪的姿势，说着难以捉摸的语言，走马灯似的从他面前经过——他睡着了。

快到中午的时候，有人把他叫醒，要他到一个像走廊一样的地方去吃饭。卧舱的门就同这个走廊一样的餐厅连在一起。在餐厅的尽头，有一张很长的桌子，阿申巴赫就坐在那张长桌子旁边吃他的午饭。那帮商行的伙计，连同那个硬是装嫩的老头儿，从十点钟起，就同那位兴致勃勃的船长开怀畅饮。中饭倒是非常简单，他很快用完中饭之后便从餐厅里出来了，他到了外面，往天空看了看，想看看威尼斯的天空是否会变得晴朗一些。

他所思念的，就是要看到威尼斯。因为在他心目中，威尼斯一直闪耀着诱人的光芒。但是，天空和大海都暗淡无光，呈现出阴沉沉的铅灰色，间或有雾蒙蒙的细雨洒落下来。他在心里暗暗地想，从水路上所看到的威尼斯恐怕同从陆路上看到的威尼斯不大一样。他站在前桅旁边，向远方眺望，期盼着快点儿靠岸，快点儿到达威尼斯。他想起了一位诗人，一位抑郁而又热情的诗人，这位诗人曾经在他梦中的圆形屋顶和钟楼上出现过。他默默地重复了几句诗句，这些诗句他当时曾怀着敬畏的心情，百感交集地朗诵过，朗诵得非常成功，抑扬顿挫都恰到好处。他为一种业已形成的感情所触动，他对着自己那颗真诚而又疲倦的心反躬自问：在他这位闲在的漫游者的内心深处，能否还保存某种新的激情和迷惘，在情感上是否还会有迟来的荒诞奇遇？

平坦的海岸线终于在轮船的右侧浮现出来了。海面上有许多渔船，这使海面的气氛活跃多了。海滨浴场也依稀可见。轮船从海滨浴场小岛的旁边驶过，渐渐地放慢了速度，穿过以威尼斯命名的狭窄港湾，在一片低矮、脏乱的小房子前面的环礁湖里停了下来。因为它得停在那里等着卫生检疫人员乘坐的小驳船前来履行卫生检疫手续。

一个小时过去了，总算是有只小驳船开了过来。可是那只小船却不是卫生检疫船，虽然大多数的人并没有着急，但是也已经有人流露出不耐烦的情绪。突然，一阵阵嘹亮的军乐声从岸上的一个公园里掠过水面传到了船上。这嘹亮的军乐声似乎激起了那帮青年人的爱国主义热忱，于是便纷纷来到甲板上。他们喝了意大利的阿斯蒂酒，借着酒力显得更加欣喜若狂，他们向对岸正在操练的士兵欢呼，喊叫。但是那个硬是装嫩的老头儿混在这样的一群青年人当中，说什么也是叫人看起来觉得别扭。他那把年纪，使他自然不能同年轻人相比，阿斯蒂酒已经使他神志不清，不知所以了，他已经酩酊大醉了，一副可怜巴巴的样子。他目光痴呆，颤抖着的手指中间夹着一支香烟。他来回摇晃着，前仰后合，看样子是很难保持自己身体平衡。如果他再往前迈出一步，恐怕他就得摔倒在地上，所以他站在那里不敢动弹。但是他还硬要打肿脸充胖子，故意装作非常兴奋的样子，对每一个从他跟前走过的人都要拉一下人家的衣服，嘴里还叽里咕噜说些什么，不停地挤眉弄眼，一面哧哧地憨笑，还不停地举起他那食指上戴着戒指、有许多皱纹的手来逗人发笑，他的动作呆傻、愚蠢，显得格外可笑，但更叫人觉得可怜。他还不停地把舌头伸出来舔自己的嘴角，这就又让人觉得恶心。阿申巴赫看到这种情形不由得皱起了眉头，心里更觉得一阵不快。他觉得自己有些恍惚，好像世界上正在出现一种轻微、缓慢但是却不可阻挡的变化，世界正在被扭曲，正在变成一种极为罕见，极端丑陋而又可笑的样子。情况不允许他沿着这条思路冥想下去，轮船的发动机又突然响了起来，它又继续它在接近目的地时被中断的航行，他经过一条名字叫做圣马科的运河驶向它的终点。

于是他就能又一次地见到那令人惊叹的着陆地点。那里光彩夺目，灿烂绚丽的建筑群，简直就是一部优美的乐章，一部精湛的艺术杰作，它结构严谨，错落有致。正是这样的稀世之作，被共和国拿来迎接从海上来到这里的人们，赢得他们敬佩、折服的目光。宫殿轻巧、华美，"奈何桥"以及岸边带有狮子头和圣像的柱子，仙人庙高高耸起的华丽的侧翼，那宽大的过道和那只巨型大钟又构成另外一番壮观场景。他一面看着一面想，如果从陆路，即坐火车进入威尼斯，那就等于说是从后门来看威尼斯宫殿，只有乘坐轮船，像他现在这样，从海上来观看威尼斯，才能够真正地领略到这座美妙绝伦城市的瑰丽风貌。

轮船的发动机停止了转动，威尼斯特有的狭长平底且两端略微翘起，名叫贡多拉的小游艇开了过来，从岸上登船的舷梯放了下来，海关人员登上了船，二话没有说便执行起了公务。旅客们可以离船上岸了。阿申巴赫说，他想要一条平底小艇，想把他的行李运到小火轮停泊的地方，在威尼斯和狭长的海滩之间，经常有这种小火轮承担运送旅客的任务，因为他想在海滨地带靠近大海找个地方住下来。他们同意了阿申巴赫的请求，并把他的要求大声地告诉水面上的那划贡多拉的船夫。离轮船不远的水面上，有许多平底船的船夫在为什么事情争吵，他们说的是当地土话，别人休想听懂他们在争些什么。他下船时遇到了小小的麻烦，因为他的箱子很大很沉，所以费了很大的劲，好不容易才从一个像梯子一样的扶梯上拖了下来。他有好几分钟的时间摆脱不了那个叫人讨厌的老头儿的纠缠。那老头儿依旧是醉醺醺的，他根本就不认识阿申巴赫，但是在下船时却偏偏要同他郑重其事地进行道别。"我们祝愿您在威尼斯一切顺利，玩得愉快，"一面还打躬作揖，"但愿您能记住我们！Au revoir, excusez and bon jour, Euer Exzellenz"① 他嘴里流着口水，眼睛不停地眨巴着，还伸出舌头舔他的嘴角。他那张老脸的嘴巴上那一撮染了色的小胡子一根一根地都竖了起来。"我们的问候，"他喃喃自语似的说，同时还把两个指头尖放在自己的嘴巴上，"请您向小亲亲，那个最美的小美人问好，那个最美丽的小亲亲……"说到这里，他的上面的一排假牙突然掉到下巴上，他自然要去关照他的假牙，阿申巴赫这才趁机得以脱身。但是他还是听到从身后传来的"向小亲亲问好"的声音，虽然不那么清晰，但伴随着的阵阵笑声确实是清清楚楚的。但这时候，阿申巴赫已经扶着缆绳走下舷

---

① 法语：再见，请原谅，早安，尊敬的阁下！但是 und 又是德文"和"的意思。作者这里以此来表现这个人物的肤浅。——译者注

梯了。

凡是第一次登上威尼斯平底船，或者虽然曾经坐过，但是这次是隔开好长时间之后再次登上的人，刚登上船时恐怕谁都免不了会有一阵儿心悸，战栗，同时还有点神秘之感。这种从古代传诵叙事诗的时代起就一直流传到现在的罕见的交通工具，在时间的长河中居然没有发生任何变化。船身被染成特别的黑色，在所有的东西当中，怕只有棺材才能够拿来同它相比。这不由得让人想起在一个静悄悄的黑夜里，只有船桨划过水面的声音，在这种夜深人静的时候去从事冒险勾当的情景；它还令人想到死亡本身，想到停尸架，想到阴森森的葬礼以及那默默无语的最后的送别。难道人们没有注意到，这种小船的座位被漆得像棺材一样黑，连坐垫也是黑色的扶手椅，竟然是世界上最柔软，最奢华，最舒服的座位？阿申巴赫在划船人的脚旁边坐下来，他的行李就放在他面前，整整齐齐地被堆在像鸭嘴一样的船头上。他坐下来之后就觉得威尼斯平底船上的座位坐上去确实是舒服。这时，船夫们一面摇着桨，一面还在不停地争执着，声音好像很粗，很土，总之是听不清楚，有的还做着威胁对方的手势。但是这座水上城市非同寻常的安静，似乎把他们的声音给吸收进去并且给化解了，然后又通过汹涌澎湃的波浪撒到大海里去了。这里的港口非常暖和，从南部刮来的西科罗热风轻轻地从身上掠过，使人感到非常惬意。阿申巴赫悠闲地靠在座垫上，闭上了眼睛，陶醉在这轻松愉快的环境里，这对他来说简直是一种生平不曾有过的甜蜜享受。但是这样的好景恐怕不会很长，这点水路很快就会走完的。他想，要是能总这样下去该有多美啊！他真想时间就这样凝固下来。小船在微微地震动着，使他觉得自己如入仙境，把尘世间的倾轧、烦恼和喧嚣等都统统地抛到九霄云外去了，他像超凡脱俗了一样。

他周围的一切变得越来越寂静了，除了船桨拍打水面的声音和波浪碰撞船头的声音之外，几乎别的什么声音都听不到。那黑色竖起的船头，像一把锋利的方天画戟插在那里，挺拔地立在水面上。当然也还有第三种声音，一种窃窃低语的声音，那就是船夫不断地喃喃自语声，是他在用他有力的臂膀不停摇着桨时，使着劲，咬紧牙，一字一句从牙缝里挤出来的声音。阿申巴赫抬起了头，他惊奇地发现自己周围的环礁湖的湖面越来越宽了，这是向着大海的方向驶去的。因此他觉得自己有必要问问这是怎么回事，不能就这样任凭他把小船划向哪里都不闻不问。至少小船不能向他自己不愿意去的地方划去。

"我要去汽船码头。"他对船夫说，同时把身子往后转过去一半。船夫倒是不再喃喃自语了，但是却并没有给他任何回答。

"我说，我要去汽船码头！听见了没有？"他又重复了一遍刚才的话，而且这一次是把整个身子都转了过去，冲着船夫的脸。船夫就在他的后面，站在比他坐的地方要高的小小甲板上，身影显现在铅灰色的天空里。船夫的样子并不怎么讨人喜欢，从外表上看去，毋宁说有点凶巴巴的样子。他身上穿的是蓝色的水手服，腰里勒上一根黄色的宽腰带，头上戴着一顶不像样的破草帽，有的地方已经开始脱线甚至已经散开了。他就随随便便地把这样的一顶破草帽斜扣在脑袋上。从他的面相和塌鼻梁下面乱蓬蓬的棕色卷曲髭须来看，他根本就不像是意大利人。船夫不能算是那种孔武有力的汉子，但是他在做每一个划桨动作时，似乎全身各个部位都在协调动作，看得出来他着实是用力的。有时他不得不花上很大的力气，致使他把下巴收缩回去，露出了他的满口白牙来。他皱起了眉头，他的淡红色的眉毛也随之动了动，然后从阿申巴赫的头上望过去，用几乎可以说是粗鲁的腔调说：

"您要去海滩?!"

阿申巴赫回答说：

"是的。我是要去海滩，但是我乘坐船的目的，是要能够把我送到圣马科，我的目的是在那里换乘公共汽艇。"

"先生，您不能从那里乘公共汽艇!"

"为什么不行?"

"因为公共汽艇上不让带行李。"

船夫说的是对的。阿申巴赫想起来了是这样的。他没有说话。但是船夫的粗鲁傲慢的态度，全然没有本国人对外国人的那种彬彬有礼的友好态度的影子，这好像叫他难以忍受。于是他又说：

"那这是我的事情，您就不用操心了。我说不定把行李寄存起来呢。请你掉转船头再摇回去。"

船夫不吭声。但是他手里的桨还在不停地拍打着水面，波浪还在不停地拍打着船头——小船还在按原来的方向慢慢地前进。他又开始喃喃自语起来；船夫又在咬着牙跟自己说话。

怎么办？在这一片大海之上，阿申巴赫只身一人，面对着的是一个自以为是，一意孤行的犟种，他觉得自己好像一筹莫展，根本就没有办法来实现自己的意愿。阿申巴赫心里想，如果船夫不惹自己生气那该有多好啊！他不是刚才还希望这样在船上度过的时间越长越好吗？现在看来，最好的办法也就只能是听之任之，顺其自然了。这样首先是能使自己感到舒服。他感到有些倦怠，仿佛是由他过于舒服的座位引起的，那个很低的，有黑色坐垫的扶手椅，随着船夫的用力划桨东摇西晃，于是使他有些倦意。他突然想到，自己是不是被绑架了，落到一名罪犯手里了，但是要想起来反抗，又觉得自己无能为力。他想，最糟糕的也不过就是他想勒索点钱，这倒也没什么了不起。但是一种责任心，或者是自豪感，提醒他要极力防止此类事件的发生。于是他又振作起来。他问道：

"你这一趟要多少船钱？"

船夫从他头上望过去，很不在乎地回答说：

"反正您要付钱的，到时候您就知道了。"

现在看来很清楚了，要针锋相对地来对付他。于是阿申巴赫生硬地回答船夫说：

"如果您不把我送到我想去的地方，我是绝对不会付钱的，绝对不会付的。"

"您不是要去海滩吗？"

"是要去海滩，但是我要乘坐公共汽艇，不是乘坐你的船。"

"我送您去那里，这不是很好吗？"

这倒也是。阿申巴赫心里想。他心里放松了些。是这样，你小船划得不错，送我去那里也未尝不可。就是你盯上了我的钱，冷不防从背后给我一桨，送我去了西天，你也得好好地给我划船不是？

但是这样的事情并没有发生。水面上出现了别的船只，有人给他做伴了。一条满载着男男女女的小船开了过来，他们在吉他和曼陀林琴的伴奏下大声地唱着。船上的人硬是要求两只船并排前进，水面上原来的寂静，被他们的异国风情给破坏了。他们的歌唱和演奏，是以要钱为目的的。他们把帽子伸到阿申巴赫面前，阿申巴赫把钱扔到帽子里。他们不唱歌了，也不演奏乐器了。他们把船开走了。于是就又可以听到船夫的喃喃自语声了，那种结结巴巴、时断时续的自言自语声。

他们就这样到达了目的地，小船一路摇晃着，一条开往城里去的小汽艇从它旁边驶过时，掀起的波浪使小船更加摇晃、颠簸。两名地方政府的官员，倒背着手，面对着环礁湖在岸上踱来踱去。阿申巴赫在一位老人的帮助下离开了那条平底小船。那老人手里拿着一把铁爪长篙，站在人们离船上岸的地方。威尼斯每个码头都有这样的老人。阿申巴赫由于身上没有零钱，所以便到了码头邻近的一家旅馆去兑换些零钱，以便付给船夫船钱。他在旅馆接待厅里换了钱，回码头时，发现自己的行李整齐地被放在一辆小推车上，而那条平底船和船夫却不见了。

"他已经走掉了，"那位手里拿着铁爪长篙的老人说，"他是一个坏人，他没有营业执照，尊敬的先生。他是这里唯一一个没有执照的人。别人打电话举报了他。他发现已经有政府官员在这里等着抓他，所以就赶紧溜走了。"

阿申巴赫听完之后耸了耸肩头。

"那个人是白白忙乎了一回，"手拿铁爪长篙的老头儿说，接着就把自己的帽子向阿申巴赫伸了过去。阿申巴赫往帽子里扔了几个硬币。他叫人把他的行李送到海滨浴场饭店去。他跟在行李车后面从大街上走过去，这是一条林荫大街，两旁满是各种盛开的白色花朵，还有很多小吃部、商店。林荫大道穿过小岛，一直通到海滩。

他从饭店后面的草坪上走过去，从后门进入到饭店的里面，穿过了大厅和前厅，来到了饭店的办公室。由于他事先通知饭店自己要来这里下榻，所以他到来之后受到了饭店的热情接待。饭店的一位经理，一位个头不高，过分殷勤的男人，蓄着一撮小胡子，身穿一套法国式样的男式小礼服。他陪着阿申巴赫乘坐电梯到达三楼，然后把他领到他将下榻的房间里。这是一个非常舒适的房间，家具是樱桃木制作的，房间里还摆上了散发着扑鼻香气的鲜花。房间的宽大玻璃窗子，保证住在这里的客人能够把大海的壮观景色尽收眼底。在饭店职员离开之后，阿申巴赫走到一扇窗子跟前，正在这个时候，人们把他的行李也送了进来，放到他的房间里。他站在窗子前面，放眼向大海望去，午后的海滩上并没有很多游人，云彩遮住了太阳，此时的大海也没有阳光的照射。正值涨潮之际，波浪不高，但却绵延开去，显得很安详。波浪一批接着一批，有规律地冲向岸边，同时发出均匀的，有节奏的声音。

那些生性孤独，沉默寡言的人观察和感受到的，同那些生性喜欢交友、合群，同时又喜欢交谈的人观察和感受到的情形不同，他们对事物的观察和感受往往不是非常清晰，但是却往往能入木三分。前者的思想比较迟钝，比较古怪，还往往会伴生一种伤感情绪。在别人看来不值得多想，或者一笑了之，或者是三言两语就可以打发掉的小事情，他们却往往铭记心头，冥思苦索，久久不能忘怀；这些本来是小事一桩，在他们那里则会成为了不起的大事情，会默默地留在他们心中，变得意义深远，成为一种经历、情感，甚至使他们因此而做出某种冒险行动来。孤独往往能够产生独创精神，产生出一种大胆，令人惊诧的美来，也就是创作出诗来。但是孤独同时也有它另外的一面，那就是不近人情，荒唐怪僻，令人觉得有悖常理。因此，旅途中的种种景象，特别是那个乔装打扮，硬是装嫩，饮酒过量，借酒撒泼，嘴里还不断说什么"小亲亲"的恶心老头儿；那个没有营业执照却硬要营业，最后白费气力的平底船船夫——凡此种种，到现在都还在阿申巴赫的脑际萦回，使他心绪难平。这些东西倒不一定会妨碍他进行理智的思索，也不是他值得进行思考的材料，但是他还是觉得，从根本上来看这些现象还是有些特别的地方。很可能恰恰就是这种矛盾才使他感到不安的吧。尽管如此，他还是举目向大海望去，他感到非常高兴，能如此近距离地了解威尼斯，为能置身于威尼斯而高兴。他在窗子前面站立了好一会儿，终于转过身来，把脸洗了洗。他把服务员叫过来，让她把房间按他的要求布置一下，以便他在这里的生活更加舒服些。然后他让一个身着绿色服装的瑞士人开电梯把他送到底层。

他坐在海边的平台上喝茶，然后从平台下去，在海边人们散步的地方，朝着这家海滨浴场饭店方向散了一会儿步。散步完了回到饭店之后，已经到了该换晚装吃晚饭的时候了。他按照自己的习惯换了衣服，但是因为动作慢，又十分认真、仔细，自然要花去较多的时间。因为他习惯于在盥洗室想问题，所以在那里逗留的时间也不算太短。尽管如此，他到大厅里的时间还是显得早了些。饭店的所有客人，尽管彼此并不认识，因而相互之间都很冷淡，但是大家还都是到这里来等开饭的时间，所以在饭前人们都集合在这里。他从桌子上拿起了一份报纸，坐到一把皮椅子上，打量大厅里的人们。他觉得这里的人看上去叫人舒服多了，比他在第一次下榻的饭店里所遇到的人要好多了。

置身于这样的场景里，令人觉得有一种广阔的，包容的，内容丰富的大视野。人们说着不同的语言，各种不同的，然而又都是大语种的语言混在一起，但是大家都压低了嗓门。合乎时尚的晚礼服，颇为一致的文雅举止，所有这些都使在场的人们给人一种文明礼貌，落落大方的感觉。当然，各国人之间还是有其与众不同之处的。美国人显得有些沉默，不愿意交往，总是板着面孔；俄国人则喜欢几代人在一起，前呼后拥，很多人聚集在一起；英国的太太们，在法国保姆照料下的德国孩子们，也都有他们各自的特别之处。在众多客人当中，看来是斯拉夫人占明显优势地位，在阿申巴赫旁边不远的地方就有人在讲波兰话。

这是些围在一张藤条编成的桌子旁边的一群人，几乎全都是半大孩子，由一个家庭教师或者是家政服务人员陪伴着。他们当中有三个女孩子，看上去也就是十五岁到十七岁的样子；还有一个留着长头发的男孩子，大概也就十四岁。阿申巴赫惊奇地发现，这个小伙子长得可真是漂亮。他脸色白净，神态悠闲自若，蜂蜜色的一头卷发，加上那个下端略微下垂的鼻子，那张好看的小嘴巴，构成了一张可爱的，有着天使般纯洁表情的脸，不由得令人想起了希腊艺术鼎盛时期的雕塑珍品。他的那俊美的外貌，使他具有无与伦比的诱人魅力，致使阿申巴赫觉得自己无论是在现实生活中，还是在雕塑艺术品中，都没有见过这样完美无缺，白璧无瑕的稀世杰作。另外，更使他惊奇的是他姐姐们所受到的教育方式同对他的教育方式之间，有着强烈的反差。这从她们的穿着和行为举止上可以看得出来。在三个姑娘中，最大的那个，看上去几乎就算是成年人了。她们的装束非常朴素，庄重，几乎失去了少女应有的魅力和风范。她们都穿着像修道院的修女一样的蓝灰色半长外衣，剪裁得很不合体。外衣上都带有一个白色的领子，反转开来，披在肩头，这是她们身上唯一闪光耀眼的地方。这样的打扮把少女的青春美丽都给压抑、掩盖住了。她们的头发，都结结实实地梳在一起，光洁、平滑、紧贴在头皮上。这样就把她们的脸蛋儿弄得像修女的脸一样，死气沉沉，毫无生气。当然，这一切都出自一位母亲之手，是她在筹划，指挥，实施一切，所以她们最后才成为这个样子。但是这位母亲却从来不想像对待姑娘们那样来对那个小男孩实行这样的严格教育，也从没有如此严格地来规范他的言行举止。对他是温柔的，是迁就的，他生活在娇生惯养之中，他受到呵护，谁也不敢拿剪刀去剪掉他额头上的卷曲的头发。那些卷曲着的头发搭在额头上其实并不好看，而是像从额头上长出的刺条，从额头一直越过耳朵，耷拉在脖子上。小男孩穿的是一件英国水手上衣，鼓鼓的袖子在袖口处稍微收紧一点，袖口刚好把他纤细的小手腕遮盖起来，他的手自然还是孩子般的小手。水手上衣上的丝带，网眼和刺绣，都刚好再次显现出他娇小身躯的富贵和娇惯。他坐在那里，半边身子斜对着正在看着他的阿申巴赫。他脚上穿的是黑色皮鞋，一只脚放在另一只脚的前面，一只胳膊肘撑在扶手椅的扶手上，他把脸蛋儿放在合拢的手里。他神态悠然自得，同他的几位呆板、死气沉沉的姐姐相比，简直是大相径庭。难道他有什么病痛吗？因为他的那张脸蛋儿在深黄色的卷发映衬下显得有些像象牙那样苍白。或者这是一个大人偏爱和娇宠溺爱的孩子？阿申巴赫倾向于认为是后一种情况。几乎每一个有艺术家气质的人天生都具有那种与众不同的放荡不羁，反叛的性格，都会表现出对美所创造出的非正义性的认同，对贵族式的偏袒给予同情和尊崇。

一个服务人员在人群中走来走去，用英语向大家通报说，饭菜已经准备好了。于是聚集在一起的人群渐渐散开，大家经过玻璃门进入餐厅。一些晚到的人也纷纷从前厅或者是乘电梯前往餐厅。先到的人已经开始用餐了。但是那几个波兰人则还坐在小藤桌旁边不动弹。坐在舒舒服服的扶手椅里的阿申巴赫也站了起来，他看着那些形象美丽，举止文雅的人，同他们一起也等在那里。

那位家庭教师模样的人，是一位个子不高，胖胖的年轻女士，脸色红红的。她终于发出了要站起来的姿态。当一位看来像是某位大人物一样的女人走进大厅时，女教师扬起眉头，站起身来，把屁股下面的椅子推到后面，向那位身上满是珠光宝气之类的首饰、一身灰白色衣裙的女人躬身致意。这位大人物一样的女人举止得当，态度从容，不卑不亢。她那略加修饰的头发的发型以及服装式样都显得体现了一种单纯、简朴的风格，只要是在把虔诚视为高贵品格的上层社会圈子里，人们都推崇这种审美趣味。看样子她很像是某位德国高级官员的太太。她的那副令人难以置信的雍容华贵的气派，首先是由她的那些首饰显现出来的：她戴的耳环，脖子上的那串长长的三股式项链，都是用闪闪发光、像樱桃那样大小的珍珠制成的——这些可都是价值连城之宝啊！

姐妹们霍地站了起来，她们躬起身去吻母亲的手，但是妈妈却只是淡然一笑。她有一张长着尖鼻子的面孔，显得有些疲倦。她把目光从她们头上越过，用法语对家庭女教师说了些什么，对几个孩子却并没有母女相见时的亲情。然后她向玻璃门走去，孩子们尾随其后。姐妹们是按照年龄大小的顺序，大姐紧跟妈妈后面，中间的是二姐，三姐后面跟着的是家庭女教师，小弟弟排在后面。就在他们快要离开大厅之前，不知出于什么原因，小男孩回头看了一眼。这时候的大厅里已是只剩下阿申巴赫一个人了，所以小男孩特有的，朦胧的灰色眼眸便很自然地同阿申巴赫的目光相遇。这时候的阿申巴赫，虽然膝盖上放着一张报纸，但却是在聚精会神地看着这群人从他面前走过。

当然，阿申巴赫所看到的这些，也并没有什么特别令人惊奇的地方。他们在母亲未入席之前不到餐桌去，他们在等母亲先入席，他们彬彬有礼地向母亲致意，在进入餐厅时长幼有序，非常规矩——这些通常都是当时上层社会的习俗。但是这一切都表现得那么明显，那么强调教养，规矩和自尊，这就使阿申巴赫觉得与众不同了。他还在那里坐了一会儿，然后才起身走进餐厅。人们指给他一张桌子，要他在那里用餐。他坐下后马上就发现自己吃饭的地方，离那家波兰人就餐的地方太远了些，于是内心里不由产生一种遗憾之感。

阿申巴赫感到很疲倦，但是精神上却依然非常活跃。在漫长而无聊的就餐过程中，他在不停地思考一些抽象的，甚至是一些超越感官直觉的所谓超验的东西；他在冥思苦想那些神秘的联系，那些把规律性同个别现象必然联系在一起，并从而产生出人类美好东西的神秘问题，由此他又想到了形式和艺术的普遍问题；最后他发现，他的想法和发现，就像是在美梦中得到的什么幸福的面授机宜一样，一旦清醒过来，一切都只不过是空的，没有什么用处。饭后他在充满晚上芬芳气息的公园里坐一会儿，抽支烟，散步。然后他很早便回到自己的房间里。他那天睡得很早，夜里睡得很死，但是却一直胡乱地做着各种各样的梦，一个接着一个，直到第二天早上才从梦中醒来。

第二天的天气不好。阵阵微风不时地从陆地上吹来。在苍白的天空下面，退潮之后的大海异常平静，毫无生气，显得无精打采，像连同那平淡的地平线畏缩到一起去了一样。大海离开海滩是如此之远，致使海边上出现了一条原本在海水下面的狭长沙滩。当阿申巴赫把自己房间的窗子打开时，一阵夹杂着海里腐臭味道的气味扑鼻而来。

一种很不痛快的情绪在向他袭来。就在这一刻里他想到要离开这里到别处去。几年之前，也曾经有过这样类似的经历，那次是在阳光明媚的春天之后的某一天里，这里也是这样的鬼天气。他当时的情绪简直可以说是坏透了，他真是像一个越狱的逃犯，恨不得立刻就远远离开威尼斯。当时那种令人急躁不安的情绪，那种令人难忍的太阳穴疼痛，两只眼皮里像灌进去铅水一样，沉得叫人睁不开眼睛——当时的种种诸如此类的痛苦感觉现在不是又都出现了吗？当然，要想再换一个地方住下来，那倒也并不是一件非常容易的事情；但是如果风总是从海上刮到房子里来，那这种海风的臭味他就无法再忍受下去，那就非得离开这里不行。为此他并没有把自己的行李全都打开。早上九点钟的时候，他在大厅同餐厅之间的地方吃早点，这里是这家饭店专门让客人用早点的地方。

在这个房间里，到处都是一种非常肃穆的气氛，据说上档次、上规模的大饭店都是这个样子。服务员来回走动时，都是蹑手蹑脚；拿放东西时都是轻拿轻放。整个餐厅里除了茶壶的盖子轻轻地相碰时发出的清脆声响和服务员同客人交流时的低低耳语声之外，别的几乎是什么声音都听不到。在斜对着房门的角落里，同阿申巴赫的餐桌相隔两张桌子远的地方有一张餐桌，那旁边正好坐着那波兰人的三姊妹和他们的家庭女教师。阿申巴赫发现他们一个个都笔挺地坐在那里，灰黄色的头发刚刚梳理过，都平整地贴在头上，但是眼睛却都红红的，显然是睡眠不足，人都坐到餐桌旁边了还是一副睡眼惺忪的样子。她们都穿着笔挺的蓝色亚麻布料衣服，带有白色的翻领和并不很宽的袖口。她们坐在餐桌旁，把一只盛着果酱或蜜饯之类食品的玻璃盘子递来递去。看样子她们的早饭就要吃完了。但是她们当中却并没有那个小男孩。

阿申巴赫微笑着。他心里想：好啊，你这个小懒猪！看样子你比她们有特权，能够睡够你的懒觉。他突然来了兴致，记起了当年自己一首诗里的几个诗句："装饰的花样不断改换，一会儿洗个热水澡，一会儿又待在家里犯懒。"

他慢慢地用完早餐，门房脱下了装饰着花边的帽子，走了进来。他从门房手里接过一批寄给他的信函，拆开来，嘴里叼着雪茄，一面抽着，一面读起信来。这时候他还在餐厅里，亲眼看到那个睡懒觉的小家伙走进餐厅，他们家里别的人还都坐在那里等着他呢。

小家伙从玻璃门那里走进餐厅，轻手轻脚地走向他姐姐们的餐桌。他走路的样子非常美，无论是上身的姿态，还是膝盖部位的动作，还是那双穿着白鞋的脚，都显得非常妩媚动人；他的动作很轻，同时又很柔美，而且充满骄傲，通过那种满带稚气的羞怯，反而使他显得越发漂亮、可爱。他走进餐厅时两次左顾右盼，不住地转动着脑袋，把两只眼睛睁得大大的，一会儿又把眼睛眯起来。他面带微笑，嘴里还不住地用他柔软、含混不清的语言在轻声地说着什么。他坐到了自己的位子上。现在，他坐下来了，正面对着一直在看着他的阿申巴赫。这样一来阿申巴赫就能够更加清楚地看到小男孩的整个面部了。他惊奇地发现，这真是一个人世间绝无仅有的、有着天仙一样美貌的孩子！今天这孩子身上穿的是一身薄薄的、上面有蓝白色条条的海员服，胸口部位还有一个由红色丝带扎成的蝴蝶结，脖子上是一个简单的白色竖领。看起来，这样的一个领子，同他的那件海员服并不怎么搭配，也不显得时髦，但是领子上面托着的却是一张如花似玉、美貌绝伦的脸蛋儿，人们很难想象得出来那是多么招人喜爱，那是希腊爱神厄洛斯的脸蛋儿，有着帕罗斯①大理石的淡黄色光彩，他的双眉美丽而端庄，浓密又卷曲着的头发，把额头和耳朵旁边的地方，都给严严实实地遮盖了起来。

太漂亮了，简直是太漂亮了！阿申巴赫用专家的眼光在冷静地玩味着，欣赏着，评论着。有时候艺术家在遇到一件不可多得的艺术珍品时，就会有这种异常激动的、抑制不住地完全拜倒、顶礼膜拜的心情。他继续想下去：说真的，倘若不是大海和沙滩在等待着我，那我就会留在这里，你在这里待多久，我就也在这里待多久！但是后来他还是先走了，他在饭店员工众目睽睽的注视之下离开了餐厅。阿申巴赫穿过大厅，走下台阶，沿着木板条铺就的小路，走到饭店专门为他们的客人围起来的海滩上。一位赤脚老人，穿着一件水手上衣，一条麻布裤子，头上戴着一顶草帽，说是这里负责为洗海水浴的人提供服务的师傅。阿申巴赫要他告诉自己所租的海边小房子在什么地方。然后他让人把桌椅摆到外面比较宽阔的木板搭成的平台上，他又让人把躺椅搬到更靠近大海的蜡黄色的沙滩上，阿申巴赫躺在上面，舒舒服服地享受起人生来了。

像往常一样，沙滩的景色使他顿时失去诸多烦恼，一种心旷神怡之感油然而生。那浅处灰色的海面上，孩子们在玩水嬉戏，景象好不热闹；有的人在海水里游泳，还有的人穿着花花绿绿、各式各样的衣裳；有的人把双手放在脑袋下，躺在沙滩上；还有的人在划那种没有龙骨的小船，船身上被涂成红色或者是蓝色。如果小船被弄翻了，他们倒不相互埋怨，而是哈哈大笑起来。海滩上有一排排墙头和屋顶都用树叶子遮盖起来的凉爽小屋，直伸到离开大海不远的地方。小屋前面有人们搭成的平整的台子，人们坐在平台上就像坐在小的阳台上一样。有的人在玩耍，游戏，进行各种各样的运动，有的仰面朝天，伸开四肢躺在那里；他们之间也相互往来，有的人聚集在一起侃大山，聊天，谈笑风生；有的人很注意早晨的时尚，裸露着身子，潇洒、惬意地享受着海滩上的自由。在前面海水退去后潮湿却坚硬的沙地上，一些人穿着白色的浴衣，有的穿着宽松肥大、颜色很深的衬衣，在悠闲自得地漫步。右手边，孩子们用沙子堆成一座花样别致的城堡，上面还插满了代表各个国家的彩色小旗子。卖各种各样贝壳、点心和水果的商贩，就蹲在地上，他们的商品也摆在那里。左边有一排矮小的房子，一面对着大海，房子的这一边是沙滩的尽头，在其中的一所小房子的前面，一家俄国人搭起了帐篷。

---

① PARIS，希腊的一个岛，以盛产大理石而闻名。——译者注

在这个俄国家庭里，男人们都留着胡子，长着很大的牙齿；女性们则都是那些弱不禁风，行动迟缓、呆滞的女人，只是其中的一位来自波罗的海的姑娘，坐在一个画架前面，深情地描绘着大海，而且还不时地发出深情的感叹声；有两个孩子，长得并不很好看，但是看上去心地很善良，一个岁数很大的女佣人，头上裹着头巾，一副对主人忠诚、恭顺、唯命是从的样子。一家人痛痛快快、欢欢乐乐地待在海滩上，尽情地享受大自然的深情赐予。孩子们不停地在那里嬉戏打闹，大人们则不停地喊着他们的名字，看样子是希望他们能够有所收敛。人们在相互开着玩笑，还不时地用意大利语同一个卖糖果、甜食的幽默老头儿逗闷子。他们在意大利老头儿那里买糖果，有时一家人一起相互亲热地贴面，不管周围别人怎么看，反正是他们一家人自得其乐，乐在其中，其乐无穷。

　　我将在这个地方住下来，阿申巴赫心里想。还有什么地方能比这里更好些？他把双手交叉着放在自己的怀里，神情专注地放眼向大海的远处眺望，他的眼神渐渐地开始变得迷茫，目光常常被广阔的海面上单调、迷蒙的雾气弄得模模糊糊，不能清晰地看到远方的景色。但是他非常喜爱大海，这其中有着非常深刻的原因：辛勤劳作的艺术家，在繁重工作之余，常常希望能有个恬静的环境来休息一下，以便暂时摆脱各种各样令人烦恼的尘世奢华对他的纠缠，使自己内心变得质朴，使心灵得到净化，使心地变得像大海那样浩瀚、辽阔；他还希望自己能够摆脱掉工作给自己带来的束缚和清规戒律，希望自己能够逍遥自在，洒脱自如，超脱——达到清静无为的境界，而且永远如此。这些向往对于他来说，都是不允许的，与他肩负的任务恰好对立。唯其如此，这种追求就更加对他具有无穷的诱惑力。达到尽善尽美的地步，成为出类拔萃的佼佼者，这是那些致力于成绩斐然、功勋卓著者的孜孜追求；但是清静无为难道不是一种至善至美吗？然而，正当阿申巴赫想入非非的时候，突然从岸边显现出一个人影，他把目光从无际的大海那里收回来时，原来是那个他认为是当今世界上绝无仅有的美貌少年正从左边向着他所在的方向走了过来。他光着双脚，正准备下水，裤角已经卷到膝盖的地方，两条白嫩的小腿露在外面。他慢慢地走着，迈着轻盈的步子，流露出骄傲的神色，好像他非常习惯于光着脚走路那样。他环视了一下那排横亘在海滩上的小房子。但是当他刚一发现那家俄国人在悠然自得地安享天伦之乐的情景时，他顿时脸上出现了带着轻蔑的怒容，他把眉头皱了起来，整个面孔都是阴沉沉的，还生气地撅起嘴巴，嘴唇狠狠地歪向一边，致使他的面颊改变了形状，他眉头紧蹙，致使人觉得他眼睛都好像陷了下去，他恶狠狠地看着地面，又凶狠地向后瞥了一眼，然后用力地耸了耸肩头，仿佛对俄国人不屑一顾，认为他们不成体统。他以傲慢的姿态，对这家在他看来是不可理喻的俄国人显示出一种怒不可遏的凶巴巴的样子，然后便把他们甩在了身后。

一种微妙的敏感，或者是一种害怕，那种既有些敬重，又有些羞涩的所谓敬畏之感，涌上阿申巴赫的心头，他把脸转了过去，装作自己什么都没有看见。因为对一个严肃的观察者来说，是不会把碰巧看到的某种充满激情的现象看成是如获至宝并加以利用的。但他还是觉得这件事情使他精神为之一爽，感到高兴，为之震动，就是说他现在感到很愉快。这个小男孩所表现出来的带有孩子气的狂热情绪，是针对最充满善意的与世无争的生活的，他把那些神圣的，没有办法表达出来的情感，放进了人与人之间关系当中去了。这个小男孩本来是一件大自然的珍品，一件本来就令人赏心悦目的艺术品，现在他那种幼稚的狂热情绪使他显得更加令人喜爱，值得更深的同情了；但同时应该指出来的是，这也成为这个由于俊秀而引人注目的少年的一个背景，把他衬托得似乎比他的实际年龄更加成熟。

那个少年刚转过去身，阿申巴赫就听到他的声音，很清脆，但是让人觉得底气有些不足，因而声音有些弱。他还在很远的地方，就招呼那些正在忙着搭造沙堡的小伙伴们，他高兴地向他们宣布自己就要到了。小伙伴们也在为他的到来而感到高兴，他们欢呼雀跃，不停地喊着他的名字或者是他的爱称。阿申巴赫好奇地听着、看着这一切，但是有两个音节他始终没能够听明白，究竟是"阿德吉奥"还是"阿德吉乌"，他们喊叫的时候都拖着尾部的长音，喊"阿德吉乌"的时候似乎多些，但实在是难以分辨到底是什么。阿申巴赫很喜欢听这种清脆悠扬的声音，觉得这种悦耳的声音能够恰如其分地表现出这个少年外在的美丽相貌和内在的良好气质。阿申巴赫默默地把这个名字重复了几遍，然后才又心满意足地去看他的书信和文件了。

阿申巴赫把自己随身携带的旅行书信夹放到膝盖上，拿出笔来，开始处理各种各样的来信、来函。但是大约十五分钟之后，他又觉得这样做不怎么合适：在这种不可多得的良辰美景时刻，自己不去尽情欣赏，享受最为赏心悦目的场景，而是去处理一些烦琐的小事，这实在是太遗憾了。于是他把信函和钢笔放到一旁，又回过头来去欣赏大海和海岸上的各种情景；不一会儿，那些正在忙着修建沙城堡的孩子们的声音吸引了他，于是他把枕在躺椅上的脑袋转向右边，他想在那群孩子中找到那个漂亮的"阿德吉奥"还是

"阿德吉乌"，看看他在做什么。

阿申巴赫一眼就发现了他，他胸前的那个用丝带结成的蝴蝶结是别的孩子所没有的。他正在同别的孩子一起忙着把一块木板放到沙堡的潮湿的壕沟上，他们要把木板当做是沙堡通向外界的桥梁。他一面大声喊着，一面不停地摇头晃脑，在向别的孩子发号施令，活像是一个工地指挥。同他一起玩的共有十来个孩子，其中有男孩子，也有女孩子；有的年纪同他相仿，有的则还要小些。他们操着各种语言，有波兰语、法语和巴尔干地区的语言，唧唧喳喳，乱成一团。在他们的谈话中，那个美貌的小男孩的名字被提到的次数最多。很显然，他在他们当中地位是最重要的，人们需要他，喜欢他，也看重他。其中有一个孩子同他一样也是波兰人，个子不高但很结实，别人好像叫他"亚舒"，长着一头油亮油亮的黑发，身穿一件有腰带的麻布西服，看起来亚舒是他的"心腹"和要好的朋友。他们把沙堡建成之后便各奔东西了。那个美貌的男孩，同亚舒走在一起。他们相互搂在一起，顺着海滩漫步，亚舒竟然吻了漂亮的阿德吉奥。

阿申巴赫曾经想伸出指头吓唬他一下。"我要奉劝你一句，克里多夫布鲁斯，"他微笑着想，"到外面去旅游一年吧！因为你至少需要这么长的时间才能够得到康复。"想到这里他便起身去吃饭了，但是这次的早点同往常的不一样，他从卖草莓的小贩那里买来了足够多熟透了的草莓，把它当早点，吃个痛快。他已经觉得天气很热了，尽管太阳还没有能够把天空的雾气穿透，阳光还都被严实地挡在上面。他感到浑身酸软无力，整个心灵都沉浸在寂静的大海那令人陶醉的无限欢愉之中。到底那孩子是叫阿德吉奥，还是阿德吉乌？很可能是阿德吉奥，可又是怎么样拼写的呢？我们的较真儿的诗人一直还在琢磨，在不停地推敲、猜测，好像这就是他必须圆满完成的任务，是他当前主要的营生一样。他借助于对波兰文的某些残留知识，最后确定，他们喊他的名字时，应该是喊"塔齐奥"，塔得乌斯的简称，在喊出声来时便是"塔齐乌"了。

塔齐乌在海里游起泳来。阿申巴赫已经看不见他了，但却时不时地能看到他的脑袋、胳膊，在水里时隐时现，他在悠然自得地游泳，两只胳膊像两只船桨一样在不停地划动着，他的身躯自然也就像小船那样不住地向前移动着。他已经游到离开海岸很远的地方了。海水虽然好像一直到很远的地方都并不深，但是人们还是对远离海岸的他有些担心。从小房子那里已经传出来喊叫他的女人声音，那个名字又重复出现在她们的喊叫声里，在整个海岸上，"塔齐乌"就像口号一样，塔齐乌中携带的几个温柔的和音，加之拖长的"乌"在空中回荡，使人听起来甜蜜、新奇。"塔齐乌，塔齐乌"喊声连连，那甜蜜、新奇的声音便也如动听的音乐一样在海岸荡漾。他被召回来了。他往回跑，两条白嫩的小腿把海水溅起阵阵泡沫，他昂着头，迎着潮水跑过来，看起来朝气勃勃，更加惹人喜爱。他的满头黑发还湿漉漉的，水珠不住地往下掉着。出水的塔齐乌简直是太漂亮了，他像是从天而降、从海底冒出、从大自然的造化中脱颖而出的神秘的天使！他此刻的出现，使人们觉得自己仿佛置身于仙境之中，不由得想起那神话般的时刻——想起关于盘古开天地的时刻，想起造物主造就各路天神的时刻。阿申巴赫闭上眼睛，仔细玩味着在自己内心深处升起的动听的旋律。他又一次地想到，这个地方真是不错，他打算在这里住下去。

过了一会儿，塔齐乌在岸上休息，他躺在沙滩上，身上裹着一条白色的浴巾，他伸出光裸的右臂，蜷曲起来当做枕头垫在脑袋下面。就算是阿申巴赫没有刻意地去看躺在沙滩上的那个孩子，而是在默默地看着手里的书，但是他几乎就不曾忘记过，在自己旁边不远的地方，躺着一个小男孩，他只要把脑袋微微向右边歪一下，就能够看到那个漂亮的孩子。他几乎觉得，自己好像就是专门坐在这里来保护这个躺在沙滩上休息的孩子似的。他虽然也还在做着自己的事情，但是心里总放不下右边的那个娇贵的小东西；他就躺在离自己不远的沙滩上。一种慈父般的激情在他心中油然升起，他要做他的保护神，这是在那种愿意为美的事业奉献出一切的精神中产生出来的情感，是对美的由衷喜爱，只有这种喜爱才能够使他感到充实，才能打动他的心灵。

下午，他离开海滩，回到饭店里。他乘坐电梯回到自己的房间。他站在镜子前面把自己的那满头灰发端详了好久，同时也仔细地看了看自己那张疲倦而瘦削的面孔。在这一刻里他想起了自己一生的荣誉，想起了有很多人认识他，并且对他满怀敬意。这都是因为他的文章笔调犀利，一针见血，而且语言精练、优美，达到登峰造极的地步。他想起了自己天才所创造出来的杰出成就，凡是能够想起来的都想到了。他甚至还想起了自己的贵族封号。然后他到楼下餐厅里去用午餐，他在餐厅里，坐到自己的位子上吃起饭来。当他吃完午饭乘电梯回房间的时候，有一帮年轻人也拥进电梯，他们大概也是吃完饭之后要回到自己房间里去。他们进入了狭小的电梯里，塔齐乌也挤在里面。塔齐乌站在离阿申巴赫很近的地方，好像自从他看到他之后还从来没有同他挨得这么近过。这样一来，阿申巴赫就能够近距离地观察这位美貌少年。这一次不是像以往那样，好像是看一幅图画，而是真真切切地看到一个活生生的人，连他的眉毛、鼻子、眼睛都能看得清清楚楚。有人在跟这孩子说什么，而他呢，则是微笑着回答，而他的那种微笑又是那样的亲切、优美，简直是无法用语言来形容。这时正好到二楼，他一边微笑着回答，一边向后退着，低着脑袋，眼睛看着脚下走出电梯。美使人怕羞，阿申巴赫心中暗想，接着就又进一步思考：这究竟是为什么呢？阿申巴赫这次倒是发现，塔齐乌的牙齿长得并不整齐，而且显得是在白色中有点发青，缺少健康的珐琅质；而贫血病患者牙齿上常见的那种透明、脆而不结实的特点则非常明显。"这孩子很可能是体弱多病，"阿申巴赫想，"他很可能活不到老年。"他在想到这些时，心里竟然有一种满足，一种安慰之感——怎么竟会是这样?! 当然，对这个问题他没有去刨根究底，非得找出来个答案不可。

　　他在自己的房间里待了两个多小时，到了下午他才乘小汽艇经过气味难闻的海面前往威尼斯。他在圣马科上岸，在广场的一个地方喝了一会儿茶，然后便根据他的老习惯沿着大街散起步来。但是这次散步活动却使他的情绪发生了很大的变化，促使他作出了全新的决定。

　　大街小巷里，到处都是一种令人难受的闷热气氛；气压很低，空气中满是从住户家里，从大街两旁的店铺里，以及餐馆里传来的难闻味道。油烟，各种香水混杂在一起的奇怪的气味以及形形色色其他味道混合在一起，而在低气压下又很难散去，因此使人感到憋闷，几乎令人窒息。连抽烟人喷出的云雾，也在他们周围盘旋、缭绕，久久挥之不去。狭窄的街道里人们熙熙攘攘，摩肩接踵，在这样的氛围里散步，不光不能使人心情轻松愉快，反而会令人平添几分烦恼。他越是往前走去，那种由海风和内地吹来的热风相碰撞所造成的这种可怕天气状况就越是使他难以忍受。他烦躁不安，心烦意乱，又激动，又昏昏欲睡。讨厌的汗水不断地往外冒，他的眼睛也开始模糊，看不清楚眼前的东西，胸部发闷。他发烧了，额头上的血管嘣嘣直跳，而且越来越厉害。他拼命地挤出人满为患的商业街，经过小桥进入威尼斯的穷人聚居的地方。一群乞丐立刻围了上来，问他要钱，纠缠不休。运河里发出的味道，臭气熏天，叫人透不过气来。阿申巴赫终于在威尼斯城中心的地方找到了一个僻静的去处，这是一个被人们遗忘、受人们诅咒的地方，但却是一个在威尼斯范围内很难找到的，非常漂亮的地方。他坐在一个井台上休息一下，擦去了额头上的汗水，他又一次产生了这样的想法：他非得离开这里不可。

他又一次地认识到，而且这一次是彻底地认识到，在这样的天气条件下如果在这个城市继续待下去，对他的身体来说简直就是有百害而无一利。如果在这种情况下还硬要坚持留下来，那就是太不明智了。而且以后风向会不会改变，他自己心中其实并没有底，是说不准的。现在的问题是必须马上做出决断。可是现在就打道回府，这恐怕也是不行的。那边无论是夏天的住处，还是冬天的住处，都对他没有什么吸引力。他要找一个有大海和海滩的地方。但是天底下未必是只有这里才有大海和海滩的，找一个既有大海、沙滩，而又没有诸如恶臭的海水和闷热的鬼天气的地方难道不行吗？他想起了离的里雅斯特不远的地方有一个小型的海滨浴场，有人曾经在他面前提起过这个小浴场，说那里各方面情况都不错。为什么不到那里去呢？就到那里去吧，不要再犹豫，这时再换一个地方住一阵儿还是完全可以的。他在心里就这么定下来了。于是他站起身来。在离他最近的一个停泊处，他雇了一只平底船，穿过河水既脏又浑、而且像迷宫一样的运河网，从大理石制成的阳台下面划过去。大理石的雕刻非常细致精巧，都有栩栩如生的狮子头像，整个阳台被装饰得非常漂亮。小船绕过满是滑腻腻青苔的墙角，从一些宫殿式建筑物的门前经过，这些宫殿式的屋宇在漂浮着垃圾的脏水的衬映下，更显得多了几分凄凉。肮脏的河水，把河岸上的店铺招牌倒映出来，水中映出的招牌随着垃圾一起起伏晃动。阿申巴赫让船家把他送往圣马科。但是船家和岸上的钩花边、吹玻璃的店家勾结起来，小船随时停靠，要阿申巴赫上岸买东西，参观什么工艺品等。如果说这种不同寻常的威尼斯之行刚开始对他产生出某种吸引力的话，那么这样一来，这种勾结在一起的船家和店家近乎是从游客钱包中掏钱的做法，又使他刚刚产生的那一点兴趣立刻消失殆尽了——他变得清醒了，对这里重又心灰意冷起来。他几经周折，总算是到了圣马科。

回到饭店之后，在吃饭之前就同柜台打了个招呼，说是由于始料未及的原因，他明天一早就得离开这里。饭店方面对此深表遗憾，但还是同他结了账，办好了各种手续。他吃完了晚饭，利用这个温暖的晚上，坐在后面露台上的一把摇椅里，舒舒服服地浏览起当天新到的报纸来了。然后他回到自己的房间里，在睡觉之前把行李整理好，以便明天马上就能够离开这里。

这天夜里他睡得并不很踏实，下一步到什么地方去，还是个问题，一想到这里他就有些不安，所以也就很难睡得很踏实。第二天早上他打开窗子时，发现天空还是像此前那样布满阴云，但是空气却显得新鲜些——这时候他有些后悔了。自己昨天退房结账，办好离开的手续，现在看来是否显得有点匆忙？是不是一种反常的，过于轻率的情况下作出的错误决定？如果他当时稍微冷静些，等一等，稍微忍耐一下，不那么急急忙忙就提出退房、办理离开的手续，而是使自己慢慢地适应威尼斯的天气情况，或者是等着天气好起来，那么他就不会像现在这样匆匆忙忙等待离去，而是可以像昨天那样，整个上午都悠然自得地坐在海岸沙滩上。嗨，现在是说什么也都晚了。他现在是非离开这里不行了。现在是要去做昨天想过要去做的事情。他穿好了衣服，大约八点钟左右，到底楼的餐厅里去吃早饭。

他走进餐厅时，里面还空无一人，整个餐厅空荡荡的。他坐下之后等着用餐时，才又稀稀落落地进来几个人。他还没有把茶杯放到嘴边，就发现那几个波兰姑娘跟陪伴她们的家庭女教师一起走了进来。她们一本正经，刚刚梳洗过，显得很整洁，但是姑娘们眼睛红红的，她们一起走到窗子旁边的桌子旁坐了下来。接着，戴着高高耸起的帽子的门房，走到阿申巴赫跟前，很客气地对阿申巴赫说，可以动身了，汽车已经等在那里，汽车将把他和其他几个客人送到埃克斯策里西奥尔饭店，那里有摩托艇，经由公司经营的私有运河把客人送到火车站。时间已经是很紧迫了。但是在阿申巴赫看来，时间并不算少。从现在算起来，到他乘坐的火车开车的时间，还剩下一个多小时呢。他很不赞成饭店的这种做法，客人要在开车前一个小时提前离开饭店。他对门房说，他想踏踏实实地用完早餐，不希望自己吃饭被打搅。门房很迟疑地离开他，五分钟之后他又出现在阿申巴赫面前，并且对他说，要汽车再等下去是不可能的。阿申巴赫非常生气地对门房说，那就让它开走好了，只要把他的行李箱子带走就行了，他自己到时候乘公共汽艇过去，至于他什么时候动身，希望门房不要再操心了，让他自己决定好了。门房很客气地离开了。阿申巴赫为甩掉了这个麻烦而感到非常高兴，他从容不迫地用完了自己的早点，是的，他甚至还让服务人员给他送过来一份报纸。当他从餐桌旁站起来时，发现时间确实剩下不多了。而恰恰在这样的情况下，塔齐乌从玻璃门那里走进了餐厅。

他向自己的餐桌走去，刚好从阿申巴赫面前经过。当他走到这个满头灰白头发，有着高高前额的男人前面时，他低下了头，先是谦虚地看着地面，然后又抬起头来，很友善、很温柔地看了老人一眼，然而却一直走了过去。再见了，塔齐乌！阿申巴赫心里这样想。我见到你的时间很短。他这次一反常态，把自己心里所想的真的从嘴里自言自语地说出来了，他并且还补充说："愿上帝保佑你！"然后他起身离去，并且向为他服务的饭店服务人员分发小费，一个身着法国式服装的饭店经理，个头不高，说话声音很低，代表饭店同他告了别。阿申巴赫像他来时那样，安步当车，离开了饭店。饭店的一个服务员，帮他拿着小件行李跟在他后面。他们穿过繁华的大街，穿过小岛，向汽船码头方向走去。他到达了汽船码头，上船后找个地方坐了下来。但是他心里却闷闷不乐，对自己的这次决断深感懊悔，摆在自己面前的将是一次充满痛苦的旅行。

　　这次航行的路线他是熟悉的：过环礁湖，从圣马科旁边经过，一直向大运河方向开去。阿申巴赫坐在靠船头部位的一张小圆凳上，手臂靠在栏杆上，一只手搭起凉棚向岸上望去。岸边的公园被一个个地留在了后面；华贵美丽、仪态万方的广场又一次出现在他面前，但是很快也便渐渐远去；接着映入眼帘的是一排排宫殿式的宏伟建筑物；在河道转弯之后，由灿烂夺目、光彩照人的大理石建成的里亚尔多桥便以其雍容华贵、美丽动人的娇美姿态出现在人们的视野里。阿申巴赫看到这些，觉得心头有一种撕心裂肺之痛。这座城市的氛围，从海上和沼泽地里传来的那种腐臭气味，曾迫使他急促地离开这座城市。现在他深深地呼吸着这里的空气时，却又有一种非常亲切，同时又夹杂着不忍离去的微微痛苦的感觉。难道说他不知道，同时也不曾想过，自己是多么的怀念威尼斯的这一切的一切吗？如果说今天早上他还是对自己离开威尼斯的决定是否明智而感到怀疑，对自己的行为感到有些遗憾的话，而现在这种怀疑和遗憾已经变成了内心的痛苦和忧伤，已经使他追悔莫及，痛心疾首，肝胆欲裂了。他在内心深处是感到如此痛苦，致使他多次泪水盈眶。他在责问自己：这种情况你怎么事先就一点儿也没有预计到呢？是什么使他竟如此悲痛难忍，甚至有时竟然根本就无法忍受下去呢？显然就是那种他今后再也看不到威尼斯，这一次竟成了同威尼斯永别的想法。因为情况已经是第二次表明，威尼斯这座城市对他的身体健康不利，他来过这里两次，但两次都不得不匆匆忙忙地离去。正因为如此，那么就应该认为，威尼斯对他来说是一个不宜再来的城市，对他来说甚至可以说是个"禁城"。因此他认为今后再到这里来就是毫无意义的，因而也就是根本不可能的。是的，阿申巴赫觉得，如果这一次他就这样走掉了，由于自尊而产生的羞愧，一种执拗的心理，都将会阻碍他今后再次光顾这座他所喜爱的美丽城市——这座两次使他的身体无法忍受的城市。但是他从内心里却非常喜欢威尼斯，于是就在他的精神和身体两个方面开展了关于是来还是不来威尼斯的斗争，而这场斗争对这位年纪逐渐增大的人来说是非常艰苦，但又是非常重要的。他认为自己身体状况不行，忍受不了威尼斯的气候条件，因而使自己无法在这里住下去，这显然不是一件多么光彩的事情。但是无论如何也不应该发生的事情是，他昨天竟如此草率地作出了这样的决定，而且还把这样的决定认可下来，承担下来，并且付诸实施。

就在他这样思前想后的时候，汽艇已经到了火车站停靠站。他内心很痛苦，茫茫然不知所措，心乱如麻，心烦意乱到了极点。对于这位已经痛苦到无以复加地步的人来说，现在就离开威尼斯似乎是不大可能的。但是再回到原来的住处可能性则似乎更小。就在这种六神无主、不知何去何从的情况下，他糊里糊涂地走进了火车站。时候已经不早了，如果他打算乘下一班从这里离开的火车，那他连一分钟的时间都不能耽搁了。但他仍然是举棋不定，一会儿打算上火车离开这里，一会儿又不想离开美丽的威尼斯。但是时间却不等人，时间鞭策他向前，他赶紧买了火车票，在一片喧嚣声中他费力地寻找他下榻饭店的服务员。还好，他适时地找到了他。服务员对他说，大的行李箱子已经交付托运了。真的托运了吗？千真万确，而且是托运到科莫去的。托运到科莫？他们俩你问一句，我答一句地反反复复说个不停，问的人心急如焚，回答的人则支支吾吾，说不清楚。后来总算弄明白了，阿申巴赫的行李箱子还是在饭店行李房里就被放错了地方，它同别的行李一起，被运送到同阿申巴赫要去的地方完全相反的方向去了。

阿申巴赫费了很大的气力，才使自己没有失态，他当时的面部表情是什么样子，这是可以想象得出来的。一种突如其来的喜悦，一种意想不到的愉快心情，使他几乎欣喜若狂。他从内心里感到激动，这种近乎是喜从天降的状况令人难以置信。过分的喜悦使他胸部有些痉挛的感觉。饭店的人员赶紧去同有关部门联系，看看他的行李箱子还能否追回来。但结果是不出所料，一切都来不及了。那个饭店服务人员空手而归。于是阿申巴赫就说，那件行李箱子对他来说非常重要，没有这件行李他不可能继续旅游下去；他决定重返海滨浴场饭店，直等到他的行李箱子被追回来再说。他问，汽艇是否还等在那里，那个人很肯定地回答说还等在那里，他甚至保证说，就在离门口不远的地方。他用意大利语同火车站售票员说了些关于退票的事，后来把阿申巴赫的火车票给退掉了。他信誓旦旦地说，他要打电报去催促，想尽一切办法，尽快把那只箱子找回来。于是就发生了这样奇怪的事情：我们的这位旅客到火车站才二十分钟就又乘坐原来的汽艇，沿着原来的大运河航线回海滨浴场去了。

简直是令人难以置信，这简直是一种非常滑稽，非常不可思议而同时又带有几分惊险成分的离奇故事，真叫人觉得不好意思。他本来怀着十分痛苦的心情要永远离开的地方，可是受命运的捉弄，连一个小时的工夫都没到就又回来了，他刚才告别的那一切很快就又能够见到了。小艇像一支离弦的飞箭，向着目的地急驰而去，在游艇、汽船之间激起阵阵浪花，泛起白色的泡沫。小艇在平底船和汽船之间灵活地全速前进，上面只有阿申巴赫一个旅客。他表面上看起来有些生气，一副万般无奈、不得不如此的样子，而实际上他则像一个逃学出来的孩子，内心里充满激动、高兴同时又有几分担惊的复杂情绪。他内心里在不住地笑着，在为这次没有能够走成而暗自发笑，他真是为这次歪打正着而庆幸。他从内心里感到，这是上帝的安排，即使是最幸运的人也未必能够如此幸运。过一会儿一本正经地向人们作些解释，说明一下情况，人们也就不会再感到有什么值得惊奇的了，随之一切也就会过去了。但是一场遗憾就避免了，一个严重的错误就因此而得到纠正了。而他本来以为是已经过去的事情，则又重新摆在他面前，而且是在他认为最为合适的时候又都出现在自己的面前……这一切都是真的，那把他带回到这里来的飞速汽艇，或者是从海上吹来的很大的海风难道会欺骗他吗？

海浪在不停地冲击着大运河两岸的水泥河岸，运河插入小岛，一直通向他刚刚离开的海滨浴场饭店。一辆汽车等在那里，准备接这位走了又马上回来的客人。汽车行驶在略高于微波荡漾的海面的一条笔直的公路上，一直把他送到海滨浴场饭店。这时，饭店的那位身穿燕尾服、留着髭须的矮个子经理，从台阶上走下来迎接他。

经理对这件事情小声地说了道歉之类的话，并且说他本人和整个饭店管理人员都为此感到非常难过，非常遗憾。经理还夸阿申巴赫，说他在饭店里等行李的决定是明智之举。经理还告诉阿申巴赫，说他原来的房间已经有人住了进去，但保证将会给他安排一间丝毫不会比那个房间逊色的房间。"pas de chance, monsieur"，在他乘电梯的时候，开电梯的瑞士人微笑着用法语跟他说："您运气不大好，先生。"就这样，那个已经走掉的人重又回来了，而且得到了几乎同原来一样的新的安置。

整个上午一直都是乱糟糟的，这可是一个不同往常的上午。阿申巴赫被折腾得够呛。他确实是太累了，当他在新房间把手提包里的东西都拿出来，摆好之后，他打开了窗子，躺到一张躺椅上。这时他甚至有一种筋疲力尽，头晕目眩的感觉。这时候大海的颜色是淡绿色的。空气也不那么凝重，而是显得清新多了。海滩上因为有了那一排小房子和各种小船的点缀，也显得色彩斑斓，只是天空依旧灰蒙蒙的。阿申巴赫把双手放在怀里，向着大海极目远望。又回到这里来了，他感到非常满意。他对于自己那种匆忙离开的不坚定的做法并不满意，怪自己有时连自己的真实想法都弄不清楚。想到这里他摇了摇脑袋，这个动作里面包含着自责。他就这样坐了差不多有一个小时，主要是闭目养神，同时也胡乱想些无关紧要的琐事。到了中午时分，他看到塔齐乌从海边跑过来，还是穿着那件胸前有丝带蝴蝶结的麻布上衣。他穿过围栏，沿着木板条铺就的小路向饭店走来。阿申巴赫坐在高处，还没有等到完全看清楚就一下子认出他来了。他心里可能同时还在想：咦，塔齐乌，这不是又见到你了！但是就在这个时候，他同时又觉得这样随随便便的问候，不能够表达出他的心意，所以他并没有做声。但是他感到自己内心里似乎热血在沸腾，他感到高兴，同时又有些痛苦，可谓是百感交集了——他看出来了，就是因为塔齐乌的缘故，他才那么对这里依依不舍！

他一个人静静地坐在那里，因为他的房间在高层，所以别的人谁也看不到他，所以他可以静静地坐在那里想自己的心事。他脸上开始有了表情，眉开眼笑，那是一种内涵丰富的，引人注目的，并不多见的微笑，从他的嘴角旁边开始绽开。然后他抬起了脑袋，把本来奄拉在躺椅靠背上的松弛的双手抬了起来，他慢慢地转动着胳膊，又手心向外把双手向上伸去，仿佛是要去拥抱什么。这是那种热烈欢迎，坦然自若地承受一切，接纳一切的姿态。

四

这些日子里，天神总是板着火辣辣的面孔，全身赤裸，驾着由四匹喷吐烈焰的高头大马拉的马车在太空中驰骋，同时带起了一阵强劲的东风，他的那头黄色卷发随风飘荡。在波浪缓慢起伏的浩瀚海面上闪烁着银白色的光，仿佛一块硕大无比的白色绸缎覆盖在海面上。沙滩像火一样烫人。在银光微微颤动的蓝色苍穹之下，一张张铁锈色的帆布大伞，支在小房子的前面。人们在自己布置的小天地里，躲避着炽热的阳光，在遮阳伞提供的有限阴凉底下打发上午的时光。但是到了晚上，这里的气氛则是非常宜人的。园子里的花草树木散发出扑鼻的清香，天空群星灿烂，大海在夜幕的笼罩之下把阵阵微波不断推向岸边，它用心灵在不停地向人们诉说着什么，有一种令人心醉的意境。这样的夜晚同时也预示着第二天一准儿是个阳光灿烂的晴朗天气，将会给人们再次提供一个又一个可以尽情享受人生良辰美景的大好机会。

我们的这位客人恰恰是由于命运的安排而不得不走而复归，他又回到他原来下榻的饭店里。他心里非常清楚，他回到这里等着自己行李被找回来，远不是他不继续旅游的真正原因。整整等了两天，他的那只行李箱子才算被追回来。在这两天的时间里，他不得不忍受着没有替换衣物的不便，在吃饭的时候，他也不得不在大庭广众面前，在众目睽睽之下，穿着旅游服装出出进进。当人们把他的托运错了的行李终于又送到他房间里时，他迫不及待地把箱子打开，把所有东西都拿了出来，该挂起来的都挂到衣柜里，其余的都放到抽屉里。他决定暂时先在这里住下去，至于住多长时间，先不确定。他又能够穿着自己的丝绸衣服在海边沙滩上悠闲地消磨时光，在吃饭的时候又可以穿上剪裁合身的礼服出现在众多客人面前——他一想到这里就有一种溢于言表的喜悦心情。

这里的生活是有规律的，这里的生活节奏是令人愉快的。这些就已经使他从内心里喜欢，他迷恋上它，甚至都有点儿着魔了；这里的温馨气氛完全征服了他，使他心醉神痴，不愿意、也不能够离去。这里该是一个多么无与伦比的好去处啊：在非常舒适的海滩南部有管理得井然有序的海滨浴场，旁边就是风景秀美的威尼斯这个世界名城！但是，应该说，阿申巴赫并不是一个贪图享受的人。以往，在那种可以寻欢作乐、安闲舒适的地方，不管是在什么时候，也不管是在什么地方，只要是遇到这种场合，他都会感到不安和反感，立即回转身去，又投身到他的那艰苦但却神圣的日常工作中，在年轻的时候尤其是这样。唯有这个地方使他着魔，使他意志松懈、精神放松，使他感到生活的愉快和幸福。有时候在上午时分，他坐在自己租用的小房子前面阴凉的棚子下面，望着南方蓝色的大海出神、遐想，或者是当他在温暖的夜晚躺在平底船的软垫上（他经常到马尔科斯广场去转悠，有时就让平底船把他送回海滨浴场饭店）看着万家灯火渐次消失、旋律优美动人的小夜曲慢慢停下来时，他往往会想起他的那座在山里的别墅，这是他每年夏天辛勤笔耕的地方。他山里的别墅所处的位置地势很高，白云都经常从花园上空穿行。可怕的暴风雨往往在夜里使房间里的灯光熄灭。乌鸦经常在树顶上盘旋鸣叫，他经常拿出些食物来喂它们。现在他也觉得非常舒适安逸，就仿佛置身于仙境一般；他又觉得自己仿佛到了人迹罕到的天涯海角，在那里人们可以轻松愉快地生活，省去人世间的诸多烦恼，过着无忧无虑的生活；那里没有冬天，也不下雪，没有狂风，也没有暴雨，而是只有俄西阿那斯①送来的阵阵和煦的风，使人们能够在无忧无虑中自由自在地安度时光，不必去为任何事情操心，不必再去为实现某种目的而奋争，而是只需要享受阳光和阳光所带来的幸福、欢快就可以了。

阿申巴赫多次看到塔齐乌，几乎可以说是经常能够看到这孩子；客人们的活动天地有限，而且生活规律性极强，比方说在同一个时间段里去用餐，同一个时间段里去海滩等等，所以阿申巴赫能够经常在很近的地方看到那个美貌的小男孩，当然看到他的时间都不是很长。阿申巴赫白天里几乎到处都能够见到他，比方说在饭店底层的客厅等公共活动的房间里，在往返于威尼斯同饭店之间的凉爽的航道上，在繁华、拥挤的广场上，以及在别的进出场合，如在路上，台阶上，凑巧也能碰上他。但是使他能够有较多机会、较充裕的时间来从容地欣赏这个美貌少年的时刻，却是每天上午在海滩上。是的，这是一种如痴如醉的幸福、愉快的感觉，这里的环境给他提供的每天不断享受新的快乐的有利条件，使他觉得留在这里是非常正确的，他非常满意，感到这里的生活充满生活乐趣，他觉得自己在这里能够轻松愉快地打发日子。

他每天依旧起得很早，就像还有什么重要事情急等他去做那样。当刚升起的太阳还不那么灼热烤人，光线也很柔和，大海在蒙蒙雾气中闪烁着白色光芒的时候，阿申巴赫已经起来了。每天的这个时候他多半是已经出现在海滩上，而在这时候绝大多数人还都没有来到这里呢。他非常热情地同管理饭店沙滩围栏的人打招呼，也向那个为他准备休息地方的赤脚白胡子老人亲切问候。老人把凳子之类的家具，棕褐色的遮阳伞等，给他从小房子里搬出来，在台子上摆放好，然后才让他舒舒服服地躺到躺椅上。他在那里往往要待上三四个小时。这期间太阳已经升得很高了，它那可怕的威力也充分地显现了出来，在烈日的照耀下，大海显得更深、更蓝了。在这段时间里他总能够看到塔齐乌的身影。

他往往看着孩子从左边走过来，在他身后便是海边的沙滩；有时看到他从后边的小房子中间走出来，有时又突然发现那孩子已经来了，而自己却来晚了，这倒反而能给他带来某种惊喜。他看到他穿着蓝白相间的浴衣，这是现在海边上他穿的唯一的衣服。他在沙滩上玩着通常他们喜欢玩的那种堆砌

---

① Okeanos，希腊神话中掌管河、海事务之神。——译者注

沙丘、盖沙堡之类的游戏。他在这里过的是一种轻松有趣，逍遥自在的生活，玩耍、休息、蹚浅处的海水，在海滩上挖沙沟，捉鱼，或者去海里游泳，或者在沙滩上躺着休息。那些女人负责保护他，她们坐在平台上看着他，喊着他的名字，"塔齐乌！塔齐乌！"的喊叫声不时从平台那里传来。他听到喊叫声之后，往往就手舞足蹈地向她们跑过去，然后便向她们报告自己在那里都干了些什么，还把他捉到、捡到的什么小贝壳，小海马，水母，以及横着爬行的螃蟹等等，拿出来给她们看。他跟她们究竟说了些什么，阿申巴赫连一句都听不懂，可能就是一些家常琐事吧，但是阿申巴赫却觉得他的声音悦耳动听，小男孩操着异国语言的讲话声，在阿申巴赫听起来像音乐一样娓娓动听。灿烂的阳光慷慨地照射在他的身上，在不远处深邃、浩瀚大海的衬映下，这个美貌少年的形象就更显得光彩夺目，神采飞扬。

没过多久，在不停观看这小男孩的过程中，阿申巴赫便把这个高贵孩子身上的几乎每个部位都看得非常清楚了。他对少年身上的每个线条，每个动作，每个姿态，都已经非常熟悉了，但是他那潇洒的体态，使他每次看到时仍然还都觉得赏心悦目，都还使他十分惊喜。他总觉得每次见到塔齐乌都能给他带来新的乐趣，都能使他从内心里有一种喜出望外的感觉。有一次，大人叫那个孩子，说是有客人来访。客人正在他们的小房子里对女主人们进行礼节性的拜访，其实是在等着他的出现。他应声跑了过去，海水还不停地从他身上往下流着。他一面摇了摇那满头湿漉漉的卷发，一面把自己的手向着客人伸了过去。他一条腿站在那里，另一条腿弯曲着，只是脚尖着地。他来了个非常漂亮的转体动作，脸上可能是由于有些羞怯而显得略微有点紧张，但是那种出身名门所特有的高贵气质，却使他更加楚楚不凡，更加讨人喜爱。客人走了之后，他来到沙滩上，趴在那里，胸部裹着一条浴巾，胳膊肘撑在沙滩上，两手托着下巴。那个名叫亚舒的孩子蹲在他身边，正在向他献殷勤，而这个俊美的少年则眼神和嘴角都流露出动人的微笑，望着那位谦恭的"仆人"，这情景简直让人难以忘怀。这次他站在海边，单独一人，同他的家人不在一起，但却离阿申巴赫非常近。他直挺挺地站在那里，双手抱着自己的脖子，不慌不忙地用脚尖玩着足球。他出神地向大海的远处看去，让微微细浪打湿他的脚趾。他的蜂蜜色的卷发贴在他的额头上和脖子上，阳光洒在他的脊背上，把汗毛染成了一片金黄色。他身上的肉不多，肋骨依稀可见，胸部长得非常匀称。腋下尚无腋毛，所以依旧光滑，像一尊雕像。膝盖后面光洁发亮，那一道道蓝色的细血管清晰可见，好像他的身躯是用一种透明材料雕塑成的那样。这个舒展、年轻、完美的形体表达了何等的教养，蕴藏着多么深刻的思想啊！艺术家怀着一种严肃而又圣洁的意志，一直在默默地夜以继日地辛勤工作，才创造出美好作品并把它们奉献给人类。难道艺术家自己还不懂得这个道理，对这种情况还不够熟悉吗？当艺术家怀着理智的激情，用精辟简洁的语言刻画出在他灵魂深处引起共鸣的形象来，而他又把这种光辉的形象作为精神上真善美的象征奉献给人类时，难道不也是这种意志在他身上起作用吗？

简直是一尊雕像和一面镜子！他的一双眼睛紧紧盯住了那个站在湛蓝色大海旁边的高雅形象，他欣喜若狂，以为自己这下子抓住了美的实质，见到了神灵构思出来的完美形体，见到了活在人们心目中纯洁、完美的高雅形象。这种形象被人们奉若神明，受到人们的无限尊崇和顶礼膜拜。这是一种痴迷，这位已经有了一把年纪的艺术家如此毫不迟疑，甚至有些贪婪地欢迎它，喜爱它。他的心在剧烈疼痛，他全身热血沸腾，在他的脑海里又泛起了从青年时代一直保留到现在的久远的记忆，这些想法并没有忘记，只是长期埋藏在心中，没有被自身的火焰唤醒罢了。书上不是这样写道吗：太阳能够把我们的注意力从理智方面引到感官方面去？人们说过，太阳能使人头昏脑涨，太阳能够使人着魔，就是说它可以使人的理智和记忆能力混乱，它能够使人的心灵满足已有的状况而忘乎所以，而且以令人惊奇的方式，使人始终怀着赞赏的心情执著地盯住阳光照耀的事物中最美好的东西：是的，只有借助于某个形体，心灵才有可能使自己达到更高的境界。说真的，爱神有点儿像数学老师，他们为了给不懂事的孩子传授不易理解的纯粹形式上的概念，必须借助具体图形进行讲解。上帝又何尝不是如此，为了让我们能够看清楚那些精神上的东西，就利用年轻美貌者的形体和美丽的肌肤，以具体的美妙绝伦的形象，使人们永远把它们留在记忆之中，而当我们看到这种美丽的形体之后，又往往使我们内心里既有某种伤感之情，又似乎可以怀有某种希望，整个的心灵被它们给撩拨得火辣辣的。

这就是我们那位激情迸发的艺术家当时的想法，也可能是他的真实感受。他对大海的陶醉和对阳光的迷恋，在他内心深处织成了一幅绚丽、动人的图画。这就是离雅典城墙不远处的老梧桐树所在的地方，那里是一片圣洁的地方，绿树成荫，含苞欲放的花朵已经散发出阵阵香气。为了纪念希腊神话中的山林女神尼姆芬和河神俄克罗阿斯，人们在这里竖起了许多雕像，摆满了各种祭品。在枝繁叶茂的大树下面，有清澈的小溪在汩汩地流淌，人们可以看到水里光滑的卵石，听见蟋蟀发出的鸣叫。这里有一片有点儿斜坡的草坪，人们躺在上面刚好可以把脑袋给抬起来。草坪上躺着两个人，他们躺在这里可以躲开太阳的照射。他们是两个人，一个年纪很大的老人和一个青年人；一个长得很漂亮，一个外貌很不好看；老人阅历丰富、智慧过人，年轻人则风度翩翩、令人垂爱。就在这个地方，苏格拉底就欲望和德行方面的问题，对菲德拉斯①进行开导和教育。谈话循循善诱，深入浅出，轻松愉快，妙趣横生。苏格拉底向对方讲到当感知者眼里看到令人难忘的永恒美的形象时所受到的严重惊吓；谈及那些世俗小人，邪恶之徒的情欲，说他们即便见到了美丽的形象也不会有敬畏之感；同时也谈到了那些道德高尚的尊贵人物在看到天神般的美貌和完美无瑕的形象时，从内心里产生敬畏之感，从而表现出一副诚惶诚恐的样子：他们赶紧站起来，手足无措，甚至都不敢抬起头来再看一眼。他们尊崇那些貌美的人，心甘情愿把他当天神一样来崇拜，为此他们不怕被别人讥笑，不怕被别人说成是痴呆，是疯子。我告诉你菲德拉斯，因为是美，而且只有美，才是值得人们去爱的，也才是可以摸得着看得见的。只有美才是这样的，请你记住这一点！美是我们感官能够感觉得到，同时也能够承受得了的唯一的精神形式。或者说，如果神灵方面的东西，如果理智、道德和真理都让我们通过感官触摸到的话，那我们又成了什么了？那我们还不会在炽热的爱情面前被烧得粉身碎骨，就像塞默勒②在宙斯面前那样？如此看来，美是那些感受到美的人通往精神的途径，途径又是一种手段，我的小菲德拉斯……接着，他，这位狡猾的求爱的人又谈到了极其微妙的问题，那就是：爱别人的人，会比被别人爱的人更加神圣，这是因为上帝站在爱别人的人一边，而不是在被别人爱的人一边。这也许是迄今最细腻，最亲切，同时也是最具有讽刺意味的想法，人们所有欲望的狡诈，诡秘，以及最隐秘的乐趣大都源出于此。

作家的幸福就在于，思想同整个情感，同时情感又同整个思想融为一体。我们的这位孤独的作家，当时就恰恰处于这样的状态中，有了这样生机勃勃的思想和这样清楚的感情。这也就是说，当他的心灵在美的面前毕恭毕敬的时候，他的身体也在欢乐和欣喜情感的触动下而不能自持。他突然想到要去写作。据说爱神是喜欢悠闲的，她也恰恰是为了悠闲才被创造出来的，

①　同苏格拉底一样，都是古希腊著名哲学家。——译者注
②　Semele，希腊神话中卡德摩斯王的女儿，和宙斯一起生了狄俄尼索斯。宙斯的姊妹和妻子嫉妒她，怂恿她向宙斯提出恢复她原形的要求，结果被烈火烧死。——译者注

但是在这种关键时刻，这位思乡心切的作家还是感情冲动，总想把他的感受立刻就写出来。至于创作的动机，在他看来那倒是无关紧要的。当时知识界正围绕着文化和情趣的某个重大的、焦点性的问题进行激烈争论，正在旅途中的阿申巴赫也听到了这个消息，了解一些相关的情况。这方面的题材他是非常熟悉的，他有这方面的阅历。一种不可抗拒的心理在促使他，甚至是强迫他一定要用优美的文字把他的感受立刻写出来。他要写，而且是当着塔齐乌的面去写，并把这个少年的优美体态作为自己的模特儿，他的笔调、风格，还要同这个模特儿的体形线条相吻合。这个躯体对他来说是神圣不可侵犯的，要让他的美融入精神之中，就像苍鹰一把把特洛伊①牧人抓到空中一样。他坐在一张粗糙的桌子旁边，帆布凉棚遮住了火辣辣的太阳，面前就是那个他所崇拜的偶像，倾听着他银铃般的声音，按照塔齐乌的美貌来开始写他的文章。这是一个千载难逢的绝好机会，他一定不要错过。他热情奔放，文字流畅，语言精练，他从来没有写出过如此甜蜜、优美的文字，在优美的文字中闪烁着爱神的夺目光彩。就这样，他的一页半长的散文便问世了。文章的正气、高雅和热情奔放，一定会使许多读者交口称赞，为之倾倒。人们只会知道这部作品美妙绝伦，但是却不知道它的来源和作品产生的背景、过程。这很好。这是因为一旦人们知道了作品的来源出处，他们往往就会感到惊奇，陷入迷惘之中，这样就会严重妨碍他们对作品的理解和欣赏。这是一个多么不同寻常的时刻啊！他为之又付出多么大的精力和辛劳啊！他的心灵同另一个身体发生碰撞并结出的丰硕成果，同样也是难能可贵的啊！当阿申巴赫收起自己的作品离开海滩时，他才觉得自己累了。是的，筋疲力尽了，简直都要垮下去了。但是他同时也觉得自己的良心受到了谴责，仿佛自己做了一件逾越雷池的事情那样。

第二天早上，当阿申巴赫正准备离开饭店时，他在楼外的台阶上发现塔齐乌正往大海的方向跑去。这一次是他单独一个人，已经接近这家饭店专用的海滩浴场围栏旁边。这时阿申巴赫产生了一种念头，就是利用这个绝好的机会同塔齐乌接近，当然他并不知道自己已经在我们作家的心里引起那么多的情绪波动和心理上的不安。阿申巴赫想趁他一个人单独行动的时候，接近他，同他简单认识一下，同他打打招呼，听听他回答时的悦耳声音，看着他的那迷人的眼睛——阿申巴赫的这种想法越来越明确，到后来简直是迫使他

---

① 特洛伊，也被译成特洛亚，希腊城市名称，围绕该城有许多古希腊故事。——译者注

要朝塔齐乌走去。美貌的塔齐乌悠闲地向前走着，阿申巴赫从后面追了过去，阿申巴赫加快了脚步。在那排小房子后面铺着木板条的小路上，阿申巴赫赶上了塔齐乌。阿申巴赫本想用手去摸摸他的脑袋，或者是拍拍他的肩膀，随便说句什么，算是同他打打招呼。一句法语到了他嘴边。但是就在这个时候，阿申巴赫却突然觉得自己心跳得厉害，像锤子在砰砰地敲一样，或许是因为自己刚才走得急了些。激烈的心跳使他的呼吸一时急促起来，他气喘吁吁，说话非常勉强，甚至不能说出完整的话来。他停了一会儿，他在设法控制住自己。但是就在这个时候他突然有点担心——害怕自己在塔齐乌身后跟得时间太久会引起他的注意。如果他带着惊奇的眼光回头一看，觉得他这个人是怎么回事，问他总跟在他后面要干什么。他怎么回答?! 这时他该多么不好意思？于是阿申巴赫加快了脚步，放弃了原来的打算，低着脑袋从塔齐乌身边走过去了。

太迟了！在这一刻里他想，太晚了！然而真的是太晚了吗？那很重要的一步让他给耽误了，他本来可以有一个十分轻松愉快，令人满意、令人高兴的结果的，本来可以使他头脑清醒过来的，但是他一迟疑便错过了良机，剩下的就只有后悔了。究其主要原因，大概就是像他这把年纪的人都不愿意清醒，如醉如痴的状况对他们来说简直是太重要了。又有谁能够揭开艺术家的心头之谜呢！但凡是大艺术家，都具备约束和放纵自己的两种截然不同的性格，并且喜欢把它们融为一体——对于他们的这种特性又有谁能够理解？因为无法使自己保持清醒，所以就难免使自己的行为放荡不羁。阿申巴赫已经不能够进行自我批评了。他的情趣，他这把年纪的精神状态，自尊心理，智慧的程度，以及后来的纯正心地，都使他不能够冷静地对自己的行为动机做一番剖析，并且也很难让他确定自己究竟是出于怕良心的谴责呢，还是由于自己过于草率和怯弱，最终使他原来的打算落空。他有些心慌意乱，他担心有谁，比方说海滨浴场的管理人员看到他跟在塔齐乌后面的情形，看到他没有能够实现自己打算时失败的惨相。他更害怕有人在背后笑话他。另外，他也觉得自己这样极为可笑而又莫名其妙的害怕似乎很滑稽，并没有什么道理。"简直是一副狼狈不堪的样子，"他这样想，"狼狈得就像一只斗败了的公鸡，只有耷拉下翅膀，垂头丧气地败卜阵来的份儿。这很可能是上帝的旨意，使我们一见到美色就勇气顿失，使我们的傲气一落千丈，从天上掉到地上……"他仔细地玩味着自己的想法，但还是因为有太多的傲气，不愿意承认自己曾有过害怕的心理。

对自己在这里休假时间的长短，他已经不怎么在意了，反正度假的时间是由他自己给自己规定的。他现在根本就想不起来要回去的问题。他让人给他汇过来足够多的钱。现在他唯一关心的事情是，那家波兰人什么时候离开这里。一次偶然的机会他从饭店理发师那里得知，那家波兰人是在阿申巴赫到来前不久刚刚到这里。太阳已经晒黑了他的脸和手，海边含有大量盐分的空气，使他情绪更高了。他一向是把自己从睡眠、食物和大自然中所攫取的营养，立刻就用到辛勤的创作上去的；而现在他却让自己在阳光、悠闲、海风的哺育下每天增强的体质、精力，毫无节制地花到想入非非和万千感触上去了。

他睡眠并不好，每天夜里都睡得很不踏实。在这里的日子虽然都很单调，但是却非常宝贵。简短的，充满幸福不安情绪的夜晚，把日子一个又一个地给分割开来。他每天都回来得很早，因为塔齐乌每天晚上九点钟就从海滩上回到他们的房间。塔齐乌一离开海滩，这一天对阿申巴赫来说到这里也就算结束了。但是第二天一早，还是晨光熹微的时候，他突然从梦中醒来。他想起了那天的冒险之举，顿时睡意全无，他不想再继续躺在枕头上受折磨，于是从床上爬起来，随便披了件衣服来对付清晨的寒意，然后便坐到打开的窗子前面，等待着观看旭日东升的盛景。那天惊心动魄的经历，使他醒来之后的心中充满神圣、虔诚之感。他凝神思索，回味当时的情景。天空、大地和大海，都还沉浸在黎明前神秘莫测的阴沉、苍茫的雾霭之中；天上还有一颗即将逝去的星星时隐时现，仿佛挣扎着不愿离去一样。这时刮来一阵凉爽的风，随风传来了较远地方窃窃私语之声。司朝霞的希腊女神厄俄斯已经起身离开了她的情侣，在远处海天相接的地方，每天清晨的第一道霞光已悄然出现。恰恰就是这道霞光激发人们去劳作，去创造。那女神，诱骗青年人的女神，正在往近处走来，她拐走了克雷多斯和克法罗斯①，又不顾奥林匹斯山诸神的嫉妒获得了美貌的俄里翁②的爱情。在远方的天际，展现出一片绚丽的玫瑰色，那是一道难以描绘的灿烂辉煌、光芒万丈的霞光；一朵朵刚刚生成的云彩，在万道霞光的照耀下光彩夺目，在玫瑰色和紫蓝色的雾气中漂浮、荡漾，仿佛一个个伫立着的小爱神，紫色的光辉坠入大海，又被大海不停翻腾的波涛推向前方，一支支金色的长矛从海面刺向天空，那灿烂的

---

① KLEPTOS，KEPHALOS，都是希腊神话中的人物。——译者注
② ORION，希腊神话中美貌而健壮的猎人，为曙光朝霞女神所爱。死后成为星座。——译者注

光辉一会儿变成了燃烧着的火焰，放射出万道霞光的炽热火球显示出无与伦比的巨大神力，无声地向上飞升。宙斯兄弟的神圣骏马最后用后腿奋力一蹬，终于离开了海面，从地球上升了起来。在上帝的霞光照耀之下，这位孤独的守卫者坐在那里，他安详地闭上双眼，让初升太阳的光辉亲吻他的眼帘。往日的感觉和珍贵但又常常使他觉得痛楚的回忆，本来随着他一生的辛苦劳碌而渐渐淡忘了的，而现在却又以一种特有的形式重现在心头。他又记起这原本忘却了的一切，心情迷惘，流露出异样的笑容。他在沉思，在遐想，渐渐地嘴边出现了一个人的名字。他笑眯眯的，脸对着前方，双手叠起放在怀里。他坐在扶手椅里又悄然入睡了。

　　这一天刚一开始就显得很不一般，外面有着节日般的热烈气氛，充满着神话般的色彩。那么这种节日般的气氛从何处而来呢，怎么突然之间就刮来一阵和煦、沁人肺腑的清风呢？这风好像是在同你窃窃私语，在你的额头和耳边轻轻地吹拂着。白色羽毛一样的云彩在天空中大片地散开，看起来就像是天神们在广袤的太空中放牧着的白色羊群。风渐渐大了起来，像波塞冬①的马群开始奔腾起来，有的前腿高高抬起，马群中还掺杂着几头青紫色的公牛，公牛们牛角冲着前方，脑袋低垂，一面吼叫着，一面奋力向前奔跑着。在远处的海滩上，波浪在卵石间不停地扑腾，就像一群跳上跳下的山羊。在为此情景深深触动了的阿申巴赫周围，全都是潘神②世界里的奇怪动物。他的心中充满了温柔的、梦幻般的奇异感觉。有许多次，每当他看到夕阳坠落到威尼斯城的后面时，他就坐到公园里的一张凳子上，等着看塔齐乌一眼。这时候的塔齐乌往往身穿一套白色的衣服，系着一条彩色的腰带，在压平了的海滩上高高兴兴地玩球。这种时候他往往把塔齐乌当成是许亚辛瑟斯③，许亚辛瑟斯注定是非死去不行的，因为有两位神都喜欢他。的确，他体会到了塞非拉斯④对他的情敌怀有的那种痛苦的嫉妒心理。当时，这位情敌忘记了神谕，忘记了弓箭和基塔拉琴⑤，终日只顾同那美貌少年一起玩耍；他看到一个人出于妒忌之心，残忍地把一块铁饼向少年掷去，而且恰恰击中那可

---

　　① POSEIDON，宙斯的弟弟，希腊神话中的海神，相传人世间的第一匹马就是他创造出来的。——译者注
　　② 希腊神话中的主管畜牧之神，他的动物往往是一些人身羊脚等奇怪动物。——译者注
　　③ Hyakinthos，希腊神话中的美貌少年。——译者注
　　④ Zephyrs，希腊神话中司西南风之神。——译者注
　　⑤ Kithara，古希腊的弹拨弦乐器，有七到十八根琴弦。——译者注

爱孩子的头部。他被吓得面色如土，把那个被铁饼打伤的孩子抱在自己怀里，看到自已用血汗浇灌起来的这朵鲜花惨遭飞来横祸，他在内心深处感到一种难以名状的自责，仿佛在鲜血中绽放的花朵上镌刻着表达他无尽哀伤的碑文……

在有些人之间，他们只是通过眼睛相互认识。他们之间每天，甚至是每个小时都可能碰上，都能够相互看到，但是却好像视而不见，连个招呼都不打，连句话都不说，形同路人。人世间没有什么能比这种人与人之间的关系更叫人觉得离奇，觉得尴尬的了。在这种人之间，往往存在着某种紧张情绪，或者是过分的好奇之心，甚至有时有些歇斯底里，因为他们很不自然地压抑着他们之间相互认识和相互交流的愿望，这样一来这种需求就得不到满足，特别是还有一种相互间的不寻常的相互尊重也在其中起着某种妨碍作用。因为在人与人之间，只要还不能够很好了解对方，不能对对方做出有把握的判断，那么就总是相互爱慕，相互尊重的。但是这种相互渴念则是相互间缺乏认识的结果。

在阿申巴赫和塔齐乌这个美貌少年之间，必定是已经形成了某种关系或者交往。年老的阿申巴赫已经可以欣然地断定，那个美貌少年对自己对他的无限关切和注意并不是毫无觉察，也不是没有回应的。比方说现在，那个美貌少年每天早上出现在海滩上时，已经不再走小房子后面的那条木板铺的小路，而是从小房子前面去海滩，从阿申巴赫搭帐篷的地方旁边走过去。有几次他从阿申巴赫休息的地方经过时，没有必要地故意离阿申巴赫很近，都几乎碰到阿申巴赫的椅子上。究竟是什么东西促使他这样做的呢？难道真的有什么超然的魔力或者是魅力吸引着他，驱使这位温柔的、天真无邪的少年这样去做的吗？阿申巴赫每天都这样在等待着塔齐乌这个美貌少年的出现，有时候当塔齐乌真的出现在他面前时他又装作若无其事的样子，好像是他来到时自己正在忙着干别的什么事情，于是就这样让那个孩子从自己身边白白走过去，好像根本就没有看见他一样。有时候他也抬起头来看上一眼，而他们的目光这时很可能恰恰相遇。就像实际情况所表明的那样，他们两个在这一刻都是非常严肃的。那位长者极力装出一副道貌岸然的样子，根本就不让自己的内心活动表露出来；而在塔齐乌的眼睛里则流露出一种大惑不解并因而陷入沉思的神情。在那一刻他走起路来也是踟蹰不前，把脑袋低下去看着地面，过了一会儿才又优雅地抬起头来。当他从阿申巴赫旁边走过时，从他的举止上可以看得出来，是良好的教养才使他没有转头朝阿申巴赫那里看。

但是有一次则是另外的情况，那是一天晚上。这家波兰人的小姊妹们，连同他们的家庭女教师在饭店开晚饭的时候没有出现在餐厅里。阿申巴赫发现这种情况之后心里有些惆怅。晚饭之后他忧心忡忡，不知道这个波兰家庭的动向，心里非常不安。他穿上晚装，戴上草帽，在饭店的平台上来回踱步。正在这时候他发现，像修女一样装束的波兰家庭的几个姐妹和她们的女教师出现了，塔齐乌跟在她们身后，离开有三四步远，弧光灯把他们照得依稀可见。他们显然是从汽艇码头那边过来，肯定是出于某种原因在城里吃了晚饭。在乘船回饭店的路上，可能很冷，塔齐乌穿着一件深蓝色的水手服外套，外套上有金黄色的纽扣，一顶和外套相配的帽子戴在他头上。这里的太阳光并没有把他晒黑，海风也没有能够使他的皮肤变得粗糙起来，他的皮肤依旧是那种高雅的黄色大理石色彩，同他刚来到这里时毫无二致。但是他今天看起来好像比往常更加苍白，这或许是因为路上有些冷的缘故，也可能是弧光灯的白色灯光所致。他的那两道匀称的眉毛看起来更加清楚，他的那双眼睛看起来也显得更加深沉。他显得更加可爱了，可爱得令人难以用语言形容。河申巴赫又一次觉得很难过：对人体的感性之美，他只能用美丽的语言大加赞美，却不能够把它再现出来。

这个美貌少年突然在他面前出现，使他感到措手不及，他没有时间使自己镇定下来，无法做出一副一本正经的样子来。高兴、惊喜、新奇，所有这些都包含在他见到刚才那位不知下落的塔齐乌那一瞬间的复杂情感和表情之中了。而在这一刻里发生了叫他欣喜若狂的事情：塔齐乌冲着他微笑了。在这微微一笑当中，包含着内涵丰富的无声语言，充满信任、坦率和真情，那么甜美，他那在微笑中慢慢开启的嘴唇，使他的微笑更加动人。这是那克索斯①式的微笑，他那动人、具有魅力的微笑，他面带着这样的微笑张开臂膀，去追求那水中美丽的倒影，他稍稍撅起嘴唇，他微笑着去追求一种毫无希望的东西——他要去吻自己水中倒影可爱的嘴唇，结果是水中月，镜中花，当然落空，他的笑容也走了样。但是他的那种楚楚动人的样子，近乎是卖弄风情的姿态，充满新奇，略带痛楚，他为自己美丽的倒影所迷恋，而他的样子也同样使人们着迷。

阿申巴赫接受了塔齐乌的这种微笑，像接到了一件灾难性的礼物那样，

---

① Nartiss，希腊神话中的美貌少年，他特别欣赏自己在水中的影子，最后竟因此而憔悴致死，据说水仙花是他死后变成的。——译者注

匆忙转身离去了。阿申巴赫却因此受到了很大的震动，致使他不得不躲开平台和前面花园里的灯光，匆匆忙忙赶紧躲到后花园里别人看不到的阴暗地方。他竟然感到有一种莫名其妙的恼怒情绪，一种微带责备的声音在他心里慢慢响起："你不该这样对我微笑！你记住，不应该对任何人这样微笑的！"他一屁股坐到一条凳子上，大口呼吸着夜晚各种花草树木散发出来的浓郁香气。他背靠在椅子背上，让双手往下垂着，身上不停地抽动、战栗，他小声地念叨着人们表示爱慕和渴念的习惯说法——在这种场合里使用这样的说法是不可思议的，甚至是荒唐的，应该受到谴责的，是可笑的，但却又是神圣的，就是在这种情况下仍然是令人崇敬的说法，那就是："我爱你！"

五

当古斯塔夫·冯·阿申巴赫在海滨浴场住到第四个星期的时候，他发现自己所在的周围世界的情况似乎发生了某些变化。首先他发现，尽管正值天气越来越热的季节，饭店的游客不光没有呈现上升的趋势，而是显得越来越少了，从饭店出出进进的人数上就能够看出来这一点。特别是他周围说德语的人就更是很难碰上了，几乎就是一个都没有，在餐桌旁，他现在所能够听到的几乎全都是各种各样的外国话。一天，他到饭店理发师那里（他现在是经常到那里去同他聊聊天什么的），在闲聊的过程中，从理发师嘴里冒出一句话来，使他大为吃惊。理发师提到了一个也在这个饭店下榻的德国家庭，说这个家庭前不久才来这里，但是没有住多久就又走掉了。理发师一面唠叨，一面还献殷勤地对阿申巴赫说："您还住在这里，先生，您真行，您在瘟病面前毫无惧色！"阿申巴赫吃惊地看了他一眼。"您说什么瘟病？"他重复了一下理发师的话。但是理发师却不做声了，装出一副很忙的样子，阿申巴赫的问话他好像根本就没有听见。当阿申巴赫逼着他非要弄个水落石出时，理发师只好说，他实际上是什么都不知道，并且极力设法把话题转移到别的方面。

这差不多是中午时分。下午的时候，阿申巴赫乘船去威尼斯，当时是连一点儿风丝儿都没有，太阳更是火辣辣的。他之所以在这种天气情况下还非得去威尼斯，是因为那一家波兰人去了那里，他要去追随那个波兰人家。他看到那几个孩子在家庭女教师的带领下走在通往汽船码头的路上，于是也便尾随其后来到威尼斯。阿申巴赫在圣马科没有见到他所崇拜的那个偶像。但是当他坐在广场旁边的一张铁圆桌旁喝茶的时候，忽然闻到空气中有一种特别的味道。他觉得这种味道并非始于今日，也并非只是这里才有，而是几天之前就已经有了，只不过是没有能够引起他足够注意罢了。他觉得这是一种并不难闻的药水味，叫人随之想起来疼痛，伤口，以及别的什么有关清洁卫生的事情。他仔细地闻了闻，一面在想自己是不是在什么时候，什么地方碰到过这种味道，最后终于辨认出了这种气味。他喝完茶之后，便离开了广场，广场对面是教堂。在相对狭窄的街巷，那种味道显得更加浓烈。街头巷尾都贴满了印刷告示，有关城市当局希望通过这些告示告诉人们，夏季有一些肠胃系统的疾病在流行，提醒人们慎食牡蛎和贝壳动物，也不要饮用运河里的水。这个告示带有明显的避重就轻的色彩，它并没有说出事情的真相来。人们成群结伙地站在桥头旁和广场上，大家都沉默不语。这个外国人也站在他们中间，默默地琢磨思考告示的内容。

一位店铺的主人倚着店铺的拱门站在那里，旁边就是店里出售的珊瑚项链和人造紫水晶之类的首饰。阿申巴赫问他，这里为什么到处都是那种怪里怪气的味道，这到底是怎么回事。店主人先是奇怪地看了他一眼，然后才饶有兴趣地对他说："我告诉您吧，先生，这是一种预防性的措施。"他一面说着，一面还不停地做着手势："这是警察局的命令，我们都得遵从照办。天气太闷热，这种热而干的风对人们的健康非常不利。总之一句话，您明白吗，很可能是防患于未然吧，但有点儿过头了……"阿申巴赫对他表示了感谢，然后便又继续往前走去。他在回海滨浴场饭店的汽船上，他依然闻到了那种到处都是的杀菌药水气味。

回到饭店之后，他立刻就到休息室里去看报纸。他坐在阅览桌旁边认真地翻开了报纸，在外文报纸上他什么消息都没有找到，而在德文报纸上则有一些关于瘟疫的报道，还引用了一些并不确切的数字。但是意大利官方否定了这些说法，所以究竟是怎么回事，现在还很难说得清楚。不过这样一来，德国人和奥地利人纷纷从这里离去的原因就非常清楚了。别的国家的旅客对于所谓瘟疫的说法显然还是一无所知，因此还泰然自若，并没有任何惶恐、不安的迹象。"这件事不能说出去！"阿申巴赫这样对自己说，但是内心却很激动。他把报纸又放回到阅览桌上。"这件事决不能说出去！"同时他心里对面临的危险却有一种莫名其妙的满足之感。现在外面都被这种危险气氛弄得惶惶不可终日。这是因为激情往往像罪恶一样，不按照已有的秩序和好坏是非标准来规范自己的行为，因为中产阶级结构的任何松散，世界上的任何混乱、灾难，都对它有好处，都给它提供一个浑水摸鱼的好机会。因此在威尼斯的肮脏的小巷子里发生的这种当局极力设法掩盖的事情，使阿申巴赫有一种幸灾乐祸之感，使他暗暗地得到某种满足。威尼斯城里发生的这种见不得人的秘密，是同他阿申巴赫内心的秘密交织在一起的，他要竭尽全力来保守住这个秘密。因为这个业已陷入情网之中，几乎不能自拔的人物所关心的，就是塔齐乌是否离开这里的问题。而且他还十分惊奇地发现自己陷入一片迷惘之中，他现在很难想象得出来，如果没有了塔齐乌在跟前，他今后的日子将怎么过。

最近以来，他已经不能满足于像往常那样，每天在几个固定的时间段里看到塔齐乌一眼，或者接近他一下就行了。他现在得盯住塔齐乌，得跟在他后面。比方说在这个星期天里，波兰人一家根本就没有在海滩上出现。阿申巴赫猜想，他们很可能去圣马科去望弥撒去了。于是他就也急急忙忙地赶到那里。他从广场上炙热的阳光下，来到了阴沉沉、弥漫着朦胧金色的教堂里，看到自己的心上人正躬身趴在祈祷台上做礼拜。于是阿申巴赫便站到一个别人不易发现的昏暗角落里，在教堂有裂缝的拼花地面上，和一些双膝跪在地上，口中念念有词做祷告而且手还在不停地在胸前划着十字的人，以及看热闹的人混在一起。这是一个东方建筑风格的教堂，结构复杂，金碧辉煌，使阿申巴赫眼花缭乱，目不暇接。一位神甫穿着厚厚的法衣，迈着缓慢的步子走到神坛前，做着手势，开始诵起经来。香雾在神坛上方缭绕，使烛光变得非常微弱。祭坛上浓郁的香气似乎稍微混入了另一种味道：就是这个生病了的城市所特有的味道。但是阿申巴赫从香雾和烛光中依旧能够发现那个美貌少年正在前面转过头来，在寻找他，而且还真的看到了他。

弥撒做完之后，人们从教堂敞开着的大门里蜂拥般地夺路而出，他们争先恐后地来到阳光灿烂、鸽子飞翔的广场上。这时阿申巴赫却躲在一个角落里，在窥探那家波兰人的动向。他看到波兰人离开了教堂，看到几个姐妹郑重其事地同她们的母亲告别，然后母亲就转过身去，取道小市场回去。阿申巴赫断定，那个美貌少年将同他的姐姐们一起，在家庭女教师的带领下，向右面走去，穿过钟楼的大门，去那家服装用品商店。于是他加快了步伐，紧追几步，跟在他们后面。他同他们保持着一定的距离，两只眼睛紧紧盯住他们。他轻手轻脚，跟在他们后面，像散步那样走在威尼斯的大街上。如果他们在某个地方停一下，他也顺势躲在离他们不远的某个地方；要是他们突然往回走了，他也得赶紧找个地方，比方说某个小饮食店或者是住家的院子先藏起来，让他们过去，然后自己再出来像先前那样跟着他们。有一阵儿他们突然从他的视线里消失了。这可把阿申巴赫给急坏了，他非常焦急地跑到桥头上，到肮脏的小巷子里，到处找。忽然他们和他同时在一条很狭窄的小路上相遇了。这下子他是怎么也找不到藏身之地了。这固然会使他觉得很尴尬，但是要说他因此而感到非常痛苦，这恐怕就不符合事实了。他非常激动，甚至可以说有点儿忘乎所以，他的脚步好像不听自己的指挥，而是按照魔鬼的旨意在行动，而魔鬼通常则是喜欢践踏人的理智和尊严的。

　　塔齐乌和他的姐妹们以及家庭女教师，在什么地方上了一只平底船。而在他们上船的时候，阿申巴赫躲在一处突出的建筑物后面，让一个喷泉遮住自己；在他们的船离岸开走时，他也要了一只平底船。他要求船家紧紧跟上刚刚转弯的那只平底船，当然要保持相当的距离，不要让他们发现，同时又不能跟丢了，他答应船家为此多给些小费。那个机灵的船夫听说要多给小费，自然是满口答应，说他能够办到，一定能够办到。

　　就这样，阿申巴赫靠在平底船的黑色软垫子上，身子随着船的摆动也不停地摇晃着。他的平底船跟在另一条船头漆成黑色的小平底船后面，他心中的激情也像随着小船航行的激起的波浪不停地起伏、动荡。有时候他看不见波兰人乘坐的小船了，心里就泛起一阵焦躁和不安。不过他的船夫是一个老练、狡猾的老手，他通过抄近道、加快速度等办法，很快就又会把失掉的目标再找回来。空气好像是静止不动一样，一点儿风都没有，空气中夹杂着那种味道。太阳光穿透了空气中蓝灰色的雾气，照到人的身上，依旧是那样令人觉得炽热难当。水拍打着船身的木头和岸边的石头，不住地发出响声。那些划平底船的船夫，有时候会发出喊叫声。在他们的喊叫声中，既有同别人打招呼的意思，同时也包含着就某种情况发出的提醒，甚至是警告。于是远处就响起了奇怪的和声回答，声音在迷宫一样的水道上空回响。在岸上高处的小花园里，有很多裂缝的墙头上，长满各种颜色的伞状花朵，那些白色、紫色的花朵，散发着浓郁的杏仁的香气。阿拉伯式的窗框，在茫茫的雾气中若隐若现。教堂的大理石台阶从上面一直延伸到运河的水面上。一个乞丐蹲在台阶上，在述说着自己痛苦、可怜的处境，一面把一顶破帽子伸向过往的人们，向他们乞讨，同时还翻起白眼，让人们以为他还是个瞎子。还有个做古玩生意的小商贩，在他简陋、肮脏的小棚子前面，以一种讨好、献媚的方式在向过往的人们兜售自己的商品，实际上他是在欺骗过往客人。这就是威尼斯，见到每个人都卖弄风情，同时又让每个人都觉得她虽然长得很美丽，漂亮，但是却靠不住，是个可疑的美女。在这个城市里，有一半是美丽的童话，一半则是外国人的陷阱。在威尼斯，空气被弄得非常污浊，但是就是在这个城市里，艺术曾经异常繁荣过，美丽的威尼斯曾经给音乐家们以创作的灵感，使他们在这里创造出迷人的优美乐章。这时，我们的这位冒险作家仿佛也置身其间，他觉得自己仿佛看到了当年百花争艳的繁荣景象，仿佛他的耳朵里响起了那美妙动听的乐曲。但是他同时也想起了这座城市正在流行着瘟疫，至少是到处都笼罩着一片浓浓的瘟疫气氛，只不过当局为了从外地人那里赚取更多的钱而故意装作若无其事罢了。于是他更加放纵地盯住他前面那条悠悠行进的平底船。

就这样，我们的这位神魂颠倒、头脑发热的人清楚地意识到，并且也从内心深处认为，自己目前心里所想的，眼睛里所盯住的，没有别的，只是他倾心迷恋的那个偶像。一旦那个偶像从他的视线中消失了，他便焦灼不安，要不顾一切去追求他，梦寐以求地思念他，因为他的不在而寝食难安；像热恋中的情人那样，常常对着影子诉说衷肠。他孑然一身，人地生疏，又被迟来的幸福深深陶醉——这一切都激励着他，怂恿着他，使他有勇气去经历那种极其荒诞离奇的生活而毫不脸红，毫不羞怯。于是就发生了这样不可思议的一幕：一天，很晚的时候他才从威尼斯回到饭店，在饭店二楼的那个他所崇拜的美貌少年的房门前面，他突然站在那里不走了。他趴在门前，把额头靠在房门的把手上，久久不愿离去。他仿佛完全陶醉于一种美妙的享受之中，整个人像发疯一样，全然不顾被别人看见和抓住的危险。

当然，他有时候也能够静下心来稍微思索一下：自己现在走的是一条什么样的路？想到这里他往往也不寒而栗。这到底是一条什么样的路?! 像每一个有成就的人为自己好的家世而感到自豪一样，阿申巴赫在想到自己的成就和业绩的时候，首先想到的同样也是自己的出身，感谢自己的列祖列宗，要为实现先辈的遗愿，满足他们的要求，光宗耀祖，壮大门庭。即便在这种时候，这种地方，他也还能够想起自己的出身门第，祖宗先辈。但是他现在却陷入一种不正常的情感纠葛之中，被带有异域色彩的情欲所吸引，被其主宰，陷入迷惘之中而又不能自拔。但是当他想到先辈们端庄的风度和正派、磊落的品格时，他忽然清醒了许多，为自己的这种荒唐举止不禁黯然苦笑。他们对自己的这种行为又会说些什么呢？显然，他的生活同他们的完全不一样，就他看来简直可以说是堕落了。他们看到会怎么说呢？对于这种受艺术束缚的生活，他年轻时曾经以父辈们的市民意识，曾经发表过讽刺性的看法，但是就本质而言，这种生活同先辈们的生活又有什么区别呢！他也服过兵役，他是士兵，一名战士，像他们当中的某些人一样。因为艺术也是一种战争，一种使人心力交瘁的战斗，今天人们在这样的战争面前往往支持不了多久就会垮掉的。这是一种不断地征服自我，不断克服逆境的生活，一种充满酸涩、艰辛，需要顽强和克制的生活，他把这种生活缔造成为一种温柔的，符合时代精神的英雄主义的象征。他或许可以把这种生活称之为充满大丈夫气概的生活，说它是一种充满勇敢精神的生活。他似乎觉得，掌握着他命运的爱神特别适应这种生活，特别喜欢这种生活。爱神在勇敢的民族那里不是被另眼相看，享有威望吗？难道说爱神不正是由于勇敢才在他们的城市里活跃、兴旺吗？在古代，有许多战争英雄甘愿套上爱的枷锁，听从爱神的旨意，因为上天施加的不是贬抑；而那些出于别的目的而采取的行动，被视为是胆怯行为，要受到谴责。卑躬屈膝，信誓旦旦，苦苦哀求，低三下四，奴性十足等，凡此种种对于这位坠入情网之中的人来说，都不算是什么羞耻，反而会被人认为值得称赞。

这位痴情的人就是这样的思维方式，他就是这样来设法自圆其说，维护自己的尊严。但是与此同时，他却也经常执著地，特别注意盯住威尼斯城里的那些肮脏事情，很想把它们弄得个水落石出。外部的冒险行为，同他内心的冒险想法暗暗相合，使他产生一种激情，而在这种激情中又滋长出模模糊糊的、狂妄的希望来。受这种情绪的驱使，他跑到城里的各家咖啡馆去翻阅德文报纸，力图弄清关于威尼斯瘟疫的情况，因为近几天以来，他所下榻的海滨浴场饭店的休息大厅里的德文报纸已经见不到了。可是就是在德文报纸上也是说法不一，一会儿承认威尼斯有瘟疫，一会儿又否认。关于受瘟疫传染的人数和因瘟疫而死亡的人数，也是说法种种，有的说是二十几个，有的说是四十几个，还有的说已达到上百人乃至更多的。接着又说瘟疫是从外国传进来的，受传染的人实际上没有多少人——总算没有否认威尼斯有瘟疫流行这一事实。当然在这些消息的字里行间也对外国有关当局说威尼斯有瘟疫报道提出警告和抗议，说这是他们搞的危险把戏。总之，关于威尼斯瘟疫详细、具体可靠的准确消息，他从德文报纸上也没有能够找到。

然而，我们的这位独来独往的人物，却意识到自己有特殊的权利分享这一秘密；他虽然离群索居，但是却不时利用某个机会向了解这种情况的人提出一些难以回答的问题，使他们要么被问得哑口无言，要么只好公然撒谎。而他呢，从中竟然能够得到某种莫名其妙的满足。一天在餐厅里吃早饭的时候，他向饭店那位个头不高，步履轻盈，穿着法国式礼服的经理提出了这样的问题。当时这位经理正在吃饭的人中间走来走去，一面殷切地同客人们打招呼，一面照看餐厅里的情况，也走到阿申巴赫的餐桌旁边停下来，打算同阿申巴赫搭讪几句。这时阿申巴赫以一种非常随便，漫不经心的口气问他，为什么最近以来威尼斯到处都在消毒？"情况是这样的，"矮个子经理诡辩似的回答说，"这是警察当局所采取的某种措施所造成的。由于气压低，今年显得特别闷热，人们担心公众健康会因此而受到妨害，所以采取了相应的措施，防患于未然嘛。这应该说是警察当局尽职尽责的表现，他们实际上是做了一件值得称道的好事。""如此说来警察当局还该受到夸奖了。"阿申巴赫回答说。他们两个又就天气问题交流了几句无关紧要的话之后，经理便找个借口走掉了。

就在同一天的晚上，吃完晚饭之后，发生了这样的事情：从城里来了个街头艺人小组，他们在饭店的前庭花园里演出节目。小组由两个男人和两个女人组成。他们站在一个有弧光灯的电线杆子旁边，被灯光照得泛白的面孔对着露台，演出开始了。露台上满是客人，他们有的喝着咖啡，有的喝着清凉饮料，同时欣赏民间歌舞表演。饭店的服务人员，比方说开电梯的人，餐厅服务员，柜台、办公室的职员等，都站在通往大厅的门的旁边偷着看演出。那个俄国家庭对于这种享受方式非常喜欢，他们让人给他们把藤椅搬到花园里，为了离艺人们更近些。他们非常高兴，围成个半圆形，在认真地欣赏着节目。在他们身后站着一个裹着头巾的老妇人，那是他们家的老佣人。

这些街头艺人有一定的演技和演出水平，曼陀林、吉他、手风琴和一把能够发出颤音的小提琴，在他们手里都能发出和谐的音调来。乐器合奏结束之后他们又唱了起来。先是两个女人中那个年纪较轻的女人开始唱，她的嗓门很高、很尖，然后是另一个用甜润的假声男高音加进来演唱二重唱。他们配合默契，把一支情歌唱得情意绵绵，蛮有味道。但是真正出色的是两个男人中间的另一个人，那个弹吉他的人，他同时也是这个小乐队的领导人。他是一个男中音丑角，他的表情和表演天才特别突出，几乎不怎么唱出声来，但是表演起来非常幽默、滑稽，令人发笑。他不时地离开其他演员，一个人弹着吉他走到离观众更近些的露台跟前，做出幽默而滑稽的怪相，逗得观众不停地捧腹大笑。特别是坐在花坛前面的那家俄国人，更是被这富有南国风情的民间艺术所陶醉，简直可以说是乐不可支。他们一面热烈鼓掌，一面大声喊叫，鼓励他演得更加泼辣些，风趣些。

阿申巴赫坐在靠近露台栏杆的地方，时不时地喝一口放在他面前的石榴汁汽水湿润一下自己的嘴唇。在玻璃杯里的石榴汁汽水，在他面前像红宝石一样泛着红光。他的每一根神经都绷紧了，在认真地倾听单调、刺耳的演奏声和庸俗、多情、伤感的旋律。由于激情使一个人爱挑剔的意识麻醉，所以它能够使人坦然地接受某些东西，并认真地参与其中，而当人们头脑清醒时，则往往会看出这些东西是滑稽可笑的，只能诙谐地接受，或者认为不值得一提，反感地拒绝。比方说那个小丑的东歪西斜的滑稽表演，居然也能够使阿申巴赫的脸上露出一丝僵化的痛苦笑容。他没精打采地坐在那里，看样子对演出节目实际上并不感兴趣，但是在他内心深处却为另一件事情而倾注了他全部的注意力。他心里极度紧张——因为在离他六步远的地方，塔齐乌正斜靠着石栏杆站在那里。

塔齐乌站在那里，穿着那件有腰带的白色上衣，他有时在吃正餐的时候穿这件衣服。好像是天生命中注定的那样，他总是那么潇洒，风度翩翩。他把左手的前臂搭在栏杆上，两腿交叉；右手放在髋骨上；带着淡淡的好奇观看下边江湖艺人的表演，脸上呈现出一种似笑非笑的表情，很难说就是满意的微笑，只不过是出于礼貌罢了。他好几次直起身子，扩扩胸，两只手臂做个优美动作，把白衬衫隔着腰带往下拉一拉。上了年纪的阿申巴赫有时候也发现，塔齐乌有时候会犹犹豫豫、小心翼翼地偷偷往自己这边扫一眼，或者快速把头转过去，就好像受到突然袭击一样，把头越过左肩，望着他所喜欢的那个人所在的地方。这时阿申巴赫从内心里产生出一种难以名状的得意之感，有点陶醉，又有些惊慌。他不敢正视少年的眼睛，因为这位误入歧途者心里有一种羞怯之感，顾虑重重，使得他怀着胆怯的心理克制自己，强迫自己避开塔齐乌的目光。在露台的后面就坐着那几位保护塔齐乌的女人。如今已经到了如此地步，致使被爱弄得神情恍惚的阿申巴赫不得不担心自己的行为是否太过火了些，会不会引起她们的怀疑和注意。是的，他曾经吃惊地注意到，那几个女人曾经不止一次地在海滩上，在饭店的大厅里，在圣马科广场上，把塔齐乌从离开他不远的地方叫回去，看样子她们是有意识地让孩子同他保持一定的距离，离开他远些为好。这对阿申巴赫来说无疑是一种奇耻大辱，他的自尊心受到了莫大的伤害，内心经受着很大的痛苦。他想断然拒绝这种侮辱，但是他的良心又阻止他这样做。

正在这个时候，那个吉他演奏者自弹自唱了一首独唱歌曲。这是一首当时正风靡整个意大利的流行歌曲，共有好几段。在重复演唱的副歌部分，他的伙伴们便给他伴唱，所有的乐器也同时跟着伴奏。他用一种委婉的腔调，声音抑扬顿挫，娓娓动听，唱出了歌曲的韵味。这位吉他演奏者身材瘦削，面部也很憔悴。他同他的同伴之间有一段距离，站在更加靠近听众一些的地方。他头上戴着一顶破旧的毡帽，实际上帽子已经滑落到他的后脖颈那里，以致他的红红的头发从帽檐的下面露了出来。他大模大样地站在离他伙伴有一段距离的沙砾堆上，拨动吉他琴弦，向着露台唱出一支诙谐、动听的歌曲。由于他过于认真、用力，额头上都爆出了青筋。他看起来好像不是威尼斯人，而是有几分像是那不勒斯的滑稽演员，身兼男妓和伶人的味道，既显得有些卑鄙下作，又有些大胆放肆，叫人生畏，但总的来说是个很风趣的人。他所谓的唱歌，从歌词看来十分无聊，没有什么意思，但是他的表演动作却独具一格。他通过面部表情的不停变化，通过自己身体部分的各种奇怪动作，加上挤眉弄眼，不停地用舌头在嘴角旁边来回摆动，好像是在表示某种含混不清、模棱两可的意思，而且还有些暧昧。他穿的是当时在城市里流行的服装，从那运动服式的软领口上露出来的脖子，显得又瘦又长，特别引人注目，特别是他的那个喉结，更是显得突出，越发引人注意。他面色苍白，塌鼻梁。他没有留胡子，从他的面相上很难看出他有多大岁数。满脸都是很深的皱纹更凸显出他的怪模怪样，也是他生活中的恶习留下的痕迹。在他淡红色的眉毛之间的两道深深的皱纹同他那张灵活，发出冷笑的嘴唇倒也协调、般配，使他反而显得有一股桀骜不驯，目空一切，盛气凌人的神态。但是真正能够打动我们的这位孤独艺术家并从而引起他注意的，则从这位可疑的人物身上似乎也带来了某种令人生疑的气味。每一次当他们唱起副歌来时，这位歌手便装腔作势，怪模怪样地兜一圈，同一些观众握握手，有时就从阿申巴赫身边经过。每当他从阿申巴赫旁边经过时，阿申巴赫都能闻到一股从他身上、衣服上发出的味道，那是一种强烈的石炭酸的味道，从他身上一直对着露台飘过去。

在他们唱完了诙谐的小曲之后，他便开始向观众要钱了。他从俄国人那里开始收起，人们可以看到，俄国人很慷慨大方，给了他们不少钱。然后他就从台阶走到露台上。如果说他刚才演出时还算是泼辣大胆的话，那么现在收钱的样子，毋宁说是卑躬屈膝的样子。他始终弯着腰，轻手轻脚地在许多坐在桌子旁边的人中间走来走去，对人们献媚地笑着，把他的那满口坚实的大牙露了出来，但是他眉宇间的那两道深深的皱纹却依旧在那里显露出咄咄逼人的气势。人们怀着好奇，还夹杂着几分厌恶的心理，审慎地打量着这位怪异的收钱人，然后用手指尖夹着钢镚儿扔到他伸出的帽子里，看样子是谁都不愿意碰着他和他的帽子。尽管人们对他们的演出还算满意，尽管还在回味着刚才有意思的节目，但是一旦这个街头艺人和这些有身份、有地位的观众靠得过近，就可能出现尴尬的局面。他意识到了这一点，就试图在他们面前低声下气，以求得他们的原谅。他来到阿申巴赫面前，当然是带着满身的石炭酸味道。然而对于这股浓烈的味道，周围的人好像谁都没有注意到，至少是根本就不在意。

"你听着！我要问你的是，"我们孤独的艺术家压低了自己的嗓门，以几乎是机械的口吻对他说，"威尼斯为什么到处都在喷洒毒药，为什么？"这位小丑用沙哑的声音回答说，"那是警察要干的，先生，这是规定，先生！在这样的大热天里，又刮着热风，叫人觉得闷得难受。这样对人们的健康非常不利啊……"他回答时的样子使人觉得他对阿申巴赫的问题大惑不解，怎么居然能够提出这样的问题来。然后他摊开双手，好像是说热风着实厉害，但是人们又有什么办法呢。阿申巴赫又以非常小的，但却是从牙缝中挤出来的声音单刀直入地问他："那么你是说在威尼斯根本就没有瘟疫流行？"这时，那个擅长表演的滑稽艺人做了个鬼脸，露出满脸的无奈。稍后他才又回答说："瘟疫？是什么瘟疫？难道热风算是瘟疫吗？还是我们的警察算是瘟疫？您真是会开玩笑！要说瘟疫嘛，为什么就不可能有呢？采取些措施，防患于未然嘛，有什么不可以？您明白吗？这是警察当局针对闷热天气作出的有关规定……"他一面说着，一面还不停地做着手势。"那好吧。"阿申巴赫又小声地，而且是很简洁地说。同时把一块很有分量的大硬币扔到他的帽子里。阿申巴赫用眼神向他示意，要他走开。他微笑着听从了他的示意，并向阿申巴赫深深鞠了一躬，然后才从他身边走开。但是还没等他离开台阶，两名饭店的工作人员就很快跑到了他跟前，他们几乎是脸贴着脸地小声盘问他。街头艺人耸了耸肩，似乎还在发誓，在向他们保证，说他对这个问题确实什么都没有说。这一切人们都看在眼里。他们放开了他，艺人又回到花园里，他同自己的同伴一起，在弧光灯下简短地商量一下之后便决定再演奏一支歌曲，算是同诸位听众的告别节目。

这支歌曲阿申巴赫好像在什么地方听到过，但是具体时间地点他一时是回忆不起来了。这是一首非常粗犷的流行歌曲，歌词是方言，根本就听不明白是什么意思。主歌后面跟着的是逗人发笑的副歌，小组的其他成员在演唱副歌时都放开嗓门跟着伴唱。这段副歌其实是既没有歌词，也用不着乐器伴奏的；它只是一片笑声，但是笑声非常和谐，非常有韵味，非常自然。特别是那个独唱演员，在这方面表现得格外出色，显出他很有调动观众情绪、活跃整个气氛的才能。现在他同观众之间的距离又重新拉大了，他刚才的那种拘谨、谦恭的态度陡然间不见了，他一向的洒脱、放荡的习性又一次呈现在观众面前。他放肆的假笑声，毫无阻拦地传到露台上的观众那里，似乎变成了讥讽、嘲笑。在他唱到一段歌词的后面该清楚发音的地方时，他的嗓子好像痒得让他受不了。只见他拼命地咽唾沫，他的声音在颤抖，他用手捂住自己的嘴巴，耸耸肩头。正在这个时候，他突然大叫一声，接着便发出放荡不羁的狂笑。他的狂笑声似乎有一种不可估量的感染力量，在座的观众都不得不受到感染，露台上也情不自禁地爆发出一阵大笑，气氛变得欢腾愉快。观众的热烈、欢快情绪，又回过头来使歌手倍加疯狂，更加兴奋不已。他双腿弯曲，不停地拍打自己的大腿，摸摸腰间，想要尽情发泄一通。他已经不再狂笑了，而是大声喊叫；他用手指指着露台上面，好像再没有比露台上傻笑的人们更加可笑的了，因为毕竟是在整个露台上、花园里和游廊里，在几乎所有他影响所及地方的人都在大笑，甚至连倚着门的饭店服务人员、电梯工、房间服务员，也都被他逗得捧腹大笑。

阿申巴赫在他的椅子里再也待不下去了，他先是坐直了上身，做出一副打算反抗或者是溜走的样子。但是那从下面传到上面来的笑声和浓烈的，只有医院里才有的味道，以及那个美貌少年就在离自己不远处的状况，使他觉得自己仿佛就在一种梦境之中，他的脑袋，他的感官都统统地被这种梦境给捆住了，他无法打破、挣脱这种梦境。正在大家忘乎所以、乱作一团的时候，他壮起胆子往塔齐乌那里看了一眼。这时他也发现，那美貌少年也在以极其严肃的目光在向他这里看，当时的情况就好像是，美貌少年在这种情况下好像是以他的行为准则来决定自己的行为、举止那样；好像当时的那种群情激动的场面对他毫无影响，只有他才同自己一样"众人皆醉我独醒"。这种孩子气的顺从，具有令人折服，令人倾倒的吸引力，使这位头发灰白的长者心头一阵轻松，深为感动，觉得两人真是心有灵犀一点通。他花费了很大的气力才控制住自己，没有用双手把自己的脸遮住。塔齐乌也不时直起腰来，做做深呼吸。阿申巴赫觉得他好像是胸部发闷的样子，直直腰挺起胸是在透口气。"他身体好像有病，恐怕活不长。"这一次他又能够客观公正地去思考问题了，他有时也能够从那种陶醉、偏激的情绪中摆脱出来。他这样想时纯粹是出于对少年的关怀，但同时也掺杂着一种莫名其妙的满足感。

这时，威尼斯街头艺人的演出结束了，他们就要离开饭店回威尼斯去了。人们用热烈的掌声给他们送别。他们的领队也没有忘记用滑稽、诙谐的笑话来同人们告别。他的打躬作揖和不断飞吻的手势，本来就够滑稽、逗人的，这时就更加引得大家笑个不停。在他的人马都已经走了很远的时候，他又突然装腔作势地往回跑，撞到一根电线杆子上，装作疼得直不起腰来，弯着腰，拖着腿费力地慢慢走到大门口。到了那里，他突然改变了原先的滑稽小丑的嘴脸，站直身子，灵活地一跃而起，冲着露台上的人们伸出了舌头，做个鬼脸，然后才一下子消失在黑暗中——他们才算是彻底走掉了。浴场的客人都四散回去了，塔齐乌也不再倚靠在露台的栏杆上了。但是阿申巴赫还一个人独自坐在那里不动弹，桌子上还有一杯没有喝完的石榴汁汽水，连饭店的服务人员都对此感到奇怪。时间在流逝，夜色越来越浓了。许多年前，在他父母家里，曾经有过一只计时沙漏，他觉得现在好像又回到了当年的时代，他又站在沙漏前，在聚精会神地观察着这种蛮有意思的小东西：他仿佛看到了赫红色的沙粒无声地，又细又慢地经过一根很细的玻璃管向下流淌着，由于沙粒的流失，玻璃管的上端便因此而形成一个小小的把旁边的沙粒裹挟起来的漩涡。

第二天的下午，倔强的阿申巴赫又采取了新的步骤来设法了解外界的情况，由于人们对威尼斯是否有瘟疫的问题闪烁其词、欲言又止，所以这个问题就显得更加神秘兮兮。他这次是要不惜代价，决心把同这个问题相关的情况都搞搞清楚。他从马科斯广场那里走进广场旁边的英国旅游公司，在柜台上兑换完了钱之后便以一种对当地人不信任的样子向该公司的一名年轻的职员提出了他的非同一般的问题。这位刚刚为他服务的年轻英国公司职员，穿着一身毛料子衣服，头发从中间向两边分开，有一双长得挨在一起的斗鸡眼，看样子是非常诚实、可信的那种人，同欧洲南部地区的那种狡猾多变、见风使舵的人相比，完全是另一种样子。他对阿申巴赫说："根本用不着担心的，先生。这里所做的一切只不过是例行公事，没有什么实质性的意义。这样的防止热风给人们的健康可能造成不利的规定、做法，是经常会有的，可谓司空见惯……"说到这里他睁大了他的蓝色眼睛，他的目光也正好同他面前的这位陌生人的目光相遇，后者的目光是一种带有几分倦意，并轻蔑地盯住他的嘴唇。于是英国人开始为自己的这种不顾事实的冠冕堂皇的说法感到脸红了。"事情是这样的，"他压低了嗓门并带有几分激动地说，"这些只不过是官方当局的解释，他们坚持认为这样做是对的。我要告诉您的是，这后面还有些他们不愿意说出来的别的名堂。"然后他就把自己所知道的相关情况一五一十、原原本本地都向阿申巴赫讲了出来。

　　从几年前开始，在印度就有了霍乱这种传染病。近年以来这种疾病越来越厉害，出现了向外蔓延，日益严重的趋势。霍乱病的发源地是恒河三角洲的热带沼泽地，病菌在荒无人烟、杂草丛生的荒原和孤岛上，在那里的竹林中，只有老虎之类的野生动物出没。这种传染病很快蔓延开来，除整个印度半岛上都在流行这种传染病之外，它还向东传到中国，向西传到阿富汗和波斯，顺着骆驼队组成的商旅队伍经过的商道，一直传染到了阿斯特拉罕，甚至威胁到莫斯科。但是正当欧洲人谈虎色变，惊恐万状，生怕那个妖魔鬼怪从那里进入欧洲的时候，它却乘着叙利亚商船从海上登陆欧洲了。几乎就是在同一时间，在地中海沿岸的好几个港口都发现了霍乱病在流行。比方说在法国的土伦，西班牙的马加拉，在意大利的巴勒莫和那不勒斯等地，都有发现；而在意大利的卡拉布里亚和阿普利亚，霍乱病则像是扎下了根一样，久久不愿离去。所幸的是，迄今为止意大利半岛的北部地区还没有发现有霍乱病流行的现象。但是在今年的五月中旬，在威尼斯一天之内发现了两具尸体：一个是船夫，全身发黑，皮包骨头；另一具是曾经经营过水果、蔬菜商店的老板娘。据说在他们的身上都发现了可怕的霍乱病菌。这件事根本就没有向公众宣布。可是在一个星期之后，得这种病的人已经不是一个两个人，而是十个，二十个，三十个，而且是各种行业部门的人都有。有一个奥地利的人到意大利的威尼斯来消遣几天，结果被传染上了，他回到自己家乡的城市之后没过多久便死去了。这个奥地利人带有明显的霍乱病的症状。于是就在德文报纸上首先传出了所谓霍乱病已经流行到威尼斯的消息。针对德文报纸的这种报道，威尼斯主管当局答复说，威尼斯城里人们的健康状况从来没有像现在这样好。当局之所以采取相应的措施，是为了防患于未然。但是很可能在食物方面，比方说蔬菜、肉类、牛奶等，受到某种程度的污染。否定和掩盖事实是没有任何用处的，因为这种疾病还是使死亡依旧蔓延，不住地吞噬小巷子里某些人的生命。而夏季炎热的提前到来，使运河里的水的温度明显升高，这样就为细菌的繁殖，同时为疾病的传播提供了极为有利的条件。是的，看来瘟疫像是获得了新的动力，细菌的抗药力好像是加强了，繁殖得更快、更猛了。一旦染上这种病的人，治愈的可能性几乎可以说是微乎其微；凡是染上这种疾病的人，十有八九只能是命丧黄泉——只有等死的份儿。而且霍乱病人死时的情景相当可怕，因为这种疾病传播起来相当猖獗，而且患者被传染上的往往都是最厉害的那种霍乱，即所谓的"干霍乱"。患者无法将其血管中分泌出来的大量水分排出去，于是往往在几个小时之内便浑身无力，打起蔫儿来；由于病人的血液变得像沥青那样黏稠，所以病人便抽起筋来，浑身疼痛难忍，常常发出惨叫声，最后将会因窒息而死去。有时候也会遇到这样的情况，疾病发作时病人觉得有些头晕，然后便感到浑身无力，进入昏迷状态。一旦遇到这样的情况，病人很少有苏醒过来的。这样的病人免去了临死前的痛苦，就算是幸运的了。六月初的时候，威尼斯市市民医院的隔离室悄悄地住满了被隔离起来的病人；在两家孤儿院里，已经没有收容孤儿的位子了。在墓地圣迈克岛同新基地的码头之间，交通十分繁忙，拥挤不堪。但是由于害怕人们得知真实情况之后会引起更大的骚动，怕在公园里刚刚开幕的绘画展因此而受到影响，同时也担心如果整个威尼斯城都陷入一片慌乱，整个的饭店旅游业、商业、贸易以及所有涉及同外部联系、交往的行业、部门都会受到妨碍从而造成更大损失，所以当局就采取了迄今的做法。至于什么尊重事实，要按国际惯例行事等等，在城市当局看来便是次要的了。这样的一种心理状态，就会使市政当局可以不顾一切地去坚持推行隐瞒真相的做法。威尼斯的最高卫生当局的负责人，是一个好人，他对威尼斯市政当局的这种隐瞒事实真相的做法十分气愤，辞去了自己的职务，然后由一个对市政当局言听计从的人悄悄接替了他的位子。老百姓都知道这件事情。上层的腐败，再加上死神四处游荡带来的整个城市惶恐不安的情绪，导致城市的下层人群中出现了某些道德败坏、伤风败俗的现象。那些躲在阴暗角落里的，同社会作对、无法无天、荒淫无耻的形形色色作奸犯科的人，却受到了鼓舞，得意忘形起来，他们频繁出动，社会上的刑事犯罪案件又多了起来。同往常的情况不同，现在人们发现大街上喝得醉醺醺的酒鬼又多了起来，各种犯罪行为层出不穷；夜里的威尼斯大街上很不安全，拦路抢劫，甚至是谋财害命的凶杀案也是经常发生。因为曾经两次证明，从表面上看是瘟疫吞噬了死者的生命，实际上则是他们的亲友为了他们的财产而用毒药把他们给毒死的。职业性的犯罪行为，更是大量急剧增加。这种情况本来只有在意大利南部和在某些东方国家才会有，而在威尼斯现在也出现了，这可是迄今从来没有过的。

那个年轻的英国人从以上的情况中得出了这样的结论，他肯定地说："您最好今天就动身离开这里，不要再拖到明天了。看样子用不了几天当局就会采取隔离措施，限制人们自由进出威尼斯。那样的话，您再想离开这里恐怕就麻烦了。""多谢您了!"阿申巴赫对那位英国年轻人说。然后便离开了英国旅行社。

广场上空并没有炙热的阳光,但是人们同样感到闷热得受不了。那些不了解情况的外国人依旧坐在咖啡馆里,或者是站在教堂前面,成群的鸽子围在他们脚边;他们看着鸽子是怎样一只只扇动着翅膀飞过来,争相抢夺他们张开着的手掌里的玉米粒儿。这时,阿申巴赫一个人在气势宏伟的广场上,踩着华丽的石板踱来踱去。他非常激动,同时也为终于弄清了事实真相而从内心里感到高兴,但他同时也觉得自己的舌头上有一种叫人非常恶心的味道,心里有一种难以名状的恐惧感。他想到了一种既体面而同时又不使自己的良心受到谴责的两全其美的行动方式。他决定,今天晚饭之后可以去那位浑身珠光宝气的贵妇人那里走一趟,并且按照事先想好的话字斟句酌地对她说:"尊敬的夫人,请您允许一个陌生的人向您提出一个忠告:请您和您的家人,塔齐乌和您的女儿们赶快离开这里,威尼斯目前正在闹瘟疫——这样的忠告,别的人为了他们一己的私利是不会告诉您的。"那样的话他就可以用手摸摸塔齐乌,这个幸灾乐祸的上帝造出来的宠儿的脑袋,同他进行告别。然后他就转身离开这个闷热、潮湿、多灾多难的地方。但是他同时又觉得,自己还远远没有到能够下决心去这样做的地步。他清楚地知道,如果这样做了,那他就是在走回头路,使自己又恢复原来的状态。但是,凡是那些失去理智的人,便都会无所畏惧,不在乎自己是否又恢复到原来的样子。他回忆起那块上面镌刻着碑文,在夕阳的照耀下熠熠生辉的白色建筑物。他曾经站在这块大理石墓碑的前面出神地思索过墓碑碑文的深刻含义;他还想起了那个奇特的漫游者的形象,就是他激起了他自己这位已经上了年纪的人产生了年轻人外出远行的念头,竟然离开家乡到外地去旅游;他也想到回家的问题,想到如何使自己更加清醒些,理智些,再勤奋地干一番事业——但是一想到这些他在内心深处便产生一种厌恶情绪,致使他的面部表情有了变化,显出一副怪相。"还是应该保持缄默,这件事还是不能说出去!"他狠狠地对自己说。而且他又说:"我也不会去说的!"他了解了威尼斯的秘密,他觉得威尼斯现在所犯的错误好像也有自己的一份。一想到这里他的脑袋就昏沉沉的,尽管只喝了少量的葡萄酒,但就是这少量的葡萄酒就好像使自己的脑袋变大了,弄得他觉得很疲惫。他脑子里浮现出威尼斯被瘟疫袭击之后到处呈现出满目疮痍、一片荒凉的景象,在他心中同时又产生出一种飘忽不定、超越理智的荒诞、离奇的甜蜜感觉,莫名其妙的希望。他在此之前曾经短暂地萌发过思念故土的念头，难道说自己的这种希望能同自己的这种思念故土的情绪有某种关联？艺术和道德观念同混乱所带来的有利可图的情况相比，到底还算得了什么？他什么话都没有说，而是一声不响地站在那里。

就在这天夜里他做了一个可怕的梦——如果说人们可以把梦算做是人的精神和肉体上的一种经历的话，那么这种经历就是在他沉睡的过程中发生的，它自成一体，能通过人的感官真切地再现出来，只不过人是无法亲眼看到在自己梦中所发生的一切罢了。梦的舞台实际上就是做梦人的心灵本身，许多东西从外面闯入人们的心灵，受到了阻碍，一种深刻的，精神上的阻碍，但是它们凶狠地冲破了这种阻碍，进入到人的心灵深处，对他的存在，他生活中的文明之处都进行了毁灭性的破坏，然后却扬长而去。

开始的时候，他只是觉得有些害怕，有一种恐惧和兴趣以及对以后将发生的一切所怀有的强烈好奇心交织在一起的复杂情绪。他迷迷糊糊觉得夜越来越深了，他好像还没能够入睡，只得谛听周围所发生的一切。他仿佛听到从远处传来一种混杂着骚动、打闹、喊叫等各种声音混合在一起的喧嚣声，而且越来越近，他都能清楚地听到喧闹声中有丁零当啷的撞击声，沉闷的隆隆声，刺耳的尖叫声和拖着"呜——呜"长音的号叫声。但是一种温柔，有诱惑力的悠扬笛声压倒了所有其他声音，放荡的笛声不断传来，令人心驰神往，荡气回肠！他听到一句话，虽然并不十分清楚但是点出来了即将出现的是："异国的神灵！"人们在呼唤着即将到来的神灵，或许是在祈求帮助。一道霞光陡然升起，在雾气中闪烁。他看到了这是同他家乡别墅周围一样的高地，霞光突破浓雾，在被树木划破的霞光中，在森林茂密的高地上，有一群人和各种动物组成的洪流在大树和长满苔藓的岩石之间滚动着，像一阵旋风那样冲了下来。这是一群来势凶猛的乌合之众，他们铺天盖地而来，手里举着火把，围成一圈，蹦蹦跳跳，真是群魔乱舞。女人们摇头晃脑，身上穿着的过长的毛皮衣服从腰间垂下来，走路磕磕绊绊，一面呻吟着把脑袋朝后仰起，一面还不住地摇晃着带铃铛的小鼓，同时手里还挥动着出鞘的短剑和火星四射的火把，还有的把吐着舌芯的蛇缠在腰间，或者双手托起自己的乳房大喊大叫。男人们则额头上长着角，身上裹着兽皮，浑身上下全都是毛茸茸的，仲着脖子，抬起胳膊和大腿，把手中的锣鼓家伙敲得震天响，一群光溜溜的孩子，手里拿着上面缠着花叶的小棍儿捅山羊，他们把身子趴在山羊身上，抱住羊犄角，笑着、嚷着让山羊拖着他们一蹦一跳地向前走。这些人都兴奋得忘乎所以，大喊大叫。但是在他们的叫声中似乎还有一种柔和的清音，结尾处拖得很长的"呜——"余音袅袅。这声音虽然很粗犷，但是听起来还是很好听的，可以说在别的地方还没有听到过这么悦耳的声音：像牡鹿的鸣叫声那样，在空中回荡，接着就有像疯了一样的人们跟着应和，各种各样的声音混合在一起，人们在怀着胜利的喜悦，疯狂地欢呼，相互拥挤、追逐，手舞足蹈，不让那声音停止下来。但是穿透一切，并始终起着决定作用的，则还是那悠扬、深沉、富有诱惑力的笛声。难道说这种笛声把我们的这位孤独的作家也给吸引住了吗？他可是怀着极其厌恶的心情看待面前的一切的啊，如今竟然还恬不知耻地站在那里，等着参加过节一样的庆典和盛大祭礼呢。难道这不正是美妙动听的笛声所起的作用吗？他的厌恶情绪其实是很大的，他同时也十分担心，他的意志是非常真诚的，他要竭尽全力保护自己的信仰，免受异端的侵害，抗拒这种冷静和威严的思想之敌，直到最后。但是这种喧嚣和咆哮声却震撼山岳，又在山岳中震荡，发出回响，使喧嚣和咆哮声倍增，到了逼人发疯的地步。它们搅起的烟雾使他透不过气来，另外还有从山羊群里传来的膻臭味道，人们呼出的气味，夹杂着一种从臭水沟里散发出来的难闻味道，以及他所熟知的那种味道——散发着伤口和流行性疫病的味道。震天响的锣鼓声使他的心脏剧烈跳动，他觉得自己的脑袋里乱哄哄的。他感到十分气恼，他头昏目眩，几乎失去了理智，甚至想参加到他们行列中去，和他们一起跳疯狂的祭神轮舞。那是一个伤风败俗的象征，用木头雕制而成，上面蒙着的罩布被揭开之后，木雕又被抬得更高。他们对着这尊木雕的偶像疯狂喊叫，放纵地喊着口号。有的人口吐白沫，用粗俗的动作和淫猥的手势相互挑逗，他们在大笑，在狂跳，有的已经累得气喘吁吁。后来人们已经到了真正发疯的地步，他们用带有尖刺的棍子相互往肉里刺，尖尖的棍子刺破了对方的皮肉，用舌头舔着从肢体上流出的鲜血。现在，那个刚才还做梦的人也加入他们的行列，他也听从那异教的神的支配。是的，他已经成为了他们当中的一员了。他们扑到动物身上，撕开皮肉，吃它们的肉，喝它们血的时候，他就是他们当中的一个。在一片苔藓地面上，男男女女鬼混在一起，毫无节制地疯狂杂乱交媾，还把这称之为祭神的仪式，他觉得他们也就是他自己本人。他在体验到这种荒淫无耻的生活之后，觉得自己的灵魂被这种淫乱玷污了，他自己也在这种放荡、淫乱中堕落了。

当我们的艺术家从梦中醒来时，他有些神经紧张，他感到浑身酸软无力，像掉进魔窟之中无法逃出去那样。他不再担心别人投向他的目光；至于他们是不是在怀疑自己，他根本就不再在乎了。但是海滨浴场饭店里的客人们还是纷纷离去，很多人都已经走了，海滩上的那些供游客们使用的小房子，越来越多地空闲在那里。在饭店餐厅里用餐的人也越来越少了，许多餐桌旁边没有人就餐。就是在威尼斯城里，外国人的身影也越来越少见了。看来威尼斯有传染病流行的真相已经被越来越多的人知道了。尽管有关当局千方百计想封锁消息，极力想控制慌乱局面出现，但是就目前的情况来看，这种状况维持不了多久了。可是，那位穿金戴银、浑身珠光宝气的贵妇人，却连同她的原班人马都还留在这里。原因可能有以下几个方面：一是他们根本还不知道威尼斯有瘟疫流行的事情；也或许是他们虽然知道了，但是却不把它放在心上，表现出一种不同一般的高傲、无所畏惧的精神，似乎对于这样的事情根本用不着惊慌失措、仓皇逃窜的。塔齐乌留下来没有走。有时候阿申巴赫甚至产生了这样的想法：死亡和因害怕死亡会把岛上所有妨碍他们的人都统统赶走，到头来整个岛上就剩下他和那个美貌少年塔齐乌。是的，每天上午他都会在海边的沙滩上以深沉的目光漫不经心地凝视着他爱慕的那个美貌少年；到了傍晚，从死神正悄悄施展淫威的大街小巷里经过时，他可以毫无顾忌地跟在他后面——他竟然把这样的荒诞不经的事情当成是很有可为的，至于那些习俗礼仪也都毫无作用了。

他像任何一个在追求爱的人一样，一心只想去讨好对方，唯恐自己在什么时候，什么地方以及在什么问题上由于自己的疏忽而引起对方的不满，生怕惹对方生气。他在自己的服装上花了不少工夫，变换着花样，千方百计想使自己显得年轻些，他戴上宝石首饰，开始洒香水，在梳洗打扮方面更没少花工夫，一天甚至梳洗好几次。每次到餐厅用餐时都把自己打扮得衣冠楚楚，而且情绪非常激动，心里还很紧张。在那个把他给迷住的美貌少年面前，他看到自己的花白头发和瘦削的面孔，不免自惭形秽，总是怪罪自己太老了，觉得自己这样是没有任何希望的。于是他才更加注意打扮和保养身体，以恢复青春活力，因而他经常光顾饭店的理发室，常到理发师那里理发修面。

他在理发师那里，披着理发时的围裙，躺在理发椅上，让喋喋不休的理发师给他理发，一面不停地同他唠叨些什么，同时看着对面镜子里的自己。

"头发都已经花白了！"他看着自己的灰发，撇着嘴，不无惋惜地说。

"只不过是有一点儿罢了，"理发师回答说，"之所以会出现这样的情况，主要是没有花工夫打扮的缘故。所谓不修边幅指的就是这些。在一些有成就的大人物那里往往都是这种情况。这是可以理解的，但是不一定这样做就是好，特别是这些人对自然或者艺术事业中的世俗偏见抱着不以为然的态度，就让人更不敢恭维了。面对美容化妆技术，如果某些人循规蹈矩的观念也合乎逻辑地扩展到牙齿上，那么这种态度肯定会遭到不少的反对。实际上人的老还是不老，在很大程度上是我们的心理和精神上的感觉问题。头发花白不一定就是老的表现，它有时候会给人造成某种假象，如果采用现在不少人拒绝的染发的办法，那么情况就会好得多。像您这种情况，先生，不是我说，是应该可以通过染发使您的头发恢复本来的颜色的。您允许我给您的头发恢复原来的样子吗？"

"您用什么办法让我的头发恢复原样呢？"阿申巴赫问。

于是这位健谈的理发师便动手给客人洗头发，他用两种水，一种是清水，一种是黑色的水。经过洗染之后，他的头发很快就都变成了黑色，就像年轻时一样，显得乌黑油亮。理发师又用火钳子在他头发上夹出一道道不那么明显的波纹。理发师在一切都做完了之后，往后退了一步，仔细地端详、欣赏自己的杰作。

"现在还得做一件事，"理发师说，"您面部的皮肤还得再稍微修饰一下。"

就如同每个永远不知停顿，永远不知满足的人那样，这位理发师的手里也总有干不完的活儿，一会儿忙这个，一会儿又忙那个，总不见他停下来。阿申巴赫舒舒服服地躺在理发椅上，他顺从地任凭理发师摆布，他不反抗，因为他知道，一是用不着反抗，二是反抗也是毫无意义的，因此就没有必要去反抗。相反，他倒是对理发师的做法充满好奇和希望，他不停地从镜子里观察自己形象的变化：自己的眉毛经理发师加工之后弯曲得更加匀称好看了；眼睛变得比原先显得长了些，通过在眼皮底下画了一下眼睛也显得更加精神了；眼睛下面的变化也十分明显，原来的皮肤显得很粗糙，而且是棕色的，现在看起来显得嫩了些，呈现出绯红色；他的双唇在几分钟之前还是没有血色，显得扁平，而现在呢，不光像草莓的颜色一样，而且也显得饱满多了；脸上的，嘴角上的以及眼睛周围的皱纹，一下子全部都消失了。镜子里的他，现在是一副年轻了许多的新的形象。他发现自己变成一个血气方刚的年轻人形象之后，心里不禁怦然跳动。理发师对自己的杰作终于满意了，于是就向他刚刚服务过的主顾很有礼貌地表示感谢，这种谦卑的态度，是干这行的人所特有的。"这是给您的一点儿小小的帮助，微不足道的，"理发师在最后一次为阿申巴赫整容之后这样说，"现在先生您可以无忧无虑地去谈情说爱了。”阿申巴赫高高兴兴地走了，像做了一场好梦那样，迷迷糊糊，同时又有些担惊受怕的感觉。他系着红色的领带，头上戴的是一顶宽边草帽，上面还缠着许多彩带。

这时刮起了一阵很大的热风；开始稀稀拉拉地下起雨来，空气依然是潮湿的，气压很低，充满一股腐臭气味，使人感到憋闷。阿申巴赫的耳边传来的是风雨的飒飒声、劈啪声和呼啸声，他的涂满油脂的脸上更是热得发烫，叫他难以忍受，仿佛凶狠的风神正在天地间肆虐，凶恶的海洋女妖正在啄食那些注定毁灭者的食物，撕咬，使食物被污染。闷热本来就使人容易没有食欲，看到这样的情形，他自然就想到他吃的东西可能被污染了，带有传染病细菌，于是就更加没有胃口了。

一天下午，阿申巴赫为了追逐那个美貌少年竟然进入到正闹着传染病的威尼斯市中心，他在复杂、曲折的街道里还迷失了方向。由于市内的街道、河道、桥梁以及一个一个的小型广场看起来样子都差不太多，所以不怎么熟悉那里情况的阿申巴赫就像进入迷宫一样，分不清东西南北，不知何去何从。他当时心里所想的就是一件事，那就是自己所苦心孤诣追逐的目标，他心中爱慕的偶像，不能够从自己的视线中消失。为了使自己的跟踪不被发现，他有时候便不得不一会儿躲到墙后面，一会儿贴墙站着，或者躲到别人的身后。他这样紧张地跟踪了塔齐乌他们很长一段时间，自然耗去了他不少的体力和精力，但是他却全然不知。塔齐乌跟在他家人的后面，他让他的家庭女教师和他的像修女一样打扮的姐姐们走在前面。由于只有他一个人走在最后面，所以他有时候能够回过头来以那种特有的、朦胧的目光往后面看一眼，看看那个热恋着自己的人是否还跟在他们的后面。他看到了阿申巴赫，却不露声色，只是心里却是非常清楚。而阿申巴赫则更是心领神会，内心有一种难以名状的喜悦。他在这种眼神的勾引下，好像是被一根热情的绳索牵动着，这个已经被爱弄得神魂颠倒的人的心里竟然产生了一种非分的希冀。但是后来他的偶像终于还是从他的视线中消失了。波兰人越过了一座拱形小桥，拱起的桥顶挡住了阿申巴赫的视线，他看不到他们。等他赶紧跑到小桥上之后，发现波兰人已经不知去向。他分析他们有三个去向，一是一直向前走过去，还有就是沿着那个又窄又脏的码头向着两个不同的方向走去。他按照自己的分析分别去找过，但结果是在任何一个方向上都没有发现他要找的那家波兰人，也就是说没有能够找到那个他为之倾心的美貌少年。他已经是筋疲力尽、少气无力了，最后不得不放弃继续找他们的念头。

他脑袋发烧，发胀，身上全都是汗水，汗水把衣服都给湿透了，贴到他身上，他全身直打战，脖子摇摆不停。口渴，渴得要命，他向四周围看了看，想找个卖清凉饮料的地方，随便买些什么可以解渴的东西。在一个卖水果蔬菜的小铺子里他买了些水果，是熟透了并且已经变软的草莓，他一面走一面吃。在他面前出现了一个不大的广场，看样子没有什么人来过，非常孤寂。他倒是还认得这个地方，他曾经到这里来过。几个星期之前他曾经在这里考虑过离开威尼斯的计划，当然最后没有能够走成。在这个小广场的中间，有一个小的蓄水池，他就坐在小蓄水池的边沿跟前，把脑袋靠在石头砌的蓄水池边上。周围一片寂静，在鹅卵石中间的地方，杂草在顽强地生长着。到处都是垃圾。广场的周围有些错落不齐的高层建筑物，有的已经破败不堪。其中有一座像宫殿一样的建筑物，有拱形的窗子，里面看样子已经是无人居住；不大的阳台上还雕着狮子的脑袋。在另一座建筑物的底层，有一个药房。一阵一阵的暖风里带来那种浓浓的石炭酸味道。

他坐在那里。他就是那位在文坛上享有盛名的文学家、大师，他是著名作品《一个不幸的人》的作者；他以自己足以作为楷模的纯正表达方式，摒弃了吉卜赛式的浮夸和晦涩难懂的文风；是他使人们对陷入深渊、受苦受难的人们表示同情，对那些堕落的灵魂进行谴责。他是个登峰造极的人物，他知识渊博，学富五车，他对于各种冷嘲热讽从来都不屑一顾，他以自己的辉煌业绩终于赢来了广大民众的信赖和拥戴。他的声誉已为官方认可，他的名字前面加上了贵族的封号，他的文章已经被小孩子们用来作为他们的言行准则。就是这样的一个人，现在坐在那里，把眼睛闭起来，只是偶尔抬起眼皮往下面看一下，然后又紧紧地把眼睛闭上。他眼睛里有一种讥讽和困惑的神色，他的双唇本来是很松弛的，经过化装稍稍向上翘起些。有时从这样的嘴唇里发出些断断续续的喃喃声，就像是一个半睡半醒的人在述说着梦中遇到的什么事情。

"因为只有美，菲德拉斯，你要记住，因为只有美才是神圣的，才是可以看得见的，因此我的小菲德拉斯，这才是通往感官的途径，这是艺术家通往心灵的途径。但是，亲爱的，你现在是否相信，那些能够获得智慧和人的尊严的人能有一条经过感官通往心灵的道路吗？或者是你更加认为（这个问题你根据自己的具体情况来自己确定如何回答好了）这是一条危险但是却非常诱人的道路，甚至是一条错误的道路，罪恶的道路，是一条必然会把人们引入歧途的道路？因为你必然知道，我们这些诗人如果没有爱神做伴并领着我们，是不能够走上美的道路的。是的，我们很可能按照我们的方式成为英雄，成为忠诚的战士，但是我也像女人一样，因为激情也使我们振奋，我们也都始终渴望爱情——这是我们的兴致之所在，同时也是我们的耻辱之所在。难道你现在还看不出来，我们这些诗人是既没有什么智慧，又没有什么尊严的，不值得尊重吗？我们这些诗人不得不走上歧途，不得不放纵自己，使自己去冒各种各样的风险吗？我们的文章写得冠冕堂皇，对人们摆出循循善诱、诲人不倦的道貌岸然姿态，但是实际上则都是骗人的鬼话，都是胡说八道，我们的荣誉和地位都不过是一出滑稽戏，人们对我们的信任因此是极其可笑的。因此用艺术来教育人民大众和青年一代的做法，是极其危险的行为，是应该竭力禁止的。艺术家们既然一出娘胎就注定要堕入这个深渊，那么他还有什么资格去为人师表？我们宁愿这不是事实，我们也希望能够获得荣誉，但是无论我们投奔什么地方，投奔什么人，这深渊总还是吸引着我们。所以我们要拒绝那些涣散人们斗志的知识，因为知识，菲德拉斯，其实是没有什么‘体面’和‘严谨’的；它只是让人们知道，懂得，相互谅解，它没有什么立场、态度，也没有什么形式。它对陷入深渊的人们给予同情，但是它本身却又是深渊。因此我们坚决地将它摒弃，从现在起，我们就全身心地追求并投入到对美的追求中去吧。这就是说，我们要为淳朴，伟大，新的尊严，为再次获得无拘无束的心灵美和外形美而竭尽全力。但是我要向你强调的是，菲德拉斯，美丽端庄的外形美和内心的洒脱、无拘无束会使人陶醉，能够唤起人们的欲望，同时使那些高贵的人也会感情冲动，陷入可怕的情欲之中而不能自拔。而故有的对美的严肃态度也会把这种情况看做是不体面的，加以抛弃。它们同样会导致堕落。我说，它们把我们这些诗人引入深渊，因为我们很难使自己奋发有为，努力向上，而使自己放情纵欲则是很容易就能够做到的。菲德拉斯，现在我要走了，你还留在这里；在我走远了你看不到我的时候，你再走开好了。"

几天之后，古斯塔夫·冯·阿申巴赫也离开了这里。因为人们渐渐地离去了。他觉得海滨浴场的节奏比平日里慢多了。他为此感到很不舒服。他觉得自己有些头晕，他不得不忍受阵阵眩晕的折磨，勉强支撑着，其实他的头晕，只有一半是由身体方面的原因造成的；但同时他又有感到日益严重的担心、害怕，有一种没有出路、甚至是灰心绝望、惶恐不安的情绪。但是他仍然不知道，这些又究竟是怎样造成的：究竟是由于外界环境引起的呢，还是自己的处境引起的？他看到在饭店的大厅里放着一大堆待运的行李，于是便小声地向门房打听，这些是谁的行李，是谁要动身离去。门房告诉他是那个波兰贵族家庭——这其实是他暗中早已预料到了的。他听到门房的回答之后，憔悴的面孔不动声色，面部表情没有发生任何变化。他只是稍微把脑袋向上扬了扬，做出无所谓的样子，好像他根本用不着去打听，而且他也不是有意打听，只不过是顺便问问罢了。但是接着他却又问了门房一句："他们什么时候动身？"门房回答说："吃完午饭就走。"他点了一下头，随后就往海边走去。

海边上已经失去了原先的热闹劲儿了，已经没有什么吸引人的力量了。在海岸同第一片沙滩之间，有一个很宽而且很平、很浅的水面，微波不停地掀起层层细浪。过去这里曾经是人头攒动，热闹非凡的地方，而今是风光不再，显得荒凉，一副被遗弃的样子：海滩已不像当初那样被收拾得干干净净，各种垃圾杂物随处可见。有一台照相机还放在三脚架上，看来好像主人也不在了。照相机上还蒙着一块黑布，在凄凉的海风中不停地飘动。

他发现塔齐乌还在同他原来的三四个小伙伴一起在他们的小房子右边玩耍。阿申巴赫坐在海水同海滩之间那些小房子中间的一张躺椅上，用毯子把自己的膝头盖了起来，他再一次地看着塔齐乌和他的小伙伴们一起玩耍。这次没有女人们在旁边照看，大概因为她们都在忙着整理、打点行李，为了离开这里进行各种必要的准备。于是孩子们的行为失去监管，因此他们玩起来也就非常放肆，那个身体很结实，他们都叫他亚舒的男孩子，身穿一件有围腰的紧身上衣，头发很黑，像擦过油一样。他忽然觉得有谁向他脸上撒去一把沙子，弄得他连眼睛都无法睁开。他以为是塔齐乌所为，于是就逼着塔齐乌和他比赛摔跤。塔齐乌根本就不是亚舒的对手，这场摔跤比赛很快就以塔齐乌的失败而告终，塔齐乌被摔倒在地上。但是在就要分别的时候，那个一向谦让的亚舒不愿意再像以往那样屈就了，他好像此刻要为过去的忍让报复似的，死死揪住失败者不肯松手。他不仅压在塔齐乌的背上，而且还把塔齐乌的脸不住地往沙地上按，塔齐乌被连压带按，憋得连气都喘不过来，差一点儿窒息。塔齐乌拼命想摆脱压在他身上的重负，但是无济于事；他停了一会儿，然后又试图把压在他身上的亚舒甩下来，但仍然只是一阵儿抽搐而已。在一旁看着的阿申巴赫吓坏了，想起身过去帮那个他心仪的美少年。正在这时，那个身强力壮的亚舒终于放过了被他压在身下的弱者。塔齐乌被憋得够呛，脸色都变白了。他半躺着在那里，用一只胳膊撑在地上，有好几分钟时间待在那里一动都不能动。他的头发被弄得乱七八糟，眼中闪烁着阴沉的目光。然后他才站立起来，慢慢地离去。他家里的人在呼叫他，先是很柔和的声音，到后来显得有些急了，喊声里带有一种担心、害怕，因而着急、恳求的味道。但是塔齐乌好像根本没有听到似的，依旧不慌不忙地走着。这时那个黑头发的亚舒开始对自己刚才的鲁莽行为有些后悔，于是便紧走几步赶上塔齐乌，想向他道歉，安慰他几句。但是塔齐乌使劲地摇动肩头，表示拒绝亚舒的道歉。塔齐乌斜着往水里走去，他光着脚，身上穿着那件有红色蝴蝶结的条纹麻布上衣。

他在水边停留了一会儿，低着头，用脚趾在潮湿的沙地上画些什么图画。然后走到浅水里，那里的水当然不深，就是最深的地方也没能打湿他的膝盖。他在浅水里慢慢地往前蹚，后来到了小沙洲上。他在小沙洲上站了一小会儿，面向着浩瀚的大海，然后又在那块海水退去时才出现的一条狭长的沙洲上，向着左边方向慢慢走去。一大片水域把他同陆地隔开，他的孤傲情绪使他远离了自己的同伴，他在那里像是一个离群索居的孤雁；他站在大海里，置身于一片雾霭沉沉，无边无际的苍茫之中，海风吹得他的头发不停地飘动着。他又一次站在那里看着什么。突然间，好像想起了什么，也许是心血来潮，突然把上身扭过去，一只手叉在腰间，做了个非常优美的转体姿态，回过头来向岸上望去。阿申巴赫始终坐在那里目不转睛地看着这一切。他的目光就像当初在饭店休息大厅门前第一次看见塔齐乌时的惊奇目光一样。那一次他朦胧的目光也得到了美貌少年的深情回答。阿申巴赫把脑袋靠在躺椅的靠背上，头部随着那个在海天之间漫步的少年缓慢转动；接着他抬起头来，他的目光刚好和那个少年的目光相遇，好像是对少年向岸上凝视的回答。随后阿申巴赫又低下了头看着自己的胸部，只能用眼睛的余波从下面往上看，脸上显现出昏昏欲睡的疲惫，沉思的表情。他觉得那个脸色苍白，可爱的，引导他的灵魂的精神偶像正在外面对他微笑，正在向他眨眼睛；他发现那位美貌少年好像已经不再把手叉在腰里，而是伸向前方，他像要张开翅膀飞向那充满希望的太空，在无边无际的宇宙中翱翔。而他，我们的艺术家呢，则也像往常那样，跟在他后面展翅飞翔。

几分钟的时间过去了，人们才匆匆忙忙地赶来，看到他，我们的艺术家阿申巴赫，歪着身子斜躺在躺椅里。人们赶紧把他送到他的房间里。就在当天，传出了一个使世人震惊的消息：深受人们尊敬的古斯塔夫·冯·阿申巴赫与世长辞了。

一个女人一生中的二十四小时

[奥地利] 斯蒂芬·茨威格　著

韩耀成　译

　　斯蒂芬·茨威格（Stefan Zweig，1881—1942）奥地利作家。生于维也纳犹太人家庭，自幼受到良好的文学艺术熏陶，1900年入维也纳大学，四年后获博士学位。茨威格是一位著名的中短篇小说家，有很高的文学成就，也创作过有影响的传记文学和剧本。他对潜意识有着特殊的偏爱，用精神分析探索人的灵魂，描述人物受激情驱动而招致的复杂命运，作品充满人道精神和社会批判内容。《一个女人一生中的二十四小时》（1922）写了一个雍容华贵的英国籍老太太漫长一生中的二十四小时的往事：老妇出于人道救起了一个偶遇的赌徒，却受莫名情欲的驱使竟失身于这个陌生的男人，而后者依旧将生命了结在赌道上。《国际象棋的故事》（1941）讲述了一条从纽约开往南美的轮船上一位业余国际象棋手击败了国际象棋世界冠军的故事，借以针砭时弊，控诉纳粹法西斯对人心灵的折磨及摧残，心理描写深刻，具有强烈的震撼力。

　　战争①爆发前十年，当时我住在里维埃拉②一座小公寓里。有次在饭桌上发生了一场激烈的讨论，想不到竟演变成粗野的争执，甚至差点闹到彼此

---

　　① 指第一次世界大战。
　　② 里维埃拉，地中海沿岸地区，包括法国东南部的兰岸地区以及意大利北部的波嫩泰和勒万特，风光绚丽，气候宜人，是著名的旅游胜地。沿海地区有戛纳、昂蒂布、尼斯、芒通、圣雷莫、圣马格丽塔、拉巴洛和莱万托等城市。

恶语相加、互相侮辱的地步。当今大多数人的想象力都很迟钝，不管什么事，只要它与自己无关，只要它没有像一个尖利的楔子打进脑袋，他们就不会大动肝火，可是事情一旦发生在他们眼前，直接触动他们的感情，那么，即使是一件微不足道的小事，也会立即在他们心里引起过分的激动。于是他们便一反往日少管闲事的常态，显出蛮不讲理、气势汹汹的样子。

这次，在我们同桌吃饭的这些十足的平民百姓身上所表现出来的就是这种情景。平日这帮人在一起心平气和地 small talk①，互相开点无伤大雅的小玩笑，通常吃完饭大家马上就分散了：那对德国夫妇外出观光游览，拍照留影；胖子丹麦人不嫌单调乏味，独自去钓鱼；举止文雅的英国太太接着看她的书；那对意大利夫妇则到蒙特卡洛②去豪赌；我呢，不是偷闲在花园里的椅子上一躺，就是工作。可是这次，那场激烈的讨论把我们大家互相完全纠缠在一起了，吃完饭大家都坐着，谁也没有走；我们中要是有人突然一跃而起，那绝不似平日那样站起来彬彬有礼地向大家告退，而是在脑袋发热、心中愤怒的状态下——这我在前面已经说过——所采取的不加掩饰的激愤形式。

把我们桌上这一小拨人拴在一起的那件事，确实够奇怪的。我们七个人下榻的那个公寓从外表看虽然好似独幢别墅——啊，从窗口眺望悬崖峥嵘的海滨真是妙不可言！——但实际上它只不过是皇宫大饭店的附属建筑，收费较低廉，通过花园同大饭店相连，所以我们这些住公寓的客人同住大饭店的客人常有来往。前天，饭店里发生了一件确凿无疑的桃色事件：一位年轻的法国人乘中午十二点二十分的火车——我不得不准确地把时间交代清楚，因为它无论对这段插曲还是对那场激动的谈话的题目都是非常重要的——来到这里，租了一间滨海房间，可以眺览大海，视野非常好，这本身就说明他相当富裕。使其引人注目、给人以好感的，不仅是他谨慎的优雅风度，更主要的是他那超群绝伦、人见人爱的俊美：一张修长的姑娘般的脸庞，热情而性感的嘴唇上长着一圈轻柔、金黄的短髭，柔软的褐发卷曲在白净的额头上，温柔的眸子投给你的每一瞥都是一次爱抚——他身上的一切都显得柔情绰态，依阿取容，风致韵绝，而毫不扭捏作态，矫揉造作。如果说远远见到他首先会使人觉得有点像陈列在大时装店橱窗里的那些表现男性美理想的、拿

① 英语：闲聊。
② 世界著名的赌城，在摩纳哥公国境内。

着精美的手杖、风度翩翩的肉色蜡人的话，那么走近一看却全然没有一丝纨绔之气，因为他身上的俊秀纯属是天然，与生俱来，宛如从肌肤里长出来的，实属罕见。他从旁边走过时，总要以同样谦恭和亲切的方式向每个人打招呼，见他在各种场合无拘无束地展现的那份时时作好外出准备的潇洒劲儿，真让人赏心悦目。若是有位女士往存衣处走去，他总要赶忙迎上前去，帮她脱下大衣，对于每个孩子他都亲切地看上一眼或是说句逗乐的话，显得既平易近人，又不张扬惹眼——总之，看来他就是那种幸运儿，他们凭借得到验证的感觉，深信能以自己俊美的面庞和青春的魅力使别人满面春风，并将这种自信变成新的优雅风度。只要有他在场，对饭店里大多数年老或者有病的客人来说不啻是一种恩惠，他以那种青春的胜利步伐，以那种逍遥自在、清新潇洒的生命的风暴赋予许多人以优美的享受，使得每个挤到前面来看他的人都无可抗拒地对他产生好感。他来了两个小时就已经在同里昂来的两位姑娘打网球了。她们是那位身宽体胖的富有的工厂主的女儿，十二岁的安内特和十三岁的勃朗希。女孩儿的母亲，那位秀美、窈窕、性格内向的亨丽埃特夫人脸露微笑，在一旁看着两位羽毛未丰的女儿在下意识地卖弄风情，同那位陌生的年轻人调情。晚上，他在我们的棋桌旁观看了一小时，这当间随便讲了几个有趣的奇闻逸事，随后又陪亨丽埃特夫人在饭店的屋顶平台上长时间地踱来踱去，而她丈夫则像往常一样，同一位生意上的朋友玩多米诺骨牌；夜里我注意到，他还在办公室的暗影里同饭店的女秘书促膝谈心，神态之亲密简直令人生疑。第二天早晨，他陪我的丹麦同伴出去钓鱼，他在这方面所显示的知识实在令人惊讶；后来又同里昂来的那位工厂主聊了很久的政治，在这方面他也证明自己同样很精通，因为别人听到这位胖胖先生开怀的笑声竟盖过了海浪的轰鸣。午饭后，他再次单独陪亨丽埃特夫人坐在花园里喝了一小时黑咖啡，又同她的女儿打了网球，同那对德国夫妇在大厅里闲聊了一阵。我所以那么详尽地记下他在各个时间段的时间安排，那是因为这对了解这里的情况是完全必要的。下午六点钟我去寄信，又在火车站遇见了他。他急忙朝我走来，仿佛他要向我告辞似的。他说，他突然接到来信，叫他回去，两天后他仍将回来。晚上，他果然没在餐厅里出现，但这只是他的人不在，因为每张桌上还都在谈他，大家交口赞赏他那种舒适、快活的生活方式。

夜里，大约将近十一点钟的时候，我坐在屋里，想把一本书看完。这时，从打开的窗户里突然听到花园里有不安的叫喊声，又看到那边饭店里的一片忙乱景象。我觉得好奇，但更感到不安，于是马上过去，跑了五十步就到了那边。我发现所有的客人和饭店职工个个张皇失措，乱作一团。原来亨丽埃特夫人每天晚上都要到海滨台地上去散步，今天，在她丈夫照例准时同那慕尔①来的朋友玩多米诺骨牌的时候，她就去那儿散步，此时尚未回来，大家担心她会遭到什么不测。她那位身宽体胖、平时行动迟钝的丈夫现在像头公牛似的一再向海滩奔去，并朝黑夜高声呼喊："亨丽埃特！亨丽埃特！"由于紧张，声音都变了，这呼唤听起来像是一只受到致命伤害的巨兽发出的原始而可怕的悲号。茶房和侍役惊恐不安地从楼梯上跑上跑下，所有客人都被叫醒，并打电话报告了警察局。这当间，那位胖丈夫敞着坎肩，一面不停地跟跟跄跄、磕磕绊绊地奔来奔去，一面抽抽噎噎，徒劳地朝黑夜呼唤"亨丽埃特！亨丽埃特！"这时楼上的两个女儿也醒了，穿着睡衣，从窗口朝楼下呼喊她们的母亲；于是父亲又急忙跑上楼去宽她们的心。

随后发生了一件骇人听闻的事，简直难以复述，因为人在遭受巨大打击的瞬间，精神极其紧张，他的举止往往表现出一种悲剧色彩，无论用图画还是文字都无法以同样的雷霆之力将其再现。突然，那位笨重、肥胖的丈夫从嘎吱作响的楼梯上下来，脸色也变了，显得十分疲倦，但却十分愤怒。他手里拿了一封信。他以刚好还能听得清的声音对人事部主任说："请您叫大家都回来，不用再找了。我夫人抛弃了我。"

这就是这位受到致命打击的男人的态度，是他在周围这些人面前所表现的超乎常人的态度。这些人本来都怀着好奇心争先恐后地来看他的，现在突然大吃一惊，个个感到很难为情，人人不知所措，便纷纷离他而去。他剩下的力气正好还够摇摇晃晃地从我们身边走过，朝谁都没看一眼，他还走进阅览室去关掉电灯；随后就听见他沉甸甸的庞大身躯嘭的一声跌落在靠背椅里，并听到一阵呜呜的啜泣，像野兽的嗷嗷声，只有还从来没有哭过的男人才会这么个哭法。这种刻骨铭心的痛苦对我们每个人，即使是最卑鄙的人，都具有一种麻醉力。无论是茶房还是怀着好奇心悄悄走来的客人，谁都不敢发出一丝笑声，或者说一句惋惜的话。我们大家都默默无言，对这场可以击碎一切的感情爆炸好像感到羞愧似的，一个接一个溜回各自的房间，只有那位被击倒的人独自在黑暗的房间里啜泣，后来大厦的灯光慢慢熄灭了，但人们还在交头接耳，嘀嘀咕咕，窃窃私语。

---

① 比利时的一个城市。

人们将会理解，拿这么一桩雷击般落在我们眼前的事件来狠狠地刺激一下那些平时只习惯于悠闲自在、无忧无虑地消磨时间的人大概是非常合适的。但是，随后我们餐桌上爆发的那场讨论，那场如此激烈、差点儿激化为拳脚相加的讨论，虽然是这桩令人惊异的事件引起的，然而从实质上来说，它更是对相互对立的人生观所作的一次原则性的阐述和大动干戈的冲突。这位精神彻底崩溃的丈夫一时气昏了头，将手里的信揉成一团，随手往地上一扔。一个侍女捡起信来看了，但不慎泄露了秘密，因而大家很快都知道，亨丽埃特夫人不是独个儿，而是同那位年轻的法国人串通一气才出走的。这样一来，大多数人原来对年轻的法国人所抱的好感，瞬息之间就烟消云散。现在，一眼就看得明明白白：这位瘦小的包法利夫人将她肥胖的、土里土气的丈夫换了一位风流倜傥、年轻潇洒的美男子。然而，使得饭店里所有的人激动不已的，却是以下这一情况：无论是这位工厂主还是他的两个女儿，或者亨丽埃特夫人先前都从未见过这位 Lovelace①，那么，使得一位大约三十三岁左右、品德无可指责的女人一夜之间就把自己的丈夫和两个孩子抛弃，随随便便跟一位素不相识的纨绔子弟远走高飞的，有傍晚时分在平台上的两小时谈话和在花园里喝一小时黑咖啡这两件事大概就足够了。对于这个表面上显而易见的事实，我们桌上的人却一致不予苟同，大家认为，那是这对情人施放的刁钻烟幕和耍的狡猾花招：不言而喻，亨丽埃特夫人同这位年轻人一定早就有了秘密来往，这位情郎这次是专为商定私奔的最后细节而来这儿的，因为——大家这样推断——一位正派夫人同一个男子结识仅两个小时，听到一声吆喝就随他私奔，这是完全不可能的。我觉得，提出一个不同看法倒是蛮有趣的，我竭力为这样一种可能性辩护：我认为，一个多年来对婚后生活感到失望和无聊的女人，心里早已做了坚决的准备，一旦有人追她，就随他而去，这种情况是极有可能的。由于我出其不意地提出了异议，讨论立刻就吸引了每个人，尤其因为德国和意大利这两对夫妇的论点而变得颇为激烈：他们带着毫不掩饰的侮辱和轻蔑的神情否定有 coup de foudre② 的情况存在，若是有，那也只是愚蠢的行为，是无聊小说里的想入非非。

好了，这场争吵从喝汤开始一直进行到吃完布丁为止，这里再来把狂风暴雨般的争论的各个细节咀嚼一遍，确实没有必要：只有对那些 Professionals

① 花花公子。
② 法语：本意"电击"，意为"一见倾心"。

der Table d'hote① 这种争论才是司空见惯的，餐桌上偶然发生一次争论，情绪都很激动，但所持的论点往往很平庸，因为那只是匆忙之中随便捡起来的。我们的讨论何以会急速发展到恶语中伤的程度，这也很难说得清楚。我觉得，由于德国和意大利这两位丈夫下意识地想要将他们各自的夫人排除在有堕入深渊的极其危险的可能性之外，从这时起争论就开始动了肝火。可惜这两位找不到有力的论据来反驳我，他们说，只有那种只根据偶然的、单身男子廉价地征服女人的例证来判断女人心理的人，才会持那种观点。这话已经使我有几分来气了，而那位德国夫人还拿一大堆废话来教训人，说什么世上一方面有真正的女人，另一方面也有"天生的娼妓"，照她的看法，亨丽埃特夫人准保就是其中之一。这话更是火上浇油，我再也忍耐不住了，于是便立即采取进攻姿态。我说，一个女人在其一生的某些时刻处于神秘莫测的力量的控制之下，只好任凭摆布，这既非她的意愿，她自己也不知晓，这是明摆着的事实，否认这个事实，只不过是为了掩盖对自己的本能，对我们天性中的恶魔成分的恐惧罢了。看来，这样做许多人可以自得其乐，并觉得自己比那些"容易上钩"的人更坚强，更纯洁，更高尚。我个人还觉得，一个女人如果不是像常见的那样，躺在丈夫怀里闭着眼睛欺骗丈夫，而是无拘无束、热情奔放地听从她自己的本能，这样倒是更为诚实。我大致就说了这些话，在这火药味十足的谈话中，别人对可怜的亨丽埃特夫人攻击得越厉害，我为她的辩护也就越发激昂慷慨，这实际上已经远远超出了我内心的感情。我的这种热情，用大学生的话来说，是对这两对夫妇的挑战，他们像是不很和谐的四重奏，恶狠狠地一齐向我反扑过来。上了年纪的丹麦人表情和蔼地坐在这里，宛如足球比赛时手握跑表的裁判，不得不时时用指骨敲敲桌子，以示警告："Gentlemen, please."② 不过，每次只能起一会儿作用。一位先生满脸涨得通红，已经三次从桌上跳了起来，他夫人费了好大劲才把他按下去。——总而言之，要不是 C 夫人突然出来调解，把这场火药味很浓的谈话平息下去，那么过不了十几分钟，我们这次讨论就会以拳脚相加来结束的。

C 夫人，这位满头银发、气宇不凡的英国老太太，是我们这桌非选举的名誉主席。她坐在座位上，腰板挺直，对每个人的态度总是同样的和蔼可亲，自己不多说话，但却总是兴致勃勃地倾听别人的意见，单就她的体态风

① 法语：在公寓里吃饭的人。
② 英语：先生们，请注意。

度就给人一个赏心悦目的印象：收心养性的奇妙神态和温文尔雅的风采显露出她雍容高贵的气质。虽然她善于用巧妙的手腕对每个人都表示特殊的亲切姿态，但仍对每个人都保持一定的距离：通常她总是坐在花园里看书，有时弹弹钢琴，很少见她同别人待在一起或者加入热烈的谈话。大家不太注意她，然而她对我们大家却拥有一种特殊的力量，她第一次参与我们的谈话，我们大家就都为自己说话声音太大，未加克制而感到很不好意思。

就在这位德国先生粗暴地跳起来，随即又被轻轻按住，重新在桌旁坐下的当间，C夫人就乘这个令人不快的间歇，出乎意料地抬起她那亮晶晶的灰色眼睛，犹犹豫豫地对我凝视了一会儿，接着便以几乎是客观明确的语气按她自己的理解提起了这个话题：

"这么说，如果我没理解错的话，您相信亨丽埃特夫人，相信一个女人会无辜地被卷进一桩突如其来的绯闻，相信确有一些这样的女人，会做出一小时之前她们自己都认为不可能、而且几乎也不能由她们来负责的行动？"

"我绝对相信，夫人。"

"这样说来，任何道德评判都毫无意义，任何有伤风化的行为都是合理的了。您要是真的认为，法国人所说的 crimepassionnel① 不成其为 crime②，那么还要国家司法机关干吗？什么事不是都得靠并不很多的良好愿望了吗？——想不到您的良好愿望有那么多，"她轻轻一笑，补充说——"在每个罪行中都可找出一种热情来，有了这种热情，罪行也就可以加以宽恕了。"

她说话的声调清晰而快乐，我听了感到分外舒坦，我下意识地模仿她的客观态度，同样以半开玩笑半认真的方式回答道："国家司法机关对这类事情的裁决肯定比我严厉；它们的职责是毫不留情地维护共同的风俗习惯：它们必须作出裁决，而不是给予宽恕。作为一个人，我看不出我为什么要主动担当起检察官的角色：我宁愿当辩护人。就我个人来说，理解人所得到的乐趣要比审判人所得到的大得多。"

C夫人睁着亮晶晶的灰色眼睛从上到下将我端详了一番，显出犹犹豫豫的样子。我担心她没有正确理解我的意思，准备把刚才的话再用英语向她重复一次。可是她却像在主考一样，以一种严肃得有点奇怪的神情继续提问。

"一个女人扔下丈夫和两个女儿，随便跟人跑了，而她压根儿还不知道

---

① 法语：热情导致的罪行。
② 法语：罪行。

这人是否值得她爱，您不觉得这事很可鄙，很丑恶吗？这女人毕竟不算很年轻了，为自己的孩子着想，她也必须学会自尊，可是她却如此不知检点，如此轻率，对于这样的女人您真能原谅她吗？"

"我再说一遍，尊敬的夫人，"我重申自己的看法，"在这种情况下，我不愿做出判断，也不愿去谴责。在您面前，我可以坦率地承认，先前我说的话有点儿过火——可怜的亨丽埃特夫人肯定不是女英雄，连风流女子都不是，更够不上是个 grande amoureuse①。就我所了解的，我觉得她只不过是一位平凡而软弱的女人，我对她怀有一些敬意，因为她勇敢地顺应了自己的意愿，然而我却更多地为她感到遗憾，因为要不是今天，那明天她一定会很不幸的。她的做法也许很愚蠢，肯定过于轻率，但绝不是卑鄙下流的，我始终认为，谁也没有权利鄙视这个可怜的、不幸的女人。"

"那么您自己呢，您还对她怀有同样的尊重和敬意吗？在那位您前天曾同她在一起待过的尊敬的女人和这位昨天跟一个素不相识的人私奔的女人之间，您觉得没有一点儿区别吗？"

"没有一点儿区别。没有一丝一毫区别。"

"Is that so?"② 她下意识地说起了英语：很奇怪，她似乎老是在思考整个谈话。她思索了片刻之后，又抬起她那清澈的目光，询问式地望着我。

"倘若您明天，我们假定说在尼查，遇到亨丽埃特夫人，见她挽着那位年轻男子的胳膊，您还会向她打招呼吗？"

"当然。"

"会跟她说话？"

"当然。"

"您是否会——假如您……假如您结了婚，会把这么一个女人介绍给您夫人，就像什么事也没有发生过？"

"当然。"

"Would you really?"③ 她又说起了英语，显出难以置信的、十分惊异的样子。

"Surely I would."④ 我不觉也用英语回答。

---

① 法语：伟大的情人。
② 英语：是真的？
③ 英语：您当真？
④ 英语：我确实会这样做的。

C 夫人沉默了。她似乎还一直在认真思考着。突然，她一面注视着我，一面说，好像对自己的勇气感到很惊讶："I don't know, if I would. Perhaps I might do it also." ① 说完，她已胸有成竹，便站起身来，亲切地把手伸给我，这就结束了谈话，又不显得唐突，只有英国人最善于用这种方式。在她的影响下，我们桌上又恢复了平静，我们大家心里都很感激她，我们这些人，方才还是对立的，现在都心有歉意、客客气气地互相打着招呼，几句轻松的玩笑话就缓和了刚才火药味很浓的气氛。

我们的讨论虽然最后似乎是以骑士风度结束的，可是被激发起来的恼怒情绪却使我的对手和我之间的关系有些疏远了。那对德国夫妇态度审慎，而意大利夫妇在随后的几天里则老是喜欢带着讥讽的意味问我，听到关于那位"cara signora Henrietta" ② 的什么消息没有。尽管在形式上似乎我们大家都彬彬有礼，可是以前我们桌上彼此以诚相待、并非刻意追求的那种快乐气氛却已被破坏，再也回不来了。

那次讨论以后，C 夫人对我表示出特殊的亲切，因此我当时的那些反对者现在对我的讥讽和冷淡就显得更为突出。C 夫人一向极其矜持，在用餐时间以外几乎不与同桌的人聊天，现在却多次找机会在花园里同我攀谈。我几乎想说，她这是对我另眼相看，因为她的举止高雅而矜持，能单独同你交谈一次，就好似对你格外的恩宠了。是的，要是说实话，那么我不得不说，她简直是主动找我的，而且借种种因由来跟我说话，她的这种做法明眼人一看便明白，她若不是满头白发的老太太，那真会让我生出许多胡思乱想来哩。但是，我们一起一聊，话题就不可避免和不可控制地又回到了原来的出发点，回到了亨丽埃特夫人身上：看来她对指责那位没有责任心的女人，谴责她的见异思迁、水性杨花感到暗自欣喜。可同时，见我不改初衷，仍旧坚定不移地同情那位娇柔文雅的夫人，而且怎么也不能使我的态度有丝毫改变，她似乎又很高兴。她一再把我们的谈话往这个方向拉，对于她的这种异乎寻常、锲而不舍的执拗劲，事后我真不知道该怎么去想才对。

这么着又过了几天，大约五六天吧，她一个字都没有透露，为什么这样的谈话对她那么重要。有次散步时我才明白无误地意识到其中必有隐情。那时我偶然提到，我在这儿的度假快结束了，我想后天就离开。这时，她那平

---

① 英语：我不知道自己会不会那样。说不定我也会那样做的。

② 意大利语：尊敬的亨丽埃特夫人。

素泰然自若、毫不动容的脸上突然现出奇怪的紧张神色，好似一片阴云飘过她碧如海水的眸子："多遗憾！本来我还有许多问题要跟你讨论呢。"从这一刻起她就显得魂不守舍的样子，说着这事，心里却想着另一件事，另一桩紧紧纠缠她、驾驭她的事。到后来似乎她自己都对这种心不在焉的状态感到不满了，因为她摆脱了突然出现的沉默，突如其来地向我伸出手来，说："我看，我没法把原来要对您说的话表达清楚。我还是给您写信吧。"说着，便朝饭店的大楼走去，步履匆匆，完全不像平日闲适的样子。

傍晚，快要开饭之前，我果真在房间里发现一封信，是她刚劲而洒脱的笔迹。只可惜，我年轻时候对于信件很不经意，因此无法引证原信，只能记叙信中问我的大致内容。她在信里问，是否允许她向我讲讲她自己的生活。她说，那个插曲已是很久以前的事了，本来跟她现在的生活几乎毫不相干，又说，我后天就要走了，她把二十多年来一直在内心折磨和纠缠着她的事说出来，就会感到好受些。她说，要是我对这样一次谈话不感到唐突的话，她很想请我给她这个时间。

这里我只是记叙了信的内容，原信对我有着极大的吸引力：信是用英文写的，单就这一点就使这封信表达得十分清楚和果断。可是我的回信并不容易，我撕掉三次草稿，最后才给她回了这样一封信：

"您那么信任我，这对我是个莫大荣幸。如果您要我说实话，那我答应，我心里是怎么想的，就怎么答复您。除了您心里愿意讲的，我当然不会要求您对我吐露更多的东西。不过您讲的事情，请您对自己和对我完全说真话，请您相信，我是把您的信看做一个殊荣的。"

晚上，这张纸条到了她的房间，第二天早晨，我发现了她的回信：

"您说得完全正确：一半真实是毫无价值的，只有全部真实才有价值。我将竭尽全力，不对我自己或者不对您作任何隐瞒。请您饭后到我房间里来——我已六十七岁，不必担心会招来什么流言飞语。因为在花园里或挨着很多人的地方我说不出来。您一定会相信，我下此决心，是绝非轻而易举的。"

中午我们还在餐桌上碰过面，彬彬有礼地说了些无关紧要的话。可是，饭后在花园里遇到我，她显然很慌乱，就避开了，这位满头银发的老太太在我面前竟好似一个羞怯的少女，迅速逃往一条松林道上。见此情景，我心里觉得既歉疚又感动。

晚上，在约定的时间，我就去敲她的房门，门立即就为我打开了：室内光线暗淡，只有一盏小台灯在这平时朦胧昏暗的房间里投下一圈黄色的光影。C夫人毫不拘束地朝我迎来，请我在圈椅上坐下，她自己坐在我对面：我觉得，她的每个动作都是精心准备的，然而还是出现了冷场，显然并非她所愿望的冷场，难于作出决断的冷场。冷场的时间很久，而且越来越久，可我又不敢出声来打破它，因为我感觉到，这冷场意味着一个坚强的意志在同顽强的反抗意识进行激烈的搏斗。楼下客厅里不时断断续续地传来华尔兹的微弱乐声，我聚精会神地听着，似乎想以此来消除这沉默造成的让人喘不过气来的重压。对于沉默所造成的不自然的紧张似乎她也感到有点尴尬，因为她突然一跃而起，说道：

"最难说的是第一句话。这两天我已经做好准备，要十分明白和真实地讲这件事：我希望能够做到。也许您现在还不理解，我为什么要对您这个陌生人讲这些事，可是我几乎无时无刻不在想着这件事，您可以相信我这个老太婆，她要将整个一生都凝视着生命中唯一的一点，凝视着唯一的一天，这是无法忍受的。因为我要对您讲的事，在我六十七年的生活时间里只仅仅占二十四小时，我常对自己说，一个人如果曾一时干过一次荒唐事，那又有什么大不了的。我常常这么说，说得都快成神经病了。然而人们还是摆脱不了我们很没有把握地称之为良心的东西，当时，在听您如此客观地谈论亨丽埃特夫人事件时，我就想，若是一旦我能下定决心，对某个人痛痛快快地说出我生活中的那一天，那么也许就可以结束这毫无意义的追忆和没完没了的自我谴责了。我要不是信奉英国圣公会①，而是天主教，那我早就有机会忏悔，说出那件我一直守口如瓶的事，以求解脱了。——可是这种安慰与我们无缘，因此我今天就要奇怪地试一试，原原本本地向您叙述这件事，以此来宣判自己无罪。我知道，这一切都极为奇怪，可是您毫不犹豫地接受了我的建议，为此我很感谢您。

"好吧，我们言归正传。我已经说过，我要对您说的只是我一生中唯一的一天——在我看来其余的一切都是无关紧要的，别人也会感到枯燥无味。直到四十二岁，我在人生道路上一步也未曾越出常规。我的父母是富有的苏格兰乡村勋爵，我们拥有几座大工厂和许多出租的田地，我们依照乡村贵族通常的方式，一年中的大部分时间都生活在自己的庄园里，夏天则住在伦

---

① 圣公会是英国的国教会。1534年英国国会通过法案，规定英国教会不再受治于教皇，而以英王为最高元首。圣公会遂成为英国国教。

敦。我十八岁那年在一次社交聚会上认识了我的丈夫，他出生于名门望族，是 R 家的第二个儿子，从军十年一直被派驻印度。我们很快就结了婚，在我们的社交圈里过着无忧无虑的生活，每年三个月住在伦敦，三个月住在庄园里，其余的时间则去意大利、西班牙和法国等地旅游，在饭店下榻。我们的婚姻从未出现过一缕阴影，我们的两个儿子如今已经长大成人。我四十岁那年，我丈夫突然去世了。他在热带生活期间得了肝病：真是可怕，他发病只有两星期，我就永远失去了他。我的大儿子当时正在军队服役，小儿子在上大学——所以，一夜之间我就形单影只，独守空房了。我这人已经习惯了温馨的家庭生活，现在的孤单和寂寞对我来说真是一种可怕的折磨。家里的每件东西都让我触景生情，让我想起我亲爱的丈夫，他的去世令我黯然神伤。我觉得再也不能在这凄凉的屋子里待下去了，哪怕多待一天也受不了：于是我就决定，在我两个儿子结婚以前到各地去旅游，以消磨岁月。

"其实，从此以后我把自己的生活看做毫无意义、纯属多余的了。二十三年来与我形影不离、意气相投的人已经故世，孩子们并不需要我，我担心自己郁悒沮丧、黯然神伤的心绪会破坏他们青春的欢乐——就我自己来说，任何东西都不值得去企望、去眷恋了。起初我迁居巴黎，烦闷乏味时就去逛逛商店和博物馆；可是那座城市和我周围的事物显得格格不入，那里的人都用眼睛盯着我的丧服，我受不了他们彬彬有礼的惋惜的目光，所以我总是设法躲开他们，我像吉普赛人默默地东游西荡。这几个月的时间是怎么过的，我自己也不知道从何说起：我只知道，我老是想死，只是没有力量来促成这个痛苦地期盼的意愿。

"在丧夫的第二年，也就是在我四十二岁那年，自己虽不承认，实际上是为了逃避毫无价值、可又不能马上就死的时间，我于三月末来到蒙特卡洛。坦率地说，我是因为单调无聊，是因为至少要找些外部小刺激来填补一下那折磨人的、像从胃里泛上来的恶心似的内心空虚才到蒙特卡洛去的。我自己心里越是郁郁寡欢，就越发想到生活的陀螺转得最快的地方去：对于没有生活体验的人来说，别人的激情骚动倒犹如戏剧和音乐一样，也是一种精神体验。

"因此我也常常光顾赌场。看到别人脸上惴惴不安、波涛翻涌地变化着喜出望外或惊恐万状的表情可以激起我的兴趣，同时我自己的心潮也吓人地涨涌和退落。再说我丈夫从前偶尔也爱逛逛赌馆，但从不轻率从事，我怀着某种下意识的虔敬，忠实地继续着他昔日的那些习惯。在蒙特卡洛的一家赌馆里，我开始了那个二十四小时，它比一切赌博更加激动人心，从此，年年岁岁长久地使我心意迷惘，怅然若失。

"中午，我是同我家的亲戚封·M公爵夫人一起进的餐。晚餐以后我觉得还不疲倦，还不想就寝。于是我就进了赌厅，在赌台之间来回溜达，我自己并没有赌，而是以特殊的方式观察一拨拨聚集在一起的赌客。我说的'特殊方式'那是我丈夫在世时有次教给我的。那次我看累了，所以抱怨说，老是盯着同样的面孔，真令人厌倦：在椅子上坐了几个小时才敢押上一根筹码的干瘪老太婆，老奸巨猾的赌棍和玩纸牌的娼妓——这帮麇集在一起的臭味相投的无耻之徒，您知道，他们远不像蹩脚小说里所描绘的那样充满诗情画意和罗曼蒂克，也不像小说中所写的那些 fleur d'elegance① 和欧洲的贵族。再说，二十年前赌钱时台上滚动着的是看得见摸得着的现金——沙沙响的钞票、拿破仑金币、厚实的五法郎硬币一起回旋飞舞。那时的赌场魅力无穷，不像今天，在新建的式样时新的豪华赌宫里尽是些透着小市民气的观光客在无精打采地耗费他们手里那些平淡无奇的筹码。那时我觉得这些千篇一律的冷漠的脸孔实在没有什么吸引力，我丈夫对手相术非常热衷，后来他就教给我一种特殊的观察方法，那确实比懒洋洋地东站站西伫伫有趣得多，心情也更为激动和紧张。这种方法是：绝不要看脸，而要专门瞅着桌子的四边，在那儿再专门盯住赌徒的手，只注视这些手的特殊举止。我不知道，您自己是否曾经偶然单单注视过绿色赌桌，专门注视那绿色的菱形桌面，桌面中央那圆球像醉汉似的蹒跚着一个号码一个号码地滚过去。这当间飞舞的钞票、圆圆的银币金币等等赌注纷纷落入各个方格里，宛如种下的禾苗，随后掌盘人的耙子就像锋利的镰刀，一家伙就把这些禾苗割掉，将其耙拢并收拾起来，成了自己的进账，或者将它们作为礼品，推到赢家面前。你只要调准观察的焦距，就会发现，这时唯有那些手才是变幻莫测的——绿色赌台四周的这些手，色泽鲜明，异常激动，都在伺机而伸，都从各自的袖筒里往外窥视着，每只手都像一只猛兽，随时准备蹿将出来；手的形状不一，颜色各异，有裸露的，没戴任何饰物，有的戴着戒指和丁当作响的手镯，有的毛茸茸的像野兽，有的卷曲着，湿漉漉的像鳗鱼，但是所有的手都极其紧张，战战兢兢地显得极其焦灼不安。此情此景常常使我下意识地想到赛马场：开赛前得使劲勒住亢奋的赛马，不让它抢跑。那些马也是这样，浑身打战，仰首向上，高

----

① 法语："优雅的花朵"，意为"头面人物"。

抬前足，直立而起。根据手的各种状态，如伺机而动，迅速攫取或戛然而止，对赌徒的状况就会一目了然：贪得无厌者的手握得很紧，挥金如土者的手放得很松，工于心计者的手关节平稳安静，举棋不定者的手关节战栗不已；从抓钱的瞬间姿态上，对人生百态可以一览无遗：这一位把钞票抓成一团，那一位神经质地把钞票揉成碎纸，或者精疲力竭地微曲着有气无力的手指，在整个一局中没下一处赌注。俗语说赌博见人品，但是我说：赌博的时候手将人展露得更加清楚。因为所有的、或者说几乎是所有的赌徒一下就学会了驾驭自己面部表情的本领——在衬衣领子上部戴着一副 impassibilite① 的冷漠的面具——他们能抑制嘴角的皱纹，咬紧牙齿，压住内心的激动，不让眼睛里露出一丝不安的神色，他们能抚平脸上暴凸的青筋，不动声色，装出一副优哉游哉的样子。然而，正因为大家都拼命集中注意力，脸上不露声色，却忘了自己的一双手，忘了有专门观察手的人。尽管赌徒们微笑着撅起的嘴唇和故作冷淡的目光竭力想掩饰自己的心曲，可是别人从他们手上已对他们的一切了如指掌。在他泄露秘密这一点上，这种时候手是最直截了当的。因为总有那么一瞬间，稍一疏忽，那些拼命抑制住的、看似毫无动静的手指就会一齐张开：在转盘里的小球落进小格子里，大声报着赢家们号码时紧张到空气都要爆裂的一刻，这一百只或五百只手就会情不自禁地做出各具个性的、具有原始本能特征的动作来。要是有人像我这样——我丈夫将他的此种癖好教给了我——养成在这手的竞技场上进行观察的习惯，那么就会觉得这些性格各异的赌徒的手一下子做出的各不相同、出乎意料的动作，远比戏剧和音乐更为扣人心弦。手的姿态何止千百种，我简直无法向您描述：有的像野兽伸出毛茸茸的、曲卷的手指忘乎所以地在搂钱，有的手指甲苍白、神经质地哆嗦着，几乎不敢去抓钱，有高贵的和卑贱的，残暴的和畏葸的，诡计多端的和老实巴交的——这些手给人的印象各不相同，因为每一双手表达的是一种特殊的人生，只有那四五双掌盘人的手是个例外。这几双手完全像机器，运作起来就事论事，有板有眼，不偏不倚，极其精确，跟那些生气勃勃的手比起来，它们简直就像是计算器上格格作响的钢扣。然而，即使是这几双冷静的手，由于它们在猎人似的亢奋的手之间忙个不停，两相对照又会留下令人吃惊的印象：我要说，这些手单调划一，犹如群众暴动时处于汹涌澎湃、激昂慷慨的人潮中的警察。此外，对我来说还有一种诱惑，那就是

① 法语：无动于衷。

要在几天之后熟悉各种手的种种习惯和癖好；数日之后我在众多的手中总会发现一些熟悉的手，并将它们当做人一样分为喜爱的和讨厌的两类：有的厚颜无耻，贪得无厌，令我恶心，所以我总是像是见到下流事一样，赶紧把目光移开。赌台上出现的每一只新手对我来说都是一件大事，都会引起我的好奇：我往往忘了抬头看看那脸，反正这张脸也不外乎是一副冷冰冰的毫无表情的社交面具而已，它是从高领中伸出来插在礼服或者熠熠闪光的胸饰上面的。

"那天晚上我走进赌馆，绕过两张已经挤满了人的台子，向第三张走去，并且准备了几枚下注的金币。这时大厅里寂然无声，紧张的沉默像要炸裂似的，这种时刻每逢圆球在轮盘上转得有气无力、只在两个号码之间晃来晃去的时候，总是会出现的。就在这一瞬间我听到正对面传来咔嚓一声，像是折断了手关节，这令我大为惊讶。我不由自主地吃惊地朝对面望去。这时我看见——真的，我吓坏了——两只手，我从未见过的两只手，一只右手和一只左手，像两只横眉竖目的猛兽交织在一起在那里厮拼，互相伸出爪子，朝对方身上狠抓，于是指关节便发出砸干核桃时的那种咔嚓声。这两只手美得简直不可思议，长得出奇，又细得卓绝，绷得紧紧的肌肉宛如凝脂，指甲白皙，指甲尖修得圆圆的好似珍珠轮叶。一晚上我一直盯着这双手，对这双出类拔萃的、简直是绝无仅有的手惊讶不已。然而最先令我惊愕不已的是这双手的热情，它所表现出来的狂热的激情，是两只手的手指互相交织在一起痉挛地拧扭而又相互支撑的情景。我马上便知道，这是个精力过剩的人，他正把自己的激情集中在手指尖上，免得自己被它炸成两半。而现在……这瞬间圆球吧嗒一声落进码格，掌盘人高喊彩门……这瞬间，两只手突然互相松开，就像两只同时被一颗子弹击中的猛兽。两只手一起都瘫落下来，确实是死了。这不仅仅是精疲力竭，瘫落的时候清楚地现出一副憔悴、失望、遭了电击、彻底完蛋的样子，这情景我实在无法用语言来表达。我还从未见过、从此以后再也没有见到过表情那么丰富的两只手，它们每块肌肉都是一张倾诉心曲的嘴，可以感到几乎每个毛孔都在泄发激情。随后这两只手在绿色赌台上摊放了一会儿，就像被波涛冲上海滩的水母，扁平，并且没有一点生气。稍后，一只手，是右手，又从指尖上艰难地开始动起来了，它颤抖着，缩了回去，自己转动着，颤颤悠悠，旋转起来，突然神经质地抓起一根筹码，捏在拇指和食指的指尖中犹豫不决地捏滚着，像在玩一个小轮子。突然手背像一头豹，弓了起来，把一百法郎的筹码快如闪电似的掷进，不，简直就是一口吐到了黑格中。这时那只一动不动的左手像是接到了信号，也立刻激动起来了；它抬了起来，悄悄滑向，是爬向那只索索发抖、仿佛刚才的一掷耗尽了精力的右手。现在这两只手胆战心惊地挨在一起，用腕肘不出声地碰击台面，就像牙齿上下嘚嘚地打着寒战——没有，我还从来没有见过表情如此丰富、简直像是会说话似的手，从来未曾见过激动和紧张到这副痉挛的样子。我盯着这双索索发抖、呼吸急促、喘息不停、伺机而动、哆哆嗦嗦、胆战心惊的手，简直像着了魔似的，除此之外，我觉得这拱形大厅里的其他一切，无论是各个房间里嗡嗡的喧嚷声，掌盘人那商贩似的叫喊声，还是熙来攘往的人群或者现在高高地弹起又跳进轮盘上圆格之中的小球——所有这些嗡嗡嘤嘤、刺耳地袭击神经的种种飞速变换的印象，突然之间仿佛全都寂静无声，全不存在了。

"不过，这种情景我没有坚持多久，无论如何我要看看这个人，无论如何要看看那拥有这双神奇之手的脸。我怯生生的——是的，真是怯生生的，因为我怕这双手！——让目光循着衣袖慢慢往上移动，到了两只瘦削的肩膀那儿。这时我又吓了一跳，因为这张脸同那双手一样，说着同样毫无节制、想入非非的语言，以同样娇柔的、几乎是女性之美极其顽强地抑制住自己的表情，使之不露声色。我从未见过这样的脸，这样神情专注、沉湎自我的脸。我有着充分的机会，把这张脸当做一副面具，当做一尊没有眼睛的雕像来从容不迫地加以观赏。这对着了魔的眸子一动不动，既不左顾也不右盼：在睁得大大的眼睑下，那乌黑的瞳仁直勾勾地凝视着，像是没有生命的玻璃珠，映出另一个桃花心木色的、在转轮圆盘里呆头呆脑、左冲右突地滚动和跳跃的圆球。我不得不再说一遍，我从来未曾见过如此紧张、如此令人神往的脸。那是一位大约二十四岁的年轻人的脸，窄窄的、很秀气，略长，表情非常丰富。同那双手一样，这张脸也不是十足的男子气的，它更像一个玩得忘形的男孩子的脸——可是所有这些我是后来才注意到的，因为现在这张脸上完全现着贪婪和暴怒的神情。窄窄的嘴垂涎欲滴地张启着，露了多半的牙齿：在十步的距离就可以看到牙齿在上下打着寒战，嘴唇则一直呆呆地张开着。一绺浅黄色的头发湿漉漉地贴在额头上，往前耷拉着，像正在摔下来似的，鼻翼在不停地翕动抽搐，仿佛有一阵看不见的小浪涛在皮肤底下汹涌翻腾。探着的脑袋下意识地越来越往前伸，让人觉得，这脑袋也要卷进转盘，随着圆球一起旋转。这时我才明白，那两只手为什么要使劲地按着，因为只有按着，只有使劲按着，才能使将要从中间摔倒的身体保持平衡。我不得不再三说，我从来未曾见过这样的脸，会把其激情赤裸裸地流露得如此明目张胆，如此兽性，如此恬不知耻。我紧紧盯着这张脸……它是那么魅力无穷，他那狂迷状态令人如此着魔，就像看到那个旋转的圆球的跳跃和颤动一样。从这一刻起，大厅里其余的一切我全然不再注意了，同这张喷着火焰的脸相比，我觉得大厅里的一切都显得黯淡、迟钝和模糊不清，也许有一小时之久，我谁也没看，单单注视着这一个人，注视着他的每一个姿态：当掌盘人把二十个金币推到他贪婪的手里时，他眼睛里闪着晶亮晶亮的光，本来紧紧抱合着的两只手现在也像是被炸散，手指头也抖抖索索地全都张开了。在这瞬间，他的脸上突然容光焕发，显得非常年轻、滋润，没有了皱纹，眼睛开始炯炯有神，前倾的身体也轻快利索地伸直了——他坐在这里，一下子宛如潇洒的骑手，沾沾自喜和爱不释手地用手指捏着圆圆的金币加以拨弄，将它们彼此弹击，让其戏耍跳动，发出叮当的声响。随后他又心神不定地转过脑袋，朝绿色赌台飞快地寻视一遍，就像一只年轻的猎狗用鼻子东闻闻西嗅嗅，要找出正确的踪迹一样。接着，他突然抓起一把金币，朝轮盘的一角扔去。于是那焦急的期盼和紧张的神态又立即开始了。那电控似的波浪起伏式的抽搐又爬上了他的嘴唇，两只手又互相痉挛般地紧紧抓住，孩子脸消失了，换成了贪婪的期待，直到这抽搐着的紧张突然被炸散，化为失望：刚才还孩子气地兴奋不已的脸憔悴了，变得苍白而衰老，目光呆滞，失去了光泽，而这一切都是在一秒钟之内发生的，是圆球落入他未曾猜中的号码时发生的。他输了：他的眼睛愣愣地瞪了几秒钟，目光几乎是痴呆的，仿佛他对所发生的事全然不解似的；可是一听到掌盘人第一声刺激性的吃喝，他的手指又立即掏出几个金币。然而他已没有了把握，他先将金币押在一个格里，随后想了想，又押到另一个格里，圆球已经在滚动了，他突然身子往前一俯，用颤抖的手又将两张捏成一团的钞票飞快地扔进同一个方格中。

"这样惴惴不安地来来回回，有输有赢，从不停顿，大约持续了一小时。在这一小时里我一直目不转睛地盯着那张不时变化着的脸，种种激情时而波浪翻滚涌到脸上，时而又像潮水一样退得无影无踪，我着了魔的目光始终紧紧凝视着，连喘息时都没有移开；我的眼睛也没有放过那双魅力无穷的手，手上的每块肌肉像喷泉一样生动地反映出他感情上的起伏跌宕。在剧院里我都从来没有如此神魂颠倒地注视过一位演员的脸，像注视这张脸那样，这张脸上不停地突然变幻着各种色彩和感觉，犹如自然景色的光和影。我从来没有如此地以全身心来关注过赌局，把别人的喜怒哀乐反映在我自己心里。要是有人此刻注意我，见我呆呆地发愣的样子，准会以为我是受了人家催眠术的戏弄，而我当时正处于十足的迷迷糊糊的状态，也真的同受了催眠差不多——我实在无法把目光从这张不断变幻着表情的脸上移开，其他一切，大厅里交织着灯光、笑声、人群和目光的一切，只像一片黄色的烟雾围在我的四周，而在黄色烟雾中心的就是那张脸，它是火焰中的火焰。我什么也听不见，什么也感觉不到，我注意不到身边往前挤的人，也注意不到其他像触角似的突然伸到前面来扔钱或者把钱归拾到自己面前去的手；我看不见转轮里的圆球，听不见掌盘人的声音，可是台面上所发生的一切我确实就像在梦里一样在这双手上全都看到了，这双手犹如凹镜，把巨大的激动和亢奋映照得一览无遗。因为要知道圆球落入红门还是黑门，是在滚动还是已经停下，这些我都不用看转轮：这张洋溢着激情的脸，脸上的神经和表情就像熊熊烈焰，会把输和赢、期待和失望等等变化一一映照出来。

"但是接着就出现了一个可怕的瞬间——整个时间里我心里一直隐隐约约地在为这一瞬间的出现而担心，它像暴风雨一样高悬于我忐忑不安的神经之上，并且突然之间将我的神经从中间扯断。转轮里的小球带着轻微的噼啪声在倒着滚来，那一秒钟又闪烁起来了，二百张嘴唇一齐屏住呼吸，直到响起掌盘人的宣布声，这次他唱出的是'零位格'①，同时他急忙伸出筢子，从四面八方将叮当作响的金币银币和簌簌作响的钞票全部扒拢在一起，就在这一瞬间这双紧紧抓着的手做了一个特别吓人的动作，它们好似突然往上一伸，要去抓住某样并不存在的东西，接着就死一般地疲乏地重新跌落在桌上，但用的并不是自身的力气，而只是凭借退回来的重力。可是随后这双手突然又一次活了起来，狂热地从桌上缩回到自己身上，像野猫似的顺着躯干爬上爬下，一会儿左，一会儿右，神经质地伸进每只口袋，看看能不能在某只口袋里再找出一个被遗忘的金币来。然而每次总是空手而回，但两只手还在不断重复这种毫无意义、毫无用处的寻找，这时轮盘又已经开始重新旋转，别人的赌博在继续进行，硬币叮当作响，椅子在挪动，由数百种低声细语组成的一片嘈杂声充满大厅。我不得不如此清楚地亲身来体会这一切，仿佛是我自己的手指在口袋里和在皱皱巴巴的衣服的褶子里拼命寻找一块钱币。突然，我对面的那个人猛地一下站了起来——就像有人突如其来地感到不舒服，便猛地站了起来，以免窒息；他背后的椅子咔哒一声倒在地上。他

---

① 即"空门"，是轮盘赌场主所得格。

连看都没看一眼，也没去理会旁边的人又胆怯又惊讶地避开这位摇摇晃晃的人，自己拖着笨重的脚步离开了赌台。这可怕的一幕使我战栗，我不禁浑身直哆嗦。

"目睹这一情景，我完全惊呆了。因为我立即就明白了，这个人要上哪儿去：去死。这副样子站起来的人是不会回旅馆，不会去喝酒、不会去找女人，不会去乘火车，也不会去过另一种生活，而是径直去跃入无底深渊。在这地狱般的大厅里就连最最冷漠的人也准会看出，这个人不会再在家里、在银行里，或者在亲戚那里得到援助了，他方才坐在这里是拿他最后的钱，拿自己的生命来孤注一掷，现在他跟跟跄跄地走了，到别处去了，但肯定是不想活了。我曾一直担着心，从第一个瞬间起我就神奇地感觉到，这里是一场比输赢更高的赌博。这时，当我看到，生活突然从他眼睛里消失，死亡在这张方才还是活生生的脸上蒙上了一层阴影时，一阵黑黑的闪电猛烈地击在了我的身上。此人生动的姿态深深地印在了我心里，所以当他离开座位，蹒跚地走出去的时候，我也不由自主地要用手抵着桌子，因为那种蹒跚的样子现在也从他的神态中传到了我自己身上，正如先前他的紧张心情进入了我的血管和神经一样。我被吸引住了，不得不跟着他：我还没有想好，我的脚已经开始移动了。我谁也没去理会，也没有感觉到自己，就跑到通往大门的走廊上去了。这完全是下意识地发生的，并非是我自己所为，而只是发生在我身上罢了。

"他站在存衣处，侍役替他取来了大衣。可是他自己的胳膊不听使唤了：殷勤的侍役像帮一个手臂麻痹的人似的费了好大的劲，才帮他套上袖子。我看到他机械地将手伸进坎肩的口袋，想给侍役一点小费，但是抽出来的手里仍是空的。这时，他好像突然间又想起了一切，狼狈不堪地对侍役结结巴巴说了一句什么话，便完全像先前一样，突然猛地朝前走去，接着完全像醉汉似的跟跟跄跄走下赌馆的台阶，侍役先是带着轻蔑的、随后便是理解的微笑，还朝他背后望了一会儿。

"他的姿态感人至深，我为自己在一旁观看而感到不好意思。我不由自主地走到一边，心里感到害羞，因为我像在剧场的舞台前那样观看了陌生人走投无路的绝望神情——但是后来那种难以理解的恐惧突然又推了我一把，我赶忙叫侍役把我的衣服取来，未去想什么具体的事情，完全机械地，完全是本能地，急忙跟着这个陌生人往黑暗中走去。"

C夫人把这件事讲到这里便停了一会儿。她坐在我对面，脸上毫无表情，以其特有的冷静和客观态度娓娓道来，几乎没有停顿，只有心里早有准备，对发生的事情进行了精心组织和整理的人才会如此侃侃而谈。现在她第一次停顿，显得有些迟疑不决，随后她脱离开刚才所叙述的事，突然直接对我说：

"我曾向您和我自己答应过，"她开始显得有点不安，"保证极其坦诚地把所有的事实讲出来。可是，我现在必须要求您也要完全相信我的坦诚，不要把我的行为理解成有什么隐蔽的动机，认为也许我今天讲出这个动机不会感到害羞了。在这件事情上，这种猜测是完全错误的。所以我必须强调，我在街上尾随这位身心已经崩溃的赌客，绝不是因为我爱上了这个年轻人——我根本没有去想他是个男人，事实上我这个当时已经四十多岁的女人，丈夫去世以后从来未曾正眼注视过任何男人。谈情说爱的事对我来说已经彻底结束了：我要对您强调这一点，而且非对您说不可，否则对于后来所发生的事情的可怕性您就难以理解了。当然，另一方面就我来说，当时我非要去跟随那个不幸的人不可，要把这种感情说清楚也是很难的：这里面有好奇心的成分，但是最主要的还是一种可怕的恐惧，或者确切地说是担心发生什么可怕的事，从第一秒钟起我就隐隐约约地感觉到，那件可怕的事像阴云似的正笼罩在这个年轻人身上。但是又不能把这些感觉加以分解和拆散，这种做法所以不行，尤其是因为这些感觉过于强制性，过于迅速，过于自发，种种因素错综复杂地交织在一起——很可能我所做的完全是救人的本能行为，正如有人在街上看到一个小孩朝汽车跑去，就会马上去把他拉回来一样。或者也许可以这样来解释：自己不会游泳的人在桥上看见一个快要淹死的落水人，就会跟着跳进河里去。他们还没有来得及对自己无谓的冒险壮举作出决定，就受到神奇力量的牵引，一股意志力将他们推了下去，我当时的情况也正是这样，没有思考，没有清醒的考虑，我当时就跟着这个不幸的人出了大厅走到大门口，又从大门口跟下台阶。

"我敢肯定，无论是您或者任何一个能用清醒的眼睛来感觉的人当时都不能摆脱这种充满了恐惧的好奇心；那位顶多二十四岁的年轻人走起路来十分吃力，就像老人一样，摇摇晃晃的又好似醉汉，他四肢的关节像是脱了臼、散了架一样，拖着沉重的脚步从赌馆的台阶上下来朝街头绿地走去。见到这幅可怕的景象，也就不会有思考的余地了。到了那里，他的身体像一只麻袋似的笨重地跌落在一张长椅上。对于这个动作我再一次感到不寒而栗，我想：这人完了。只有死人，或者全身肌肉没有一点生气的人才会这样跌落下去。他的脑袋斜倚着，往后垂靠在长椅的靠背上，两条胳膊软绵绵地垂到地上，在路灯闪烁着昏暗的微光中，每个过路人准会以为这是个自杀者。以为这是个自杀者——我无法解释，怎么我心里突然会出现这种幻象，可是这幻象突然站在这里了，看得见摸得着，非常真切、令人毛骨悚然，胆战心惊——以为这是个自杀者，这一瞬间，我望着面前的这个人，我心里绝对确信，他口袋里有支手枪，明天别人就会发现在这长椅上或是另一张椅子上躺着这具气息已绝、鲜血淋漓的躯体，因为他跌落下来的情景完全像一块坠入深谷的石头，中间没有停住，一直摔到谷底。这躯体所表现出来的那种疲惫和绝望的样子，我还从来未曾见到过。

"现在请您想一想我的处境：我站在长椅后面二三十步远的地方，椅子上躺着个一动不动、身心全都崩溃的人。我真不知道该怎么办，一方面意志驱使我走上前去帮助他，但是学到的和因袭的羞怯心理又在将我往后推，不好意思去主动跟大街上的一个陌生男人说话。街灯暗淡地闪烁着，天空布满阴云，只有屈指可数的行人打这儿匆匆走过，因为将近子夜了，我几乎是独自一人在街头花园里同这个颇像自杀的人在一起。五次、十次，我鼓起勇气朝他走去，每次都被羞涩心理给拉了回去，或者说也许是被内心深处的这种本能的预感拉回去的：正从高处摔下去的人总喜欢拽住救助者一起同归于尽——我这样再三斟酌，反复考虑，自己都清楚地感觉到这种处境既无意义，又可笑。尽管这样，我还是既不能说话，又不能走开，既不能做些什么，又不能离开他。我希望，您相信我，我要告诉您，我在那片绿地上犹豫不决地徘徊了也许有一小时之久，那是无穷无尽的一小时；这时间是在看不见的海洋的波浪千万次撞击下一点点扯掉的。这个人彻底毁灭的形象竟是如此使我震撼，使我无法离去。

"可是，我始终没有说一句话、做一件事的勇气，后半夜我真该也这样站着等下去的，或者也许最后真该让聪明的自私心理说服自己回家去的。是的，我甚至以为自己已经下了决心，让这个晕厥的可怜家伙就这样躺在这里——然而这时一股强大的力量在我进退两难的时候为我做出了抉择。这时下起雨来了。整个晚上海风呼啸，把沉甸甸的乌黑的春云刮到一起，让人从肺里、心里感觉到，天空整个儿低低地压了下来——突然掉下一滴雨点，接着风助雨势，密密的大雨哗哗而下，竟成瓢泼之势。我不由自主地逃到一座商亭的前檐下，虽然撑开了伞，但是这时从坚实的土地激起的一束束泥水，仍是溅在我衣服上。噼噼啪啪打在地上的雨点弹起带泥的水，溅在我脸上和手上，感到凉丝丝的。

"可是在这瓢泼大雨中，那不幸的怪人仍旧坐在长椅上一动不动，这一可怕的景象，二十年后的今天回想起来喉咙里还感到哽塞。雨水从所有的屋檐上哗哗地流下来，我听到市内隆隆的车轮声，左边和右边都有人撩起大衣在奔跑；一切有生命的东西都怯生生地蜷缩着，都在躲避、逃跑，都在寻找栖身之所，任何地方，无论是人还是动物，都可以感到他们对这场倾盆大雨的恐惧——唯独长椅上那个黑黑的、像团东西的人却纹丝不动。我先前对您说过，这个人具有神奇的法力，能将他的各种感情通过动作和表情生动地表现出来；在滂沱大雨中他纹丝不动，全无感觉地坐着，连站起来几步走到雨水哗哗泼下的屋檐下的力气都没有的那精疲力竭的状态，万念俱灰的心境——世上任何东西也不会像这种情景那样将槁木死灰、彻底自弃以及活人死态表现得如此惊心动魄。这个人活活地任凭大雨浇淋，他精疲力竭，竟懒得动一下来避一避雨。任何雕塑家、诗人，无论是米开朗琪罗还是但丁都不能像这个人那样把万念俱灰的心境，把人间的惨状为我刻画得如此感人肺腑、荡气回肠。

"这一景象把我拉了过去，我也没有别的办法。我猛地穿过密集的大雨，用手去摇长椅上的那个淋得落汤鸡似的人。'来！'我抓住他的胳膊。他的眼睛吃力地朝上瞪着。他身上似乎想慢慢地动一下，但是他没懂我的话。'来！'我再次拽着那只湿漉漉的衣袖，这次我几乎要发火了。他慢慢地站了起来，摇摇晃晃地没有一点意志。'您要干吗？'他问道，我没有回答他，因为我自己也不知道要带他到哪儿去：只要不受冷雨浇淋，只要不再毫无意义地、自杀般地坐在这里万念俱灰的样子。我抓着他的胳膊不放，拉着这个全无意志的人往前走，一直将他拉到商亭那儿。商亭有一个向前伸出来的窄窄的屋檐，多少可以让他遮挡一下驾着风势的滂沱大雨。下一步怎么办，我不知道，也不想有下一步。只要把这个人拉到干的地方，只要把他拉到屋檐下就行了：以后的事起先我并没有考虑。

"我们两人就这么并肩站在狭窄的、淋不着雨的屋檐下，我们的后面商亭的门锁着，我们头上只有一片小屋檐，雨还在没完没了地下，只要突然一阵狂风刮来，冷飕飕的雨水就会不断狠狠地朝我们衣服上、脸上猛袭过来。这种情况真是无法忍受。我可不能老是挨着这个水淋淋的陌生人站着。另一方面，既然我把他拉到这儿来了，总不能一句话都不说就将他撂在这儿。总得想个什么办法呀；我慢慢强迫自己坦率地作一次冷静的考虑。我想，最好是雇辆车先把他送回家，然后我自己再回家：明天他就会知道有人救了他。于是我就问一动不动地站在我旁边愣愣地凝视乌云飞驰的夜空的人：'您住在哪儿？'

"'我没有住处……我傍晚时候才从尼查来……要上我那儿去是不成的。'

"最后这句话我没有立即听懂。后来我才明白，他把我当做……当做娼妓，当做拉客女了——每天晚上赌馆周围都有成群拉客女出没，她们希望能从赢了钱的赌客或醉汉身上得些好处。不论他后来是怎么想的，一直到现在我讲给你听的时候，我才感觉到我当时的处境有点邪乎，有点离奇——我把他从长椅上拉走，当然是把他拽去的，这真的不是正当女人的行径，叫他怎能不以为我是娼妓呢。但是当时我没有立即意识到这一点。后来我才开始意识到他对我这个人做出了错误的判断，但是发现这个可怕的误解时已经太晚了。要是早些发现的话，我就绝不会说出下面这句越发增强他的误解的话来了：'那么，就到旅馆里去要个房间吧。您不该待在这里。您现在必须找个地方安顿下来。'

"这句话一出口，我就立即明白了他的那个令人难堪的误解，因为他并没有朝我转过头来，而只是以一种讥讽的言辞加以拒绝：'不用，我不要房间，我什么都不需要了。请你别费劲，从我身上是什么都捞不着的。你找错人了，我已身无分文。'

"这句话又是那么可怕地说的，心灰意冷的神态真令人胆战心惊。一个全身水淋淋的、心力衰竭的人在这儿站着，垂头丧气地靠在墙上，这情景使我如此震撼，以致根本无暇顾及自己所受的那点儿愚蠢的侮辱。我这时感觉到的，同我见到他蹒跚地走出大厅时第一眼的感觉，以及在这难以想象的一小时里不断得到的感觉是一样的：这里的这个人，这个年轻的、活着的、在呼吸的人正处于死亡的边缘，我一定得救他。于是我便走近他。

"'钱您不用担心，来吧！您不能待在这儿，我来给您找个地方安顿下来。您什么都不用顾虑，现在您就来吧！'

"他转过头来。我们四周雨声噼噼啪啪一阵紧似一阵，檐水哗哗地朝我们的脚倾泻下来，这时我感觉到，在黑暗中他第一次竭力想看一看我的面貌。他的身体似乎也在从昏睡中慢慢地苏醒过来。

"'好吧，随你的便，'他让步了。'对我来说反正都一样……毕竟嘛，干吗不去？我们走吧。'我撑开伞，他走到我身边，挽着我的手臂。这突如其来的亲昵姿态使我感到很别扭，令我惊慌失措，吓得我直发凉，一直凉到心底。但是，我没有勇气拒绝他；因为，要是我现在把他推开，他就会坠入无底深渊，直到现在我所做的一切努力和尝试，就全都白费了。我们往回朝赌馆走了几步。现在我才想起，我还不知道拿他怎么办呢。我很快地思忖，最好是把他领到一家旅馆去，到那儿以后把钱塞在他手里，好让他在那儿过夜，明天乘车回家，其他的事情我没有去想。现在正好有几辆马车从赌馆门前匆匆驶过，我叫了一辆，我们上了车。马车夫问我到哪儿去，一开始我竟答不出来。不过我突然想起，我身边这位全身湿透、水淋淋的人，好饭店是没有一家肯接待他的——另一方面我真是个未谙世事的女人，压根儿未往不正经的事上去想，于是我大声对车夫说：'随便找家普通旅馆！'

"马车夫淋着雨，但镇定自若，他把马匹赶得飞快，我身边的这个陌生人一句话都不说，车轮轧轧，雨势急猛，打在车厢的玻璃上噼啪作响：坐在黑暗的、没有灯光的、棺材般的四角形车厢里，我的心绪很不好，仿佛我是带了具尸体似的。我极力思索，想找出一句话，好把因默不作声地坐在一起而引起的离奇而恐怖的气氛冲淡一些，但是我什么话也没有想出来。几分钟以后马车停住了，我先下车，付了车费，这当间那人也恍惚朦胧地下了车，嘭的一声关上了车门。我们现在站在一家陌生的小旅馆门前，我们头上是一个玻璃遮阳，下面的空间由拱形檐盖挡住了雨。这时四周都是单调的雨声，雨水不停地洒向难以捉摸的黑夜。

"那个陌生人受不住自己身躯的重量，所以便不由自主地靠在了墙上，水从他湿透的帽子和皱皱巴巴的衣服上滴滴答答地流下来，他站在那儿，像刚被人从河里救起来的溺水者，神智还是迷迷糊糊的，墙上他靠的那小块地方淋下来的水形成了一条小溪。可是他却不拿出一星点儿力气来，把身上抖一抖，把帽子甩一甩，而是让水滴不断从额头和脸上流下来。他站在那儿，对一切全然漠不关心，我无法告诉您，他那副颓丧的神情使我多么震惊。

"不过，这时我得有点什么表示了。我把手伸进口袋：'给您一百法郎，'我说，'拿去要个房间，明天乘车回尼查。'

"他抬起头来吃惊地望着我。

"'我在赌厅里注意到了您，'我见他迟疑不决，便催促他。'我知道，您把钱输光了，我担心您会因一念之差而做出蠢事来。接受人家的帮助并不丢脸……嗯，拿着吧！'

"然而，他却推开了我的手，我还真没料到他还有这样的劲。'你是个好人，'他说，'但是，别浪费你的钱了。我这个人已是无可救药了。这一夜睡不睡，都无所谓。明天反正一切都完了。我已经无可救药了。'

"'不，您一定得拿着，'我逼着他说，'明天您的想法会不同的。现在您先上去，睡上一觉再说。白天万物会有另一种面貌的。'

"我再次将钱硬塞给他，可是他却几乎很猛地推开了我的手。'算了吧，'他再次低沉地重复道，'这是毫无意义的。我还是在外面了结好，免得在这里把人家的房间弄得血迹斑斑。一百法郎救不了我，就是一千法郎也不顶用。只要身上还有几个法郎，明天我又会进赌场的，不把它全部输光，是不会罢手的。何必再重新来一次呢，我已经够了。'

"您一定估量不出，这低沉的声音是怎样深深地震撼着我的灵魂；可是，请您设想一下：离您两寸的地方，站着一个年轻、聪明、有生命、有呼吸的人，您知道，如果不用一切力量让他振作起来，那么两小时之内这个有思想、能说话、会呼吸的青春生命就将变成一具死尸。而要战胜他那毫无意义的抗拒，对我来说不啻发一次大火，激起一阵愤怒。我抓住他的胳膊，说：'别说蠢话！您现在一定得上去。要一个房间，明天早晨我来把您送上火车。您必须离开这里，明天必须回家，我不看见您手持车票坐上火车决不罢休。年纪轻轻的，决不能因为输了几百或几千法郎就自己轻生。那是懦弱，是气愤和懊丧之下的歇斯底里大发作。明天您就会觉得我的话是对的！'

"'明天！'他加重了语气重复地说，声调显得阴郁而带点嘲讽。'明天！要是你知道明天我在哪儿就好了！要是我自己能知道，那也不错，本来我对此就有点儿好奇呢。不，你回家去吧，我的孩子，别费劲了，不要浪费你的钱了。'

"但是，我不肯让步。我心里像发了疯，发了狂似的。我使劲抓住他的手，把钞票硬塞在他手里。'您拿着钱马上上去！'同时我十分果断地走去拉响了门铃。'得，我已经拉了铃，门房马上就来了，您上去吧，倒在床上就睡。明天早上九点我在门口等您，马上就带您去火车站。其余的一切您都不用担心，我会做出必要的安排，让您能回到家里。可是现在，快上床吧，好好睡一觉，别再胡思乱想了！'

"就在这一瞬间，门上的锁从里面喀嗒一响，门房打开了大门。

"'进来！'他突然说道，声音又硬又坚决，并带着恼怒。我感到，我的手腕被他牢牢攥住了。我大吃一惊……吓得魂飞魄散，全身酥瘫，如遭电击，失去了知觉……我想抵抗，想把手挣脱出来……但是，我的意志好似麻木了……我……您是会理解的……我……我羞愧难当，门房在那儿等着，已经显得不耐烦了。我却在门房面前跟一个陌生人扯个不停。于是……于是，我一下子到旅馆里去了；我想说话，想把情况说清楚，可是我的喉咙塞住了……他的手沉重而蛮横地按着我的胳膊……我模模糊糊地感觉到，我不自觉地被拉着上了楼梯……门锁喀嚓一声……突然之间我在一家旅馆里——旅馆的名字到今天我还不知道——在一个陌生房间里同一个陌生人单独待在了一起。"

讲到这儿 C 夫人又停住了，并且突然站了起来。她的声音似乎不听使唤了。她走到窗口，默默地往外望了几分钟，只是把额头贴在冰凉的玻璃上：我没有勇气仔细朝她看，因为去观察一位情绪激动的老太太，我觉得很尴尬。因此我就静静地坐着，不提问，不出声，只是等待着，直到她以克制的步子重新走回来，在我对面坐下。

"好了——最难的部分现在已经讲了。我希望您相信我，现在我要再次向您保证，我可以用一切在我来说是神圣的东西——我的名誉和我的孩子来起誓，直到那一秒钟我脑子里并没想同这个陌生人发生一种……一种关系，我确实没有任何清醒的意志，完全没有一点知觉，好似一脚踩上活动暗门，从平坦的生活道路上突然摔进这个境地。我曾发过誓，对您和对我自己都要说真话，所以我要向您再重复一次，我陷入这次悲剧性的难以启齿的经历，仅仅是由于我救人之心过于急切，不是因为其他的个人感情，因此完全不带个人的愿望，也未曾有过一点预感。

"在那个房间里，在那天夜里所发生的事，请容我略去不讲吧；那天夜里的每一分钟我自己从未忘怀，而且永远也不愿忘记。因为那天夜里我在同一个人搏斗，目的是为了挽救他的生命，我要再说一遍：那是一场关系到生与死的斗争。我的每根神经都千真万确地感觉到，这个陌生人，这个一半已经沉沦的人，拿出一个垂死者的全部眷恋和激情紧紧抓住最后一线生的希望。他像一个意识到自己已经身悬深渊的人，将我牢牢抓住。我振作起全部力量，拿出自己所有的一切去挽救他。这样的时刻一个人·生中或许只能经历一次，而能经历这一次的，千百万人中又只有一个人——要是没有这次可怕的意外遭遇，我自己恐怕永远也不会想到一个心如死灰、穷途末路之人竟会如此热切，如此忘我，以一种无法遏制的贪婪再次畅饮生命的红色甘醇，我远离生活中的邪魔力量已经二十年之久了，要是没有那次可怕的意外遭遇，我恐怕永远也不会理解大自然有时竟会在瞬息之间如此绝妙，如此神奇地将冷和热、生和死、心醉神迷和悲观绝望聚集和压缩在一起。这一次就是这样充满斗争和对话，充满激情、愤怒和憎恨，充满恳求和陶醉的泪水，我觉得这一夜像是过了一千年，我们两人紧紧缠绕在一起，心醉神迷地一起堕入深渊，一个兴奋得死去活来，另一个极乐之中没有了感知，两人从这场致命的狂风暴雨中解脱出来以后都变了，完全变了，思想、感情都不一样了。

"不过，这些我不愿讲了。我不能够、也不愿意来描述这一切。只有早晨我醒来时极其可怕的第一分钟我必须简略地向你提一提。我从未有过的疲惫不堪的沉睡中，从深沉的黑夜中醒来，过了很久我才睁眼。睁眼看到的第一件东西，就是我顶上的一片陌生的屋顶，眼睛继续一点一点地看下去，又发现一个完全陌生、从未见过、令人生厌的房间，我压根儿不知道，自己是怎么进到这个房间里来的。起初我竭力说服自己，说这还是一个梦，一个相当清醒而透明的梦，我是从朦胧的沉睡中进入梦境的——然而灿烂的、确确实实的阳光已经刺眼地照到了窗前，这是早晨的阳光，楼下不断传来辘辘的马车声、丁当的电车声和嘈杂的人声——现在我明白了，我不是在做梦，而是醒了。我不由自主地坐了起来，想好好思索一下，就在这时……我目光往旁边一转……就看见——我永远无法对您描述出我的惊骇——这张宽床上有个陌生人睡在我身边……是陌生的，陌生的，陌生的，是个半裸的、不相识的人……

"不，我知道，这种惊骇是无法描述的：我一下吓得魂不附体，浑身无力地倒了下去。但是这不是真正的晕厥，没有不省人事，正相反：在闪电般的瞬息之间我一切都明白了，既清清楚楚，又无法解释。我突然发现自己同一个完全陌生的人睡在一个极有可能是下流场所的一张陌生的床上，心里的厌恶和羞愧真是难以言说，当时我只有一个愿望：去死。我还清楚地记得，当时我的心跳停止了，我屏住呼吸，仿佛这样就可以扼杀自己的生命，尤其是自己的意识，那清晰的、清晰得令人胆怯的意识，那一切都知道，但又什么都不懂的意识。

"我永远不会知道，我这样四肢冰凉地躺了多久：死人大概也是这样僵直地躺在棺材里的。我只知道，我双眼紧闭，默默向上帝，向天上的神灵祈祷，但愿这一切都不是真的，全不是真的。但是我敏锐的知觉现在再也不容欺骗，我听见隔壁房间里有人说话，听见有人用水时的哗哗声，外面走廊里有走动的脚步声，每一种声音都无情地证明了一个残酷的事实：我的知觉是清醒的。

"这可怕的状态究竟持续了多久，我说不清楚：那时候每一秒钟都与从容不迫的生活时间不同，那一秒秒钟都另有自己的计时标准。这时另一种恐惧，那突如其来的、令人魂飞魄散的恐惧袭上我的心头：这个陌生人，这个我不知道名字的陌生人现在大概要醒了，大概要跟我说话。我立刻明白我只有一条路可走：在他醒来之前穿好衣服逃走。永远不再让他看见我，永远不再跟他说话。及时拯救自己，走，走，走，回到自己的生活中去，回到我的旅馆去，马上乘下一班火车离开这个可耻的地方，离开这个国家，永远不再碰上他，永远不再看见他，没有证人，没有起诉人，也没有知情人。这个想法使我慢慢从晕厥中清醒过来：我极其小心翼翼地、用小偷常用的蹑手蹑脚的动作，一寸一寸地挪动身体（只是为了不弄出响声来），下得床来，摸到我的衣服。我小心翼翼地穿上衣服，因为怕他醒来，我每秒钟都在发抖。现在我已经穿好衣服，这件事算成了。只是我的帽子在另一边的床脚下，现在我踮着足尖轻轻走去拾起帽子——可是在这一秒钟里我却无法把持自己：我一定还要朝这个陌生人的脸瞥上一眼，朝这个像陨石似的坠入我的生活中来的陌生人看上一眼。我只要看上一眼就行了，但是……很奇怪，因为这个躺在那儿酣睡的陌生的年轻人——对我来说确实是陌生的：我第一眼所见的竟不是昨天那张脸了。这个情绪激动到极点的人，由于受激情的折磨，脸上呈现的那种恍惚迷离、痉挛抽搐和紧张不安的表情现在好似全都抹掉了——这儿的这个人他的容貌则完全不一样，他的脸显得天真和孩子气，焕发着纯洁和快乐。这两片嘴唇，昨天是用牙齿紧紧咬住的，这时在梦里温柔地微微张启，而且挂着一缕微笑；一丝皱纹也没有的额上柔软地垂下松散的金发，安详的呼吸似轻波细纹从胸部散扩到全身。

"您也许会记得，我先前对您说过，我还从来没有如此强烈、如此毫无顾忌地像盯着观察赌台上的那个陌生人那样观察过一个人所表现出来的贪婪和激情。我要告诉您，我从来没有，就是在孩子身上——襁褓中的婴儿有时身上有一种天使般快乐的光泽——也没有见到过他在真正幸福的酣睡中所呈现的这种焕发着纯洁光辉的表情。这张脸宛如精妙绝伦的雕像，将他所有的情感表现得淋漓尽致：摆脱了内心重压的那种幸福快乐的舒坦感，一种解脱感，一种得救感。看到这副令人惊异的神态，我的全部惊吓和恐惧就像一件沉重的黑大衣，从我身上掉了下来——我不再感到羞愧，不，非但不再感到羞愧，反而几乎感到喜上心头了。原来那种恐怖的、不可捉摸的东西，对我来说突然之间有了意义，一想到这个柔嫩、漂亮的年轻人，这个像鲜花一样快乐而沉静地躺在这里的年轻人，要是没有我的奉献，他将摔得粉身碎骨，血迹斑斑，鼻青脸肿，眼珠暴突，面目全非，气断命绝，躺在悬崖脚下：我救了他，他得救了，一想到这些我就心里乐滋滋的，感到骄傲。现在我带着母爱的目光——我无法用别的说法——朝这个躺着的人望去，我再次把他生了出来，给他以生命——我生他的时候比生自己的孩子痛苦要大得多。在这间陈旧的、污秽不堪的屋子里，在这家令人恶心的、油腻腻的临时旅馆里，我有一种宛如在教堂里的感觉——您听了这话会觉得很可笑的——一种奇异和神圣之感。现在在我心里生出了姐弟之情，我一生中最最可怕的一秒钟，变成了令人惊异、令人倾倒的第二个一秒钟。

"我动作的声音太大了？我情不自禁地说了什么话？我不知道。然而突然之间那个酣睡的人睁开了眼睛。我吓得连忙后退。他诧异地环顾四周——同我自己先前一模一样，仿佛他是从无底深渊和杂乱的迷惘中费尽力气爬上来的。他的目光吃力地扫视这间陌生的、未曾见过的屋子，随后惊讶地落在我身上。但是没等他说话，没等他完全回忆起来，我就镇定自若了。不能让他说话，不能让他提问，不能让他有亲昵的表示，昨天和昨天夜里的事不该重演，不作解释，也不去谈。

"'我现在得走了，'我立即向他表示，'您留在这儿，穿上衣服。十二点钟我在赌馆门口等您：在那儿我会把其余一切事情都安排好的。'

"没等他回答，我就逃了出去，不愿再看到那间屋子，我头也没回，就奔出旅馆。旅馆的名字我不知道，正如不知道那个我同他在这里过了一夜的陌生男人的名字一样。"

C夫人停下来歇了口气。但是所有的紧张和痛苦都从她声音里消失了：就像一辆马车，费尽力气艰难地爬上山顶，然后就从山顶轻轻松松地飞速驰向山腰，现在她就是这样以轻松的语调继续说下去：

"就这样，我急忙跑回自己住的旅馆。街上晨光明亮，夜里的暴风雨已将沉闷阴郁的天空荡涤得一干二净，就好似令我受尽煎熬的感情现在已从我心里冲刷干净。您一定记得我先前对您说过的话：自从丈夫故世以后，我对自己的生活已经完全不抱奢望，孩子们不需要我，我自己也觉得活着没有意思，活着不能达到某个目的，生活本身就是一个谬误。真是意想不到，现在居然第一次有个任务落在了我身上：我救了一个人，竭尽全力把他从毁灭的边缘拉了回来。现在还有一件小事要做，这件事得把它做完。所以我就跑回我的旅馆：门房见我现在早晨九点钟才回来，所以用惊讶的目光打量着我——对于已经发生的这件事，我思想上已经不再感到羞愧和恼怒的重压了，生的愿望突然重新复苏，出乎意外地获得一种必须活下去的新的感受。这些新的感觉融进了我的血液里，温暖地流遍全身。我在房间里匆匆换了衣服，下意识地脱下身上的丧服（这事我后来才注意到），换上一件色彩明快的衣服，到银行去取了钱，风风火火地赶到车站，问明了列车行车时间；此外我还办了几件别的事，赴了几处约会，我行动之果断连我自己都感到吃惊。现在没有别的事要办了，只等将命运扔给我的那个人送上火车，把他最终挽救过来。

"当然，要直接面对他，这需要力量。因为昨天的一切都是在黑暗中，在感情的漩涡里发生的，就像被山洪冲下来的两块石头，突然撞击在一起；我们彼此几乎没有面对面地认识过，那个陌生人是否还会认得我，对此我一点没有把握。昨天——那是事出偶然，是心醉神迷，是两个糊涂人的走火入魔，但是今天我非得比昨天更为公开地在他面前暴露自己了，因为我现在不得不在无情的光天化日之下以我本人，以我的本来面目作为一个活生生的人走到他面前去了。

"不过，一切都比我想的要容易得多。在约定的时间，我还没有到赌馆门口，一位年轻人就从长椅上一跃而起，急忙朝我走来。他那惊异的神情，他那每一个胜过语言的动作完全出自本能，显得多么稚气，多么率真和喜悦：他简直是飞奔过来的，眼睛里流露出既感激又崇敬的快乐之光，但是他的眼睛一觉察到我的眼睛在他面前不知所措的样子，便立即谦恭地垂了下来。这种感激之情在一般人身上很难感觉得到，而且心怀最最感激之情的人往往无法表达出来，他们总是尴尬地沉默不语，羞愧不已，为了掩饰他们的感情，往往欲言又止。上帝好似一位神秘的雕塑家，将这个人的感情姿态表现得极为性感、优美、生动，在他身上感激之情的流露十分炽烈，他的体内像是有一股激情在迸发出来。他朝我的手弯下腰，谦恭地垂下轮廓清瘦的孩子式的脑袋，十分尊敬地吻了一分钟，但是嘴唇仅仅触到我的手指，接着便退后一步，问我身体怎么样，亲切地望着我，他的每一句话都很有礼貌，又极为得体，因此几分钟之后我心里最后的一点惶恐不安也消失得无影无踪了。四周的景物全都着了魔，好似镜子一样映照出我开朗的心情：昨天还是怒涛汹涌的大海，现在明澈而平静，细浪之下每粒沙石都在朝我们闪烁着白灿灿的光辉；那家赌馆，那恶魔聚集之所，在清扫得干干净净的、锦缎似的天空下色彩明朗；那个亭子，昨天下着瓢泼大雨的时候我们曾在其屋檐下躲避，现在已经开启，是一家花店，那里摆放着一束束、一簇簇鲜花，白的，红的，绿的，色彩缤纷，斑斓杂陈，卖花的是位年轻姑娘，她身上的衬衣色彩极为鲜艳。

　　"我请他到一家小餐馆去吃午饭；在那里这位陌生的年轻人对我讲了他悲剧性的冒险史。他的冒险史完全证实了我在绿色赌台上看到他那双神经质地瑟瑟发抖的手时所作的第一个揣测。他出生于奥地利波兰贵族家庭，这确定他将来要在外交界求个锦绣前程，一直在维也纳上学，一个月前他以优异的成绩通过了初考。学习期间他住在叔叔家。他叔叔是总参谋部的高级军官，为了庆祝考试成功，并作为对他的奖励，叔叔叫了一辆马车，把他带到普拉特①，两人一起来到赛马场。叔叔赌运亨通，接连赢了三次。随后他们拿着厚厚一叠白赚的钞票，到一家豪华饭店去大吃了一顿。第二天，这位未来的外交官就收到为奖励他这次考试胜利而寄来的一笔钱，数额相当于他一个月的生活费；要是在两天前，对他来说这笔钱还是个相当可观的数目，可是现在，在那次轻而易举就赢了这么多钱之后，这点钱他就看不起了，觉得它微不足道。这样，吃过饭他又坐马车去赛马场，兴头十足地放手大赌一场。他居然福星高照——或者更应该说是厄运临头——到赛完最后一场马离开普拉特公园时，他的钱数已经增加了三倍。从此以后他赌兴大发，时而赛马场，时而咖啡馆，或者俱乐部，耗费了自己的时间，荒废了学业，损坏了神经，尤其是耗掉了金钱。他再也不能思考，夜里也不能安眠，他甚至无法控制自己；有天夜里，他在俱乐部里输光了钱回到家里脱衣服时发现背心口袋里还有一张忘记的、已经揉成一团的钞票，他忍不住，便又穿上衣服，到外面东转西晃，最后在一家咖啡馆里找到几个玩多米诺骨牌的人，便坐下来同他们一直赌到天明。他的一位已经出嫁的姐姐接济过他一回，替他偿还了高利贷借款；高利贷者见他是名门贵族的继承人，所以都乐意把钱贷给他。有一阵子他曾赌运亨通，可是后来手气又不好，连连输钱，预势怎么也阻挡不住，而且输得越多，就越是渴望大赢一次，好支付尚未偿还的债务和以名誉担保一定按时还清的借款。他早就把钟和衣服当掉了，最后竟发生了这么

　　─────────────
　　① 普拉特是维也纳著名的公园，内有规模巨大的游乐场。

件令人惊骇之事：他偷了老婶婶的两枚花骨朵状的钻石大耳环。这两枚耳环他婶婶很少戴，是一直放在柜子里的。其中的一枚他以高价当了出去，当天晚上拿这笔钱去赌就赢了四倍。但是他没有去赎回耳环，而是将所有的钱拿去孤注一掷，结果输得一干二净。直到他离开维也纳的时候，他的偷窃行为尚未被发现，于是他又把第二枚耳环当掉，这时突然心血来潮，便坐上一列火车来到蒙特卡洛，想在轮盘赌上发一笔他梦寐以求的大财。在这里他卖掉了皮箱、衣服、雨伞，现在他身边只有一支装了四发子弹的手枪和一个镶嵌着宝石的小十字架，这是他的教母 X 侯爵夫人送他的，他一直舍不得出手，除此之外，他已别无他物。但是，就连这个十字架他也在下午以五十法郎卖掉了，只是为了晚上最后一次去寻求那令人震颤的欢乐，再去作一次生死搏斗。

"他把这一切讲给我听的时候，神态优美，极具魅力，他的气质活泼生动，灵气十足。我听着，心里感到震撼，着迷，激动；然而我并没有因为与我同桌的人本是小偷而愤怒，不，这个想法我片刻都没有出现过。作为女人，我的一生从未有过些微污点，在社交场合总是要求保持最严格的传统尊严，倘若昨天有人即使只是对我暗示，说我将会跟一个完全陌生的年轻人，一个比我儿子大不了多少而且偷过珠宝耳环的人亲密地坐在一起，那我定会把他看做疯子的。可是听着他的叙述，我一点没有惊骇之感，这一切他说得那么自然，而且带着那么一种激情，使人觉得他讲的是一个高烧病人的行为，而不是什么令人气愤之事。再有：谁像我一样昨天夜里亲身经历了那种激流飞泻似的出人意料的事，那么'不可能'这个词就突然失去了它的意义。在那十个小时里，我对现实的了解比先前以市民方式度过的四十年要多得不知多少。

"可是，在他对自己做的那些事进行坦白的时候，却有另一种东西令我惊慌不安，那就是他眼睛里火一般的光亮，他一谈到自己对赌钱的热衷，他眼里便熠熠生辉，脸上的所有神经像通了电一样颤动不已。他在讲这些事的时候，自己还异常激动，他表情丰富的脸上极其清晰地再现了当时欢喜或痛苦的种种紧张神态。他的两只手，那两只奇妙的、细长而灵活的、神经质的手同在赌台上一样，又不由自主地开始变得像或追逐或逃遁的猛兽：我看见他说着说着，两只手就突然从指关节往上剧烈地颤抖，拼命拳起来，紧攥拳头，接着手指又突然重新弹开，随后又互相交叉，紧紧抱成一个拳头。他在坦白出偷耳环这件事的时候，两只手闪电般地向前伸去（我不禁吓了一跳），飞快地做了一个偷东西的动作：手指十分利索地朝耳饰张开，将东西匆匆一把攥在拳头窝里，这一切我都看得真真切切。我感到一种无名的震惊，看出这个人身上的每一滴血都中了他自己激情的毒。

"一个年轻、爽朗、生来就是无忧无虑的人竟会可悲地屈从于一股迷糊滑稽的热情，他的叙述中令我如此震撼和吃惊的仅仅就是这一点。因此，我认为自己首要的职责就是友好地规劝我这位不期而遇的被保护人，劝他必须立刻离开蒙特卡洛，离开这个具有最危险的诱惑的地方，趁现在丢失耳环之事尚未被发现，自己的前程尚未永远断送之时，今天就回家去。我答应给他回家的路费和赎回耳饰的钱，当然有一个条件，只有一个条件，他今天就要走，并且要以他的名誉向我起誓，永远不再碰纸牌，也不进行其他赌博活动。

"我永远不会忘记，这位落魄的陌生人听着我说，起初情绪何等沮丧，随后心情逐渐开朗，满怀着热烈的感激之情，当我答应帮助他的时候，他像是要把我的话吞进肚里似的；突然，他的两只手从桌面上伸了过来，抓住我的双手，姿势像是在礼拜和神圣地许愿，令我难以忘怀。他明亮的、通常有些许迷惘的眼睛里含着泪水，快乐和兴奋使他全身激动得直打哆嗦。我常常试图向您描画他独一无二的表现姿态的能力，但是我无法将这种姿态描述出来，因为它表现的是一种极度兴奋的、超越尘世的幸福境界，我们几乎不可能在一般人的脸上见到，只有当我们从梦中醒来，以为在自己面前见到了已经消失的天使的面庞，这时，唯有天使的那片白影才可与他的姿态相比。

"何必隐瞒呢：我经受不住他的目光，他的感激令我高兴，因为这样的感激我们很难见到，温柔的感情让人感到愉悦和舒适，对我这个沉稳、冷静的人来说，那种洋溢的感情确实是一种惬意的、简直是令人喜悦的新感受。再有：自然景物经过昨夜那场大雨，也随着这个身心憔悴的人一起神奇般地苏醒了。我们从餐馆出来时，平静安谧的大海璀璨地闪闪发光，蔚蓝的海水连接天际，在高空的蓝天上只有海鸥在展翅翱翔，点点白影映衬在天际的蔚蓝之中。里维埃拉的风光您是熟悉的。那里的景色永远是美丽的，但却显得平淡，像风景画片一样，映入我们眼帘的是永远浓重的色彩，是一个慵倦的睡美人，她镇定自如地任人浏览欣赏，永远是一副东方式的百依百顺的样子。但有时候——那是极少的——这里也有那么几天，这时美人站起来了，露出了尊容，她色彩鲜艳，熠熠闪光；这几天她使劲向人高声呼唤，并怀着胜利的心情把五彩缤纷的鲜花抛向人们；这几天她热情炽烈，欲火如焚。在经历了那个风雨交加的黑夜和惊涛骇浪的混沌之后，那天也正是这么一个令人振奋的日子，街道被冲洗得干干净净，天空湛蓝高远，树木经雨苍翠欲滴，丛丛灌木到处鲜花怒放，宛如万绿丛中点燃的簇簇火把。空气清凉，阳光灿烂，群山显得清新明亮，好似突然向前走来了，纷纷好奇地挨近这座闪光发亮的小城。放眼四望，突出地感到大自然的挑战和激励，觉得自己的心也不由自主地被大自然夺去了。于是我就说：'我们雇辆马车，到海边去兜兜风吧。'

"他兴奋地点点头：这个年轻人好像到这儿以后还是第一次观赏自然风光。在此之前，他只知道那潮湿而带霉味的赌厅，那儿散发着一股恶浊的汗酸气，拥挤着丑恶而扭曲的人群；他知道的再就是乖戾、灰暗、喧嚣的大海。现在，洒满阳光的海滩像一把打开的巨扇展现在我们面前，遥望远处，顿觉赏心悦目。我们坐在缓缓行驶的马车上（那时还没有汽车），欣赏沿途绮丽的风光，经过许多别墅，碰到不少人的目光：每次驶过一幢房子，经过一座掩映在意大利五针松的绿荫下的别墅，我会千百次地在心里浮现一个秘密的愿望：但愿能生活在这儿，宁静、平和、远离尘嚣！

"我一生中曾经有过比那个时候更幸福的时刻吗？我不知道。在马车里，这个年轻人坐在我身边，昨天他还处在死亡和厄运的魔爪里，奇怪的是，现在倾泻下来的金色阳光洒满了他的全身：似乎好些年岁月从他身上消失了。他好像完全成了一个孩子，成了一个漂亮的、在戏耍的孩子，有一双纵情的、同时又是心怀敬畏的眼睛。他身上最使我着迷的要数他那灵活敏感、善解人意的柔情了：车子爬的坡太陡，马很吃力，他便敏捷地跳下去，在一侧帮着推车。我提到一种花，或指了指路边的某种花，他就急忙跑去摘了来。见到一只被昨夜的雨引诱出来的小蟾蜍在路上艰辛地爬着，他就去将它捧起来，小心地送到青草丛中，以免他身后驶来的马车将它辗碎。这期间他还兴致勃勃地讲了一些令人捧腹大笑、而又很雅致的奇闻逸事：我相信，这笑声是对他的一种拯救，因为他突然感情充溢，欣喜若狂，如痴如醉，要不大笑一阵，他必定会唱歌、蹦跳或干出什么傻事来的。

"后来，我们的马车爬上一个高坡，缓缓驶过一个很小的村子。经过村子的时候，他突然很有礼貌地摘下帽子。我感到有点惊讶：这位外国人当中的外国人，在这里他在向谁致敬呢？得知我的疑问，他的脸微微有点红，几乎像道歉似的向我解释说，我们刚才经过一座教堂，同所有教规严格的天主教国家一样，在波兰从小就培养他们，见到任何教堂和圣殿都要行脱帽礼。

对宗教的这种美好的崇敬态度令我深为感动，同时我也想起了他说到过的那个小十字架，所以就问他是否信教。他略现羞赧的样子谦逊地说，他信教，并希望得到上帝的宽宥。听了他的话，我突然心生一念：'停车！'我朝马车夫喊道，并且急忙下了车。他跟着我，感到很诧异：'我们到哪儿去？'我只是回答：'您一起来。'

"他陪我走回教堂。这是一个砖砌的乡村小圣堂。内墙四壁刷着石灰，颜色发灰，墙上是空的，圣堂的大门开着，一束黄色的光锥射进昏暗的圣堂，四周的暗影凸现出蓝色的祭台。圣堂里香烟缭绕，祭台上点着两支蜡烛，朦胧中烛光闪动，犹如两只蒙着面纱的眼睛。我们走进圣堂，他脱下帽子，把手伸进涤罪缸的水里去浸了浸，拿出来划了个十字，随后便屈膝跪下。他一站起身，我就将他抓住。'您过去，'我催促他说，'到祭坛前或者到您所敬仰的神像前去，在那里起个誓，誓言我马上就说给您听。'他诧异地、几乎是吃惊地望着我。但他很快就明白了我的意思，就走到一座神龛前，划了十字，顺从地跪了下去。'您跟着我说，'我说，自己都激动得颤抖了，'您跟着我说：我起誓'——'我起誓，'他重复着说，我继续说下去：'我永远不再参加任何形式的赌博，永远不再把自己的生命和名誉断送在这种嗜好之下。'

"他颤抖着重复了这些话，清晰而响亮的声音回响在空空荡荡的圣堂里。接着便是片刻的寂静，静得连外面微风吹过、树叶发出的簌簌声都能听得见。突然，他像个忏悔者似的扑倒在地，以一种我从未听到过的狂热的声音说了一番我听不懂的波兰话，他的话说得极快，快得连前后的字句都混在一起了。这一定是狂热的祷告，是感激和悔恨的祷告，因为他忏悔时感情非常激昂，一再谦恭地低下头，低得都触到圣案了，他越来越狂热地重复着那外国话语，越来越激越地重复着同样的、以无法形容的热情说出来的话。在这以前和以后，我从未在世界上任何一座教堂里听见过这样的祷告。他的双手紧紧抓住木质的祷告桌，显得有点局促，他内心的风暴刮得他全身不住地晃动，使他时而抬起头来，时而又伏倒在地。他什么也看不见，也感觉不到：他好似在另一个世界，在炼狱里转化，或者在朝神圣的境域飞升。最后，他慢慢站立起来，划了十字，吃力地转过身来。他的两膝还在发抖，面容苍白，像虚脱一样。可是，他一见到我，两眼便炯炯有神，一丝纯真的、真正虔诚的微笑使他阴郁的脸庞也开朗了；他走过来，深深地鞠了一个俄国式的躬，抓着我的两只手，十分崇敬地用嘴唇贴了贴：'是上帝派您到我这里来的。为此，我已经谢过了上帝。'我不知说什么好。我真希望，这时圣堂里的矮椅子上空会突然响起管风琴奏出的音乐，因为我觉得，我一切都成功了：我已经永远挽救了这个人。

"我们从教堂出来，回到五月天灿烂的阳光下，我觉得世界从来都没有这般美丽过。我们的马车继续沿着丘陵起伏的路缓缓驶了两个小时，我们坐在车里俯览全景，尽情观赏绮丽的风光，每转一个弯都别有洞天，就是另一番景色。然而，我们不再交谈了。在付出了那么多感情之后，现在似乎想减少每一句话。每当我与他的目光偶然相遇时，我总不得不难为情地避开他的目光：看到我自己出现的奇迹，对我的心灵震撼太大。

"下午五点左右，我们回到了蒙特卡洛。我同亲戚有个约会，现在要取消已不可能了，我还得去赴约。本来，我心里很想歇一会儿，舒缓一下绷得太紧的感情，因为幸福来得太多了。我觉得，这种过分狂热的状态，这种心醉神迷的状态，类似的情况我一生中还从未经历过，我必须得歇一会儿。所以，我就请这位被我保护的人跟我到我的旅馆去一趟，只要一会儿就行；到了旅馆，我就在我的房间里把路费以及赎耳环的钱交给他。我们商定，我去赴约，他去买车票；晚上七点钟我们在车站大厅里会面，就是说在开车前半小时，随后火车将把他经由日内瓦送回家。当我把五张钞票递给他时，他的嘴唇突然奇怪地发白了：'不……不要钱……我请您别给我钱！'他的手指神经质地哆嗦着，慌慌张张地缩了回去，从牙缝里挤出这两句话来。'不要钱……不要钱……不能见到钱。'他又重复了一次，显出极其厌恶和恐惧的神情。见他这副羞愧的样子，我就安慰他说，这些钱就算是借的吧，要是他觉得拿了钱心里过意不去，他可以写张借条给我。'好的……好的……写张借条，'他把目光移开，嘴里喃喃自语，并将钞票折叠在一起，看都不看一眼就塞进了口袋，仿佛那是什么黏黏糊糊的东西，会弄脏他的手似的，随后就在一张纸上潦潦草草地写了几句话。他写好借条，抬起头来，额头上大汗淋漓，仿佛体内有什么东西在冲上来扼住他的脖子似的。他把那张借条往我手里一塞，全身一阵哆嗦，突然——吓得我不由自主地往后退了一步——他跪了下去，捧起我的裙子，连连吻着裙上的镶边，那样子真是难以描述。我受到强烈的震撼，全身不住地战栗起来。这时我心里升起一阵奇怪的惊恐，心乱如麻，只能结结巴巴地说：'您这么感激，我倒要谢谢您。不过，请您现在就走吧！晚上七点我们在车站大厅里再告别。'

"他望着我，感动得眼里噙着晶莹的泪水；有一瞬间我以为他要说些什么，有一瞬间他仿佛要靠近我。然而，随后他却突然再次深深地、深深地鞠了一躬，便离开了我的房间。"

C夫人又中断了叙述。她站起来，走到窗前，眼望窗外，纹丝不动地站了很久：从她剪影似的、轮廓清晰的背上我看到些微轻轻的战栗和晃动。突然，她果断地转过身来，一直静静的、没有什么表示的两只手突然做了个剧烈的切割动作，像是要把什么东西撕碎似的。接着，她坚定地、几乎是勇敢地望着我，突然又开始了她的叙述。

"我曾向您许诺，保证做到绝对坦率的。现在我看出，这个诺言是多么必要。因为只有现在，我逼着自己第一次按照事情的前后联系来描述那一时刻的全部经过，并且找出明晰的词句来表述当时那种错综复杂、紊乱不堪的感情，只有现在我才清楚地认识到许多我当时不知道、或者是也许当时我不想知道的事。因此，我要坚定、果断地向自己，也是向您吐露真情：当时，在那个年轻人离开房间、只剩下我只身一人的一秒钟里，我感到心上受到了猛烈的撞击，好似突然晕厥过去一般。有什么东西使我痛不欲生，可是我不知道，或者说我不想知道：受我保护的人他那毕恭毕敬的态度本来是感人至深的，何以对我的伤害会那么深，令我痛苦万分。

"可是现在，因为我逼着自己坚定地、有条有理地把过去的一切当做别人的事一样统统从我心里掏出来，也因为您这位见证人不容许我有丝毫隐瞒，不容许令人羞愧的感情有藏身之所，今天我这才明白，当时我所以会如此痛苦，其实是因为失望……使我感到失望的……是这位年轻人竟如此顺从地走了……并没有想抓住我，留在我身边……他竟恭顺而敬重地服从了我要他坐车回家的初愿，而没有……没有企图把我拉到他身边……我感到失望的是，他只是把我敬为出现在他生活道路上的圣女……而没有……没有感觉到我是个女人。

"这就是我当时的失望……是我不肯承认的失望，当时不承认，后来也不承认，然而，一个女人的感觉是无所不知的，不需要语言和意识。因为……现在我不再继续欺骗自己了——如果这个人当时把我搂着，当时要求我，我定会跟他走到海角天涯，定会玷污我和孩子的姓氏……我定会不顾人们的非议和自己内心的理智，跟他远走高飞，就像那位亨丽埃特夫人跟着一位她一天前还不认识的法国青年一起私奔一样……我一定不会问，到哪儿去，去多久，对于自己以前的生活我也不会回头去看一眼……为了这个人，我一定会把我的钱，我的姓氏，我的财产，我的名誉全都牺牲掉……我一定会去乞讨，或许世界上任何低下的地方他都会把我领了去。我定会将人们称之为羞耻和顾虑的一切统统抛弃，他只要说一句话，朝我走近一步，他只要试图抓着我，那么，在这一秒钟里我整个儿就是他的了。可是……我向您说过……此人举止异常，他望着我，不再用看女人的目光来看我了……我对他的热情燃得多么炽烈，多么渴望委身于他啊！可是，只是在我只身一人时，只是在那股被他开朗的、简直是天使般的脸掀得高高的激情在我心里退落下来，并在空虚寂寞的胸中不住起伏的时候，我才感觉到这一点。我费劲地振作起精神，那个约会成了我的负担，令我备觉反感。我觉得，我头上仿佛扣了一顶又重又紧的钢盔，压得我直摇晃：当我终于走到另一家旅馆我亲戚那儿时，我的思绪松散凌乱，就像我的脚步一样。在亲戚那里我沉闷地坐着，别人都在进行热烈的谈话，我却心里不断地在担惊受怕，我偶尔抬起眼睛，注视他们毫无表情的脸，比起那张像天上的云层忽亮忽暗变幻莫测、生动无比的脸来，我觉得这些人的脸就像戴了面具或冻僵了似的。我仿佛坐在死人当中，这次聚会竟是如此恐怖，毫无生气，我一边往咖啡杯里放糖，一边心不在焉地同别人应酬，而那张脸却像被我熊熊灼燃的热血涌了上来，时时浮现在我心头。观看这张脸就成了我最大的快乐；想想实在可怕，一两小时之后该是我最后一次见到他了。我不由得下意识地轻轻叹息，或许还发出了呻吟声，因为我丈夫的表姐突然弯下腰来问我，怎么样，是不是不太舒服，说我的脸色苍白，呼吸局促。她这一问倒使我立刻毫不费劲地找到了一个借口，我说，折磨我的实际上是偏头痛，所以请她允许我悄悄地先行离开。

"我这样一脱身，就刻不容缓地奔回我住的旅馆。一进屋子只有自己独自一人，空虚、寂寞的感觉就又袭上我的心头。我心里急不可待，渴望马上见到那位年轻人，今天我就将永远失去他了。我在房间里面踱来踱去，毫无必要地拉起百叶窗，换了衣服和腰带，照着镜子以审视的眼光打量一番，看看自己这身打扮是否会引起他的注意。忽然间，我明白了自己的心愿：只要把他留住，一切都在所不惜！这个心愿在残酷的一秒钟之内变成了决心。我跑到楼下去告诉门房说，我今天要乘夜班火车离开这儿。现在时间已经很紧了，我按铃把侍女叫来帮我收拾东西。我们俩人一个比一个着急，手忙脚乱地将衣服和小件生活用品装进几只箱子里，我心里则梦想着即将出现的惊喜：我送他上火车，等到最后一刻，到最后的瞬间，当他伸出手来同我握手告别的时候，我就出其不意地登上列车，走到这位惊诧万状的人跟前，同他共度今宵、明夜——只要他要我，就每夜都同他厮守在一起。我感到一阵狂喜，一阵陶醉，全身血液在翻腾、涌流，有时，我一边往箱子里扔衣服，一边哈哈大笑，有时突如其来的一声大笑，弄得侍女莫名其妙。这当间，我感觉到我的神志混乱了。挑夫来取箱子时，起初我直愣愣地瞪着他，完全不解其意：内心激动，犹如阵阵波浪翻滚，这个时候就很难客观地来思考了。

"时间紧迫，这时大概快七点了，离开车时间顶多二十分钟。——当然，我安慰自己说，我现在不再是去同他告别了，我已决定陪他出走，无论他的旅程多久多远，我都与他相守，形影不离。仆人先把几只箱子拿了出去，我匆匆到旅馆账房结了账。经理已经把钱找给了我，我正要走了，这时有只手温柔地拍了拍我的肩头。我吓了一跳。那是我表姐，因为我佯称身体不适，她放心不下，所以特来探望。我觉得眼前一阵发黑。现在这个时候我可不需要她，每一秒钟的延误都意味着厄运降临，意味着将痛失这次机会，可是我又必须顾及礼貌，至少得站着同她搭会儿话呀。'你得上床去躺着，'她催促着我，'你一定发烧了。'这话大概倒也不错，因为我两边太阳穴上脉搏跳得很急，像擂鼓似的，有时我还感到眼前蓝影直晃，快要晕倒。但是我支撑着，竭力做出一副感激的样子，其实每一句话都使我心急如焚，真想干脆一脚将她那不合时宜的关切踢到一边去。然而，这位不受欢迎的、担心我的人却待着不走，她待着，待着，并拿出科隆香水给我，而且非让我自己将这清凉的液体抹在太阳穴上决不罢休：这当间我却一分钟一分钟地数着，同时还想着他，并琢磨着能找个什么借口来摆脱这种折磨人的关切。我越是焦急不安，她对我就越是怀疑：后来，她几乎想强行把我弄到房间里去，让我躺下。她还在一个劲儿地劝我，这时我突然朝大厅中央的钟看了一眼：差两分七点半，而七点三十五分火车就开了。绝望中我对什么都不在乎了，粗暴地径直将我表姐的手狠狠一甩，动作之快，宛如子弹出膛：'再见，我得走了！'说罢，根本不去顾及表姐惊得发呆的目光，也不四下看看落下什么东西没有，便从那些诧异得目瞪口呆的旅馆侍役身边冲出大门，来到街上，径直朝车站奔去。挑夫在车站上守着行李等我，我老远就从他激动的手势上得知，时间一定万分紧迫了。我就盲目地拼命冲到横杆那儿，结果被检票员拦住了：我忘了买票。于是我便软硬兼施，几乎说动了检票员，破例让我到站台上去，可是就在这时，火车开动了：我浑身发抖，目不转睛地望着徐徐开动的列车，希望至少能从某个车厢的窗口见到他的一瞥，见到他的挥手，他的致意。但是火车加快了速度，我再也无法认出他的面容了。一节节车厢呼啸而过，一分钟以后，在我模糊的眼前留下的只有一片冉冉升腾的浓烟。

"我站在那儿准似泥塑木雕一般，上帝知道究竟站了多久，因为挑夫大概叫了我几次我都未答应，他这才大着胆子碰了碰我的胳膊。我猛地吓了一跳。他问，要不要把行李重新搬回旅馆。我考虑了一两分钟；不，这不可能，我走得那么仓促，那么可笑，我不能再回去，也不愿回去，永远不回去。这时我形单影只，心烦意乱，就叫他把行李搬到寄存处去。稍后，车站大厅里旅客熙来攘往，人声鼎沸，在阵阵喧嚣声中，我才设法进行思考，清晰地思考，想甩掉那些令人灰心丧气、痛苦不堪的纠葛，把自己从愤怒、悔恨和绝望中解救出来。因为——为什么不承认呢？——由于自己的过错，失去了与他最后会面的机会，这个想法像把烧红的尖刀无情地在我心里乱搅，那烧红的刀刃越来越无情地往我心灵深处捅，痛得我真想大声叫唤。只有完全没有遭遇过激情的人，在其一生中出现的唯一瞬间，他们的激情也许才会像雪崩似的、像狂飙骤起似的突然爆发出来：于是闲置多年未用的生命力就像碎石倾泻，一齐坠落在自己胸中。在这一秒钟里我已作了最最鲁莽的准备，将自己长期积聚起来、紧紧裹在一起的整个生命猛地一下抛将出去，却突然发现面前有一堵毫无意义的墙，我的激情一头撞了上去，只撞得晕晕乎乎，蒙头转向。像在这一秒钟里所碰到的那种意想不到、令人愤怒而又对它无能为力的事，我在此前从未经历过，以后也未曾经历过。

"我下一步所做的尽是些毫无意义的事，除此之外还能做些什么呢！我做的事很笨，简直愚蠢透顶，讲出来自己都感到羞愧。但是，我曾对自己、对您许下诺言，什么都不隐瞒。——那我就接着说吧。我……我要为自己找回他……就是说，我要为自己找回同他一起度过的每个瞬间……有股强大的力量把我拉向我们昨天一起到过的每个地方：花园里的那张我把他从上面拉走的椅子、我第一次看见他的那个赌厅、甚至那个下等旅馆。这样做的目的，仅仅是为了再一次、再一次重温往事。明天我还打算坐马车沿滨海再循旧路，在心里再次重温每一句话、每一个姿态和表情——这种做法多没有意思，多幼稚，我真是糊涂透顶了。可是，请您想一想，那些事来得快如闪电，一下都落在了我身上，一下就把我击晕了，岂容我作别的考虑。现在从心醉神迷的状态中猛地醒来，借助于我们称之为记忆的那种神奇的自我欺骗，我要将这些正在流逝的经历一一重新追忆，再来品味一次过把瘾——当然，这些事，有的别人理解，有的别人不理解，要完全理解，恐怕需要有一颗火热的心。

"这样，我便先到赌厅，去寻找他坐过的那张赌台，并在那里的许多双手里设想他的那双手。我走了进去。我还记得，我最先看见他的时候，他坐在第二间屋子左边的那张赌台上。他的每个动作姿态还清晰地浮现在我眼前：我就是闭上眼睛，伸出双手，梦游似的都可以把他的座位找到。于是我就走了进去，立即横穿屋子。这时……我在门口朝熙熙攘攘的人群一望……我眼前出现了一件奇怪的事……他正好坐在我梦见他的那个位置，他在那里坐着——这准是狂热引起的幻觉！……真是他……他……他……正是我刚才幻觉中见到的他……同昨天一模一样，两眼直愣愣地盯着转盘里的锥形球，脸色苍白，犹如幽灵……但是，那是他……是他……绝对不会错，那是他……

"这下吓得我非同小可，我差点儿叫喊起来。但是我控制住对这荒唐的幻象的惊吓，并且闭上眼睛。'你神经错乱了……你在做梦……你发烧了，'我对自己说。'这不可能，你眼里出现了幻影……半小时前他就从这里坐火车走了。'后来我重新睁开眼睛。啊，可怕极了：他坐在那里，同方才一模一样，有血有肉，绝对不会错……在千百万双手当中我也能认出他的手来……不，我不是在做梦，那人确确实实是他。他没有走，没有如他向我起誓所保证的那样，这神经错乱的人坐在那里，他有了钱，这钱是我给他回家的路费，他把它拿到这张绿色赌台上，又忘情地沉醉在他的癖好中，大赌起来，而我呢，却绝望地为他把心都掏了出来。

"我猛地一下冲上前去。我泪水模糊，眼里燃烧着愤怒的烈火，这背弃誓言之徒，竟这么无耻地欺骗我的信任、我的感情、我的委身，我真想掐住他的脖子。然而，我还是抑制住了自己。我故意慢慢（我费了多大力气啊）走到赌台的另一边，正好面对他，一位先生很有礼貌地给我腾出个位置。我们俩人中间隔着一张两米宽的绿色赌台，我可以像在楼座上看戏一样盯着他的脸。两小时前这张脸上还容光焕发，充满感激之情，闪烁着上帝宽宥的灵光，现在他的激情正在经受炼狱之火的煎熬，这张脸又抽搐得扭曲了。他的这双手，今天下午他在立下神圣誓言的时候还紧紧抓着教堂椅子的这双手，同是这双手，现在手指微曲，在钱堆里扒来扒去，犹如两个嗜血的蝙蝠。他赢了，他准赢了很多钱，很多很多钱：他面前随意拢了一堆筹码、金币和钞票，亮闪闪的，但横七竖八，零乱不堪，战栗着的、神经质的手指乐滋滋地伸进钱堆里随便把玩。我见他将纸币一张张抚得平平整整，叠在一起，那些金币他则转动着，抚摩着，后来他突然一下子抓起一大把，抛在一个方格当中。他的鼻翼又立即开始快速翕动，掌盘人的叫喊声使他将眼睛，那炯炯有神的贪婪的眼睛从钱堆上移开，注视着蹦跳的圆球，他的身体仿佛自动地要往前冲，而两只胳膊肘却好似用钉子钉在了绿色台面上。他那迷狂的样子表现得比昨天晚上还可怕，还恐怖，他的每个动作都在毁掉我心中那另一个凸现在金色背景上闪闪发光的形象，那是我由于轻信而将它珍藏在自己心里的。

"我们俩人相距两米，呼吸着；我目不转睛地盯着他，他却没有发现我。他没有朝我看，他任何人都不看；他的目光只盯着钱，随着往后倒滚的球不安地颤动着：他的全部感官都禁锢在这个疯狂的绿色圆盘中了，并随着滚动的圆球而来回奔跑。在这个赌徒眼里整个世界、整个人类都融化在这张蒙着绿呢的四角台面上了。我知道，即使我在这儿站上几个小时，他也不会感觉到我的存在的。

"可是，我无法继续忍受下去了。我突然横下一条心，绕过赌台走到他背后，用手紧紧抓住他的肩膀。他晕晕乎乎地抬起头来望着我——他瞪着呆滞的眼珠陌生地盯着我，看了一秒钟，像一个被人从沉睡中摇醒的醉汉，他灰暗的目光透着蒙眬的睡意，还刚开始从弥漫的烟雾中亮起来。后来，他似乎认出了我，抖抖索索地张着嘴，喜出望外地抬头望着我，结结巴巴地轻声说了一番知心话，令人丈二和尚摸不着头脑：'很好……我一进来，见他在这里，便立即知道运气来了……'我不懂他的话。我只看出，他已经赌得如痴如醉了，这个神经错乱的家伙已经把一切都忘了，把他的誓言，他约好的事情，把我、把世界统统都忘掉了。然而，即便是在这种如痴如癫的状态中，他那极度兴奋的神情仍然令我如此着迷，使我不由自主地信了他的话，并且吃惊地问，究竟谁在这里。

"'那儿，就是那个俄国独臂老将军，'为了不让别人偷听到这个神奇的秘密，他紧贴着我，悄声对我说。'那儿，蓄着连鬓白胡须的那个，背后有个侍从。他总是赢家，昨天我就注意他了，他准有一套诀窍，现在我一直望着他下注……昨天他也一直赢……只不过我犯了错误，他走了我还在继续赌……这是我的错……昨天他大概赢了两万法郎……今天他也是每盘都赢……现在我每回都跟着他下注……现在……'

"正说着，他突然停了下来，因为掌盘人响亮地喊了句'Faites votre jeu!'① 一听到叫喊声，他的目光便一路巡视过去，最后落在白胡子俄国人

---

① 法语："诸位请下注！"

的位置上，贪婪地巡视着。这位俄国将军从容不迫地坐在那儿，神气十足，他先是不慌不忙地拿出一枚金币，稍作犹豫，随即又摸出第二枚，一齐押在第四格上。我面前那双容易激动的手便立即伸进钱堆里，抓起一把金币，扔在同一个位置上。一分钟后，掌盘人发出一声'空门！'的喊声，接着将箝竿一拐，便把桌上的钱全都收了去。他的眼睛盯住被横扫而去的金钱，好似观看一件稀奇古怪的事一般。您一定以为这下他会朝我转过身来了吧。没有，他没有转过身来，他把我完全忘了，我已经沉没了，完了，从他生活中消失了，他绷得紧紧的全部感官都集中在俄国将军身上，而这位将军却满不在乎，手里又拿了两枚金币掂了掂，一时举棋不定，不知押在哪个数字上好。

"我无法向您描述我当时的愤怒和绝望。但是，请您想想我的心情；我把自己整个一生都抛给了这个人，到头来在他眼里我却连一只苍蝇都不如，对于苍蝇还得用手去随便驱赶一下呢。愤怒的狂涛再次涌上我的心头。我使劲一把抓住他的胳臂，令他大吃一惊。

"'您必须马上站起来！'我轻声对他说，但语气是命令式的。'想想您今天在教堂里立下的誓言，您这背弃誓言的人，真可悲！'

"他愣愣地望着我，神情慌张，脸色惨白。他的眼里突然现出惊恐和颓丧的表情，活像一条挨了打的狗露出的那副样子，他的嘴唇战栗着。他似乎一下想起了先前的一切，似乎对自己感到害怕了。

"'好……好……'他结结巴巴地说，'噢，我的上帝，我的上帝……好……我就来……请您原谅……'

"说着，他的手便开始把钱归拾起来，起先动作很快，而且显得精神振奋，态度坚决，可是随后就慢慢变得越来越迟钝，像是被一股反作用力给冲了回来。他的目光又重新落在那位正在下注的俄国将军身上。

"'再等会儿……'他迅速将五枚金币扔在俄国将军下了注的格子里。'……就再赌这一盘……我向您起誓，我马上就来……就再赌这一盘……就再……'

"他的声音又消失了。圆球已经开始滚动，并且也将他拽着一起滚动。这着了魔的人，他的心已经从我身边，也从他自己身边滑出去了，连同陀螺一起摔进光滑的凹格里，它里面小球还在不住地滚跳。掌盘人又在吆喝了，箝子又扒走了他的五枚金币；他输了。但是，他并没有转过身来。他把我忘了，把誓言以及一分钟前对我说的话统统都忘了。他的手又哆嗦着去抓那堆渐渐变少的钱，他迷醉的目光不安地颤动着，专门盯住他意愿中的那块磁石，对面那位会给他带来好运的人。

"我再也无法忍耐了。我再次将他摇了摇，但这次摇得很重。'您现在立即站起来！立刻！……您说过，就赌这一盘的……'

"可是，这时意想不到的事发生了。他突然转过身来瞪着我，脸上已经不再是恭顺和迷惘的表情，而是一脸雷霆大作的神色，愤怒使得他眼睛冒火，嘴唇发抖。'别缠着我！'他大声向我叱责。'给我滚开！您给我带来了晦气。只要您在这儿，我就老输。昨天您就让我倒了霉，今天您又来了。快给我滚开！'

"刹那间我僵住了。见他这么疯狂，我的愤怒也像一匹脱缰的野马。

"'我给您带来了晦气？'我大声谴责他。'您这个骗子，您这个小偷，您曾对我发誓……'我说不下去了，因为这中了邪的人从座位上跳起来，毫不在乎周围喧嚷的人群，把我直往后推。'让我安静点。'他无所顾忌地大声喊道。'我又不受您的监护……拿去……拿去……把您的钱拿去，'说着，他便扔给我几张一百法郎的钞票……'现在您总可以让我安静了吧！'

"他非常大声地嚷着，喊着，完全像中了邪一般，对上百个围观者熟视无睹。所有的人都瞪大眼睛，都在唧唧喳喳，指指点点，放声大笑，就连隔壁大厅里也挤过许多人来看热闹。我觉得，我仿佛被人把我身上的衣服剥了下来，让我赤身裸体地站在这帮看热闹的人面前……'Silence, Madame, S'il vous plait!'①掌盘人盛气凌人地大声喊道，并用筢竿敲着赌台。这可怜的家伙，他这句话是冲着我说的。受到这般侮辱，我被羞得无地自容，站在这帮唧唧喳喳、交头接耳的看热闹的人面前，好似一个妓女，一个别人扔钱给她的妓女。二三百只厚颜无耻的眼睛一齐盯着我的脸，这时……侮辱的污水泼得我羞愧难当，我深深埋下头，把目光躲开、转向一侧，这时正巧遇到两只眼睛，一双惊骇万状地瞪着我的眼睛，真像两把锋利的尖刀——那是我表姐，她望着我，惊得张口结舌，呆若木鸡，还举着一只手。

"我好似挨了当头一棒，直吓得魂飞魄散：还没等她动弹，没等她从惊吓中恢复过来，我便立即冲出大厅，一口气跑到那张长椅跟前，就是昨天那个着了魔的人倒在上面的那张长椅。我也同样精疲力竭，身心交瘁地倒在这张无情的硬木椅上。——

———————————

① 法语："夫人，请安静！"

"这已是二十四年前的事了，可是，每当我回想起那一瞬间，被他嘲讽得低下头来，站在千百个陌生人面前的那一瞬间，我血管里的血就会变得冰凉。我又惊诧地感觉到，我们一直自鸣得意地称之为灵魂、精神、感情的东西，称之为痛苦的东西，其实质又是多么的虚弱、可怜和没有骨气，因为这些东西即使再多，也不能把受痛苦煎熬的肉体和被压坏的身躯完全毁灭——因为人会经受住那样的时刻，血液还会照样搏动，而不会像遭了雷击的大树那样死掉或者翻倒在地。这样的痛苦仅仅是突然一下，只有一瞬间，好像扯断了我的关节一样，使我倒在了长椅上，上气不接下气，脑袋迟钝麻木，简直领略到必定要死亡的快乐预感。然而，我刚才说过，一切痛苦都是懦弱的，而生的欲望却异乎寻常地强烈，在它面前，痛苦自会消退，而生之欲望似乎是植根于我们肉体之中的，它比我们精神上的一切死亡激情更为强大。在感情上经历那样的打击之后，我竟重新站了起来，这一点我自己也无法解释，当然，站起来之后该做些什么，对此我并不知道。我突然想到，我的几只箱子还寄存在车站上。刚一想到，心里便有种东西在催促我：走，走，走，离开这儿，离开这座该诅咒的地狱。我对谁都未加留意，便径直奔到车站，询问去巴黎的下班火车几点开，售票员告诉我是晚上十点开，于是我便立即将行李托运。十点——自那次可怕的邂逅以来正好过了二十四小时，这二十四小时里充满了种种荒谬感情的骤变，以致我的内心世界永远破碎了。可是眼前，在心里持续不变的砰砰锤击的节奏中我只感觉到一个字：走！走！走！我头上的脉搏扑扑直跳，好似楔子不停地打进我的太阳穴里：走！走！走！离开这座城市，离开我自己，回家去，回到亲人身边去，回到我先前的、回到我自己的生活中去！我连夜乘火车到巴黎，从巴黎又几经转车才到了布隆，从布隆再到多佛，从多佛到伦敦，从伦敦到我儿子那里——这趟狂奔疾飞也似的旅程整整四十八小时，一路上我不思，不想，不睡，不说，不吃，在这四十八小时中所有的车轮都咔嗒咔嗒地只奏着一个字：走！走！走！走！最后，我走进我儿子的乡村别墅时，大家都感到意外，人人都大吃一惊：我的神态和目光里一定有点儿什么泄露了我的隐秘。我儿子要来拥抱我，吻我。我赶忙把头往后一别：他要接触我的嘴唇，而我的嘴唇已被玷污，想到这点我就无法忍受。我拒绝回答任何问题，只要洗个澡，需要从自己身上洗掉旅途的尘土和其他一切污秽，因为我身上似乎还粘着那个着了魔的人、那个毫无尊严的人的激情。随后我拖着脚步上楼，进了自己的房间，睡了十二小时或十四小时，直睡得昏昏沉沉，不知白天黑夜，在此之前和此后我都未曾睡过这样的觉，后来我才体会到，这一觉睡得真像是躺在棺材里死了一样。我的亲人像照看病人似的照看我，但是他们的温存体贴只能使我感到痛苦，他们对我的爱护和尊敬使我觉得内心有愧，我得时时留意，生怕自己突然大声吐露出真情：由于一次疯狂而荒唐的激情，我曾背叛过、忘掉过、抛弃过他们。

"后来，我又毫无目的地来到一座法国小城，谁也不认识，因为有个妄念我怎么也摆脱不了，总觉得人人第一眼就会从外表上看出我的耻辱，我的变化，我深深感到自己已经露出马脚，觉得自己直到灵魂深处都很肮脏。有时我早晨在床上醒来，感到非常害怕，眼睛都不敢睁开。我又想到那天夜里，我醒来突然发现自己身边躺着个半裸的陌生人，我像当时一样只有一个愿望：立即去死。

"但是，毕竟时间拥有最深远的威力，而年龄则具有一种能使各种感情贬值的特殊力量。人老了，就会感到死期渐渐临近，死神的黑影已经罩在了生命的旅途上，这时一切东西都显得不那么耀眼了，不再会强烈地影响一个人的内心感受，而且还减少了许多危险力量。我渐渐摆脱了那次打击的阴影；多年以后，我在一次社交场合遇到奥地利公使馆的专员，一个年轻的波兰人。我问起那个家族的情况，他告诉我，他表兄就是这个家族的，他表兄的一个儿子十年前在蒙特卡洛开枪自杀了——听到这个消息我都没有战栗一下。我已不再感到痛苦，也许——何必否认人的自私心理呢？——甚至还暗自欣喜呢，因为我以前一直担心说不定什么时候会碰见他，现在这个最后的恐惧也消失了。现在除了我自己的回忆，再也没有会对我构成威胁的见证人了。从此我心里就平静多了。人一老就不再害怕过去、除此一端便别无他长了。

"现在您就了解了，我怎么突然会同您谈我自己的遭遇，您为亨丽埃特夫人辩护时热情地说过，二十四小时完全可能决定一个女人的命运。我觉得这也是我自己的看法。我非常感激您，因为我的观点似乎第一次得到了确认。那时我就思忖：把心里的话统统说出来，这也许可以解除压在我心上的惩罚，以及回顾往事时所感到的惊吓；这样一来，也许我明天就可以去蒙特卡洛，走进那个使我遭遇这番命运的赌厅，既不恨他，也不恨自己。这样，我心上的巨石就落下去了，以它千钧之力沉沉地将过去压在底下，并且使它不能复苏。我能把这一切都讲给您听，于我很有好处：我现在心情轻松，几乎感到很快乐……为此我要感谢您。"

说到这里她突然站了起来，我感觉到，她已经讲完了。我有点发窘，想找句话来说。但是，她一定觉察到了我内心的感动，所以马上就加以阻拦。

　　"不，请您不要说……我不要您回答我或是对我说什么……感谢您听我讲了自己的遭遇，祝您旅途愉快。"

　　她站在我对面，伸出手来同我握手告别。我不由自主地抬头望着她的脸，站在我面前的这位慈祥而又略有羞赧的老太太，她的脸色令我感到非常惊异。不知是往日激情的反照，还是由于心慌意乱，这时她脸上突然泛起一层红晕，将她从脸颊到白发根都染成一片丹霞。她站在那里，活脱脱像个少女，对往事的回忆使她像新娘似的有点不知所措，而对自己的坦率陈述又感到有点羞涩。我不由得深受感动，很想用一句话来表示对她的崇敬。可是，我感到喉头太紧，说不出话来。于是我便弯下腰，满怀敬意地吻了她枯萎的、像秋叶般微微颤抖的手。

国际象棋的故事

[奥地利] 斯蒂芬·茨威格　著
韩耀成　译

今天午夜有一艘巨型客轮将从纽约驶往布宜诺斯艾利斯。轮船即将起锚，此刻船上呈现一派常见的紧张和繁忙景象。到码头上来为朋友送行的客人拥挤不堪，歪戴着帽子的电报投递员穿过一个个休息室，高声喊着旅客的名字；有的旅客拽着箱子，手里拿着鲜花；孩子们好奇地在客轮的阶梯上跑上跑下，乐队不知疲倦地在甲板上卖劲地演奏。我站在上层甲板上同一位朋友聊天，稍稍避开这喧嚷的人群。这时我们身旁闪光灯刺目地闪了两三下——大概是某位知名人士在起航前的一刻还在接受记者的快速采访和照相。我的朋友朝那边看了看，笑着说："岑托维奇在您船上，他可是个罕见的怪物。"听了他的话，我脸上显然露出十分不解的表情，所以他接着便解释道："米尔柯·岑托维奇是国际象棋世界冠军。他在美国从东到西的巡回比赛中取得全胜，现在乘船到阿根廷去夺取新的胜利。"

经他一说，我真想起了这位年轻的世界冠军，甚至还记起了他一鸣惊人、名满天下的若干细节；我的朋友看报要比我仔细得多，所以能拿好些奇闻逸事来补充我所知道的那点细节。大约在一年以前，岑托维奇一下子就跻身于阿廖欣、卡帕布兰卡、塔尔塔柯威尔、拉斯克、波戈留波夫①等久负盛

---

①　阿廖欣（1892—1946），国际象棋名手，出生于俄国，十月革命后加入法国国籍。1927年从古巴的卡帕布兰卡手中夺得国际象棋世界冠军，1935年被荷兰人尤伟取代，1937年又从尤伟手中夺回，一直保持到1946年去世。

卡帕布兰卡（1888—1942），古巴国际象棋大师，1921年战胜拉斯克成为世界冠军，1927年因输给阿廖欣而失去冠军称号。

塔尔塔柯威尔，国际象棋名家。

拉斯克（1868—1914），德国国际象棋大师。1894年战胜奥地利施泰尼茨获世界冠军，直至1921年败于卡帕布兰卡，失去冠军称号。

波戈留波夫，俄罗斯国际象棋名手，在1929和1934年两届世界国际象棋锦标赛上，均负于阿廖欣而获亚军。

名的棋坛高手的行列。自从七岁神童热塞夫斯基①在一九二二年纽约国际象棋比赛中一鸣惊人以来，棋坛上还从来没有因哪位无名之辈闯入名声显赫的高手之中而引起那么大的轰动。因为岑托维奇的智力素质一开始绝不会预示他的前程会那么光彩夺目，平步青云。不久就露馅了：这位国际象棋大师在日常生活中无论用哪种语言都写不出一句没有错误的句子，正如一位被他惹恼的棋手尖刻地嘲讽的那样，"在任何方面，他都全方位地缺乏教养"。他父亲是多瑙河上一名赤贫的南斯拉夫船夫，一天夜里小船被一艘运粮食的轮船撞翻，父亲遇难。当地那个偏僻小村里的神甫出于同情，便收养了这位当时才十二岁的孩子。这位好心的神甫想方设法给他辅导，以弥补这不爱说话、有点迟钝、脑门很宽的孩子在村校里未能学会的功课。

但是，神甫的心血全都是白费。米尔柯两眼瞪着那几个给他讲了上百次的字总还是不认识；课堂上讲的最最简单的东西，他那迟钝的脑袋也理解不了。他都十四岁了，算数还得靠扳手指头，读书看报对这个半大不小的男孩子来说那是特别费劲的事。但是，这倒不能说米尔柯不乐意或者脾气倔。让他干什么，他都乖乖地去干，担水，劈柴，下地干活，收拾厨房，要他干的事，他样样都干得很认真，尽管慢腾腾得让人恼火。不过，最使好心的神甫生气的，还是这怪癖的孩子对什么事都漠不关心。你不专门叫他，他就什么也不干。他从不提问题，不和别的孩子一起玩，不特别关照他干什么事，他自己从来不去找活干。家务一干完，米尔柯就坐在屋里发呆，目光空虚无神，就像牧场上的绵羊对周围发生的事情熟视无睹，无动于衷。晚上，神甫叼着农家的长烟斗，照例要同巡警队长杀三盘棋。这时，这位头发金黄的少年总是默默地蹲在一旁，沉重的眼皮下，那双眸子盯着画着格子的棋盘，好似昏昏欲睡、漫不经心的样子。

一个冬日的晚上，两位棋友正专心致志地在进行每天的对弈，这时从村道上飞快驶来一辆雪橇，叮叮当当的铃声越来越近。一个农民急匆匆地奔进屋来，他戴的帽子上已经积了一层白雪。他说，他的老母亲已经生命垂危，他恳请神甫尽快赶去，及时给她施行临终涂油礼。神甫毫不迟疑，当即随他前去。巡警队长杯里的啤酒还没喝完，他又点了一袋烟，正准备穿上他那双沉重的高腰皮靴回家的时候，忽然发现米尔柯的目光一动不动地紧紧盯着棋

---

① 热塞夫斯基，美国国际象棋名手，曾多次获得全美国际象棋冠军，在世界比赛中也名列前茅。

盘上刚开始的那局棋。

"嗨，你想把这盘棋下完吗？"巡警队长开玩笑说。他确信，这睡眼惺忪的小伙子连棋子都不会走。男孩怯生生地抬眼望着他，然后点了点头，就坐到神甫的位子上。走了十四步棋，巡警队长就输了，并且不得不承认，他的失败绝非是不小心走了昏着的原因。第二盘棋的结局也没有什么改观。

"真是出现了'巴兰的驴子'①！"神甫回家以后惊奇地大叫起来。巡警队长对《圣经》不太熟悉，所以不懂这句话的意思。神甫便向他解释，说两千年前就发生过类似的奇迹：一头不会说话的牲口突然说出了智慧的话。尽管时间已晚，神甫还是忍不住要同他那半文盲的学生对弈一盘。米尔柯也是不费吹灰之力就把他赢了。他的棋下得坚韧、缓慢、果断，他那附在棋盘上的宽阔的脑袋连抬都不抬一下。他的棋下得极其稳健，无懈可击；接连几天巡警队长和神甫都没能赢过他一盘。神甫收养的这个孩子在其他方面智商极低，对于这一点他比谁都更了解，也更能作出评判。现在他当真很想弄明白，这种单方面的奇特的才能究竟能在多大程度上经受住更为严格的考验。他让米尔柯到乡村理发师那儿去把乱蓬蓬的金黄色的头发理一理，好让他显得有几分样子，然后就带他坐雪橇到邻近的小镇上去。他知道，小镇广场上的咖啡店的一角常常聚集着一群瘾头很大的棋友，根据经验，他知道自己的棋不是这帮人的对手。这位头发金黄、脸颊红红的十五岁少年，今天身穿皮毛里翻的羊皮袄，脚蹬沉重的高腰皮靴。当神甫将他推进咖啡馆时，使得在座的棋友中激起不小的惊讶。进了咖啡馆，少年人怯生生地低垂着双眼，诧异地立在一角，直到人家叫他到一张棋桌上去，他才动窝。第一盘米尔柯输了，因为他在好心的神甫家里从未见过所谓西西里开局的下法。第二盘他就已经同镇上最优秀的棋手弈成和棋。从第三四盘开始，他就一个接一个地把所有对手杀得落花流水。

在南斯拉夫外省的小城里，激动人心的事情是很少发生的；所以这位农民冠军的初次亮相，对于聚集在那里的这帮绅士来说立即就成了轰动的新

---

① "巴兰的驴子"，典出《旧约·民数记》第 22 章。希伯来人在摩西率领下，经过长途跋涉，从埃及来到约旦河东岸的摩押地。摩押王巴勒见一下来了那么多希伯来人，心里害怕，便派人去请先知巴兰来诅咒希伯来人。巴兰应邀骑驴前往。上帝为了保护希伯来人，派天使去阻拦巴兰。天使手持长剑站于路旁。驴子为了避开天使，三次离开大路，三次都遭主人痛打。这时耶和华叫驴开口对巴兰说："我做了什么错事，你竟三次打我？"耶和华让巴兰看见了手中执刀、站于路旁的天使，巴兰这才知道驴子避路的原因，便俯伏在地，承认自己有罪。后人用"巴兰的驴子"比喻比主人还聪明的人，或者比喻一贯沉默寡言、突然开口抗议的人。

闻。大家一致决定，无论如何也得让这位神童在城里待到明天，以便把国际象棋俱乐部的其他成员都召集起来，尤其是好到城堡里去通知那位狂热的棋迷——西姆奇茨老伯爵。神甫以一种完全新的自豪心情打量着他所抚养的这个孩子，但是在为自己慧眼独具而感到乐不可支的时候，却不愿耽误自己的职责应做的主日礼拜①，于是表示同意把米尔柯留下来，作进一步的考验。于是年轻的岑托维奇由棋友出钱住进旅馆，当晚他第一次见到抽水马桶。第二天是星期日，下午棋室里挤满了人。米尔柯一动不动地在棋盘前坐了四个钟头，一言不发，连眼睛都不抬起来看一下，就一个接一个战胜了所有棋手。最后有人建议下一盘车轮战。大家解释了好一会儿，才让这位脑袋不开窍的少年明白，所谓车轮战，就是他一个人同时跟好几个棋手对弈。米尔柯一搞清楚这种下法，就进入状态，拖着他那双沉重的略吱作响的靴子缓步从一张桌子走到另一张桌子，结果八盘棋他赢了七盘。

此后，大家进行了广泛的讨论。虽然严格说来这位新冠军并非本城居民，可是当地的民族自豪感却被熊熊地点燃了。这么一来，地图上的这座迄今为止还几乎没有被人注意的小城，说不定会第一次获得向世界输送一位名人的荣誉呢。一位名叫科勒的经纪人平时专门介绍女歌星、女歌手到驻军歌舞剧场去演出，这时也表示，他在维也纳认识一位杰出的小个子国际象棋大师，只要有人提供一年的资助，他就准备把这位年轻人安排到那里去接受棋艺方面的专门培养。西姆奇茨伯爵六十年来天天下棋，还从未遇见过这么一个奇特的对手，当即便认捐了这笔款项。从这一天开始，这位船夫的儿子就春风得意，青云直上了，令世人为之惊讶不已。

半年以后，米尔柯便掌握了国际象棋技艺的全部奥秘。不过，他还有一个奇怪的弱点，这一弱点后来多次在行家面前露出马脚，并为他们所嘲笑。因为岑托维奇始终不会凭记忆下棋，用行话来说，就是不会下盲棋，即使下一盘也不行。他完全缺乏那种把棋盘置于无限的想象空间的能力。他面前总得有张画着六十四个黑白相间的方格的棋盘和三十二颗摸得着的棋子；在他享有世界声誉的时候，他还随身带着一副棋盘可以折叠的袖珍象棋，在他想把一盘名棋复盘或是解决某个问题时，直接就能具体看到棋子的位置。这点瑕疵本身是微不足道的，但却暴露出他缺乏想象力，这就像音乐界一位卓越

---

① 主日礼拜，主日即星期日。相传耶稣基督复活于星期日，故称该日为主日。主日礼拜是在星期日举行的礼拜仪式，是基督教新教的主要宗教活动。

的演奏家或指挥不打开乐谱就不能演奏或指挥一样。但是这个奇怪的缺憾并没有影响米尔柯令人惊讶的飞黄腾达。他十七岁就获得了十多个国际象棋奖，十八岁摘取匈牙利冠军，二十岁终于夺得世界冠军。那些棋风最凌厉的冠军在智力、想象力和勇气方面个个都要比他高出不知多少，可是在他坚韧而冷峻的逻辑面前却一一败下阵来，就像拿破仑败在慢腾腾的库图佐夫①手下，汉尼拔②败在费边·康克推多③手下一样，据李维④的记述，康克推多也是在小时候就表现出冷漠和低能的显著特点。于是，卓越的国际象棋大师的画廊里第一次闯进了一位与精神世界完全不沾边的人。要知道，画廊中的国际象棋大师的行列里汇聚了智力超凡的各种类型的人物——哲学家、数学家，以及计算精确、想象力丰富和往往富于创造性的人物——可是岑托维奇却只是个农村青年，他性格迟钝，寡言少语，即使是最精明的记者也休想从他嘴里套出一句有新闻价值的话来。当然，岑托维奇从不向报纸提供精练的警句格言，不久报上刊登了关于他这个人的大量逸事，这一点也就得到了弥补。在棋桌上，岑托维奇是无与伦比的大师，可是从他离开棋盘站起身来的一刻起，他就成了一个荒诞不经的、近乎滑稽可笑的人物，而且无可挽救。尽管他穿了一身庄重的黑西服，打了豪华的领带，领带上别了一枚有点显摆的珍珠别针，尽管对指甲作了精心修剪，但是他的整个举止风度仍然是那个头脑简单、在村里替神甫打扫房间的乡下少年。他极其粗俗吝啬，贪得无厌，一心想方设法利用自己的天赋和声望去捞取一切可以捞取的金钱，那样子既笨拙又厚颜无耻，惹得棋界同行既好笑又好气。他从一座城市到另一座城市，总是下榻在最便宜的旅馆，只要答应给他报酬，即使是最寒碜的俱乐部，他也去下棋；他同意把自己的肖像印在肥皂广告上，甚至不顾竞争对手的嘲笑——他们深知，他是个三句话都写不好的草包——把自己的名字卖给一本叫做《国际象棋的哲学》的书，实际上为那个专门以逐利为目的的出版

---

① 库图佐夫（1745—1813），俄国军事统帅。1812 年率俄国军队大败入侵的拿破仑军队。

② 汉尼拔（前 247—前 183 或 182），迦太基统帅。在第二次布匿战争（前 218—前 201）的特拉西米诺湖战役（前 217）和坎尼战役（前 216）中大败罗马军队。长期转战意大利各地，军力耗竭，后援不继，当费边（西庇阿）率罗马军队攻入迦太基本土时，奉命回军（前 203）解围，扎马战役（前 202）被古罗马统帅西庇阿所败。

③ 费边·康克推多（约前 280—前 203），费边又译西庇阿，古罗马统帅。第二次布匿战争期间，罗马军在特拉西米诺湖战役中溃败后任狄克推多（独裁官），采用拖延战术，坚壁清野，与汉尼拔军相周旋，决战派讥称他为"康克推多"（"拖延者"）。公元前 205 年任执政官，次年率军进攻迦太基本土。公元前 202 年在扎马战役中打败汉尼拔。

④ 李维（前 59—17），古罗马历史学家，著有《古罗马史》142 卷。

商撰写这本书的是一名加里西亚大学的学生，是个无名之辈。像所有性格坚韧的人一样，他也根本不懂得可笑一说；自从在世界比赛中取胜以来，他就自以为是世界上最重要的人物了，他觉得，所有那些绝顶聪明、才智过人、光灿夺目的演说家和著作家也都在他们各自的战场上被他一一斩于马下，尤其是他挣的钱比他们多，这个具体事实将他原来的犹豫不决变成了冷酷的、往往是拙劣地有意显露的趾高气扬。

　　"不过，这种平步青云怎么能不叫这空虚的脑袋感到飘飘然呢？"我的朋友说。他还给我讲了岑托维奇颐指气使、目空一切的可笑事例。"一个从巴纳特①来的二十一岁的乡巴佬，突然间在木棋盘上摆弄几下棋子，在一星期之内赚的钱就比他全村全年伐木和干重活辛辛苦苦挣的钱还多，他怎么能不踌躇满志，沾沾自喜呢？还有，要是一个人压根儿就不知道这个世界上曾经有过伦勃朗、贝多芬、但丁和拿破仑，那不是很容易把自己看做伟人吗？这小伙子那孤陋寡闻的脑袋里只知道一件事，那就是几个月来他从未输过一盘棋，而且正因为他不知道除了象棋和金钱之外，这个世界上还存在着其他有价值的东西，所以他完全有理由沉湎于飘飘欲仙的感觉之中。"

　　我的朋友讲的这些情况大大激起了我特殊的好奇心。我平生对患有各种偏执狂的人、一个心眼儿到底的人最有兴趣，因为一个人知识面越是有限，他离无限就越近；正是那些表面上看来对世界不闻不问的人，在用他们的特殊材料像蚂蚁一样建造一个奇特的、独一无二的微缩世界。因此我对自己的意图毫不隐晦：在开往里约热内卢的十二天航程中仔细观察这位智力单轨发展的奇怪标本。可是，朋友提醒我："您的运气恐怕不会这么好。就我所知，迄今为止还没有一个人能从岑托维奇那里弄到一星半点可用作心理分析的材料。这个狡猾的乡巴佬虽然知识极其贫乏，但却非常聪明，从不暴露自己的弱点，其实他的办法极其简单，那就是除了从几家小旅店找来的境况与他相仿的几个同乡外，他不跟任何人说话。他只要感到有个有教养的人在场，就立刻爬进他的蜗牛壳；所以谁也无法夸口，说是曾经听到过他的一句蠢话，或是摸清了他缺乏教养到何种程度。"

　　确实，我的朋友说得不错。旅行头几天的情况就表明，不硬着脸皮去纠缠就根本不可能接近岑托维奇。当然，这种死皮赖脸的事我是做不出的。有

---

　　① 巴纳特，东欧历史上的民族杂居地区，一次大战后匈牙利保有塞格德，罗马尼亚取得东部大片土地，其余土地归塞尔维亚－克罗地亚－斯洛文尼亚王国（南斯拉夫）。

时他倒也走上上层甲板，但每次总是反背着双手，目中无人，显出一副陷入沉思的样子，宛如那幅名画上的拿破仑；此外，在甲板上散步本来很逍遥，可是他总是匆匆忙忙、急不可耐的样子，想跟他搭句话，你得跟在他后面小跑步才行。他又从来不在休息室、酒吧和吸烟室露面；我向服务员悄悄打听过，得知他一天的大部分时间都待在自己的舱房里，在一个大棋盘上研究棋局或把下过的棋重新摆一摆。

他的防御技术比我想接近他的意愿还要巧妙，为此三天以后我真的开始生气了。我一生中还从未有机会同一位国际象棋大师结识，现在我越是竭力想赋予这种类型的人以普通人性，就越觉得难以想象，人的大脑怎么能一辈子都完全围着一个有六十四个黑白方格的空间转呢！根据自己的切身体验，我知道这种"国王的游戏"[①] 具有神秘的魅力，在人所想出来的各种游戏中，唯有这种游戏绝对容不得半点偶然的随心所欲，它的桂冠只给予智慧，或者更确切地说，只给予某种特殊形式的天赋。那么，把国际象棋称作一种游戏，岂不是犯了侮辱性的限制之罪吗？它难道不也是一门学问，一种艺术，飘浮于这两者之间，就像穆罕默德的棺椁飘浮在天地之间一样？它难道不是一对对矛盾的无与伦比的结合吗？它是古老的，却又永远是崭新的；它在布局上是机械的，不过只有通过想象才能极尽其妙；它被限制在几何形的呆板的空间里，然而在其组合上却是无限的；它是不断发展的，但又是毫无创造性的；它是得不到结果的思想，是什么也算不出的数学，是没有作品的艺术，是没有物质的建筑，尽管如此，在其存在和在此方面却证明比所有的书籍和艺术作品更久长；它属于各个民族和各个时代，而且无人知晓，是哪位神灵把这种游戏带到人间来供人们消遣解闷，磨砺禀性，激励心灵的。它何处为始，何处是终？每个孩子都能学会它的初步规则，每个臭棋篓子都可以一试身手，然而就在这固定不变的小小的方块之内却会产生一类特殊的大师，与他们相比，所有其他的人都望尘莫及。他们只是在棋艺方面有天赋，他们是特殊的天才，在他们身上想象力、耐心和技巧也分配得十分精确，并一一起着作用，就像在数学家、诗人和音乐家身上一样，只不过层次和结合不同而已。从前观相术盛行的时候，要是加尔[②]解剖了象棋大师的颅脑就好

---

① 德语 SchachsiI（国际象棋，下棋）一词是由 Schach（国际象棋）和 Spiel（游戏，玩）两字复合而成。Schach 这个字源自波斯文 schah，意为"国王"，它与 Spiel 复合在一起，按字面的意思就是"国王的游戏"。

② 加尔（1758—1828），德国解剖学家、生理学家，颅相学的创始人。

了，这样就可确定，这些象棋天才的大脑灰质是否有一种特殊的曲纹，他们的颅脑里是否有一种比常人更发达的象棋肌或象棋突。像岑托维奇这样的棋手，在绝对迟钝的智力中散布着特殊的天赋，就像在一百公斤不含矿质的岩石中含有一条金脉一般！他这样的实例要是激发起那些观相术家的兴趣就好了。这样一种独一无二的天才游戏是定会造就出特殊的棋王来的，对于这一点，一般来说，我一直都很清楚，然而很难想象，甚至不能想象，一个思想活跃的人竟一辈子把自己的世界仅仅局限在黑白方格之间狭窄的单行轨上，只在三十二颗棋子前后左右的挪动中寻找成功的喜悦，一个人开局先走马而不走卒竟是件了不起的大事，能在棋谱的某个不起眼的地方提到一笔就意味着不朽——总之，一个人，一个会思想的人，十年，二十年，三十年，四十年如一日，将自己思想的全部张力一次又一次可笑地用在把木头棋子"王"逼到木制棋盘上的角落里去，而自己竟没有发狂！

现在，这么一位了不起的人，这么一个奇特的天才，或者说这么一个谜一般的傻瓜第一次离我那么近，在同一艘船上，相隔仅六个船舱，但是我真倒霉，我虽然对有关精神方面的事最好奇，而且这种好奇心往往会变成一种激情，尽管这样，我还是未能接近他。于是我就想出一些荒诞透顶的计谋：我假装要为一家重要报纸去采访他，以刺激他的虚荣心；要不我抓住他贪得无厌的心理，建议他到苏格兰去参加一场报酬颇丰的比赛。末了我想起猎人的一个非常灵验的办法：要把山鸡引过来，就学山鸡交尾时的叫声。那么要把象棋大师的注意力吸引到自己身上来，难道还有比自己去下棋更有效的高招吗？

我一生中从来就不是一个正经八百的国际象棋艺术家，其原因十分简单，那就是我总不把下棋当一回事，只不过是下着玩玩的；要是我坐下来下一小时棋，那可不是为了去劳神费脑，相反，是为了使紧张的脑子得到放松。我是本着"玩"① 这个字的真正意义下棋的，而别人，那些真正棋手却是为了"较量"。下棋和谈恋爱一样，必须有个对手，而此刻我还不知道，除了我们，船上是否还有其他爱下国际象棋的人。为了把他们引出洞来，我就在吸烟室里设下一个简陋的圈套：我同我妻子在棋桌上对弈，尽管她的棋比我还臭。这样我们就像捕鸟人，网开一面，专等鸟儿来自投罗网。果然，

---

① "玩"，德文是 spielen。"下国际象棋"，德文是 Schachspiel，由 Schach（国际象棋） + Spiel（游戏，动词是 spielen）构成。

我们走了还不到六个回合，有个人打旁边走过时就停了下来，还有一位请求我们允许他观战；最后来了一位我们所期盼的对手，他向我叫阵，要同我对弈一盘。他名叫麦克康纳，是苏格兰深井采油工程师，我听说，他在加利福尼亚钻探石油发了大财。从外表上看，麦克康纳体格粗壮，方方的腮帮结实坚硬，牙齿坚固，脸色很好，透着红润，大概是威士忌喝多了，至少这是一部分原因。引人注目的是他那宽阔的肩膀，真有点儿运动员的威武架势，可惜下棋的时候也锋芒毕露，因为这位麦克康纳先生是属于踌躇志满、极其自负的那种类型的人，即使是一盘无足轻重的棋，下输了，他也觉得是贬低了自己的人格。这位白手起家的大块头阔佬，生活中习惯于一意孤行，为自己的成功感到飘飘然，骨子里都渗透着顽固不化的优越感，因此他把任何阻力都看做是对他极不礼貌的反抗，几乎就等于是对他的侮辱。输了第一盘，他就沉下了脸，并且啰唆开了，蛮不讲理地说，这盘棋只是一时疏忽才输的，第三盘输了，他又把原因归之于隔壁船舱里声音太吵；他每输一盘棋，绝不肯就此罢休，必定立即要求再下一盘。起初我觉得这种顽固的虚荣心很好玩；后来我想，我的本意是把世界冠军吸引到我们桌上来，所以只把他的虚荣心看做是实现我的意图的一种不可避免的伴生现象。

　　第三天我的计划成功了，但也只是成功一半。无论是岑托维奇从上层甲板上看我们下棋，或是他只是偶尔光临一下吸烟室——反正，他一见我们这些门外汉竟在摆弄他的这门艺术，就下意识地走近了一步，从这个适当的距离朝我们的棋盘投来审视的一瞥。这时正好该麦克康纳走棋。就这一步棋就足以让岑托维奇明白，对于他这位大师级的人来说，我们这点儿业余棋手的水平是不值得继续看下去的。就像我们在书店里人家向我们推荐一本蹩脚的侦探小说，我们看都不看一眼就露出不言而喻的表情将书搁在一边一样，现在他也以同样的表情从我们棋桌边走开，出了吸烟室。"他掂量了一下，觉得没意思，"我思忖，对他那种冷冰冰的、瞧不起人的目光心里有点生气。为了发泄一下我的气恼，我就对麦克康纳说：

　　"您这步棋大师似乎不怎么看得上眼。"

　　"哪个大师？"

　　我向他解释说，刚才从我们身边走过、并以鄙夷的目光看我们下棋的那位先生就是国际象棋大师岑托维奇。我还补充了一句，说，就让他去好了，我们两人认了，名人的鄙视不会使我们伤心的；穷人只有这点能耐。然而出乎我的意料，我随便这么一说，竟对麦克康纳先生产生了完全意想不到的作用。他立刻就激动起来，忘掉了我们的棋局，他的虚荣心上来了，激动得几乎可以听到脉搏嘭嘭跳动的声音。他说，他根本不知道岑托维奇在船上，无论如何岑托维奇得跟他下盘棋。他一生中还从来没有跟一位世界冠军下过棋，除了有次跟另外四十个人一起同世界冠军下过一盘车轮战。就是那盘棋也是够紧张的，当时他还差点儿赢了呢。他问我是否认识这位象棋冠军，我说不认识。他又问，我想不想去跟他打招呼，把他请到我们这儿来？我没有答应，因为据我所知，岑托维奇不怎么愿意结识新交。另外，对一位世界冠军来说，跟我们这些三流棋手下棋又有什么吸引力呢？

嗨，对于一个像麦克康纳这样虚荣心很强的人，我是不该说什么三流棋手之类的话的。他生气地往后一靠，陡然说，就他而言，他不信一位绅士客气地去请岑托维奇下棋，会遭他拒绝。应他之请，我给他简要描述了这位世界冠军的为人。听了以后他便满不在乎地撇下我们这盘棋，急不可耐地冲到上层甲板上去找岑托维奇。我又一次感到，这位宽肩膀的人一旦想要干什么事，是阻挡不了的。

我颇为紧张地等待着。十分钟以后，麦克康纳先生回来了，我觉得他不那么兴高采烈。

"怎么样？"我问。

"您说得不错，"他有点生气地回答。"他是个不怎么讨人喜欢的先生。我作了自我介绍，告诉他我是谁。他连手都没有伸给我。我试图让他明白，要是他跟我们下盘车轮战，我们船上所有的人都会感到骄傲，感到荣幸。妈的，他就是不答应。他说很遗憾，他同他的经纪人签了合同，合同特别规定，在整个这次巡回比赛期间，他不得下没有报酬的棋，而他的最低酬金是每盘二百五十美元。"

我笑了。"这点我倒从未想到，在黑白方格上挪动几下棋子竟是一桩进项那么多的买卖。那么，我想，您也就客客气气地告辞了吧。"

然而，麦克康纳仍然十分严肃地说："棋局定在明天下午三点钟，就在这个吸烟室。我希望，不要让他不费吹灰之力就把我们杀得落花流水。"

"怎么？您同意给他二百五十美元了？"我惊诧地叫了起来。

"干吗不给？C'est son metier.① 要是我牙痛，而船上碰巧有个牙科大夫，我也不会白要他给我拔牙呀。这人要价很高，这是对的。各行各业里货

---

① 法语：他是吃这碗饭的。

真价实的行家也都是生意人。在我来说，买卖说得越清楚越好。我宁愿付现金，也不愿求什么岑托维奇先生对我大发慈悲，到头来还得感谢他。再说，我在船上的俱乐部里有个晚上输掉的就超过二百五十美元，而这还不是同世界冠军下呢。对'三流棋手'来说，败在岑托维奇手下也不算丢脸。"

我注意到，我说的"三流棋手"这句无辜的话竟深深伤害了麦克康纳的自尊心，我心里真觉得好笑。但是，既然他打算为这个玩笑付出昂贵的价码，那么对他的这种过分的虚荣心我也就不好加以非议了，更何况他的虚荣心最终将介绍我去结识这个怪人呢。我们赶紧将这件行将发生的大事通知了迄今为止曾宣称自己是棋手的那四五位先生，并让人为即将举行的比赛做好准备，为了尽量不受过往旅客的干扰，不仅要把我们这张桌子，而且还要将紧挨着的几张桌子统统预先订好。

第二天，我们的人在约定时间全部到齐。中间那个席位正对象棋大师，当然是给麦克康纳留的。他一支接一支地抽着很冲的雪茄，以缓和内心的紧张，并一再焦急地看手表。这位世界冠军让大家足足等了他十分钟之久——根据我朋友所讲的故事，我早就预感到他会来这一手的——这样，他的出场就更显出稳操胜券的神态。他从容不迫、泰然自若地走到棋桌旁。他也不作自我介绍，一来就以乏味的专业语气讲了各项具体安排，他的这种无理行为似乎是说："我是谁，你们都知道，至于你们是些什么人，我不感兴趣。"因为船上没有那么多棋盘，所以没法下车轮战，他就建议我们大家一起来下他一个人。他说，为了不打扰我们商量，每走一步棋，他就到这房间头上的另一张桌子上去。遗憾的是没有小铃，所以我们每走了一步，马上就要用匙子敲敲杯子。他建议，如果我们没有异议，每步棋的时间最多十分钟。我们像腼腆的小学生一样，对他的每项建议当然都表示同意。挑颜色时，岑托维奇猜得黑棋。他还站着就走了第一步，接着便立即转身走到他建议的位置上等候去了。他懒洋洋地往椅子上一靠，顺手拿起画报翻翻。

谈论这盘棋的本身，并没有多大意思。不言而喻，它的结局本在情理之中：以我们的彻底失败而告终，而且弈至第二十四回合就输掉了。一位世界冠军不费吹灰之力就横扫五六个中下流棋手，这事本身并不值得大惊小怪；令我们耿耿于怀的，只是岑托维奇盛气凌人的那副样子，他让我们大家清楚地感觉到，他轻而易举就把我们赢了。每次他都似乎只是漫不经心地朝棋盘上看一眼，懒洋洋地从我们身边走过，那神情就好像我们都是木头棋子似的。这种无理的姿态不由得叫人想起，有人朝癞皮狗扔去一根骨头，却不去看它一眼。其实照我看，他要是稍微通情达理一点，是可以指出我们的错误，或者说句客气话来对我们加以鼓励的。可是下完这盘棋，这个没有人性的象棋机器人连一个鼓励的字都没有说，在说了"将死了"之后就一动不动地站在桌子前等着，看我们是否还想跟他再下一盘。像人们对付厚颜无耻的粗鲁之辈一样，我站起来无可奈何地把手一摊，表明随着这桩美元交易的结束，至少就我来说，我们这场愉快的相识也就到此为止了。令我气恼的是，我身边的麦克康纳这时却声音沙哑地说道："再下一盘！"

麦克康纳挑战性的话简直使我大吃一惊；事实上他此刻给人的印象是个正要出拳的拳击家，而不是温文尔雅的绅士。也许这是他对岑托维奇对待我们的那种让人受不了的态度的回敬，也许仅仅是他一碰就跳起来的那种病态的虚荣心在作怪——反正麦克康纳的性格全变了。他满脸通红，一直红到额头的发根；由于心里生气，他的鼻翼鼓鼓的；显然，他身上在冒汗；他紧紧咬着嘴唇，深深的皱纹从嘴角一直伸到雄赳赳地往前突出的下巴。我在他的眼睛里发现了遏制不住的激情的烈焰，我心里感到不安。这种烈焰通常只有玩轮盘赌的赌徒，如果他下了双倍赌注，但接连六七次就是没碰上他所押的那个颜色时才会出现。此刻我知道，这种狂热的虚荣心将使他同岑托维奇不停地对弈下去，按原来的赌注或者加倍，一直下到他至少赢一盘为止，即使要耗掉他全部资产也在所不惜。如果岑托维奇坚持奉陪到底，那么他就在麦克康纳身上发现了一个金窖，他在到达布宜诺斯艾利斯之前就可以从这个金窖里挖出好几千美金来。

岑托维奇一动不动。"请吧，"他客气地回答，"现在该诸位先生执黑了。"

第二局也没有什么改观，只不过又来了几位好奇者，所以我们这个圈子不仅扩大了，而且也活跃多了。麦克康纳两眼直愣愣地盯着棋盘，仿佛他要以赢棋的愿望对棋子施行催眠术似的；我感觉到，为了向对手这个冷血动物扯着嗓门欢叫一声"将死了"，即使牺牲一千美元，他也会兴高采烈的。奇怪的是，他那强忍的激动不知不觉中也感染了我们。现在，每走一步都要进行比第一局更为热烈的讨论，每次直到最后一刻，在大家都同意给信号叫岑托维奇到我们桌上来的时候，总还会有人对大家的意见提出异议。渐渐地，我们弈至第十七步了。这时出现了极为有利的局势，对此我们自己都感到惊奇，因为我们成功地把 C 线上的卒一直推进到倒数第二格的 c2；只要将卒往前推进到 c1，我们的卒就可以升变为一个新后了①。由于这个胜机过于一目了然，我们心里反倒不很踏实；我们大家都心存疑虑，担心这个表面上看来是我们取得的优势极可能正是岑托维奇故意给我们设下的圈套，因为他对棋局看得比我们远得多。但是无论我们大家怎么煞费苦心地探索和讨论，还是找不到这个暗藏的花招。最后，允许我们考虑的时间快完了，我们决定就冒险走这一着。麦克康纳的手指都碰到了卒，想把它推到最后一个方格里。这时他感觉到胳膊猛地一下被紧紧抓住，有人轻声而激动地对他耳语："上帝保佑！不能走这着！"

我们大家都情不自禁地转过脸去。一位大约四十五岁上下的先生，瘦削的脸上轮廓分明，脸色像石灰一样，白得出奇，先前在甲板上散步时就引起过我的注意。几分钟前我们的全部注意力都集中在解决那步难棋，他大概就是那时来到我们这儿的。他感觉到我们的目光都在注视着他，便匆匆补充道：

"您现在如果把卒子升变为后，他马上就会用象 c1 来吃掉它，您再回马吃掉象。但是，这期间他把他的通路卒走到 d7，威胁你们的车，你们即使跳马将军，也没有用，再走九到十步棋你们就输了。这同一九二二年皮斯吉仁大赛上阿廖欣与波戈留波夫交手时下的棋局几乎完全一样。"

麦克康纳大为诧异，其惊奇的程度绝不亚于我们。他放下手里的棋子，两眼紧紧盯着这位不速之客，这位像是从天而降、来助我们一臂之力的天使。一个能够预先计算出九步之后会有杀着的人，准是一流专家，说不定也是去参加这次国际象棋大赛的，没准还是冠军争夺者呢。他恰好在关键时刻突然到来并且伸出援助之手，这简直是异乎寻常的事。麦克康纳第一个回过神来。

"您有什么主意呢？"他激动地悄悄问道。

"卒子不要马上往前走，而是先避开！尤其要先把王从 g8 这个危险位置撤到 h7，这样，他或许就转而进攻另一翼去了。不过您可把车从 c8 退到 c4 来阻挡；于是，他就得多走两步，丢掉一个卒，这样也就失去了优势。这么一来，盘面上就成了卒对卒，如果您防守不出破绽，就可以下成和棋。更高的奢望是达不到了。"

我们再次惊诧不已，啧啧称奇。他计算得那么精确和快速，真有点邪

---

① 国际象棋规则规定，如果卒进到第 8 排，就可升变为具有最大威力的后或下变为车、象或马。

乎，这些步子他仿佛是照棋谱念的。真是意想不到，我们与世界冠军对弈的这盘棋在他的参与下，居然有下和的机会，怎么说也神了。我们大家不约而同地往旁边挪了挪，好让他看到棋盘。麦克康纳又问了一次：

"那么就把王从 g8 走到 h7？"

"对！最要紧的是先避开！"

麦克康纳照此走了一着，我们敲了玻璃杯。岑托维奇迈着惯常的漫不经心的步子走到我们桌边，朝我们这步对着打量一眼，接着就把王翼的卒 h2 进到 h4，同我们这位素不相识的救星所预言的完全一样。这位陌生人这时激动地悄声说：

"进车，进车，从 c8 进到 c4，这样他就非得保卒不可。不过他这样走也无济于事！您马 c3 进 d5，不用管他的通路卒，这样就重新建立了均势，随后就全力压过去，不用守了！"

我们不明白他所说的。对我们来说，他说的全是中文。① 不过一旦对他着了迷，麦克康纳也就不假思索地照他的意见行棋。我们又敲了玻璃杯，把岑托维奇叫了过来。这回他第一次没有迅速作出决定，而是紧张地注视着棋盘。随后他下的那着棋正是这位陌生人先就向我们点明的。岑托维奇落子以后正转身要走，可是就在他尚未转身之前，发生了一件谁也没有意想到的新奇事。岑托维奇抬起眼睛，把我们每个人都打量一番；很显然，他是想找出那个一下子对他进行这么顽强抵抗的人来。

从这一瞬间起，我们心情之激动到了难以估量的程度。在此之前我们下棋的时候并没有抱多大的希望，现在我们都想杀杀岑托维奇的冷漠和傲慢。这个想法使我们大家热血沸腾，兴奋不已。但是，这时我们的新朋友已经对下一步棋作了安排，我们可以把岑托维奇叫来了。我拿起匙子敲玻璃杯的时候，手指都在发抖。现在我们第一个胜利已经到来了。岑托维奇此前一直是站着下棋的，现在他犹豫了好一阵，终于坐了下来。他坐下去的时候动作缓慢而迟钝；就这样，他与我们之间纯粹从身体上来说，他迄今为止的那种居高临下的架势没有了。我们迫使他至少在空间上同我们处于同一平面上。他考虑了很长时间，低垂的眼睛一动不动地紧盯棋盘，因此几乎连他黑眼睑下面的眼珠也看不到。在紧张的思考中，他的嘴慢慢地张开，这样就赋予他的圆脸以一种单纯的表情。岑托维奇考虑了几秒钟，然后走了一着棋，就站了

---

① 以前欧洲人认为中文难学又难懂。这里的意思是说听不懂他说的话。

起来。我们的朋友随即低声说道：

"这步棋是拖延战术！想得倒好！但是不要上他的当！逼他兑子，非兑不可，这样便是和棋了，现在神仙也帮不了他的忙。"

麦克康纳完全照他的意思走棋。接下来的几步双方你来我往，我们对此更是莫名其妙，实际上我们其余的人早就沦为了摆摆样子的龙套。大约弈了七个回合之后，岑托维奇经过长时间的思考，抬起头来说："和了。"

一刹那室内鸦雀无声。我们突然听到海浪的喧啸，休息厅的收音机里传来爵士音乐，甲板上散步者的脚步声以及从窗缝里透进来的轻微的风声都听得清清楚楚。我们人人屏住呼吸，事情来得太突然，大家还没有回过神来，这位陌生人居然能将他的意志强加于世界冠军，把这盘已经输了一半的棋下和，这真使我们目瞪口呆。麦克康纳突然往后一靠，随着快乐的"啊！"的一声，他憋着的那口气咻的一下从嘴里吐了出来。我又对岑托维奇进行了观察。在下最后这几着棋的时候，我就觉得，他的脸色仿佛更加苍白了。但是他很善于控制自己，仍然保持着看起来满不在乎的木讷神情，一面用镇定的手归拾棋盘上的棋子，一面漫不经心地问道：

"先生们还想下第三盘吗？"

这个问题他纯粹是就事论事地从纯商业的角度提的。但奇怪的是，他提问时并没有看麦克康纳，而是抬起眼睛直接紧紧地盯着我们的救星。他准是从最后几着棋上认出了他事实上的、真正的对手，就像一匹马能从骑者更加稳健的骑姿上认出一位新的、更好的骑手来一样。无意中我们也随着他的目光急切地望着这位陌生人。可是陌生人尚未来得及考虑或答复，正陶醉在虚荣之中、万分激动的麦克康纳就已经以胜利的姿态在冲着他喊了：

"那当然！但是现在您得一个人跟他下！您一个人同岑托维奇对弈！"

然而，这时发生了一件未曾预料到的事情。很奇怪，这位陌生人还一直在紧张地盯着那张棋盘，而棋盘上的棋子已经收拾起来了。他感觉到所有人的眼睛都在注视他，而且人家又那么热情地在同他说话，不觉大为骇然，脸上现出十分慌张的神情。

"绝对不行，先生们，"他结结巴巴地说，显然有点惊慌失措。"这完全不可能……没有考虑的余地……我已经有二十年，不，是二十五年没有挨过棋盘了……我现在才看到，未得你们允许就参与你们的棋局，这样的举止是多么的不得体……请你们原谅我的冒失……我一定不再继续打搅了。"听了这话我们都很愕然，大家还没有回过神来，他已经转身离开了吸烟室。

"这根本不可能！"性格豪爽的麦克康纳用拳头捶着桌子吼道。"他说有二十五年没有下过棋了，绝对不可能！他每一着棋，每一步对着都预先算到五六步之外。这种本事绝非瞬息之间就可学会的。所以他说的绝无可能——是不是？"

最后这个问题麦克康纳是下意识地向岑托维奇提的。但是这位世界冠军不为所动，依然是冷冰冰的。

"对此我无法作出判断。但是不管怎么说，这位先生的棋下得有点奇怪，也很有意思，因此我也故意给了他一个机会。"说着，他便懒洋洋地站起身来，并以他讲究实际的方式补充道：

"如果这位先生或者在座的诸位先生明天想再下一局，那我从下午三点钟以后愿意奉陪。"

我们都忍不住轻声笑了。我们每个人都知道，岑托维奇绝不是慷慨地让给我们这位不相识的援手一个机会，他的这种说法无非是掩饰自己没有下好的一个幼稚的遁词而已。因此我们心里滋长起更加强烈的愿望，要亲眼看着把他这种盛气凌人的态度打掉。我们这些心平气和、懒懒散散的乘客心里一下子生起一股疯狂的、充满虚荣心的战斗豪情，因为如果正巧在我们这艘航行在汪洋中的船上能摘下国际象棋世界冠军头上的桂冠，这个记录定会由电信迅速传遍全世界。这个想法很具挑战性，令我们为之着迷。另外，那种神秘而蹊跷的事也颇有刺激性：恰好在关键时刻我们的救星出乎意料地来介入我们的棋局，他那几乎有点怯生生的谦虚同那位职业棋手那种趾高气扬的神气正好形成对照。这位陌生人是谁？难道通过这里的这次偶然巧遇我们竟找到了一位尚未被发现的国际象棋天才？或是出于某种尚不清楚的原因，一位著名的国际象棋大师对我们隐瞒了自己的名字？我们兴奋地讨论了所有这些可能性。我们认为，为了把这个陌生人谜一般的胆怯和出人意料的自述同他精妙绝伦的棋艺联系在一起，即使是最最大胆的假设也不为过。不过有个问题我们大家的意见是一致的，那就是绝不放弃再杀一盘。我们决定，要不遗余力地促使我们的支援者第二天同岑托维奇对弈一盘，麦克康纳答应由他来承担这次比赛经济上的风险。这期间我们从乘务员那里了解到，我们不认识的这位先生是奥地利人，而我是陌生人的同乡，所以大家就委托我把大家的请求转达给他。

不用很长时间，我就在甲板上找到了匆匆溜掉的那位先生。他正躺在躺椅上看书。我在朝他走去之前，先抓住这个机会将他端详一番。他轮廓分明的脑袋枕在枕头上，显得稍稍有些疲劳；这张还比较年轻的脸显得出奇的苍白，这再次引起我的特别注意；两鬓的头发雪白，白得闪闪发亮。不知是什么原因，我有这么个印象，觉得这个人准是突然变老的。我刚走到他跟前，他就很有礼貌地站起身来，介绍自己的姓名。我听了马上就觉得很熟悉，这是奥地利一家古老的名门望族的姓氏。我想起姓此姓的人中，有位是舒伯特①的密友，老皇帝②有位御医也出身于这个家族。我向 B 博士转达我们的请求，希望他接受岑托维奇的挑战，他听了显然感到非常惊讶。这表明，他根本不知道刚才与之对弈的是位世界冠军，而且是目前战绩最好的世界冠军，而那盘棋他却光荣地将对手顶住了。由于某种原因，我说的这个情况似乎对他产生了特殊的印象，因为他一再反反复复地问，我是否真有把握，他的对手确实是公认的世界冠军。我马上就发现，这个情况使得我的任务完成起来容易得多了，至于万一棋输了，经济上的风险将由麦克康纳来承担这件事，由于考虑到 B 博士比较敏感，所以觉得还是不对他说为好。经过好一阵犹豫，B 博士最终答应比赛一次，不过他特别请我提醒其他几位先生，千万不要对他的棋艺抱过分的希望。

"因为，"他脸上带着沉思的微笑补充说，"我真不知道，我能不能正确地按照各种规则来下棋。我从中学时代起，也就是说自二十多年以来我连棋子都没有再摸过，请相信我，这绝不是假谦虚。就是在那个时候，我下棋也没有特殊的才华。"

他这话说得极其自然，使我对他的真诚没有一点儿怀疑。可是他对各个大师的每盘具体的棋局又记得那么清楚，对此我又不得不表露出我的惊讶；我说，无论怎么说，他至少在理论上对国际象棋总是作过很多研究吧。B 博士又露出那奇怪的梦幻般的笑容。

"做过很多研究！——天知道，倒可以这么说，我对国际象棋作过许多研究。但那是在非常特殊的、是在史无前例的情况下发生的。这是一个相当复杂的故事，充其量只能把它当做我们这个可爱的伟大时代的一个小插曲。要是您有半小时耐心的话……"

他指了指旁边的一把躺椅。我愉快地接受了他的邀请。我们周围没有其他人。B 博士把看书时戴上的老花镜摘下放于一边，开始说：

---

① 舒伯特（1797—1828），奥地利著名作曲家。

② 指奥匈帝国（1867—1918）第一个皇帝弗·约瑟夫（1830—1916），在位时间是 1867 年至 1916 年。

"承蒙您提到，您是维也纳人，还记得我们家的姓氏。不过我猜您准没听说过那个律师事务所。它起初是我父亲和我、后来是我单独主持的，因为我们不办理报上讨论的案件，我们的规矩是不接受新的当事人的委托。实际上我们已经不再从事正式的律师事务了。我们的业务只限于法律咨询，主要是受委托管理大修道院的财产，我父亲以前是天主教党的议员，所以同各大修道院关系很密切。此外，有些皇室成员的财产也委托我们管理。因为君主政体已经成了历史①，所以这方面的情况我们今天可以谈了。我们家族同皇室以及天主教会的联系上两代就开始了，我叔叔是皇帝的御医，另一位叔叔是塞滕施特滕修道院院长。我们只是保持了这些联系。这是一种静悄悄的、我想说是一种无声的活动，因为当事人对我们家族历来都很信任，所以我们依旧做着这份工作。这个工作只要求严格的保密和可靠，此外并没有更多的要求，而先父正是具有这两种品质的典范；由于他的谨慎，所以无论是在通货膨胀的年代还是政权变革时期，实际上他都为当事人成功地保存了可观的财富。后来德国希特勒上台，开始掠夺教会和修道院的财产，于是德国那边就同我们进行各种谈判和交易，以通过我们的手保住他们的动产免遭没收，关于罗马教廷和皇室进行的某些秘密政治谈判，我们两人知道的比外界知道的要多得多。正因为我们事务所并不惹人注目，门上连牌子都不挂，外加我们两人都很小心谨慎，有意避免同保皇派来往，所以我们很保险，没有人擅自对我们进行调查。事实上在那些年里奥地利当局从未料到，皇室的秘密信使交接最重要的信件一直都是在我们设在五层楼上的那个不起眼的事务所里进行的。

"纳粹分子早在扩充军备，妄图征服世界之前，就开始在其邻国组织一支同样危险的和训练有素的军队——由受歧视、受冷落和受损害的人组成的军团。他们在每个机关企业里都设立了所谓的'支部'；他们的坐探和间谍无处不在，包括在陶尔斐斯②和舒施尼格③的私人宅邸里。就是在我们这个很不起眼的事务所里也安插了他们的人，可惜我知道得太晚了。当然，此人

---

① 1867 年建立的奥匈帝国因参加第一次世界大战失败和国内工人运动及民族解放运动的高涨，于 1918 年瓦解，哈布斯堡王朝的末代皇帝查理退位。11 月 12 日成立奥地利共和国。另外匈牙利和捷克斯洛伐克两个国家也宣告成立。
② 陶尔斐斯（1892—1934），1932 年 5 月出任奥地利总理，1934 年 7 月被纳粹分子刺死。
③ 舒施尼格（1897—1977），奥地利政治家。1934 年任奥地利联邦总理，1938 年 3 月 11 日被希特勒逼迫辞职，不久被纳粹分子投入监狱。1945 年 5 月获释。

只不过是个可怜而无能的办事员。他是一位神甫介绍来的，我雇用他的唯一目的，就是为了使我们事务所对外像是个正规机构的样子；实际上我们只用他办些无关紧要的差事，接接电话，整理整理文件，当然是那些无足轻重、不会引起怀疑的文件。他不许拆信件，所有的重要信件都是我亲手用打字机打的，不留副本；每份重要文件我都拿回家去；所有的秘密会谈全都挪到修道院院长办公室或我叔叔的诊室去进行。由于采取了这些预防措施，所有重大的事情这名坐探一件都未曾看到；但是由于发生一件不幸的偶然事件，这心怀叵测、追名逐利之徒一定发现我们不信任他，背着他做了种种很有意思的事。也许有次我们不在，信使没有按照约定称'贝恩男爵'，而是一不小心说了'陛下'这个词，要不就是这无赖非法拆看了信件——总之，在我怀疑他之前，他就从慕尼黑或柏林接受了监视我们的任务、一直到后来，我被捕入狱已经很久了，我才想起，开始的时候他工作马虎大意，而在最后几个月却忽然变得积极起来，而且好多次几乎是死皮赖脸地主动要求将我的信件送往邮局。我不能说我没有某些疏忽大意之处，但是那些伟大的外交家和将军到头来不也是被希特勒那套伎俩狠狠地耍弄了吗？盖世太保早就将我牢牢地盯住了，下面这件事就是最具体的证明：就在舒施尼格宣布下野的那个晚上，也就是希特勒进入维也纳的前一天①，我已经被党卫队逮捕了。幸好，我一听到舒施尼格的辞职演说，就把最最重要的文件全部烧毁了，余下的文件连同为证明几所修道院和两位大公爵存在国外的财产所不可缺少的凭据，我真是在冲锋队破门而入之前的最后一分钟将其统统塞在一只盛脏衣服的筐里，让我那年迈而可靠的女管家送到我叔叔那边去的。"

B博士停下来点了一支烟。借着闪烁的火光，我发现他的右嘴角神经质地抽搐了一下，这我先前就已经注意到了，现在我观察到，每隔几分钟就要抽搐一次。这只是微微抽动一下，就像拂过一丝微风，但是它却使这张脸显出引人注意的心神不安的神情。

"您大概在猜想，现在我要给您讲关于集中营的事——所有忠于我们古老的奥地利的人都被押解来关在那里——讲我在集中营里受到的侮辱、拷打和刑讯了吧。这样的事情并没有发生。我被列入另外一类。我没有被驱赶到

①　这里当指 1938 年 3 月 11 日，这天舒施尼格总理被迫宣布辞职，并与当晚发表辞职演说。德国军队于 3 月 12 日入侵奥地利，3 月 13 日宣布德奥合并，希特勒和德国纳粹军于 3 月 14 日进入维也纳。根据小说所写，希特勒进入维也纳该是 3 月 12 日，似有误。因为 3 月 12 日希特勒只是到达奥地利的林茨，3 月 14 日才进入维也纳。

那些不幸的人那儿去，纳粹分子对他们施行肉体和精神折磨，把长期积聚起来的仇恨一股脑儿都发泄在他们身上。我被归入另外一类人之中，这一类人数量不多，纳粹分子想从他们身上逼取金钱或者重要情报。本来，盖世太保对我这个本不值一提的小人物当然毫无兴趣，但他们一定已经获悉，我们曾经是他们最顽强的敌人的财产代理人、经管人和亲信，他们指望从我身上榨取可以构成罪证的材料，既可用来反对修道院，证明它们非法牟利，也可用来反对皇室以及所有那些在奥地利不惜流血牺牲为维护君主王朝而竭尽全力的人。他们猜想——真的，这倒并非空穴来风——我们经手转移出去的那些资金，绝大部分还藏着，他们想夺过去，可又无从下手；所以他们当天①就把我抓了去，想用他们那套行之有效的方法迫使我供出这些秘密。他们想要在我这类人身上榨取金钱或者重要材料，所以没有把我们送进集中营，而是给我们以特殊待遇。您也许还记得，我们的首相②以及罗特席尔德男爵③——纳粹分子指望从他的亲属那里敲诈数百万——都没有被投进铁丝网围着的战俘营，而是表面上给予优待，被送进大都会饭店——同时也是盖世太保的总部——每人住一单间。我这个不起眼的小人物居然也得到了这种奖励。

"在饭店里住单间——这话本身听起来就极其人道，不是吗？可是请您相信我，他们没有把我们这些'知名人士'塞进二十个人挤在一起的冰冷的木棚里，而是让我们住在供暖还不错的饭店单间里，这绝不是他们给予我们的一种更人道的待遇，而是挖空心思想出来的更加狡猾的方法。他们想从我们嘴里逼出他们所需要的'材料'，采用的不是毒打或者用刑，而是以杀人不见血的方式，采用最最狡猾歹毒的隔离手段。他们并没有对我们怎么样，只是将我们置于完全的虚空里。大家都知道，像虚空那样对人的心灵所产生的那种压力是世界上任何东西都办不到的。他们把我们每个人分别关在一个完完全全的真空里，关进一间同外界绝对隔绝的房间里，不用拷打和冰冻从外部给我们压力，而是让我们从内心产生一种压力，最终砸开我们的两片嘴唇。乍一看，安排给我的房间绝对不能说不舒服。这房间有一扇门，一张

---

① 指 1938 年 3 月 11 日希特勒迫使舒施尼格下台的当天。

② 指舒施尼格。

③ 指欧洲著名的罗特席尔德银行世家某成员。老罗特席尔德的五个儿子是这个家族的第一代，均生活在 19 世纪，而且都被授予奥地利帝国男爵勋位。这个家族的第二代恪守家世传统，事业更加兴旺，在纳粹时期，家族成员团结一致，协力适应风暴，克服困难，其表现令世人瞩目。此处具体指的是这个家族的哪位成员，不详。

床，一把沙发椅，一个洗脸盆，一扇上了栅栏的窗户。可是这扇门白天黑夜都是锁着的，桌上不许放纸和铅笔，窗户外面是一道防火墙；在我周围，甚至在我自己身上都是空无所有。我的每样东西都被搜走了：搜走手表，让我不知道时间；搜走铅笔，我就无法写东西；搜走小刀，使我无法割断动脉血管；就连抽支烟稍微提提神也不允许。除了不许说话、不许回答问题的看守，我见不到一张人的脸，听不到一点人的声音；从早晨到夜晚，从夜晚到早晨，眼睛、耳朵以及所有其他感官都得不到一丝养料，你成天寂寂一身，茕茕孑立，守着桌子、床、窗户、洗脸盆等四五件不会说话的东西，一筹莫展；你就像玻璃罩里的潜水员，身处寂静无声的黑黝黝的海洋里，甚至感觉到通向外部世界的绳索已经扯断，你永远不会被人从这无声的深底拉回到水面上去了。整天没什么事可做，没什么东西可听，没什么东西可看，你的周围到处是一片虚空，一片绵延不断的完全没有空间和时间的虚空。你走来走去，走去走来，来来回回，循环往复。但是，即使是看似毫无实体形迹的思想也需要一个支撑点啊，否则它就要开始旋转，就要毫无意义地围着自己转圈；思想也受不了虚空。你从早到晚期待着什么，可是什么也没有发生。你等啊，等啊，等啊，你想啊，想啊，想啊，直到太阳穴发痛。什么也没有发生。你仍是孤独一人。孤独一人。孤独一人。

"这样延续了十四天，我在时间之外，世界之外生活的十四天。要是当时爆发了战争，我也不会知道；我的世界就只有桌子、门、床、洗脸盆、沙发椅、窗户和墙这几样东西，我整天凝视着同一面墙上的同一张壁纸，久而久之，壁纸上锯齿形图案的每根线条都好似用刻刀刻进我大脑深处的褶皱里去了。后来，审讯终于开始了。突然来传我了，也弄不清那是白天还是夜里。他们喊了我的名字，押着我穿过几条走廊，也不知道要带我到哪里去；后来，在一个什么地方等着，也不知道那是什么地方，突然，又站在了一张桌子前面，桌旁坐着几个穿制服的人。桌上堆着一叠纸：那是档案，不知道里面是些什么材料。接着就开始提问，这些问题真真假假，有的单刀直入，有的阴险奸诈，有的声东击西，有的设置圈套；你回答问题的时候，陌生而恶毒的手指在翻材料，你不知道里面有些什么东西，陌生而恶毒的手指在审讯记录上写些什么，你不知道写的是什么。可是，对我来说，这次审讯中最可怕的是，我始终猜不出，也估计不到，盖世太保对我们事务所的事情确实已经知道了哪些，哪些想从我口里获取。我已经对您说过，在最后一刻让女管家把那些可以构成罪证的文件送到我叔叔那里去了。可是，他收到这些文件了？他没有收到？那个坐探办事员泄露了多少？他们截住了多少信件？这期间在我们代理的那些德国修道院也许已经敲开了某个糊涂神甫的嘴，那么到底逼出了多少秘密？他们问呀，问呀，没完没了地问。我给修道院买过哪些有价证券，同哪些银行有通信往来？我认不认识一位某某先生？我收到过瑞士或者某某地方的信件没有？我一点也估计不出，他们到底查到了多少问题，所以我每个回答关系都非常重大。要是我承认了他们尚未掌握的某件事，我也许就会无谓地使某人罹难；我要是什么都不承认，那就自己害了自己。

"不过，审讯还不是最可怕的。最可怕的是审讯以后回到我那虚空之中，回到那个有着同一张桌子、同一张床、同一个洗脸盆和同样的壁纸的同样的房间里。因为只要我单独一人的时候，我就要重新琢磨审讯的情况，思考怎么回答才最聪明，下次提审也许会因我说话不小心而引起他们的怀疑，如果这样，我该怎么说才能弥补。我仔细思量，反复琢磨，认真检查我向预审官说的每一句证词，把他们提出的每个问题和我回答的每一句话都简要重复一遍，想估量一下我说的话有哪些可能被记录在案。不过我知道，我永远也估计不出来，也不会知道。但是这些思想一旦在这虚无的空间里发动起来，就不停地在脑袋里转动，翻来覆去，循环往复，还不断地想出一些新的事情来，而且睡着了脑袋里还在转；每次审讯之后，我脑子里还在经历着那些提问、深究和折磨的煎熬，或许甚至比审讯时的折磨更为残忍，因为每次审讯一个小时就结束了，而审讯之后由于寂寞的无情折磨，脑袋所受的煎熬却是没有完结的时候。我的四周总是只有桌子、柜子、床、壁纸、窗户，没有任何分散我注意力的东西，没有书，没有报纸，没有陌生的面孔，没有可以记点东西的铅笔，没有可以用来玩的火柴，没有，没有，什么都没有。现在我才发觉，把人单独囚禁在饭店的房间里这一套做法用心何其险恶，对人精神上的摧残又何其厉害。要是在集中营里，也许得用小车推石头，推得两只手磨出血来，两只脚冻僵在鞋里，可能得二三十人挤在一个又臭又冷的小屋里。可是你能看到人的脸，可以将目光投向一片田地，一辆手推车，一棵树，一颗星星，以及别的什么东西，而这里呢，你周围都是同样的东西，始终都是这些东西，从来不会改变，真是可怕。这里没有什么东西可以使我分心，使我从自己的思想、从自己的胡思乱想、从自己病态地将审讯时的提问和自己的回答不断复述中解脱出来。而这一点恰恰正是他们打的如意算盘——他们要憋死你，要让你自己的思想来憋你，直到憋得你喘不过气来，你别无他法，最后只好向他们吐露真相，将他们想要的一切招供出来，终归把材料和人统统抛了出来。我渐渐感觉到，在这虚空的令人毛骨悚然的压力下我的神经开始松弛了，我意识到这种危险，便把神经绷得紧紧的，我想，即使把每根神经都绷断，也要找到或者想出点事情来分散自己的注意力。为了使自己有点事做，我就试着把以前会背的东西，如民歌、儿歌、中学课本里的幽默故事、民法条款等，一一朗诵出来，并再复述一遍。后来我又试着演算，随便拿些数字来相加、相除，可是在虚空中我的记忆缺少附着力，没有能使我的思想集中在上面的东西。脑袋里老是出现和闪烁着这个想法：他们知道什么？我昨天说了些什么，下次又该说些什么？

"这种真是难以描述的状况延续了四个月。四个月，写起来容易，才不过两个字！说起来也容易：四个月，一共才四个音节。① 嘴唇动一下就把这几个音发出来了：四个月！但是谁也无法描述、测定，谁也无法用直观例子向别人、也无法向自己说明，在没有空间、没有时间的情况下时间有多长，无法向别人讲清楚，这虚空，虚空，你周围的虚空是如何蛀食和摧毁你的心灵的，整日所见就只有桌子、床、洗脸盆和壁纸，屋里成天都是沉默，成天是同一个看守，他看都不看你一眼就把饭塞了进来，时时刻刻是同样的思想在虚空中围着你转啊转，直弄得你神经错乱，疯疯癫癫为止。我心里惴惴不安，从一些细小的征兆中我发觉自己的脑子混乱了。起先，在审讯的时候心里是清楚的，陈述冷静沉着，深思熟虑；哪些该说，哪些不该说，这种双重思维还在起作用。现在我连说最简单的句子都是结结巴巴的，因为我在做法庭陈述时，眼睛总像是着了魔似的愣愣地盯着那支往纸上做着记录的笔，仿佛我想追上自己说的话似的。我感觉到，我的力气越来越不济了，我感觉到，为了救我自己，我将会把自己所知道的一切，也许还有更多的东西全部交代出来。为了摆脱虚空的窒息，我将会出卖十二个人，供出他们的秘密，而我自己呢，除了片刻休息之外，什么好处也得不着，我感觉到这样的一刻越来越近了。一天晚上确已走到了这一步：在我快要憋死的当儿，看守恰好给我送饭来，于是我就突然朝他背后喊：'您带我去审讯！我什么都交代！什么都交代！我要交代文件在哪儿，钱在哪儿！我统统都交代，彻底交代！'幸好他没有听到更多的东西，或许他也不想听我说。

---

① 四个月，德文为 vier monate，是两个字，四个音节。

"在这极其艰难的时刻，发生了一件意想不到的事。这件事把我救了，至少在一段时间里把我救了。那是七月底一个乌云密布的阴沉沉的下雨天；我所以还清楚地记得这个细节，那是因为我被押去审讯、穿过走廊时，雨水正噼噼啪啪地打在玻璃窗上。我得在预审的候审室里等着。每次带去受审都得等，让你等，这也是一种手法。首先，通过叫喊，通过深夜里突然把你从囚室里提溜去受审，让你的神经高度紧张起来，然后，等你做好审讯准备，思想和意志都振作起来准备反击时，他们又让你等着，毫无意义地、无缘无故地等着，一小时，两小时，三小时地等着，等得你身心交瘁。在星期四，七月二十七日，这一天他们让我等得特别长，让我在候审室站着等了两个小时；这个日期我所以还记得，那是有个特别原因的。在候审室里当然不许我坐，我在那里站了两个小时，腿都要站断了。候审室里挂了一本月历，我无法向您解释，在当时如饥似渴地向往着印刷的和手写的东西的情况下，我是如何目不转睛地，如何牢牢地紧盯着墙上'七月二十七日'这几个字的；我仿佛把这几个字吞进了肚里，刻在了脑子里。随后我又等着，等着，眼睛注视着房门，看它什么时候终于会打开，同时心里在思考，审判官这次会问我什么问题，不过我也知道，他们问的问题可能和我准备的截然不同。但是不管怎么说，这种等待和站立的折磨同时也是一件好事，一种快乐，因为这间屋子怎么说也和我那间不一样，不一样，要稍微大一点，有两扇窗户，而我那间只有一扇，还有，这里没有床，没有洗脸盆，窗台上也没有那道明显的、我观察了几百万次的裂缝。房门油漆的颜色也不一样，靠墙放着另一把沙发椅，左边是一个档案柜，以及一个有挂钩的衣帽架，挂钩上挂着三四件湿军大衣，那是折磨我的刑警们的大衣。也就是说，我在这里可以看到一些新东西，同我那屋里不一样的东西。我那饥饿的眼睛终于又可以看到一些别的东西了，它们贪婪地盯着每一件东西。我细细察看这几件大衣上的每一个皱褶，譬如说，我看到一件大衣的湿领子上挂着一颗水滴，您听起来一定很好笑。我怀着莫名其妙的激动心情等待着，看这颗水滴最后会不会克服重力作用，继续长久地附着在衣领上——是的，凝视着这颗水滴，屏住呼吸对它凝视了数分钟之久，仿佛这颗水滴上悬挂着我的生命似的。后来水滴终于滚落下来了，我就开始数大衣上的纽扣，一件是八颗，另一件也是八颗，第三件是十颗，接着我又比较大衣的翻领；我饥渴难当的眼睛以一种我无法描述的贪婪触摸、把玩和抓住所有这些可笑的、微不足道的小事。突然，我的目光呆呆地盯着一样东西。我发现，一件大衣的口袋鼓鼓的。我走近一些，凸起的东西呈长方形。从这一点我就看出这个略为有点鼓突的口袋里藏着的东西：一本书！我的双膝开始发抖：一本书！我已经有四个月手里没有拿过书了，光是想象一本书，想象书里可以看到一个挨一个的字排列成一本书的一行行，一页页，一张张，可以阅读和追踪别的一些新的、不熟悉的、可以分散注意力的思想，并将这些思想记在脑子里——光是这么一想，就令你心驰神往，销魂荡魄。我的眼睛像着了魔似的紧紧盯着那个小小的鼓突的地方，我的灼热的目光紧紧盯着那个不显眼的地方，仿佛想要在大衣上烧个窟窿似的。我终于无法抑制自己的贪欲；我下意识地一点点移近去。我思忖，这回至少可以隔着呢料拿手触摸一本书了。这个想法使我手指上的神经一直热到指甲上。几乎在不知不觉中，我往那儿越挨越近。幸好看守没有注意我这个肯定很奇怪的举动；也许他也觉得，一个人直直地站了两个小时以后，想稍微往墙上靠靠，这是很自然的。我终于站在挨大衣很近的地方了，我故意把双手反背着，以便神不知鬼不觉地碰到大衣。我触摸了呢料，透过面料我确实感觉到有个长方形的东西，这东西可以弯曲，而且还会窸窣作响——一本书！一本书！偷走这本书！这个念头像枪弹似的穿过我的脑子。也许会成功，你可以把书藏在囚室里，然后就读啊读，终于又可以读到书了！这个想法刚闪进我的脑袋，就像烈性毒药似的发生作用了：我耳朵里一下子嗡嗡直响，我的心怦怦直跳，双手冰凉，都不听使唤了。但是经过第一阵沉迷之后，我又轻轻地、巧妙地更往大衣挨近，两眼紧紧盯着看守，同时用藏在背后的双手把口袋里的那本书从下往上托起。接着将书一把抓住，再轻轻地、小心翼翼地一抽，突然，这本不很厚的小书就到了我的手里。现在我才为自己的行为感到后怕。但是我又不能再把书放回去了。可是把书往哪儿放呢？我把书从背后塞到裤子里，掖在系腰带的地方，再从那里将它慢慢挪到腰部，这样走路的时候我就可以像军人那样用手贴着裤缝，把书压住。现在该做第一次试验了。我离开衣架，一步，两步，三步。行。只要把手紧紧压着腰带，走路的时候就可以把书夹住。

"接着就开始审讯了。这次受审我付出的精力比哪次都多，因为这回我在回答问题的时候其实并没有把全部精力集中在我的口供上，而是首先一心想着要不露声色地把书夹住。幸好这次审讯很快就结束了，我安然将书带到我的房间——我不想详述种种细节来耽误您的时间，因为在走廊里书一下从裤子里滑了下来，真危险，我不得不假装一阵剧烈的咳嗽，咳得弯下腰去，把书重新安然塞回到腰带下。不过，当我带着这本书回到我的地狱里，终于独自一人、可又不再是独自一人的时候，我是什么样的心情啊！

"您大概会想，我一定立即抓起书来看了看，就读了起来。完全不是！首先我要品味一下阅读前的乐趣。我身边有了一本书，自己可以先去幻想一番，这本窃得的书最好是哪一类，这是一种故意延缓的、并且使我的神经奇妙地兴奋起来的快乐：首先这是一本印得很密的书，有很多很多字，有很多很多薄薄的书页，这样我就可以多读一些时间，再就是，我希望这是一本能够在精神上给我激励的作品，不是肤浅的、轻松的作品，而是本可以学习、可以背诵的作品，最好是诗歌，是歌德或荷马——这是个多么大胆的梦啊！可是我终于无法继续控制住自己的欲望和好奇心了。我往床上一躺——这样，万一看守突然把门打开，他也抓不住我的把柄——哆哆嗦嗦地从腰带下抽出书来。

"看了第一眼就使我大为扫兴，甚至感到极其恼怒：冒着那么大的危险窃得的这本书，积聚着那么热烈的期望的这本书只是一本棋谱，是一百一五十盘名局汇编。要不是我的窗户闩着，关得严严实实的，我一怒之下不把书从窗户里扔出去才怪，我要这么一本毫无意义的书有什么用？我上中学时像大多数学生一样，无聊的时候偶尔也下棋玩玩。可是这本理论的东西我要它干吗？没有对手可不能下棋，更不用说没有棋子和棋盘了。我懊恼地把这本棋谱浏览了一下，心想说不定会发现什么可读的东西呢，譬如说一篇序言啦，一篇导读啦。但是除了一盘盘名局的光巴巴的正方形棋图以及棋图之下起先令我莫名其妙的符号，诸如 a2—a3，Sf 1—g 3 之外，其他什么也没有。这一切我觉得像是一种无法解开的代数方程式。后来我才渐渐地猜出，a、b、c 这些字母代表经线，数字 1 至 8 代表纬线，两者相合就可以确定每个棋子的位置。这么一来，这些纯粹图解式的示意图毕竟获得了一种语言。我思忖，也许我可以在囚室里做一个棋盘，然后就照着棋谱把这些棋局摆一摆；像是上天的旨意，我床单的图案恰好是粗线条的方格子。把床单好好一叠，终于把它折出六十四个方格来了。于是我就先把书藏在裤子底下，并将书的第一页撕掉。接着我就开始用我省下来的小块面包屑做成王、后等棋子的样子，不言而喻，棋子做得很可笑，很不完美。经过不断努力，我终于可以在方格床单上摆出棋谱上标明的各个位置了。我把这些可笑的面包屑棋子的一半涂上灰，使颜色深一些，以示区别。但是当我试图用这些棋子将一局棋从头到尾复盘时，起初我失败了。头几天我摆棋的时候，摆着摆着就乱套了，一局棋我就得摆五次，十次，二十次，每次都是从头摆起。不过世界上有谁像我这个虚空的奴隶拥有那么多无法利用的和毫无用处的时间呢？又有谁有那么多无法估量的欲望和耐心呢？六天以后我已经能完美地把这盘棋下完了，再过八天我连面包屑都不用放在床单上，就可以把棋谱上这一盘每步棋的位置记得清清楚楚，再过八天，连方格床单也用不着了。起先棋谱上 a1、a2、c7、c8 这些抽象的符号现在在我脑子里都自动变成了一个个看得见的形象化的位置。这个转化完全成功了：我将棋盘连同棋子都投影在我的脑袋里，光用棋界用语就能看到每步棋的位置，就像一位训练有素的音乐家，只要朝乐谱看上一眼，就足以听出各个声部以及和声来。又过了十四天，我已经能毫不费力地背下棋谱上的每一盘棋——用行话来说，就是下盲棋。现在我才开始懂得，我这次大胆的偷窃给我带来了无可估量的欣慰。因为我一下子有事做了——如果您愿意也可以说这是毫无意义、毫无用处的事，不过它确实摧毁了包围着我的虚空，有了一百五十盘棋的棋谱，我就有了一件神奇的武器来抵御令人窒息的时空的单调。为了使这项新找来的事儿始终保持它的魅力，从现在起我把每天的时间作了精确的划分：上午摆两盘，下午摆两盘，晚上再快速复一次盘。在此之前，我的日子像明胶一样无形无状地延伸着，现在可是填得满满的了，我有事做了，而又不感到疲倦，因为下棋具有一种奇妙的好处，可使智力专注于一个狭窄的范围里，不论如何费劲思考，脑子也不会松弛，相反，会更加增强大脑的灵活和张力。起初我只是机械地照着名局摆棋，在这过程中，在我心里慢慢开始出现一种对国际象棋的艺术的、妙趣横生的理解。我学会了进攻和防御的精微着法，行棋布阵的谋略和深邃的洞察力，我掌握了预先计算，互相呼应和巧妙应着等技巧，不久就能准确无误地识得每位国际象棋大师棋风的个人特点，就像一个人只消读几行诗就能确定该诗出自哪位诗人之手一样。这件事开始时纯粹是为了填满时间而干的，现在变成了享受，阿廖欣、拉斯克、波戈留波夫、塔尔塔柯威尔等伟大的国际象棋战略家的形象，宛若亲爱的朋友，都来到我这寂寞的斗室。棋局中无穷无尽的变化使这间不会说话的囚室每天都充满了生气，正是因为我的练习很有规律性，使我原本已经受了损害的思维能力又恢复了自信；我感觉到我的脑子又重新活跃和振奋起来了。而且由于不断进行思维训练，甚至还好像磨得更锋利了。我考虑问题的时候思路更清晰，思想更集中，这一点尤其是在审讯的时候得到了证明：不知不觉中，在棋盘上对付虚假的讹诈和暗藏的诡计方面达到了完美无缺的程度；从这时起提审的时候我再也不露出任何破绽，我甚至还觉得，盖世太保们渐渐开始带着某种敬意来观察我了。也许他们在暗暗自问，他们看着其他人都垮了，唯独我还在进行不屈不挠的反抗，这种力量是从哪些秘密源泉汲取的？

"这是我的幸福时光，我日复一日地将棋谱上的一百五十盘棋局系统地一一进行复盘，这段时间大约延续了两个半月至三个月。随后出乎意料，我又遇到了一个死点。突然之间我又重新面对一片虚空，因为我把每盘棋都从头到尾下了二三十次，这样，这些棋局就失去了新鲜的魅力，不再给人以惊喜，先前那种令人兴奋、令人激动的力量枯竭了。这些棋局的每一步我早已背得滚瓜烂熟，再一次又一次地将它们重复又有什么意思？刚一开局，这盘棋的进程就像自动在我心里展开了，已经不再有惊喜，不再有紧张，不再有任何问题了。为了使自己有事可做，为了给自己制造已经成了不可或缺的劳累，并分散自己的注意力，我真需要另一本汇集了别的棋局的书。可是这是完全不可能的，所以在这条奇怪的歧途上只有一条路：必须自己发明新的棋局来代替旧的棋局。我必须设法跟自己下，更确切地说，是向自己作战。

"我不知道，对于这种'游戏中的游戏'——同自己对弈的精神状态您了解到何种程度。但是只要粗略一想，就足以明白，下国际象棋是一种纯粹的、没有偶然性的思维游戏，因此要跟自己对弈的想法从逻辑上来说是荒谬的。国际象棋的引人入胜之处，从根本上来说仅仅在于其战略是在两个不同的脑袋里不同地发展的，在这种精神战争中黑方并不知道白方的花招，所以不断想方设法去猜测和挫败其诡计，同时就白方而言，对于黑方的秘密意图它力图预先加以识破，给予反击。如果现在执黑和执白是同一个人，那情况就十分荒谬了：同一个大脑同时对一些事情既应该知道，又不应该知道，作为白方在行棋的时候，它能奉命忘掉一分钟前黑方的愿望和意图。这种双重思维其实是以意识的完全分裂为前提的，大脑的功能就像机械仪表一样，开关自如。想要自己战自己，这在国际象棋中是个悖谬，就像一个人想要跳过自己的影子一样。

"好了，说简短些吧，这种背理和荒谬之事我在绝望中竟试了几个月之久。可是，为了使自己不至于陷入完全精神错乱或者智力的彻底衰颓，除了去做这件荒唐事之外，我别无选择。我那可怕的处境逼得我不得不至少去试一试，把自己分裂成一个黑方我和一个白方我，要不然我就得被我周围恐怖的虚空压垮。"

B博士往躺椅上一靠，闭了一会儿眼睛。他仿佛要把令人心烦意乱的回忆强压下去似的。他左边嘴角上又出现了奇怪的抽搐，他无法控制的抽搐。接着，他在躺椅上把身子略为坐直一些。

"这样，到此为止，我希望已经把一切都向您讲得相当清楚了。但遗憾的是我自己也拿不准，其余的事是否也能那么清楚地说给您听。因为这件新工作要求脑子保持绝对的紧张，这就使它不能同时进行任何自我控制。我已经向您提到过，照我看，同自己对弈这本身就很荒谬绝伦；但是即使是荒唐事，面前总有一个实实在在的棋盘，那毕竟还有一个最小的机会，而棋盘这个真实的东西毕竟还容许保持一定的距离，允许享受物质上的治外法权。面对摆着真实的棋子的真实的棋盘，纯粹从身体方面来说，就可以一会儿站在桌子的这一边，一会儿站在桌子的另一边，以便一会儿从执黑的立场，一会儿从执白的立场来把握和运筹局势。但是像我这样迫不得已把向我自己进行的厮杀，要是您愿意的话，也可说是同我自己进行的厮杀投影在一个意想中的空间里。我被迫在脑子里清楚地把握住六十四个方格上每一边的阵势，此外不仅要计算出眼前的行棋，而且也要计算出对弈双方下几步可能要走的棋，确切地说，我要两倍、三倍地盘算，不，是六倍、八倍、十二倍地盘算，我要为每一个我，为黑方我和白方我预先想出四五步棋，我知道，这一切听起来是多么荒谬。请您原谅，我希望您仔细考虑一下我的这种疯癫状态。在抽象的幻想空间中下棋的时候，我作为白方棋手，同时又作为黑方棋手都得为各方预先算出四五步，也就是说，对于棋局发展进程中所出现的各种情况在一定程度上得预先跟两个脑子，跟白方的脑子和跟黑方的脑子配合好。但是即使是这种自我分裂在我这费解的试验中还不是最危险的，由于我独立想出了一些棋局，结果失去了立足之地，坠入了无底深渊。像我前几个星期所练习的那样，光是照名局来下，终归只不过是一种复制的成果，纯粹是对已有物质的重复，这并不比背诵诗歌或者默记法律条文更费劲，这是一种局限的、按部就班的活动，因而是一种绝妙的脑力训练。我上午练习两盘棋，下午练习两盘，这是规定的定额，没有一丝激动我就可以将它完成；这四盘棋是我的正常工作，再说，要是我在下棋的过程中走错了，或者走不下去了，总还可以向棋谱求教。所以对于我受了震惊的神经来说，这是很有疗效的，更能起镇静作用，因为照别人的棋局摆棋不会使自己卷进搏杀中去；管他是黑棋赢还是白棋赢，对我来说都无所谓，这是阿廖欣或波戈留波夫，是他们在争夺比赛的桂冠，而我本人，我的理智，我的心灵，仅仅是作为观众、作为行家里手在品味棋局的转折突变和赏心悦目。但是从我想跟自己搏杀的一刻起，我就下意识地开始向自己挑战了。两个我中的每一个我，黑棋我和白棋我，在互相竞争，为了自己的一方，每一个我都雄心勃勃，心浮气躁，想取胜，想赢棋；作为黑棋我每走一步心里就万分紧张，不知白棋我会怎么应对。我的两个我中的任何一个，要是另一个我走错一步棋就兴高采烈，得意扬扬，而同时对于自己的漏着则怒容满面，忧心如焚。

　　"这一切看起来毫无意思，事实上这种人为的精神分裂，这种意识分裂，它所带来的危险的心情激动，在正常人的正常状态下是难以想象的。但是，请您不要忘记，我是从正常状态下被强行拉出来的，是个囚犯，无辜遭到监禁，几个月来受尽别人精心策划的寂寞的折磨，早就要将他积聚起来的愤怒向任何东西发泄了。因为我没有别的东西，只有这种向自己进攻的游戏，所以便将我的愤怒，我的复仇欲望统统狂热地倾注到下棋中去。我心里有种东西自以为是，可是我又只有心里的另一个我是我能与之相搏的，所以我下棋时的激动几乎到了发狂的程度。开始我思考的时候还是不慌不忙，谨慎周到的，在一盘棋和另一盘棋之间还安排了休息时间，好让自己歇一歇，放松一下；可是渐渐地，我那被激动起来的神经就不容许我再等了。我的白棋我刚走一步，我的黑棋我就已毛毛腾腾地向前挺进了；一盘棋刚结束，我就向自己挑战，要下第二盘，因为我这两个我每次总有一个被另一个战胜而要求再下一盘，好扳回来。由于这种疯狂的贪婪心理，这几个月在我的囚室里我同自己究竟厮杀了多少盘，我连个大概数都说不出来——也许一千来盘，也许更多。这是一种我自己无法抗拒的癫狂；从早到晚，我什么也不想，想的只是象、卒、车、王和a、b、c，'将死'和'王车易位'等等，我整个身心都被逼到这个有格子的方块上去了，下棋的乐趣变成了下棋的欲望，下棋的欲望又变成了一种强制，一种棋瘾，一种疯狂的愤怒——不仅浸透在我清醒的时间里，而且也渐渐控制了我的睡眠。我思考的只能是下棋，只能是行棋，只能是下棋过程中出现的问题；有时我醒来，额头湿漉漉的，我断定，睡着了甚至还下意识地在继续下棋，要是我梦见了人，那这个梦一定仅仅是在动象、车的时候，在马往前跳或往后跳的时候做的。就是在被提审的时候，我也不再能明确地想到我的责任了；我感觉到，最近几次审讯的时候，我说的话一定相当的语无伦次，因为，因为审讯官们有时面面相觑，感到诧异不解。实际上，在审讯官们向我提问以及他们互相商量的时候，我心里涌动着那糟糕的欲望，只等着把我重新押回我的囚室去，好继续下棋，继续疯狂地下棋，重新下一盘，再下一盘。每次中断都会使我神经紊乱；就是看守来清扫囚室的一刻钟，给我送饭来的两分钟，也使我那狂热的急躁不安的心情大受折磨；有时候到了晚上我那盒饭还在那儿放着，碰都没有碰过，我下棋下得忘了吃饭。我肉体上能感觉到的唯有可怕的口渴；这大概是由于不停地思考，不停地下棋而上火了；一瓶水我两口就喝干了，就缠着看守，让他再给我水，但一会儿我又感到口干舌燥了。最后，下棋的时候——我从早到晚别的什么都不干——我的情绪竟激动到不再能够静静地坐上片刻的程度；我一面思考棋局，一面不停地走来走去，越走越快，棋局越是临近收尾，心情就越是急躁；那种赢棋、取胜的欲望，击败我自己的欲望，渐渐变成了一种愤怒。我焦躁不安，浑身颤抖，因为我身上一方的我总嫌另一方的我走棋太慢。一方就催促另一方；要是我身上一方的我觉得另一方的我应着不够快，我就开始骂自己：‘快，快！’或者‘往前，往前！’您也许觉得这很可笑吧。当然，我今天心里很清楚，我的这种状况完全是精神过分紧张导致的一种病态反映，对于这种病状我还找不到别的名称，只好把它叫做迄今医学上还不清楚的‘棋中毒’。后来，这种偏执的癫狂不仅开始侵蚀我的大脑，而且也开始侵蚀我的身体了。我消瘦了，睡不好觉，恍恍惚惚，每次醒来都要费好大的劲才能睁开沉甸甸的眼皮；有时我感到极度虚弱，连拿水杯手都抖得非常厉害，要费很大力气才能把杯子送到嘴边；但是一开始下棋，一股狂热的力量就来了：我紧握拳头走来走去，有时宛如透过一层红雾听见我自己的声音沙哑地、凶狠地冲着自己叫喊：‘将死了！’

"这种令人心惊胆战、难以描述的危机状况是如何出现的，我自己也说不清楚。我所知道的全部情况就是，一天早晨我醒来，觉得跟以往完全不一样。我全身像散了架似的软绵绵地躺着，舒适而安逸。一种深深的、适意的倦意，我几个月来未曾有过的倦意压着我的眼皮，是那么温暖、惬意，起先我犹犹豫豫，竟不愿把眼睛睁开。我醒着躺了几分钟，继续享受恬适的昏昏沉沉的境界，暖融融地躺着，感官陶醉在飘飘欲仙的快感之中突然，我觉得似乎听见身后有声音，是活人的说话声，我这时心里的狂喜之情您是想象不出的，以往几个月，将近一年以来，除了法官席上那种生硬、凶狠、毒辣的话之外，我没有听到过别的声音。‘你在做梦，’我对自己说，‘你在做梦！

千万不要睁开眼睛！让梦境再延续一会儿，要不然你又要看见围绕着你的那间该死的囚室，那把椅子、那个洗脸台和那图案永远不变的壁纸。你在做梦——继续做下去吧！'

"可是，好奇心还是占了上风。我慢慢地、小心翼翼地睁开眼。奇迹出现了：我处在另一个房间里，这房间比我饭店里的那间囚室宽大。窗户上没有加栅栏，阳光可以不受遮挡地照射进来，窗户外不是我那呆板的防火墙，一眼望去就可看到迎风摇曳的绿树，室内四壁光洁，雪白闪亮，我上面的天花板又白又高——真的，我躺在一张陌生的新床上，这确实不是梦，我身后有人的声音在低语。惊讶之余，我大概是不由自主地使劲动了一下，因为我马上就听到有人走来的脚步声。一个女人步履轻盈地走了过来，头发上罩着白软帽，是个看护，是护士。我惊奇得浑身打了一阵战栗：我已经有一年没有见过女人了。我愣愣地凝视着这个妩媚的身影，我的目光一定极为兴奋和狂热，因为走过来的护士急忙'安静！请您安静！'地说着让我平静下来。可是我只是聆听她的声音——这不是一个人在说话吗？再说还是一个柔和、温暖，简直可以说是甜美的女人的声音。真是不可思议的奇迹！我贪婪地望着她的嘴，一个人居然能怀着善意同别人说话，这在我这个在地狱里待了一年的人看来，简直是不可能的。护士朝我微笑——是的，她在微笑，居然还有人会善意地微笑——接着她把食指压着嘴唇，意思是让我别出声，然后就轻声地走了。但是我却不能听从她的命令。这个奇迹我还没有看够呢。我硬是想在床上坐起来，好看看她的背影，看看这个善良的人性之奇迹。我想在床沿上欠身坐起来，但未能做到。另外，我感觉到右手的手指和手腕那儿有点儿不对劲，有一个厚厚的大白卷，显然是用很多绷带包扎起来了。我惊奇地望着我手上厚厚的、奇怪的白色包扎，先是摸不着头脑，随后我慢慢开始明白了我在哪儿，并开始思索我自己究竟出了什么事。一定是他们把我打伤了，或者是我自己弄伤了手。我正躺在一家医院里。

"中午大夫来了。他是位和气的、年纪较大的先生。他知道我们家的姓，并非常尊敬地提到我当御医的叔叔，我马上就感觉到，他对我是一片好意。在随后的交谈中，他向我提出了各种各样的问题，尤其是一个使我感到惊讶的问题：我是不是数学家或者化学家。我说都不是。

"'怪了，'他喃喃地说。'您发烧的时候老是大声嚷着一些奇怪的公式——c_3，c_4什么的。我们大家都听不懂。'

"我向他打听，我究竟出了什么事。他意味深长地笑笑。

"'不很严重。是神经急性刺激。'他先是小心翼翼地往四处看了看,然后轻声补充说,'这毕竟是可以理解的。在三月十三日①之后,是吧?'

"我点点头。

"'碰上他们使的这种方法,神经受点刺激并不奇怪,'他喃喃地说。'您并不是第一个。不过您放心好了。'

"看到他悄悄叫我放心的那种态度以及他对我劝慰的目光,我知道,在他这儿我是非常安全的。

"两天以后,这位好心的大夫相当坦率地把事情发生的经过告诉了我。那天,看守听见我在囚室里大喊大叫,开始他以为有人进了我的屋,我在同此人吵架。他刚到房门口,我就朝他扑了过去,冲着他大喊大叫,嘴里喊着'跑啊,你这恶棍,你这胆小鬼!'诸如此类的话,并想卡住他的脖子,最后我发了狂似的向他袭击,他不得不大喊救命。我正处于疯狂状态,后来他们就把我拖来让大夫检查,我大概突然挣脱了,就朝走廊里的窗户扑去,打破玻璃,把自己的手割破了——您看这里还有个很深的疤。在医院里的头几夜,我是在大脑极度兴奋的状态下度过的,不过现在他觉得我的意识完全清醒了。'当然,'他悄悄补充说,'这一点我还是不向这帮先生报告为好,否则到头来他们又要把您送回到那儿去了。请您相信我,我会尽力而为的。'

"这位乐于助人的大夫是怎么向那些折磨我的人汇报我的情况的,我不得而知。反正他达到了想要达到的目的:把我释放。可能是他说我神经已经错乱,或者也许在此期间对盖世太保来说,我已经无足轻重了,因为希特勒在那以后已经占领了波希米亚②,这样,对他来说,奥地利事件就算了结了。这样,我就只需签个字,保证在十四天内离开我们的祖国。这十四天我为办理一个月以前的世界公民今天出国所必需的成千项手续而奔忙:军方和警方的同意证明、税务证明、申请护照、办签证、办健康证明等等,因而没有时间对往事多加思考。看来我们大脑里有一些力量在神秘地起着调节作用,会自动排除那些使我们灵魂讨厌的和对我们灵魂具有危险的东西,因为每当我要回忆我被囚禁的那段日子,我的脑子就有几分糊涂;直到好几个星期以

---

① 1938 年 3 月 13 日希特勒强行宣布德奥合并,奥地利被法西斯德国并吞。

② 波希米亚为捷克西部历史地区。1526 年属哈布斯堡王朝统治,为奥匈帝国的一个省,直至 1918 年捷克斯洛伐克独立。1939 年 3 月捷克斯洛伐克被宣布为纳粹德国的保护国,1942 年德国人实际上接管了这个国家。

后，实际上是上了这艘船之后，我才重新找到勇气，静下心来思考自己身上所发生的事。

"现在您一定会理解，为什么我对您的朋友们的态度会那么不得体，或许还让人百思不得其解呢。我确实完全是闲逛偶然经过吸烟室才看见您的朋友们坐在那里下棋的；我又惊又怕，感觉到我的脚像长了根似的不由自主地站立在那里。因为我全忘了可以在一个真正的棋盘前用真正的棋子下棋，全忘了下棋的时候有两个完全不同的人真真切切互相面对面地坐着。我用了好几分钟才想起，这两个棋手在那里下的，其实同我在束手待毙的情况下跟我自己下了好几个月的那种棋是一回事。我发现，我疯狂地练习时所使用的那些密码只是代替和象征这些骨制的棋子；让我感到惊喜的是，棋子在棋盘上的移动同我在思维空间中假想的走步是一样的，正如一位天文学家用复杂的方法在纸上算出了一颗新行星，后来果真在天空中看到了这颗皎洁晶莹的星星的实体。我的惊喜同那位天文学家的惊喜大概很相似。我像是被磁铁吸住了，凝视着棋盘，望着那儿我的棋图——马、象、王、后、卒等木雕的真实棋子；为了看清这局棋的阵势，我不得不下意识地先将这些棋子从我那抽象的符号世界里退出来，进入活动棋子的世界中来。好奇心渐渐主宰了我，想观看两位棋手之间真正的较量。这就发生了很尴尬的事，我竟把礼数忘到了九霄云外，参与到你们的棋局中来了。但是您的朋友那步昏着像在我心里捅了一刀。我阻止他走那一步，这纯粹是一种本能行为，是感情冲动的表现，正如一个人看到一个孩子弓身挂在栏杆上，就不假思索地将他一把抓住一样。后来我才意识到，我一性急就贸然行事，这有多么唐突。"

我赶忙对 B 博士说，通过这件偶然的事能与他相识，我们大家都很高兴，对我来说，在听了他向我吐露了种种情况后，要是在明天的临时棋赛上能见到他出场，定会兴趣倍增。B 博士听了，做了个不安的动作。

"可别这么说，您真的不要对我抱过多的希望。对我来说，这不过是试一试罢了……试试我到底能不能正常地下棋，能不能用实实在在的棋子同一个活跃着生命力的人在真正的棋盘上对弈……因为我现在越来越怀疑我下过的几百盘，或许是数千盘棋是否真正符合国际象棋的规则，会不会仅仅是一种梦里的棋，一种谵妄棋，一种谵妄游戏，做这种游戏总是像在梦里一样，许多中间阶段都跳过去了。希望您不是当真指望让我不自量力，竟以为能与国际象棋大师，而且是当今世界第一高手较量一番，但愿您对此不要抱有认真的指望。使我感兴趣并让我全力以赴的，仅仅是一种事后的好奇心，想证实一下我那时在囚室里是在下棋还是已经疯了，我当时是处在危险的暗礁之前，还是已经到了它的另一面——仅此而已，只是仅此而已。"

这时船尾响起了进晚餐的锣声。我们大概聊了几乎两个小时了，B博士对我讲的，要比我在这里归纳的多得多。我衷心向他表示感谢，并向他告辞。但是我刚走上甲板，他就从后面追了来，他激动地、甚至有点结结巴巴地补充说：

"还有件事！请您马上先转告诸位先生，免得我到时候显得没有礼貌；我只下一盘……就让这盘棋把旧账画上个句号——彻底了结，而不是新的开始……我不想第二次染上如痴如狂的棋瘾，这种棋瘾现在回想起来都感到胆战心惊……还有，还有，当时大夫警告过我……郑重其事地警告过我。对某种东西染上了瘾，永远存在着危险，中过棋毒的人即使已经治好了，最好还是不要挨近棋盘……所以，您明白——只下一盘棋，对我自己作个试验，绝不多下。"

第二天，在约定的时间三点钟，我们大家都准时聚集在吸烟室里。我们这边又增加了两位"国王游戏"的爱好者，他们是船上的高级海员，是专门向船上请了假来看比赛的。岑托维奇也没有像昨天那样让别人等他。按照规定挑好了棋子的颜色之后，这场值得纪念的、由 Homo obscurissimus[①] 对著名的世界冠军的国际象棋比赛开始了。可是很遗憾，这盘棋只是为我们这些外行观众下的，其进展情况没有保存，没有载入国际象棋年鉴，就像贝多芬的一些钢琴即兴曲没有留下乐谱一样。尽管我们在以后的几个下午想一起根据记忆将这盘棋复原，结果是白折腾一场；也许在棋赛进行过程中我们对两位棋手倾注了过多的热情，因而忽视了棋局的进程。因为两位棋手在外表上表现出来的智力差异，在棋局进行过程中愈来愈在形体上显得清楚。岑托维奇这位行家在整个比赛时间里像块石头，一动不动，两眼低垂，紧盯棋盘；在他来说，思考的时候简直像要付出体力似的，使他全部器官不得不高度集中。相反，B博士的举止轻松自如，无拘无束。作为真正的业余爱好者，B博士的身体是完全放松的，就业余爱好者这个词的最美好的意义上来说，下棋只是游戏，是令人快乐的游戏。在头几步棋的间隙时间里，他在闲聊中给我们讲棋，并潇洒地点着一支烟，只有轮到他走的时候，他才往棋盘上看上

_____

① 拉丁文：无名之辈。

一分钟。他每次都给别人这样的印象，仿佛他早就在等着对手的这步棋了。

开局的几步熟套棋下得相当快。到了第七或第八回合一个明确的计划好像才出来。岑托维奇考虑的时间越来越长，由此我们感到，争取优势的真正战斗开始了。说实话，局势的渐渐发展像真正比赛时的每盘棋一样，对我们这些外行来说是相当失望的。因为棋子越是相互交织，形成一个特殊图案，我们对真正的情况就越是琢磨不透。我们既搞不清这位棋手的目的何在，不明白另一位有何打算，也不知道两人之中哪位是先手。我们只看到一个个棋子像起重机似的在挪动，想砸开敌阵，但是他们这样来来往往有何战略意图，我们却不得而知，因为慎重的棋手每走一步都要预先推断出好几步。另外，我们渐渐感到一种令人瘫痪的疲倦，这主要是由于岑托维奇考虑的时间拖得没完没了引起的，这显然也开始激怒了我们的朋友。我心情不安地发现，这盘棋时间拉得越长，他在椅子上心神不宁地动得越厉害。由于烦躁不安，他一会儿一支接一支地抽着烟，一会儿又抓起铅笔记点什么。接着他又要了一瓶矿泉水，心急火燎地把水一杯杯灌下肚去；显然，他的推断要比岑托维奇快一百倍。每次岑托维奇没完没了地考虑以后决定用他笨重的手将一个子往前一挪，我们的朋友随即露出笑容，就像见到期待已久的事情终于应验了一样，微微一笑，马上就应了一着。他的判断力极其神速，脑袋里一定把对方的一切可能性都预先计算出来了；因此，岑托维奇思考的时间越长，他就越发心烦意乱，在等待的时候他的嘴边强压着一股子火气，几乎是一股子敌意。可是岑托维奇却仍然不慌不忙。他顽固地思索着，默不作声，棋盘上的棋子越少，他琢磨的时间就越长。到第二十四个回合就已足足下了两小时四十五分钟，我们大家已经坐得疲惫不堪，对棋台上的进展几乎无动于衷了。船上的高级海员一个已经走了，另一个拿着本书在看，只是在棋手走子的时候才抬头瞥上一眼。可是等到岑托维奇的一步棋一走，这时意想不到的事突然发生了。B博士一发现岑托维奇抓住马要往前跳，就像准备扑跳的猫一样弓缩着身子。他浑身开始发抖，岑托维奇的马一跳，他就把后狠狠地往前一推，以胜利的姿态大声说："好！结束战斗！"说完便将身子往后一靠，双臂交叉搁在胸前，并以挑战的眼光看着岑托维奇。他的瞳孔里突然闪烁着一团灼热的光。

我们大家不由得都俯下身来看着棋盘，想搞清以胜利者的姿态高声宣布的这一步棋。第一眼看不出有什么直接的威胁。那么我们朋友的话一定是就局势的发展而言的，而这一发展我们这些考虑得不远的业余爱好者还计算不出来。听到那挑衅性的宣告，岑托维奇是我们中唯一不动声色的人；他平心静气地坐着，仿佛压根儿没有听见"结束战斗！"这句侮辱性的话似的。室内没有任何反应。因为我们大家下意识地屏住了呼吸，所以那只放在桌上作计时用的闹钟的滴答声一下子听得清清楚楚。三分钟，七分钟，八分钟——岑托维奇一动不动，可是我觉得，由于心里紧张，他厚厚的鼻孔似乎胀得更宽了。对于这种默默地等待，我们的朋友似乎也同我们一样觉得难以忍受。他突然站了起来，开始在吸烟室里走来走去，起先走得很慢，后来越走越快，越走越快。我们大家都有些奇怪地望着他，不过谁也没有我着急，因为我注意到，虽然他走来走去显得很急，然而他的脚步所迈经的那个空间范围每次都是一样的，这就仿佛他在空荡荡的房间里每次都碰到一个看不见的障碍物，迫使他不得不往回走。我不禁打了个冷战，我发现，他这样走来走去，无意中重现了他从前那间囚室的尺寸：在他被囚禁的几个月中一定也是这样，双手抽搐，肩膀蜷缩，同关在笼子里的动物一样跑来跑去；他在那儿一定就是这样，就只能是这样来来往往跑了上千次，在他僵呆而兴奋的目光里闪烁着发狂的红光。不过他的思维能力看来尚未受到损伤，因为他不时烦躁地朝棋桌转过脸去，看看岑托维奇此刻是否作出了决定。九分钟，十分钟过去了。这时终于发生了我们之中谁也没有料到的事。岑托维奇缓缓抬起他那只一直一动不动地搁在棋桌上的手。我们大家都紧张地注视着他将作出的决断。然而岑托维奇没有走子，而是翻过手，手背果断地一推，将所有的棋子慢慢拨出棋盘。过了一会儿我们才明白：岑托维奇放弃了这盘棋。为了免得当着我们的面明显地被将死，他缴械了。难以置信的事发生了，世界冠军、无数次比赛的折桂者，在一个无名之辈面前，在一个已有二十年或者二十五年没有碰过棋盘的人面前卷起了旗帜。我们的这位匿名朋友，棋界的无名小卒，在公开比赛中战胜了当今世界国际象棋第一高手！

不知不觉中我们激动得一个个都站了起来。我们每个人都觉得，B博士一定会说点或做点什么来疏导一下我们快乐的惊吓的。唯一一动不动地保持着镇定的便是岑托维奇。过了一阵，他抬起头来，用冷漠的目光望着我们的朋友。

"还下一盘吗？"他问道。

"当然，"B博士回答，他那种热情让我感到很不对头。我还没来得及提醒他自己下的"只下一盘"的决心，他就已经坐下了，并开始急急忙忙地把棋子重新摆好。他将棋子集拢的时候是那么激动，以致一个卒子两次从他哆哆嗦嗦的手指间滑到地上；我原先心里就极不好受，现在见他很不自然的激动神情，我心里非常害怕。因为他本是个文质彬彬、温文尔雅的人，现在显然兴奋过度；他嘴角上的抽搐也更频繁，他像发了高烧，全身不住地颤抖。

"别下了！"我在他耳边悄悄说。"现在别下了！您今天已经够了！对您来说，这太费神了。"

"费神！哈哈哈……"他恶狠狠地放声大笑。"要不是这么磨蹭，这期间我都可以下十七盘了！这么慢的速度，又不好睡着，这才是唯一让我费神的呢！——行了！这回您开棋吧！"

最后这几句话他是对岑托维奇说的，语调激烈，近乎粗鲁。岑托维奇静静地、泰然自若地望着他，但是他冷漠的目光似乎是一只攥紧的拳头。突然，两位棋手之间出现了新的情况：危险的紧张气氛和强烈的仇恨。现在已不再是两位互相一比高低的棋手，而是两个敌人，都发誓要把对方消灭。岑托维奇犹豫了很长时间才走第一步棋，我明显地感到，他是有意拖那么长时间的。显然，这位训练有素的战略家已经发现，恰恰是由于他下得慢才弄得对手筋疲力尽和烦躁不安的。因此他用了至少有四分钟，才走了一步最普通、最简单的开局棋：按常规把王前卒往前挪两格。我们的朋友立即以王前卒向迎，可是岑托维奇又作了一次没完没了的停顿，简直让人难以忍受；这就像天上划过一道强烈的闪电，大家心里怦怦直跳，等着惊雷，可是惊雷就是不下来。岑托维奇一动不动。他静静地、慢慢地思索着，我越来越确定地感觉到，他这慢是恶毒的；不过这倒给了我充裕的时间去对 B 博士进行观察。他刚把第三杯水喝下；我不由自主地想到，他给我讲过在囚室里感到一种发高烧似的口渴。这时他身上已经明显地出现了所有反常的激动的征兆；我看见他的额头潮湿了，手上的伤疤比先前更红更显著了。但是他还控制着自己。到了第四个回合，岑托维奇考虑起来又是没完没了，这下 B 博士沉不住气了。

"总得走棋呀！"

岑托维奇抬起头，冷冷地看着他。"据我所知，我们是约定的，每步棋有十分钟思考时间的呀！我下棋，原则上都不少于这个时间。"

B 博士紧紧咬着嘴唇。我发现，在桌底下，他的脚烦乱地、越来越烦乱地摆来摆去往地板上蹭。我有一种预感，觉得他身上正在酝酿着某种荒唐的东西。这种预感压得我喘不过气来，使我自己也无法阻挡地变得越来越神经质了。事实上下到第八个回合又发生了一个风波。B博士等啊等，等得越来越不能自制，他再也无法抑制自己的张力了；他坐在那儿不停地来回晃动，而且禁不住开始用手指头敲着桌子。岑托维奇抬起他那沉重的乡巴佬式的脑袋。

"可以请您别捶桌子吗？这对我是个打搅。这样我无法下棋。"

"哈哈！"B博士短短地笑了一声，"这一点倒是都看见了。"

岑托维奇涨红着脸，严厉而带着恶意地问道："您这话是什么意思？"

B博士又短短地、幸灾乐祸地笑了起来。"没什么意思。只不过您显然非常不耐烦了。"

岑托维奇没有吭声，低下了脑袋。

过了七分钟他才走子。这盘棋就是以这种慢死人的速度继续进行着。岑托维奇常常在发愣，而且似乎越来越厉害，后来他总是到约定思考时间的最大限度时才决定走一步棋，而从一个间歇到另一个间歇，我们朋友的举止变得越来越奇怪。看来他似乎毫不关心这盘棋，而是在忙于别的事呢。他不再焦灼地跑来跑去，而是一动不动地坐在他的座位上。他的眼睛直瞪瞪地、几乎是迷乱地凝视着前面的虚空，不停地喃喃自语，说的话谁也不懂；他不是沉湎在没完没了的棋阵组合，就是在创造另一些新的棋局——我怀疑他是在想新棋局——因为在岑托维奇终于走了一步棋之后，每次都得别人提醒B博士，把他从心不在焉的状态中叫回来。随后他每次都只需一分钟了解一下局势；我越来越怀疑，处在这种突然剧烈发作的冷冰冰的精神错乱状态中，其实他早把岑托维奇和我们大家忘掉了。果然，下到第九个回合，危机就爆发了。岑托维奇刚一落子，B博士连棋盘都没有好好瞅一眼，便突然把他的象向前挺进三格，并喊了起来，声音大得把我们大家吓了一跳：

"将！将军！"

大家怀着希望看到一步妙着的心情，立即一齐注视着棋盘。但是一分钟以后所发生的情况，我们谁也没有料到。岑托维奇缓慢地、非常缓慢地抬起头，把我们这群人一个挨一个看了一遍，此前他从未这样做过。他显出一副得意扬扬的神气，他的嘴唇上渐渐开始浮现出一丝得意的、嘲讽的微笑。一直等到他把他这个我们仍不理解的胜利充分享受以后，才带着虚假的客套朝我们这帮人转过脸来。

"遗憾——我可看不出有'将'的棋。也许哪位先生看出对我的王构成了将军?"

我们望着棋盘,随后又不安地看着 B 博士。岑托维奇的王格确实有一个卒保护着,挡住了对方的象,也就是说,对王构不成将军,这样的棋是孩子都能看得出的。我们心里都很不安。难道是我们的朋友情急之中走偏了一个子,走远了一格还是走近了一格?我们的沉默引起了 B 博士的注意,现在他眼睛盯着棋盘,开始急躁地、结结巴巴地说:

"但是王确实应该在 f 7 上呀……它的位置错了,完全错了。您走错了!棋盘上所有的棋子位置全错了……这个卒应该在 g 5 上,而不该在 f 4……这完全是另一盘棋呀……"

他突然顿住了。我使劲抓住他的胳膊,确切地说,我是在狠狠地掐他的胳膊,他虽然正处在激动不安的迷惘中,大概还是感觉到我在掐他。他转过脸来,像个梦游者似的紧紧望着我。

"您……想干什么?"

我只说了句"Remember!"① 别的什么都没说,同时用手指触了触他手上的疤。他下意识地跟着我的动作做了一遍,目光呆滞地望着自己手上那道血红的伤痕。接着他突然开始颤抖起来,全身起了一阵寒战。

"上帝保佑,"他苍白的嘴唇悄声说道,"我说了什么荒唐话,做了什么荒唐事吗……到头来我又……"

"没有。"我对他悄悄耳语,"但是您得立即中断这盘棋,现在是关键时刻。请您想一想大夫对您说的话!"

B 博士猛地站了起来。"请原谅我的愚蠢的错误,"他以往日那种客客气气的声音说,并向岑托维奇鞠了一躬。"当然,刚才我纯粹是胡说八道。这盘棋理所当然是您赢了。"接着他又转向我们。"我也要请诸位先生原谅。不过我预先告诫过你们,要你们不要对我抱太多期望。请原谅我的出丑——这是我最后一次试下国际象棋。"他鞠了一躬就走了,他的神情和先前出现时一样,谦虚而神秘。只有我知道,此人何以再也不会去碰棋盘,而其他人还都有点迷惑不解地呆在那里,心里隐隐约约地感觉到,在千钧一发之际避免了一场极不愉快和极其危险的冲突。"Damned fool!"② 麦克康纳在失望之余

---

① 英语:记住。

② 英语:该死的笨蛋。

叽里咕噜地骂了一句。岑托维奇最后一个从座位上站起来，还朝那盘下了一半的棋看了一眼。

"可惜，"他大度地说，"这个进攻计划一点不坏。对一位业余爱好者来说，这位先生的天赋委实是异乎寻常的。"

变形记

[奥地利] 弗朗茨·卡夫卡　著

叶廷芳　译

弗朗茨·卡夫卡（Franz Kafka，1883—1924）奥地利作家，生长于布拉格一个犹太商人家庭，在布拉格大学学习德语文学和法律并获法学博士学位，曾任保险公司职员，用德文写作。主要成就是小说。生前仅出版过四本薄薄的短篇小说集，其中《判决》、《在流刑营》、《乡村医生》、《饥饿艺术家》等均很出色。长篇小说有三部：《失踪者》（1927）、《审判》（1914—1918）和《城堡》（1926），均未写完。《审判》中的主人公卡不明不白地被捕，他确信自己无罪，却一直接受法庭的审判，因为法庭的唯一意义就是它的无意义。《城堡》是权力的象征，它近在咫尺，却怎么也进不去，直到主人公弥留之际，才接到了通知准许他在村中住下，但此时已属多余。卡夫卡常常用荒诞的手段和怪诞的手法表现人的生存境况及其面临的现代文明的危机，揭示了存在主义所感兴趣的命题。《变形记》（1916）是中短篇小说的代表作，小说中格里高尔·萨姆沙突然变成甲虫，从供养家庭的推销员变成了家庭的负担，由此身边的所有现实关系都发生了改变，主人公对此却无能为力。作品暗示：由于现实社会带给人沉重的肉体和精神上的压抑，使人失去了自己的本质，异化为非人。

一

一天清晨，当格里高尔·萨姆沙从烦躁不安的睡梦中醒来，发现自己在床上变成了一只大得吓人的甲壳虫。他躺着，感到脊背坚硬，犹如铁甲，他稍稍抬起头，看见自己的肚子高高隆起，棕色，并被分成许多弧形硬片，被子很难盖得住，很快就会全都滑落下来。他那许多与他原来的身躯相比细得可怜的腿脚，只见它们无可奈何地在眼前舞动着。"我发生什么事啦?"他想。这可不是梦啊。他的房间静卧在四面好不熟悉的墙壁之间，那是一间可惜略微偏小、却是真正人住的房间。桌子上铺放着各种分别包装好的布料样品——萨姆沙是个旅行推销员——桌子上方挂着他不久前从一本画报上剪下来的画，它被嵌在一个漂亮的、镀了金的镜框里。那是一位戴着毛皮帽子、围着毛皮围巾的女性，她直挺挺地坐着，两只前臂完全笼在一个厚厚的皮手筒里，正对着看画的人。

于是他把目光转向窗口，阴沉的天气完全使他变得心情忧郁——他听见雨点打在窗子挡板上的声音呢。"要是我能多睡一会儿，把所有这些倒霉的事儿都丢在脑后，那该多好啊。"他想，但他已经无法做到了，因为他习惯于朝右睡眠，而按他现在这种状况，他已经无法侧卧了。不管他如何使劲向右侧身，他总是翻回到仰卧姿势。他尝试着努力了上百次，闭上眼睛，以免看见那些乱蹬的腿脚，直到他开始感到右边有一种从未有过的沉沉的疼痛，这才罢休。

"啊，上帝，"他想，"我选了个多么艰辛的职业啊! 成天都在奔波。在外面出差为业务的操心比坐在自己的店里做生意大多了。加上旅行的种种烦恼，为每次换车的操心，饮食又差，又不规律，打交道的人不断变换，没有一个保持长久来往，从来建立不起真正友情。这一切都见鬼去吧!"他感到肚子上面有点儿痒痒;他慢慢地蹭着后背，让身体往床头挪动，以便使头部能更好地抬起来;他发现发痒的地方满是白色小斑点，说不好那是什么;他想用一条腿去搔一搔发痒的地方，但马上把腿抽了回来，因为一碰到那个地方，他就浑身发冷。他又滑回到原先的姿势。

"这么早就起床，"他想，"把人弄得傻不愣登。人哪能少得了睡眠。别的推销员活得就像后宫里的娘娘。举例说吧，当我跑着赶回旅店，以便在搞到的订单上签字，这些先生们还在坐着吃早餐呢。要是我在我的头头这里也这么试一把的话，我准保立刻就被炒。不过，说不定这对我倒是大好事，谁知道呢。假如我不考虑我父母的态度，我早就辞职了，那样我就会走到我的头头面前，把我的所有想法都一股脑儿倒出来，他不从高高的桌子上掉下来才怪! 这也算得上是他的奇特方式，坐在桌子上居高临下地跟职员们说话，而由于他的耳朵又背，大家必须走近他才行。眼下希望还没有完全放弃;等我攒够了钱，还清父母欠他的债——大概还得五六年吧——我一定办理这件事。那时就会一帆风顺。不过，现在我得起床了，要赶五点的火车呢。"

闹钟正在矮柜上滴答作响，他朝它看了看。"天哪！"他想。时间已经六点半了，指针不慌不忙地往前走着，事实上已经过了六点半，都快到六点三刻了。难道闹钟没有作响？他从床上明明是看见闹钟定在四点的；它肯定响过。没错，准是响过，不过，也有可能它震天价响的时候，我竟安安稳稳地睡着而没有听见？咳，他睡得并不安稳呀，但也许因此睡得更死呢。可现在他该怎么办呢？下一趟火车七点钟开；要赶这趟车，他得不顾一切地赶紧才是，可样品还没有包装好，且他自己觉得不大提得起精神，动作也不灵活。而即便他赶上了火车，也免不了头头的一阵暴跳如雷，因为店里的听差白等了他五点钟那趟车，并早已将他误车的事向头头作了汇报。他是头头的奴才，没有脊梁骨，也没有头脑。说他请病假如何？但这会使他十分犯难，因为格里高尔在职五年，一次也没有病过。那样的话，头头会把管医疗保险的医生带来，因儿子的懒惰而责备他的父母，并借助医生的意见，驳回所有的口实，因为在医生看来，世界上就有那种完全健康而厌恶工作的人。再说，就此事而言，医生的说法难道就毫无道理吗？事实上格里高尔除了因睡得过长而确实倦怠外，还真的感觉良好，甚至还有一种饿得发慌的感觉呢。

他飞快地转动脑子，思虑着这一切，而下不了下床的决心，闹钟恰好在六点三刻敲响，这时有人轻轻地敲他靠近床头这边的房门。"格里高尔，"有人喊道——，那是母亲的声音，"六点三刻了，你不是要赶火车吗？"多温柔的声音！当格里高尔听到自己回答的声音时，不禁吓一大跳，这声音分明还是他以前声音，然而却掺和着一种来自下面的、无法抑制的痛苦的唧唧喳喳声，使得他的话只是一开始还听得清楚，后面的话音就被破坏得不知所云了，以致听的人都不知道是否真的听明白了。格里高尔本想详细回答并把一切解释清楚，可是在这种情况下，他只能说这么一句："是，是，母亲，谢谢，我这就起床。"由于隔着木板门，外面兴许觉察不出格里高尔声音中的这种变化，因为母亲听了他的这句话就放下心来，拖着脚步走了。可是这段简短的对话却引起了其他家人的注意，他们没想到格里高尔还在家里，于是在一扇侧门上很快听到了父亲的敲门声，敲得很轻，但用的是拳头："格里高尔！格里高尔！"他喊道，"你怎么啦？"过了片刻，他又压低声音催了一遍："格里高尔！格里高尔！"这时在另一扇侧门上又听到了妹妹的轻轻的抱怨声："格里高尔？你不舒服？你需要点什么？"格里高尔朝两边回答："我这就得。"他说话时十分注意发音，每个词之间停顿好长时间，以便消除他声音中一切引起别人注意的东西。父亲于是回到餐桌又吃他的早餐，可妹妹又轻轻地问道："格里高尔，开门呀，我在求你呢。"格里高尔却根本就不想开门，而是庆幸自己在旅行中养成的谨慎习惯：即使在家里，夜间也要锁好所有的门。

首先他想安安静静地、不受干扰地起床，穿衣，而第一件事是吃早饭，然后再来考虑下一步怎么办，因为他觉得在床上想问题八成是想不出什么好主意来的。他想起，他在床上多次感到隐隐作痛可能都是由于躺的姿势不恰当引起的，可是起床时却发现，这种微痛纯粹是幻觉所致，故他很想看看，他今天的许多幻觉将怎样渐渐消失。至于他的声音的变化，那无非是某种重感冒的前兆，一种旅行者职业病的预兆而已，对此他深信不疑。

掀掉被子简单得很；只需将肚子稍稍一挺，被子便自行掉了下来。但接下去困难就来了，尤其是由于他的身体宽得出奇，使他行动十分艰难。他本来可以利用胳膊和手坐起来，但现在取代它们的是许多条小腿。它们不停地做着许多动作，控制不住它们。他若想收回一条腿，这条腿却向外伸得笔直；要是他成功地利用这条腿随心所欲地动作，其他腿就像被释放似的，极其痛苦地乱踢乱蹬起来。"可千万别白白地待在床上，"格里高尔心里对自己说。

他先想将身体的下半部挪出床外，可是他还从未看见过、也想象不出现在的下半身成了什么样子，只觉得它笨重得很难挪动；它只能十分缓慢地移动，到最后几乎发疯似的使尽吃奶力气，不顾一切地向前推进，可他却选错了方向，使他重重地撞到了床的另一头的床架上，他感到火烫似的剧痛，这教他明白，恰恰是他身体的下半部眼下也许是他全身的最敏感之所在。

于是他试着先把上半身挪出床外，便小心翼翼地把头转向床边。这个他倒是轻易地成功了，尽管他那块头又宽又重，但它最终还是随着头部的转动而慢慢转动起来。然而，当他的脑袋伸出床外，空落落悬着的时候，他却害怕起来，不敢再继续往前努力，因为一旦他就这么摔下去的话，除非奇迹发生，不头破血流才怪。而知觉恰恰是他现在无论如何也不能丧失的；他宁愿躺在床上。

可是，当他同样以九牛二虎之力把身躯挪回原来的位置躺在那儿，又看见他那些细腿比以前争斗得还要厉害，而又看不到使这种混乱的盲动状态恢复平静与秩序的时候，他却又想，不能就这样待在床上，现在最明智的做法是，不惜一切代价，也要设法摆脱床铺，哪怕只有一线希望。但同时他并未忘记时时提醒自己，深思熟虑要比因绝望而做出的决定强得多。在这样想的时候，他把目光投向窗户，睁大眼睛，紧盯不放，但可惜窗外晨雾弥漫，连狭窄的街道对过都被浓雾遮蔽，面对这样的景象，谁也提不起信心和兴致。"已经七点了，"听见闹钟再次敲响的时候他想，"都已七点了，还总是这样雾蒙蒙。"他轻轻呼吸着，静静地躺了一小会儿，仿佛从这完全的寂静中，他也许能盼来那真实的、理所当然的状况重新回到他身上。

接着他却想道"我无论如何得在七点一刻完全离开床位。再说那时公司就会来人，询问我的情况，因为公司七点以前开门。"于是他开始用力晃动全身，好把他的身子横过来，以便整个儿从床上晃出去。假如他用这种方式从床上掉下去，在掉落的时候把头尽量抬起，估计不会把头摔伤。脊背看来很硬，掉在地毯上不会出什么事。他最大的忧虑是，背部落地时必定会发出一声巨响，这可能会使房门外的家人们即使不感到惊吓，也会引起他们的忧虑。不过，这个关怎么也得过。

当格里高尔的身体一半已经露在床外——这新方法与其说是费劲，毋宁说是好玩，他只需有节奏地摇晃自己就是——他突然想起，只要有人来帮个忙，事情岂不十分简单。两个身强力壮的人就足够了——他想到他的父亲和侍女；他俩只要把胳膊伸进他隆起的脊背下面，这样把他从床上慢慢撬起来，弯下腰去把重物托住，然后他们只需小心地耐心等着，他自己会从地板上翻过身来，这时他那些细腿但愿能发挥作用。现在呢，姑且不说所有的门都锁着，难道他真的该喊人求助吗？想到这里，尽管他的处境十分窘迫，他还是禁不住微微一笑。他摇晃得越来越使劲，以致几乎失去平衡，而他已经到了必须马上做出决定的时候了，因为五分钟以后就是七点一刻，——住房大门上的铃声响了。"公司来人了，"他想道，几乎发呆了，而他那些细腿却舞动得更加急促了。寂静了片刻。"他们没开门，"格里高尔怀着某种想入非非的希望想道。但很快，侍女自然地就像往常一样以坚定的步子走到门口，把门打开。格里高尔只听到来人的第一声招呼就知道他是谁——公司协理本人。为什么天注定偏偏是格里高尔，在一家商号供职，发生一点小小的延误，马上就招致天大的怀疑？难道所有的员工全都是无赖，他们中就没有一个忠实、听话的人，他即便早上有那么几个钟头没有充分利用为公司做事就于心不安，头脑发呆，简直连床都下不了？假如非要对此事刨根究底问个究竟的话，派个学徒来打听一下难道还不够，非要协理大人亲自出马，并通过这一举动向无辜的全体家人表明，这一可疑事件的调查只有协理本人的智力方能胜任？与其说格里高尔由于做出了一个正确的决定，毋宁说由于他想到这些而激动：他竭尽全身力气，一跃而翻到了床下，跟着是一声响亮的撞击声，不过要说真正的巨响也说不上。地毯稍微减弱了落地时的声音，此外听到后背也比他想象的更有弹性，所以落地时声音发闷，不那么引人注意。只是他不太小心，头抬得不够，碰到地板上了；他又恼又痛，扭动着脑袋，并就着地毯蹭揉它。

"那边房间里有什么东西掉在地上了。"公司协理在左边的厢房里说。格里高尔试图设想，类似他今天发生的事，是否有一天也会发生在这位协理身上；说实在话，这种可能性是存在的。但是，好像在粗鲁地回答他的问题似的，隔壁房间里的协理坚定地走了几步，他的皮靴咯噔作响。右边厢房里他的妹妹悄悄向他传话："格里高尔，协理来了。""我知道了，"格里高尔自言自语地说；他不敢提高声音，不让他妹妹听见。

"格里高尔，"现在左边厢房里的父亲说话了，"协理先生来了，他问，你为什么没有搭早班火车走。外面不知道该对他说什么。再说，他要跟你本人谈谈。所以请把门打开。你房间里东西凌乱，他会谅解的。""早上好，萨姆沙先生。"协理友好地高声说道。"他不舒服，"父亲还在贴着门说着，母亲插进来对协理说："他不舒服，请你相信我，协理先生。要不，格里高尔怎么会误了火车呢！这孩子头脑里装的全是公司里的事。他晚上从不出门，为此我几乎都要生他的气了；这段时间他在城里整整待了八天了，但每个晚上都待在家里。他和我们一起坐在桌子旁静静地看报，要不就是查看火车时刻表。对他来说，锯点小玩意儿什么的，就已经是一种消遣了。举例说吧，他曾经花了两三个晚上刻制了一个小镜框；您看了会惊讶，它做得多么精致；它就挂在他那个房间里，等他开了门，您就会看到的。您来我们家，我很高兴，协理先生；光我们自己说不动格里高尔把门打开；他就是这样固执；他肯定是身体不适，尽管他早上否认这一点。""我就来，"格里高尔慢吞吞地说，却躺在那里纹丝不动，以免漏听了他们交谈的任何一句话。"恐怕是的，夫人，我也没有别的原因可以解释这件事情，"协理说，"但愿不是什么大不了的重病。不过，另一方面我也还得说，我们生意人——你可以说遗憾，也可以说幸运——若遇到一点小毛小病，出于生意的考虑，常常不得不等闲视之的。""那么协理先生现在可以进去看你啦？"不耐烦的父亲说，并又一次敲起门来。"不，"格里高尔说。左边厢房里笼罩着一片难堪的寂静，右边厢房里妹妹开始抽泣起来。

妹妹为什么不到他们那边去呢？她也许现在才起床，衣服都还没有穿呢。那她为什么哭呢？因为哥哥不起床，不让协理进他的房间；或是他面临丢饭碗的危险，因而老板又将向父母逼债？这些暂时都还是不必要的担忧。格里高尔还在这儿，丝毫没有想到要离开他的家。此刻他还躺在地毯上呢，凡见到他这般情景的人，都不会认真要求他让协理进他的屋的吧。不过，格里高尔不会因为这点小小的不恭行为而马上被公司炒鱿鱼的，以后很容易为这一行为找到一个恰当的口实。格里高尔觉得，就这样静静地躺着，比起又哭又求情来打扰协理要明智得多。但是，正是这种情况不明令其他人困惑，并使他们的态度得到宽宥。

"萨姆沙先生，"现在协理提高嗓门说，"您究竟发生了什么事？您把自己关在房间里，只回答'是'和'不是'，您让您父母不必要地为你深深忧虑，并且——只是顺便提一下——还以这样一种闻所未闻的方式玩忽职守。我现在以您父母和您上司的名义和您说话，老板非常严肃地请您立即予以清楚的说明。我很惊讶，实在惊讶。我原以为您是一个安详的、明达事理的人，而现在您好像突然变得要由着性子耍态度了。今天清晨，老板向我暗示了您误工的某种可能的解释，它涉及不久前委托您办理的一笔进项，可是我当时真的几乎以我的名誉担保：这个解释不可能中肯。然而现在，我在这里亲眼看到您的不可思议的固执，我失去了任何兴趣为您出力，丝毫也不想为您澄清了。而您在公司里的地位并不是最靠得住的。我原本是想，这些事情只在我们两人之间说说就行了，但您在这里让我白白地浪费了时间，我不明白，为什么不让您双亲大人也来听听。要知道，您最近这段时间的成绩是很不令人满意的哟；诚然，现在不是做生意的季节；但是，不做生意的季节根本是没有的，萨姆沙先生，这样的季节是不许可有的。"

"可是，协理先生，"格里高尔喊道；他控制不住了，由于激动而忘记了一切，"我马上就开门，这就来。我有一点点不舒服，头有点儿晕，因而起不了床。我刚才还在床上躺着呢，但现在又有精神了。我正从床上起来。请耐心再稍等片刻！情况还不像我想的那么好，不过已经好多了。一个人怎么可以突发这样的事呢！昨天晚上还是好好儿的，我的父母不是都看见的嘛，或者说得更准确些，昨天晚上我就有了些许预感。那时就觉察出来就好了。怎么就没有向公司报告这件事呢！不过我总在想，这点病不待在家里我能挺过去。协理先生，就别为难我的父母了！您刚才对于我的所有指责都是没有根据的；关于这些没有人说过我一句话。您也许还没有看过我寄走的最近的那些委托书吧。再说，我还赶得上乘八点钟的火车去出差呢，这几个钟头的休息使我恢复了精力。协理先生，请不要在这儿耽搁了；我立刻就自己去公司，劳您大驾，向老板说一下我这个意思，并转达我对他的问候。"

格里高尔像滚滚流水似地把这一席话说了出来，几乎不知道自己说了些什么，与此同时，他用在床上学到的办法，很容易就靠近了那只柜子，并试着倚凭这只柜子站起来。他确实想去开门，确实想让人看见并和协理说话；他好奇地想知道，那些现在想见他的人见到他时会说些什么。倘如他们大吃一惊，那么格里高尔就不负什么责任，他就可以安然了。倘若他们都平静地接受这一切，那么他就没有理由焦虑不安，只要他抓紧的话，说不定真还能赶上八点钟的火车呢。头几次试站时，他都从光滑的柜子上滑落下来，最后，他用力往上一挺，终于站起来了；尽管下半身痛得死去活来，他也根本顾不得了。他重重地靠到就近一张椅子的椅背上，用他的细腿紧紧抓住它的边缘，以此控制住了自己的身体，于是他不说话了，因为他现在可以好好地听听协理说话了。

"您二位听懂他哪怕一句话了吗？"协理问父母，"他不是把我们当傻瓜吧？""上帝啊，"母亲哭着喊了起来，"他兴许病得很重，而我们还在折磨他。"接着她喊她女儿："格蕾特！格蕾特！""妈妈？"妹妹从另一边喊道。他们隔着格里高尔的房间互相沟通情况。"你赶紧去请医生。格里高尔病了。快去请医生。你听见刚才格里高尔说话了吗？""这是动物的声音。"协理说道。比起母亲的叫喊声，他的声音听起来很轻。"安娜！安娜！"父亲通过门厅朝厨房喊道，急得直拍手掌，"快去叫个锁匠来！"话音刚落，两位姑娘就一阵风似的穿过前厅，往外飞跑，裙子发出噼噼的响声——妹妹怎么那么快就穿好了衣服？——他们到了门口，一把推开大门跑了出去。没有人听见把门再关上的声音；他们也许就让门敞着，就像许多人家里出了事，就让门敞在那里一样。

不过格里高尔倒平静多了。就是大家听不懂他的话了，尽管他自己觉得他说的话是够清楚的，比以前还清楚呢，也许是他自己的耳朵听习惯了的缘故吧。但现在大家都觉得他不对劲儿，准备帮他了。他们帮他安排头儿件事时所表现出来的信心和沉着让他感到宽慰。他感觉到自己又被纳入到人类的圈子里，并企盼他们两位——医生和锁匠——做出了不起的、令人吃惊的成绩，而不用那么精确分清孰重孰轻。他稍稍咳嗽一下，清了清嗓子，以便迎接即将开始的具有决定意义的谈话；当然他把声音压得很低，因为他的咳嗽声也很可能已不像人的声音，而这一点他自己是不敢断定的。隔壁房间里是完全寂静了，也许父母正和协理坐在桌旁轻声细语谈论着，也许他们都靠在房门旁偷听呢。

格里高尔坐在椅子上慢慢向房门移动，到了门口把椅子一推，全身向房门扑去，倚着门把身子挺直——他的小腿的脚掌带有些许黏性物质——他就这样休息了片刻，以缓解紧张。然后他准备用嘴转动插在锁眼里的钥匙。可惜他好像并没有真正的牙齿，他凭什么马上咬住钥匙呢？不过他的下颚却非常结实，靠着它倒真的把钥匙转动了，而并不注意他因此会让自己付出某种代价：一种棕色的液体从嘴巴里流了出来，从钥匙上滴落到地上。"你们听吧，"协理在隔壁房间里说，"他在转动钥匙呢。"这对格里高尔是个巨大的鼓舞；可是大家都应该对他喊，包括他的父亲和母亲："格里高尔，使劲！继续转下去，别松手！"他想象着，大家都在紧张地看着他开门，于是他使出浑身解数，不顾死活地咬住钥匙。他随着钥匙的转动而跟着锁眼舞动；他现在还仍然凭嘴巴直立着，而根据需要他时而挂在钥匙上，时而用全身重量再把钥匙压下去。锁终于开了，清脆的声音把格里高尔唤醒。他舒了一口气，心想："我好歹没有用锁匠！"他把头靠在门把上，以便把门完全打开。

由于他必须用这种方式把门打开，所以即使门已经开了很宽一条口，人家还是看不见他。这样他就得先绕着一扇门慢慢转动，而且还得十分小心，不然进客厅时就会扑通一声跌个四脚朝天。他又在艰难地移动着他的身体，没有时间顾及别的事了，这时他听见协理"啊！"的一声惊呼——那声音听起来就像大风呼啸似的——随即看见他本人就站在门口最近的地方，一只手紧紧捂住他张开的嘴巴，一步步向后退去，仿佛有一股看不见的、均匀地向前推进的力量在驱赶着他。母亲——他起床后还没来得及梳洗，尽管有协理在场，仍顶着一头高高耸起的乱发站在那里——先是合着双手看着父亲，而后朝格里高尔走了两步，随即倒了下去，衣裙在她四周摊了开来，头垂在胸前，脸完全埋在里面。父亲握起拳头，露出一脸敌意，好像他要把格里高尔推回到他的房间里去似的，然后他不安地环顾了一下客厅，随即用手捂住眼睛哭了起来，以至使他壮实的胸脯颤动不已。

格里高尔没有往客厅走，而是从里面靠在那扇闩死的门扉上，所以只能看见他的身子的一半和身子上面侧向一边的脑袋，他正凭这种姿势窥视大家呢。这时天色亮了许多；街对面那幢长得没有尽头的灰黑色房屋的一段清晰可见——那是一座医院——房子正面排列着穿透墙面、排列着间隔有序的窗子；雨还在下，雨点很大，一滴滴清晰可见地、稀稀落落地掉在地上。桌子上摆着很多早餐餐具，因为对父亲来说早餐是他一天中最重要的一顿饭，他一边吃，一边翻阅报纸，要花好几个钟头。恰好对面墙上挂着一幅格里高尔服兵役时照的相片，少尉的装束，手按在剑上，微笑着，无忧无虑，一副要人家一看到他那风度和制服就肃然起敬的样子。通往门厅的门开着，由于大门也开着，所以看得见大门外的前院和通往下面的阶梯的头几个梯级。

"好啦"，格里高尔说，他兴许意识到自己是在场的人中唯一保持安静的人，"我马上穿衣服，包装好药品就走。你们，你们肯让我走吗？哦，协理先生，您看，我不是死脑筋，我高兴工作；出门很辛苦，但不出门我活不了。您现在去哪里，协理先生？去公司，是吧？您会如实报告这一切的吧？一个人有时会暂时干不了活，但是合适的时机很快就会到来，那时他想到以往的成绩，就会考虑一旦障碍消除后，就会更加勤奋、更加专心致志地投入工作。我不会辜负经理先生的，这您很清楚。另一方面，我也为我的父母和妹妹担忧。我现在正焦头烂额。但我会很快摆脱困境的。请你不要再给我雪上加霜，我已经够受的了。请你在公司里为我说番好话吧！人们是不喜欢外勤人员的，这我明白。他们以为他在外面赚大钱，在享福呢。他们没有什么特别的缘由去好好思考这种偏见。可您，协理先生，比起其他同事您对情况了解得更全面，说句心里话，您对全局的把握甚至胜过经理先生本人，因为经理身为老板容易被人误导，做出不利于某个职工的判断。想必您也很清楚，外勤人员几乎整年不在公司里，容易成为闲言碎语和捕风捉影地责难的牺牲品，而对这些事情他根本无法防备，因为大多他根本就听不到，只有等他疲惫不堪地出差回来时，他才感觉到这些莫名其妙的事情的严重后果。协理先生，在您走以前给我一句话，向我表明，我的话至少有一部分是对的！"

可是协理才听了格里高尔头几句话就转身向门口走去，他耸着肩，嘴巴张得大大地扭过头来，将两眼朝向格里高尔。在格里高尔讲话时，他片刻也没有停留，而是一边瞧着格里高尔，一边向门口挪动脚步，仿佛有一道禁令不让他离开房间似的。他已经进了门厅。当他离开客厅的最后一步的突然动作时，人们会以为，他的脚跟烧伤了。而在门厅里，他远远向台阶伸出右手，好像那里有一位上天的救星正等着拯救他。

格里高尔心里清楚，他无论如何不能让协理怀着这种情绪回去，不然的话他在公司里的地位会受到极大的损害。他父母哪里会明了这一切；他们长期以来就形成了这样的信念：儿子在这家公司里干活，则生活一辈子都无须忧虑的，何况现在遇到这样的倒霉事儿，哪里还管得了将来的事。可是格里高尔想到了自己的前途。必须把协理挽留下来，稳住他，说服他，最后赢得他的心；格里高尔和他一家的未来都有赖于他啊！要是妹妹在这儿就好了！她很聪明，在格里高尔还安安静静地躺着的时候，她就已经哭了。协理是个喜欢女人的人，他会听妹妹的话；她会将大门关上，在门厅里就打消他的恐惧心理。可妹妹偏偏不在，格里高尔只得亲自出面来干。而他并没有想到，在目前情况下他是否有能力挪动身体，也没有想到他的话有可能——甚至极有可能再次不被理解，他的身体就离开那扇靠着的门；他往外挪动着；他想走近协理，这时协理已经十分可笑地用双手紧紧抓住门前阶梯的栏杆；他刚一动窝就身不由己，随着一声轻轻的喊叫立即倒了下去，连着那许多小腿一起着了地。刚一着地，他就感到这个早上从未有过的舒服；他那些小腿终于实实在在踩在地上了；看到它们完全听从他的调遣，他多么高兴；只要他想到哪里，它们便竭尽全力把他驮到哪里；于是他相信，最终摆脱一切痛苦的时刻已近在眼前了。可就在这同时，就在他由于动作不便而摇晃着躺在他母亲的对面时，离他很近而正陷入沉思的母亲突然跳了起来，双臂前伸，十指叉开，大喊："救命！上帝，救命哪！"她低下头，像是要仔细看看格里高尔，却身与愿违，没命地往后逃离；却忘了背后是摆好餐具的桌子；当她退到桌边时，神不守舍地一屁股坐了下去；她压根儿就没有注意到，旁边满满的一大壶咖啡被碰倒了，咖啡正咕嘟咕嘟地往地毯上流淌。

"妈妈，妈妈！"格里高尔轻轻喊道，抬头看着她。这一刹那间他完全忘记了协理；协理则眼看着咖啡流淌，不禁张开嘴巴对着空中咂摸。母亲看到这情景又一次尖叫起来，起身往回跑，和正朝她赶来的父亲撞了个满怀。然而格里高尔此时没有时间顾及他的父母了；协理已经在楼梯上，他把下巴搁在栏杆上，最后一次回头看了一眼格里高尔。格里高尔鼓起劲往前赶了几步，以便能追上他；协理则必定预感到他要干什么，一个大步跨了好几个梯级，只听得"呼！"的一声便消失不见了；可他那声惊呼还在整个楼梯间回响。遗憾的是，协理这一跑好像把事情发生以来一直都还比较镇静的父亲也弄得慌乱不堪，你看，他既不亲自去追协理，或者至少不妨碍格里高尔去追，却用右手拿起协理连同大衣和帽子一起遗忘在椅子上的手杖，左手从桌上拿过一份大开面报纸，一边跺着脚，一边挥舞着手杖和报纸，把格里高尔赶回房间去。格里高尔怎么恳求都不管用，也没有人听得懂他的恳求，无论他多么低声下气地不停转动着脑袋，父亲只顾跺着脚，而且越跺越厉害。那边，母亲则不顾天凉，打开一扇窗子，把身体尽量靠到外面，双手捂住脸。弄堂与楼梯间之间刮起一股强劲的穿堂风，窗帘飘了起来，桌子上的报纸沙沙作响，有几张被吹落到了地上。父亲像一头发狂的野兽似的发出啾啾声，毫不留情地逼着格里高尔回房间里去。但格里高尔真还没练过退着走的功夫，他往回退时实在是非常缓慢。要是格里高尔可以转身的话，他早就在房间里了，可是他担心这样做会让父亲不耐烦，父亲手里的手杖随时都会给予他背上或脑袋上致命的一击。但他终究还是没有作别的选择，因为他惊恐地发现，在他退着走的时候，他连方向都不知怎么掌握；于是他只好一边战战兢兢地、不停地侧看着父亲，一边开始尽可能把身子转得快些，而实际上却只能转得十分缓慢。父亲差不多觉察到他的良好意图，因为他没有阻拦他的行动，而是用他手杖的一端从远处不时转动着，为他指点方向。只要父亲不发出这种不可忍受的啾啾声就好了！这啾啾声可把格里高尔搞得晕头转向。他本来已经几乎转过身来了，可他听着这啾啾声被弄糊涂了，又退回去一段。当他终于头部到达门口时，却发现，他的身子太宽了，无法径直穿过去。父亲在目前的情绪下当然也想不起打开另一扇门，让格里高尔有足够的通道进门去。他的僵直的脑子一心只想着格里高尔能快快进屋去。格里高尔若要直立起身子通过门道，那就得做一系列繁杂的准备动作，父亲哪会允许他这样慢慢做准备呢。相反，他大喊大叫地催促着格里高尔往前走，仿佛这里根本就不存在任何障碍似的；现在格里高尔身后的嘈杂音再也不仅仅是父亲一个人的声音了；现在真的不是闹着玩的了，格里高尔不顾一切地往门里挤。他抬起身体的一侧，斜躺在门框里，身上的那一侧擦得满是伤痕，在洁白的门上留下难看的斑痕，不久他就卡在门里，靠自己再也动弹不得了，只见另一边的小腿颤抖着空悬在那里，另一侧的腿被压得疼痛不堪——此时，父亲从后面给了他真正解救性的猛力一推，格里高尔猛地远远弹进了他的房间里，顿时满身鲜血淋漓。父亲顺手用手杖一钩，关上了门，接着，家里终于寂静下来了。

二

直到黄昏时分，格里高尔才从昏沉沉的迷睡中苏醒过来。过不了多久，就是没有外界的干扰他也会醒过来的，因为他觉得已经睡足了，休息够了，不过他还是觉得是一阵匆匆的脚步声和那扇通向门厅的房门的小心关门声把他吵醒的。街上的电灯光苍白地映照在天花板上和家具的上半部分，可是格里高尔所在的下面周围却是黑暗的。他缓慢地挪动着身体，用他现在才懂得爱惜的感觉器官，还不利索地摸索着向门口移动，想看看外面发生了什么。他的左半身仿佛整个就是一道长长的、感觉很不舒服的伤疤，他不得不依靠两排腿脚一瘸一拐地往前挪动。一条小腿在早上猛挤时已经受了重伤——只有一条腿受伤，可谓奇迹——毫无生气地被拖着走。

到了门旁他才发觉，把他吸引到那里去的究竟是什么了；那是某种吃的东西的味道。挨门放着一满盆甜牛奶，上面漂浮着几小片白面包。他高兴得差点儿笑出声来，因为比起早上，他现在饿得更厉害了，他马上把头伸进盆里，眼睛几乎碰倒了牛奶。但他很快就失望地把头缩了回来，因为一方面他身子左半边不方便，使他吃起饭来困难不已——只有随着大声喘气，全身起伏，他才能吃饭——而且他平时最喜欢的食品即牛奶，肯定是妹妹因此而为他准备的这牛奶却一点也不好喝，他甚至感到厌恶，几乎反感地离开它，转身回到居室的中间去。

格里高尔透过门缝看到客厅里点着煤油灯，却听不到任何声音，而通常这时父亲总是习惯于提高嗓门，给母亲，有时也给妹妹念当天下午出版的报纸的。关于念报的内容妹妹或口头或信中向来都要跟他谈及的，近来也许放弃了。尽管整个住宅肯定并非空无一人，但里面却寂静无声。"家人们过着多么宁静的日子啊！"格里高尔心里想道，他一边呆呆地看着眼前的一片黑暗，一边感到非常自豪：他让他的父母和妹妹拥有这样一套像样的住房，过上这样一种生活。然而，如果现在所有这一切，这宁静、优裕、平和的生活可怕地结束，那会是什么样子呢？格里高尔不敢继续想下去，他宁可活动起身子，在屋子里爬来爬去。

在漫长的夜晚中，一会儿这扇门开了一条小缝，一会儿另一扇门开了一个口子，但都很快就又关上了；想必有谁想进来，但又有许多顾虑。格里高尔爬过去，紧挨着客厅门旁待着，决心以某种方式让顾虑重重的来访者进来，或者至少弄清楚来者是谁；可现在却再也没有人来开门了，格里高尔算是空等一场。以前门关着的时候，大家都想进来看他，现在他开着一扇门，且别的门也都整天敞着，却再也没有人来了，而钥匙就在门外插着。

直到深夜，客厅的灯才熄灭，现在格里高尔很容易确定，父母和妹妹一直都没有睡，因为他听得很清楚，他们三个人现在都踮着脚尖离开了客厅。

从现在到早晨肯定不会有人进屋来看格里高尔了；这样他有很长时间安安静静地考虑，如何重新安排他今后的生活。可是他被迫躺在地板上，看着这空空荡荡的大房间，总感到害怕，而又弄不清原因何在，因为他在这间屋子里居住已达五年之久了呀——他半下意识地转了个身，而且不无略微羞耻地急忙躲到沙发底下，在这里他立刻感到非常舒服，尽管他的脊背受到些许挤压，尽管他的头抬不起来，唯一遗憾的是，他的身体太宽，无法整个儿藏在沙发底下。

他在沙发底下待了一整夜，有时半醒半睡，一再被饥饿搅醒，有时则陷入忧虑和模糊的希望之中，而所有这一切都导向一个结论：目前他必须保持安静，用耐心和最大的体谅来减轻家人由于他目前的状况而引起的倒霉和难受心情。

第二天凌晨，几乎还没有天亮，格里高尔就有机会检验一下他刚才所下的决心是否过硬，因为这时，他妹妹几乎穿戴整齐，从客厅过来打开门，带着紧张的神情往里看。她没有马上发现他——上帝，他必定得待在什么地方呀，他总不能飞走吧？但当她发觉他卧在沙发底下时，她吓了一大跳，无法控制自己，砰的一声把门从外面又给关上了。但似乎她对自己这一行为又后悔了，马上把门又打开，好像探望一个重病人或根本一个陌生人似的，踮着脚尖走了进来。格里高尔把头贴着沙发边探了出来看着她。她会不会发觉他没有动过牛奶，而且并非因为他不饿？或者会不会她送来更适合他胃口的食物？假如她不是自觉这么做，他宁可饿死也不会提醒她这一点，尽管他迫不及待地想从沙发底下钻出来，恨不得跪在妹妹脚下，请求她带点任何好吃的东西来。但是妹妹立刻惊讶地发现，盆里的牛奶还是满满的，只有少量的牛奶撒在盆子周围，她马上把它端起来，拿走了；自然没有直接用手，而是垫了一块布。格里高尔急切地想知道，她会给他送些什么别的食品来，他脑子里转动着各种各样的念头。他可怎么也猜不出好心的妹妹真正要为她做什么。为了探测他究竟想吃什么，她给他送来一大堆不同的东西，摊放在一张报纸上，供他选择。那是些不新鲜的、已经有馊味的蔬菜；有头天晚饭剩下的骨头，外面涂有已经凝固的肉汁；一把葡萄干和杏仁；一块格里高尔两天前就表明过不爱吃的奶酪；一个干面包，一片涂了奶油的面包，一块涂了奶油和盐的面包。此外，她在这些东西旁边放了一只可能永远为他准备的、盛满水的盆。她感情细腻，知道格里高尔当着她的面是不会吃的，便赶紧离开房间，还将钥匙转动了一下，以便暗示格里高尔，他觉得什么姿势舒服就摆什么姿势吃。现在该是吃饭的时候了，他那些小腿都跃跃欲试地操动起来。还有，他的伤口也已完全好了，他一点不感到有什么碍事之处，他对此很是惊讶，想起一个多月前，他的一个手指被刀扎破一点儿，那伤口直到前天还痛得很呢。"莫非我现在不如以前敏感了？"他一边想，一边狼吞虎咽地吃起了奶酪，在所有这些食物中，他一眼就看中了奶酪。他一口接一口地猛嚼着奶酪、蔬菜和肉汁，津津有味得流出了眼泪；而新鲜的食物他反而觉得不好吃，连它们的气味他都感到不可忍受，甚至把他想吃的东西挪到远一点的地方去吃。吃饱了饭，他什么事也没有了，便懒洋洋地就地躺着，这时妹妹慢慢转动钥匙，示意他该回去了。尽管他几乎已经睡着了，还是被惊醒过来，赶紧又回到沙发底下。然而，哪怕妹妹只在房间里停留片刻时间，他也得付出极大的自我克制，因为他扎扎实实饱餐了一顿以后，身体稍稍鼓了起来，在沙发底下挤得他几乎喘不过气来。他憋得有些窒息，两眼略微鼓起，看着对他此刻的处境毫不知晓的妹妹，她正用一把笤帚不仅将吃剩的东西，而且将格里高尔连碰也没有碰过的饭菜统统归拢到一起，仿佛它们是一堆再也用不着的垃圾，将其一股脑儿倒进桶里，盖上木制盖子，一把提了出去。妹妹一转过身去，格里高尔就从沙发底下爬将出来，舒展身体，拼命呼吸。

格里高尔每天就通过这种方式得到他的食物，一天早晨，父母和女仆还在睡觉，在大家第二次吃完午饭后，父母照常还要睡一会儿，女仆则被妹妹支使去做某件事情。他们肯定也不愿让格里高尔饿死，但也许他们与其亲眼看他怎样吃饭，还不如听人说他怎样吃饭，说不定妹妹不想给他们增添哪怕小小的可能的忧伤，毕竟他们已经够受的了。

在头天的那个上午他们是用什么借口把请来的医生和锁匠又打发走的，格里高尔不得而知，因为，既然人家听不懂他说的话，也就没有人会想到，甚至包括妹妹，他能听懂别人的话，故而每当妹妹在场的时候，他时不时能听到妹妹的叹息和向上天的祈求就心满意足了。直到后来她对这一切有点儿习以为常了的时候——完全习以为常当然是根本谈不上的——格里高尔才偶尔听到她的只言片语，那是她怀着好意说的，或者可以这样解释吧。只要她发现格里高尔把饭吃得精光时，她就说："他今天吃得倒很香。"而在相反情况下——这情况现在越来越频繁——她就总是几乎带着忧伤的语气说："看，又全都剩下了。"

不过，在格里高尔直接从家人那里听不到什么消息的情况下，他倒从隔壁房间里听得一些谈话，原来，只要哪个房间传出什么谈话声，他立刻就跑到相关的门边，把整个身体都紧贴在门板上。特别是头几天，没有一次谈话，即使是秘密的谈话，不是或多或少都跟他有关。整整两天，每次吃饭时都听到他们在商量现在该怎么办，以什么态度对待为宜；但即使不在吃饭时间，他们也在谈论同一个话题，因为家里至少总有两个家庭成员，原因或许谁也不愿单独留下，而家里无论如何不能没有人。女仆——不完全清楚，她对所发生的事知道什么，知道多少——也在头一天就百般哀求母亲马上辞掉她，一刻钟以后，当她告别时，流着眼泪对母亲准她离去感激不尽，仿佛这是他们为她所做的一件多么积德的好事，而且在没有人要求他的情况下，她发了一个酷誓：绝不向任何人透露一丝儿这里发生的事情。

现在妹妹也不得不与母亲同心协力一起烧饭了；当然这并不怎么费事，因为他们几乎什么都不吃。格里高尔一再听到，这个人怎样劝另一个人吃饭，得到的除了"谢谢，饱了！"之类的回答，总是无效。饮料看来也没有人喝了。妹妹常常问父亲想不想喝啤酒，而且诚心诚意表示愿意亲自为他去买，而父亲总是一声不吭，为了消除父亲的顾虑，她说，她可以叫管房子的女人去弄来，但最后父亲却粗声粗气地说了个"不"字，从此就再没有人提啤酒的事了。

还在第一天父亲就不仅向母亲也向妹妹阐述了家里的全部财产状况及其前景。他时不时地从桌子旁站起来，走向一个五年前他的商店倒闭时抢救下来的小保险箱，从中随手取出一张单据和一本记事簿。格里高尔看到他怎样打开保险箱那把复杂的锁，取出要找的东西后又怎样把它重新锁好。父亲的这番说明是格里高尔自关在屋子里以来有机会听到的第一件值得高兴的事情。他原以为父亲的那家商店没有给他留下任何一件东西，至少父亲从未向他说过与此相反的话，格里高尔自然也没有问过他。格里高尔唯一关心的是让家人尽快忘却这件使大家陷入绝望的商业灾难。于是从那时起他开始以异乎寻常的干劲拼命工作，几乎一夜之间就从一个商业小伙计变成一名旅行推销员。旅行推销员的赚钱可能性与商店小伙计那就完全不同了：他的工作业绩立刻以佣金形式变成现金，把它往家里的桌上一放，让家人喜出望外。那是一段美好的时光，此后再也没有到来过，至少再也没有那样光彩夺目过，尽管后来格里高尔挣的钱并不少，足够支撑也确实支撑了家庭的全部开销。无论家人还是格里高尔，大家对此都习以为常了，格里高尔乐意把钱交给家里，家人于此也很感激，不过如此而已，他们之间别的什么特别的温馨却再也没有产生过。只有妹妹还依然让格里高尔感到亲近，他有个秘密的打算，翌年送妹妹去音乐学院上学，不管费用多高，他也要通过别的途径筹措足够的钱，因为妹妹与格里高尔不同，她很爱好音乐，拉得一手优美的小提琴。在格里高尔在城里短暂逗留期间，他和妹妹的谈话中经常提到音乐学院，但那始终只是一个不敢想象它能实现的美好的梦，这些并无害处的谈论父母连听也不想听；然而格里高尔主意已定，并且决心在圣诞之夜庄严宣布这一决定。

在他竖立着靠在门上偷听外面的谈话时，脑子里转动着这样一些在他目前状态下毫无用处的想法。有时他实在疲惫不堪，什么也听不进，脑袋无力地耷拉下来，磕到门板上，他就又马上振作起来，以为由此引起的哪怕一点点声响，让隔壁听见后，他们就会噤若寒蝉，缄口不语了。"他又在干什么啦"，父亲停了片刻后才说，显然是朝门那边说的，然后他们才慢慢恢复中断了的谈话。

由于父亲习惯于经常重复讲他那些话，部分原因是他很久没有经管这些事了，同时还因为母亲听了一遍后不是马上全都能弄得明白的，这样一来格里高尔就把他们的谈话内容全都听清楚了：尽管家道不幸，祸不单行，但家里好歹还有一笔以往岁月留下的小小的财产，而在这段时间里一直未被动用的利息使这笔财产还稍有增加。此外，格里高尔每月拿回家的钱——他自己只留几块钱——也没有花完，已经积攒成一笔小小的资本。格里高尔在门后听着不断点头，他为家里花钱如此慎重和节约感到高兴。他本来可以用这些多余的钱继续归还父亲欠经理的债款的，如果那样，那他辞掉这份工作的企盼就可早日到来，不过现在像父亲所作的这样的安排无疑更好。

但是，现在让一家人靠这笔钱的利息过活根本不够；它或许只够全家维持一年，最多两年，剩下就没有了。所以说这笔款本来是不能轻易动用的，是留着应急的；可过日子的钱得有人去挣呀；虽说父亲现在还是健康的，但毕竟是老人了，而且已经五年没有做事了，总不能让他太劳累吧；这五年算是他忙忙碌碌而无所成就生涯中第一次得闲度了个长假；胖了许多，动作也变得十分迟钝。而年迈的母亲呢，她患有哮喘病，每两天犯一次，犯时就不得不坐在挨着敞开的窗户的沙发上度日，难道能让她去挣钱养家吗？那么，这钱得由妹妹去挣了，她还是个十七岁的孩子，一直来都过着无忧无虑的日子：穿好衣服，睡懒觉，帮着做点家务事，参加几次花钱不多的娱乐活动，尤其是拉拉小提琴，能让她去挣钱吗？每次一听到得有人去挣钱的话题时，格里高尔就离开门，一头扑到摆在门边的那张皮沙发上，因为他无地自容，伤心难过，因而浑身发热。

他经常在那张沙发上度过慢慢长夜，一刻也不睡，一连几小时在沙发皮面上磨来蹭去。要不，他不惜花大力气，把一张沙发椅推到窗边，然后爬上窗台，背顶椅背，靠到窗子上，显然是在对昔日的某种回忆，当年他就是在这里凭窗远眺，借以放松身心，舒展胸怀的。说真的，他现在看那些离他稍远一点的东西，已一天比一天模糊了；位于对面的那家医院，过去他一见到它就诅咒，现在他根本看不见了。要不是他清清楚楚地知道，他住在安静的、但位于市区的夏洛蒂大街，他会以为窗外是一片空旷的荒地，一切都是灰蒙蒙的，天和地混成一团。机敏的妹妹只看到过两次沙发椅摆在窗边，此后每次他打扫完房间后，都把沙发椅推回到窗边，位置丝毫不差，甚至从此还让里层的窗门敞着。

假如格里高尔能和妹妹说话，感谢她为他所做的一切，那会减轻他的负疚感；但他做不到，只得忍受痛苦。妹妹当然尽量设法消除整个事件的难堪局面，而且做得越来越得体，然而随着时间的推移，格里高尔对这一切当中的隐秘之处也洞察得越来越清楚。现在，从她踏进房间，就使他感到害怕。以前她进了门，总是注意先把门关上，以免让别人看见格里高尔在房间里的形象，可现在她一进门，顾不上把门关上，就径直跑到窗边，一把将窗门打开，仿佛她窒息难当，天多冷也要站一会儿，深呼吸一番。她每天进房间两次，来回跑动，发出声响，令格里高尔害怕；格里高尔只得躲在沙发底下瑟瑟发抖，不过他心里很明白，只要妹妹有可能，她一定会在格里高尔所在的房间里，乐于在关好窗门的情况下照料他的。

离格里高尔变形大约一个来月了，照理妹妹不再有特别的理由对格里高尔的外形感到惊诧了，一次妹妹来得比平时早了点，看见格里高尔还直立着站在窗边，纹丝不动望着窗外，那样子煞是可怕，假如她因为格里高尔站在那里，妨碍她进来马上去开窗而不进来，这不会使格里高尔感到意外，可是她不但没有进来，而且还退了回去，并关上了门；陌生人会以为格里高尔正埋伏在这里等她，要咬她呢。格里高尔当然马上躲到沙发底下，但他一直等到中午她才来，且显得比以前烦躁多了。由此他看出，他的样子仍然让她受不了，而且以后必定还会继续让她难以忍受，哪怕格里高尔只要从沙发底下露出他的身体的一小部分，说不定她得费很大劲儿控制住自己，才不至于跑出他的房间。为了不让妹妹看见他的身体，一天他整整花了四个钟头，用他的脊背硬是把一条床单驮到沙发上，把它铺好，使它完全能够遮住自己，妹妹即使弯下腰，也一点看不见他。要是她认为这条床单是多余的，她完全可以把它弄走，因为很明显，格里高尔不可能为了开玩笑而把自己完完全全封闭起来，然而妹妹根本没有去碰床单，而让它就那样铺着，而有一次格里高尔小心翼翼地从床单底下稍稍探出点头来，想看看妹妹对他的新举措有什么反应，他似乎捕捉到了她脸上露出一丝感激的目光。

在头十四天，父母拿不出勇气进来看他，但他经常听到他们竭力表扬他妹妹最近的表现，而在以前他们常常对她生气，因为在他们看来妹妹是个没有什么出息的姑娘。现在呢可就不同了，妹妹在格里高尔房间里打扫时，他们俩，父亲和母亲，常常在格里高尔的房门外等着，妹妹从房间里一出来，就得详详细细给他们叙述，格里高尔在里面是什么样子，他吃哪些东西，这一次他的举止怎么样，她是否发觉有什么好转的迹象。母亲则很想尽快看望格里高尔，但父亲和妹妹先用一些合情合理的理由劝阻她，格里高尔聚精会神地聆听了他们的理由，觉得他们讲得很有道理。但后来当母亲非进去不可时，他们不得不拼命拽住她。母亲就大喊大叫："你们得让我进去看格里高尔，他是我不幸的儿子啊！难道你们就不理解我必须去看他吗？"于是格里高尔想，要是母亲能进来，说不定是好事，当然不是每天，比如一礼拜来一次；她对一切都比妹妹懂得多得多，妹妹尽管很勇敢，可毕竟还是个孩子，说到底，说不定就凭这种少年气盛才挑起了这副如此沉重的担子的哩。

格里高尔想见母亲的愿望很快就办到了。出于对父母的考虑，他不想让他们在窗户上看到自己，而在几平方米的地板上他又爬不了多少，一动不动地躺着呢，他在夜间就已经受够了，至于吃饭他很快就不再有任何兴趣，于是，为了消磨时间，他养成了在墙上和天花板上爬来爬去的习惯。他尤其喜欢挂在天花板上；这跟躺在地板上大异其趣；呼吸更自由；身体轻轻摆动；在这种几乎说得上是快活的自由自在的状态里，有时还会发生这样的事儿：他自己都感到意外地身体松开天花板，啪的一声掉在地板上。当然他现在可不像以前，他已经可以完全控制好自己，即使这样的重跌也不致受伤。妹妹马上察觉到格里高尔自己发明的消遣活动——他爬行的时候随处留下黏液的痕迹——于是她脑子里盘算着如何为格里高尔创造最大的爬行空间，为此那些妨碍他爬行的家具，首先是柜子和书桌要搬走。可她一个人办不了这件事；请父亲帮忙她又不敢；新侍女也是帮不了忙，因为这个十六岁的女孩在先前的那个厨娘辞退以后固然勇敢地挺了过来，但她请求给予特殊照顾：除了有特殊的急事叫她，允许她始终关着厨房的门。于是妹妹没有别的办法，只有等父亲哪天不在时，把母亲叫来。母亲大声应答着，兴冲冲赶来了，但一到格里高尔的房门口说话声就戛然而止。首先自然是妹妹进来，看看里面是否一切都正常；然后她才让母亲进来。格里高尔赶紧把床单再往下拽一些，把它弄出更多的皱痕来，整个看上去好像是偶然撂在沙发上似的。这回格里高尔也没有从沙发底下探出头来偷看；他放弃了这回就见到母亲的想法，母亲到底来看他了，他这就很高兴了。"进来就是，我们看不见他的。"妹妹说，显然她拉着母亲的手。现在格里高尔看着这两个弱女子怎样把这沉重的旧柜子从老地方挪开，妹妹怎样不顾母亲的劝告，非要抢更重的那一头抬不可；母亲则怕她累坏身体，因而要她悠着点。两人折腾了好长时间。过了大约一刻钟以后，母亲说，这柜子最好还是让它留在老地方，第一，柜子太重了，父亲回来以前他们搬不走它，把柜子放在房间中央还会挡住格里高尔出入的每条路；第二，谁也说不准，搬动家具是否合乎格里高尔的意愿。她觉得情况可能正相反；她看见四壁空空的，心里憋得慌；为什么格里高尔就不会有这种感觉呢，他可是早就习惯了这些家具的啊，因而在空空荡荡的房间里他会感到孤单的。"再说，这样做会不会就……"，最后母亲说得非常轻，简直就是耳语，仿佛她想避免让格里高尔（她不知道他待在什么地方）听到她哪怕只是说话声的响音似的，因为她确信他听不懂她俩的话，"会不会有这样的后果：家具一搬，仿佛我们向他表明，我们放弃了他任何康复的希望，不管他死活呢？我想，我们最好还是设法保持房间的原状，像以前一模一样，这样，格里高尔一旦重新回到我们中间时，看到一切还是老样子，就会更容易忘掉他所经历的这一段时光。"

听了母亲的这番话，格里高尔弄清楚了：两个月来他没有跟人直接交谈，联系到这期间一家人过着单调生活，他肯定被这种状况搞糊涂了，不然他难以解释他怎么会真诚渴望把他的房间腾空。难道他真的乐意把这间温馨的、用祖传家具布置起来的舒适房间变成一个洞穴，他在其中自然可以任意向各个方向爬行，但同时却迅速地把以往作为人的生活忘得一扫而光？他现在真的快要把过去的一切忘光了，是久违了的母亲的声音唤醒了他。什么也不要搬走；一切都得原封不动，家具会对他的状况发生良好影响，这对她是不可或缺的；如果家具妨碍他毫无意义的乱爬，那也不是什么坏事，相反是一件大好事。

然而遗憾的是妹妹并不这么认为；她已经养成这样一个习惯，即在父母面前讨论格里高尔的事情时总是以特别的行家自居，她的意见当然并非毫无道理，即使现在听了母亲的建议，妹妹仍认为有足够的理由，不仅坚持要把她首先想到的柜子和书桌搬走，而且除了那张不可缺少的沙发以外，所有的家具都得搬走。她的这一态度自然不仅仅出于孩子气的倔犟和她最近出人意外地、很难获得的自信；她倒也实实在在进行了观察，发现格里高尔需要很多空间用来爬行，而这些家具，凡是她所见到的，他一点也没有使用过。也许她这个年龄的女孩子的好胜心也起了作用，一有机会它就要寻求满足，现在格蕾特受它的诱惑，想使格里高尔的情况变得更加令人害怕，以便她可以为它做更多的事情。因为如果格里高尔单独一个人面对四堵空墙，那么，除了格蕾特，恐怕再也没有人敢进去了。

所以她主意既定，就丝毫不为母亲的劝说所动，而母亲在这间房子里心神不宁，看来也拿不定主意，不一会儿就不再说什么，只顾一个劲地帮妹妹往外搬柜子。好了，格里高尔不得已时可以没有柜子，可书桌千万得留下。当母女俩喘着粗气刚把柜子推出门外，格里高尔就从沙发底下探出头来，看看他如何才能小心谨慎而又万无一失地予以干预。这时格蕾特还在隔壁房间里白费力气地张开双臂抱着寸步难移的柜子来回晃动，可母亲却先回来了，这真是不幸。母亲还没有习惯格里高尔的模样，让她看见岂不把她吓出病来，格里高尔吓得赶忙后退，一直退到沙发的另一头，使得前面的床单轻微地晃动了起来。这就足够引起母亲的注意了，她立刻停止脚步，静静地站了一会儿，然后走回格蕾特那边去。

尽管格里高尔心里反复对自己说：其实并没有发生什么不得了的事，不过搬动几件家具罢了，但他很快就不得不承认，两个女人的来回走动，彼此的轻声喊叫，家具在地板上蹭动的声响，它们就像一阵巨大的、从四面八方向他逼来的喧嚣，他把头和脚紧紧缩成一团，身体紧贴着地面，不得不对自己说，这一切他忍受不住了。他们要搬空他的房间；拿走他喜欢的一切；那个放着钢丝锯和其他工具的柜子已经被搬出了房间；现在它们正松动这张桌腿已经严严实实嵌进地板的书桌，他还在当商学院学生、市立中学学生、甚至国民小学学生的时候就在这张书桌上写作业了，——这下他真的没有时间去审察这两个女人的良好意图了，何况他几乎已忘了他们的存在，因为他们已劳累得精疲力竭，默不作声，只听见他们沉重的脚步声了。

于是他从沙发底下钻了出来——两个女人则正在隔壁房间靠在书桌上喘气，略作休息——四次换了爬行方向，他真的不知道，该先抢救什么，这时他看见那面已经清空的墙上挂着一幅全身穿皮衣的女士画像，很是醒目，他赶紧爬上去，把身体紧贴在玻璃上，玻璃吸附住他发热的肚皮，使他感觉舒服。这幅画现在完全被格里高尔遮住，他想至少这幅画肯定不会被拿走了。他把头转向通往客厅的门，好仔细看看母女俩回来时的情形。

她俩没歇多久就回来了，格蕾特挽着母亲的胳膊，几乎扶着她整个身体。"我们现在拿什么呢？"格蕾特说，并环顾四周。这时她的目光与墙上格里高尔的目光相遇。兴许只是由于母亲在场他才控制住了自己，连忙把头低下，脸朝母亲，以便阻止她向周围张望，并不假思索地声音颤抖着说："来，我们还是回客厅待一会儿吧。"格里高尔明白格蕾特的意图，她是想把母亲带到安全的地方，然后把他从墙上赶下来。好，她就来试试吧！他死死趴在他的画上。他宁可跳到她的脸上也不让他的画被拿走。

但是格蕾特的话反而引起母亲的不安，她走到一边，瞥见印着花纹的壁纸上那个巨大的褐色的斑块，她还没有意识到她看见的就是格里高尔，就用沙哑的声音叫喊道："啊，上帝，啊，上帝呀！"说完，她就摊开双臂，仿佛放弃一切似的，一头倒在沙发上，再也不动弹了。"你，格里高尔！"妹妹举起拳头，目光直逼他说。这是格里高尔变形后她跟她说的第一句话。她跑进隔壁房间，取来一瓶香水，想用它使母亲苏醒过来；格里高尔也想去帮忙——救这幅画还有时间——；但他粘在玻璃上太紧了，经过一番狠命挣扎才松脱开身子；然后他也跑进隔壁房间，好像他还能一如往昔给妹妹出个什么主意似的；可是他什么也干不了，只好无所事事地待在她后头，而她正在各种各样的瓶子间查找着；当她转过身来，把她吓了一大跳；一个瓶子掉在地上，摔得粉碎；一块碎片划破了格里高尔的脸，某种刺鼻的药水溅了他一脸；格蕾特尽其所能地拿了许多瓶药水，没停多久就往母亲房间里跑；用脚一踢把门关上。这下格里高尔与母亲被分开了，由于他的罪过母亲可能快要死了；如果他不愿意把妹妹从母亲身边赶走，他就开不了门；他只能等着，别的什么也干不了；在自责和忧虑的双重煎熬下，他开始爬行，他在墙壁上爬，在家具上爬，在天花板上爬，什么地方都爬，最后他绝望了，仿佛整个房间都在围绕着他旋转起来，啪的一声掉落在桌子的中央。

格里高尔就这么瘫软地在桌上躺了一会儿，四周一片寂静，说不定这是个好兆头。这时门铃响了。侍女自然把自己反锁在厨房里，因此只能由格蕾特去开门。父亲回来啦。"发生什么事了吗？"这是他的第一句话；格蕾特的表情向泄露了一切。很明显，她把脸埋进父亲的胸脯，用低沉的声音说："母亲晕过去了，不过现在好多了。格里高尔跑出来了。""我早就料到了，"

父亲说，"我跟你们说了多少次，可你们女人就是不爱听。"格里高尔明白，父亲对格蕾特过于简短的汇报往坏的方面去理解，认定格里高尔干了某种粗暴行为。因此，格里高尔现在必须设法安慰父亲，因为他现在既没有时间也没有可能向他作解释。于是他赶紧退回到自己的房门口，把身体紧紧靠在门上，以便当父亲从门厅进来时能马上看见，让他知道格里高尔是很想进房间的，人们是没有必要驱赶他的，相反，只要你把门打开，他马上就进屋，消失不见。

但是父亲的心情不在这方面，他觉察不到格里高尔这样细腻的心理；他一进门便"啊！"的一声喊，那语调仿佛他既光火又开心。格里高尔把头从门上缩回来，抬头对着父亲。他真没有想到父亲会是像他现在这个样子；当然喽，最近以来他为了图新鲜忙着四处爬行，疏忽了像以前那样关心家里发生的各种事情，他本该想到情况会有改变，应有所准备。但是，尽管如此，站在我面前的还是那个父亲吗？同是这个人，以前在格里高尔因商务出差跨出家门时，他总是疲惫地躺在被窝里；格里高尔晚上回家时，他穿着睡衣坐在圈手椅里迎接他；他很难站得起来，只是抬一下手，做个表示高兴的手势，一年里难得有几个礼拜天和最重要的节日他才和家人一起散步，格里高尔和母亲本来就走得够慢，而他走在他俩之间，却比他们还慢，他裹着那件旧大衣，拄着拐杖，颇为小心地往前挪动脚步，每逢想说什么，几乎都要停住脚步，让陪他的人围在他身边，现在站在格里高尔面前的难道还是这个人吗？他现在可是身板笔挺；一件带有镶金纽扣的蓝色制服紧绷在他身上，和那些银行杂役的穿戴一模一样；高高的制服硬领托着他那肥硕的双层下巴；浓密的眉毛下一对突出的黑眼睛炯炯有神；以往蓬乱的白头发理起了分头，向后梳得溜光。他的帽子上绣着有几个字母构成的金色图案，可能是某个银行的标志，他把帽子一抛，在整个房间划出一道长长的弧线，帽子落在沙发上；而后，他把那件制服的下摆往后一甩，双手往裤兜里一插，神色严峻地朝格里高尔走去。说不定他自己也不知道要干什么；他总是把脚抬得出奇的高，格里高尔惊讶地看见他的靴子的后掌大得惊人。但是他没有停留在惊奇上，早在他的新生活开始的第一天他就知道，父亲会认为对他采取极为严厉的态度才是适宜的。于是他在父亲前面便按照父亲的脚步行动，父亲停下，他也停下，父亲一走，他就急忙往前走。就这样，他们在房间里绕了好几圈，而并没有发生什么大不了的事，甚至由于两个人的速度都很慢，并未给人以追赶的印象。因此格里高尔暂时仍躺在地板上，因为他担心，如果他逃到墙壁上或天花板上，父亲会视之为特别险恶的行为。当然格里高尔不得不对自己说，就这样，他也坚持不住了，因为父亲迈一步，他得做无数次脚步动作。他已经感到有些气喘了，以前他的肺就不那么让人放心。为了把全部精力都集中在逃跑上，当他如此跌跌撞撞往前跑时，他几乎眼睛都睁不开；在这样昏昏沉沉的情况下，他根本就不知道，除了跑还有什么法子能救自己；几乎完全忘了几面墙都是任他爬的，当然墙边摆放着雕刻精致的家具，上面布满了凹凸图案，棱棱角角——这时，有件什么东西轻轻扔过来，从他擦身而过，滚落在他面前。这是一个苹果，紧接着第二个又向他飞过来；格里高尔吓得站住了；继续往前跑是徒劳的，因为父亲已经决心要轰炸他了。他拿的是餐具柜上水果盆里的苹果，装满了他的几个口袋，继而逐个向他扔过来，并不认真瞄准。这些红色小苹果像电动似的在地上乱滚，互相碰撞。一个无力地扔出的苹果砸到了格里高尔的后背上，但即刻滚落了，没有造成伤害。紧接着又飞来一个，与前一个不同，它重重地击中了格里高尔的后背，且陷了进去；格里高尔疼痛不已，想继续往前爬，似乎随着地点的改变就能消除这突如其来的痛苦似的；但他感觉到如同被钉牢一般，只得张开所有的细腿，恍恍惚惚地趴在地上，一动不动。只在最后一次张开眼睛时，他还看见母亲抢在喊叫着的妹妹前面，急匆匆从隔壁房间里跑出来，只穿着一件内衣，因为妹妹已解开了她的外衣，好让她呼吸通畅，从昏迷中苏醒过来，母亲只顾朝父亲跑去，解开的上衣一件一件滑落到地上，他磕磕绊绊地跨过衣服，一把抱住父亲，和他紧紧抱成一团——此时格里高尔视力已经不行，看不见了——她双手箍着父亲的后脑勺，请求饶格里高尔一命。

三

格里高尔受了重伤后，吃了一个多月的苦头，那只苹果仍然留在肉里，因为谁也不敢从他身上取走。或许父亲自己也想到了：尽管格里高尔的形象既可悲又恶心，但毕竟是家里的一个成员，不可把他像敌人那样对待，在他面前全家人应尽的义务是压下厌恶情绪，予以容忍，除了容忍，没有别的办法。

格里高尔由于伤口的原因，动作的灵活性可能永远丧失了，爬着横贯一次房间就像年老的残疾人那样需要很多很多分钟，至于在高处爬行，那就休想了。不过他为这一状况的恶化也获得了足够的补偿；傍晚时分，在这以前他总要观察一两个小时的客厅的门，现在打开了，这样一来，他躺在黑咕隆咚的房间里，从暗处看客厅的明处，倾听一家人围在明亮的桌旁说话，这多半是得到大家的首肯的，所以情况和以前大不相同了。

诚然，像往日那样轻松活泼的闲聊不再有了；那时，每当格里高尔出差住在旅店的小房间里，疲惫不堪地钻进潮湿的被窝时，就带着几分渴念回味着这些神聊。现在客厅里经常冷冷清清。父亲晚饭后坐在扶手椅里很快就睡着了；母亲和妹妹互相提醒保持安静；母亲欠身凑到灯前为一家时装店缝制做工细密的内衣；妹妹找了一份售货员的工作，晚上学习速记和法语，以期今后也许能够找到更好的岗位。有时父亲醒过来，仿佛根本不知道已经睡着了，对母亲说："你今天又要缝多久呀？"说完又睡着了，母亲和妹妹则疲乏地相视一笑。

父亲带着某种固执，在家里也不肯脱下那件杂役服；而他的睡衣则挂在衣钩上闲着。他总是穿戴整齐地躺在座位上打瞌睡，仿佛他随时准备着听从上司的命令。故而，尽管有母亲和妹妹的经常擦刷，那件本来就不新的制服很快就穿脏了，格里高尔常常整晚整晚看着这件到处污迹斑斑、金色纽扣却始终擦得锃亮的服装，老爷子穿着它睡觉，尽管很不舒服，却安静得很。

十点钟声一响，母亲就轻声地唤醒父亲，试图动员他上床去睡，因为这里毕竟睡不踏实，而睡个安稳觉对父亲是绝对需要的，明早六点还得上班呢。但是，自从他当了杂役以来就难改这犟脾气，总要在桌旁多待一会儿，虽然他每次都是按时入睡的，所以，非得费很大劲才能把他从椅子上动员到床上去睡。任你母亲和妹妹一次又一次地劝他催他，他照样不紧不慢地摇着头，闭着眼睛，再拖一刻钟，也不站起来。母亲一边说好话，一边拽他的袖子，妹妹推开她的作业，过来帮母亲，可是这一切对父亲都无济于事。他沉重的身体在沙发椅里反而陷得更深了，直到两位女人撑住他的双肩，他才睁开眼睛，交替着看看母亲，看看妹妹，总爱说："这是一种生活，这是我晚年过的平静日子。"在两位女人的搀扶下他站了起来，行动非常吃力，好像他的身体就是自己的沉重负担似的，他让母亲和妹妹一直搀扶到门口，然后示意让他们松开，独自往前走去，母亲连忙放下针线，妹妹也赶紧放下笔，赶过去继续帮助他。

在这个人人都过分劳累、疲惫不堪的家庭里，除了为格里高尔做些必不可少的事情外，谁还有时间更多关心他呢？家里的开支一再缩减；侍女最终还是给辞了；请了一个身材高大、满头白发的瘦老妈子做钟点工，早晚各来一次，干那些最重的活儿；其余的活儿都由母亲干完针线活后来完成。甚至，过去母亲和妹妹每逢娱乐或节庆活动乐不可支地佩带的各色首饰也都卖掉了，这是晚上格里高尔从他们谈论卖出的价钱时听到的。不过，他们叹苦叹得最多最厉害的还是在目前的经济状况下这套显得过大的住宅怎么办：他们不能离开它，因为他们想不出合适的办法，搬家时怎样把格里高尔运走。但格里高尔想必看得很清楚，妨碍他们搬家的不仅仅考虑到他，因为只要用一个合适的箱子，留几个气孔，很容易就可以把他运走；妨碍他们搬家的更主要因素是，他们完全绝望了，并且想到他们遭到了不幸的打击，在整个亲戚朋友的圈子里谁也没有遭受过这样巨大的打击啊。世界要求穷人们应该做的，他们都在竭尽全力地做：父亲为银行小职员拿早点，母亲为陌生人做内衣耗尽了自己的血汗，妹妹按顾客的命令在柜台后面跑来跑去，看吧，这一家子人还有什么精力做更多的事啊。格里高尔呢——当母亲和妹妹把父亲安顿到床上，回到客厅，放下手里的活计，脸贴着脸紧挨在一起坐着时；当母亲现在正指着格里高尔的房门说"把那边的门关上吧，格蕾特"；当格里高尔现在又回到黑暗中，母亲和妹妹在客厅里涕泪交流或欲哭无泪地看着桌子发呆时，格里高尔总觉得背上的创口又重新灼痛起来。

　　日日夜夜格里高尔几乎都在毫无睡眠的状况下度过。有时候他想，下一次开门时，他又要像以前那样，把全家人的事情都包揽在自己手里；在他的脑海里又出现了久违了的经理和协理，公司伙计和学徒，那个理解力迟钝的勤杂工，三两个别的店号的朋友，一个外省旅店的女侍，那是一段甜蜜而短暂的回忆，还有一家帽店的女收银员，他曾认真但过于拖拉地向她求过爱——所有这些人都和陌生人或已忘却的人在脑子里混杂在一起，但他们全都不好交往，根本不来帮助他和他的家人，所以当他们消失时他感到高兴。然而他又毫无心绪来为他的家人操心了，想到家人照料自己如此恶劣，他就怒不可遏，尽管他想不起到底想吃什么，他还是盘算过，怎样才能去食物储藏室取回那些本该属于他的东西，即使他并不饿。现在妹妹再也不考虑怎样才能让格里高尔吃得特别高兴，而是每天早上和中午上班前匆匆忙忙随便弄点什么吃的东西，用脚往格里高尔房间里一踢，到了晚上，不管这些饭菜只是尝了一两口甚或——最常见的情况——连碰都没有碰过，她只管拿起笤帚一挥，统统扫了出去。打扫房间她总是安排在晚上，而且总是草草了事，快得不能再快了。墙上留下一道道脏痕，地上这里一堆尘土，那里一堆垃圾，龌龊不堪。在最初一段时间，格里高尔在妹妹进来时总是走到特别脏的角落，以此向妹妹表示某种责备。然而哪怕他在那里待上几个星期之久，也不会见到她会有什么改进；她和他一样真真切切看见这些东西，但她已经下定决心随它去了。同时，她现在带着一种以往所没有的敏感，即留意必须由她打扫格里高尔房间这一特权，她的敏感已经影响了全家人。有一次母亲对格里高尔的房间进行了一次大扫除，用了好几桶水进行擦洗和冲刷才把房间弄干净——地上湿漉漉的自然使格里高尔不高兴，他摊开身子，气恼不过地躺在沙发上，不肯动弹——然而母亲却受到了惩罚，因为晚上妹妹一回到家，发现格里高尔的房间发生了变化，就不堪委屈地跑进客厅，不顾母亲举起双手恳求，呜呜咽咽地哭起来。父亲当然被她的哭声惊醒了，从椅子里站立起来，父母先是惊讶而又无可奈何地看着，然后也不由得眼睛湿了。父亲朝右边责怪母亲，说她不该把格里高尔的房间交给妹妹去打扫，又向左对着妹妹吼叫，不许她以后再去打扫格里高尔的房间；母亲竭力想把盛怒的父亲拉进卧室里去；这边妹妹哭得浑身发抖，用两个小拳头捶打桌子；这时格里高尔发现竟没有人把门关上，以免他看见他们又吵又闹的景象，他不由得怒火中烧，发出吱吱的尖叫。

妹妹对格里高尔的事已经厌烦了，但即使她每天上班回来已经筋疲力尽，不愿像以前那样去照料格里高尔，那也无须由母亲去替代她，格里高尔不愁没有人管。因为现在有老妈子了。这位老寡妇在漫长生涯中饱经风霜，凭着身强力壮挺过了艰难岁月，所以对格里高尔并不厌恶。有一次她并非出于好奇，偶尔打开了格里高尔的房门，看见格里高尔。格里高尔猝不及防，大吃一惊，虽然并没有人追他，他却连忙东躲西藏地乱爬起来。她见了惊讶地站住了，双手交叉着搭在胸前。从此以后她每天一早一晚都要匆匆打开一下格里高尔的房门，往里看一下。开始时，她用一两句话，想让他走近她，比如："老屎壳郎，过来"，或者"你们瞧这老屎壳郎！"也许她以为这可以向他套套近乎。格里高尔对这些话不做任何反应，只顾待在原地不动，似乎房门并没有开似的。他们如能交代她一个任务，让她每天来打扫她的房间，而不是随便来无谓地打扰他，那该多好啊！一天清早，大雨滂沱，雨点猛烈地击打着玻璃窗，可能是春天来临的信号吧。老妈子又用这些话来烦格里高尔，他气恼不过，调头向她爬去，仿佛要向她进攻似的，当然他的动作缓慢而又迟钝。可老妈子非但不怕，而且随手操起门边的一把椅子，张大着嘴巴站着，她的意图很清楚，只要她的椅子不砸到格里高尔的后背上，她的嘴就不会闭上。当格里高尔又转过身去的时候，她才问了句："不再往前走了？"

然后，平静地将椅子放回到墙角里去。

格里高尔现在几乎什么也不吃了。仅仅当他偶尔经过为他准备的饭菜时，才出于好玩往嘴里塞进一口，在嘴里含上几个钟头，而后大多又将它吐掉。起初他想，房间的这种令人伤感的状况让他不想吃东西，然而恰恰是对房间的这些变化他很快就感到无所谓了。家里人已成了习惯，把别的地方搁不下的东西都往这间屋子里搬，而这样的东西可多啦，因为家里已将一个房间租给了三个房客。有一回，格里高尔透过门缝看见，三个房客都留着大胡子；这三位先生都不苟言笑，极为讲究整洁，不仅租给他们的房间必须这样，而且整个住宅——既然他们住在这里——都必须有条不紊，一尘不染，尤其是厨房。他们不能容忍没用的杂物，特别是龌龊的东西。此外，大部分生活用具都是他们自己带来的。这样一来，家里的大部分物件都成了多余，它们卖不了多少钱而又舍不得扔掉，所有这些东西就都统统进了格里高尔的房间，连厨房里的煤灰箱和垃圾箱都搬了进来。凡是眼下用不着的东西，一向做事急促的老妈子都一股脑儿只管往格里高尔的房间里扔；幸亏格里高尔只看见那些她扔进来的东西和那只拿它们的手。老妈子也许原想等有时间和有机会再把它们拿走，或一口气把它们全扔出去，可实际上只要它们第一次被扔在什么地方，就一直待在什么地方，除非格里高尔在这些破烂中爬行时碰了它们，使它们动了窝。起先是出于迫不得已，因为他实在没有地方爬动，只得在这些破烂缝隙中穿行，后来却觉得越爬越快乐，虽然这样一来使他累得精疲力竭，且伤感不已，又是一连几个钟头动弹不了。

由于几位房客有时也利用家里公用的客厅吃晚饭，所以有几个晚上客厅的门是关着的，但格里高尔已放弃了对客厅门是否开着的关注了，有几个晚上客厅门开着他也没有利用，而躺在房间黑暗的角落里，家人并没有觉察。可有一次老妈子把客厅的门开了一条缝，晚上房客回来时，客厅的门仍然掩着，灯也亮着，他们在餐桌的上首坐下，也就是以前父亲、母亲和格里高尔吃饭时坐的地方，房客们展开餐巾，拿起刀叉。母亲马上端着一碗肉出现在门口，妹妹紧跟在后面，端着满满一盆土豆，两样东西都是热腾腾的。房客们弯下腰，把头凑近放在们面前的饭菜，好像在进餐以前要仔细检查一番才是，坐在中间的那位看来被另两位奉为权威，他果真从碗里割下一块肉，明显想确定一下这肉是否煮得够熟够香，要不要重新下锅再煮。他表示满意，站在一旁紧张地看着的母亲和妹妹这才微笑着松了一口气。

家里人自己在厨房吃饭。父亲虽然来了，但他进厨房前先去客厅，帽子拿在手里，向房客们鞠一个躬，绕着桌子转了一圈。房客们全都站起来，只见他们胡子里动了动，不知他们嘴里咕哝了一句什么。房客们走了后，只留下他们自己时，他们就只顾埋头吃饭，几乎一言不发。格里高尔觉得有些奇怪，透过饭桌上的种种声响，他总能听出牙齿的咀嚼声，似乎这是向格里高尔表明，吃饭是需要牙齿的，没有牙，嘴巴即使再漂亮也徒然。格里高尔满腹忧虑地想道："我的胃口才好呢，可我不想吃这些东西。看着这些房客吃得多香哟，而我要饿死了。"

恰恰在这个晚上——格里高尔已想不起在这整个过程中听见过小提琴声——厨房里传来小提琴声。房客们已经吃完了饭，坐在中间的那位拿出一份报纸，递给另外两位每人一张。于是他们一边看报，一边吸烟。当小提琴声响起时，他们被琴声所吸引，全站了起来，踮着脚走到前厅的门口，互相挤着站住了。他们的动作肯定被厨房里的人听到了，因为父亲朝门外大声问了一句："诸位也许不爱听拉琴吧？可以叫她马上停下来。""正相反"，中间那位先生说，"小姐可不可以到我们这里来拉，在客厅里拉不是更宽敞、更舒适吗？""哦，好的。"父亲大声应道，好像拉琴的是他。房客们回到客厅里等着。少顷，父亲端着乐谱架，母亲拿着乐谱，妹妹提着小提琴，一起进了客厅。妹妹从容地做演奏准备；父母从未出租过房间，所以对房客们过分客气，以致不敢坐到自己的椅子上去；父亲靠在门上，右手插在紧扣着的制服的两个纽扣之间；母亲接受了一个房客递过来的一把椅子，她没有移动椅子，就在它所在的那个角落里坐下了。妹妹开始演奏了，父亲和母亲从各自所在的位置注意她的手的动作。格里高尔被琴声所吸引，壮着胆子往前爬了几步，脑袋都已经升到客厅里了。他为自己最近很少为别人着想几乎没有感到惊奇；而以前他总是为别人着想的，并因此而感到自豪。现在他比以前有更多的理由把自己藏起来才好，因为他房间里到处都是尘土，稍稍动一动就尘土飞扬，他也弄得满身是灰；他的背上和腰身两侧全是绒线、毛发、食物残屑等等，他带着这些脏东西满屋子乱爬；他对这一切抱着无所谓的态度，不像以前那样，一天好多次让脊背着地，在地毯上来回地蹭，擦掉赃物。尽管这种状况，他现在毫无自惭形秽之意，大胆地在光洁的客厅地板上往前爬了一段。

显然，客厅里的人谁也没有注意到他。家里人完全被小提琴演奏所牵动；而房客们则双手插在裤兜里，先是走近妹妹的乐谱架，近得都能看见曲谱了，而这样必定会妨碍妹妹演奏，所以他们低着头，压低声音互相交谈着，退回到窗边，而后就待在那儿了，父亲提心吊胆地观察着他们的神态。他们的态度其实已经很清楚了，他们本来以为可以听到一场美妙动听的或有消遣价值的小提琴演奏，结果却大失所望，对妹妹的演奏已经厌倦了，仅仅出于礼貌才让她继续演奏着，任其干扰他们的平静。特别是，看他们一个个从鼻孔和嘴巴里向空中喷吐雪茄烟烟雾的神态，就可以看出他们已经非常不耐烦了。然而，妹妹的演奏其实是妙不可言。只见她的脸侧向一边，那全神贯注而忧伤的目光跟随着乐曲移动。格里高尔又向前爬了几步，脑袋紧贴着地板，以便能与妹妹的目光相遇。既然音乐对他如此勾魂摄魄，他还会是动物吗？他觉得仿佛他眼前出现了一条通向他所渴望着的、不知名食物的途径。他下定决心，一直挺进到妹妹跟前，拽住她的衣裙，以此暗示她，她可以带着她的小提琴到他的房间来，因为这里没有人愿意像他那样对他的演奏表示赞美。他不愿再让她离开他的房间，至少他活多久，就让她在这里待多久；他的可怕形象会首次对他有用；他要同时守卫房间的各个房门，对着入侵者们吼叫；但对妹妹他不会勉强她留下，而是让她自愿留在他身边；她应该挨着他坐在沙发上，耳朵凑近他，他要向她说出心里话，告诉她，他曾经下定决心送她去音乐学院学习，如果没有这场飞来横祸，他早就在去年圣诞节——圣诞节大概已经过了吧？——不顾任何反对意见，当着全家人宣布这项决定了。妹妹听了后会感动得热泪盈眶，这时格里高尔则站起来，够着她的肩膀，吻她的脖子，自从她去商店工作以来，就一直不系丝巾，不围领子，而敞着脖子。

"萨姆沙先生！"中间那位房客朝父亲喊了一声，用手指指着渐渐爬近的格里高尔，不说一句话。小提琴声戛然而止，中间那位房客摇了摇头，朝他那两个朋友微笑了一下，接着又转向格里高尔。父亲似乎觉得，当务之急不是赶走格里高尔，而是安抚房客，尽管他们根本就没有发火，对他们来说，格里高尔似乎比小提琴演奏更使他们感兴趣。父亲连忙向他们跑过去，张开双臂，试图将他们推回房间里去，同时用身体挡住格里高尔，不让他们看见。现在他们真的有点生气了，只是人们不知道，是因为父亲的行为惹恼了他们，还是他们现在才发现，有格里高尔这样的人与他们为邻，他们要求父亲做出解释，并举起手臂，不安地捋着胡子，慢慢地退回到自己的房间去。妹妹在突然停止演奏后一度手足无措，垂直手，拿着琴和弓，眼睛看着乐谱，好像还在演奏似的，现在她缓过了神，突然振作起来，把提琴往仍坐在椅子上、因呼吸困难而正在喘气的母亲怀里一放，赶紧跑进房客们住的那间屋子，房客们在父亲的催促下正往那间屋子走呢。格里高尔看见，床上的被褥怎样随着妹妹熟练的动作大起大落，很快就被铺得整整齐齐。房客们还没有到达门边，妹妹就整理完毕，悄悄走了出来。父亲又来了犟脾气，忘了在房客们面前应有的尊敬。他催了又催，房客们终于不耐烦了，到了门里，那个原来坐中间的房客狠狠地跺了一脚，让父亲停止了脚步。"我这就宣布"，他说，并抬起了手，也向母亲和妹妹扫了一眼，"考虑到这所住宅和这个家庭里的令人厌恶的状况，"说到这里他朝地上吐了一口，"我立刻解除房间的租约。已经住的这几天的租金我当然一个也不交，相反，我还要考虑是否提出某种很容易说明理由的要求，您等着瞧好了。"他停下不说了，眼睛直视着前方，似乎他在期待着什么发生。果然，他的两个朋友也马上响应："我们也宣布退房。"接着那人就抓住门把，"砰"的一声关上了门。

父亲用两只手摸索着，颤颤巍巍地走到了他的沙发椅，一屁股坐了下去；看起来他像要舒展一下身子，按习惯打个瞌睡，可是，他那颗像是失去支撑的脑袋的上下摇晃表明，他根本没有睡。在整个这段时间里，格里高尔静静地躺在房客们发现他的那个地方。他为自己的计划落空深感失望，或许还有长期受饿造成的虚弱，使他没有力气爬动。他八成已经估计到下一步大家很快就会把怒火发到他身上，正惊恐地等待着。母亲的手指索索发抖，小提琴从她怀里掉到地上，发出一种震响，可连这样一种震响也没有使格里高尔受到惊吓，身体依然纹丝未动。

"亲爱的父母亲"，妹妹用手指敲了一下桌子说道，"这样下去可不行。这件事你们也许没看清，我可看透了。在这只怪物面前我都不愿说出我哥哥的名字，因此我只想说：我们一定得设法摆脱它。我们已经尽了我们的一切能力，想尽办法照料它，容忍它，我想，谁也不能对我们有丝毫的责难。"

"她说的千真万确"，父亲自言自语道。母亲还一直呼哧呼哧地喘气，并用手捂住嘴巴干咳起来，两眼露出迷茫的目光。

妹妹赶紧跑到母亲身边，扶住她的前额。父亲听了妹妹的话似乎有了明确的想法，他在椅子上坐直了身子，在房客们吃完晚餐后仍留在桌上的菜盘子之间摆弄着他那顶杂役帽，不时地看一眼静静地卧着的格里高尔。

"我们必须想办法摆脱它"，妹妹现在只对父亲一个人说，因为母亲只顾咳嗽什么也听不见，"它还会让你们俩活不成的，我看到这个结局正在朝我们走来。如果一个人不得不拼死拼活地干活，像我们大家那样，那么谁在家里还受得了这样没完没了的折磨。我也受不了啦。"说完，她放声大哭起来，泪水掉落在母亲的脸上，她用手擦去母亲脸上的泪水，动作机械而生硬。

"孩子"，父亲用非常理解的口气同情地说，"可是我们该怎么办呢？"

妹妹只是耸耸肩，表示她一筹莫展，而刚才她还是心中有谱的，现在一哭，就又没谱了。

"倘若他听得懂我们的话……"父亲半询问地说；妹妹在哭声中使劲挥手，表示这是完全不可能的。

"倘若他听得懂我们的话"，父亲把他的话重复了一遍，闭上眼睛，表示他接受妹妹认为不可能的看法，"也许就可以与他达成一项协议，可是这……"

"一定得把它弄走"，妹妹喊道，"这是唯一的办法，父亲。你只需设法摆脱这是格里高尔的念头就行了。我们一直以为它是格里高尔，这实在是我们真正的不幸。可是它怎么会是格里高尔呢？假如它是格里高尔，那它早就该明白，人和这样的动物是无法生活在一起的，早就自动跑掉了。那样我们固然没有了哥哥，但我们可以继续生活下去，我们怀念他，敬重他。可你看这头怪物，它紧随我们不放，它在害我们，赶走房客，显然想占据整套住宅，让我们到大街上过夜。看啊，父亲"，她突然喊叫起来，"它又来了呢！"她在一种格里高尔毫不理解的惊恐中离开了母亲，并一把推开母亲的椅子，急忙跑到父亲身后，仿佛她宁可牺牲母亲，也不愿留在格里高尔身边似的；受妹妹此举的刺激，父亲亦情绪激动起来，他站起身，稍稍举起双臂，像保护妹妹似的挡在她的前面。

但格里高尔确实没有想到过要吓唬什么人，更不要说他的妹妹。他只不过开始转身，想回到他的房间里去，而由于他的身体状况，在做这些费劲的转身动作时，不得不借助头颅帮忙，他屡屡抬起头来，再向地板撞去，所以他的动作显得异乎寻常，惹人注意。他一听到妹妹的叫喊声即停止了转动，环顾四周。他的良好意图似乎被人看出了，惊恐的局面只持续了一小会儿。现在大家都默默地、忧伤地看着他。母亲躺在沙发上，两腿拢在一起，向前直伸。由于全身乏力，两眼几乎紧闭着；父亲和妹妹紧挨着坐在那里，妹妹搂着父亲的脖子。

"现在也许我可以继续转身了吧"，格里高尔一边想，一边开始行动起来。他累得上气不接下气，不得不干干停停，不时休息一下。何况也没有人催他，一切由他自己掌握。当他转过身来以后，他就开始径直向自己的房间爬去。这时他惊讶地发现，从这里到他的房间的距离竟是如此之大，而且他也不明白，以他如此虚弱之躯，刚才他是如何不知不觉地爬完这同样长的路程的。他因急着一心想爬回去，所以根本没有注意家里人丝毫没有干扰他，既没有说话，也没有喊叫。直到他到达门口时，他才扭过头来，可惜没有完全扭过来，因为他的脖子有些僵硬了，不过他总算看到了，除了妹妹站起身来以外，她身后的情况没有什么变化。他最后看了一眼已经完全睡着了的母亲。

他刚一进屋，房门即刻就被关上了，门闩得很严，还上了锁。对于这猝不及防的响声，格里高尔吓了一大跳，以致他那些小腿都哆嗦起来。这么迫不及待地干这事的是妹妹。她其实早已站直身子在等着了，只等格里高尔一进屋，她便三步并作两步，脚步轻盈敏捷地一跃而至，格里高尔根本没有听到她的脚步声，直到她在锁眼里转动钥匙时，只听她朝父亲喊了一声"总算好了！"

"现在可怎么办呢？"格里高尔一边问自己，一边在黑暗中环顾四周。他很快发现，现在他根本动弹不了啦。对此他并不感到惊讶，倒是对他直到现在竟能实实在在用细腿活动感到异乎寻常。再说他还感到相当惬意。虽然他全身都疼痛不堪，但他觉得疼痛在逐渐减轻，最后会完全消失。脊背上那只陷进肉里的烂苹果，苹果周围被软灰覆盖的发炎部位，他也几乎感觉不到了。他对家人怀着温情脉脉的回忆和爱意。他必须消失这个观点在他身上比他妹妹还要坚定。他就处于这样朦胧而平静的状态之中，直到钟楼上的钟敲了三下。这时他依然清醒，还看到了天刚发亮时窗外展现的晨曦。然后他的脑袋便不由自主地完全耷拉下来，从鼻孔里微弱地呼出最后一口气。

一大早老妈子就来了，她力气大，性子急，每次摔门乒乒乓乓，闹得全家人睡不好安稳觉，虽多次请求她不要这样，却不管用。这天她来了后，照样匆匆看一下格里高尔，起初她没有发现有什么异常情况，她想，格里高尔躺着不动是装蒜，假装受了委屈的样子；她相信他具有各种智力。由于她手里正拿着长把扫帚，就试图用它从门边胳肢一下格里高尔。但格里高尔没有反应，她火来了，就轻轻往格里高尔身上戳，直至把他推出原来的地方他也没有反抗，她这才警觉起来。她很快就弄清了事情的真实情况，睁大眼睛，大喊一声，一把推开卧室的门，冲着黑乎乎的房间大声喊道："你们来看呀，它归天了；它躺在那儿，完完全全死了！"

萨姆沙夫妇正直挺挺地坐在他们的婚床上，听到老妈子的喊声先是吓了一大跳，明白了是什么事情后，才把情绪稳定下来。他们急忙各自从自己那边下床，萨姆沙先生把被子往肩上一披，萨姆沙太太就穿着睡衣；两人急忙走出卧室，直奔格里高尔的房间。这其间客厅门也开了，自从家里住进了房客后，格蕾特就睡在这里；她已经完全穿好了衣服，好像她根本就没有睡觉似的，她的苍白的脸似乎也可证明这一点。"死了？"萨姆沙太太问道，并用询问的目光看着老侍女，尽管她可以亲自去查看一下，甚至无须查看就可以明白一切的。"我看是死了。"老仆人说着，同时还用扫帚把格里高尔的尸体往一旁推了一大段，以示证明。萨姆沙太太身子动了一下，好像想阻止扫帚的推拨，但没有这样做。"好了"，萨姆沙先生说，"现在我们可以感谢上帝了。"他在胸前画了个十字，三个女人也跟着他画了十字。格蕾特目不转睛地盯着格里高尔的尸体，说："你们看，他多瘦啊。"可不是嘛，他那么长时间没有吃东西了。就是吃进去的饭菜，也都吐了出来。一点不假，格里高尔的身体已经完完全全干瘪了，平平地贴在了地上，这一点他们现在才看清楚，因为他的身体不再由那些细腿抬着了，也没有任何东西转移他们的视线了。

"来，格蕾特，到我们房间里来一下。"萨姆沙太太对格蕾特说，脸上露出一丝忧伤的微笑，格蕾特又回头看了一眼尸体，跟着父母进了他们的卧室。老女仆关上了门，把窗子全都打开。尽管天还很早，但清新空气中已经透出几分暖意，毕竟已经是三月末了嘛。

当三位房客走出他们的房间，环视一番后没有看到他们的早餐，很是惊讶；这家人把他们给忘了。"早餐在哪里？"房客中的那位中心人物带着一脸愠怒的神色问老仆人。老妈子赶紧把手指放在嘴上，一声不吭地向三位房客示意到格里高尔的房间里来。他们也就进去了，在已经通亮的房间里围着格里高尔的尸体站立着，双手插在业已穿旧了的衣服的口袋里。

此刻卧室的门打开了，萨姆沙先生穿着他那身制服走出来，一侧挽着他的妻子，另一侧挽着他的女儿。三个人全都有点哭红了眼睛；格蕾特不时地把脸贴在父亲的胳膊上。

"请你们立即离开我的住宅！"萨姆沙先生说，手指着门口，却没有松开挽着的妻女。"您这话是什么意思？"房客中的中间那位吃惊地问，一脸甜蜜的笑意。另两位把双手背在后头，不停地搓着，仿佛愉快地期待着其结局必定对他们有利的大争吵。"我的意思就是我刚才所说的。"萨姆沙先生回答说，然后携同他的两位女陪伴一字排开，朝着那位房客走去。这位房客起初静静地站着，低头看着地面，仿佛他头脑里的一桩桩事情正进行重新排列组合。"那好，我们走。"说完，他抬起头看着萨姆沙先生，似乎他突然变得谦卑起来，以致要求对方对他这一决定给予新的批准似的。萨姆沙先生只是瞪大眼睛，多次朝他点了点头。这位先生真的立刻大步流星地走向前厅；他那两位朋友垂着一动不动的双手静听了好一会儿了，这时也连蹦带跳地赶过去，仿佛唯恐萨姆沙先生会抢在他们前头先进前厅，阻挠他们与他们的首领进行联系似的。在客厅里他们三个人从衣架上取下帽子，从手杖钩上拿过手杖，默默地躬了躬身，离开了住宅。由于萨姆沙先生一家对房客有一种被证明是毫无道理的怀疑，现在他带着妻女走到前廊里，靠在栏杆上，看着三位男士虽然很慢、但一直顺着长长的楼梯往下走，在每一层楼梯间的某个拐角处，他们的身影会消失，过一会儿又重新出现；他们越往下走，萨姆沙一家人对他们的兴趣就越小。当一个肉店伙计顶着一筐货，气宇轩昂地朝他们往上走，并经过他们身边继续往上登时，萨姆沙先生就带着两个女人离开栏杆，如释重负地回到他们的住宅。

他们决定今天休息，用一部分时间出去散散步；他们劳累了那么长时间，休息不仅是应该的，而且不休息是不行的。于是他们三人在桌旁坐下，书写三封告假函：萨姆沙先生写给他的经理部，萨姆沙太太写给她的订户，格蕾特写给她的店主。他们正在写着，老仆人走进来说，她要走了，因为早晨的活儿她已经干完了。三个写信人起先只是点了点头，没有抬头看她，可是老妈子却迟迟不想走，这才使他们生气地抬起头来。"怎么啦？"萨姆沙先生问道。老妈子笑眯眯地站在门口，好像她有什么大喜事要告诉这家人，而只有向她盘根究底时她才会说似的。她帽子上那根小小的、几乎直立的鸵鸟毛向四周轻轻摇晃着，在她干活期间萨姆沙先生一看到这根羽毛就生气。"您到底还有什么事？"萨姆沙太太问道，她最为老妈子所敬重。"是这么回事儿，"好心的老妈子笑得前仰后合，一时无法接着说，"是这么回事儿：隔壁房间里的那件东西怎么弄走，你们不用操心了。事情已经办好了。"萨姆沙太太和格蕾特又伏到桌子上，似乎要继续写信似的；萨姆沙先生察觉到，女仆人马上就要开口详详细细叙述那件事的细节，就伸出一只手断然加以制止。老妈子一看不许她说，显然觉得受了委屈，想起她还有急事，就没好气地喊道："再见了，各位。"然后气呼呼地一个急转身，离开了住宅，把房门摔得震天价响。

"晚上就让她走。"萨姆沙先生说，但无论是他的妻子，还是他的女儿都没有回应，因为女仆似乎又搅乱了他们刚刚得到的平静。她们俩站起来，走到窗边，互相搂着待在那儿。萨姆沙先生坐在椅子上转过身来，静静地朝她们看了好一会儿。然后他大声说道："那你们过来一下吧。过去那些事儿永远让它们过去好了。你们也得适当管管我呀。"两个女人马上听从他的呼吁，赶紧走到他的身边，亲切地抚摩他，然后加紧写完她们的信。

然后他们三个人全体离开住宅，乘电车出城到野外去，几个月来他们才第一次这样做。车厢里就他们三个乘客，洒满暖融融的阳光。他们舒舒服服地靠在椅背上，谈论着未来的前景，根据他们的深入分析可以看出，他们的前景压根儿就不坏，因为他们三人都有一份较好的、尤其对今后颇有发展前途的工作——迄今为止他们彼此尚未谈论过各自的工作。当前，改善生活现状的当务之急是换房子；把现在住的、还是当年格里高尔找来的房子换掉，要一套小一点的、便宜一点的，但地段好一点的、更加实用的房子。在他们这么谈论着的时候，萨姆沙先生和太太看着他们的变得越来越活泼的女儿，几乎同时发现，他们的女儿尽管最近以来遭受了诸多折磨，脸上显得苍白，却出落成一个体态丰满的美丽姑娘了。夫妇俩平静了下来，几乎下意识地交换了一下会意的目光，他们想到，也该为她找一个如意郎君了。到达目的地时，女儿第一个站起来，舒展她富有青春气息的身姿，他们觉得，他们新的梦想和良好意愿似乎得到某种确认。

图书在版编目（CIP）数据

德国·奥地利经典中篇小说/冯季庆选编 . —北京：文化
艺术出版社，2012.1
（世界经典中篇小说系列/盛宁主编）
ISBN 978－7－5039－5299－9

Ⅰ.①德…　Ⅱ.①冯…　Ⅲ.①中篇小说—小说集—
德国—近代　Ⅳ.①I516.44

中国版本图书馆 CIP 数据核字（2011）第 273456 号

德国·奥地利经典中篇小说

主　编　盛　宁
选　编　冯季庆
责任编辑　陶　玮
封面设计　姚雪媛
出版发行　**文化艺术出版社**
地　址　北京市东城区东四八条 52 号　100700
网　址　www.whyscbs.com
电子邮箱　whysbooks@263.net
电　话　（010）84057666（总编室）　84057667（办公室）
　　　　　　84057691—84057699（发行部）
传　真　（010）84057660（总编室）　84057670（办公室）
　　　　　（010）84057690（发行部）
经　销　新华书店
印　刷　国英印务有限公司
版　次　2012 年 3 月第 1 版
　　　　　2012 年 3 月第 1 次印刷
开　本　700×1000 毫米　1/16
印　张　21.25
字　数　350 千字
书　号　ISBN 978－7－5039－5299－9
定　价　39.80 元